Les fiancés de l'ombre

Gena Showalter

Les fiancés de l'ombre

DARKISS

Titre original :
UNRAVELED

Traduction de l'américain par EMMANUEL PLISSON

Photos de couverture
Homme : © SMITH COLLECTION/GETTY IMAGES
Femme : © SMITH COLLECTION/GETTY IMAGES
Réalisation graphique couverture : C. GRASSET

83-85 boulevard Vincent-Auriol, 75646 PARIS CEDEX 13.
Tél : 01 42 16 63 63
Service Lectrices — Tél. : 01 45 82 47 47

www.harlequin.fr

ISBN 978-2-2802-3413-9 — ISSN 2109-7631

Loi n° 49-956 du 16 juillet 1949 sur les publications destinées à la jeunesse.

Une fois encore, ce livre est dédié aux véritables Haden, Seth, Chloe, Riley, Victoria, Nathan, Meagan, Parks, Lauren, Stephanie, Brittany et Brianna. Vous remarquerez qu'aucun de vos personnages ne s'est laissé pousser ni cornes ni queue. Je ne peux pas vous promettre que cela n'arrivera pas dans le prochain tome, mais sachez que Tante GeeGee accepte toujours les dessous-de-table.

Ce livre est également dédié à mes camarades auteures Jill Monroe, Kresley Cole et P.C Cast. Je sais, je sais : on voit leur nom dans toutes mes dédicaces. Mais je vous jure qu'elles méritent amplement tous les hommages qu'on peut leur rendre. Les écrivains mènent souvent une vie solitaire, et ces trois beautés pleines de talent sont là pour me rappeler qu'il y a un monde en dehors de mon ordinateur — et même sans doute une fête qui m'attend.

Ce livre est aussi dédié à mon éditrice et très chère amie, Margo Lipschultz, disponible nuit et jour ; ses avis sont précieux, et elle fait de moi une meilleure écrivaine.

Et puis, il est dédié à La Fantastique, j'ai nommé Natashya Wilson, une autre éditrice géniale qui me défend toujours. Elle assure !

A Harlequin, aussi, qui parie toujours sur mes (étranges) idées. Aux membres de ma famille et à leur soutien quotidien. Et à VOUS, mes lecteurs. Du fond du cœur, merci à tous.

Et en dépit de tout ce que je viens d'écrire, ce livre — tout comme Dark Attirance *— est surtout dédié à moi-même. Et alors quoi ? Je le mérite, il n'était pas facile à écrire.*

LISTE DES PERSONNAGES

Esclaves de sang : Humains dépendants au sang de vampire.

Marie la sanglante/Bloody Mary : reine d'un clan de vampires opposé à celui de Vlad.

Brian : pensionnaire du ranch D & M.

Brianna Buchannan : amie de Mary Ann, sœur de Brittany.

Brittany Buchannan : amie de Mary Ann, sœur de Brianna.

Caleb : l'une des âmes prisonnières dans Aden. A le pouvoir de posséder d'autres corps.

Ranch D & M : ferme d'accueil pour adolescents en difficulté.

Dan Reeves : propriétaire du ranch D & M.

Dmitri : ancien fiancé de Victoria, tué par Aden.

Dr Hennessy : psychiatre d'Aden.

Draven Morris Gray : père de Mary Ann.

Draineur : humain qui se nourrit du pouvoir des créatures surnaturelles et finit par les détruire.

Draven : une des vampires choisies pour être présentées à Aden.

Elijah : l'une des âmes prisonnières dans Aden. A le pouvoir de prédire le futur.

Eve : l'une des âmes prisonnières dans Aden, la seule

à en avoir été libérée. A le pouvoir de voyager dans le temps.

Fées/Faé : protecteurs de l'humanité, ennemis des vampires.

Gobelins : petites créatures affamées de chair humaine.

Haden Stone : plus connu sous le nom d'Aden. Humain qui attire les créatures surnaturelles et dans la tête duquel sont captifs trois esprits.

Je-la-nune : poison qui peut être fatal aux vampires.

Jennifer : une sorcière.

Julian : l'une des âmes prisonnières dans Aden. A le pouvoir de ressusciter les morts.

Lauren : princesse vampire, sœur de Victoria.

Marie : une sorcière.

Mary Ann Gray : humaine qui repousse ou neutralise les pouvoir surnaturels.

Maxwell : Changeforme. Loup-garou et frère de Riley, il est sous le coup d'une malédiction.

Meg Reeves : Femme de Dan.

Mlle Brendal : Princesse Faé, sœur de M. Thomas.

M. Hayward : professeur d'anatomie au lycée de Crossroads.

M. Klien : professeur de chimie au lycée de Crossroads.

M. Thomas : prince Faé devenu fantôme.

Nathan : Changeforme. Loup-garou et frère de Riley, il est sous le coup d'une malédiction.

Ozzie : ancien pensionnaire du ranch D & M, décédé.

Penny Parks : meilleure amie de Mary Ann.

Riley : Changeforme. Loup-garou, il est le garde du corps de Victoria.

RJ : pensionnaire du ranch D & M.

Ryder : pensionnaire du ranch D & M.

Seth : pensionnaire du ranch D & M.

Shane Weston : humain, adolescent ami de Tucker.

Shannon Ross : compagnon de chambre d'Aden.

Sorcières : lanceuses de sort. Elles vivent de magie.

Stephanie : princesse vampire, sœur de Victoria.

Terry : pensionnaire du ranch D & M.

Tucker Harbor : ancien petit ami de Mary Ann. Possède du sang de démon et peut créer des illusions.

Vampires : créatures qui se nourrissent de sang humain. Chacun d'eux abrite une bête, prisonnière dans son corps.

Victoria : princesse vampire.

Vlad l'Empaleur : ancien roi du clan des vampires roumains.

Prologue

Aden Stone se débattait sur son lit. Les draps défaits jonchaient le sol. *Trop chaud.* La sueur ruisselait sur son corps, et son caleçon — le seul vêtement qu'il portait — collait à sa peau. *Trop de pensées.* Son esprit… son pauvre, pauvre esprit ravagé ! Les images se bousculaient dans sa tête, mêlées aux ténèbres dévorantes, au chaos, à la douleur.

Aden était humain, mais le sang brûlant d'un vampire coulait à présent dans ses veines. Un sang aux pouvoirs immenses, qui lui permettait temporairement de voir le monde avec les yeux du donneur. La douleur aurait été moins intense — pour avoir déjà vécu à deux reprises la même situation, il le savait bien — s'il n'avait, la nuit précédente, absorbé le sang de *deux* vampires. Par accident.

Il avait d'abord absorbé le sang de la fille qu'il aimait, la princesse Victoria ; puis celui de Dmitri, le défunt fiancé de celle-ci. Disait-on « promis » plutôt que fiancé ? Franchement, on s'en fichait.

Et voilà que le sang de ces deux-là se livrait une lutte sans merci pour prendre le contrôle de sa conscience, dans une série d'allers-retours venimeux. Rien de grave, apparemment, n'est-ce pas ? Depuis des années, il se battait contre les zombies, voyageait dans le temps et parlait à des fantômes ; ces quelques troubles de l'attention auraient dû être pour lui une partie de rigolade...

Sauf que non. Absolument pas. Il avait l'impression d'avoir avalé une bouteille d'acide sulfurique, avec du verre pilé en guise de digestif. Le premier brûlait, l'autre lui déchirait le ventre.

Et maintenant, il...

Son point de vue changea de nouveau.

— Oh, Père, entendit-il Victoria murmurer.

Il ferma les yeux. Elle avait murmuré, oui, mais *trop fort*. Les oreilles d'Aden étaient aussi sensibles que le reste de son corps.

Il parvint toutefois à trouver la force de passer outre et d'accommoder sa vision. Oups, erreur. *Trop clair.* Victoria était entourée de couleurs aussi étincelantes qu'était épaisse l'obscurité qui enveloppait Dmitri. Aden les percevait maintenant à travers les yeux de la princesse, et il ne lui était plus possible de fermer les siens.

— Aucun homme n'a jamais égalé ta force, dans toute l'histoire du monde, poursuivit-elle sur un ton solennel.

Pour sa part, Aden avait l'impression que sa propre voix s'exprimait ; au prix d'un effort atroce pour sa gorge.

— Comment as-tu pu succomber si subitement ? poursuivit-elle.

Et sa tête disait : *Comment ai-je pu ne pas voir ce qui se préparait ?*

C'était elle qui, accompagnée de son garde du corps Riley et de leur amie Mary Ann, avait ramené Aden chez lui la veille au soir. Victoria aurait souhaité rester auprès de lui, mais il avait préféré qu'elle le laisse seul. Comment allait-il réagir à la présence de deux sangs différents dans son corps ? De toute façon, sa place à elle, en ces heures de deuil, était avec ses proches.

Aden, lui, avait tenté de trouver le sommeil, se tournant et se retournant dans son lit en attendant que son corps se remette des coups qu'il avait donnés et reçus.

Et puis, une heure plus tôt, la bagarre entre les deux influences avait commencé. Par chance, Victoria avait décampé. Ç'aurait été un vrai cauchemar de se voir, lui, dans cet état, à travers ses yeux à elle, et de savoir ce qu'elle pensait au même moment.

Ce qu'il voulait, quand elle pensait à lui, c'était que le mot *invincible* lui reste en tête en permanence. D'accord, de temps à autre, irrésistible était une bonne option. Mais rien d'autre, merci. Parce que pour lui, *elle* était parfaite, à tous points de vue.

Parfaite. Douce. Belle. Sa belle à lui. Son visage le hantait, ses longs cheveux noirs qui cascadaient sur ses épaules et offraient un contraste saisissant avec la clarté de son teint, ses yeux d'un bleu étincelant et ses lèvres rouge sang. Des lèvres totalement désirables, qu'il avait envie d'embrasser. De lécher, même.

Il ne l'avait rencontrée que quelques semaines plus tôt, et pourtant c'était comme s'il l'avait toujours connue. N'était-ce pas le cas, d'une certaine façon ? Six mois auparavant, elle lui était apparue, au cours d'une vision ; la vision d'une des âmes qui vivaient dans sa tête. Oui, parce qu'au cas où les vampires et leur sang aux pouvoirs télépathiques n'auraient pas suffi dans le genre bizarre, Aden abritait dans son esprit trois autres âmes humaines — dont chacune, cerise sur le gâteau, possédait un pouvoir surnaturel.

Julian pouvait réveiller les morts.

Caleb pouvait posséder d'autres corps.

Et Elijah pouvait prédire l'avenir.

Par le biais d'Elijah, Aden avait donc su qu'il rencontrerait Victoria avant même qu'elle n'arrive à Crossroads, Oklahoma. Jusque-là, il avait considéré cette ville comme l'enfer sur Terre. Mais à présent, l'endroit était différent. Vraiment génial. Même s'il grouillait de créatures qu'on disait mythiques : sorcières, gobelins, fées — tous ennemis de Victoria — et, bien entendu, vampires. Sans oublier les loups-garous, qui servaient de protecteurs à ces derniers.

D'accord, cela faisait un paquet de créatures flippantes. Mais bon, du moment qu'un mythe se révélait vrai, il était plus ou moins logique que tous les mythes le soient, non ?

La voix de Victoria se fit entendre de nouveau, rappelant Aden à la réalité :

— Ce que je vais faire, c'est que…

Mais à son grand regret, il n'entendit pas la fin de la phrase. Sa conscience changea brusquement de point de vue. Encore. Les ténèbres l'enveloppèrent, brûlantes, interrompant sa connexion avec Victoria. Aden se remit à se débattre sur son lit, submergé par une vague de douleur, avant de rejoindre la conscience de l'autre vampire.

Dmitri. Feu Dmitri.

Il tenta alors d'ouvrir les yeux pour distinguer quelque

chose, mais, apparemment ses paupières étaient scellées. Il haletait ; une odeur de saleté embarrassait ses narines. De saleté et de… fumée ? De la fumée, oui. Epaisse, odorante, qu'il sentait âcre au fond de sa gorge. Il se mit à tousser, encore et encore. Ou bien était-ce Dmitri qui toussait ? Celui-ci était-il toujours en vie ? Son corps réagissait-il seulement aux pensées d'Aden, comme une étincelle dans un esprit éteint ?

De toutes ses forces il tenta de faire bouger les lèvres de Dmitri, de faire émerger des mots de sa bouche pour attirer l'attention de quelqu'un ; ses poumons se vidèrent, rejetant l'air plein de cendres mais pas le moindre mot. Et, soudain, il fut incapable de respirer.

— Qu'on le brûle, fit une voix calme et déterminée. Assurons-nous que ce traître reste mort.

— Avec plaisir, répondit joyeusement quelqu'un.

Plongé dans les ténèbres, Aden ne parvint pas à distinguer ceux qui parlaient. Humains ? Vampires ? Impossible de le savoir, comme il était impossible de deviner où il se trouvait, ou même si…

Et soudain, Aden percuta. Dans sa tête, les questions s'arrêtèrent net. Brûler ? Le type avait bien dit « brûler » ?

Non ! Pas tant qu'Aden se trouvait dans ce corps ! Pas tant qu'il pourrait sentir la morsure des flammes !

Il voulut hurler. En vain.

Le corps de Dmitri fut soulevé et transporté. Aden se sentit comme suspendu à un fil, tête et membres ballants. Il entendit, tout proche, le craquement terrifiant des flammes. Une vague de chaleur le frappa et l'enveloppa en un lent tourbillon.

Non ! De toutes ses forces, il tenta de s'agiter, de lutter, mais le corps demeurait inerte. *Non !*

Puis il y eut le contact. Il le sentit, vraiment. Les flammes coururent le long de ses pieds… et le feu prit. S'empara de son corps. Un supplice sans commune mesure avec ce qu'il avait pu connaître jusque-là dans sa vie. La peau qui fond. Les muscles et les os qui se liquéfient. Le sang qui bout. Oh, mon Dieu !

Encore et encore, il tenta de lutter, de se relever et de fuir ; encore et encore, le corps sans vie refusa de bouger.

Au secours ! La souffrance, déjà inhumaine, s'accrut encore, dévorant chaque cellule, s'insinuant partout. Qu'allait-il se passer s'il restait relié à Dmitri jusqu'au bout ? Qu'allait-il se passer si… ?

Lumière. Des points minuscules crevèrent les ténèbres, grossirent, se mêlèrent les uns aux autres. Il se trouvait de nouveau dans la tête de Victoria ! Il voyait le monde par ses yeux ! *Dieu merci !* Pantelant, nageant littéralement dans sa propre sueur, il s'efforça de s'adapter à ce nouveau changement. Mais la douleur, elle, persistait — une douleur résiduelle, plus forte encore que l'acide qui affluait dans ses veines et parcourait son corps depuis la pointe de ses pieds jusqu'au sommet de son crâne.

Et il… il tremblait. Ou plutôt, *elle* tremblait.

Une main douce, apaisante, se posa sur son épaule. Son épaule ? Celle de Victoria. Elle leva les yeux. Des larmes brouillaient sa vision. Il distingua la lune qui brillait, les étoiles étincelantes — et même les oiseaux de nuit qui passaient dans le ciel ; il les entendit appeler. On aurait dit qu'ils exprimaient un sentiment de… de peur, sans doute. Sentaient-ils le danger au-dessous d'eux ?

Victoria baissa les yeux, et Aden put étudier les vampires qui l'entouraient. Ils étaient tous grands, pâles, avec des traits stupéfiants de beauté. *Vivants.* Presque aucun ne ressemblait aux monstres évoqués dans les livres. Il émanait d'eux un incroyable détachement. Les humains ? Une source de nourriture, rien d'autre. Pas de quoi fouetter un chat. Après tout, les vampires vivaient pendant des siècles ; alors que les humains fanaient rapidement et disparaissaient.

Aden, par exemple, mourrait très bientôt. Elijah avait prédit sa mort. Ce qui, en soi, n'était pas réjouissant ; mais plus que la façon dont il allait mourir : il serait poignardé en plein dans son précieux petit cœur.

Aden avait longtemps prié pour, au moins, obtenir qu'on modifie sa mort. Mais il venait de se raviser. Tout compte fait, en comparaison avec le bûcher, même si le corps brûlé vif n'était pas le sien, mourir d'un coup de couteau dans le cœur était plutôt sympathique. Au fond, la vraie question était : quand connaîtrait-il enfin la paix ? Quand disposerait-il enfin d'un moment de répit — sans torture, sans créature à combattre, sans trépas à anticiper ? Un moment où ses seules activités, comme n'importe quel autre adolescent, consisteraient à rater ses examens et à embrasser la fille qu'il aimait ?

Il s'efforça de retrouver sa concentration ; il sentait monter un accès de rage qu'il n'aurait pu assouvir. En arrière-plan, derrière la foule des vampires, le manoir, qui ressemblait tout à la fois à une maison hantée et à une cathédrale romane, s'élevait, ténébreux et inquiétant. Victoria le lui avait affirmé : cette demeure avait été construite ici, en Oklahoma, quelques siècles plus tôt. A leur arrivée, les vampires l'avaient « empruntée » à son propriétaire. Ce qui, avait interprété Aden, signifiait sans doute que ledit propriétaire avait nourri les vampires… avec son propre sang.

— Tu as raison, il était très puissant, commenta une fille de l'âge de Victoria.

Ses cheveux avaient une couleur de neige fraîche, ses yeux évoquaient une prairie au soleil et son visage était angélique.

Elle portait une robe noire dévoilant une épaule, une tenue commune chez les vampires ; pourtant, elle avait l'air étrangement déplacée. Peut-être à cause de la bulle de chewing-gum qu'elle venait de souffler.

— C'était un grand roi, ajouta une autre fille en s'avançant de l'autre côté de Victoria.

Elle était également blonde et ses yeux avaient le même éclat cristallin que ceux de Victoria. Son visage était lui aussi celui d'un ange, mais d'un ange déchu. Sa tenue vestimentaire contrastait avec celle des autres filles : en effet, elle était vêtue d'un bustier de cuir noir ultracourt et d'un pantalon de même matière. Elle portait des armes à la ceinture et ses poignets étaient entourés de fils barbelés. Non, pas des tatouages : de vrais fils barbelés.

— Oui, souffla Victoria. *Mes très chères sœurs.*

Ses sœurs ? Il savait qu'elle en avait, oui, mais il ne les avait jamais rencontrées auparavant. Le soir du bal censé célébrer le retour de Vlad l'Empaleur et son réveil d'un sommeil de plusieurs siècles, toutes deux avaient été enfermées dans leur chambre. Aden s'interrogea : peut-être la mère de Victoria se trouvait-elle là aussi ? Apparemment, elle avait été jusque-là assignée à résidence en Roumanie pour avoir révélé des secrets de vampires à des humains. Ordre de Vlad. Sympa, le type.

Aden était humain, et il en savait beaucoup plus qu'il n'aurait dû. Certains vampires — Victoria était de ceux-là — avaient le pouvoir de se téléporter, de passer d'un endroit à un autre par la seule force de leur pensée. Si la nouvelle de la mort de Vlad avait déjà franchi les frontières de la Roumanie, il se pouvait que Maman Vampire décide de pointer son nez d'une seconde à l'autre.

— Mais comme père, il était affreux, non ? reprit la première fille sans cesser de mâcher son chewing-gum.

Toutes trois échangèrent un sourire triste.

— Tu peux le dire, répondit Victoria. C'était un homme inflexible, exigeant et brutal. Pas seulement avec ses ennemis, avec nous aussi. Et pourtant, c'est si dur de lui dire adieu.

Elle baissa les yeux sur les restes calcinés de Vlad. Il avait été le premier humain à s'être transformé en vampire. En tout cas, le premier qu'on ait connu. Son corps, bien que brûlé jusqu'à en devenir méconnaissable, était resté entier. On avait perché tant bien que mal une couronne sur son crâne dénudé.

Ses doigts étaient ornés de plusieurs bagues ; sur ses jambes et sa poitrine, on avait étendu un linceul de velours noir.

Son corps sans vie gisait toujours là où Dmitri l'avait jeté. Déplacer le corps d'un roi mort posait-il des problèmes d'étiquette, ou bien ses sujets étaient-ils encore trop choqués pour oser le transporter ?

Ils avaient perdu leur souverain le soir même où celui-ci devait célébrer son nouvel avènement et les rejoindre. Juste avant la cérémonie, Dmitri l'avait brûlé vif avant de réclamer son trône. Ensuite, Aden avait tué Dmitri, ce qui, en théorie, faisait de lui le nouveau souverain des buveurs de sang. Oui, Aden, entre tous les *humains*, avait été choisi. Franchement, c'était de la folie. Il ferait le pire des rois. Si tant est qu'il ose prétendre à cette fonction.

Lui, tout ce qu'il voulait, c'était Victoria. Rien de moins mais rien de plus.

— Quels que soient nos sentiments, nous lui devons notre respect, même dans la mort, affirma Victoria.

Son regard passa de ses sœurs à la foule des vampires attroupés autour d'elles.

— Et ses funérailles auront lieu…

— Dans quelques mois, l'interrompit sa deuxième sœur.

Une fois, deux fois, Victoria cligna les yeux, comme si elle cherchait à faire redémarrer ses pensées.

— Pourquoi ça ?

— C'est notre roi. C'est notre roi depuis toujours. Il est plus fort qu'aucun de nous. Et s'il était encore vivant, sous cette carcasse brûlée ? Il faut que nous attendions pour nous en assurer. Il faut le surveiller, pour être sûrs.

— Pas question ! coupa Victoria.

Elle devait secouer la tête avec violence, car Aden sentait ses cheveux soyeux glisser sur son épaule.

— Cela ne ferait que créer de faux espoirs, poursuivit-elle.

— C'est vrai que quelques mois, c'est trop long, approuva la jeune fille blonde qui mâchait du chewing-gum.

Ce devait être Stephanie, si Aden lisait correctement les pensées de Victoria.

— Mais je suis d'accord, reprit-elle, il serait avisé d'attendre quelque temps avant de brûler ses restes. Ainsi, les esprits auraient le temps de s'habituer à l'idée d'un souverain humain. On peut faire un compromis, non ? Attendre, je ne sais pas, un mois ? On peut le garder dans la crypte d'ici là.

— D'abord, la crypte est réservée à nos humains qui décèdent. Ensuite, même un mois, c'est trop long, grinça Victoria. S'il faut attendre…

Elle s'arrêta, le temps de récolter deux hochements de tête.

— S'il faut attendre, alors nous attendrons… la moitié d'un mois.

Elle aurait préféré proposer un jour, deux au maximum, mais pressentait que ses sœurs allaient rejeter sa suggestion. Au moins, ainsi, Aden aurait le temps de s'habituer à l'idée d'être roi.

La deuxième sœur passa sa langue sur des dents très blanches, très acérées :

— Très bien, alors nous sommes d'accord. Nous attendrons quatorze jours. Et nous le garderons bel et bien dans la crypte. Nous l'y enfermerons, même, pour éviter que d'autres rebelles tentent de s'en prendre à lui.

Victoria soupira.

— Oui. C'est réglé. Vous avez accepté mes conditions, alors j'accepte les vôtres.

— Formidable ! Dire qu'on a pu régler un problème sans se taper dessus ! On voit bien que les choses ont changé, ici ! lança Stephanie en faisant éclater une nouvelle bulle de chewing-gum. En tout cas, au sujet de notre papa chéri… Il a pas mal de chance, vous ne trouvez pas ? Comme il est mort ici, il restera ici. Si ça lui était arrivé en Roumanie, il y aurait eu pas mal de monde dans la famille pour cracher sur sa tombe…

Un silence outragé régna un instant sur l'assemblée : puis des cris de protestation s'élevèrent.

— Ben quoi ? protesta Stephanie, écartant les bras avec une expression de feinte innocence. Je sais que vous pensez tous la même chose !

Dieu merci, Victoria n'aurait pas à retourner sur sa terre natale pour les funérailles. Si ç'avait été le cas, Aden n'aurait pas pu voyager avec elle : il habitait au ranch D & M, un centre de réadaptation pour adolescents « perturbés », c'est-à-dire pour les délinquants dont personne d'autre ne voulait. Là-bas, il était étroitement surveillé.

Dans la mesure où il s'adressait régulièrement aux quatre âmes enfermées dans sa tête, tout le monde le prenait pour un schizophrène ; cela lui avait valu une existence pleine d'institutions spécialisées et de médicaments. Le ranch était la dernière occasion que lui donnait le système de s'intégrer dans la société ; s'il la manquait, ce serait la fin. Fini, terminé, au revoir. Et bienvenue dans une vie confinée dans une chambre capitonnée.

Une vie où il perdrait Victoria pour toujours.

— Stephanie, tu te tais ou c'est moi qui te fais taire. Vlad nous a appris à survivre et c'est grâce à lui que les humains — pour la plupart, en tout cas — ignorent notre existence. Il s'est débrouillé pour que nous soyons une légende, un mythe. Il a su inspirer la peur à nos ennemis. Rien que pour ça, il mérite tout mon respect.

C'était l'autre sœur, celle aux yeux bleus — Lauren, son nom était Lauren — qui avait parlé ; elle penchait la tête, pensive.

— Et maintenant, qu'allons-nous faire du mortel pendant que ces quatorze jours s'écoulent ?

— L'humain de Victoria ? Aden, c'est ça ? s'enquit Stephanie, un sourcil levé.

— Haden Stone, connu sous le nom d'Aden, répondit Victoria. Mais…

— Nous serons à ses ordres, coupa une voix masculine, parce que, corrigez-moi si je me trompe, il est notre nouveau souverain.

Il s'agissait de Riley, un changeforme loup-garou, le garde du corps de Victoria. Il s'approcha du demi-cercle que formaient les filles et planta son regard dans celui de Lauren :

— Si je n'ai pas été clair, demande-moi, je peux te le refaire en couleurs. Il a tué Dmitri, c'est lui le patron. Point final.

Les lèvres de Lauren se retroussèrent en une expression menaçante ; ses dents semblaient s'être dangereusement effilées.

— Surveille ton langage, gentil toutou. Je suis une princesse et toi, au mieux, un mercenaire.

Il y eut d'autres exclamations étouffées.

Jusque-là, la foule se trouvait hors du champ de vision d'Aden ; mais soudain, elle fut en face de lui. Victoria observait les vampires, prête à bondir si l'un d'entre eux se risquait à attaquer sa sœur. Manifestement, ils n'appréciaient pas qu'elle ait insulté le loup. Cela dit, Victoria non plus. Les loups méritaient le respect — plus de respect, même, que celui qu'on exigeait pour Vlad. Les loups-garous avaient le pouvoir de…

Aden jura intérieurement : Victoria venait de faire taire cette pensée, pour s'efforcer de se concentrer sur ce qui se passait autour d'elle. Pourtant, il l'avait bel et bien entendue : d'une certaine façon, les loups-garous étaient plus importants que les vampires, peut-être même que les souverains des vampires. Comment cela se pouvait-il ?

Riley éclata d'un rire où l'amusement n'était pas feint.

— Tu devrais faire attention, Laurie chérie. Ta jalousie commence à être un peu voyante.

Lauren, cette fois, fit mine de l'ignorer ; elle préféra river son regard clair comme le cristal à celui de sa sœur et lancer sur un ton sans réplique :

— Amène Aden avec toi ici, demain soir. Il sera présenté à tous. De façon officielle.

Et peut-être tué avant que les quatorze jours soient écoulés ?

— D'accord, acquiesça Victoria sans que rien, ni dans sa voix ni dans son comportement, ne trahisse le tremblement qui l'avait envahie. Très bien. Demain, vous rencontrerez votre nouveau roi. En attendant, il s'agit de prendre le deuil.

Cette phrase mit un terme à toutes les conversations ; chacun se tut, soucieux de respecter les usages.

Victoria soupira et contempla de nouveau la dépouille de son père — ou plutôt, ce fut Aden qui la contempla, ses yeux s'attardant sur les restes calcinés de Vlad. A quoi ressemblait-il, avant ? Grand et fort, sans aucun doute. Avait-il les yeux bleus de Victoria ? Ou ceux, très verts, de Stephanie ?

Les doigts de Vlad se refermèrent, formant un poing.

Aden se figea, certain d'avoir halluciné. Oui, en toute logique, c'était ce qui avait dû se passer, car Victoria ne semblait pas avoir remarqué l'incroyable, le terrifiant coup de théâtre qui venait de se dérouler sous ses yeux.

Les doigts de Vlad s'écartèrent.

De nouveau, Aden s'immobilisa, aux aguets, le cœur battant à se rompre. Il n'avait pas imaginé la scène. Il était impossible qu'il l'ait imaginée ; car au moment même où il formula cette pensée, il vit les doigts se contracter de nouveau, comme pour redevenir un poing. Il y avait un mouvement, un véritable mouvement. Et s'il y avait mouvement, il y avait vie, non ?

Comment se pouvait-il que Victoria n'ait rien remarqué ? Que personne ne l'ait vu ? Etaient-ils à ce point submergés de chagrin ? Peut-être la dépouille de Vlad, qu'on avait si longtemps cru immortel, se débarrassait-elle ainsi de son dernier souffle de vie… Quoi qu'il en soit, Victoria devait être mise au courant de ce qu'il venait de voir.

Victoria ! lança mentalement Aden.

Rien. Pas de réponse.

Victoria !

Mais, de toute évidence, elle n'entendait pas ; elle se contenta de caresser une dernière fois le bras du cadavre avant de se lever et de se diriger vers le plus imposant des vampires, avec l'intention de lui demander de transporter le corps à l'intérieur afin de procéder aux préparatifs funèbres.

Et puis ce fut trop tard. Aden changea de monde ; les ténèbres revinrent, le cernant de toute part. Les ténèbres ? Oh non, plus maintenant. De la lumière. Beaucoup trop de lumière. Des flammes bleues et blanches qui dévoraient le corps de Dmitri — et du coup celui d'*Aden*. Gonflant sa peau, l'écorchant vif.

Alors, Aden hurla.

Et se débattit tant qu'il pouvait.

Et mourut, aussi.

1

Mary Ann Gray observa son reflet dans la psyché qui trônait au milieu de sa chambre. Maquillage ? O.K. Léger, appliqué à la perfection. Coiffure ? Check aussi. Noire, parfaitement démêlée. Et, oserait-elle le dire ? Soyeuse. Si, si. Aux vêtements, maintenant. Chemisier en dentelle parfaitement repassé, jean slim impec. Aux pieds, des chaussures de randonnée. Elle avait remplacé les lacets d'origine par des cordons rose épais, histoire d'ajouter une touche féminine.

Eh bien voilà. Elle était officiellement parée.

Elle inspira profondément ; ses mains tremblaient un peu. Elle saisit ses livres de classe et les rangea dans son sac à dos qu'elle jeta négligemment sur son épaule, puis descendit l'escalier qui menait dans la cuisine. La cuisine où son père l'attendait, ainsi qu'un copieux petit déjeuner qu'il lui faudrait avaler.

Son estomac se contracta à cette idée. Il lui faudrait faire semblant de manger ; dans le cas contraire, elle savait qu'elle ne pourrait rien garder dans le ventre. Trop d'anxiété, trop de nervosité.

Du salon montait le bruit des casseroles, celui de l'eau qui coulait dans l'évier, ainsi que celui d'un homme qui poussait un soupir… de résignation ?

Elle ne put se résoudre à entrer immédiatement dans la pièce principale ; à la place, elle s'arrêta un instant, s'appuya contre le mur du couloir et se perdit dans ses pensées. Quelques semaines auparavant, son père et elle avaient pénétré en territoire inconnu. Des contrées pleines de dangers, de laideurs et de mensonges. *On se dira tout, toujours ; on sera toujours honnêtes l'un envers l'autre.* Voilà ce qu'il lui avait seriné pendant des années. Des années, vraiment. Et pendant tout ce temps, il lui avait menti sur sa mère biologique. Car la personne qui l'avait élevée n'était pas celle qui l'avait mise au monde ; en réalité, c'était sa tante.

Sa vraie mère, elle avait fini par l'apprendre, avait possédé le don de voyager dans le temps et de retourner à d'anciennes versions d'elle-même. Mais son père n'avait jamais voulu le croire. Il avait préféré la prendre pour une folle. Et elle n'avait pas pu se défendre, car elle était morte et son esprit était parti vers un autre endroit. C'est ainsi que Mary Ann avait perdu sa mère — une perte qu'elle sentait toujours aussi vive et douloureuse.

Mary Ann, pourtant, avait eu la joie immense de passer une journée auprès d'elle. En effet, Eve, sa mère, avait été l'un des esprits emprisonnés dans son ami Aden. Ainsi Mary Ann avait-elle pu rencontrer par-delà la mort celle qui l'avait mise au monde. Et puis soudain, Eve était partie.

Au souvenir de cette séparation, les larmes emplirent les yeux de Mary Ann, et elle ferma les paupières pour les chasser. Non, elle ne pouvait pas se permettre de pleurer, pas maintenant. Son mascara risquait de couler, et de quoi aurait-elle l'air quand Riley viendrait la chercher ? D'une enfant battue ?

Riley.

Mon amoureux. Voilà. Penser à lui, plutôt. Se projeter dans le futur au lieu de se morfondre dans les regrets du passé. Un sourire ténu naquit sur ses lèvres. Son cœur se mit à battre la chamade. Ils ne s'étaient pas vus depuis le Bal des Vampires, où ils s'étaient rendus ensemble ; depuis la fois où Vlad, le souverain de Riley, avait été assassiné, et où Aden avait été couronné roi des vampires. Et cela bien qu'il n'ait jamais convoité ni le titre ni les responsabilités qu'il impliquait.

D'accord, tout cela s'était déroulé à peine quarante-huit heures plus tôt ; mais, quand il s'agissait de Riley, deux jours de séparation lui semblaient une éternité. Au lycée, ils se voyaient tous les jours — sans compter les nuits, qu'il passait chez elle en cachette pour la protéger.

Honnêtement, elle n'avait jamais aimé quelqu'un comme elle aimait Riley. Peut-être parce qu'il n'y avait personne comme lui ? Il était passionné, intelligent, doux (tout au moins avec elle) et protecteur. Et diablement sexy, avec sa musculature forgée pendant des années de courses nocturnes comme loup-garou et comme garde de combats au service des vampires. Changeforme, garde du corps : de ces deux aspects découlaient les mille facettes de sa personnalité.

En tant que garde, il savait se montrer impénétrable et distant (sauf avec elle !). Les risques inhérents à sa tâche exigeaient qu'il le soit. Mais sous sa forme de loup-garou, son corps chaud et doux appelait tout simplement les câlins. *Oh oui, vite, des câlins avec Riley !* se dit Mary Ann, et cette pensée fit revenir son sourire.

— Tu comptes rester là toute la journée ? lança son père depuis le salon.

Le sourire de Mary Ann s'évanouit. Comment avait-il su qu'elle était là ?

Allez, Rambo, c'est juste un matin comme les autres, finissons-en maintenant.

Elle leva la tête d'un air décidé et franchit la distance qui la séparait encore de la cuisine. Elle laissa tomber son sac à ses pieds et s'assit à table. Devant elle, son père avait disposé une assiette de pancakes d'où s'élevait le parfum de la confiture de myrtilles et du sirop d'érable — ses préférés ! Mais, même si elle avait moins mal au ventre quand elle pensait à Riley, elle ne pensait pas pouvoir avaler quoi que ce soit ou, plus exactement, en redoutait les conséquences. Comme, par exemple, être malade sous les yeux du garçon qu'elle adorait.

Son père se laissa tomber sur la chaise en face d'elle. Une mèche de cheveux blonds lui collait au front comme s'il n'avait cessé de la repousser et ses yeux bleus, d'ordinaire vifs et perçants, étaient ce matin sans éclat. Il arborait une expression tendue et fatiguée. On aurait dit qu'il n'avait pas dormi depuis des semaines. C'était peut-être le cas.

Malgré tout ce qui s'était passé, elle détestait le voir dans cet état. Elle l'aimait, indéniablement. Mais cet amour rendait sa trahison encore plus difficile à encaisser — parce que, oui, elle avait l'impression qu'en agissant comme il avait agi, il avait réduit son cœur en charpie.

Elle se décida à lui parler.

— Papa…

— Mary Ann…

Ils s'interrompirent tous deux et se fixèrent un long moment avant de se mettre à sourire. Pour la première fois depuis des semaines, ils se sentaient bien ensemble. C'était vraiment agréable.

— A toi de commencer, fit-elle.

Son père était psychiatre, retors en diable. En quelques mots, il était capable de la pousser à exprimer tous ses sentiments sans qu'elle s'en rende compte, sans qu'elle ait l'impression d'avoir seulement commencé à parler. Mais aujourd'hui, elle prendrait le risque d'en dire trop, puisqu'elle ne savait pas par où commencer.

Il prit le temps de se servir des pancakes, puis se lança :

— Je tenais à te dire que je suis désolé pour tout. Pour tous mes mensonges. Pour tout ce que j'ai fait. J'ai voulu te protéger.

C'était un bon début. Pour l'imiter, elle remplit son assiette de pancakes et entreprit de jouer avec la nourriture pour donner l'impression qu'elle mangeait.

— Me protéger de quoi ?

— De la honte de penser que ta mère était… d'un équilibre psychologique fragile. De penser que d'une certaine façon, tu l'avais… tu l'avais…

— Que je l'avais tuée ? dit Mary Ann d'une voix rauque, la gorge nouée par l'émotion.

— Oui, murmura-t-il. Mais ce n'est pas le cas, tu sais. Ce n'était pas ta faute.

Sa mère biologique, Anne — qu'Aden avait connue sous le nom d'Eve — était morte en lui donnant naissance. C'étaient des choses qui arrivaient, non ? Son père n'avait aucune raison de rejeter la responsabilité sur elle. Pourtant, il ignorait des choses que Mary Ann avait apprises. Comme sa faculté de bloquer les pouvoirs paranormaux.

Elle-même ne l'avait découverte que très récemment, et elle n'en mesurait pas encore toutes les implications ; tout ce qu'elle savait, c'est que sa seule présence empêchait certaines personnes — et certaines *créatures* — d'utiliser leurs dons.

Elle n'aurait sans doute jamais découvert cette particularité sans Aden qui était, à n'en pas douter, le plus grand aimant à phénomènes paranormaux que la terre ait jamais porté (en tout cas, il fallait l'espérer ; car s'il y en avait eu de plus puissants que lui… mieux valait ne pas y penser !). A présent, cette connaissance lui faisait voir sous un autre jour l'histoire de sa naissance.

Au cours de sa grossesse, sa mère s'était progressivement affaiblie, de mois en mois, comme si la petite Mary Ann absorbait toute la vie en elle. Et au moment où l'enfant était née, Anne/Eve s'était en quelque sorte évaporée.

Et où avait migré son esprit ? Dans Aden, tout simplement. Aden, qui était né le même jour, dans le même hôpital ; Aden, qui avait ce jour-là aspiré trois autres esprits dans sa tête.

Sauf qu'Anne/Eve n'avait gardé aucun souvenir de l'épisode. Elle avait tout oublié de Mary Ann, perdant toute forme de souvenir en entrant dans Aden. Il leur avait fallu du temps pour assembler les pièces du puzzle et comprendre que l'esprit féminin qui habitait Aden n'était autre que la mère de sa nouvelle amie Mary Ann — cette mère qui avait fini par obtenir ce qu'elle avait toujours souhaité et que la mort l'avait empêchée de connaître : passer une journée avec sa fille. Une fois son vœu exaucé, elle avait disparu. Pour toujours.

Mon estomac... Si mal... encore...

Son père ignorait tout cela, et Mary Ann ne prendrait certainement pas le risque de lui en parler. Il ne la croirait pas. Il la penserait « déséquilibrée », comme sa mère...

— Mary Ann? reprit-il. S'il te plaît, dis-moi ce que tu ressens. Dis-moi ce que tu as pensé quand j'ai...

La sonnette de la porte d'entrée retentit. Sauvée! Son père n'aurait pas le temps de finir sa phrase, ni elle d'inventer une réponse. Elle sauta sur ses pieds, le cœur battant. Riley! Elle se précipita vers la porte d'entrée, lançant un joyeux :

— Laisse, je m'en occupe!

Son père tenta de la rappeler, mais elle était déjà dans le couloir. Elle ouvrit la lourde porte de bois de cerisier, et le simple fait d'apercevoir Riley à travers la moustiquaire apaisa instantanément la tempête.

Il lui adressa un sourire, son fameux sourire, moitié mauvais garçon, moitié très mauvais garçon.

— Salut.

— Salut.

Sexy. Cheveux noirs, yeux vert pâle, il était grand, avec un corps de footballeur américain — le genre que personne ne peut plaquer et qui passe des heures à soulever de la fonte. Des épaules larges, le torse sculptural — même si pour l'heure, sous le T-shirt noir, elle ne pouvait que deviner les magnifiques muscles de son abdomen. Ses jambes puissantes étaient couvertes d'un jean ample, et il portait des chaussures de marche maculées de boue.

Oups. Une seconde. Venait-elle, oui ou non, de le passer en revue de la tête aux pieds ? Réponse : oui. Les joues en feu, elle releva la tête pour soutenir son regard. Il était clair qu'il se retenait de rire.

— Tu aimes ce que tu vois ?

Elle rougit de plus belle, mais trouva le cran de répondre.

— Ça peut aller, oui. Mais je n'avais pas fini mon inspection.

Il n'avait pas la beauté des mannequins de magazine, mais il possédait un charme viril de baroudeur ; son nez était un peu tordu aux endroits où il avait été cassé au cours de bagarres, et sa mâchoire carrée mettait en valeur sa bouche pleine de charme.

Oh, ces lèvres… quand allons-nous nous embrasser de nouveau ?

Elle était prête, plus que prête. Jamais auparavant elle n'avait pris autant de plaisir à jouer avec sa langue.

Il ouvrit la bouche pour dire quelque chose, mais se ravisa. On entendait des pas dans le couloir. Elle se retourna : son père lui apportait le sac de classe qu'elle avait oublié sur la chaise. Elle le rejoignit d'un pas léger et tendit la main pour le lui reprendre. Sans même y penser — étant donné l'état de leurs relations, elle ne se serait sans doute pas permis un tel geste —, elle se mit sur la pointe des pieds et lui planta un baiser sur la joue.

— A plus tard, papa. Merci pour le petit déjeuner.

Les traits de son père se détendirent à peine.

— A plus tard, mon trésor. Passe une bonne journée.

— Toi aussi, répondit-elle.

Le Dr Gray jeta un coup d'œil à la silhouette du jeune homme dans l'entrée.

— Bonjour, Riley, lança-t-il froidement.

Ils s'étaient déjà croisés, et l'entrevue avait été plutôt tendue. Ce qu'ignorait le père de Mary Ann, c'est que Riley était plus âgé que lui — plus âgé d'une bonne centaine d'années. Riley, comme tous les changeformes, vieillissait lentement. Très lentement.

— Bonjour, docteur Gray, répondit Riley avec le respect dont il témoignait toujours.

— Mary Ann, reprit son père, il faudrait peut-être que tu mettes une veste.

On était le 1er novembre, et les jours se faisaient de plus en plus froids. Néanmoins, Mary Ann déclina son offre :

— Ça ira comme ça, je te promets.

Elle n'ajouta pas que Riley saurait lui tenir chaud.

Voilà, ils en avaient fini avec les politesses. Poussant la porte de l'épaule, elle saisit la main chaude et ferme de Riley et sortit de la maison. Elle en frissonna de plaisir : elle adorait le toucher. Sous sa forme d'humain et sous sa forme animale.

Ils s'éloignèrent en marchant dans l'air frais du matin. D'autorité, Riley s'empara de son sac de classe et le mit sur son épaule.

— Merci.

— De rien.

Même si le soleil se cachait encore derrière les nuages et que le ciel conservait une teinte grise, la matinée s'annonçait superbe. Les merles — en toute saison, ils étaient nombreux à Crossroads — faisaient leur vacarme habituel ; l'air était vif, presque piquant. Main dans la main, ils longèrent les maisons voisines.

La plupart d'entre elles, construites de bois sur deux étages, évoquaient les gares d'antan, avec leurs porches et leurs piliers. Ils dépassèrent la dernière ; face à eux, à quelques centaines de mètres, se dressait un mur de briques. Derrière celui-ci s'étendait une forêt plantée d'arbres majestueux, dont le feuillage avait pris des teintes rouges et or.

Le père de Mary Ann croyait certainement que Riley et sa fille empruntaient la route principale, large et très fréquentée, au lieu de couper par le bois. Eh bien, il se trompait. Une fille a parfois besoin de se retrouver en tête à tête avec son amoureux sans oreilles indiscrètes et sans témoins alentour. Le trajet vers le lycée de Crossroads était l'une de ces occasions.

— Tu m'as manqué. J'ai l'impression que nous ne nous sommes pas vus depuis une éternité, dit-elle.

— Je sais. Je suis désolé. Je ressens la même chose. Crois-moi, j'avais envie d'être avec toi. Mais de nombreux vampires ont débarqué à la maison pour préparer l'enterrement de Vlad.

— Je suis désolée moi aussi, souffla-t-elle en lui serrant la main. Je veux dire, désolée qu'il soit mort. Je sais que tu le respectais beaucoup.

— Je te remercie. Tu sais, avant de célébrer ses funérailles, nous devrons attendre quatorze jours. Enfin, treize, maintenant. Ensuite, Aden sera officiellement couronné roi.

— Pourquoi attendre si longtemps ? s'enquit Mary Ann.

Elle préférait vraiment ne pas imaginer à quoi ressemblerait le corps dans deux semaines.

Riley haussa les épaules, fataliste.

— Il était notre roi. Ses sujets veulent être certains qu'il est bien mort.

— Attends un peu, s'exclama Mary Ann. Tu veux dire qu'il est peut-être en vie ?

— Non, affirma Riley sur un ton sans réplique.

— Mais tu viens de dire que…

— Que les sujets veulent en être sûrs, je sais, expliqua-t-il. Mais essaie de les comprendre : ils sont perdus, désespérés. C'est la première fois que quelque chose d'aussi grave leur arrive.

Elle pouvait se figurer leurs sentiments. Elle-même, après la mort de sa mère adoptive, avait eu d'immenses difficultés à se rendre à la raison et à accepter.

— Eh bien, au moins, Aden ne sera pas fâché d'obtenir un peu de répit. A mon avis, devenir roi ne fait pas partie de ses priorités…

— Tu sais, protesta Riley, il est déjà notre roi, c'est évident. Même Vlad ne pourrait pas se remettre de telles brûlures.

Une fois encore, elle se récria :

— Mais tu viens de me dire que…

— Je sais, je sais. Ça ne change rien : vivant ou mort, Vlad n'est plus à la tête de notre peuple ; et si personne ne gouverne, ce sera le chaos. Il y aura des désertions et des tentatives de coups d'Etat.

D'un autre côté, avec un humain comme souverain, il y aurait certainement de toute façon des déserteurs et des contestataires…

Riley poursuivit :

— Et tout le monde… brûle d'envie de rencontrer Aden. De connaître ses projets pour l'avenir du clan.

Brûle d'envie, vraiment ? *Désolée, Aden*, pensa-t-elle, *mais on dirait bien qu'il va falloir que tu te sacrifies pour les autres…* Elle imaginait sa réaction s'il avait entendu ces mots.

— Bon, maintenant qu'on a parlé des questions de vie et de mort, reprit Riley en lui adressant un regard soucieux, parle-moi de toi. Tu vas bien ? Après tout ce que tu as vu… je me suis inquiété pour toi.

— Je vais bien, rassure-toi.

Et c'était vrai. D'accord, pendant le bal, elle avait vu des humains réduits à l'état de nourriture vivante par les suceurs de sang ; et d'accord, elle avait vu Aden se battre, puis tuer un de ces vampires en le brûlant comme celui-ci avait brûlé Vlad, puis en le poignardant dans l'œil, sa partie la plus vulnérable.

Effectivement, ces images sanglantes risquaient de la hanter toute sa vie ; mais cela voulait dire qu'elle était vivante, grâce à Aden et Riley. Au fond, rien d'autre ne comptait.

— Et toi, est-ce que tu vas bien ? demanda-t-elle à son tour.

Riley était un guerrier, et lui poser la question était

peut-être insultant en soi, mais elle avait besoin de l'entendre de ses lèvres.

— Maintenant, oui, répondit-il en la regardant bien droit dans les yeux.

Ils échangèrent un sourire ; celui de Riley la fit littéralement fondre.

Bon, très bien. Elle s'exhorta intérieurement : *Reparle-lui des autres « questions de vie et de mort », histoire de penser à autre chose !* Autre chose que d'enlacer Riley et de l'embrasser…

— Je suppose qu'on peut se féliciter d'une chose, c'est que les vampires vont se tenir tranquilles pendant au moins deux semaines. Ça va nous laisser le temps de nous occuper de notre rendez-vous avec les sorcières. Enfin, du rendez-vous d'Aden.

Comme elle détestait penser aux sorcières ! Elles étaient si puissantes, si cruelles… Et si Aden n'honorait pas son rendez-vous avec elles, Mary Ann en mourrait.

Elle en mourrait *réellement*. Quelques jours plus tôt, les sorcières avaient lancé un sort sur eux — un sortilège mortel : si par malheur Aden ne se rendait pas à la rencontre où elles le convoquaient, ses amis Mary Ann, Riley et Victoria mourraient.

C'était aussi simple que ça. Aussi simple, et aussi compliqué.

Car personne ne savait où devait se dérouler la rencontre, ni où se cachaient les sorcières. Le rendez-vous, selon toute apparence, était tout bonnement impossible.

Et c'était peut-être bien ce que voulaient les sorcières.

Encore cette douleur à l'estomac…

Pourtant, la perspective n'effrayait pas Mary Ann

outre mesure. Malgré la menace qui pesait sur elle, elle se sentait bien. Forte, présente, comme s'il lui restait des dizaines d'années à vivre — et non quelques jours.

Son cœur s'arrêterait-il comme ça, sans prévenir ? Ou bien tout cela n'était-il qu'une plaisanterie stupide, destinée à l'effrayer ?

Elle avait passé la nuit sur internet à faire des recherches sur les sorcières, les sorts et les moyens d'annuler ceux-ci. Elle avait réuni des informations très disparates selon les sources. Sa source la plus fiable, toutefois, restait Riley. Et celui-ci affirmait qu'une fois prononcés, les sortilèges acquéraient une vie propre et ne pouvaient plus être modifiés.

— Ce rendez-vous…, murmura son compagnon. Crois-moi, je ne l'ai pas oublié !

Le ton de sa voix restait neutre, comme s'il avait cherché à ne pas l'effrayer.

Trop tard pour ça. Au fond, même si elle avait l'impression contraire, peut-être que la perspective la terrifiait inconsciemment. Car Riley, lui, croyait aux pouvoirs des sorcières ; ce qui signifiait qu'il pensait, au plus profond, que lui-même et ses amis allaient mourir d'un jour à l'autre.

— Tu as une idée de l'endroit où se tiendra la rencontre ? s'enquit-elle, même si elle connaissait d'avance la réponse.

— Pas encore, mais j'y travaille, répondit-il laconiquement.

C'était rageant ! Non pas sa façon de répondre, bien entendu, mais la situation ; cette impossibilité de trouver une solution était terriblement frustrante.

Riley dut sentir la colère de Mary Ann — il en était capable, car il pouvait lire les auras, et donc les émotions — car il reprit :

— Tout se passera bien, je te le promets. On va s'en tirer. Tant que je serai là, il ne t'arrivera rien de mal.

Et elle le croyait. Elle lui faisait confiance, bien plus confiance qu'à quiconque. De toute sa vie, elle n'avait jamais ressenti un tel lien avec quelqu'un. Il ne lui mentait jamais. Il lui disait ce qu'il savait et, aussi durs qu'ils soient, il lui détaillait les faits, objectivement, sans rien cacher ni transformer.

Ils finirent par arriver au pied du mur, à bonne distance du portail. Ils firent halte. Sans un mot, Riley bondit ; le mur culminait à plus de deux mètres, mais le changeforme se retrouva à son sommet sans effort apparent. Puis, avec un sourire, il se pencha et tendit la main à Mary-Ann pour l'aider à monter.

Il fallut néanmoins que la jeune fille fasse appel à toutes ses ressources pour mettre à profit cette aide qui n'avait rien de providentielle ; encore cela fut-il au prix d'une chorégraphie qui évoquait sans doute les sauts d'un lapin pris d'hystérie. Enfin, leurs doigts se touchèrent, et elle sentit sa main puissante l'empoigner et la hisser sur le haut du mur en un seul mouvement.

— Merci. Merci pour tout, dit-elle, haletante, en tentant de retrouver son équilibre. Sans vouloir changer de sujet, tu penses que Tucker s'en sortira ?

Tucker, c'était son ex-petit ami. Ils l'avaient tiré de justesse du Bal des Vampires, où il était censé servir de buffet de choix pour les convives.

Riley se laissa tomber sur le sol, de l'autre côté. Son

mouvement, de nouveau, fut souple et gracieux ; elle entendit à peine ses pieds toucher le sol.

— Il survivra, lança-t-il.

Mary Ann crut l'entendre ajouter « malheureusement » d'une voix étouffée où perçait la jalousie. Puis il continua :

— Tucker est en partie démon, tu t'en souviens ? Les démons guérissent plus vite que les humains.

Tout en parlant, Riley tendit les bras vers elle, se préparant à l'accueillir dans ses bras quand elle sauterait. Mary Ann n'hésita pas un instant ; avec tout ce qu'elle avait fait ces dernières semaines, elle n'avait plus peur de rien. Elle se laissa tomber. Il l'attrapa souplement et, avec une grande délicatesse, la déposa au sol en la faisant glisser le long de son corps sculptural. Dans ce mouvement, ils ne se quittèrent pas du regard. Elle appuya ses mains sur la poitrine musclée du loup-garou, dont le cœur battait la chamade. Le sien aussi.

— Comme si je pouvais oublier…

Car si Tucker était sorti avec elle, c'était uniquement à cause du sang de démon qui coulait dans ses veines. Il le lui avait avoué après leur rupture : elle avait la faculté de l'apaiser. Il avait tout fait, d'ailleurs, pour empêcher leur séparation, non parce qu'il l'aimait réellement, mais parce qu'il avait besoin de l'apaisement qu'elle lui procurait comme s'il s'était agi d'un calmant. Au fond, qu'avait-elle été pour lui, sinon une forme de drogue ?

Elle se demandait parfois si Riley n'était pas avec elle pour la même raison. Car elle le calmait lui aussi. Après tout, c'était un loup-garou, une créature surnaturelle ; la seule présence de Mary Ann savait canaliser l'animal brutal et féroce tapi en lui.

Et alors ? Même si c'était le cas, elle voulait être avec lui. Elle était amoureuse ; elle adorait la sauvagerie qui émanait de Riley. Elle aurait voulu, toutefois, qu'il l'aime pour elle-même, et non pour les effets qu'elle avait sur lui. Mais elle pouvait se consoler en pensant qu'à présent, elle avait le pouvoir d'apaiser au lieu d'épuiser — comme elle avait épuisé Anne de toute sa substance vitale.

Riley la dévisageait avec attention :

— Tu as l'air triste… Qu'est-ce qui t'arrive ?

Penser à sa mère la rendait toujours mélancolique, mais ce n'était pas la seule source de l'émotion qu'il détectait chez elle.

— Je…

Que dire ? Elle ne voulait pas lui mentir, mais elle refusait tout autant d'admettre sa crainte que sa personnalité soit moins intéressante que les dons qu'elle possédait. Avec pareil aveu, de quoi aurait-elle l'air, sinon d'une fille hésitante et manquant d'assurance ?

Et ce n'est pas le cas, peut-être ?

Soudain, et sans un mot d'avertissement, Riley la fit pivoter sur elle-même ; le monde se mit à tournoyer. Malgré sa vivacité, le geste était d'une grande délicatesse, et elle se retrouva le dos contre un tronc d'arbre. Les larges mains de Riley l'avaient si bien protégée du choc que seul le fait qu'elle ne puisse plus bouger lui indiquait qu'elle était appuyée à quelque chose. De toute façon, elle n'avait pas la moindre intention de bouger.

Car Riley la tenait si fort, si bien entre ses bras, ses

mains contre ses tempes, qu'elle n'aurait pas laissé sa place pour un empire.

— On nous attaque ? demanda-t-elle dans un souffle.

Riley avait-il senti une menace quelconque ? Se pouvait-il que quelqu'un…

— Tu es si belle… Tu le sais, au moins ? murmura-t-il d'une voix rauque.

Ce n'était pas le danger, donc. Elle se sentit fondre.

— M… merci.

Belle ? Peut-être pouvait-on la trouver mignonne, dans ses meilleurs jours. Elle avait un visage… un visage enfantin, plus ou moins : traits ronds, fossette, la peau mate comme sa mère — la seule de ses caractéristiques qu'elle appréciait vraiment — et des yeux noisette.

— Toi aussi. Je veux dire, toi aussi tu es beau.

— C'est faux, répliqua-t-il avec une feinte amertume — mais ses yeux émeraude lançaient un éclat joyeux. Je suis… masculin.

Elle laissa échapper un petit rire.

— Masculin. C'est le mot. Et moi qui ose te trouver « beau »… Tu me pardonnes, au moins ?

A vrai dire, le mot « superbe » aurait sans doute mieux qualifié ses traits burinés.

— Je te pardonne toujours, répondit-il.

Il enfouit le visage dans son cou et prit une profonde inspiration.

— Je t'ai déjà dit à quel point tu sentais bon ? On dirait des biscuits à la vanille…

— C'est ma crème de jour.

Cette voix haletante, c'était vraiment la sienne ?

— Eh bien, je crois que tu vas te faire dévorer à cause de ta crème de jour.

C'était l'objectif de départ…

— Ah oui ?

— Tu vas voir…

Il leva la tête, très légèrement, et leurs nez se touchèrent. Leur respiration était rapide ; chaque fois qu'elle inspirait, elle inhalait son odeur. Elle avait peut-être un parfum de biscuits, mais lui sentait comme la forêt autour d'eux — une senteur sauvage, brutale, élémentaire.

Elle passa une main derrière la nuque de Riley et laissa l'autre reposer librement sur son cœur. Il battait très fort, à un rythme effréné. La chaleur de Riley l'enveloppait comme un manteau de fourrure. Elle avait tant attendu ce moment ; et comme elle l'avait anticipé, elle se sentait parfaitement bien.

— Riley ?

— Oui ?

Sa voix n'était plus qu'un grondement.

— Qu'est-ce qui t'attire, en moi ?

— Qu'est-ce qui se passe, ma belle ? Tu veux que je te couvre de compliments ? Volontiers, si ça te fait plaisir. D'abord, je te trouve courageuse. Et douce. Et fidèle à tes amis. Je veux être avec toi parce que chaque fois que je te regarde, j'ai le cœur qui se met à cogner comme un fou — d'ailleurs, tu dois le sentir — et parce que la seule chose à laquelle je pense, c'est rester avec toi.

— Ah. C'est gentil.

D'accord, c'était un peu bêta, comme réponse, mais elle ne trouva rien de mieux. Parce que les mots de

Riley chamboulaient son univers. Et qu'elle voulait chambouler le sien à son tour.

— Embrasse-moi.

Leurs visages se rapprochèrent, lentement, très lentement.

— Avec plaisir.

Et leurs lèvres, enfin, se rencontrèrent.

Elle accueillit sa langue, s'en délecta. La sensation était électrique, galvanisante, fantastique. Elle le goûtait à présent, comme elle l'avait senti, et le trouvait tout simplement délicieux. *C'est si bon !* Son goût, comme son odeur, avait un caractère sauvage et élémentaire — *nécessaire.*

Il glissa une main sous le fin liseré du T-shirt de Mary Ann, et la laissa reposer sur ses hanches, là où la peau était fine et extraordinairement sensible. Ses doigts étaient si chauds qu'elle eut l'impression qu'ils allaient la marquer, comme au fer rouge. Il l'attira contre lui, l'éloignant du tronc pour presser son corps contre le sien. Elle se laissa faire, ravie. *Comme c'est bon,* pensa-t-elle de nouveau.

C'était leur deuxième baiser et, aussi incroyable que cela puisse paraître, il était encore plus extraordinaire que le premier. Le premier l'avait consumée entièrement ; celui-ci allumait dans son corps un brasier qui l'atteignait jusqu'à l'âme.

Ils restèrent longtemps ainsi, l'un contre l'autre, perdus, abandonnés, s'enivrant de leurs arômes respectifs pendant que leurs mains s'exploraient — en toute pudeur pourtant.

— J'adore t'embrasser, souffla-t-il.

— Moi aussi, j'adore t'embrasser.

Il se mit à rire, et son souffle chaud glissa contre sa joue ; la sensation était si douce qu'un frisson lui parcourut l'échine.

— Je vais être incapable de me concentrer en cours. Je ne vais penser qu'à ça. Qu'à toi.

Elle saisit Riley par la nuque et attira de nouveau son visage contre le sien. Elle en voulait davantage. Leurs langues se retrouvèrent ; elle n'avait jamais rien connu d'aussi excitant. Incroyable comme elle le sentait tout contre elle, si fort, si sûr de lui. Les autres filles auraient beau couvrir Riley de regards d'envie, c'était elle, elle seule qu'il regardait avec désir.

Oui, mais est-ce qu'il te veut vraiment, ou est-ce qu'il veut juste que tu calmes le loup en lui ?

Encore cette peur stupide.

Mary Ann se raidit et Riley recula, le souffle court, le front perlé de sueur.

— Quelque chose ne va pas ?

— Non, rien, répondit-elle.

— Je ne te crois pas, mais tant pis. Tu me diras la vérité un peu plus tard. Une fois que j'aurai cessé d'être en feu, et que je serai capable de penser correctement. D'accord ?

Ainsi, il était incapable de penser en ce moment ? Elle faillit sourire de satisfaction.

— D'accord. *Peut-être.*

— De toute façon, c'était mieux qu'on arrête.

C'étaient les mots qu'il avait prononcés la fois précédente.

Si elle n'avait eu elle-même quelque difficulté à

retrouver son souffle, elle aurait soupiré de dépit. C'était frustrant, certes, mais il avait raison.

— Je sais, reconnut-elle. Sinon, nous allons nous mettre en retard pour le lycée. Ou ne pas y aller du tout.

Ce qu'elle n'ajouta pas, c'est qu'elle ne souhaitait pas que sa première fois ait lieu en plein air…

A contrecœur, ils se séparèrent et reprirent leur chemin vers le lycée de Crossroads. Tout en marchant, Mary Ann ne cessait de porter les doigts à sa bouche pour retrouver la trace des lèvres de Riley sur les siennes. C'était plus fort qu'elle. Sans doute que ses lèvres étaient enflées. En tout cas, elles devaient être rouges. Humides, elles l'étaient à coup sûr. Au lycée, tout le monde n'allait-il pas repérer au premier coup d'œil ce qu'elle et Riley avaient fait ?

Il leur fallut une vingtaine de minutes — sans doute pas assez pour que ces traces s'effacent — pour rejoindre la sortie de la forêt et les pelouses du lycée. De là, ils pouvaient voir le bâtiment principal, un imposant demi-cercle de trois étages dont le toit pointait vers le ciel. Les briques roses étaient ornées de nombreuses banderoles noir et or où l'on pouvait lire *Allez les Jaguars*.

La pelouse était impeccable ; le vert de l'herbe virait tout doucement au jaune pâle. Des voitures traversaient le parking et des élèves se pressaient en direction des portes d'entrée, montant les escaliers de béton sans un regard pour le drapeau national accroché à son mât.

Seule devant les portes les plus proches, Victoria, très agitée, marchait de long en large. Elle portait un T-shirt noir et une minijupe assortie ; ses cheveux noirs flottaient librement dans son dos. Un unique rayon de soleil tombait sur elle, l'illuminant et faisant ressortir le bleu étincelant de ses yeux.

Mary Ann se souvint que, plus les vampires étaient jeunes, plus ils étaient capables de rester sous la lumière du jour. En vieillissant, leur épiderme ne supportait plus les rayons du soleil. Cette fragilité était d'autant plus insolite qu'aucune lame ne pouvait percer leur peau, épaisse et solide comme le marbre.

Mais Victoria tolérait très bien le soleil, car elle était encore jeune — en tout cas, du point de vue d'un vampire, car ceux-ci vieillissaient aussi lentement que les loups-garous : elle n'avait que quatre-vingt-un ans.

Pour la première fois, néanmoins, cette pensée inquiéta Mary Ann. Victoria et Riley vieilliraient en même temps, sur un rythme lent, cependant qu'elle-même se flétrirait et se racornirait impitoyablement. Quelle horrible pensée !

— Est-ce que vous avez vu Aden ? demanda Victoria dès qu'ils l'eurent rejointe.

Son visage, habituellement pâle, avait pris une couleur crayeuse sous l'effet de l'inquiétude.

— Non, répondirent-ils à l'unisson.

La dernière fois qu'ils avaient vu Aden, se remémora Mary Ann, c'était le soir où ils l'avaient raccompagné au ranch, dans un tel état qu'ils avaient dû l'allonger sur son lit. Il était pâle, fiévreux, haletant comme si chaque respiration lui coûtait un effort surhumain.

Elle s'était dit qu'il lui fallait du repos, que c'était la seule façon pour lui de guérir. Mais que se passerait-il si... ?

— Il n'était pas au ranch ce matin, poursuivit Victoria

avec précipitation. Et pourtant, il était censé m'y attendre ; nous devions venir ensemble à pied.

— Peut-être qu'il est déjà à l'intérieur du lycée, suggéra Riley.

Mais cela ne calma pas la vampire ; au contraire, elle se tordit les mains de plus belle.

— Non, il n'y est pas, je suis allée voir. Et ça va bientôt sonner. Vous savez comme moi qu'il ne peut pas se permettre d'être en retard : ça n'arrangerait pas ses affaires, il risquerait d'être renvoyé. Et il n'en a aucune envie.

— Il est peut-être toujours malade ?

Mary Ann n'y croyait pas elle-même. Dans ce cas, il se serait trouvé dans son lit au ranch. Et Victoria avait raison, Aden ne serait arrivé en retard pour rien au monde — pas seulement parce qu'il craignait l'expulsion, mais aussi parce qu'il ne ratait jamais une occasion de passer du temps avec sa princesse vampire ; il l'idolâtrait vraiment.

— Je pars à sa recherche, décida Riley.

Mary Ann faillit lui proposer de l'accompagner, mais il l'en dissuada d'un regard :

— Toi, reste avec Victoria. Je serai plus rapide sans toi.

Elle faillit insister, mais se ravisa. C'était peut-être difficile à entendre, mais il disait vrai.

— Très bien. Mais sois prudent.

— Riley, fit Victoria, hésitante, est-ce que je... ?

— Toi aussi, tu restes ici.

Avec les créatures en liberté dans la ville, il valait mieux que Mary Ann ne reste pas seule ; Riley refusait de la laisser sans au moins un garde. Pour Mary Ann, ce caractère loyal et protecteur était aussi attirant que ses abdominaux d'acier.

Victoria acquiesça, mais on sentait bien qu'elle était vexée :

— Tu fais partie de ma garde, tu sais ? C'est toi qui es censé m'obéir, pas l'inverse.

— Je sais, Victoria. Navré de te dire ça, rétorqua Riley, mais c'est mon roi qui a disparu ; et dorénavant, c'est lui ma priorité.

Il lança un dernier regard à Mary Ann avant de faire volte-face et de s'élancer en direction de la forêt. Bientôt, il disparut entre les arbres.

2

Aden s'éveilla en sursaut, un cri de douleur coincé dans la gorge. L'œil hagard, il regarda autour de lui. Chambre. Bureau. Armoire. Murs blancs tout simples. Parquet au sol.

Sa chambre, donc, dans le dortoir du ranch.

Et il était vivant. Vivant, et non pas réduit en cendres. Dieu merci. Mais…

Etait-il entier ? Il se tâta et inspecta son corps. Peau ? Lisse et tiède, et non carbonisée. Bras ? Deux, le compte était bon. Idem pour les jambes. Et, plus important, était-il dans le corps d'une fille ? Non. Merci, merci, merci. Il poussa un soupir de soulagement, se laissa aller sur son traversin et entreprit de faire le point sur le reste de la situation.

Il était couvert de sueur. Ses cheveux étaient collés par la transpiration, et on aurait dit que son caleçon… on aurait dit qu'il… Il devint rouge pivoine. Si Shannon, son compagnon de chambre, le voyait comme ça, il allait avoir quelques plaisanteries au sujet des pollutions nocturnes. Rien de méchant, évidemment, vu que c'était entre amis. Mais bon, il s'en passerait volontiers. Il…

Il écarquilla les yeux en apercevant le lit de Shannon ; le bois de la couchette portait de profondes lacérations, comme si quelqu'un s'était acharné dessus. Craignant le pire, Aden regarda ses mains. Oui, ses ongles étaient en sang, ses doigts couverts d'échardes.

Parfait. Et qu'avait-il fait d'autre, tout le temps qu'il était défoncé au sang de vampire ?

On y pensera après.

— Elijah ? lança Aden.

C'était le moment de faire l'appel.

Présent, répliqua le médium en familier de l'exercice.

Et d'un.

— Julian ?

C'était l'homme qui murmurait à l'oreille des cadavres, comme ils l'appelaient. Un seul pas dans un cimetière, et les morts se mettaient à danser.

Je suis là.

Cool. Et de deux. Plus qu'un.

— Caleb ?

Lui avait la faculté de posséder les corps.

Yo, man.

Le groupe au grand complet. En avant.

A un moment de sa vie, Aden avait souhaité leur départ de toutes ses forces. Oh, il les aimait bien ; mais tout de même, il n'aurait pas craché sur un peu d'intimité. C'est alors qu'il avait perdu Eve. Dans la vraie vie, elle s'était appelée Anne, mais Aden l'avait toujours connue sous le nom d'Eve.

Elle avait été une sorte de mère, pour lui, et elle était capable de voyager dans le temps. Elle lui manquait profondément, au point qu'il n'était pas certain de pouvoir faire face à l'éventuel départ des autres. Ils faisaient partie de lui. C'était ses meilleurs amis, ses compagnons de toujours. Il avait besoin d'eux.

Comme toujours, cette pensée fit naître en lui un sentiment de culpabilité. Ils méritaient la liberté. Ils la *voulaient*. Enfin, peut-être ; depuis le départ d'Eve, ils ne lui avaient plus demandé de faire des recherches sur les personnes qu'ils avaient été avant de s'installer dans sa tête. Avaient-ils peur qu'Aden trouve une réponse ? Cela les aurait obligés à le quitter, et à affronter l'inconnu.

Car nul ne savait où était partie Eve. Elle avait disparu et n'était jamais revenue.

Alors, quoi de neuf ? interrogea Julian.

Il veut dire qu'on a eu des rêves très chauds, ajouta Caleb. *Et pas chauds au sens agréable, ça non. On a brûlé, mon gars. Brûlé vifs.*

En général, nous ne partageons pas tous les trois tes rêves, ajouta Julian.

En fait, seul Elijah le faisait, puisqu'il était médium ; Aden et lui partageaient leurs visions. Mais cette nuit, enfin la nuit dernière… bref, ce qui venait de se passer n'était pas une vision. C'était vrai — une expérience terrible, confondante pour l'esprit.

Pourtant, Aden le savait, il lui manquait à présent des pièces du puzzle ; sa mémoire semblait s'être effacée. Il se souvenait de Victoria, et des flammes ; il avait aussi rencontré… les sœurs de Victoria ? Oui, ses sœurs, effectivement. Mais rien d'autre ne lui revenait ; il revoyait la scène dans un épais brouillard, comme si son cerveau avait été incapable de traiter ce qu'il avait vu. Pourquoi, alors, se souvenait-il si bien d'avoir été brûlé vif ? Pourquoi était-ce son souvenir le plus clair ?

Si seulement il avait pu oublier ! L'esprit n'était-il pas censé supprimer les souvenirs les plus douloureux ?

Alors ? interrompit Julian. *On aurait bien besoin d'une explication, non ?*

— Le sang de vampire, leur rappela-t-il.

Leur répondre était difficile, car c'était à peine s'il entendait sa propre voix dans la cacophonie. Néanmoins, il précisa :

— Nous avons vu le monde à travers deux autres paires d'yeux, vous vous souvenez ?

Un peu, qu'on s'en souvient, répondit Caleb. En parlant de vampire, où est notre vampire à nous ?

Il parlait de Victoria. *C'est ma vampire,* faillit rétorquer Aden ; mais il préféra s'abstenir. Cet obsédé de Caleb ne pouvait pas s'en empêcher. Il ne pensait qu'aux filles, même si, vu ce qu'il était, il ne pouvait pas leur faire grand-chose.

— Elle est censée passer nous chercher ici pour qu'on aille au lycée ensemble.

Quelle heure était-il, au fait ?

Avant qu'il ait eu le temps de vérifier son réveil, la porte s'ouvrit en grand, et Seth et Ryder, en grande conversation, firent irruption dans la chambre.

— … et Shannon, ça ne va pas le gêner, assura Seth.

Son nom de famille était Tsang, mais son visage ne révélait rien de ses origines ; il avait des cheveux noirs avec des mèches teintes en rouge, une peau claire et les yeux bleus.

Ryder Jones, qui le suivait, haussa les sourcils d'un air interrogateur. Il était brun lui aussi, avec des yeux marron.

— Tu es sûr ? Tu sais qu'il n'aime pas qu'on touche à ses affaires.

Aden se hâta de remonter les draps sur ses jambes et son caleçon trempés de sueur.

— Salut, les gars. C'était pas la peine de frapper.

Ils firent mine de l'ignorer.

— Et sinon, vous cherchez quoi ? grogna-t-il.

Ils continuèrent de l'ignorer ; d'ailleurs, ils ne daignèrent même pas tourner les yeux vers lui.

— Toi, tu regardes dans le bureau, ordonna Seth.

Ryder avança d'un pas pour obéir.

Aden fronça les sourcils, perplexe. Dans les premiers temps de son arrivée au ranch, ces deux-là l'avaient pris en grippe. Heureusement, la situation avait changé, et une trêve avait été déclarée après qu'Ozzie, leur idole, dont l'activité principale était de maltraiter ceux qui l'entouraient, avait été renvoyé du ranch avec pertes et fracas — et, un peu plus tard, c'est-à-dire le week-end dernier, avait été vidé de son sang par des vampires. Mais Ryder et Seth ignoraient ce dernier détail : ils ne savaient rien de l'existence de « l'autre » monde.

Dans ces conditions, pourquoi lui faire maintenant le coup du silence ?

— Où l'a-t-il mis ? murmura Seth.

Il s'agenouilla devant le placard et entreprit de fouiller les piles de vêtements. Dans le mouvement, il découvrit son poignet, où l'on pouvait voir un serpent tatoué.

— Où est-ce qu'il a mis quoi ? reprit Aden en se redressant sur le lit.

Par-dessus son épaule, Seth balança des jeans et des T-shirts, bientôt suivis par des paires de chaussures, tandis que Ryder, penché sur le bureau, fourrageait dans les papiers qui y étaient empilés. La scène dura quelques minutes, pendant lesquelles Aden ne cessa pas de s'adresser à eux — « allez, c'est bon, arrêtez votre blague, elle est trop connue… vous allez me parler, oui ? »

En vain. Finalement, il se leva, laissant tomber les draps par terre sans plus se soucier de dissimuler ses jambes.

Il avait la ferme intention de faire cesser la plaisanterie, quitte à administrer quelques coups de poing ; aussi tendit-il le bras pour saisir Ryder au collet.

Sauf que sa main traversa le corps du garçon.

Le cœur battant la chamade, il réitéra son geste. De nouveau, sa main s'enfonça à travers la chair de Ryder. Il resta là, pantelant, les yeux exorbités. Comment était-ce possible ? Comment, nom d'un chien ? Bien sûr, il avait été brûlé vif, mais c'était dans le corps d'un autre ! Il avait pensé… il avait cru… Etait-il mort, lui aussi ? Mort, comme raide, fini, étendu, *kaputt* ?

Non. Hors de question. Mais…

Son sang se glaça. Il se planta à côté de Seth.

— Ça y est, je l'ai ! s'exclama ce dernier en se relevant.

L'air triomphant, il brandissait un livre. Un livre qui parlait de vampires. Dans d'autres circonstances, Aden aurait été surpris du choix de lectures de son ami ; mais il était trop sonné pour y penser.

— Il est bizarre, ce Shannon, commenta Seth. Toujours en train de lire ce genre de trucs. D'accord, ça nous évite un déplacement à la bibliothèque, mais quand même ! C'est la première fois qu'on me demande une dissertation sur des débiles à longues dents. C'est vraiment nul !

— C'est M. Thomas, le nul. Je veux dire, il est bizarre. Nous demander d'écrire au sujet des « créatures du mal », comme si les vampires étaient vrais… Je n'arrive pas à prendre ça au sérieux. Je vais sans doute ramasser une mauvaise note, mais franchement, je m'en tape !

Aden ne parvenait pas à maîtriser ses tremblements. Fébrilement, il tenta une nouvelle fois de saisir le poignet de Seth, mais rien ne se produisit. Aucun contact, rien. Il sentit le goût âcre de la bile remonter le long de son œsophage. Lourdement, il laissa retomber son bras. Pris de vertige, il se dirigea en chancelant vers son lit. Des papillons noirs dansaient devant ses yeux.

Réponse à sa question ? Oui, il était mort. Bel et bien décédé. C'était la seule explication logique.

Leur exploration terminée, Seth et Ryder vidèrent les lieux en râlant contre la stupidité de leur nouveau tuteur et des devoirs qu'il donnait. Aden, lui, ne bougea pas. Peut-être était-il condamné à passer l'éternité ici, sous la forme d'un fantôme…

Ainsi, voilà ce que ressentaient les âmes ? Piégées, perdues, sans contrôle ?

— Les gars, chuchota-t-il.

Il ne savait pas par où commencer. S'il était bel et bien devenu un fantôme, comment pourrait-il les aider à comprendre qui ils avaient été dans leur vie antérieure ? Comment pourrait-il les aider à se libérer ? Si, bien évidemment, ils le souhaitaient toujours.

— Je crois que…

— Bonjour, Aden.

La voix, celle d'un homme, s'était élevée derrière lui ; il se retourna vivement. Depuis l'encadrement de la porte, M. Thomas, le nouveau tuteur du ranch D & M, le toisait. Il était chargé de l'éducation de tous les garçons qui, au contraire d'Aden et Shannon, n'allaient pas au lycée de Crossroads. Il avait fait son apparition au ranch le jour du Bal des Vampires, et Dan, le directeur, l'avait embauché sur-le-champ. Ce qui, à y bien réfléchir, était très inattendu de sa part ; il était plutôt du genre à faire passer d'interminables entretiens et à vérifier soigneusement les antécédents de ceux qu'il recrutait. Mais, dans le cas de M. Thomas, Dan s'était contenté de dire : « Vous êtes parfait. »

Plus étrange encore, les garçons du ranch agissaient comme s'ils le connaissaient depuis toujours ; Seth et Ryder, par exemple, venaient de se plaindre de lui comme d'un prof qu'ils auraient eu depuis des années. Aden n'avait pas encore été présenté au professeur Thomas, mais Victoria, en secret, lui avait montré qui il était. En fait, M. Thomas n'était pas le genre de tuteur à se préoccuper de l'éducation des jeunes ; c'était un Faé, un homme-fée, et l'ennemi juré de Victoria. Il n'était ici que pour découvrir qui étaient les alliés de la vampire.

L'homme ne ressemblait en rien à l'idée qu'Aden se faisait d'une fée — qui aurait dû être petite, ailée et féminine. M. Thomas, lui, était grand et mince, avec une peau mordorée et presque étincelante (d'accord, ça, c'était féerique). A vrai dire, il avait le visage le plus parfait qu'Aden ait vu, sans le moindre défaut, sans la moindre imperfection. Ses yeux bleus étaient parfaitement espacés, son nez avait une courbure impeccable, et ses lèvres étaient splendides, ni trop fines, ni trop charnues.

Oui, Aden avait remarqué ça, ce qui était quand même très embarrassant — ne risquait-on pas, si on le découvrait, de lui retirer sa carte du Club des Vrais Mecs ou quelque chose dans le genre ?

Il avala sa salive avec difficulté.

— Vous me voyez ? Vous m'entendez ?

— Oui.

— Est-ce que je suis… mort ?

Prononcer le mot était encore plus difficile que le penser. Comment l'homme-fée pouvait-il le voir alors que Seth et Ryder en étaient incapables ?

M. Thomas émit un petit rire, aussi musical que le son d'une harpe.

— Pas vraiment. En fait, tu es… ailleurs.

C'était censé le réconforter ? Raté. Il se passa la main dans les cheveux, désorienté.

— Comment ça, ailleurs ?

Rien, en effet, n'avait changé autour de lui.

— Dites-m'en plus. Où est-ce que je me trouve ? Comment suis-je arrivé là ? Qu'est-ce qui se passe ?

Aden, fit Elijah, *j'ai un mauvais pressentiment sur tout ça.*

L'intervention du médium emplit Aden d'appréhension ; les mauvais pressentiments d'Elijah étaient généralement… vraiment mauvais.

— Tsk, tsk, fit M. Thomas. Ça fait beaucoup de questions… Assieds-toi, ordonna-t-il avec un geste en direction de la chaise. Je vais me faire un plaisir de répondre à tes interrogations. Enfin, dès que tu auras répondu aux miennes, évidemment.

Cela aurait pu passer pour une simple requête, mais Aden comprit que cette phrase constituait une vraie menace. Le pressentiment d'Elijah l'amenait à craindre qu'une bagarre éclate sous peu. Il entreprit de recenser les armes dont il disposait. Bien entendu, il n'en portait aucune sur lui ; en revanche, deux poignards l'attendaient, cachés dans ses bottes. Sauf qu'il ne portait pas ses bottes et que rien ne garantissait qu'il puisse les atteindre, car elles se trouvaient... où donc ? Ah, voilà : soigneusement rangées au pied de son lit.

— Assis, Aden, lança M. Thomas, et il émanait de ces deux mots une incroyable autorité naturelle.

Cette fois, Aden obtempéra, sans chercher à se rapprocher des poignards. Il ne tenait pas à jouer (ou à tenter de jouer) ses atouts tant que ce n'était pas absolument nécessaire.

Le sang va couler avant la fin de cette rencontre, dit Elijah.

Notre sang ? s'enquit Caleb sur un ton où se mêlaient l'ennui et une pointe de peur. *Parce que je l'aime bien, et ça me gênerait d'en donner la moindre goutte.*

— Nous n'avons pas encore été présentés ; je suis M. Thomas, déclara l'homme avant que les esprits aient pu ajouter un mot.

Il s'avança vers la chaise, ne s'arrêtant qu'à quelques centimètres d'Aden. Il se campa sur ses jambes et croisa les mains dans son dos — une posture de guerrier.

Aden la connaissait bien : combien de fois ne l'avait-il pas adoptée lui-même alors qu'il se préparait à bondir sur un adversaire menaçant. *Prépare-toi.*

Il dévisagea de nouveau l'homme-fée. M. Thomas, tu parles. Un nom aussi banal ne pouvait pas convenir à un individu au visage aussi parfait ; ce devait être un pseudonyme. Eh bien, tant mieux, vu qu'Aden n'allait pas tarder, selon toute probabilité, à lui arranger le portrait.

— Je sais qui vous êtes. Vous voulez des réponses. *Mais à quoi ?*

— Eh bien, il faudra d'abord que vous me disiez ce que je veux savoir. D'abord, comment se peut-il que je sois là et pas là en même temps ? Comment se fait-il que je sois vivant, mais invisible ?

Un silence pesant s'installa. Aden crut un instant que Thomas allait le frapper, furieux qu'il retourne ainsi sa tactique contre lui. La colère et l'indignation se peignaient sur ses traits, allumant des flammèches dans ses yeux bleus.

Néanmoins, le Faé céda, et, à contrecœur, répondit posément à la question :

— Les gens de ton espèce appelleraient le lieu où tu te trouves une autre dimension. En réalité, c'est le royaume Faé.

Une autre dimension ? Comment était-ce possible ? Mais au moment où la question lui venait, il se rendit compte de son inanité. Franchement, avec tout ce qu'il avait vu et vécu récemment, tout était possible.

— Donc, pour être tout à fait clair, je ne suis pas mort ? reprit Aden, encore indécis.

— Ton besoin constant d'être rassuré est agaçant. Ecoute-moi bien, parce que je ne le répéterai pas : tu es en vie, c'est indéniable ; mais tu es dans une autre dimension, et les humains ne peuvent donc ni te voir ni t'entendre.

Ainsi, à l'en croire, Aden ne s'était pas transformé en fantôme. Il pouvait donc retrouver Victoria et ses amis.

— Et c'est vous qui m'avez entraîné ici ? aboya-t-il, furieux.

— Exactement.

— Pourquoi ?

Il y eut entre eux un nouveau silence chargé de tension. Obtenir des réponses de la part du Faé se révélait aussi difficile que d'essayer de lui arracher les dents.

— Parce que, finit par soupirer M. Thomas, j'avais rencontré tous les garçons du ranch, à part toi.

La colère, de nouveau, scintillait dans les yeux de l'homme-fée ; cette fois, un certain dégoût s'y mêlait.

J'en suis sûr, maintenant, le sang va couler, lança Elijah d'une voix tremblante.

A cause d'un couteau ?

Mince... Il avait parlé tout haut.

Je l'ignore, répliqua Elijah. *Tout ce que je peux voir, c'est une mare de sang.*

— Qu'est-ce que tu racontes, « à cause d'un couteau » ? releva M. Thomas.

— Pardon. Ce n'est pas à vous que je parlais.

— Et à qui, alors ?

Une question que des centaines de gens lui avaient posée des centaines de fois.

Peut-être qu'on devrait y aller. Je veux dire, s'enfuir, proposa Caleb, toute trace de défi disparue. *Avant de se mettre à saigner.*

D'accord avec Caleb, approuva Julian. *D'abord, on ne sait même pas comment se battre avec une fée.*

L'idée fit rire Caleb, qui en oublia momentanément son anxiété.

Se battre avec une fée. On aura tout entendu !

— Du calme, s'il vous plaît, intervint Aden pour les faire taire.

Mais M. Thomas prit le commentaire pour lui ; furieux, il cracha :

— Tu n'as pas intérêt à me parler sur ce ton, jeune homme.

A quoi bon lui expliquer ? Aden se frotta les tempes pour prévenir un mal de tête naissant.

— Pourquoi aviez-vous besoin de me rencontrer ? demanda-t-il. Je vais au lycée, vous ne serez même pas mon tuteur.

Il tentait de poursuivre la conversation car, malgré ce que Caleb lui avait suggéré, il ne pouvait s'enfuir nulle part. Et il n'y avait pas de raison de s'alarmer. Pas encore, tant qu'il avait ses poignards. S'il les avait effectivement.

— Je ne serai pas ton tuteur, répliqua M. Thomas, songeur, en avançant dans sa direction.

Un pas, puis deux, puis il s'immobilisa.

— En revanche, je vais te tuer.

Là, il y avait de quoi s'alarmer. Aden bondit sur ses pieds. Une autre menace, un autre pas dans sa direction, et il plongerait vers ses bottes. Et au cas où il ne parviendrait pas à saisir les poignards qui y étaient cachés, il se mettrait à courir, même s'il n'avait guère d'endroit où aller.

— Ne t'avise pas de tenter quelque chose, Haden Stone !

— Personne ne m'appelle comme ça, l'informa Aden.

Depuis que, enfant, il avait prononcé son prénom sans le h aspiré, tout le monde l'avait imité.

— En fait, j'ai tué le dernier qui l'a fait, ajouta-t-il. Sérieusement.

Cela n'intimida pas pour autant M. Thomas :

— Rassieds-toi, ordonna-t-il. J'ai répondu à tes questions, et maintenant tu vas répondre aux miennes.

Non, certainement pas. Aden décida de rester les bras croisés en attendant la prochaine menace de mort que proférerait Thomas. D'autant que, visiblement, la colère du Faé enflait de façon inquiétante devant le silence.

— C'est ça, oui...

Il plongea sur la gauche ; Thomas mordit à la feinte, et Aden, dans une volte-face, se jeta à droite, évitant le tuteur pour se précipiter vers ses bottes.

Ses mains passèrent au travers du cuir.

Nom d'un chien !

Mais ce n'était pas le moment de s'attarder ou de s'apitoyer. Il fondit vers la porte... pour se retrouver face à un mur invisible qui l'empêcha d'aller plus loin. Son élan était tel qu'il s'écrasa littéralement contre cette barrière, et se retrouva assis par terre, à moitié assommé. L'instant d'après, Thomas était sur lui ; posant le pied sur sa gorge, il le contraignit à s'allonger.

Instinctivement, Aden saisit la cheville de l'homme-fée et poussa ; mais le pied de Thomas ne bougea pas.

Le Faé planta son regard bleu dans le sien, le clouant sur place.

— Il y a quelques semaines, un choc électrique s'est produit dans mon monde. Il a créé une brèche entre notre dimension et la vôtre. Une porte, que nous ne pouvons pas refermer. Nous avons cherché la source de ce choc, et nous avons trouvé qu'il provenait de ce ranch. Et plus précisément de toi. Même en ce moment, je sens l'énergie qui irradie de toi. Elle m'appelle, elle m'attire. Et même, elle accroît mes pouvoirs.

Ces derniers mots furent prononcés en un souffle, le souffle désespéré d'un drogué en manque.

Mais si la présence d'Aden augmentait les pouvoirs de l'homme-fée, pourquoi donc celui-ci cherchait-il à le tuer ?

Aden voulut dire quelque chose ; le seul son qui sortit de sa gorge fut un grognement étranglé. De l'air, il lui fallait de l'air ! Il continua à lutter, griffant et frappant la jambe de Thomas. *Il faut… que je respire !*

Non, il ne pouvait pas mourir ici, dans cette… dimension. Sinon personne ne saurait jamais ce qui lui était arrivé. Pas vraiment. On penserait que ce cinglé d'Aden avait fini par péter les plombs et par s'enfuir pour de bon.

L'asphyxie ne cause pas de bain de sang, déclara Elijah d'une voix rassurante. *Reste calme. Ce n'est pas comme ça que tu vas mourir, et tu le sais.*

Casse-lui la gueule ! hurla Caleb.

Explose-le ! l'encouragea Julian à son tour.

Il leur manquait Eve, qui avait toujours été la voix de la raison. Pourtant, ce qu'avait dit Elijah permit d'endiguer le flot de panique qui assaillait Aden. Son destin n'était pas de mourir étranglé, en effet, mais poignardé en plein cœur. Thomas était donc simplement en train d'essayer de l'effrayer.

— Nous avons cru que nous pourrions te garder en vie, pour nous aider à refermer cette porte, continua ce dernier. Et qu'est-ce que je trouve en entrant dans ta chambre ? La puanteur d'un vampire. Nos plus grands ennemis, une race qui a jadis tenté de nous détruire tous !

— Je suis sûr qu'ils avaient… une bonne raison, lança Aden, suffoquant.

Il vit un muscle se contracter nerveusement sur le visage de la fée.

— Dis-moi tout, Haden Stone. Est-ce que tu les aides ? Est-ce toi qui les guides ? Est-ce que vous avez pour projet de mettre à profit la brèche entre les dimensions pour envahir notre monde ?

Lui, guider les vampires à travers les dimensions ? Alors qu'il n'avait pas la moindre idée de la façon dont il s'était retrouvé dans celle-ci ?

— Ne… peux plus… parler…

La pression sur sa gorge se relâcha un peu.

— De toute façon, il est inutile que tu répondes à mes questions. Je connais la vérité. Tu les aides, oui, et c'est pour ça que tu dois mourir.

Aden étreignait toujours la cheville de Thomas, tentant de retrouver son souffle. Ce faisant, il fouillait la pièce du regard, s'efforçant de repérer quelque chose qu'il aurait pu utiliser comme arme.

Il ne trouva rien d'autre que sa propre détermination. Tout au long de sa vie, il avait affronté un nombre incalculable de morts-vivants, dont le venin l'avait empoisonné, affaibli et presque détruit ; et pourtant, il avait toujours survécu, toujours gagné. Chaque fois. Il ne laisserait pas une fée le battre.

Sers-toi de tes mains, lui intima Elijah. *Déséquilibre-le !*

Aden resserra ses doigts sur la chaussure de Thomas et, de toutes ses forces, lui tordit le pied. L'homme-fée avait beau être grand et fort, il fut déstabilisé et s'écroula. Sans perdre une seconde, Aden se releva et se mit, jambes fléchies, dans la même position d'attente que Thomas avait adoptée quelques instants plus tôt.

— Ça, mon garçon, ce n'était pas très malin.

Aden ne vit pas l'homme-fée bouger. L'instant précédent, il était au sol ; la seconde d'après, sa voix provenait de derrière lui. *Juste* derrière — il sentit un souffle chaud sur sa nuque, qui le fit frissonner. Aden se retourna lentement, conscient qu'un mouvement brusque aurait poussé la fée à frapper. Ils se retrouvèrent face à face. Aden était grand pour son âge — plus de un mètre quatre-vingts — mais l'homme-fée le dépassait d'une bonne tête.

— Je n'aime pas voir les humains souffrir, et j'aurais préféré mettre très vite un terme à tes souffrances. Mais…

Les coins de sa bouche se relevèrent en un sourire étrange.

— Je t'avais dit de ne pas te battre contre moi. Tu as désobéi. Tu ne mérites pas ma pitié.

Le sang ! gémit Elijah.

On y était. Ce serait terrible.

— Je t'attends, fit Aden.

Au même moment, la fenêtre de la chambre vola en éclats et une ombre tourbillonnante fit irruption dans la pièce. Une forme sombre et massive s'interposa entre eux — Riley, sous sa forme de loup-garou ! Aden reconnut les yeux verts étincelants au-dessus des babines retroussées et des crocs luisants.

La créature poussa un grognement féroce.

Aden, écarte-toi !

Riley avait lancé son ordre par télépathie, et Aden l'entendit malgré les voix des esprits dans sa tête.

— Tu peux me voir ? lança-t-il, tout en sachant que le loup-garou était probablement trop occupé pour lui répondre.

Si c'était le cas, Riley pouvait-il également voir Thomas, et réciproquement ?

— Mauvais choix, mon p'tit loup, lança M. Thomas en pivotant vers Riley.

L'expression de son visage était éloquente : il était bien décidé à tuer.

De toute évidence, la réponse à la question d'Aden était une double affirmation : oui, ils pouvaient se voir, et pas qu'un peu !

Sans un mot, les deux créatures se ruèrent l'une sur l'autre ; elles se rencontrèrent au milieu de la pièce, pour former un tourbillon de griffes, de dents, de lumières étranges et de reflets de lames jaillies de nulle part. Cette fois, c'était certain : il y aurait un bain de sang, comme Elijah l'avait prédit.

Un combat à mort venait de s'engager.

3

Le sang allait couler. Abondamment.

Riley planta les crocs dans la gorge de Thomas ; ses griffes puissantes lacérèrent sa poitrine. De la fumée monta de la chemise déchirée. Une odeur de brûlé, chair et tissu mêlés, se répandit dans la chambre. Il y eut un hurlement. Empoignant à pleines mains le pelage du loup-garou, Thomas le souleva de terre et le fit voler à travers la pièce — il percuta Aden en pleine poitrine, et Aden à son tour heurta le mur.

Sous le choc, la peinture s'écailla et des morceaux de plâtre tombèrent sur le sol. L'impact lui coupa le souffle et il se retrouva à genoux, haletant.

Riley se releva instantanément et bondit de plus belle sur l'homme-fée ; tous deux tombèrent à la renverse, leurs corps inextricablement mêlés. Chaque fois que les griffes du loup-garou touchaient leur cible, l'odeur de chair brûlée s'intensifiait et le sang giclait. Quelques gouttes atteignirent le visage d'Aden. Elles étaient curieusement froides, comme des morceaux de glace. Et quand les poignards du Faé entrèrent dans la danse, rapides comme l'éclair, ce fut au tour du sang de Riley de couler en flots aussi ardents que des brandons échappés d'un brasier.

Aide-le ! intervint Julian.

On n'en était pas plutôt à « Faites l'amour, pas la guerre » ? demanda Caleb qui, maintenant que le loup était en train de prendre une dérouillée à leur place, retrouvait son courage.

A grand-peine, Aden parvint à se relever ; le choc avait vidé ses poumons, et il devait lutter pour chaque bouffée d'air. La tête lui tournait violemment. Chancelant, il dut s'appuyer contre le mur.

Elijah ?

Le médium savait certainement ce qu'Aden s'apprêtait à lui demander. Que pouvait-il faire ? Comment aider Riley ? Il n'avait pas d'armes et ne pouvait quitter la pièce pour en chercher.

Je ne sais pas, se lamenta Elijah.

— Est-ce que Riley va gagner, alors ?

Aden chuchotait ces paroles pour n'être entendu que de l'esprit ; il n'aurait pas voulu déconcentrer le loup-garou en plein combat.

Je ne sais pas, répéta le médium de la même voix désolée. *Je vois le sang. Le sang coule, partout dans la maison. Le sang de tout le monde.*

A ce point ? A cause de cette seule bagarre ? Ou bien quelque chose d'autre allait-il arriver ?

Thomas, sans cesse, repoussait les attaques de Riley, le projetant violemment à l'autre bout de la pièce ; et sans cesse, Riley, pareil à une catapulte, revenait à la charge, tous crocs dehors. Pour une raison ou une autre, il avait cessé de se servir de ses griffes. Les meubles étaient réduits en pièces et les murs détruits — y compris le mur invisible, ce qui permit aux deux combattants de poursuivre leurs assauts dans le couloir, puis dans une chambre attenante, dont ils firent voler la porte en éclats. Celle-là, on ne pourrait pas la réparer. Aden les suivit. Dans la bataille, Thomas avait laissé tomber ses poignards ; Aden tenta donc de les ramasser pour, à son tour, se mêler au combat, mais tous ses efforts demeurèrent vains : chacune de ses tentatives pour s'emparer des armes se solda par un échec ; il ne put saisir les lames qui disparurent soudain, comme par magie. Pendant ce temps, l'homme-fée et le loup-garou poursuivaient leur lutte à mort, se déplaçant si vite qu'Aden avait du mal à les suivre.

Ils détruisaient les murs, les portes, les meubles… mais rien d'autre. Comment était-ce possible ?

Les adolescents qui vivaient au ranch D & M — Seth, Ryder, RJ, Terry et Brian — se tenaient dans la pièce commune. Tous avaient un livre à la main. Certains lisaient, d'autres faisaient semblant ; mais on aurait dit qu'aucun d'eux ne remarquait la lutte à mort qui faisait rage autour d'eux.

Ils ne réagirent même pas quand les chaises sur lesquelles ils étaient assis furent renversées et réduites en miettes. Ils restèrent là, assis sur des sièges invisibles. Ou de l'air. Riley et Thomas passaient au travers d'eux, apparemment invisibles, imperceptibles, inaudibles. Les garçons ne remarquaient ni leurs mouvements ni le sang qui giclait sur eux. Ils ne voyaient rien.

Etrange. Carrément flippant. Dans la bataille, Thomas avait reçu de nombreuses blessures qui saignaient abondamment ; pourtant, il ne semblait pas le moins du monde affaibli. Au contraire, on aurait dit qu'il devenait de plus en plus fort. Les attaques de Riley, en revanche, perdaient leur intensité de minute en minute ; ses bonds étaient moins vifs, ses grondements devenaient de plus en plus sourds. Mais les blessures qu'il recevait se refermaient et guérissaient instantanément.

Qu'est-ce qui l'affaiblissait ?

Thomas ne frappait, remarqua Aden, que pour obliger Riley à lâcher prise ; lorsque le loup-garou plantait ses dents dans l'homme-fée, celui-ci se contentait de l'écarter. Il renversait même la tête en arrière, comme pour inciter Riley à viser sa gorge plutôt que toute autre partie de son corps, ses mains en particulier. Pourquoi se comportait-il ainsi ?

A bien l'observer, on voyait même que, chaque fois qu'il repoussait le loup-garou, il laissait ses mains plusieurs secondes au contact de l'animal, comme pour le caresser. A première vue, c'était stupide. Stupide… ou nécessaire ?

Le Faé était-il capable d'affaiblir Riley avec ses mains ? Cela pouvait expliquer pourquoi il cherchait à tout prix à les tenir à l'écart des dents du loup-garou ; et pourquoi, aussi, il semblait ne pas se soucier des blessures qu'il pouvait récolter. Au fond, que sont quelques estafilades quand vous savez que votre adversaire sera bientôt trop faible pour attaquer ?

— Comment puis-je les aider ? s'interrogea Aden.

Et au même moment, la réponse lui vint, évidente. Evidente, et terrible.

Tu le sais très bien, confirma Elijah. D'inquiète, sa voix était devenue torturée d'angoisse : lui aussi savait ce qu'il leur restait à faire.

Quoi ? demanda Julian ? *Qu'est-ce qu'on va faire ?*

Aden avala sa salive, pétrifié.

— Caleb, c'est à toi de jouer.

A moi de… Oh non, pitié !

Pas besoin d'en dire plus, ils avaient tous compris. Faire appel à Caleb ne pouvait signifier qu'une chose : ils s'apprêtaient à posséder le corps de Thomas.

Non. Il doit y avoir un autre moyen ! S'il avait eu un corps, Julian, à ce moment même, aurait été en train de reculer en secouant la tête.

— Désolé, les gars.

Il le fallait. Pour Riley. Et pour eux-mêmes, évidemment.

La souffrance, gémit Julien. *Encore de la souffrance. On n'en peut plus. On a déjà trop eu mal. Ça va nous achever.*

Il n'y a pas d'autre moyen, raisonna Elijah. *Le Faé doit mourir.*

— On a vécu pire, intervint Aden.

Comme brûler vif. Que pouvait-il y avoir de pire que ça ?

— Et si je veux embrasser Victoria de nouveau, je dois sauver son garde du corps.

C'est pas mon genre d'annoncer les mauvaises nouvelles, mais je dois dire qu'Aden a raison, lança Caleb. Son revirement soudain n'était guère surprenant : il aurait fait n'importe quoi pour un baiser. *On survivra, même si ce n'est pas le cas de Thomas. C'est tout ce qui compte.*

Aden reporta toute son attention sur les deux combattants. Riley gisait sur le sol, allongé à quelques mètres de Thomas ; il faisait de son mieux pour se redresser, s'appuyant sur ses coudes pour avancer centimètre par centimètre vers son assaillant. Sa détermination était incroyable. Thomas, de son côté, qui venait d'être projeté contre le mur comme une poupée de chiffons, époussetait calmement des morceaux de plâtre et de peinture sur ses épaules. Sa chemise était en lambeaux et sa peau écorchée ; pourtant, les blessures commençaient à se refermer d'elles-mêmes, comme si l'homme-fée était parvenu à absorber le pouvoir d'autoguérison du loup-garou.

Avec un sourire de triomphe, Thomas s'approcha de Riley toujours étendu sur le sol.

— Tu diras à ta princesse de ne pas envoyer de gamins pour faire un boulot d'homme. Mais j'y pense ! Tu ne lui diras rien du tout, parce que tu ne quitteras pas cette pièce vivant.

Les yeux de Riley lançaient des éclairs de rage et de haine.

L'homme-fée soupira :

— Néanmoins, sache que j'admire ton courage, loup. Tu mourras donc avec les honneurs. Apprends que je ne suis pas un simple serviteur du royaume Faé, mais bel et bien un prince. Et par là même, je suis indestructible. Entrer dans ma dimension, c'était donc signer ton arrêt de mort. Il n'y a aucune honte à ta défaite. Je vais te tuer ; prends-le comme un honneur.

Un honneur ?

Riley gronda, soulignant les pensées d'Aden.

Les sourcils froncés par la réflexion, Thomas se pencha en avant :

— Je te répète que ton courage est admirable. Quel

dommage que tu serves les vampires ! Dis-moi, loup, aurais-tu par hasard envie de changer de camp ?

Nouveau grondement — un refus, de toute évidence.

— Eh bien, tu m'en vois désolé. Prépare-toi à mourir, alors. Rassure-toi, je vais faire vite.

Qu'est-ce que tu attends ? Aden ne sut pas si la question venait des esprits ou de lui-même. Riley était son ami (en général), et il ne laisserait pas souffrir un ami. Même si cela signifiait souffrir à sa place.

A l'instant même où la main de l'homme-fée allait une nouvelle fois entrer en contact avec la fourrure du loup-garou, Aden — dont les deux combattants avaient visiblement oublié la présence — se jeta en avant, en direction de Thomas. Il ne s'arrêta pas devant lui, ne s'arrêta pas quand il fut sur lui ; il passa littéralement *à l'intérieur* de la fée.

Grâce à Caleb, il lui suffisait de toucher la peau de quelqu'un pour devenir celui-ci. Le passage de l'état solide à cet état de brume insubstantielle était, comme l'avait annoncé Julian, extrêmement douloureux — une douleur effroyable, affolante, inhumaine. Pourtant, Aden n'hésita pas. Avec un cri d'agonie, il se fondit à Thomas.

La tonalité de son cri changea quand il s'intégra au corps du Faé ; à présent, c'était la voix basse et rauque de Thomas qu'on entendait.

Une sueur froide l'envahit ; pantelant, il tomba à genoux. La douleur transperçait son corps comme des lames — pour la faire cesser, il aurait voulu se frapper la poitrine, arracher sa peau. Il avait l'impression que chacun de ses os était une lance qui cisaillait ses muscles. Et, pire encore, il savait que la douleur ne faisait que commencer.

Thomas hurla à l'intérieur de sa tête. *Qu'est-ce que tu fais ? Comment es-tu entré en moi ? Lâche-moi !*

En général, quand il possédait un corps, Aden parvenait à bloquer les pensées de la personne. Il prenait les commandes de son esprit afin qu'elle ne se souvienne de rien par la suite. Mais les créatures surnaturelles, avait-il appris récemment, ne réagissaient pas comme les humains, et de loin. Elles savaient ce qui se passait dans leur tête. Et elles détestaient ça.

— Riley, fit-il avec la voix grave de Thomas, c'est Aden qui te parle. Je suis à l'intérieur de la fée. Je contrôle son corps.

Un regard vert émeraude le dévisagea, cherchant une confirmation à ses paroles.

Aden sentait le pouvoir magique qui lui courait dans les veines. Une telle puissance ! Il sentait même le pouvoir de Riley, comme si la fée n'avait pas seulement affaibli le loup-garou, mais avait bel et bien absorbé et stocké sa force dans son corps. Une pulsation animale, sauvage, réchauffait son sang, chantant dans son esprit comme un chœur céleste, l'enivrant au-delà des mots.

C'est comme une drogue… Une fois de plus, il ne sut qui parlait, de lui ou des esprits. Peut-être tous à la fois. En dépit de la douleur folle qui le tenaillait, une partie de lui ressentait le désir de rester pour toujours dans le corps de la fée, de se dissoudre dans cette vague de puissance et de chaleur en oubliant la tâche à accomplir.

Il te faut agir vite, lança Elijah précipitamment, *ou tu seras incapable de ressortir.*

Mais bien sûr qu'il allait ressortir. Dans cinq minutes. Cinq minutes, ce n'était rien, après tout… Et cette musique, si douce, si apaisante…

Plus vite tu sors, plus vite tu retrouveras Victoria, ajouta Caleb.

Victoria. Oui. Se trouver à ses côtés était encore plus agréable. Aden parvint à se concentrer de nouveau sur la tâche qui l'attendait.

— Riley. Dis-moi ce que je dois faire pour que tu puisses battre Thomas.

Le loup l'étudia posément, puis hocha la tête, apparemment convaincu que son ami avait bel et bien possédé le corps de la fée.

— Dis-le, et je le ferai. Quoi que ce soit.

Un instant passa ; le loup fronça les sourcils, poussa un grognement. Il avait l'air d'attendre quelque chose ; mais quelle que soit la réaction qu'il voulait provoquer chez Aden, il ne l'obtint pas. Pour finir, il se remit sur ses pattes et, d'une démarche hésitante, se dirigea vers le placard de la chambre.

— Riley ? appela Aden.

Que se passait-il ? Le loup n'allait tout de même pas l'abandonner ici ! Devait-il le suivre ?

Il y eut une vive lumière, ponctuée de grognements, puis un bruit de tissu qu'on déplie. Aden avança d'un pas vers le placard. Au même moment, Riley en sortit, sous sa forme humaine. Il ne portait ni T-shirt ni chaussures, mais simplement son jean habituel, aussi mal coupé qu'indestructible.

Comment était-il parvenu à le saisir ? Ses mains, contrairement à celles d'Aden, ne glissaient donc pas sur les objets matériels ?

D'ordinaire tanée, la peau de Riley était à présent plus que pâle ; sur son bras, des veines bleues se détachaient nettement. Ses joues étaient creuses, ses yeux terriblement marqués par la fatigue et les coups. Sur sa poitrine, on distinguait des lacérations, comme si sa faculté d'autoguérison instantanée l'avait abandonné.

— Les fées n'entendent pas les messages télépathiques des loups-garous, expliqua-t-il d'une voix faible, et je suppose que toi non plus, tant que tu es là-dedans. Parce que je te disais quoi faire, mais tu n'as pas réagi.

D'accord. Mais cela voulait dire qu'il attendait qu'Aden réagisse. Pourquoi ? Parce qu'il annonçait de mauvaises nouvelles ?

— Redis-le-moi, alors.

Ne l'aide pas ! rugit Thomas à l'intérieur de son crâne. *C'est lui l'ennemi. Ses maîtres veulent détruire le monde et tous les humains qui le peuplent. Tu m'entends ? Détruis-le !*

Aden fit de son mieux pour ignorer ces propos.

— Je dois lui plonger une lame en plein cœur, annonça Riley calmement.

Non ! La réponse jaillit spontanément. Elle venait aussi bien d'Aden que de Thomas.

Génial. Ça, c'était Caleb.

Nom d'un chien. Julian.

Du sang. Elijah, bien sûr.

— Il y a un autre moyen ? parvint à dire Aden en dépit de la boule qui obstruait sa gorge. Une façon de le laisser dans cette dimension en l'empêchant de nuire ?

— Non, il n'y a pas d'autre façon. C'est un Faé, et comme tous les siens, il peut voler la force des autres créatures immortelles, voire emprunter temporairement leurs pouvoirs. Qui plus est, c'est un prince, et si on le laisse en vie, il va lever une armée pour se venger de nous.

— Je n'aime pas l'idée de le tuer, fit Aden (Elijah, pourtant, lui murmurait lui aussi que c'était la seule solution). Les fées protègent les humains.

Victoria le lui avait expliqué. Néanmoins, même sans cela, il aurait pu le comprendre lui-même à l'instant précis où il était entré dans le corps de l'homme-fée. La pensée était là, aussi évidente et puissante que la chaleur et les chants qu'il avait entendus : les humains étaient comme des enfants. Des enfants irresponsables, brutaux, mais des enfants tout de même, que les habitants du royaume Faé aimaient de tout leur cœur.

— Il te tuera si tu lui donnes une autre occasion, l'avertit Riley.

— Je le sais, répondit Aden.

Il y avait pensé lui aussi.

— Je le sais, reprit-il, mais ça m'est égal.

Après tout, il savait se défendre. Non ?

— Il tuera également Victoria, ajouta froidement Riley.

C'était un coup bas. Le loup-garou le savait parfaitement : Aden était prêt à tout pour défendre Victoria. Il serra les poings et ferma les yeux. Son cœur battait la chamade. Il s'apprêtait à condamner une autre créature à mort.

— D'accord. Très bien. On le fait.

— Tu en es sûr ?

Sûr de vouloir se faire planter ? Pas du tout.

— Oui.

Mourir dans le corps de Thomas, est-ce que ce serait comme mourir dans la tête de Dmitri ? Et si oui, reviendrait-il à la vie ?

Oui, tu vas mourir, et oui tu reviendras, annonça Elijah, *sans doute pour le rasséréner. Cela dit, tu aurais mieux fait de rester mort, parce que tu vas sentir la lame comme si c'était ton propre corps qui était poignardé.*

Drôle de façon de tenter de le calmer ! Dès le moment où il avait envisagé d'entrer dans le corps du prince Faé, il s'était préparé à souffrir. Il savait que Thomas devait être arrêté et qu'il faudrait sans doute utiliser la violence pour cela. Mais se faire planter, ça, vraiment…

C'était pour Victoria.

— D'accord. On y va, annonça Riley d'un ton ferme.

Aden ouvrit les yeux et acquiesça.

— Je suis prêt.

Riley lui adressa un petit signe de tête et sortit un couteau de sa poche de derrière. Un couteau qui appartenait à Aden.

Ne faites pas ça ! ordonna Thomas.

— Dis donc, tu ne l'avais pas en arrivant ici, cette lame, commenta Aden.

Il cherchait avant tout à distraire son esprit de la pensée que le couteau allait d'un instant à l'autre s'insérer dans sa poitrine.

— Pendant que j'étais dans le placard, j'en ai profité pour faire un saut dans la dimension humaine, et j'ai récupéré ce dont j'avais besoin, expliqua Riley. Et puis je suis revenu.

— Comme ça, sans problème ? demanda Aden, incrédule.

— Sans problème, répondit Riley en haussant ses épaules musclées.

Mais sa nonchalance apparente l'abandonna bien vite. Il s'avança en direction de Riley.

— Je ne vais pas te blesser, en faisant ça ? s'enquit-il avec anxiété.

— On vient de m'assurer que je survivrai.

Au moins en partie.

— Majesté…

— Ne m'appelle pas comme ça ! rétorqua vivement Aden.

Il sentit la surprise de M. Thomas.

Majesté ? Tu serais leur roi ?

Aden, de nouveau, parvint à l'ignorer.

— S'il existait un autre moyen…, continua Riley.

— Je sais.

Aden, soudain, se sentait abattu. Dire que c'étaient la haine et l'intolérance qui les avaient amenés à pareille extrémité… Quel gâchis !

Riley et lui demeurèrent immobiles et silencieux un long moment.

— Peut-être vaut-il mieux que tu t'allonges, suggéra le loup-garou d'une voix peu assurée.

— D'accord.

Aden regarda autour de lui. Le combat les avait menés dans la chambre de RJ. Le lit superposé avait été renversé, mais l'un des matelas se trouvait sur le sol. Aden obligea le corps du prince Faé à se diriger vers celui-ci et à s'y étendre. Après quelques instants, il parvint à maîtriser les tremblements qui le secouaient.

Allons ! Il pouvait le faire. Un coup de poignard, ce n'était pas grand-chose, comparé aux souffrances qu'il avait ressenties en étant brûlé vif !

Tu vas le regretter, menaça le prince.

— Si seulement vous me promettiez de ne pas vous en prendre à Victoria…

Riley se tenait déjà au-dessus de lui. Une expression offensée se peignit sur son visage, et il lança :

— Je ne ferai jamais de mal à…

— Je ne te parle pas. Je parle au prince.

C'est une chose que je ne peux pas promettre. Ta Victoria — je la connais très bien — est un rejeton de Vlad. Sa sœur Lauren devait se marier avec mon propre frère. C'était une offre de paix, une alliance entre nos deux races. Mais Lauren l'a abattu juste avant la cérémonie. Elle a clamé partout qu'elle n'avait jamais eu l'intention de l'épouser.

Les pensées de l'homme-fée transpiraient la rage.

Si je vis, Victoria mourra. Une sœur pour un frère. Personne ne m'empêchera de me venger.

Au moins, Thomas n'essayait pas de mentir.

— Même si ça doit vous coûter la vie ? demanda Aden.

Riley, cette fois, comprit que son ami était en conversation avec le prince Faé. Il se garda donc d'intervenir.

Tu ne comprends pas. J'ai déjà tué trois membres de sa famille. Je m'occuperai des autres dès que possible.

— Trois membres de sa famille ? s'exclama Aden,

interloqué. Mais je croyais que vous aviez dit « une sœur pour un frère » ? Qui avez-vous tué ?

Des cousins. Rien qui compte. Rien qui lui fasse assez mal. Je les veux tous. Toute la famille royale.

— Ainsi, vous êtes un meurtrier. Et tout ceci est votre faute.

Je suis un meurtrier ? Et toi, qu'est-ce que tu es ?

Riley brandit le couteau d'une main hésitante.

— Prêt ?

— Je…

Victoria est un vampire, l'interrompit Thomas. *Et toi, un humain. Pour elle, tu ne seras jamais rien d'autre qu'un esclave, une source de sang. Tu vas devenir accro à sa morsure. Et pourtant, tu vas me tuer pour la protéger ?*

Aden sentit la colère monter en lui. Il refusait de croire qu'il n'était qu'un esclave pour Victoria. Il était beaucoup plus que cela.

— Oui. Je ferais tout pour elle. Tout.

Et moi, je ferais tout pour mon frère. Tu peux bien me tuer, tu ne me changeras pas. Tu sais quoi, Haden ? D'une façon ou d'une autre, je te le ferai payer. Même par-delà la mort.

— Prêt ? répéta Riley.

Sa détermination, quoique visible, commençait à faiblir.

— Je veux en finir tant que j'en ai le courage.

Inspirer. Profondément. Retenir son souffle. Attendre. Expirer, lentement, très lentement. Aden tentait de calmer son esprit ; il savait que la tension dans ses muscles ne ferait qu'augmenter la douleur, et il cherchait à l'éliminer. Non que cela changerait grand-chose, au final…

— Prêt ? demanda Riley pour la troisième fois.

Sa main, sur le manche du couteau, était moite et tremblante.

— Prêt.

Il pouvait le faire. Il n'allait pas se dégonfler au dernier moment.

— Vas-y. Maintenant.

— Je te demande pardon…

Et le couteau s'abattit, d'un coup. Plongea dans les tissus. Brisa les os, déchira les muscles, lacéra les organes vitaux. Brûlant, écartelant, détruisant tout sur son passage. Aden hurla, un hurlement atroce et infini, jusqu'à ce que sa voix meure.

Mais le cœur continuait de battre. Toujours. Et chaque battement le précipitait sur la lame qui l'embrochait, le découpait, le dévastait. Du sang coulait à flots de la blessure, inondant sa poitrine et le matelas. Des caillots se formaient dans sa gorge, l'étouffaient, remontaient dans sa trachée avant de jaillir de sa bouche et de s'écouler, chauds et gluants, le long de ses joues.

Du sang, psalmodiait Elijah, en transe, *des rivières de sang !*

Caleb, Julian et Thomas hurlaient à la mort. Ils ne sentaient pas, savait Aden par expérience, ce que lui-même endurait ; et il était heureux de leur épargner cette souffrance inhumaine. Ils ressentaient en revanche de plein fouet les effets psychologiques de son angoisse et de sa terreur.

Calme-toi, s'admonesta-t-il. *Pour eux.*

Mais la douleur ne cessa pas. Elle ne cessa même pas quand il comprit que la dernière goutte de vie l'avait abandonné, même pas quand il sentit son corps devenir trop lourd qui s'affaissait. A ce moment-là, Aden aurait pu quitter l'enveloppe charnelle de Thomas. Mais il tenait à épargner le plus de douleur possible au prince Faé ; et, il le sentait, il devait savoir. Pour la paix de son esprit, il devait savoir que c'était fini ; il devait apprendre à endurer ce qui lui arriverait un jour.

Quelques instants plus tard, Aden mourut pour la deuxième fois de la journée.

4

Quelques minutes plus tôt
Lycée de Crossroads

Mary Ann déposa son plateau sur la table de la cafétéria et s'assit en face de la belle, si belle Victoria. A côté de celle-ci se tenait Shannon, l'ami d'Aden au ranch D & M, un magnifique Noir dont les yeux verts lui rappelaient ceux de Riley. Elle avait même cru, un certain temps, qu'il pouvait être le loup qui la suivait partout.

A côté de Mary Ann était assise Penny Parks, sa voisine et meilleure amie. Elle était superbe : elle avait des cheveux platine et des yeux bleu saphir, et une peau claire et parsemée de taches de rousseur — autant de caractéristiques physiques qui devaient peupler les fantasmes de pas mal de lycéens de Crossroads.

Face à tant de perfection, une fille « normale » comme Mary Ann risquait d'attraper des complexes.

Mais les autres convives devaient avoir leurs problèmes eux aussi ; Victoria, par exemple, semblait particulièrement inquiète quand elle se tourna vers Shannon :

— J'ai une question pour toi. Est-ce que tu as vu Aden, ce matin ?

Shannon venait juste d'enfourner une part de pizza dans sa bouche. Il dut donc se contenter de secouer la tête ; ce n'est qu'après avoir dégluti qu'il put répondre :

— Non, il était parti avant que je me lève.

— Et hier soir, tu l'as vu ? demanda Mary Ann.

Nouveau signe de dénégation.

Où était-il ? Que lui était-il arrivé ?

La jeune fille soupira.

Ce fut Penny qui changea de sujet ; se tournant vers Victoria, elle lança :

— Dis donc, c'est quoi ton problème ? Tu ne manges rien. Tu ne touches même pas ta nourriture. Ni ta boisson, d'ailleurs. Tu es quoi, anorexique ? C'est comme ça que tu arrives à rester aussi maigre ?

— Penny ! intervint Mary Ann, stupéfaite par l'indélicatesse de son amie.

— Ben quoi ? rétorqua celle-ci sur un ton innocent. Je suis curieuse, c'est tout. Demande à n'importe quel prof : la curiosité, c'est bien. C'est ce qui permet d'apprendre.

Victoria les considéra toutes les deux un moment, avant de répondre :

— Je ne trouve pas la nourriture américaine très appétissante. (En d'autres termes : *Je n'aime que le sang !*) Je préfère manger chez moi.

— Pigé, approuva Penny, qui gobait visiblement l'explication. D'ailleurs, tu viens d'où, en fait ?

— De Roumanie.

— Carrément bizarre. Bon, au moins, tu n'as pas trop d'accent. Tu as beaucoup voyagé ? Un de tes parents venait d'ailleurs ?

Victoria hocha la tête, sans en dire davantage.

Penny poursuivit allègrement son babillage :

— Alors pourquoi avoir choisi de venir s'enterrer en Oklahoma ? Pour quelqu'un comme toi, ça doit être, je ne sais pas, Ploucville, non ?

— Tu n'en as pas marre de jouer les inquisiteurs ? soupira Mary Ann.

Cela ne faisait que quelques semaines que Victoria était arrivée au lycée, et jusque-là, la jeune vampire s'était tenue à l'écart de tous sauf d'Aden, Mary Ann et Riley. Jusque-là, en effet, elle ignorait combien de temps elle allait rester, et ce que son père lui ordonnerait de faire. Et, au fond, elle voyait les humains comme une source de nourriture plutôt que comme des amis potentiels, même si, d'après Mary Ann, cette tendance s'estompait depuis que Victoria avait rencontré Aden.

Aden. *Mais où es-tu ?* Est-ce que Riley l'avait déjà retrouvé ?

Riley. Vite ! L'inquiétude de Mary Ann s'accroissait à chaque minute qu'elle passait loin de son petit ami — inquiétude pour lui comme pour Aden. Avec cette histoire de sortilège de mort qui pesait sur leur tête… Nom d'un chien ! Elle n'avait pas besoin qu'on le lui rappelle. *Je ne pouvais pas… respirer !*

Elle était sur les nerfs depuis le matin, elle avait l'esprit ailleurs. Elle aurait été incapable de dire quels cours elle avait eus dans la matinée.

Elle croisa le regard de Victoria, qui partageait apparemment son état d'esprit.

Fais-moi rire, articula silencieusement Mary Ann.

Peux pas. Fais-moi rire, toi, répondit Victoria de la même façon.

Je perds complètement mon sang-froid.

Je sais. Et ça ne me donne même pas faim.

Une blague. C'était la première fois que Mary Ann entendait Victoria plaisanter, même si la vampire semblait ne pas s'en rendre compte. Le coin de ses lèvres s'étira, et elle se mit à sourire. Que ce soit voulu ou non, Victoria l'avait fait rire.

— Cette journée est vraiment interminable, se plaignit Victoria à la cantonade.

— Tu l'as dit, renchérit Penny d'un air sombre.

Pourquoi fronçait-elle les sourcils à présent, elle qui, une minute plus tôt, semblait si insouciante ?

— M... moi, je suis p... plutôt content d'être ici, intervint Shannon en bégayant légèrement.

Toute sa vie, avait-il avoué, on l'avait harcelé pour son défaut d'élocution ; mais celui-ci se faisait de plus en plus discret ces derniers temps.

— Ce n'est pas t... tous les jours qu'on est a... accepté tel qu'on est, tu sais.

Oui, elle savait. Elle savait que ce qui, en elle, attirait les gens, ce n'était pas tant son charme naturel que son pouvoir d'apaisement. Mais qu'importe ; Riley, lui, l'aimait telle qu'elle était. Ce qu'il lui avait dit ce matin était si... si beau. *Belle. Courageuse. Ouverte aux autres.* Des compliments qui la faisaient planer mieux qu'une drogue.

Elle balaya la cafétéria du regard. Autour d'eux, les élèves s'agitaient, soit pour aller faire la queue — aujourd'hui, c'était pizza et tacos au menu — soit pour rejoindre leurs amis dans ce dédale de tables et de bancs qu'était le réfectoire. Les murs étaient blancs, çà et là égayés (ou enlaidis, selon le point de vue) par une affiche ou une banderole vantant le lycée. Le brouhaha était particulièrement fort aujourd'hui, et Mary Ann sentit un léger agacement l'envahir.

— Hé, salut, Penny, lança un type qui passait près de leur table.

Grand, athlétique et arrogant, c'était le type même du *cretinus sportivus.*

— Tu veux passer chez moi ce soir ? On pourrait réviser notre anatomie !

Autour de lui, ses camarades crétins se mirent à ricaner. Les joues de Penny s'empourprèrent.

— Espèce de c… ! cria Mary Ann, les poings serrés.

Autour d'elle, les conversations s'arrêtèrent, et tous les regards se braquèrent sur elle. Jurer n'était pas dans les habitudes de Mary Ann, mais l'insulte lui était venue spontanément, et elle n'avait pu l'arrêter à temps.

Penny était enceinte. Enceinte de l'ex-petit ami de Mary Ann. Celle-ci, doublement trompée, avait eu du mal à pardonner sa meilleure amie ; il lui restait d'ailleurs des sentiments de colère et de méfiance. Pourtant, elle aimait vraiment Penny, et avait décidé de passer outre cette trahison. Alors, ces garçons n'avaient aucun droit de se moquer d'elle.

La troupe des crétins s'arrêta net et tous dévisagèrent Mary Ann. Le plus grand et le plus fort d'entre eux, Shane Weston, fit un pas en avant, blême de colère.

— Vaudrait mieux que tu la fermes, Gray. Tucker n'est plus là pour te protéger. Tu as quelque chose à dire ?

Elle ouvrit la bouche pour répondre, mais aucun mot n'en sortit. *Dis quelque chose, n'importe quoi !* Mais elle resta coite et immobile. Elle n'avait jamais aimé l'affrontement ; à présent, elle ne trouvait pas en elle le fameux courage qu'avait évoqué Riley. Elle se sentit honteuse.

— C'est bien ce que je pensais, conclut Shane avec un petit rire.

— F… f… Fous le camp ! gronda soudain Shannon.

— Sinon quoi ? Sinon tu vas te mettre en colère, et ça va faire mal ? Lâche l'affaire, le bègue ! lança Shane d'un ton méprisant avant de s'éloigner, ses copains hilares sur les talons.

— Tu veux que je lui règle son compte ? demanda Victoria d'un ton parfaitement neutre.

— Oui ! approuva Penny.

— Non, non ! coupa aussitôt Mary Ann.

Ce qu'ignorait son amie, c'est que la vampire était réellement capable de le faire. Même si, pour l'heure, ses crocs étaient dissimulés, elle pouvait vider Shane de son sang en quelques secondes.

Victoria haussa les épaules :

— Si jamais tu changes d'avis…

— Ce serait bien qu'elle change d'avis, continua Penny. Moi, je vote pour le crétinicide !

Elle avait adopté un ton dégagé, et sortit de table comme si de rien n'était, mais ses yeux, eux, ne riaient pas ; Mary Ann le savait, le sarcasme avait profondément blessé son amie.

— Bon, de toute façon, reprit celle-ci, j'ai une disserte à rendre dans une heure, et je ne l'ai même pas commencée.

— T… tu as besoin d'un coup de main ? lança Shannon.

Avant qu'elle ait le temps de répondre, il se leva et la rejoignit.

Il avait décidé, comprit Mary Ann, de protéger Penny des attaques et des sarcasmes. Un tel dévouement fit monter les larmes aux yeux de Mary Ann : nom d'un chien, comme son propre protecteur lui manquait !

Penny eut l'air surpris, mais n'hésita pas : elle passa son bras sous celui de Shannon.

— Sylvia Plath, tu connais ? C'est une poétesse.

— Pas du tout.

— C'est parfait, alors. On va pouvoir tout inventer ensemble.

Et ils s'en allèrent en riant. Par-dessus son épaule, Penny lança un sourire et un petit signe à Mary Ann.

Enfin, elles étaient seules ! Mary Ann posa ses coudes sur la table et se pencha vers Victoria.

— Il faut qu'on bosse un peu sur ton… humanité.

Si c'était bien le mot.

La vampire fronça les sourcils, visiblement perplexe.

— Qu'est-ce que tu veux dire ?

— Tu ne peux pas proposer comme ça, de but en blanc, de « régler son compte » à quelqu'un. Ça va t'attirer des ennuis.

Victoria redressa la tête avec un air d'orgueil ; à son expression, Mary Ann devina les trésors d'entêtement que devait cacher son amie.

— J'adore les ennuis.

— Super. Mais ce n'est pas le cas d'Aden, lui rappela Mary Ann.

Victoria se détendit un peu.

— Tu as raison, soupira-t-elle. Il y a des fois où je

me demande si je suis la bonne personne pour lui. Si, peut-être…

La vampire promenait un doigt hésitant sur la table, comme si elle dessinait un motif compliqué.

— … si, peut-être, il ne serait pas mieux avec toi.

— Tu veux rire ! Aden est dingue de toi.

D'accord, Victoria avait juste émis une hypothèse, mais Mary Ann n'était pas dupe : il y avait une vraie jalousie, une vraie colère là-dessous. Et d'autre part, Mary Ann adorait Aden, oui, mais elle n'avait pas pour lui les sentiments qu'elle éprouvait pour Riley.

Victoria se détendit un peu.

— Peut-être, mais parfois, quand on est tous ensemble, tu te mets à rire et il te regarde. Il te regarde avec tellement d'envie que… Eh bien, quand ça arrive, j'ai très envie de t'ouvrir la carotide.

Donc, avant même que le sortilège de mort soit lancé, Mary Ann avait failli mourir de façon tout aussi atroce. C'était bon à savoir.

— Je peux t'assurer qu'il ne me voit pas comme une petite amie potentielle. Entre Aden et moi… il ne peut être question que d'amitié.

Mary Ann jeta un regard autour d'elle pour s'assurer que personne ne les écoutait ; mais tout le monde semblait absorbé. Mary Ann poursuivit donc la conversation :

— En fait, nos deux pouvoirs sont si différents que, lorsque nous nous trouvons ensemble, nous avons plutôt tendance à nous repousser l'un l'autre. C'est même étonnant que nous soyons amis, au fond. Et puis, tu t'imagines, être amoureuse de quelqu'un qui a hébergé ta mère dans sa tête ?

Victoria secoua la tête en signe de dénégation ; pourtant, elle ne semblait toujours pas entièrement convaincue.

— Tu sais quoi ? Peut-être que, quand il me regarde, c'est juste parce que je ris… et qu'il aimerait bien réussir à te faire rire aussi.

Victoria la dévisagea avec surprise.

— Tu veux dire que je suis sinistre ?

— Un peu déprimante. Tu pourrais peut-être… je ne sais pas, t'illuminer un peu ? Aden a suffisamment de trucs sérieux dans sa vie, tu sais ? Des trucs moches. Il a peut-être envie de choses plus légères.

A l'instar de Mary Ann, la vampire cala ses coudes sur la table et son menton dans ses mains :

— Je… je… En fait, je n'apprécie pas du tout que les garçons nous laissent ici à ne rien faire pendant qu'ils sont dans le feu de l'action. Ils nous traitent comme de pauvres damoiselles en détresse !

De toute évidence, le sujet de l'humour était clos. Victoria avait-elle entendu l'avis de son amie ? Seul l'avenir le dirait.

— Je suis d'accord avec toi, répondit Mary Ann en faisant mine ne pas remarquer le coq-à-l'âne, c'est extrêmement agaçant.

Mais tu es une pauvre damoiselle en détresse, et c'est ça que tu trouves vraiment agaçant ! La preuve ? Elle n'avait pas balancé à Shane le coup de poing qu'il méritait.

A cette pensée, Mary Ann se sentit dégoûtée d'elle-même, et dut repousser son assiette. L'odeur de la pizza au poivron lui soulevait le cœur. C'était étrange. A cette heure-ci, elle aurait dû être morte de faim. Elle avait sauté le petit déjeuner et ne pouvait pourtant rien avaler au déjeuner. Pour tout dire, la seule idée de manger quoi que ce soit lui mettait le cœur au bord des lèvres.

— Evidemment, je peux être utile, même si je reste ici, poursuivit Victoria sans remarquer le trouble de son amie. Et même faire des choses très importantes — comme te protéger, convaincre tous les profs d'Aden qu'il était en classe aujourd'hui, ce qui lui évitera des ennuis.

Par la seule force de sa voix, Victoria avait la capacité de persuader quelqu'un de penser ou de faire ce qu'elle voulait. En secret, Mary Ann appelait ce pouvoir la « voix vaudou », et chaque fois qu'elle y pensait, elle se sentait glacée de terreur. Et si Victoria lui ordonnait de se déshabiller en public ? C'était possible. Ça, et des choses pires encore. Heureusement, elles étaient dans le même camp !

Victoria continuait sans complexe à faire la liste de ses qualités et de ses pouvoirs :

— Je suis une guerrière. Je suis invulnérable. Je suis un vampire indestructible, pas la première fille venue !

Mary Ann n'osa pas lui faire remarquer que son père, lui-même vampire indestructible, venait d'être tué. Ni que son ancien fiancé — tout aussi vampire et tout aussi indestructible — n'avait pas tardé à le suivre dans la tombe.

— Tu n'as pas besoin de me protéger. J'ai des ressources, moi aussi, répliqua Mary Ann sans masquer son irritation. Je n'ai pas besoin d'une baby-sitter.

Surtout une baby-sitter qui n'était rien de plus qu'une princesse en détresse.

Victoria poussa un soupir de découragement.

— Je te demande pardon, je ne voulais pas t'offenser. Etre en contact avec des humains est nouveau pour moi. Jusque-là, ils ne m'avaient servi que de nourriture. Une nourriture fragile, en plus, et pas facile à cuisiner.

Les coins de ses lèvres frémirent curieusement.

Un sourire. Elle tentait de sourire. Maintenant ?

Oui. Comme Mary Ann le lui avait conseillé, Victoria s'essayait à l'humour. Sauf qu'au lieu de rire, Mary Ann s'agita nerveusement ; la vampire venait bel et bien de lui rappeler que le danger et la désolation rôdaient autour d'elle, que la mort la guettait peut-être au coin de la rue… Un vampire pouvait vider un être humain de son sang en quelques secondes. Un loup-garou pouvait tuer en un clin d'œil. Cependant…

Peut-être existait-il un moyen de les combattre.

Cette pensée la traversa en un éclair. Elle redressa la tête, imaginant les choix qu'elle avait. Bien sûr, elle ne voulait pas se battre contre Victoria ou Riley, mais elle devait apprendre à se défendre. Alors, et alors seulement, elle deviendrait plus un atout qu'une gêne dans le groupe.

— Et si…, commença-t-elle.

— Riley nous a dit…, fit Victoria au même instant.

Les deux jeunes filles se mirent à rire.

— A toi, dit Mary Ann.

— J'allais dire que Riley nous a demandé de rester ici. Mais ça ne veut pas dire qu'on doit lui obéir. D'après moi, lui et Aden pourraient avoir besoin de notre aide. Et si on les tire d'un mauvais pas, ils seront bien obligés de nous remercier d'être venues.

Un sourire s'épanouit lentement sur le visage de Mary Ann :

— C'est vrai. Alors, qu'est-ce qu'on fait ? Où est-ce qu'on va les trouver ?

— D'après moi…

Victoria s'interrompit et s'immobilisa, aux aguets.

— Tu as entendu ça ?

Mary tourna la tête, parcourant la cafétéria du regard. Les élèves, les discussions sans intérêt…

— Entendu quoi ?

— Ce hurlement.

Visiblement secouée, la vampire passa une main sur sa gorge.

— Tant de souffrance… je n'ai jamais rien entendu de semblable. Et je crois… je crois que c'était Aden !

D'un bond, elle se leva et repoussa vivement sa chaise. Mary Ann fut sur ses pieds quasiment dans le même temps, le cœur battant, avec la sensation que tout son sang s'était retiré. Quelque chose de dur et chaud s'enroula autour de son poignet, et une brise virulente la décoiffa. Le sol sembla se dérober sous ses pieds ; soudain, elle flottait, elle volait. Elle poussa un cri de terreur.

Les tables, les élèves, et même les murs du réfectoire avaient disparu. En un clin d'œil, ils avaient été remplacés par des troncs d'arbres et des feuilles orange et rouge. Un rayon de soleil perçait le gris du ciel, créant une lumière pâle qui pourtant l'éblouit.

Victoria se tenait à ses côtés, la coiffure impeccable.

— Qu'est-ce que c'était ? demanda Mary Ann d'une voix rauque.

Et pourquoi était-elle sur le point de s'effondrer ? Des points noirs dansaient devant ses yeux, et elle avait l'estomac chaviré.

— Je nous ai téléportées dans la forêt. Je ne suis capable de le faire que pour de petites distances, alors il nous faudra recommencer ça un certain nombre de fois avant d'atteindre le ranch.

Pardon ? Elle les avait *téléportées* ? A l'extérieur du lycée ?

— Est-ce que… quelqu'un nous a vues ?

Nom d'un chien. L'air était si froid qu'elle étouffait, comme s'il se transformait en glace quand elle tentait de le respirer.

— Je n'en sais rien. On verra demain.

Génial, pensa Mary Ann, prise de vertige.

— Si jamais tu pouvais… la prochaine fois… me prévenir, d'accord ?

Elle dut se pencher en avant. Malgré l'air glacé qui lui emplissait les poumons, la sueur ruisselait sur son front.

— Mary Ann ?

— Oui ?

— Ça y est, je te préviens.

Une nouvelle fois, elle sentit un lien chaud s'enrouler autour de son poignet. Une nouvelle fois, le sol se déroba sous ses jambes. Une nouvelle fois, elle se retrouva à flotter, traversée par un vent glacial qui la faisait voler en mille morceaux, juste avant de rassembler les pièces en un instant et de la déposer tremblante sur le sol.

Quand elle parvint à regarder autour d'elle, elle s'aperçut que, cette fois-ci, elles se trouvaient dans une zone résidentielle, entourées de pavillons plutôt miteux. Dans un vacarme étourdissant, des merles s'envolaient dans toutes les directions, comme si quelque chose les avait effrayés. Les deux jeunes filles étaient tout près d'une rue — une rue où passait justement une voiture. Le conducteur se dévissa le cou pour les voir aussi longtemps qu'il le put. Les avait-il vues surgir de nulle part ?

Il se dira qu'il a dû se tromper. Avoir une illusion d'optique. Ce n'est pas le moment de s'inquiéter pour ça.

— S'il te plaît, ne... attends...

Des phrases ! Fais des phrases, m... !

Encore un juron. De mieux en mieux. A ce rythme, elle n'allait pas tarder à parler aussi grossièrement que tous les autres élèves du lycée.

Pas le temps de s'offusquer outre mesure, néanmoins. Les points noirs s'élargissaient, envahissant de plus en plus son champ de vision ; à l'intérieur d'elle, une tempête de neige faisait rage. Elle frissonna. Depuis un instant, elle détestait le froid plus que tout au monde.

— Allez, encore un petit peu. Un peu plus loin, d'accord ? demanda Victoria.

Il n'y avait aucune compassion dans sa voix ; elle était simplement inquiète et pressée d'arriver.

— C'est bon ? Oui ?

Pour Aden. Pour Riley, pensa Mary Ann. Elle pouvait y arriver. Elle se raidit, anticipant le malaise, et acquiesça.

Victoria ne perdit pas un instant. Lien chaud. Sol mouvant. Coup de vent. Froid détestable. Le corps qui vole en éclats — éclats qui pouvaient se perdre, se perdre pour toujours. Et si elle ne se trouvait pas entièrement ou correctement assemblée, à l'atterrissage ? Et si — nom d'un chien, mais quel boulet elle faisait ! Elle était vraiment le maillon faible du groupe. Elle ne supportait même pas qu'on la téléporte.

Mais ça va changer, et vite. Je vais apprendre à me battre, quoi que ça me coûte, se jura-t-elle au moment même où elle se solidifiait de nouveau et se retrouvait… où, d'ailleurs ? Elle tenta de regarder autour d'elle ; les points noirs avaient pris tellement de place qu'elle ne pouvait distinguer que des fragments du paysage. Une voie ferrée envahie d'herbe haute, jaunie et cassante. Un serpent qui se glissait entre les rails avec un sifflement. Un serpent ? N'aurait-il pas dû être en train d'hiberner ?

— Mary Ann ?

Elle savait ce que voulait Victoria. Etait-elle vraiment prête à repartir ?

— Fais-le… Qu'on en… finisse.

Lien. Vent. Glace. Sol. Stop.

Lien. Vent. Glace. Sol. Stop.

— On y est.

Enfin. Mary Ann sentit ses genoux se dérober sous elle. Elle s'effondra, tentant désespérément de retrouver son souffle. C'était si difficile… La tête lui tournait, lui tournait encore. L'air semblait trop épais, trop glacé encore. La seule pensée sensée qui lui venait encore, c'était : l*a téléportation est un moment horrible…*

— Le ranch est juste là, devant nous. Dès que tu te sentiras d'aplomb, tu pourras te lever et me rejoindre. D'accord ? Moi, j'y vais maintenant.

Victoria n'attendit pas la réponse de Mary Ann — dans son état, elle aurait été bien incapable d'en fournir une — et se rua vers le ranch, si vite qu'on distinguait à peine sa silhouette.

Bats-toi. Il faut te battre !

Si elle ne parvenait pas à lutter contre le vertige et à rejoindre Victoria, il se pouvait que Riley se sente obligé de quitter le ranch pour venir à sa rescousse. Et il la trouverait ainsi, dans cet état déplorable. Il verrait à quel point elle était faible, et il la mépriserait peut-être.

Une minute s'écoula — une heure ? Enfin, Mary Ann parvint à s'arracher aux ténèbres qui l'entouraient ; son vertige se calma suffisamment pour qu'elle puisse se mettre debout ; l'air perdit de sa solidité, et elle retrouva une respiration presque normale. Ses jambes tremblaient encore, mais cela ne l'empêcha pas de se mettre en marche tant bien que mal. Néanmoins, elle était toujours gelée et avait l'impression à chaque pas d'avancer dans une boue glaciale.

Elle finit par atteindre le dortoir du ranch, un grand bâtiment de bois qui jouxtait une grange peinte en rouge vif. Elle repéra la fenêtre de la chambre d'Aden et remarqua que la vitre était grande ouverte. Elle grimpa sur l'assise puis se laissa tomber, basculant sur le sol dans un mouvement d'une élégance discutable.

— Mary Ann !

La voix profonde de Riley lui parvint à travers un brouillard.

Elle ressentit un soulagement mêlé d'appréhension. S'il se permettait la moindre remarque sur sa présence ici, ou sur l'état dans lequel elle se trouvait, elle allait le… le quoi ? Rien, sans doute. Parce qu'elle était lâche.

Lâche, elle ne le resterait pas longtemps.

— J'allais venir te chercher, mon cœur. Tout va bien ?

Il referma ses bras puissants autour d'elle et l'aida à se remettre debout avec délicatesse.

— Ça va. Tu peux me lâcher. Où est Aden ? Comment va-t-il ?

Elle parvint enfin à ouvrir complètement les yeux et croisa le regard de Riley. Comme toujours, son cœur bondit dans sa poitrine. Il était si beau. Un vrai guerrier. A cet instant précis, pourtant, il était également terrifiant : sa chemise était arrachée, et il était couvert de sang.

— Qu'est-ce qui t'est arrivé ?

— Viens. Il faut que tu voies ça.

5

Mary Ann s'attendait au pire. Quelque chose de tragique. La mort, peut-être. Elle s'était préparée à un véritable choc, au deuil, aux remords, au chagrin — ou bien à tout cela à la fois. Ce qu'elle vit, au contraire, la surprise passée, l'emplit de joie et de soulagement.

La chambre d'Aden était en ordre, parfaitement rangée et propre. Les papiers sur le bureau étaient empilés avec soin, et la pièce sentait extraordinairement bon, une odeur de chèvrefeuille et de roses. Aden était étendu sur le lit, enfoncé sous les couvertures. Son visage était un peu plus pâle qu'à l'accoutumée ; des cernes soulignaient ses yeux, et ses cheveux noirs — aux racines blondes — étaient emmêlés et collés à son front par la sueur. Son corps était parcouru de frissons ; mais à l'exception de ces signes, il avait l'air en bonne santé et surtout, *entier.* Mary Ann porta une main à son cœur — il battait à se rompre — et sourit.

Assise près d'Aden, Victoria lui tenait la main, et des larmes coulaient sur ses joues. Pourquoi pleurait-elle ? Il était vivant, pourtant !

— Je ne comprends pas ce qui se passe, dit Mary Ann en se pelotonnant de plus belle contre Riley.

— Il pue le Faé, répliqua Victoria. Mon pauvre bébé !

continua-t-elle en se glissant sous les couvertures et en se lovant contre Aden. Tu es gelé. Laisse-moi te réchauffer.

Endormi ou pas, Aden avait sans doute reconnu sa belle vampire, car il se tourna vers elle, lui enlaça la taille et la tint serrée contre lui. Peu à peu, ses frissons s'estompèrent.

— Ça sent plutôt bon, le Faé, non ? s'étonna Mary Ann.

Reniflant l'air autour d'elle, elle ne sentit de nouveau que ces effluves de chèvrefeuille et de rose. Et c'était délicieux.

Elle inspira profondément, savourant le parfum. Elle s'imagina même mettre la senteur en bouteille, la rapporter chez elle et la répandre dans sa chambre, comme pour s'y baigner.

Car quand elle ferma les yeux, elle fut instantanément transportée dans une prairie où elle courait et dansait ; des pétales de rose voletaient autour d'elle en un arc-en-ciel délicat et odorant. L'air était chaud, les oiseaux chantaient, de doux nuages blancs décoraient le ciel. Ces images apaisèrent Mary Ann. Pour la première fois de la journée, elle oublia son estomac.

— Ça pue, et ça reste sur lui. Les nôtres ne voudront jamais suivre un souverain qui sent le Faé. Ils se rebelleront et réclameront un nouveau meneur, expliqua Victoria, les larmes aux yeux. Seulement, pour avoir un nouveau roi, il leur faudra tuer celui-ci… Et il est censé apparaître devant eux ce soir !

Elle conclut sa phrase par un cri déchirant.

— Il y a pire, ajouta Riley gravement. Je ne t'ai pas encore dit ce qui l'a mis dans cet état.

A contre-cœur, Mary Ann ouvrit les yeux ; la prairie et les couleurs chaudes s'évanouirent. Bizarre. Hyperbizarre. Pendant une seconde, elle aurait juré qu'elle s'y trouvait vraiment.

Riley prononça quelques mots dans une langue que Mary Ann ne connaissait pas, et termina par les mots « M. Thomas pour les humains ». Victoria pâlit.

— De qui s'agit-il ? s'enquit Mary Ann. Et qu'est-ce que tu disais juste avant ?

— J'ai prononcé le nom du prince Faé qui a entraîné Aden dans la dimension des Contes, expliqua Riley. La langue humaine ne peut pas prononcer les mots Faé. C'est à cause de cela que les fées utilisent des noms plus courts quand elles sont dans notre dimension. Celui dont je parle avait juré, après la mort de son frère, qu'il tuerait tous les membres de la famille royale des vampires.

— Mais Aden fait maintenant partie de la famille royale ! observa Victoria, alarmée.

— Il s'en est sorti, comme tu peux le voir. Mais il y a eu une bagarre, continua Riley. Et j'étais en train de la perdre. Mais Aden a possédé le corps du Faé, et j'ai réussi à le tuer… A gagner, je veux dire.

Mary cessa d'écouter. Un détail l'avait frappée.

— La dimension des Contes… Les contes de fées, tu veux dire ? Est-ce que c'est… ?

— Une dimension parallèle à la nôtre. Tournée vers la nôtre. En fait, ceux qui s'y trouvent peuvent nous voir, mais la réciproque n'est pas vraie. Du coup, les Faé ont développé un genre de complexe de supériorité : ils se prennent pour des dieux et se croient les maîtres et les protecteurs de notre monde.

Une autre dimension…

« Pourquoi es-tu surprise ? » Depuis quelque temps, Mary Ann découvrait que toutes les créatures dont on parlait dans ces fameux « contes de fées » existaient réellement, quelque part, tout près, en secret. Plus tellement en secret, d'ailleurs.

Victoria dévisagea Riley, dont l'expression était aussi sombre que le timbre de voix.

— Où se trouve le prince, maintenant ?

— Il est mort, dans la dimension des Contes. Mais comme Aden a le pouvoir de réveiller les morts, et que je n'avais pas trop envie de me colleter avec un Faé zombie dans une dimension parallèle, j'ai ramené Aden ici aussi vite que j'ai pu. Seulement, il y a encore beaucoup à nettoyer là-bas, et il faut que je me dépêche de le faire avant qu'un autre Faé ne tombe sur les restes de… Enfin bon, se hâta-t-il de conclure après avoir glissé un regard en direction de Mary Ann. Il faut que j'y aille, quoi. J'en ai pour cinq minutes.

Il n'avait pas voulu terminer sa phrase. Craignait-il sa réaction ? se demanda Mary Ann. Sa réaction si elle découvrait la violence de sa nature et des actes qu'il avait commis — sans parler de ceux qu'il commettrait à l'avenir. Elle savait aussi que, si les « restes » étaient découverts, une guerre éclaterait. Une guerre ouverte et sans merci, bien pire que celle qui se déroulait déjà en ce moment.

Il n'y avait donc rien à redire : il avait quelque chose à faire, et elle voulait qu'il le fasse. Elle s'écarta de lui.

— Vas-y. Pendant ce temps, on s'occupe d'Aden.

Riley, dont le corps s'était raidi en attente de la réponse de Mary Ann, se détendit d'un coup.

— Merci, souffla-t-il.

Puis il l'embrassa — un baiser rapide, mais profond et sincère.

— Fais attention à toi.

Il se glissa dans le placard. On entendit un bruit d'étoffe, puis... plus rien. Mary Ann, curieuse, s'avança vers la porte et jeta un coup d'œil.

Rien. Personne. Il était parti. Prise d'un nouveau vertige, Mary Ann retourna dans la chambre en titubant et se laissa tomber sur la seule chaise disponible. C'était bon de s'asseoir même si, dans sa tête, les pensées ne cessaient de tourbillonner.

Riley se trouvait-il maintenant dans les Contes ? Y avait-il une porte vers cette dimension dans le placard ? Si c'était le cas... tu parles d'un truc bizarre !

— Il va s'en sortir, n'est-ce pas ? demanda Mary Ann à Victoria.

La vampire était totalement concentrée sur Aden ; elle caressait son visage du bout des doigts et déposait de tendres baisers sur sa joue. L'anneau d'opale qu'elle portait toujours au doigt scintillait comme s'il avait contenu des éclats d'arc-en-ciel.

— Tout va bien se passer, assura-t-elle. Il faut qu'il ouvre une porte vers l'autre dimension, et c'est pour ça qu'il a dû se mettre à l'écart. Ensuite, il...

Victoria fut interrompue par la porte — celle de la chambre — qui s'ouvrait à la volée. Un garçon que Mary Ann n'avait jamais vu fit irruption dans la pièce.

Quand il vit Victoria allongée au côté d'Aden et Mary Ann assise au bureau, il s'arrêta net, stupéfait. Ses yeux s'étrécirent ; de toute évidence, il essayait de comprendre la situation. Il avait un côté un peu mauvais garçon, comme Riley, comme s'il avait vécu des choses difficiles, dangereuses.

— Les jolies filles, c'est toujours pour Aden ! lança-t-il sèchement. Pourquoi ? Et vous êtes qui ? Et qu'est-ce que vous fichez là ?

Zut. Coincées. Aden était censé se trouver au lycée. Si Dan, son tuteur, apprenait qu'il avait séché les cours, il pouvait le renvoyer du ranch. D'autre part, les filles n'étaient pas admises dans les bâtiments. Si Dan les découvrait, pour Aden, c'était la porte à coup sûr.

Donc, quoi qu'il arrive, il était fait comme un rat.

Victoria se redressa sur le lit, les yeux rivés au nouveau venu.

— Tu vas quitter cette chambre vide et refermer la porte derrière toi. Tu n'as vu personne. Tu ne remettras pas les pieds ici de la journée.

La voix de Victoria avait un pouvoir si intense qu'elle semblait lancer des éclats blancs autour d'elle ; Mary Ann dut se secouer pour dissiper l'impression qu'elle était la destinataire du message, et qu'elle devait y obéir.

— Chambre vide. Quitter. Pas remettre les pieds ici, répéta le garçon, les yeux vitreux.

Il fit volte-face et sortit.

Sans perdre une seconde, Victoria reporta son attention sur Aden, et Mary Ann l'imita. Son état semblait s'être amélioré : il était plus détendu, sa peau était moins pâle et ses bleus commençaient à disparaître.

— Il est en train de guérir, fit Mary Ann avec un soulagement palpable.

— Oui, approuva la vampire sans lever les yeux.

L'amélioration ne semblait pas l'avoir entièrement rassurée. May Ann décida de faire diversion.

— Je neutralise les pouvoirs, observa-t-elle. Alors comment se fait-il que tu puisses utiliser ta voix quand je suis là ?

— Tu n'empêches pas Riley de changer de forme, si ?

— Non.

— C'est parce que c'est un pouvoir qui est inné chez lui. Il fait partie de ce qu'il est. C'est la même chose en ce qui me concerne. La plupart de mes pouvoirs sont naturels, je les ai depuis ma naissance. Comme la téléportation. Tu n'as pas neutralisé ce pouvoir non plus.

En ce qui concernait la téléportation, c'était plutôt dommage… Et que voulait-elle dire par *la plupart de mes pouvoirs* ? Qu'elle en avait beaucoup ? Combien de choses étranges pouvait-elle réaliser ? Et lesquelles relevaient d'aptitudes naturelles ? Mary Ann se garderait bien de poser ces questions. Elle s'entendait assez bien avec Victoria en général, mais à vrai dire c'étaient les garçons qui constituaient le ciment de leur relation plutôt qu'une véritable amitié. Celle-ci viendrait peut-être un jour, plus tard.

— Quelle affreuse semaine, murmura Victoria. Mon père a été assassiné, une sorcière nous a lancé un sortilège de mort, et Aden a été attaqué par une fée.

Les sorcières ! Comment Mary Ann avait-elle pu les oublier, même une seconde ?

— Tu as déjà été convoquée à un rassemblement de sorcières ? s'enquit-elle.

— Jamais. En général, les sorcières et les vampires s'évitent les uns les autres. Elles sont... pour tout te dire, leur sang est une véritable drogue pour nous. Une drogue très puissante.

La vampire ferma les yeux et se passa la langue sur les lèvres, comme si elle s'imaginait en train d'en boire.

— Le goût en est... Je ne peux pas te le décrire, poursuivit-elle. Il n'y a rien de comparable. Une seule gorgée, et on peut devenir accro.

Donc, ni l'une ni l'autre ne savaient ce qui les attendait.

— Nous nous tenons à distance les uns des autres depuis toujours, continua Victoria. Il y a un pacte tacite entre nos deux races : nous ne nous nourrissons pas de leur sang, ils ne nous jettent pas de sorts. Enfin, c'était vrai jusqu'à récemment.

— Donc, tu es mal à l'aise en présence des sorcières ?

— Plutôt, oui.

— Et tu détestes les gobelins.

— Toute personne sensée les déteste.

Les vampires ne faisaient donc d'alliances avec personne d'autre que les loups-garous, leurs protecteurs ? Brutalement, une pensée lui vint : « Tu n'as peut-être pas choisi la bonne équipe... »

Faux ! Archifaux. Elle avait choisi le bon camp. Celui de Riley. Comment osait-elle penser autrement ?

« Dis voir, tu es vraiment en train de te mettre en colère contre ton propre cerveau ? »

Elle détestait cette voix intérieure et son cynisme. De toute façon, quel choix avait-elle eu ? Quel parti aurait-elle pu prendre ? Celui des sorcières ? Super idée ! Après tout, elles ne balançaient pas des sorts à droite et à gauche dès qu'elles étaient en colère, si ?

Si, justement.

Nom d'un chien, si seulement elle avait pu parler avec une sorcière ! Lui poser deux ou trois questions, pour mieux comprendre la situation générale… Mais comment faire ? Il fallait déjà les repérer. Ces créatures n'étaient pas du genre à se promener avec un écriteau « sorcière » autour du cou, ni à pointer leur nez au lycée ou au ranch pour offrir leurs services.

Victoria et Riley, pourtant, savaient les distinguer au premier coup d'œil. Et s'ils se rendaient tous ensemble en ville dans l'intention de kidnapper une sorcière ? En ce moment, la plupart des créatures étaient en train de s'y rassembler, en se demandant pourquoi diable elles avaient été appelées par magie à Crossroads. Elles ignoraient encore qu'Aden était responsable de cela.

May Ann s'illumina. Bien sûr ! Kidnapper une sorcière, poser des questions, obtenir les réponses, et boum ! Le tour était joué. Défait, le sortilège de mort.

Elle en aurait dansé de joie.

Bon, évidemment, elle n'avait jamais kidnappé personne, et n'avait pas la moindre idée de la façon de procéder. Mais elle trouverait bien quelque chose.

« Mais qui es-tu, au fond ? »

L'ancienne Mary Ann n'aurait jamais envisagé un plan aussi risqué. Seulement, à présent, elle vivait dans un monde nouveau, et elle devait s'y adapter. Ou mourir. Et elle ne se sentait pas prête à mourir.

— Pour en revenir aux sorcières…, reprit-elle.

Elle exposa en quelques mots son plan à Victoria. Quand elle eut terminé, et pour la première fois depuis qu'elles étaient entrées dans la chambre, la vampire la dévisagea et hocha la tête, pensive.

— Excellente idée !

Mary Ann rayonna de fierté. Elle ne put s'empêcher de sourire.

— Je ne t'avais jamais vue sous ce jour. Tu es une vraie mercenaire, ajouta la vampire.

Le sourire de Mary Ann faiblit un peu.

— Qu'est-ce que tu veux dire ?

— Juste que je trouve ton plan génial. Obtenir des informations par le kidnapping et la torture. Et, une fois le rassemblement passé, on pourra même négocier la vie de l'otage. Si les sorcières acceptent de ne plus lancer de sorts contre nous, on le relâche.

Mary Ann sentit son estomac se nouer. Elle refusait de commettre un meurtre. Et la torture ? Jamais ! Jusque-là, elle n'avait eu qu'une idée vague des conséquences de son plan ; elle s'imaginait que la sorcière captive répondrait à leurs questions en échange de sa liberté, ni plus ni moins. Mais de toute évidence, Victoria voyait les choses différemment. Et envisageait le recours à la violence sans la moindre hésitation.

« Victoria est un vampire, au cas où ça t'aurait échappé. » Qui plus est, un vampire qui avait été élevé par l'un des hommes les plus sanguinaires qui soit. Pendant quatre-vingts ans, elle n'avait vu les humains que comme une source de nourriture. La vie n'avait pas grande valeur à ses yeux. Surtout pas la vie des sorcières, car celles-ci irritaient considérablement les vampires, qui, en général, n'étaient pas du genre à se laisser irriter sans réagir.

Ils réagissaient même très violemment.

C'était très probablement ainsi, en tout cas, que s'était comporté Vlad l'Empaleur, et ainsi que Victoria pensait devoir agir. A moins que quelqu'un ne lui montre qu'il pouvait en aller autrement.

D'accord. Encore une tâche à ajouter à la liste interminable des choses à faire pour Mary Ann : apprendre à Victoria à respecter les autres espèces. Heureusement, Riley, de son côté, n'en aurait sans doute pas besoin ; mais si c'était le cas, Mary Ann s'en occuperait aussi. Il n'y aurait pas de meurtre, ou seulement si c'était absolument nécessaire.

Absolument nécessaire ? « Mais qui es-tu vraiment ? » se demanda-t-elle de nouveau. Et comment pouvait-elle s'imaginer en train de donner des leçons à un vampire et à un loup-garou, tous deux bien plus âgés qu'elle, et dont l'expérience passait tout ce qu'elle pouvait imaginer ?

— Quand se réveillera-t-il ? demanda soudain Victoria, la tirant de ses pensées.

— Quand son corps sera prêt, je suppose, répondit Mary Ann. Seul le repos peut le guérir.

— J'aimerais... j'aimerais le transformer en vampire. Sa peau deviendrait indestructible.

Indestructible. Franchement, il fallait que Victoria raye ce mot de son vocabulaire. La peau d'un vampire pouvait être brûlée par de la *je-la-nune* — si c'était bien ainsi qu'Aden avait appelé cette étrange substance contenue dans la bague de Victoria et qui, selon sa description, était quelque chose comme « du feu soufflé dans de l'acide puis entouré de poison et agrémenté de radiations ».

Une façon horrible de mourir, donc ; Mary Ann n'était pas certaine qu'Aden aurait apprécié de s'y risquer plutôt que d'avoir à guérir de quelques bleus et égratignures.

— Il va mourir, tu sais ? fit Victoria doucement.

Elle posa la tête sur la poitrine d'Aden, comme pour écouter les battements de son cœur. Ses longs cheveux soyeux se répandaient sur les couvertures et sur le bras qu'elle avait passé autour de la taille du garçon. L'image, avec ses drapés et ses couleurs, était frappante de beauté.

— Il te l'a déjà dit ? reprit la vampire.

— Qu'est-ce que tu veux que je te réponde ? Tous les hommes meurent.

— Non. Tu ne comprends pas. Il va mourir *bientôt*.

May Ann la dévisagea, stupéfaite, incapable de réagir. Puis les mots firent leur chemin dans son esprit, *il va mourir bientôt*, et elle prit conscience avec horreur de ce qu'ils signifiaient. Son cœur se mit à cogner dans sa poitrine, et ses jambes faillirent se dérober.

— Comment le sait-il ? demanda-t-elle, la bouche soudain sèche.

— L'une des âmes qu'il a dans la tête est un médium. Il peut prédire la mort des gens.

— Et… et… c'est censé arriver quand ? *Comment ?*

— Un couteau en plein cœur. Quant au moment où ça se produira… ça, il l'ignore encore. Il sait simplement que c'est pour bientôt, comme je te l'ai dit.

Bientôt. C'était quoi, bientôt ? Un jour ? Une semaine ? Un an ? Et un couteau dans le cœur… Quelle horreur !

C'était sans doute pire que la mort par la *je-la-nune.* Finalement, qu'Aden ait une peau de vampire n'était sans doute pas une mauvaise idée.

Pourquoi ne lui en avait-il pas parlé ?

— Et si tu le changeais en vampire ?

— Cela a déjà été essayé sur des humains par le passé. Jamais avec succès.

— Est-ce qu'on ne peut pas… ?

— Empêcher que ça arrive, maintenant qu'on est prévenus ? termina Victoria avec un rire sans joie. Non, apparemment pas. Il semblerait même que ça ne puisse qu'aggraver les choses pour lui. Il m'a raconté que toutes les tentatives faites pour changer une mort qui a été prédite ne peuvent que rendre les conditions de cette mort plus douloureuses encore.

Aden. Mort. Bientôt.

Non, par pitié ! Les yeux de Mary Ann s'emplirent de larmes.

— Comment peut-il vivre en le sachant ?

« Ne parle pas ainsi. On peut y faire quelque chose. On doit pouvoir. »

— Je ne sais pas. A sa place, j'en serais incapable. Il est humain, mais il est plus fort que je ne le serai jamais.

Tout en parlant, Victoria dessinait un signe avec ses doigts sur la poitrine d'Aden. Mary Ann était trop loin pour distinguer, mais elle aurait donné sa main à couper que c'était le même signe que la vampire avait tracé un peu plus tôt sur la table de la cafétéria.

— Et tu es certaine de ne pas pouvoir le transformer ? insista-t-elle.

Il devait y avoir moyen de le sauver !

— J'en suis certaine. Notre sang est… différent du vôtre. A haute dose — et il en faudrait pour changer quelqu'un —, le sang de vampire conduit les humains à la folie et à la mort. Parfois, même, le vampire qui tente de changer un humain en meurt lui aussi. On n'a jamais su pourquoi.

Aden ne ferait rien qui pourrait mettre en danger la vie de Victoria ; de cela, Mary Ann était certaine.

— Mais toi, comment es-tu devenue un vampire, alors ? demanda-t-elle d'une voix étranglée.

— Je suis née comme ça. Mon père a été le premier à se transformer, tu comprends. Il buvait du sang, même quand il était humain, et il s'est transformé progressivement. Sa peau est devenue plus épaisse, son appétit pour tout autre aliment a disparu. Il a cessé de vieillir. Il a contraint ses meilleurs hommes et leurs compagnes à boire du sang à leur tour, et eux aussi se sont transformés. Alors, il a offert du sang à ses animaux favoris, les loups. Et ça les a changés à leur tour. Ils sont devenus plus féroces. Ce sont leurs descendants que tu vois maintenant qui, comme Riley, peuvent changer de forme.

— Alors, pourquoi Aden ne boirait-il pas de ce sang ? Le sang que ton père et ses hommes ont consommé ?

— Il le buvait à même la gorge des gens, Mary Ann. Des gens qui sont morts depuis des siècles. Réduits en poussière.

— Mais si Aden faisait de même ? S'il buvait le sang de personnes vivantes, est-ce que, peut-être… ?

— On a essayé cela aussi. Et ça a échoué pareillement.

Alors quoi ? Etaient-elles censées abandonner tout

espoir ? Accepter qu'Aden meure très bientôt ? Non. Hors de question. Mary Ann s'y refusait de tout cœur.

Soudain, Riley fit irruption dans la pièce. Il sortit du placard en s'essuyant les mains sur une serviette. Ses vêtements étaient froissés, déchirés et tachés de sang ; des traces de boue maculaient ses bras et son visage. Les filles se tournèrent vers lui.

— C'est fait, dit-il sans la moindre trace d'émotion dans la voix. Personne ne saura qu'un prince Faé a été abattu dans la maison où vit Aden.

Il dévisagea Mary Ann pour s'assurer que tout allait bien, avant de poser les yeux sur Aden et Victoria.

— Est-ce qu'il va mieux ?

— Oui.

Comme s'il avait entendu la question, Aden poussa un gémissement.

Riley et Mary Ann se figèrent en même temps, avant de se précipiter à son chevet. Mary Ann lui prit les mains et les serra dans les siennes.

Victoria se redressa puis se mit à genoux près de lui, lui tapotant les joues :

— Aden ? Tu nous entends ?

Lentement, très lentement, Aden battit des paupières, ouvrit les yeux. Les trois autres retinrent leur souffle et attendirent… attendirent… Il parvint enfin à garder le regard fixe.

— Victoria ? murmura-t-il dans un souffle d'épuisement.

— Je suis là. Comment te sens-tu ?

Groggy, il tourna la tête vers elle. De nouveau, ses prunelles multicolores, aux reflets bruns, bleus et verts, tentèrent de faire le point. Et soudain, à la surprise générale, il se dressa sur les genoux, saisit Victoria par les épaules et la serra violemment contre lui, en hurlant :

— Non ! Ne t'avise pas de la toucher !

Effarée, Mary Ann tenta de suivre la direction de son regard. Il regardait… dans le vide.

— Aden ? Qu'est-ce qui se passe ?

— Comment peux-tu être en vie ? cria celui-ci. Riley t'a tué ! Je t'ai senti mourir !

— Aden ?

Victoria le saisit par le poignet et tenta de l'obliger à se rasseoir.

— A qui parles-tu ?

— Au prince, répondit-il, luttant pour rester debout.

Il ferma les poings et se mit en garde.

— Je parle au prince Faé, et il a intérêt à vider le camp vite fait.

— Il est ici ? demanda Riley, effaré.

— Oui.

— Mais c'est impossible. Complètement impossible ! Je viens de l'enterrer.

6

L'enterrer.

Les mots percèrent à travers la brume qui envahissait le cerveau d'Aden. Il passa une main peu assurée sur son visage. Impossible. Rien de tout cela n'était en train d'arriver.

Je viens de l'enterrer.

De nouveau, il se plaça devant Victoria, mais Thomas ne cessait de tendre les mains vers elle, à travers le corps d'Aden, pour la toucher. Non, pas seulement pour la toucher. Pour la tuer. Les yeux du Faé étincelaient de haine. La seule bonne nouvelle, c'était que ses mains, chaque fois qu'il essayait de les toucher, traversaient Victoria aussi bien qu'Aden.

Riley avait pris Mary Ann par le bras et l'avait repoussée contre le mur, derrière lui, son corps formant rempart. Son regard de prédateur scrutait chaque recoin de la pièce, il était prêt à bondir.

L'enterrer.

Cela semblait une évidence ; Aden avait reçu un coup de couteau pour l'homme-fée. Le souvenir le fit frissonner. Et c'était comme ça qu'il devrait un jour mourir pour de bon.

Ce qui signifiait qu'il vivrait cette expérience une

deuxième fois. La poitrine qu'on ouvre, les organes déchirés, le sang, le sang partout. Le froid envahissant qui se répand dans les veines et transforme les os en bâtons de glace.

Non. Il refusait cela de tout son être. C'était une mort trop terrible pour quiconque, alors la connaître deux fois ? Non. Hors de question. Il trouverait quelque chose, ferait quelque chose — n'importe quoi pour éviter ça !

Bien sûr, par le passé, il lui était arrivé de tenter de secourir des personnes dont Elijah lui avait prédit la mort. Et, bien sûr, ces personnes étaient toutes mortes dans des circonstances affreuses. Mais pour Aden rien ne pouvait être pire qu'un couteau dans la poitrine. Il aurait préféré n'importe quoi. Il l'aurait accepté… de tout cœur. Jeu de mots débile compris.

— Pourquoi ne puis-je pas la toucher ? rugit Thomas.

— Recule. Recule ou…

Quel genre de menace pouvait bien effrayer une fée ? «… Ou tu le regretteras » ? Pas terrible, c'est certain, mais le cerveau embrumé d'Aden ne trouva rien de mieux.

Enfin, le prince Faé cessa de gesticuler. Il haletait et sa peau était couverte de sueur.

— Que m'as-tu fait ?

Bonne question !

— Laisse-la tranquille, c'est tout.

Lentement, Aden entreprit de se lever… en espérant que ses jambes suivent le mouvement… Oui ! Ça marchait — il marchait. Ou presque. Il se tint debout un instant, les poings toujours en garde pour se protéger du Faé.

— Dégage d'ici.

Puis il se raidit. Les dernières paroles de la fée lui

revinrent en tête. *Je te le ferai payer, même par-delà la mort.* Voilà ce que Thomas avait dit avant que le poignard ne déchire son cœur. Payer. Par-delà… par-delà la mort.

— Dégager ? Mais c'est impossible ! J'ai déjà essayé ! vociféra le prince.

Aden venait-il par hasard de gagner un nouveau compagnon sous la forme d'un fantôme Faé vengeur ?

— Aden, qu'est-ce qui se passe ? demanda Victoria.

Avant qu'Aden ait pu réagir, elle se plaça devant lui, manifestement prête à affronter ses démons à sa place.

— Dis-moi quoi faire, et je le ferai.

Il ne répondit pas. L'idée qu'elle soit blessée lui était insupportable. Il pouvait s'agir d'un piège. Sur les fées et ce qu'il advenait d'elles après la mort, Aden ne savait rien. Thomas, donc, attendait peut-être le bon moment pour frapper. Pour frapper vraiment.

— Aden, il n'y a personne ici. Seulement nous, reprit Victoria. Le prince Faé est mort. Riley a enterré sa dépouille, comme il l'avait dit. Mais tu continues de le voir ?

— Oui. Pas vous ? Vous ne le voyez pas et vous ne l'entendez pas ?

Tous lui répondirent par la négative.

D'accord. Donc, Aden était le seul à pouvoir voir et entendre Thomas, et celui-ci ne pouvait toucher personne. Finalement, il n'y avait peut-être aucune ruse là-dessous. D'ailleurs, le Faé avait juré la mort de Victoria et de tous les membres de la famille royale. Il n'aurait pas attendu qu'une bonne occasion se présente ; il aurait frappé immédiatement.

Le prince était réellement un fantôme…

Au moins, ça veut dire qu'il ne s'est pas installé dans ta tête..., tenta de le rassurer Julian.

Tu parles d'une consolation ! railla Caleb.

Les âmes s'étaient tenues tranquilles depuis qu'il avait pris le coup de couteau dans la poitrine. Entendre de nouveau leurs voix, comme s'il ne s'était rien passé, constituait à la fois un soulagement et un poids. Elles étaient là et allaient bien, d'accord, mais Aden n'avait vraiment pas besoin d'être distrait en ce moment. Pour le hanter, il y avait déjà Thomas, et Dieu seul savait de quoi le Faé était capable.

— Va-t'en, lança-t-il à Victoria.

La prenant par le bras, il la fit pivoter sur elle-même et, d'une poussée dans le dos, la dirigea vers Riley, de l'autre côté de la pièce.

— Qu... quoi ?

Hébétée par son geste autant que par ses paroles, Victoria se laissa faire sans réagir.

— Il faut que tu t'en ailles, répéta Aden sans quitter Thomas du regard au cas où le Faé aurait tenté quelque chose.

— Je ne comprends pas.

— Toi aussi, Riley. Emmène Victoria avec toi et allez-vous-en.

Il aurait voulu s'expliquer davantage, mais il préférait que Thomas n'entende pas que Mary Ann neutralisait les pouvoirs surnaturels. Après tout, d'autres fées pouvaient se trouver dans les parages, et il ne fallait pas qu'elles apprennent qu'Aden lui-même était soumis à ce pouvoir. Quand Mary Ann était près de lui, en effet, il n'entendait plus les voix dans sa tête, ne voyait pas de fantômes et ne réveillait pas les morts. Sauf si Riley se trouvait avec Mary Ann, car le loup-garou, sans qu'on sache pourquoi, bloquait à son tour la capacité de Mary Ann de paralyser les pouvoirs. Il leur faudrait un jour comprendre la raison de ce phénomène. D'ici là…

— Partez, nom d'un chien !

Riley fronça les sourcils, mais opina.

— A tes ordres, Majesté. Je veillerai sur la sécurité des deux filles.

— Je t'ai déjà dit ne pas m'appeler comme ça, répliqua Aden.

Il n'était le roi de personne !

— Et Mary Ann doit rester ici, ajouta-t-il.

— Non, objecta Riley, le regard dur. Elle vient avec moi, il n'y a pas à discuter.

Une dispute ? Maintenant ? Finalement, il devait l'avouer, il aurait préféré les courbettes et les « Majesté ».

— Mary Ann reste. C'est un ordre.

La chevelure sombre de celle-ci émergea de derrière l'épaule de son protecteur. Elle se passa un doigt en travers de la gorge, pour faire signe à Aden de s'arrêter, de ne pas continuer dans cette voie dangereuse. Thomas, cependant, les observait, attentif. Cherchait-il à décider ce qu'il allait faire ?

La tension était palpable dans la pièce ; après un long moment de silence, Riley grogna :

— Oui. *Majesté*. Il en sera fait selon tes ordres.

Aden dut se retenir pour ne pas lancer un commentaire cinglant. Il avait eu ce qu'il voulait ; inutile de chercher à avoir le dernier mot.

— Aden ? lança Victoria.

Dans sa voix douce, il entendit la question *Pourquoi fais-tu cela ?* et la peine qu'il lui causait.

Il se détesta. Victoria avait déjà beaucoup trop souffert ces derniers temps.

Arrête de l'embêter comme ça, Aden, le tança Caleb. *Tu sais que j'aimerais bien passer un bon moment avec elle.*

Passer un bon moment avec elle, oui. Exactement ce qu'Aden avait en tête. Toujours. Tout au long de sa vie, la vampire avait obéi à des ordres incessants, recluse, avec l'interdiction de rire ; et pourtant lui, Aden, se permettait encore de la repousser sans explication.

Dès qu'ils seraient en sécurité, il lui expliquerait tout ; et puis il la ferait rire, rire aux éclats. Il ne l'avait entendue rire qu'une seule fois, et il rêvait depuis d'entendre de nouveau ce son cristallin.

Ne me dis pas que tu écoutes ce que raconte Caleb ! s'exclama Julian. *Aden, s'il te plaît. On a du pain sur la planche.*

Des miches, tu veux dire ? osa Caleb.

Espèce de cochon...

Les gars, soupira Elijah. *Ça vaut vraiment le coup de se disputer ?*

Tiens donc ! Elijah était-il en train de reprendre le rôle de mère poule qu'Eve avait tenu avant de disparaître ?

— Aden ? demanda de nouveau Victoria, le rappelant à la réalité.

Il grinça des dents. Nom d'un chien, comme il s'en voulait ! Même en plein danger, il avait du mal à se concentrer.

— Passe-moi un coup de fil un peu plus tard, lui ordonna-t-il sans autre précision.

— Je ferai mieux que ça. Je reviendrai te chercher ce soir.

Elle lui prit la main avant que Riley ait le temps de protester.

— Ma famille souhaite te rencontrer. Et il vaut vraiment mieux que tu ne les déçoives pas, *eux*.

L'instant d'après, ils étaient sortis.

Presque aussitôt, Thomas disparut lui aussi. Et une seconde plus tard, les âmes dans la tête d'Aden poussèrent le gémissement qui leur venait quand Mary Ann les bloquait. Elles tombaient, avaient-elles expliqué à Aden, dans un gouffre noir et sans fond. Ce gouffre, elles le détestaient ; pour autant, elles ne se plaignaient pas. Elles aimaient Aden. Elles voulaient qu'il soit heureux, et savaient que ces moments d'intimité lui étaient nécessaires.

Aussi nécessaires, pensa-t-il, que de libérer ces âmes qu'il se sentait coupable d'emprisonner, pourtant bien malgré lui.

Il s'adossa au mur, puis se laissa glisser à terre. Un jour ou l'autre, il les libérerait, même s'il tenait énormément à elles. Pour cela, il devait d'abord apprendre qui elles avaient été en tant qu'humains, puis les aider à accomplir la tâche qui les retenait sur terre et à l'intérieur de sa tête.

C'est ainsi qu'il avait perdu Eve. Sitôt qu'il lui avait donné la possibilité de réaliser son vœu le plus cher — passer une journée avec sa fille —, elle avait disparu.

Il lui restait tant de choses à faire, songea-t-il.

— Est-ce que le Faé…, commença Mary Ann.

— Oui, il est parti.

Selon toutes probabilités, néanmoins, Thomas réapparaîtrait dès que Mary Ann quitterait le ranch. Que ferait Aden, alors ? Il ne pouvait pas demander à son amie de rester dans les parages en permanence.

— C'est parfait, alors.

Elle se laissa tomber sur le lit, jouant à faire rebondir les ressorts du matelas.

— Bon, j'ai autre chose à te dire, mais ne le prends pas mal, d'accord ? Tu as vraiment besoin d'une douche.

Les joues en feu, il prit conscience de son état : son torse était maculé de traînées de sang, et la transpiration faisait adhérer son caleçon à sa peau.

— La salle de bains commune est dans le couloir. Tu m'attends ici ? J'en ai pour une minute.

— Je ne bouge pas, répondit-elle avec un sourire espiègle. Allez, moins de bla-bla et davantage de nettoyage !

Aden était si faible qu'il dut se tenir au mur. Tandis qu'il fouillait dans le placard, à la recherche de vêtements propres, il sentait des nausées le secouer. Enfin, il parvint à se rendre dans la salle de bains. Par chance, il ne rencontra aucun des autres garçons du ranch dans le couloir. Il entra dans la douche, laissant l'eau brûlante le nettoyer.

Il serait bien resté longtemps sous la douche, mais il ignorait si les pouvoirs de Mary Ann portaient si loin et le protégeaient du fantôme de Thomas jusque dans la salle de bains. Mieux valait se presser.

Il termina vite, enfila un T-shirt et un jean et se dirigea vers sa chambre. Dans le couloir, néanmoins, une délicieuse odeur de beurre de cacahouète le convainquit de faire au préalable un crochet par la cuisine, où il trouva une imposante pile de sandwichs. En revanche, alors qu'ils auraient dû se trouver tous là en train d'étudier, il ne rencontra pas le moindre pensionnaire du ranch.

Tu as tué leur tuteur, tu te souviens ?

Aden se sentit de nouveau accablé de tristesse et de culpabilité. Il s'empara de deux sandwichs qu'il engloutit en un clin d'œil avant de se mettre à la recherche des autres garçons dans le dortoir. Preuve qu'ils s'étaient trouvés là à un moment donné, le ménage était fait : on avait passé l'aspirateur sur le parquet, épousseté la table de chêne et les chaises dépareillées. Les murs avaient été récurés et sentaient le détergent.

Quelques mois auparavant, ces murs étaient couverts de fers à cheval et d'images du ranch tel qu'il se présentait quelque cent ans plus tôt, à l'époque de sa construction. Mais il y avait eu une bagarre entre deux des garçons, et l'un d'eux avait utilisé un fer à cheval de métal pour frapper son rival. En tout cas, c'est ce qu'Aden avait entendu dire. Dan, qui était à la fois propriétaire du ranch et chargé de s'occuper des garçons, avait tout enlevé des murs.

Un rire retentit soudain.

Il se planta devant la fenêtre située à l'autre bout du couloir, écarta le rideau et regarda dehors. Un ciel chargé de nuages formait une voûte grise au-dessus du D & M. Les garçons jouaient au foot dans le champ situé entre le bâtiment principal et le dortoir.

Un court instant, Aden éprouva une pointe de jalousie. A une époque, c'était tout ce dont il rêvait : avoir des amis, partager des jeux. Se sentir accepté. Et maintenant qu'il avait enfin tout cela, ou l'essentiel, il avait bien trop à faire pour en profiter.

— Vous allez avoir des ennuis ! leur lança-t-il bien qu'ils ne puissent pas l'entendre.

Dan était absent — son camion n'était plus là — mais Meg, sa femme, quittait rarement le bâtiment principal, et elle ne manquerait pas de faire un compte rendu de ce qui s'était passé.

Pour l'heure, supposa Aden, la règle qui prévalait, c'était qu'en l'absence de tuteur, tout était permis. Sa culpabilité s'accrut : Dan allait devoir trouver un nouveau tuteur et ne saurait jamais pourquoi « M. Thomas » était parti aussi soudainement qu'il était arrivé.

Aden appréciait Dan. Il le respectait. Beaucoup. C'était un homme d'honneur qui souhaitait sincèrement offrir aux garçons une vie meilleure. Et pourtant, de temps à autre, Aden lui faisait la vie dure.

De retour dans sa chambre, Aden s'aperçut que Mary Ann était toujours sur le lit. Elle s'était simplement assise pour s'appuyer à la tête de lit, et elle était occupée à lire un des livres de Shannon. La porte claqua derrière lui en se refermant — il n'y avait pas de serrure, cependant, car Dan les avait retirées —, et Mary Ann leva les yeux.

— C'est déjà beaucoup mieux, dit-elle avec un hochement de tête.

— Merci d'être restée.

— Je t'en prie.

Elle posa son livre et se redressa :

— Comment te sens-tu ?

— Je crois que je sens bon.

Elle eut exactement le rire qu'il aurait aimé entendre chez Victoria :

— A ce point-là ?

— Je suis désolé de t'avoir retenue ici.

— Ça n'a pas d'importance. Je voulais te parler de quelque chose, de toute façon.

Il s'assit au bureau, admirant la pièce où tout était rangé et à sa place. Après ce qui s'était passé dans l'autre dimension — celle où Riley et Thomas avaient ravagé la totalité du bâtiment —, il s'était attendu à trouver au moins quelques traces de l'incident. Et pourtant, il n'y avait rien. Pas la moindre tache de sang.

— Tu m'écoutes ? demanda Mary Ann dans un nouvel éclat de rire. Je pensais que les âmes se tenaient tranquilles quand j'étais avec toi.

Il eut un sourire penaud :

— Désolé. Je passe tellement de temps dans ma tête que je finis par m'y perdre.

— En fait, je te disais que tu sais te battre.

Heureusement qu'il savait. Il s'était battu toute sa vie. Contre d'autres patients, contre des médecins, ou d'autres enfants dans des familles d'accueil. Contre des zombies que Julian, l'homme qui murmurait à l'oreille des cadavres, rappelait du sommeil éternel.

— Eh bien, poursuivit Mary Ann, je veux que tu m'apprennes.

Il afficha une mine surprise.

— Tu veux que moi je t'apprenne à mettre des br… euh, à te battre ?

— Je veux apprendre à me défendre et à attaquer, oui.

Il y avait une énorme différence entre les gestes à

faire pour se défendre, et ceux à faire pour attaquer quelqu'un. Une énorme et *dangereuse* différence.

— Riley ne va pas apprécier.

Elle haussa les épaules et laissa glisser son doigt le long de la couette de coton.

— Il va falloir qu'il s'y fasse. J'en ai assez d'être un boulet.

— D'accord, je vais t'apprendre.

Elle battit des mains avec le même enthousiasme que s'il venait de lui annoncer qu'elle avait gagné à la loterie :

— Merci !

— Alors, tu veux commencer quand ?

Elle sortit son portable de la poche de son pantalon et consulta l'écran.

— On a quelques heures avant la fin des cours. Après, je suis censée rentrer directement à la maison. Et je n'arrive pas à croire que je suis en train de sécher la classe mais… pourquoi pas maintenant ?

Aden ne se sentait pas exactement au top de sa forme. Peu importe. Il acquiesça. Cette fille avait été la première personne à l'accepter pour ce qu'il était et représentait ; il lui devait bien ça.

— Il faut qu'on aille derrière la maison. Les garçons jouent devant, et je préfère qu'ils ne nous voient pas.

— Ça me va très bien.

Dehors, la couche de nuages s'était encore épaissie ; l'air était glacé et chargé d'humidité. Un orage couvait.

Aden invita Mary Ann à prendre place sur l'herbe puis se plaça devant elle.

— Première chose : la défense. Pour savoir comment

la mettre en place, il faut que tu apprennes de quelle façon ton adversaire va te frapper. Ce qui signifie que je vais devoir te frapper.

Elle hocha la tête avec détermination :

— Je suis prête.

La séance dura des heures et leur parut pourtant s'écouler à toute vitesse ; elle les laissa la sueur au front, épuisés, les vêtements tachés d'herbe et de boue. Une pluie fine s'était mise à tomber un quart d'heure plus tôt. Mary Ann était couverte de bleus. A vrai dire, Aden l'était aussi. Il avait reçu une avalanche de coups, baffes, ruades et autres — tout comme il en avait donné. L'expérience est le meilleur des apprentissages. Il lui avait donc montré qu'elle pouvait supporter la douleur, qu'elle ne devait pas subir juste pour ne pas souffrir. Et elle avait fait preuve d'un sacré courage !

— Dis-moi ce que tu as appris jusqu'à maintenant, demanda-t-il en lui faisant face.

— Crier, c'est bien. Cogner dans la gorge est plus efficace que viser le visage ou l'estomac. En plus, tout le monde peut y arriver, même une faible fille comme moi, parce que ça ne demande pas beaucoup de force pour faire de gros dégâts.

Elle avait récité sa leçon d'une voix grave et presque virile, contrefaisant celle d'Aden. Elle resserra les pans de son blouson autour d'elle. Elle le lui avait emprunté : ils n'avaient cessé de s'exercer que le temps qu'il aille le chercher dans son placard.

— J'utilise mes poings comme des marteaux, ou alors je frappe avec la main ouverte, continua-t-elle.

— Très bien. Quoi d'autre ?

— Tout peut servir d'arme. Un caillou. Des clés. Un sac à main.

Il acquiesça.

— Quoi d'autre ?

— Quand je donne des coups de pieds, je ne dois pas utiliser mes orteils. Pas assez de force là-dedans. Il faut que j'utilise le dessus du pied. Oh, et les coups de genoux sont permis. Surtout à l'entrejambe. Tout comme les doigts dans les yeux. Quoi qu'il arrive, je ne dois pas avoir peur de blesser l'autre, vu qu'il ou elle cherche avant tout à m'agresser. S'il se trouve dans mon dos, je dois tenter de lui donner des coups de coude dans le visage. Ça va le sonner, et je peux mettre ce moment à profit pour me libérer.

— Très bien. Bon, on va essayer de mettre de nouveau tout ça en pratique. Attention, je vais viser ton cou. Dans l'intention de t'étrangler. Tu te souviens de ce qu'il faut faire ?

Elle opina :

— Je dois passer mes bras entre les tiens le plus vite possible et frapper dans le creux de ton coude avec le mien.

— Et ?

— Et te balancer mon genou dans les parties.

— Parfait. Sauf que, pour ce coup-là, on va juste faire semblant, d'accord ? Au fait, moi, je t'avertis, mais il y a peu de chances qu'un véritable agresseur le fasse !

— Et c'est bien dommage, sourit Mary Ann.

La prochaine fois, il ne l'avertirait pas. Il se contenterait d'attaquer ; à elle de trouver une parade, d'instinct.

— Prête ?

— Pr…

Ils s'interrompirent soudain ; derrière eux, un bruit de feuilles mortes s'était fait entendre.

— Aden ? Mary Ann ?

Son sac de classe au dos, Shannon se tenait à la lisière de la forêt.

— Salut ! lui lancèrent-ils à l'unisson.

— Je… je me demandais où vous étiez passées, après le déjeuner.

Mary Ann eut une expression coupable :

— Pardon ! J'aurais dû te dire que je m'en allais. Désolée. Mais si tu es ici, ça veut dire que les cours sont finis, et il faut que je rentre chez moi maintenant.

Elle s'approcha d'Aden et lui planta un baiser sur la joue.

— Tout ira bien pour toi ? chuchota-t-elle. Parce que le Faé va revenir. Dès que je m'en irai, il sera là pour te hanter.

Aden préféra lui mentir.

— Je sais, dit-il. Ça ira, merci.

Puis il la poussa avec délicatesse en direction de la forêt.

— Rentre vite chez toi avant de t'attirer des ennuis avec ton père.

— Je vais l'appeler pour lui dire que je passe à la bibliothèque. C'est vrai, d'ailleurs. J'ai envie de faire quelques recherches pour voir si je trouve des livres sur les sortilèges et tout ce genre de trucs. Je te tiens au courant. Et merci pour les leçons.

— Il vaut peut-être tout de même mieux que tu passes chez toi avant de te pointer à la bibliothèque, poursuivit-il avec un regard entendu sur son jean couvert de boue.

— C'est pas faux !

Sur ces mots, Mary Ann s'éloigna en riant, ne s'arrêtant que pour déposer un baiser sur la joue de Shannon. Elle pénétra dans la forêt, sous le couvert des arbres. Presque aussitôt, elle vit briller dans un buisson une paire d'yeux verts et des crocs étincelants.

Aden l'avait vu, lui aussi.

Riley, bien entendu. Riley… qui devait être pas mal furieux. S'il avait montré les crocs, c'était pour qu'Aden le voie. Avait-il été le témoin de la leçon d'autodéfense ? Ou, pire, du baiser d'au revoir de Mary Ann ?

Il le saurait bien assez tôt. Pour l'instant, Riley s'apprêtait à raccompagner Mary Ann chez elle.

Nous revoilà ! lança Julian. *Ça fait du bien…*

Il s'est passé quoi, en notre absence ? demanda Caleb. *Pourquoi on est dehors ?*

Est-ce que tu viens de te battre ? s'enquit Elijah.

— Les gars, murmura Aden, je vous raconterai ça plus tard.

Shannon s'approcha de lui, l'air inquiet.

— T… t… tu étais où, aujourd'hui ? Ce matin, j'ai dit à Dan que tu étais p… parti avant moi ; tu n'auras pas de problème de ce côté-là.

— Merci.

Aden avait encore du mal à se faire à l'idée que Shannon et lui soient vraiment amis. Entre eux, cela n'avait pas très bien démarré, mais à présent ils étaient très proches. Et c'était agréable. Néanmoins, il ne pouvait pas lui dire la vérité. Le garçon ignorait tout des créatures en train d'envahir leur monde, et il valait mieux le laisser dans l'ignorance.

— Allez, on rentre. Je t'expliquerai tout une fois à l'intérieur.

Tout… Rien du tout, oui !

Ils se dirigèrent vers les dortoirs où ils trouvèrent les autres déjà douchés et en pyjama. Leurs devoirs faits, comme de bons petits gars, ils regardaient la télévision dans la salle commune.

Aden les salua d'un geste au passage, mais ne s'arrêta pas. Même s'il ne savait pas encore ce qu'il allait lui dire, il devait d'abord parler avec Shannon ; ensuite, il lui faudrait trouver un endroit où il pourrait discuter en toute tranquillité avec les âmes.

— Tiens donc, mais qui voilà ? lança une voix familière dès qu'il entra dans sa chambre. Je t'attendais, Aden !

Trop génial, grommela Caleb.

Mauvais, ça…, soupira Elijah.

Aden n'eut pas besoin de lever les yeux pour comprendre que, comme prévu, le fantôme du prince Faé était revenu. Ses poings se serrèrent. Nom d'un chien, aurait-il un jour une vie normale ?

— Aden ? lança Shannon derrière lui. Les autres d… demandent si tu veux regarder le sport avec eux.

Au même moment, Thomas se mit à vociférer dans ses oreilles :

— Dis-moi ce que tu m'as fait ! Pourquoi suis-je ici ? Mon peuple ne peut ni me voir ni m'entendre. Il n'y a que toi. Dis-moi pourquoi !

Et les quatre voix se mélangèrent, rendant les paroles incompréhensibles. Aden comprit qu'il n'allait pas pouvoir discuter avec Shannon, pas plus qu'il n'aurait la possibilité de parler calmement avec les âmes.

Que faire ? Il se jeta sur son lit, se boucha les oreilles avec ses mains, et espéra que la tempête allait se calmer.

7

Tucker Harbor se blottissait de son mieux dans un coin d'une crypte noire et humide, cerné de ténèbres effrayantes. Il lui sembla qu'une araignée courait sur sa main. Et ce bruit, c'était bien le couinement d'un rat ? Il aurait donné n'importe quoi pour *voir*.

Il n'avait pas choisi de venir ici. Peu de temps avant, il se trouvait sanglé à un chariot d'hôpital, pendant qu'on injectait dans son corps toutes sortes de drogues anesthésiantes. Mais *la voix* l'avait appelé ; elle avait envahi son cerveau, et il s'était senti obligé de dénouer les liens qui l'emprisonnaient. Il s'était levé, avait avancé dans les couloirs, d'abord en marchant, puis en courant. Il n'avait plus qu'une envie : se rendre là où *la voix* lui ordonnait d'aller.

Et malheureusement, cela n'avait pas été si difficile. Personne n'avait tenté de le retenir, et son « don » avait fonctionné à plein régime. Tucker créait des illusions — il savait le faire depuis sa petite enfance. Tout ce qu'il voyait dans son esprit, il était capable de le créer autour de lui. Ou plus exactement, de le rendre réel pour ceux qui se trouvaient près de lui.

Par exemple, s'il pensait à un égout, un égout apparaissait autour de lui ; s'il pensait à un cirque, tout un chapiteau se matérialisait, et il en était le centre. Ainsi, pendant qu'il s'évadait de l'hôpital, il s'était vu comme un mur, le mur derrière lui, et il avait pu s'y fondre. Une fois dehors, il s'était imaginé portant un jean et un T-shirt plutôt que la blouse qui le couvrait à peine.

Et voilà qu'il y était.

La douleur était revenue. Il avait été mordu par des vampires quelques jours plus tôt. Ou était-ce quelques heures ? Il ne savait plus. Le temps n'était... que du temps. Il savait qu'il passait, mais cela ne lui importait plus. Il n'en avait plus rien à faire.

Mais pourquoi ? Il se souvenait avoir été attaché sur une table comme un gâteau posé sur une table, et des vampires — de vrais vampires, des saloperies de suceurs de sang — en avaient profité pour se pencher sur lui et le mordre où ça leur chantait. Il avait voulu mourir. Mais au fur et à mesure que le sang lui manquait, que son corps devenait froid et que sa conscience s'éteignait, son envie de vivre était revenue. Et elle était revenue en force.

C'est alors qu'Aden Stone et Mary Ann étaient venus à sa rescousse. Nom d'un chien, comme il leur en avait été reconnaissant ! Il s'était dit : « A présent je vais changer de vie. Je ne ferai plus de mal à personne. Lorsque je sentirai des pulsions dangereuses, comme l'envie de cogner le plus de gens possible pour voir couler leur sang et entendre leurs cris, ou de voler de l'argent à ma mère et de l'insulter juste pour le plaisir de l'entendre crier, je saurai ne pas leur céder. »

Néanmoins, maintenant que la perspective de la mort s'était éloignée, tout comme son sentiment d'impuissance et l'effet des médicaments s'étaient estompés, il se sentait de nouveau l'envie de commettre tous ces actes.

Et il était incapable d'y résister.

Sur le chemin qui l'avait mené ici, dans cette crypte, il avait frappé au visage un homme qu'il avait croisé, sans raison, juste pour le plaisir. Il avait ri en sentant les dents du type lui entailler les phalanges. Oui, il avait ri. Car il aimait causer la douleur.

« Je suis un monstre. »

De toute sa vie, ces pulsions ne l'avaient jamais réellement quitté ; seule la présence de Mary Ann semblait pouvoir les éloigner. Ils étaient sortis ensemble pendant plusieurs mois, durant lesquels il avait connu un véritable bonheur. Mais, comme il était Tucker, il avait fini par tout gâcher.

Un soir qu'elle n'était pas chez elle, il en avait profité pour rendre visite à sa voisine et meilleure amie, Penny Parks. Avec elle, il s'était envoyé quelques bières avant de faire bêtement l'amour sans protection ; et maintenant, Penny était enceinte de lui.

Ou du moins, c'est ce qu'elle prétendait. Une part de lui parvenait à la croire. C'était la partie humaine, celle qui détestait qu'il se conduise comme un psychopathe. Mais l'autre part de lui, celle où tourbillonnaient toutes ses pulsions, refusait d'écouter Penny.

Il voulait retrouver Mary Ann. Tant pis si elle ne redevenait pas sa petite amie ; il la voulait simplement comme amie. D'ailleurs, il n'était pas certain d'avoir jamais voulu autre chose. Simplement, il aimait ce qu'elle lui faisait, la façon dont il se sentait en sa présence. Elle saurait le guérir, éloigner de nouveau ses envies de violence. Et peut-être parviendrait-il ainsi à être pour son bébé un père meilleur que celui qu'il avait eu.

Quelque part dans les ténèbres, il entendit un bruit — le chuintement d'un tissu sur de la peau, infiniment plus terrifiant que le cri du rat quelques instants plus tôt. Puis la voix s'éleva, une voix dure, glacée, surgie de nulle part, qui lança :

— Ainsi, tu es venu. Tu es un brave garçon.

La voix. Cette fois, elle n'était plus dans sa tête.

Son cœur se mit à battre à se rompre ; il se raidit. Il ne parvenait toujours pas à distinguer quoi que ce soit dans les ténèbres ; il n'y avait pas le moindre rai de lumière dans la crypte, et une poussière épaisse flottait dans l'air. Tout comme l'odeur de la mort.

— Je… je fais de mon mieux.

Si la voix voulait qu'il soit un brave garçon, il ferait tout pour l'être.

— Qui êtes-vous ?

— Je suis ton roi.

Ces quatre mots tout simples marquèrent un changement complet en Tucker. Soudain, son être appartint à celui qui parlait. La voix était forte, puissante, comme si la magie avait coulé de chaque syllabe pour venir l'entourer, le saisir… le contrôler. Non seulement il allait devenir ce que la voix exigerait, mais il ferait tout pour elle, quoi qu'elle demande. Et il le ferait avec joie.

— Vlad, fit-il.

Car, du fond de son âme, il connaissait le nom du propriétaire de la voix.

Il s'inclina respectueusement.

— Oui, je suis Vlad. Tu connais quelqu'un qui m'intéresse beaucoup, Tucker. Aden Stone.

— Oui, je le connais.

— Tu vas le surveiller.

— Oui.

— Tu me raconteras tout ce que tu apprends.

— Oui. *Je ferai tout pour vous, maître.*

— Cela est bien. Je compte sur toi, Tucker. Ne me déçois pas. Parce que, vois-tu, il m'a volé ma couronne. Et le temps viendra où je la lui reprendrai.

Pour Aden, les heures qui suivirent passèrent comme dans un brouillard. Shannon comprit vite que quelque chose n'allait pas ; il tenta de le distraire en lui racontant sa journée au lycée — en chimie, il avait laissé tomber une éprouvette, et M. Klien, le prof, l'avait obligé à passer toute l'heure au fond de la salle à faire des exercices pour améliorer l'agilité de ses doigts.

Pendant que Shannon racontait, Thomas soumettait Aden à un feu nourri de questions : « Pourquoi les miens ne peuvent-ils m'entendre ou me voir ? Pourquoi ai-je disparu dans un trou noir une fois que le vampire et le loup-garou sont partis ? »

Et au même moment, Elijah exigeait qu'ils réfléchissent à la réunion avec les vampires, désormais toute proche. Il fallait dresser un plan : ils risquaient, après tout, d'être confrontés à une rébellion, à un mouvement pour renverser Aden.

Pendant ce temps, Caleb était en train d'expliquer à Aden les accessoires dont il rêvait pour leur prochaine rencontre avec Victoria. Dans la liste de ses fantasmes, le cuir noir venait en tête — avec la crème fouettée.

Toujours au même instant, Julian improvisait un poème d'excuses à l'intention de Victoria :

Ô mon doux amour mon cœur saigne
Mais tu aimes le sang
Et devant toi je ne suis que poussière
Pardonne-moi.
Tu le lui réciteras, Aden ?

Le poème déclencha les sarcasmes de Caleb, qui eux-mêmes entraînèrent la colère d'Elijah, et… bla, bla, bla.

Et pour couronner le tout, il sembla à Aden qu'il entendait des hurlements de loup en arrière-plan. Il eut envie de rire de son propre malheur.

Les tempes lui cognaient douloureusement. Tant de bavardages, tant de mots, tant de bruit… Tout se mélangeait dans sa tête, en un vacarme incessant, un brouhaha infernal qui lui donnait l'impression que sa tête était sur le point d'exploser.

A la fin, il abandonna. Il se roula en boule, ferma les yeux et tenta de bloquer toutes les voix qui lui parvenaient. La paix. Il voulait juste un peu de paix.

Bientôt, la fatigue — tout comme le fait qu'il était tout de même mort deux fois dans la journée qui venait de s'écouler — fut la plus forte, et il sombra dans un sommeil épais et agité. Encore que « sommeil » ne soit pas le mot. Il ne dormait pas vraiment. Simplement, il était incapable de bouger ou de réagir, alors même que Shannon le secouait. Tout se passait comme si ses bras et ses jambes avaient été attachés au lit, comme si ses paupières avaient été collées en position ouverte, et qu'il lui était impossible de les refermer, même si les yeux lui brûlaient.

Que se passait-il ?

Vaguement, il prit conscience que Shannon quittait la pièce, puis revenait accompagné de Dan, qui se pencha sur lui et le considéra avec inquiétude avant de le déshabiller et de le mettre sous les couvertures. Tout ce temps, Dan lui parla, mais Aden était tout simplement incapable de répondre. D'abord parce que sa bouche ne lui obéissait pas plus que le reste de son corps, mais aussi parce qu'il n'arrivait pas à se libérer de la nappe des voix qui parlaient dans sa tête ; son attention était mise à si rude épreuve qu'il ne pouvait en aucun cas se concentrer sur les questions de son tuteur.

D'ailleurs, s'il avait pu répondre à Dan, celui-ci l'aurait certainement pris pour un fou — comme cela se produisait si souvent avec tant de gens…

Enfin, Dan quitta la chambre et Aden poussa un soupir de soulagement. Qui ne dura qu'un instant, car les âmes se remirent à parler de plus belle. Puis Dan revint, accompagné du Dr Hennessy, le nouveau psychiatre d'Aden — ce qui ne fit qu'ajouter à la cacophonie ambiante.

Le Dr Hennessy l'examina à son tour, les sourcils froncés ; il ne semblait pas inquiet outre mesure. C'était un petit homme au crâne dégarni. Des lunettes à monture de métal soulignaient son regard froid. Il ne manifestait jamais le moindre signe d'émotion. Il conservait en toutes circonstances une attitude détachée et impersonnelle, et tout son être irradiait d'une intelligence clinique et calculatrice.

Des questions furent échangées. Aden ne comprit que deux mots : *catatonique et régression.*

Une minute. C'était de lui qu'ils parlaient ?

Evidemment. On lui enfonça des pilules dans la bouche ; il tenta de les recracher. Le Dr Hennessy, déterminé à le faire obéir, lui boucha le nez et lui maintint les mâchoires. Pour respirer, Aden n'avait plus qu'une solution : avaler les pilules.

— Prends tes médicaments comme un grand, Aden, fit le psychiatre d'une voix sèche. Tu en as déjà pris. Je ne te donne rien de nouveau, tu es habitué.

Puis, avec un soupir :

— Tu as envie de faire la forte tête ? Très bien. Si tu ne les prends pas maintenant, je vais devoir te les administrer en injection. Tu ne crois pas qu'on pourrait éviter une piqûre ?

Aden résista jusqu'à ce que ses poumons soient au bord de l'asphyxie et que sa gorge se contracte. L'instant d'après, il pouvait de nouveau respirer librement.

Il inspira tout l'air qu'il put ; mais son allégresse passagère — *je vais vivre, je vais vivre !* — se dissipa bien vite quand il comprit ce qu'il venait d'avaler. Ces pilules, il le savait, lui embrumaient l'esprit et plongeaient en même temps les esprits dans un état d'hébétude. Il détestait l'un autant que l'autre, tout comme *eux*, d'ailleurs. Pire, il avait besoin, ce soir, d'avoir l'esprit clair. Il avait besoin… Les médicaments firent leur effet quasi instantanément, et une vague d'inconscience le submergea.

— Désolé, parvint-il à murmurer. Vraiment désolé.

Julian fut le premier à se taire. Puis ce fut au tour de

Caleb, ensuite à celui d'Elijah, qui résista aussi longtemps qu'il put.

Tu auras besoin de moi, Aden. Ce soir, c'est… c'est…

Même Thomas, le prince Faé, qui se tenait au côté du Dr Hennessy, sembla vaciller, scintiller ; il était là et n'y était pas, une simple silhouette sans substance.

— Je l'attends demain matin dans mon cabinet, lança le Dr Hennessy à Dan.

Il se frotta les mains, comme à l'idée qu'il venait de réaliser du bon travail, puis acheva :

— A la première heure.

Dan croisa les bras. C'était un ancien footballeur professionnel. Sa silhouette massive, sa haute taille, ses cheveux clairs et ses yeux sombres faisaient de lui un homme impressionnant.

— Ça ne va pas être possible. Aden a cours, demain. C'est là qu'il ira s'il est de nouveau sur pied. Ce qui ne m'étonnerait pas, vu qu'il guérit toujours très vite.

— Il peut manquer une journée.

— En fait, non, c'est impossible. Ses études sont aussi importantes que sa thérapie.

« Merci », aurait voulu dire Aden, mais il se retint à temps. Il n'avait aucune raison d'attirer l'attention, et montrer qu'il était conscient de ce qui se disait aurait été maladroit.

— Je pourrais l'amener à votre cabinet dès la fin des cours, poursuivit Dan. Qu'en dites-vous ?

— Je me permets d'insister. Il n'y a aucune raison pour que ce garçon se trouve dans une école, entouré d'élèves normaux. Je pourrais le placer…

— Je vous demande pardon, docteur Hennessy,

objecta Dan sèchement. Je n'ai peut-être pas de titres universitaires, mais je connais ce garçon mieux que vous. C'est un bon gars, avec un cœur gros comme ça. Et tout se passe très bien pour lui ici. Non seulement il obtient de très bonnes notes au lycée, mais il s'entend très bien avec ceux que vous appelez « élèves normaux ». Il s'est même fait des amis, et il a davantage confiance en lui. En bref, il va de mieux en mieux, et je ne ferai rien qui risque de perturber ses progrès.

— Peut-être, mais il parle toujours tout seul. Et aujourd'hui... eh bien, on dirait qu'il a perdu pied. Qu'il s'est perdu dans son esprit. Je ne vois pas comment on peut considérer qu'il va « de mieux en mieux », monsieur Reeves. Et vous ?

Dan fourra les poings dans ses poches et adressa un sourire mielleux au médecin ; Aden, qui le connaissait bien, comprit que l'ancien footballeur commençait à sentir la moutarde lui monter au nez.

— Nous régressons toujours à un moment ou à un autre, c'est ce que vous disiez tout à l'heure. Et le gosse va déjà mieux.

— A cause des médicaments !

— A cause de sa force de caractère.

Aden, lentement, parvint à se détendre. Il passa une main sur son visage. Sa vision était encore brouillée, et ses mouvements demeuraient hésitants, mais, au moins, son esprit était calme. Tout de même. Pauvres âmes...

Les deux hommes poursuivirent encore un peu leur conversation ; pour finir, il fut décidé que, le lendemain, Aden irait au lycée, et que Dan le conduirait ensuite immédiatement au cabinet du Dr Hennessy pour une session de psychothérapie.

Super ! Pour Aden, ces sessions étaient toujours mortellement bizarres. Déjà, le bon docteur tenait systématiquement à le toucher. Rien de manifestement pervers, évidemment, rien de trop flippant : on se tient la main, on sent la peau de l'autre… ce genre de trucs. Mais, ajouté au fait qu'il était obligé de perdre son temps en thérapie, cela l'agaçait prodigieusement.

Enfin, les deux hommes quittèrent la chambre, et Aden s'assit avec mille précautions. Son estomac était en feu, tout comme sa gorge et sa tête. Il était cerné de brouillard, pris de vertige. Il ferma les yeux. Au loin, il entendit hurler un loup.

Ainsi, il n'avait pas imaginé les hurlements. Riley devait être dans les environs. Puis il entendit la voix de Shannon :

— D… Désolé, l'ami.

Il ouvrit les yeux et vit Shannon accroupi à côté de lui, à la tête du lit. Son visage affichait une expression inquiète.

— J… Je ne voulais pas appeler Dan, mais je ne s… savais pas quoi faire d'autre. Tu étais vraiment p… parti. Je ne t'avais j… jamais vu dans un état pareil.

— Ce n'est pas grave, le rassura Aden.

Il cligna les yeux, tentant tant bien que mal d'accommoder.

— Quelle heure est-il ?

— 10 heures et demie, plus ou moins.

Si tard ? Nom d'un chien ! Riley serait ici d'une minute à l'autre. Comment Aden s'y prendrait-il pour filer en douce ? Dan, à n'en pas douter, viendrait plusieurs fois dans la nuit voir s'il allait bien. C'est ainsi qu'agissent ceux qui tiennent à vous, pensa Aden : ils vérifient si vous allez bien. C'était la première fois de sa vie que cela lui arrivait, et c'était merveilleux. Merveilleux mais, pour ce qui était de ce soir, extrêmement ennuyeux.

Un bruit métallique retentit dans la chambre. Aden et Shannon pivotèrent en direction de la fenêtre qui s'ouvrit pour laisser passer Riley ; il entra avec sa souplesse coutumière. Vêtu d'un costume noir, il était rasé de près et avait arrangé ses cheveux. Il tenait dans ses bras ce qui ressemblait à une housse de costume.

— Salut, Shannon, lança-t-il en découvrant celui-ci dans la pièce.

Shannon, qui était habitué à ce qu'Aden reçoive des visiteurs pendant la nuit, lui rendit son petit signe :

— Salut, Riley.

— Je dois t'emprunter notre petit camarade pour quelques heures.

Shannon fronça les sourcils, inquiet :

— I… il a été malade, il faut qu'il se r… repose.

Riley afficha à son tour une expression soucieuse :

— Malade ? De nouveau ? Et comment ?

— C… comment ça, « de nouveau » ? s'étonna Shannon, en se retournant vers Aden. Tu as été m… malade avant ? Qu'est-ce que tu avais ?

Aden n'avait pas eu le temps de parler à Shannon et de forger pour lui un mensonge crédible.

— Bonsoir, Shannon, dit à son tour une belle voix féminine depuis la fenêtre. Tu dois aller dormir, maintenant.

Victoria était arrivée ! Shannon se mit à bâiller et, l'air absent, répéta :

— Dormir… Oui, je suis fatigué.

Il grimpa sur le lit superposé et s'allongea. Quelques secondes plus tard, un léger ronflement s'éleva.

Tant de pouvoir dans une voix si musicale…, songea Aden. Elle s'en servait souvent, toujours pour l'aider, lui, aussi ne pouvait-il s'en plaindre. Néanmoins, il lui arrivait de craindre que, un jour, elle ne se décide à utiliser cette voix contre lui. Parviendrait-il à combattre cette envie de faire exactement ce qu'elle disait ? Pouvait-elle le rendre fou au point de l'obliger à commettre des actes irréparables ?

« Cesse de penser à ça. Elle ne veut que ton bien. » Les médicaments devaient être responsables de ces pensées étranges.

Victoria se tenait toujours à l'extérieur de la chambre ; elle recula de quelques pas, tout en restant dans le rayon de lumière qui filtrait de la fenêtre. Ses cheveux, nota Aden, étaient rassemblés sur sa tête et elle avait souligné ses yeux de noir. Et, ce qu'il aimait par-dessus tout, ses lèvres avaient la couleur du sang.

A ce qu'il pouvait voir, elle arborait une robe de soirée de soie noire, avec de fines bretelles et un décolleté. Finalement, il allait reconsidérer ce qu'il aimait « par-dessus tout ». D'autant plus qu'il adorait également les bracelets de métal qu'elle portait, ces fins bijoux qui évoquaient des serpents.

Elle était à tomber.

« Et elle est à moi. » Cette pensée venait de lui, pas de l'un des esprits. Et c'était vrai : Victoria était sienne.

— Aden, reprit Riley pour attirer son attention. Tu as été malade ?

Aden hocha la tête, ce qu'il regretta aussitôt : les vertiges le reprirent. Il ferma les yeux pour les dissiper. Saletés de pilules. Il expliqua ce qui lui était arrivé, ce qu'on lui avait fait. Comment il avait été drogué.

Riley secoua la tête, impressionné.

— De toute façon, je ne comprends déjà pas comment tu arrives à fonctionner avec toutes ces voix dans ta tête. Mais bon, ne te tracasse pas avec tout ça. Après tout, c'était la première fois que tu prenais des médocs depuis, combien ? Un an ? Plus ? C'est un faux pas, c'est tout. Tu peux même te réjouir. Tiens, si on faisait une fête ? Une grande fête dans une demeure pleine de vampires ? Genre, maintenant ?

Au moins, le loup-garou ne le prenait pas trop mal.

— Aide-le à s'habiller. Pendant ce temps, je vais m'assurer que Dan ne passera pas ici cette nuit, ordonna Victoria depuis l'extérieur. L'instant d'après, elle s'était évanouie dans la nuit.

Riley ouvrit la fermeture Eclair de la housse à vêtements qu'il portait avec lui.

— J'espère vraiment que tu n'as pas l'intention de me laisser faire tout le boulot !

— Je préférerais être mort que d'avoir tes pattes sur moi !

Aden se releva — et faillit retomber aussitôt sur son lit. Ses jambes étaient flageolantes, il parvenait à peine à se tenir debout. Il réussit pourtant à trouver son équilibre et tendit la main vers son ami, qui lui lança des vêtements.

Il s'habilla rapidement, pour s'apercevoir au final qu'il était vêtu de la même façon que Riley — un costume de soie noir, qui devait coûter une fortune. Il se brossa les dents et les cheveux puis écarta les bras, invitant Riley à inspecter sa tenue.

— Il y a du mieux, mais ce n'est pas fini, jugea celui-ci en lui tendant quelque chose.

Quand il ouvrit la main, Aden recula d'un pas.

— Non. Il n'en est pas question.

— Tu n'as pas le choix.

Dans la main de Riley se trouvait une bague — la bague de Vlad. Elle scintillait de tous ses feux dans la lumière de la chambre. Non, c'était carrément une mauvaise idée.

— La cérémonie pour ton couronnement a lieu dans treize jours, et…

— Treize jours, releva Aden car ces mots lui semblaient chargés d'importance, comme familiers. Alors, pourquoi la porter maintenant ?

— C'est un symbole de ton pouvoir.

Allons donc. Il n'avait aucun pouvoir.

— Il faut qu'on y aille, annonça Victoria à la fenêtre. Tout le monde nous attend.

Riley leva un sourcil et tenta de convaincre Aden :

— Cérémonie ou non, tu es le roi, et le roi des vampires est censé porter cette bague. Toujours. Sans elle, ton peuple ne te prendra pas au sérieux. Ce qui risque déjà de poser problème, vu que tu es un humain.

— Super, merci pour l'info, fit Aden, tout en pensant : « Je ne veux pas être roi. »

A contrecœur, il saisit la bague entre deux doigts et la

passa à son annulaire. Il la considéra un instant : c'était une grosse opale, semblable à un œil qui aurait lancé des éclats de lumière tous azimuts. Aden sentit que son esprit embrumé aurait pu se perdre pour toujours dans ce scintillement multicolore.

Voilà. Ce soir, il porterait la bague, puisque, dans l'esprit des vampires, il était leur roi. Selon leur loi, celui qui tuait le roi devenait roi à son tour. Aden, toutefois, avait dans l'idée de nommer quelqu'un à sa place, quelqu'un qui le mérite, qui en ait les capacités et l'envergure. Et cela très vite, si possible avant qu'on tente de le tuer à son tour.

— On y va, ordonna Riley qui, d'une bourrade, poussa Aden vers la fenêtre.

Ils se glissèrent à l'extérieur, où un air piquant les accueillit. Ensemble, ils se dirigèrent vers une berline bleu foncé que Riley et Victoria avaient cachée dans les fourrés à quelques pas de la barrière du ranch. C'était une voiture volée, à n'en pas douter. Comme ils ne possédaient pas de véhicule, Victoria en « empruntait » un chaque fois qu'elle en avait besoin. Ou plutôt, chaque fois qu'Aden en avait besoin. Dans la nuit, on entendait les grillons chanter et les loups hurler.

— Les gobelins sont de sortie, cette nuit, expliqua Riley en s'installant dans le siège du conducteur. Heureusement, on a réussi à réduire leur nombre, et on devrait contrôler complètement la situation d'ici peu.

Les gobelins. De petites créatures monstrueuses qui aimaient par-dessus tout se nourrir de chair humaine. Aden n'en avait jamais vu par lui-même, mais on lui avait raconté deux ou trois choses. Comme le fait que les gobelins avaient des crocs si acérés qu'ils entraient dans le corps humain comme un couteau dans une motte de beurre. Pas étonnant qu'il ne soit pas particulièrement pressé d'en rencontrer un en vrai…

Aden et Victoria s'étaient d'autorité installés sur la banquette arrière. Elle avait failli prendre le siège passager, à côté de Riley, mais Aden lui avait fermement pris la main et l'avait entraînée avec lui. Elle aurait pu lui résister, bien sûr, mais elle l'avait suivi sans commentaire.

Ils se mirent en route. Au bout de quelques instants, Victoria se pencha sur le vide-poche central et en retira une bouteille d'eau de toilette ; elle entreprit d'en asperger Aden des pieds à la tête. Très vite, le nuage de parfum fut tel qu'il crut suffoquer.

— Ça suffit ! s'exclama-t-il en levant les mains en signe de protestation.

— Nous devons le faire. Crois-moi, Aden, quand tu te trouveras devant les miens, il vaut mieux qu'ils sentent ça que l'odeur du Faé.

— Je sens encore le Faé ?

— Oh oui ! lancèrent Victoria et Riley à l'unisson.

Super. Donc, il n'était pas au mieux question performances intellectuelles et il puait la fée. Belle soirée.

— Et où est Mary Ann ?

— Chez elle.

Une colère larvée perçait dans la voix de Riley. La colère à laquelle Aden s'attendait depuis que le loup-garou avait débarqué dans sa chambre. Ce qui voulait dire qu'il venait de faire un faux pas — et pas des moindres.

— Il n'y a aucune raison qu'elle soit mêlée à ça, poursuivit Riley. D'autre part, elle a emprunté quelques livres à la bibliothèque, et elle est en train de les lire, pour voir ce qu'elle peut apprendre au sujet des sorcières. Et puisqu'on parle de Mary Ann…

La voix du loup-garou n'en finissait pas de monter en puissance…

— … Tu peux me dire ce qui t'a pris de lui taper dessus aujourd'hui ?

Oups. Pas content, Riley.

— Je suis sûr que tu lui as posé la même question, et je suis sûr qu'elle t'a répondu que je lui apprenais des techniques d'auto-défense.

— Non. Je ne lui ai pas posé la question. J'avais compris le truc de l'autodéfense, merci bien, mais je voulais en parler avec toi d'abord. Fallait vraiment que tu cognes aussi fort ? Ce n'est qu'une humaine, après tout.

— Moi aussi, je ne suis qu'un humain. Et, oui, c'était obligatoire. Il fallait que je sois dur. C'est la seule façon d'apprendre.

— Faux. Il y a d'autres moyens. D'ailleurs, à partir de maintenant, c'est moi qui m'occupe des leçons de self-defence.

Ah…

— Désolé, c'est à moi qu'elle l'a demandé, c'est donc *moi* qui m'en charge.

Aden aurait pu laisser tomber ; à vrai dire, à ses yeux, ça n'avait pas vraiment d'importance. Ce qu'il ne supportait pas, en revanche, c'était que Riley lui donne des ordres. La réponse qui lui venait automatiquement se situait du côté de « Hors de question », avec une pointe de « Dans tes rêves ». Multiplié par « Compte là-dessus », cela donnait au final : « Mon petit loup, tu peux toujours te l'arrondir. »

Il s'ensuivit un lourd silence.

Aden soupira et se laissa retomber sur le siège. Ce soir, pourtant, il aurait bien eu besoin d'avoir Riley de son côté. Plus encore, des centaines de questions se pressaient dans sa tête, et le loup-garou détenait sans doute les réponses. Par exemple, qu'allait-il se passer pendant la réunion qui se préparait ? Qu'attendait-on d'Aden ? Y avait-il des choses qu'il devait ou ne devait pas dire, faire ou ne pas faire ? Il resta immobile, le regard perdu dans un tourbillon de pensées sans suite.

Tout au long de son échange avec Riley, la vampire s'était tenue en retrait, raide et silencieuse comme si elle n'avait osé respirer de peur de manquer le moindre mot. Etait-elle jalouse du temps qu'il passait auprès de Mary Ann, tout comme Aden lui-même était jaloux des moments que Victoria passait avec Riley ? Etait-elle toujours blessée par ce qui s'était passé auparavant ?

Quoi qu'il en soit, il n'aimait pas ça.

Il avait commencé à la voir en rêve six mois avant leur rencontre réelle et, dès lors, elle était devenue le centre de sa vie.

Il avait besoin d'elle, un besoin vital.

Comme Mary Ann, Victoria l'acceptait tel qu'il était et ce, depuis qu'ils s'étaient rencontrés. Les autres vampires le considéraient comme créature négligeable. Victoria seule comprenait ce qu'on pouvait ressentir à être différent : elle-même était une princesse, mise à l'écart depuis son plus jeune âge. Et puis, n'avait-il pas, le jour même, juré de faire rire cette princesse ?

— Je te préviens, cracha Riley entre ses dents serrées, si jamais tu la blesses de nouveau…

— Tu feras quoi ? répliqua Aden. Tu me diras des gros mots ? Tu diras à tes copains que je suis vraiment trop méchant ?

Il n'aurait pas dû provoquer le loup ; les griffes de Riley pouvaient sectionner un os comme un rien. Mais, encore une fois, *mon petit loup, tu peux toujours te l'arrondir…*

Un grognement sourd jaillit de la gorge de Riley. Bon, c'était prévisible. Au fond, qu'est-ce qui ne l'était pas ? Mais Victoria se mit à rire — un vrai rire, qui venait du fond du cœur.

— Je suis désolée, s'excusa-t-elle devant le regard noir que lui jeta Riley. Mais c'est drôle, tout de même. Et tu le sais très bien.

— C'est ça, oui, rétorqua le loup-garou, pas du tout amusé.

Aden bomba le torse. Il avait réussi ! Il avait fait rire Victoria, et sans le vouloir, en plus !

Hélas, ce rire s'éteignit bien vite, et elle se réfugia de nouveau dans la froideur.

« Pas question », pensa-t-il. Il en voulait davantage.

— Victoria, commença-t-il. Au sujet de ce qui s'est passé…

— Je sais, soupira-t-elle, la voix tremblante. J'ai déjà compris pourquoi tu m'as plaquée, quand nous étions au ranch.

Mon Dieu… elle pleurait ?

— Mais je ne t'ai pas plaquée !

— Je sais ça aussi.

Cette fois, la voix de Victoria n'avait pas tremblé.

— Attends un peu, reprit Aden, décontenancé. Tu viens de dire le contraire. Que tu croyais que… Tu n'es pas fâchée contre moi ?

— Au début, je l'ai été. Et puis, c'est passé. Tu ne comprends pas ?

Elle se mit à battre des mains, un sourire espiègle sur le visage.

— Je te mène en bateau depuis qu'on est venus te chercher ! J'ai fait semblant. J'ai exagéré. Comme une humaine, quoi ! J'ai réussi, non ? Je t'ai eu ?

Les lèvres d'Aden se relevèrent soudain en un sourire de soulagement et de joie. D'accord, côté humour, il restait pas mal de boulot, mais c'était un bon début !

— Tu m'as eu, oui.

Pour lui, rien que pour lui, elle faisait de son mieux pour se débarrasser de son sempiternel sérieux.

— Au fait, je t'ai dit que tu es magnifique ? poursuivit Aden.

— Merci. Toi aussi. On en mangerait.

Il sourit de nouveau. Ce n'était pas une plaisanterie : chez les vampires, trouver quelqu'un « comestible » était un très beau compliment.

La main de Victoria se glissa dans la sienne et leurs doigts s'entremêlèrent. Comme toujours, la peau de la vampire était chaude et douce. Tout simplement parfaite.

— Merci pour ce que tu as fait au Faé, reprit-elle avec sérieux. J'aimerais pouvoir te montrer ma gratitude. Et au lieu de ça, je t'emmène sur un territoire de conflit potentiel. Tu as peur ?

— Non, répondit-il.

Pourtant, il aurait dû.

— Les médicaments me donnent l'impression d'être détaché de tout.

— Ce n'est peut-être pas un mal. On peut sentir la peur, tu sais, et la plupart des vampires aiment beaucoup le goût qu'elle a.

Il sourit à cette idée :

— Trésor, même si j'avais peur, je doute fort qu'on puisse sentir autre chose que ce parfum !

Un nouveau rire, comme un tintement de clochettes de verre, s'échappa des lèvres de Victoria, et Aden se sentit heureux. Deux fois dans la même journée ! Il était au comble de la fierté.

— Comme je te l'ai expliqué, mes sœurs sont en ville, continua-t-elle avant d'expliquer un peu mieux la raison du deuil de quatorze jours.

Il préféra ne pas lui révéler qu'il avait déjà rencontré ses sœurs, au cours de sa vision. D'ailleurs, il ne se rappelait pas grand-chose. Au moment où cette idée lui traversait la tête, une autre lui vint — une pensée lointaine, imprécise. Il avait quelque chose à lui dire, quelque chose d'important dont il ne parvenait pas à se souvenir.

— Lauren est…

— Grave, termina Riley à sa place. Elle est grave, tu peux le dire.

Victoria roula des yeux réprobateurs :

— Mais non ! Tu dis ça parce que Lauren a rompu !

Ma sœur a du caractère. Elle est forte et déterminée. Déterminée, par exemple, à ne pas t'apprécier, Aden. C'est une guerrière, une de nos plus féroces combattantes. Stephanie, mon autre sœur, est beaucoup plus semblable à une humaine. Quand nous étions adolescentes, elle faisait souvent le mur, à la grande fureur de mon père. Comme il disait, elle aimait « jouer avec la nourriture ». A priori, elle pourrait être ton meilleur soutien.

— Content de savoir que j'en ai un. Et ta mère, est-elle arrivée ?

Aden savait que la mère de Victoria avait été bannie par Vlad d'Empaleur, qui l'avait assignée à résidence en Roumanie pour la punir d'avoir révélé des secrets de vampires à des humains. A la mort de Vlad, néanmoins, Aden avait ordonné que la reine soit libérée ; ç'avait été son premier geste en tant que roi.

Le mot « roi » le fit tiquer. C'était un mot bizarre, qu'il n'arrivait pas à s'approprier. Déjà qu'il avait du mal avec sa propre vie…

— Non, répondit Victoria, ma mère est incapable de se téléporter. Il aurait fallu qu'elle emprunte des moyens plus classiques pour venir jusqu'ici. Mais de toute façon, elle a préféré rester en Roumanie.

« Pour montrer qu'elle ne m'accepte pas en tant que roi ? » se demanda Aden.

— C'est la première fois que cela arrive, tu sais. Mon père a *toujours* été notre roi. Après tout, c'était le premier d'entre nous. Il a toujours pensé que les humains n'étaient bons qu'à nous servir de nourriture ou d'esclaves, rien d'autre.

Elle lui caressa le menton :

— Je suis désolée, reprit-elle, mais voilà l'état d'esprit que tu auras à affronter cette nuit.

La voiture ralentit en arrivant devant un haut portail de fer ; les battants s'ouvrirent. De chaque côté se tenait un loup qui les regardait. Des gardes ? Un peu plus loin, une gigantesque demeure de cinq étages se dressait, faite de brique noire. Une vraie maison hantée. Le toit était hérissé en plusieurs endroits de pointes spectaculaires, dessinant comme des poignards brandis contre le ciel ; on aurait dit que la lune s'était enfuie, comme effrayée à l'idée d'apercevoir ce qui se tramait dans le manoir. Elle avait sans doute eu raison.

La dernière fois qu'Aden était venu ici, un vampire avait tenté de l'assassiner. Et cette fois, qui l'attendait à l'intérieur ?

8

« — Je veux que tu restes chez toi ce soir.

» — Mais je veux venir avec toi. Etre avec toi. Je veux aider Aden.

» — Je préfère que tu sois en sécurité. »

Riley en était resté là. Il l'avait appelée, avait proféré son terrible « reste chez toi », puis avait raccroché avant qu'elle ait le temps de protester. A présent, il était près de 11 heures et Mary Ann faisait les cent pas dans sa chambre. Chaque mur de celle-ci était peint dans une couleur différente — rose, bleu, vert et rouge — mais ce soir, tous les tons semblaient se mélanger en un gris uniforme. Sur le parquet, un tapis aux couleurs vives apportait une touche presque discordante. C'était la décoration que sa mère — sa vraie mère — avait voulue, et que sa tante, la femme qui avait élevé Mary Ann, avait conservée en l'état.

Que se passait-il au manoir des vampires ? Est-ce que tous ses amis allaient bien ? Les vampires avaient-ils accepté Aden sans protester ?

De toute évidence, Riley la considérait comme le maillon faible, une gêne pour le groupe. Elle s'en était longtemps doutée, mais là, elle en avait la preuve. Et elle n'aimait pas ça. Hors de question qu'elle le supporte. Sauf que… que pouvait-elle y faire ?

Elle ne pouvait pas kidnapper une sorcière toute seule. C'était de la folie. D'une part, elle ne connaissait pas grand-chose à l'étendue de leurs pouvoirs, et ignorait la façon dont elles s'en servaient. Même si elle venait de consulter tous les livres de la bibliothèque qui traitaient de près ou de loin du sujet, ainsi que de relancer ses recherches sur internet, elle n'était pas plus avancée. Elle avait lu tout et son contraire, s'était perdue dans des détails obscurs et des informations inutiles et souvent contradictoires.

Les sorcières tiraient leurs pouvoirs des éléments. Non, elles les tiraient d'elles-mêmes. Les sorcières étaient des créatures du bien. Non, elles servaient le mal, le diable. Elles aimaient les sacrifices humains. Elles n'étaient que des malades mentales.

« Tu te perds dans ton raisonnement. Tu étais en train de réfléchir aux raisons qui font que tu ne peux pas kidnapper une sorcière. » Ah, oui. D'autre part, donc, elle ne pensait pas pouvoir contraindre qui que ce soit par la force. Pas encore. Et puis, troisièmement, où pourrait-elle garder la sorcière ? Dans son placard ? Et son père n'y verrait rien à redire, peut-être ? Bravo, vraiment…

Néanmoins, devoir attendre le retour de Riley, Victoria et Aden était plus qu'agaçant.

Elle n'était pas sans doute la plus douée pour détecter les sorcières, mais elle pouvait le faire. Riley le lui avait appris. Bon. Donc, elle pouvait éventuellement aller en ville et tenter de dénombrer les sorcières, pour découvrir ce qu'elles faisaient, et peut-être où elles allaient se rassembler. Peut-être même qu'elle se rendrait compte qu'aucune sorcière n'était en ville. Quoi qu'il en soit, le lendemain, elle pourrait faire part de ses découvertes, et aider le groupe au lieu d'en être le boulet.

« Alors là, bravo. Tu peux sortir le champagne. » Parce que, oui, c'était un très bon plan. Bien entendu, elle ne se risquerait pas hors de sa voiture. Elle n'était pas stupide à ce point. Elle se contenterait de faire un tour, en épiant les gens — ou plutôt les créatures — et en prenant des notes. Mieux encore, elle demanderait à Penny de l'accompagner.

Un plan excellent, oui.

Mary Ann passa un jean, une chemise et un blouson par-dessus son débardeur et son short de pyjama, puis elle rassembla ses cheveux en queue-de-cheval et enfila ses tennis. Enfin, elle ouvrit son sac à main, y fourra son portable, ses clés et son enregistreur — cadeau de son père pour qu'elle puisse noter ses pensées au vol — puis le passa en bandoulière.

Un mélange d'excitation et de nervosité la gagnait. Elle éteignit sa lampe de chevet puis disposa son traversin au milieu de son lit ; de loin, on aurait pu croire qu'elle s'y trouvait. Elle ouvrit la fenêtre de sa chambre et regarda en bas. Tout en bas. Sa chambre, en effet, se trouvait à l'étage, et il n'y avait à proximité aucun arbre qui aurait pu l'aider à en descendre. Papa avait été malin ; des années auparavant, il avait fait déraciner le grand chêne qui ornait la pelouse, soit disant pour donner plus de luminosité à la maison. En réalité, Mary Ann soupçonnait qu'il avait voulu couper la seule voie d'accès possible à sa chambre, en prévision de ses années adolescentes...

Ce qu'il n'avait pas pu changer, en revanche, c'était la forme du toit. En se laissant tomber d'une toute petite hauteur, elle parviendrait au toit du premier étage ; de là, elle n'aurait plus qu'à se réceptionner sur la pelouse souple du jardin.

Simple. Facile. « Oui, s'il vous plaît, faites que ce soit simple et facile. » C'était la première fois qu'elle faisait le mur. A vrai dire, elle n'avait jamais vraiment enfreint les règles auparavant. En revanche, en ce moment, elle se rattrapait bien... Mais elle se trouvait dans un monde nouveau, ce qui signifiait que les règles aussi étaient nouvelles. La première de celles-ci était, elle s'en rendait compte, que la survie de son équipe passait avant la notion de couvre-feu.

« Sauf que ton père ne serait pas d'accord », objecta sa conscience.

D'accord, mais son père n'avait pas tous les éléments en sa possession.

Les mains moites, Mary Ann se hissa à l'extérieur. Assise sur le rebord de la fenêtre, elle parvint à conserver un semblant d'équilibre. Ses jambes pendaient dans le vide. Inspirer, expirer. Lentement. La brume du crépuscule s'était dissipée, mais l'air était glacial.

Elle se laissa tomber. Il y eut un bruit sourd — *boum* — quand ses pieds atterrirent sur le toit. Ses genoux cédèrent, et elle glissa le long du toit sans pouvoir se retenir. Au dernier moment, elle parvint à s'agripper à la gouttière. Elle s'arrêta, allongée sur le rebord du toit, couverte d'égratignures et de bleus — c'est-à-dire, d'encore plus d'égratignures et de bleus que ceux que lui avait laissés son entraînement avec Aden. Depuis cet après-midi, elle avait mal à des endroits du corps dont elle ne soupçonnait même pas l'existence !

Elle resta immobile, haletante. D'une seconde à l'autre, elle redoutait de voir la lumière s'allumer dans la chambre de son père, et celui-ci passer la tête par la fenêtre. Elle laissa passer une minute, puis deux. Sous l'effet conjugué du froid et de la tension, ses bras s'étaient mis à trembler. Mais rien ne se passa. Ni lumière, ni mouvement.

Au loin, des loups hurlèrent.

Elle avala sa salive. Riley ? L'avait-il repérée ?

Sans doute que non, se hâta-t-elle de décider. Dans ce cas, il l'aurait immédiatement appelée sur son portable, ou lui aurait envoyé un texto. Donc, qui restait-il ? Ses frères ? Mary Ann savait que ceux-ci se trouvaient dans les parages, quadrillant la zone à la recherche de gobelins ; pourtant, elle ne les avait jamais rencontrés. Quoi qu'il en soit, s'ils l'avaient repérée, ils auraient sur-le-champ contacté Riley, non ? Si. Donc, encore une fois, elle aurait reçu un appel ou un sms. Ce qui n'était pas le cas ; conclusion, personne ne l'avait repérée.

« Bien. Tu peux le faire. » Lentement, elle se glissa par-dessus le rebord du toit, et se laissa pendre dans le vide. Le tremblement de ses bras s'accentua. Nom d'un chien, comme c'était haut, pour un toit de premier étage ! Le sol ne lui avait jamais semblé si loin. Peut-être que… « Vas-y. »

Mary Ann se laissa choir dans le vide.

Son impact sur le sol fut violent : ses genoux, au

lieu de fléchir immédiatement, se raidirent à l'arrivée. Elle tomba à la renverse, sans l'élégance qu'elle avait escomptée, et se retrouva allongée sur le dos, le souffle coupé, de l'herbe et de la terre plein la bouche.

Heureusement qu'elle n'avait pas mangé ce soir ; le goût âcre de l'humus lui aurait certainement donné envie de vomir. Toutefois, pensa-t-elle de nouveau, son manque d'appétit en ce moment était étrange. De plus en plus, elle trouvait la nourriture, comment dire ? repoussante. Rien que d'y penser ou de la sentir… beurk. Et, plus étrange encore, malgré les repas qu'elle sautait, elle ne se sentait pas affaiblie.

Cela faisait deux jours, pourtant. Elle aurait dû être un peu patraque, non ?

« Tu y réfléchiras plus tard. » Elle sauta sur ses pieds et, tant bien que mal, passa dans la propriété de ses voisins. Elle s'arrêta devant le grand chêne sur lequel donnait la chambre de Penny. « Elle en a de la chance, elle ! »

Sous la faible lueur des étoiles, Mary Ann ramassa quelques petits cailloux qu'elle jeta vers la fenêtre. *Cling ! clang !* Elle attendit un moment, mais rien ne se passa. C'était frustrant. Allait-elle devoir se mettre à hurler « Au feu » pour réveiller les gens ? C'était idiot.

Il lui fallut trois gravillons supplémentaires pour tirer son amie du lit. La fenêtre s'ouvrit, et la tête blonde de Penny en sortit, tout ensommeillée. Bâillant et se frottant les yeux, elle scruta l'obscurité, à la recherche de ce qui l'avait réveillée. Ses cheveux, d'habitude lisses et brillants, étaient en désordre.

Quand, enfin, elle repéra Mary Ann dans le noir, elle parut stupéfaite :

— C'est toi ? Mais qu'est-ce que tu fais là ? souffla-t-elle.

— J'ai besoin de ton aide. Habille-toi. Et prends tes clés de voiture.

Elles prendraient la Ford Mustang de Penny ; Mary Ann n'avait pas encore de voiture à elle.

Penny ne posa aucune question. Elle se contenta de sourire, les yeux brillants, et de hocher la tête en signe d'assentiment.

— Donne-moi cinq minutes, lança-t-elle avant de refermer la fenêtre.

Mary Ann mit ce temps à profit pour retrouver sa respiration. Ses poumons lui en furent reconnaissants : ils cessèrent de brûler. Mais un nouveau hululement traversa l'air de la nuit et elle cessa de penser à sa respiration. Elle se mit à scruter les ténèbres autour d'elle : l'allée de graviers, les maisons, les arbres… Des branches craquaient, exactement comme si quelque chose — quelqu'un ? — était là, aux aguets, attendant l'heure du repas…

« Dépêche-toi, Pen ! »

Quelques instants plus tard, la porte d'entrée de la maison s'ouvrit en grinçant et se referma avec un claquement. Mary Ann s'empressa de faire le tour de la maison ; elle y trouva son amie, vêtue d'une de ses tenues préférées — une robe baby-doll rose à bretelles blanches — avec des tongs. Elle s'était recoiffée et avançait dans l'allée sans chercher à se dissimuler. On aurait dit qu'elle partait pour le lycée et ce, bien qu'il soit presque minuit, et par une nuit glaciale. Mary

Ann courut vers elle ; un nuage de parfum l'enveloppa quand elle se trouva près de son amie.

— Mais qu'est-ce que tu fais ? chuchota-elle. Tes parents…

— Mes parents s'en fichent, tu peux me croire. Ils ont fini par se faire à l'idée de mon « état », et ils m'ont pardonné. Je ne suis plus assignée à résidence. De toute façon, en ce moment, je ne dors presque plus. Du coup, ils ont l'habitude de m'entendre bouger dans la maison toute la nuit. Et quand je m'ennuie, je vais souvent faire un tour. Donc, ça n'a pas d'importance, conclut-elle en haussant les épaules. On va où ?

— D'abord, au chaud. Ensuite, on discute.

Elles s'installèrent dans la voiture et bouclèrent leur ceinture ; Penny démarra, et la voix de Lady Gaga éclata dans les haut-parleurs. La jeune fille baissa le volume avant de s'engager sur la route principale.

— Je suis désolée de t'avoir réveillée, s'excusa Mary Ann. Si j'avais su que tu avais des problèmes de sommeil, j'aurais…

Penny se mit à rire.

— Zéro souci, ma belle. Ça fait des années que je rêve de faire ta mauvaise éducation, et tu viens me demander de faire le mur avec toi. C'est énorme ! Bon, je te repose la question : où va-t-on ?

— A Tri City.

— C'est vrai ? Mais à cette heure, ça va être complètement mort !

Peut-être. Peut-être pas.

— Je veux juste qu'on fasse un tour pour voir s'il y a du monde dans les rues.

— C'est ça, oui. Essaie autre chose. Tu as une bonne raison, non ? Tu cherches… quelqu'un en particulier, non ? Quelqu'un comme, allez, je me jette, le beau Riley ? (Penny prononça le nom avec une voix moqueuse.) Parce que je ne vois personne d'autre qui puisse pousser Mary-Contre-Tous à faire le mur et à venir jouer dans la cour des grands…

Mary-Contre-Tous — c'était le surnom que Penny lui avait attribué quand elles étaient enfants. Et c'est vrai que Mary Ann se sentait souvent seule contre tous. Au début, elle avait été une boule d'énergie que ses parents avaient eu bien du mal à canaliser. Mais lorsque sa mère — sa tante, plutôt — était morte, Mary Ann avait changé du tout au tout. Plus de joyeux sourires, plus de jeux, plus de rires ; son esprit rebelle s'était tu, écrasé dans l'œuf. Pour elle, tout ce qui avait compté à partir de là avait été de faire plaisir à son père. Elle était devenue taciturne, presque effacée. Elle avait même imaginé son « plan décennal » — une voie toute tracée pour sa vie : fac de médecine, doctorat, internat, puis ouverture de son propre cabinet. Elle suivrait les traces de son père. Mais à présent, aux oubliettes le plan décennal ! Elle n'avait pas la moindre idée de ce qu'elle ferait le lendemain, alors l'année prochaine ou dans dix ans… Et cela la rendait heureuse. Elle était libre, enfin.

— Alors ? relança Penny.

Mary Ann fit mine de pas avoir entendu la question. Elle préférait ne pas parler de Riley avec Penny. Et ce n'était pas parce que celle-ci avait couché avec son précédent petit ami. A sa propre surprise, elle n'y pensait presque plus. Simplement, les sentiments qu'elle éprouvait pour Riley étaient si nouveaux, si intenses ! Elle avait déjà beaucoup de mal à se les expliquer, et ne tenait pas à ce que quelqu'un d'autre s'en charge à sa place.

— C'est à cause du bébé que tu ne peux pas dormir ? lança-t-elle.

— Sans doute, répondit Penny sans relever le coq à l'âne.

— Des nouvelles de Tucker ?

Le visage de son amie s'assombrit :

— Rien du tout.

Quel abruti, ce Tucker !

A la suite du Bal des Vampires, Mary Ann, Aden, Riley et Victoria avaient emmené Tucker dans un hôpital proche — mais pas *trop* proche — pour qu'on lui administre une transfusion sanguine ; il en avait terriblement besoin. Un peu plus tôt dans la journée, Mary Ann avait appelé l'hôpital pour s'enquérir de son état de santé ; on lui avait répondu qu'il avait quitté sa chambre et qu'il était parti. A présent, il se promenait quelque part en liberté, et possédait des secrets qui pouvaient s'avérer très dangereux pour ses amis.

Avait-il révélé à quelqu'un que les vampires existaient réellement ? Riley lui avait demandé de garder le silence — Victoria aurait pu lui faire le coup de la voix vaudou, mais apparemment, cela n'avait pas de prise sur les démons — et Tucker avait juré. Il avait paru sincère dans sa résolution. Néanmoins, Mary Ann était bien placée pour le savoir, c'était un menteur-né. Que faisait-il en ce moment ? Où était-il ?

— Et comment Grant a-t-il pris la nouvelle ?

Grant était, depuis longtemps, le petit ami de Penny ; ils avaient ensemble une longue histoire de ruptures et de réconciliations. Du fait qu'elle était enceinte d'un autre, néanmoins, la rupture risquait, cette fois, d'être définitive.

— Il ne veut plus me parler, confirma Penny. Contrairement à toi, il ne m'a rien pardonné.

— Je suis désolée pour toi.

— Zéro souci, répéta-t-elle, sans parvenir, pourtant, à masquer la peine dans sa voix.

Toutes deux perdues dans leurs pensées, elles se turent pendant le reste du trajet. Enfin, elles parvinrent à destination. Dans la lumière des phares, des immeubles de brique rouge apparurent les uns après les autres. Certains menaçaient de tomber en ruine, d'autres étaient flambant neufs. Il y avait suffisamment de distance entre chacun d'eux pour y loger des parkings plus grands que nécessaires. Puis elles parcoururent des rues plus petites, éclairées de chaque côté par des réverbères. Etrangement, tous les feux étaient au vert.

Pourtant, le circulation était loin d'être fluide. Au contraire.

— Je n'y crois pas ! s'exclama Penny. Sérieux, tu vois ce que je vois ? C'est bien M. Hayward, mon prof de maths, là-bas ?

Aucun doute, c'était bien lui. Il y avait du monde partout. Des gens allaient et venaient dans tous les sens — des humains, mais aussi des non-humains, même s'il fallait un œil exercé pour les discerner.

Tous les magasins étaient fermés, mais cela ne posait

pas de problème aux badauds. Ils avaient sorti des chaises de jardin et des glacières remplies de bière ; la musique était à fond — et tout cela, d'évidence, pour encourager une multitude d'actions répréhensibles où la nudité jouait un rôle essentiel. Ainsi, les chaises de jardin tremblaient et grinçaient sous les ébats publics ; les glacières servaient de plate-forme à des stripteaseuses amateurs ; et la musique poussait à la danse — un genre de danse qu'on pouvait aussi appeler sexe.

C'était affreux ! Mary Ann secoua la tête et se frotta les yeux pour dissiper ce qu'elle prenait pour des visions tout droit sorties de son imagination. En vain. Elle ne s'était pas attendue à ça. On se serait cru… à la fac. Enfin, à ce qu'elle savait de l'université. Autour d'elle, c'était une grande fête, qui pouvait d'une seconde à l'autre basculer en orgie. Franchement, on aurait pu s'attendre à ce que des créatures des mythes et des légendes témoignent de davantage de retenue !

— Qu'est-ce qui leur prend ? Et qui sont tous ces gens ? interrogea Penny, stupéfaite.

Mary Ann choisit d'ignorer la première question et de répondre à la seconde :

— Je n'en ai pas la moindre idée.

Techniquement, c'était vrai. On ne lui avait jamais présenté en détail les créatures qui, ce soir, avaient décidé de se mêler aux humains.

— Tu veux que je m'arrête ?

— Oui, mais pas n'importe où. Trouve un endroit d'où on puisse voir sans être vues.

Penny arrêta sa voiture sur le parking d'un supermarché, loin des réverbères. Une fois les phares éteints, la Ford disparut dans l'obscurité. De là, Mary Ann put scruter la foule. A première vue, tout le monde semblait humain, mais son œil exercé repéra vite les petites différences.

Il y avait quelques vampires, reconnaissables à la pâleur de leur peau et à l'incarnat de leurs lèvres. Ils se déplaçaient avec une grâce surnaturelle, comme si chacun de leur pas était une danse. Il y avait également des fées, qui prenaient garde de rester à distance des vampires ; sous la lumière de la lune, leur peau scintillait légèrement. Autre détail : les Faé étaient tous beaux à tomber. Quant aux changeformes, comme Riley, ils adoptaient une démarche décidée et une expression de prédateur, comme si le monde entier était pour eux un restaurant.

L'outre-monde, ou quel que soit son nom, avait apparemment envahi les trottoirs de Tri City. Et les humains adoraient ça, même s'ils n'avaient pas la moindre idée de ce qui se déroulait. Mais…

Les sorcières. Où étaient les sorcières ?

— Il faut toujours se méfier, avec les sorcières, l'avait prévenue Victoria un jour. Elles te sourient par-devant et te maudissent par-derrière.

Elles avaient également le pouvoir de se dissimuler, par magie, sous une apparence banale, qu'on oubliait à peine vue.

— Tu dois apprendre à tes yeux à voir sous la surface, avait expliqué Riley.

Mais Mary Ann se rendit compte qu'elle n'en était pas capable : les masques magiques marchaient sans doute trop bien sur elle. Pourtant, cinq minutes plus tard, elle poussa une exclamation de soulagement.

— Qu'est-ce qui se passe ? demanda Penny.

Elle mentit sans remords.

— Rien du tout. C'est juste trop bizarre, ici.

Pas faux.

— C'est vrai. Carrément étrange.

Mary Ann dissimula son enthousiasme. A quelques mètres d'elles, sous un réverbère, se tenait une silhouette auréolée de lumière dorée. Un petit vent qui venait de se lever repoussa le capuchon qu'elle portait, libérant une longue chevelure blonde qui tomba en cascade sur ses épaules, formant un contraste frappant avec son manteau noir. Mary Ann la reconnut au premier coup d'œil : c'était une des sorcières qui avaient lancé le sortilège de mort contre elle et ses amis. Sans doute se sentait-elle suffisamment en confiance pour ne pas porter de masque magique ; se yeux noirs observaient les alentours avec une expression de dédain.

— Tu as déjà vu cette fille ? demanda Mary Ann à Penny en la lui désignant du doigt.

— Qu'est-ce qu'elle est jolie… Mais non, jamais vue. Et toi ?

— Peut-être, répondit-elle sans se compromettre.

Il lui était impossible de tout révéler à Penny. Tout d'abord, il lui aurait fallu la permission de Victoria et de Riley, sans quoi il leur viendrait peut-être l'idée de supprimer son amie pour l'empêcher de parler. Encore que, franchement, à quoi bon ? Le secret devait être plus ou moins éventé. En ce moment même, sous ses yeux, M. Klien, son prof de physique si rasoir au lycée, était en train de flirter avec une jeune femme très court vêtue au corps couvert de tatouages étranges.

— Je peux être honnête avec toi ? fit soudain Penny.

— Je t'en prie.

« Tant que tu ne me demandes pas la réciproque… »

— Ça me colle les jetons, tout ce qui se passe. Mais on ne devrait pas, je ne sais pas, se mêler à eux ? Essayer de voir ce qui se passe, comme de bons petits détectives ?

— Pas question !

— Oh, bon, d'accord. C'était une mauvaise suggestion, reconnut Penny en se massant le ventre — qui s'arrondissait légèrement. C'est juste qu'on dirait qu'ils s'amusent bien. Et que j'ai l'impression que ça fait des siècles que je ne me suis pas amusée un peu, poursuivit-elle sur un ton mélancolique. Bon, alors, quel est notre plan ? On reste assises ici et on regarde ?

— Voilà. Parce que quand la police va arriver et coffrer tout le monde pour exhibitionnisme, ce sera plus facile de nous en tirer si nous sommes dans la voiture.

— Euh, Mary Ann ? Excuse-moi de te décevoir, mais la police est déjà arrivée. Tu vois le type avec le gros ventre, qui fait tourner sa chemise au-dessus de sa tête en se trémoussant ? C'est le lieutenant Swanson.

— N'empêche qu'on reste ici.

Ce qui lui tenait à cœur, c'était de ne pas mettre son amie en danger. Pour l'instant, les créatures semblaient se contenir et ne faisaient pas mine de s'en prendre aux humains. Mais cela pouvait changer en un clin d'œil. Et que se passerait-il si l'une des créatures détectait que le père du bébé que portait Penny était un démon ? Les autres ne voudraient-ils pas s'en prendre à elle, faire couler son sang, détruire l'enfant ?

Elle haussa les épaules pour chasser ces pensées morbides. Tout ce qu'elle savait, c'était que plusieurs espèces « mythiques » étaient en guerre. Comme les vampires et les fées. Elle ignorait quelles espèces appréciaient ou détestaient les démons.

— Bon, d'accord, concéda Penny sans parvenir à cacher sa déception. On résoudra le mystère d'ici. Détective Chaudasse au rapport, chef.

— Parfait. Bienvenue dans l'escadron.

Ou quelque chose de ce genre.

Mais, quelques minutes après, Penny se remit à râler.

— Je m'ennuie, moi ! Tout le monde est en train de s'amuser, et nous on est assises là sans rien faire…

— Désolée. On reste encore cinq minutes, puis on rentre à la maison. C'est promis.

Jusque-là, Mary Ann n'avait rien appris de nouveau. Zut ! La sorcière venait-elle ici chaque soir ? Et la fête se déroulait-elle toutes les nuits ? Si c'était le cas, il lui faudrait capturer la créature devant une centaine de témoins potentiels.

Existait-il un moyen efficace d'enlever quelqu'un au milieu d'une foule si compacte ? La réponse lui vint d'un coup, comme si elle avait été une criminelle toute sa vie. D'abord, il fallait neutraliser le bruit. Un cri attirerait trop l'attention.

Ensuite, il fallait transporter la créature à travers la foule — sachant qu'elle pouvait résister ou au contraire être inconsciente — sans, encore une fois, que cela attire l'attention. Une fois le kidnapping réussi, il fallait un lieu où détenir leur otage.

Mary Ann réfléchissait intensément à tous ces aspects du problème, tentant d'évaluer les risques et les différentes options. Soudain, elle eut l'impression qu'un flot de liquide chaud se répandait en elle. Sa peau se mit à piquer, son estomac à gronder. En quelques secondes, ce « quelque chose » l'apaisa. Le picotement se fit plus intense, tandis que la faim disparaissait ; elle se mit à savourer la sensation — elle en voulait davantage, elle en avait besoin. De la chaleur, encore cette chaleur…

Au prix d'un effort de concentration, elle parvint à retrouver des pensées cohérentes. Qu'est-ce qui…

Mary Ann réalisa soudain que la sorcière se dirigeait vers la voiture de Penny d'un pas décidé.

— Fonce ! hurla-t-elle en assénant une claque sur le tableau de bord. Il faut qu'on bouge !

— Quoi ? Mais pourquoi…

— Bouge, je te dis !

Penny démarra, enclencha la marche avant et poussa l'accélérateur à fond. Les pneus hurlèrent, des graviers giclèrent autour d'elles ; Penny prit un virage comme un pilote de Formule 1, et Mary Ann fut projetée contre la vitre. Puis toutes deux se redressèrent, et la voiture, lancée à pleine vitesse, quitta la ville par l'avenue principale. En quelques secondes, la place bondée de monde n'était plus qu'un point dans le rétroviseur.

Seul problème, deux loups les escortaient, courant presque aussi vite que la voiture ; et aucun des deux n'était Riley. L'un avait un pelage blanc comme la neige, l'autre était brun rayé de roux. Amis ou ennemis ? Pas le temps de le savoir. Peu à peu, ils furent distancés ; au bout de quelques centaines de mètres, ils s'arrêtèrent et disparurent.

— C'était quoi, ça ? s'enquit Penny, hors d'haleine même si elles n'avaient pas bougé.

Mary Ann mentit.

— Je… je ne sais pas.

Bon sang ! Avait-elle tout fichu par terre ? Sans doute, oui. A présent, les sorcières savaient qu'elle les avait espionnées. Il était très peu probable que celle qu'elle avait repérée revienne le lendemain soir.

Elle soupira, tentant de ne pas se laisser gagner par le désespoir. Elle verrait bien. Une fois, bien entendu, qu'elle aurait tout raconté à Riley, Aden et Victoria, et qu'ils l'auraient chapitrée pour sa bêtise.

9

La tête haute, Victoria guidait Aden. Solennellement, ils remontaient une longue — *très* longue — file de vampires en tenue d'apparat. Tandis qu'il passait devant eux, Aden admirait les femmes vêtues de robes de velours noir incrusté de pierreries, ainsi que les costumes de soie des hommes. L'air embaumait un doux parfum, une fragrance de plus en plus présente à mesure qu'il s'approchait du dais qui abritait un trône d'ébène massif. Dieu merci, cette odeur faisait oublier le parfum dont Victoria l'avait aspergé.

Le trône tout entier était recouvert de symboles étranges gravés dans le bois, des symboles qui, lui sembla-t-il, se mettaient à vibrer, comme s'ils dégageaient une puissance qui l'enveloppait et le tenait en place — des sorts puissants qui encerclaient ses poignets et ses chevilles.

Victoria vint se placer à sa droite et Riley à sa gauche, et l'alignement de vampires se mit en mouvement. Les présentations commencèrent à s'enchaîner. Hommes et femmes, jeunes et vieux : trop de noms et de visages pour qu'il puisse les retenir tous, surtout vu l'état d'hébétude dans lequel il se trouvait encore.

Certains levaient sur lui des yeux pleins d'espoir, d'autres le considéraient avec dédain. D'autres encore ne le regardaient pas, mais fixaient la tapisserie accrochée au mur derrière lui. Aden n'avait pas besoin de se retourner pour savoir ce qu'elle représentait : l'image s'était gravée dans sa mémoire au premier regard, et pour toujours. La tapisserie montrait Vlad l'Empaleur écrasant une foule en colère. Ils avaient des fourches, lui une épée ensanglantée. Il était entouré d'un grand nombre d'épieux, chacun surmonté d'une tête humaine. Etait-ce ce que les vampires attendaient d'Aden ?

Sans doute, pensa-t-il. Cela aurait dû le révolter. Mais, pour l'heure, il était incapable de ressentir quoi que ce soit.

Les présentations continuèrent et, bientôt, Aden jugea préférable de faire abstraction de ce qu'on lui disait pour mieux étudier les lieux. Même sans les voix d'Elijah, Julian et Caleb dans sa tête, même sans leurs opinions à propos de tout et de rien, il était encore distrait, incapable de se concentrer. Un long tapis rouge s'étendait du trône où il était assis jusqu'à la porte à doubles battants de l'entrée ; les symboles qui décoraient le trône étaient reproduits sur le tapis.

Il n'y avait aucune lumière électrique, simplement des candélabres richement ornés qui dégageaient une lumière scintillante et des fumées noires. De chaque côté de la salle, curieusement, se trouvaient des marches de pierre — des gradins ? — qui ne s'arrêtaient que pour laisser place à quatre grands piliers ronds s'élevant jusqu'au dôme du plafond. Au-dessus des marches s'étendait une plate-forme où se tenaient des gardes en uniformes, l'épée au côté.

Des humains étaient assis sur les gradins. Aden les

reconnut comme tels à la couleur de leur peau, qui allait d'un léger hâle au noir. Les traits de leur visage, d'autre part, n'avaient pas la perfection de ceux des vampires. Eux aussi étaient vêtus de robes, mais celles-ci ne comportaient ni pierreries ni manches. Ainsi, supposa Aden, on avait un accès plus facile aux veines de leurs bras... Inutile de demander s'ils étaient arrivés ici de leur plein gré. Cependant, leurs regards, rivés aux vampires, exprimaient une adoration sans borne.

Des esclaves de sang.

Victoria lui avait un jour expliqué que les humains devenaient très vite accros à la morsure de vampire. A l'époque, Aden avait refusé de la croire ; à présent, il avait dans sa chair la preuve qu'elle disait vrai. Elle l'avait mordu deux fois, deux fois qui avaient été... divines. Ses dents produisaient une substance chimique qui, d'abord, endormait la peau humaine, puis se fondait dans le sang et le brûlait doucement.

— Enfin, fit Victoria derrière lui, l'arrachant à ses pensées, j'ai l'honneur de te présenter mes sœurs...

Ainsi, tous les vampires s'étaient maintenant inclinés devant lui ? Mais alors, combien de temps avait-il passé à se perdre dans la contemplation du décor ?

— La première, continua Victoria, est la princesse Stephanie.

Une belle jeune fille blonde sortit du rang, s'avança d'un pas et inclina la tête pour le saluer. Comme les autres convives, elle était vêtue d'une robe. Elle porta la main à son épaule, d'un air provocant, et défit le nœud qui la retenait. Le vêtement tomba à ses pieds. Au moins n'était-elle pas nue sous sa robe ! En-dessous, elle était vêtue d'un T-shirt noir orné d'un arc-en-ciel de pierreries, aussi irisé que son maquillage, d'un jean noir et de cuissardes de cuir rouge.

Aucun doute, elle défiait Aden d'avoir quoi que ce soit à redire… Il ne fit donc aucun commentaire sur ce changement de tenue.

Mâchant ostensiblement son chewing-gum, la princesse le toisa.

— Il est mignon, déclara-t-elle pour finir. Et tu sais quoi, bébé ? Tu dégages une aura super-puissante. Ça me donne envie de te toucher…

Avec les dents, sans doute.

Elle était la première à lui parler. Les autres s'étaient contentés de le saluer d'un « Majesté » ou de rester muets.

— N'en sois pas offensée, lui répondit-il, mais je préférerais que tu t'abstiennes.

Elle eut un petit rire, qui pouvait signifier n'importe quoi.

— Donc, c'est toi qui as battu Dmitri ?

— On dirait, oui.

Pendant le combat, au moment où les poings cognaient et les lames tranchaient, Aden n'avait pas imaginé une seconde ce qui l'attendrait en cas de victoire. S'il l'avait su… Non, se reprit-il. Dans tous les cas, il aurait fait ce qu'il avait fait. Son instinct avait pris le dessus, et il avait éliminé la créature qui voulait s'en prendre à Riley et Mary Ann.

Et, oui, d'accord, celui qui avait l'intention d'épouser Victoria.

— Alors, petit humain, tu comptes t'y prendre comment, pour nous gouverner ? reprit Stephanie avec une moue de curiosité.

Petit humain. Il haussa les épaules, l'air détaché. Après tout, on l'avait affublé de noms bien plus insultants.

— Franchement, je n'en sais rien.

Stephanie sourit de nouveau.

— De l'honnêteté... J'aime beaucoup. Ça nous change.

Vlad mentait-il à ses filles ? A quel sujet ?

— Ecoute, poursuivit-elle, j'aimerais vraiment... boire en l'honneur de ta victoire. Est-ce que ça te dirait de... ?

A ces mots, Victoria se raidit, et posa même une main protectrice sur l'avant-bras d'Aden. Riley, quant à lui, se retenait visiblement de pouffer de rire.

— On ne boit pas le sang du roi, lança Victoria sèchement.

Vexée, Stephanie se renfrogna.

— Jamais ?

— Jamais, confirma Riley.

Ses lèvres vermeilles prirent une expression de dépit, et elle soupira :

— Soit. En revanche, j'ai des questions à poser à notre nouveau roi. Par exemple...

— Ce n'est pas le moment pour ça, objecta Riley avec gentillesse, et tu le sais. Plus tard, Princesse.

Un ange passa. Finalement, Stephanie conclut :

— D'accord. Mais je ne renonce pas. Mes questions sont sérieuses.

Riley ne se laissa pas impressionner.

— Je suis sûr qu'elles le sont. Au revoir.

Stephanie ramassa sa robe, tourna les talons et s'en fut à grand bruit. On entendit une porte claquer.

Après son départ, il ne resta plus qu'une personne

encore inconnue à Aden parmi les vampires. L'autre sœur, pensa-t-il.

— Et voici la princesse Lauren, annonça Victoria, qui fit signe à sa sœur d'avancer.

Tout comme Stephanie, elle était blonde, avec des traits durs et des yeux clairs comme du cristal. Elle aussi avait abandonné la robe traditionnelle, mais sa tenue était très différente de celle de sa sœur : elle était vêtue d'un gilet de cuir noir moulant et d'un pantalon de la même peau. Du fil barbelé grimpait en bracelet le long de ses bras et elle était armée.

— Ainsi, tu es Aden Stone, l'humain dont on m'a tant parlé, commença-t-elle. Stephanie n'a pas tort : tu as quelque chose d'attirant, mais tu n'arrives pas à la cheville de mon père.

Il hocha la tête courtoisement :

— Je te remercie.

— Ce n'était pas un compliment, idiot !

Comme s'il l'ignorait…

— Moi aussi, j'ai des questions à te poser, poursuivit Lauren, les yeux pleins de colère. Mais au contraire de ma sœur, je ne me laisserai pas congédier. J'exige des réponses, cette nuit même, Aden.

Riley intervint sèchement.

— *Majesté*, tu dois l'appeler *Majesté*.

Lauren releva la tête avec fierté. Sans quitter Aden des yeux, elle lança :

— Dans treize jours, je l'appellerai *Majesté*. D'ici là…

Un instant, Aden eut l'impression qu'elle allait dégainer un de ses poignards et le lui lancer en plein cœur.

Mais Lauren ne bougea pas. Au lieu de quoi, elle ajouta :

— De toute façon, je n'ai pas encore décidé de le suivre.

A ces mots, Riley se leva et s'approcha d'elle jusqu'à la toucher.

— Est-ce un défi ?

Les gardes armés se préparèrent. Pour défendre qui ? La princesse ? Riley ? Leur nouveau roi ?

— Ça suffit ! ordonna-t-il.

Qu'aurait-il pu faire d'autre ? Il n'était pas leur roi, il ne voulait pas l'être. Cependant, il fallait qu'il s'interpose.

— Nous en débattrons plus tard. Pour l'heure, aussi heureux que je sois de rencontrer les membres de la famille de Victoria, les présentations officielles sont terminées. Que chacun se retire.

Est-ce que ça sonnait assez royal ?

De façon étonnante, il fut obéi. Avec un hochement de tête méprisant et un regard assassin, Lauren tourna les talons et quitta la pièce en martelant le sol de ses talons. La porte claqua de nouveau. Aden remarqua alors que les humains avaient eux aussi quitté la pièce. Il ne les avait pas entendus sortir ; ils s'étaient glissés à l'extérieur sans un bruit.

— Et maintenant ? demanda-t-il en se levant.

Un vertige le prit, et il dut se retenir à l'accoudoir pour conserver son équilibre. Combien de temps était-il resté assis ?

— Une réception va être donnée en ton honneur, répondit Victoria qui le recoiffa.

Sa main était chaude et douce, une tendre caresse.

— Tout va bien ?

Non. Oui. Peut-être.

— Quelle heure est-il ?

— Presque 3 heures du matin.

Il était donc resté assis pendant près de quatre heures. Et dans trois heures, il lui faudrait se préparer à aller au lycée.

— Il faut que je retourne au ranch sous peu. Il y a cours, demain, et je ne peux pas me permettre de manquer de nouveau.

Bien sûr, Victoria pouvait tout arranger et, grâce au pouvoir de sa voix, convaincre tout le monde qu'il était en cours même quand il n'y était pas ; mais Aden tenait à suivre les cours, à ne pas sacrifier l'opportunité qu'il avait de pouvoir s'instruire et progresser.

D'accord, il somnolerait sans doute, puisqu'il était d'ores et déjà épuisé — il étouffa à grand-peine un bâillement ; quoi qu'il en soit, il se rendrait au lycée. Avec un peu de chance, les leçons pénétreraient dans son subconscient...

— On reste encore un peu et je te ramène chez toi, assura Victoria. Promis.

Elle posa une main sur son épaule, puis lui massa délicatement le cou avant de se blottir contre lui. Allait-elle l'embrasser ? Ils avaient déjà échangé un baiser — un baiser léger, qui n'avait pas duré assez longtemps. Aden était malade, alors, et pourtant il avait ressenti une puissante envie de continuer. Aujourd'hui qu'il était en meilleure forme, il savait que ce désir lui reviendrait, encore plus forte. Il brûlait de goûter la langue, la bouche, les dents de sa princesse.

Une minute passa, puis une autre, mais Victoria se contentait de le tenir dans ses bras. Bon, mieux valait se résigner. Elle n'irait pas plus loin. Du moins cela lui ferait-il quelque chose de délicieux à espérer, songea Aden.

— Tu sais que cet endroit est vraiment cliché ? lança-t-il pour penser à autre chose. Tout est noir. Les murs, les robes… Vous cherchez à faire peur, c'est évident.

— Mon père adorait les stéréotypes. Il aimait jouer avec eux.

Son père. Aden eut soudain la certitude qu'il avait *quelque chose à dire* à Victoria au sujet de Vlad… mais quoi ? Il se creusa la tête. Impossible de se le rappeler.

Qu'est-ce qu'il aimait, dans ces clichés ?

— Les gens qui nous rencontrent pour la première fois nous prennent pour des humains qui jouent à être des vampires. Du coup, ils nous considèrent comme des illuminés, mais pas comme des êtres dangereux. Tu vois ?

Oui, il comprenait très bien. Les gens « différents » étaient toujours mis à part, évités, contournés. En revanche, on traquait ceux qui semblaient représenter une menace.

— On pourrait dire la même chose de toi en ce moment, Aden Stone, remarqua-t-elle avec de l'amusement dans la voix. Mon peuple te voit comme un drôle de type, pas comme un danger.

— Et comment sais-tu ça ?

— Personne n'a essayé de te tuer.

— C'est vrai.

— Et je suis fière de toi, tu sais, souffla-t-elle d'une

voix rauque en laissant ses yeux traîner sur les lèvres, puis le cou d'Aden.

Est-ce qu'elle avait soif ? « Oh oui, faites qu'elle ait soif… »

Riley rompit leur intimité, d'une petite toux réprobatrice.

Ils l'ignorèrent. Au long de sa vie, Aden avait rarement reçu des compliments. Dans les cliniques qu'il avait fréquentées, les médecins s'étaient contentés de lui poser des questions, et les autres patients avaient leurs propres problèmes. Les familles d'accueil, aussi bien celles qui étaient pleines de bonne volonté que celles qui n'en avaient pas une once, n'avaient su comment se comporter avec Aden ; il les avait même souvent effrayées. Au ranch, au début, les autres garçons l'avaient tourné en ridicule. Alors, les douces paroles de Victoria lui allaient droit au cœur et le remplissaient de joie.

— Tu n'es pas gênée par le fait que je ne sois qu'un faible humain ? lui demanda-t-il.

Car c'était ainsi que le considérait le peuple des vampires. Que ceux-ci le considéreraient sans doute toujours.

Au lieu de répondre à sa question, elle lui lança du tac au tac :

— Et toi, tu n'es pas gêné d'avoir une créature sanguinaire pour amoureuse ?

Tout en prononçant ces mots, elle fixa de nouveau son cou, où il sentait son cœur pulser fiévreusement. Victoria passa la langue sur ses lèvres.

— Est-ce que ma créature a soif ? s'enquit Aden.

— Non, affirma-t-elle d'une voix rauque.

Puis elle s'écarta de lui, visiblement à contrecœur.

— Menteuse…

Aden aurait pu aller plus loin, provoquer Victoria. Mais cela aurait été cruel. Car si elle ne voulait pas boire son sang, c'est parce qu'elle refusait de prendre le risque de le transformer en esclave. Il la comprenait. Cependant, imaginer ses magnifiques lèvres posées sur qui que ce soit d'autre que lui le révoltait.

— Viens, dit-elle avec détermination en lui tendant la main. On nous attend au bal.

Il entremêla ses doigts à ceux de sa princesse et la laissa le guider sur le tapis rouge jusqu'au grand salon de réception. Riley les suivait, à quelques pas. A mesure qu'ils approchaient des portes, ils entendirent enfler les rumeurs des conversations. Mais quand ils les franchirent, et débouchèrent dans la grande salle, Aden se rendit compte qu'il n'y avait personne. Juste des statues d'albâtre, représentant des personnages et des animaux, ainsi que des coffres de bois richement sculptés, tous ouverts et vides.

Il n'eut pas le loisir de s'interroger. Victoria le fit passer sous l'arc d'une autre porte à double battant qui donnait, cette fois, sur les salons de réception où les attendaient les vampires, escortés des loups-garous et des esclaves de sang. Les premiers riaient et s'apostrophaient ; les deuxièmes patrouillaient dans la salle sous leur forme de loup, et les troisièmes s'étaient de nouveau rassemblés dans un coin de la salle, impatients qu'on les appelle.

Les murs étaient faits de pierre noire. De grands miroirs ovales venaient briser la monochromie de l'ensemble et, cette fois encore, la seule lumière provenait des reflets mordorés des bougies. Quant au plafond, il ressemblait à…

Aden fronça les sourcils. Evidemment. Une toile d'araignée. Du centre de celle-ci pendait un grand lustre — sorte de chandelier muni de pattes. L'ensemble donnait l'impression qu'une araignée géante marchait au plafond.

Dès l'entrée d'Aden, les conversations s'arrêtèrent. Ce silence, brusque et inattendu, le troubla dans son inspection des lieux. Toutes les têtes s'étaient tournées vers lui.

Mal à l'aise, il ne sut quelle attitude adopter. D'interminables secondes s'écoulèrent ainsi. Personne ne parlait ni ne bougeait ; l'assemblée se contentait de l'observer et de le jauger.

Est-ce qu'il devait agir ? Prendre la parole ?

Il se mit à réfléchir à toute allure. Ici, personne n'avait connu d'autre roi que Vlad. La communauté présente ne savait donc pas plus que lui ce qu'il convenait de faire dans le cas d'un couronnement et d'une investiture. Pas de danger, donc.

Pour autant, comme il n'avait pas l'intention de devenir leur souverain, il lui faudrait trouver tôt ou tard le moyen de leur parler pour se sortir de ce mauvais pas. Alors, mieux valait tôt que tard.

Soudain, les conversations reprirent, et un brouhaha s'éleva bientôt. Il lui sembla entendre les mots *bête* — ou était-ce *fête* ? Et *horde* — ou était-ce *déborde* ? « Est-il prêt à voir ? A savoir ? » murmura quelqu'un.

— Nous ferions mieux d'attendre le couronnement, non ? suggéra un autre vampire.

— Que se passe-t-il ? demanda discrètement Aden à Victoria.

Elle non plus ne semblait pas très à l'aise mais s'efforçait de donner le change.

— Ils veulent dire… Ils veulent que tu saches… C'est compliqué. J'aurais préféré ne jamais avoir à te parler de ça, mais il a été décidé que, en tant que roi, tu dois savoir.

— Savoir quoi ?

— Que nous ne sommes pas… seuls.

— Et tu n'as pas envie de m'expliquer ce que tu es en train de me dire ?

— Non.

— Eh bien, fais-le quand même.

Elle soupira.

— Il y a… quelque chose avec nous.

Quelque chose ne signifiait rien.

— Ecoute, si je dois… diriger votre peuple…

Nom d'un chien ! Il n'en revenait pas de dire ça, même si ce n'était que dans le but d'obtenir des réponses.

— … il faut que je sois au courant de tout.

Victoria rosit.

— C'est vraiment très gênant. Une fois que je te l'aurai dit, il se peut que tu aies envie de t'enfuir en hurlant et de ne plus jamais me revoir.

— Je t'ai vue te nourrir, et je ne me suis pas enfui.

— Oui, mais ça, c'est bien pire.

Aden ne désarma pas.

— Je te jure qu'il n'y a rien au monde qui puisse

m'ôter l'envie de te voir, affirma-t-il en étreignant la main de sa princesse. Tu sais que je t'aime comme tu es.

— D'accord, alors accroche-toi bien à cette pensée, dit-elle d'un air suppliant.

Tête basse, elle avait l'air d'une enfant embarrassée et jouait du pied avec un caillou invisible.

— D'abord, il faut que tu saches que ce que tu penses avoir appris sur nous — ici, ou dans les livres et les films — est à des années-lumière de la vérité.

Elle passa nerveusement la pointe rose de sa langue sur ses lèvres. Apparemment, rien ne pouvait la détendre.

— Si tu veux vraiment savoir…

— Je le veux.

— … voilà la vérité. Nous sommes… autre chose que des vampires buveurs de sang.

Elle redressa la tête, l'air buté, cette fois. Comme sa sœur un peu plus tôt, on aurait dit qu'elle mettait Aden au défi de protester.

— Maintenant tu sais tout.

— Précise.

Elle se mordilla de nouveau les lèvres, la nervosité l'emportait.

— Aden…

— Victoria, je t'en prie, dis-le.

Enfin, elle capitula et Aden eut l'impression que le poids du monde s'abattait sur ses jolies épaules de princesse.

— Si nous sommes davantage que des vampires buveurs de sang, avoua-t-elle enfin, c'est parce que… il y a un monstre qui vit en nous.

Un monstre ?

— Nous sommes possédés… Attends, corrigea-t-elle, je vais te l'expliquer autrement. Commençons par la bonne nouvelle : tu vois ces signes sur les murs et sur le trône ? Nous portons les mêmes, tatoués sur notre peau. Tous autant que nous sommes.

— Toi, tu as ces marques ? s'étonna Aden.

Il s'était baigné avec elle — ils étaient tous deux en sous-vêtements —, mais il ne se souvenait pas d'avoir vu ces tatouages. Et Dieu sait qu'il avait regardé !

— Oui.

— Où ça ? Et pour quelle raison ?

— Sur la poitrine. Et ce sont… des gardiens.

Il préféra ne pas trop penser à la première partie de sa réponse — parce que, du coup, il aurait adoré consacrer du temps à inspecter ces tatouages — et choisit de passer à la deuxième.

— Quel genre de gardiens ?

— Le monstre qui vit en nous est une vraie créature de cauchemar. D'un point de vue humain, on pourrait la comparer à un démon qui nous posséderait. Nos tatouages sont autant de barrières qui le maintiennent à l'intérieur. Sans ces barrières, les monstres seraient libres d'aller et venir à la surface de la Terre.

A ces mots, Victoria saisit la main d'Aden et la serra très fort.

— Crois-moi, il est préférable que tu ne rencontres jamais un de ces monstres. Ils sont incontrôlables et violents ; quand nous buvons le sang de quelqu'un, ils réclament sa mort immédiate. Ils ne connaissent que la destruction.

Aden resta silencieux un instant, tentant d'enregistrer toutes ces informations.

— Comment viennent-ils ? Et toi, en as-tu un à l'intérieur ?

Elle voulut répondre mais, au même moment, cinq hommes s'approchèrent et formèrent un demi-cercle autour d'Aden. Visiblement, ils attendaient quelque chose. Ils tenaient à la main des coupes richement décorées, remplies d'un liquide rouge et épais. Du sang, bien sûr ; Aden en reconnut l'odeur métallique.

— Tu te souviens des membres du Conseil, je suppose, les présenta Victoria, soulagée, de toute évidence, de changer de sujet.

Pas le moins du monde.

— Bien sûr !

Du regard, il signifia à Victoria que leur conversation sur les monstres n'était pas terminée, et qu'ils la reprendraient bientôt. Très bientôt. Puis il se tourna vers ses... conseillers, si le mot était approprié. C'étaient des hommes âgés, qui se ressemblaient : cheveux gris argenté, stature imposante et peau à peine ridée. Autre détail : leurs crocs étaient visibles et dépassaient sous leur lèvre.

Avaient-ils faim ? Voulaient-ils boire son sang ? N'eussent été les médicaments qui anesthésiaient son bon sens, il aurait été effrayé. Impossible de se colleter à cinq vampires, surtout costauds, en même temps. Oh, il avait bien ses lames, cachées dans ses bottes ; mais face à de telles créatures, elles étaient inutiles.

La seule arme dont il disposait était l'anneau de Vlad. Oh oui. Il jeta un coup d'œil sur sa main droite : l'opale lançait une lueur rassurante. Soudain, il ressentit de la gratitude envers Riley, qui avait insisté pour qu'il la porte.

— Maintenant que Victoria vous a parlé des monstres, il est temps que nous abordions des sujets plus importants, fit l'un des conseillers.

Avant qu'Aden ait pu demander ce qui pouvait bien être plus important que l'existence des monstres en question, le conseiller poursuivit :

— Nous avons beaucoup de décisions à prendre.

— En tout premier lieu, allez-vous résider ici ou rester avec vos humains ? reprit un autre.

Un peu comme l'avait fait Thomas un peu plus tôt, tous les autres conseillers entreprirent de bombarder Aden de questions.

— Il faut que nous puissions faire appel à vous en cas de besoin. Si vous restez avec les humains, comment cela nous sera-t-il possible ?

— Il faut que vous soyez présenté à nos alliés. Quand dois-je organiser la rencontre ?

— Il faut que vous choisissiez une reine.

— Il faut que…

— Assez ! aboya Riley pour les faire taire. Il a besoin d'un peu de temps pour tout comprendre.

A la surprise d'Aden, les conseillers opinèrent immédiatement. Deux d'entre eux présentèrent même des excuses. Riley était un garde, pas un prince ni même un vampire. Voir des nobles courber l'échine devant lui était très intrigant.

— Alors, pour répondre à vos questions, je continuerai à habiter au ranch D & M, lança Aden, et tous les regards revinrent se poser sur lui.

Il passa son pouce sur l'anneau.

— Je rencontrerai vos alliés au cours de la semaine prochaine, poursuivit-il — cette semaine était réservée aux sorcières — mais après les horaires de lycée. Tenez-moi informé sur la date, et je serai là.

Où que soit ce « là ». Au fait, qui étaient ces alliés ? Pour autant qu'Aden en sache, les vampires et les loups-garous étaient en guerre avec tout le monde.

— Pour ce qui est de ma reine, ce sera Victoria.

Pas d'hésitation là-dessus. Même s'il ne se sentait pas prêt au mariage. Pas prêt à être roi bien longtemps non plus.

De nouveau, Victoria serra sa main.

Les cinq conseillers le fixèrent d'un air perplexe.

— Vous ne pouvez pas choisir la princesse Victoria comme ça. Il faut d'abord que vous passiez du temps avec les autres partis potentiels, dit l'un.

— Inutile, coupa Aden. Je ne changerai pas d'avis.

— Il y aura des protestations ! grogna un autre conseiller.

Aden haussa les épaules :

— Ça m'est égal.

— Les pères des princesses qui pourraient prétendre à être votre reine se rebelleront, parce qu'ils désirent avoir au moins une chance de passer une alliance avec la famille royale. Vous ne souhaitez tout de même pas faire naître une rébellion si vite dans votre règne ? demanda un troisième.

— Non, mais je…

— Très bien, alors. C'est décidé.

Et les cinq conseillers levèrent leur coupe avec un sourire.

Aden les regarda, incrédule.

— Je ne vous suis pas. Qu'est-ce qui est décidé ?

— Vous rencontrerez nos autres jeunes filles ; ainsi, leurs pères ne se révolteront pas.

Aden se pinça l'arête du nez ; il commençait à en avoir assez.

— J'ai dit non, répéta-t-il. C'est hors de question.

Pendant plusieurs minutes, les cinq hommes se concertèrent, à grands renforts de chuchotements indignés et de hochements de tête. Puis ils se retournèrent vers lui avec des expressions déterminées.

— Nous vous proposons un compromis, dit le plus grand d'entre eux. Vous ne rencontrerez que cinq autres vampires, sans compter Victoria. Chacune sera choisie par un membre du conseil. Vous vous entretiendrez avec elles au préalable, et vous annoncerez le nom de votre favorite le jour de votre mariage. Cette favorite deviendra votre reine.

Euh, pardon ? S'entretenir avec… C'était un rendez-vous, non ? Un rendez-vous galant. Cinq rendez-vous, pour être précis. Et il n'en voulait pas.

— Il accepte votre compromis, affirma Victoria sans la moindre trace d'émotion dans la voix.

Aden ouvrit la bouche pour la contredire, mais les hommes s'étaient déjà éloignés en se congratulant.

— Aden, s'il te plaît, intervint Victoria.

Il la regarda, furieux.

— Tu peux leur dire ce que tu veux. Je ne veux sortir avec personne d'autre que toi.

Elle était la fille de ses rêves, la seule et l'unique. C'est elle qu'il voulait, qu'il désirait plus que tout au monde.

Comme quand elle était arrivée au ranch au début de la soirée, elle affichait une expression neutre. Sauf que cette fois, elle n'était certainement pas en train « d'exagérer » pour paraître plus humaine. Ce n'était pas un sujet de plaisanterie.

— Mais ils ont raison, protesta-t-elle en lâchant sa main et en s'écartant de lui. Si tu refuses ces rendez-vous, les familles protesteront, et cela conduira à des troubles. Des troubles qui nous mettront tous en danger. Tu ne trouves pas qu'il y a suffisamment de dangers autour de toi en ce moment ?

Essayait-elle seulement de le protéger, ou bien l'idée qu'il sorte avec d'autres filles qu'elle ne lui posait-elle vraiment aucun problème ? Parce que lui, de son côté, n'aurait pas bien supporté qu'un autre type pose les yeux sur Victoria. Il aurait réglé l'affaire façon conflit nucléaire.

— Je préfère courir le risque, lança-t-il à travers ses dents serrées.

— Moi non, répliqua-t-elle, l'expression toujours indéchiffrable, le ton neutre.

— Tant pis.

Elle était en train, réalisa-t-il, de prendre ses distances avec lui. L'instant d'avant, elle était à ses côtés et le soutenait ; à présent, elle semblait avoir coupé tous les ponts entre eux. Que ce soit pour son bien ou pas, il détestait ça.

— Il faut le faire, Aden.

— Non, je…

— Super ! Une querelle d'amoureux ! intervint Riley en poussant Aden d'une bourrade. Dites, si au lieu de vous disputer, vous parliez avec les gens ? Vous aurez tout le temps de vous prendre le bec plus tard.

Aden et Victoria se regardèrent quelques instants en chiens de faïence ; puis, d'un rapide hochement de la tête, elle approuva les paroles du garde, et Aden l'imita. Mais ce n'était que partie remise, sur bien des points. Quoi qu'il arrive, il ne sortirait pas avec d'autres vampires. Et elle devrait s'excuser pour son attitude glaciale. A moins qu'elle ne s'en soit pas rendu compte ? Au fond, pour les vampires, sortir avec plusieurs personnes à la fois ne posait peut-être aucun problème ?

Qu'en savait-il ?

Après tout, elle l'avait bien embrassé, lui, alors qu'elle était déjà fiancée avec Dmitri. N'empêche. S'il s'agissait d'une pratique courante chez les vampires, il se pouvait bien qu'elle voie d'autres personnes que lui en ce moment. Et si cela arrivait, comment réagirait-il ? C'est-à-dire, comment réagirait-il une fois qu'il aurait cassé la figure de la personne en question ?

— Nous en reparlerons plus tard, lança-t-il d'une voix glacée avant de s'éloigner d'elle.

De nouveau, elle opina avec raideur.

Sans un mot, ils se mêlèrent à la foule. De nombreuses mains se tendirent vers lui. D'autorité, on lui donna une coupe — on la lui lança presque, si bien qu'il faillit la renverser. *Ne t'avise pas d'oublier ce qu'elle contient et d'en boire le contenu par inadvertance.*

Soudain quelqu'un grogna dans l'assistance.

— Est-ce que je ne sens pas comme une odeur de... fée ?

Aden se figea. Victoria et Riley vinrent immédiatement l'encadrer.

Les vampires se mirent à renifler l'air autour d'eux ; certains eurent un haut-le-cœur de dégoût et reculèrent. Une nouvelle fois, le silence se fit dans la pièce et tous les regards se braquèrent sur Aden. Et cette fois, ils étaient lourds d'horreur et de haine.

Génial. L'odeur de l'eau de toilette devait s'être dissipée.

Bientôt, Aden et ses amis se retrouvèrent encerclés. Riley, tous muscles bandés, était prêt à bondir. Victoria elle-même manifestait de l'émotion et de la peur. Dieu merci, les gardes loups-garous fendirent la foule et se regroupèrent autour de Riley, retroussant les babines et montrant les crocs face aux vampires menaçants pour les obliger à battre en retraite.

Un soutien sans faille, sans hésitation. « Pour moi », songea Aden. Inédit, vraiment.

Un vampire aux cheveux bruns, qui paraissait avoir seize ans, s'avança hardiment. Ignorant les loups-garous, il défia Aden du regard.

— Ainsi, tu es déjà en train de fricoter avec nos ennemis ? Sale traître !

Aden ne put s'en empêcher : il éclata de rire. Si échapper à plusieurs tentatives de meurtre pouvait être qualifié de « fricotage », alors, oui, il « fricotait » !

— Tu oses rire ? s'étrangla le jeune vampire.

— Et toi, tu oses hausser le ton devant ton souverain ? répliqua Riley du tac au tac.

Le garçon bomba le torse et se redressa, plein de morgue. Bien qu'il s'adressât à Riley, il ne quitta pas Aden du regard.

— Je vais te dire ce que la plupart d'entre nous pensent. Il est trop faible pour être notre roi. N'importe qui dans cette pièce pourrait faire de lui un esclave.

Forcément… D'ailleurs, Aden s'était s'attendu à cette menace depuis un bout de temps.

— Eh bien, qu'on s'y risque ! lança-t-il.

Etait-ce du courage ou de la témérité ? Peu importe. Il pensait ce qu'il disait. S'il devait se battre, peut-être qu'il perdrait, mais il combattrait jusqu'au bout. Comme toujours.

Son jeune adversaire rétorqua :

— Nos ennemis vont penser que nous sommes aussi faibles que vous, et ils nous attaqueront, continua son agresseur. Vous n'auriez jamais dû accepter ce titre.

Accepter ! Vraiment ? On l'avait déclaré roi sans qu'il ait eu un mot à dire. Il ne voulait pas de ce poste, n'en avait jamais voulu ; néanmoins, ce n'était pas le moment de chercher un autre prétendant. Car maintenant, les vampires croiraient qu'Aden se débarrassait de la couronne à cause de sa prétendue « faiblesse ».

— D'après ce qu'on m'a dit, les Faé protègent les humains. Peut-être que, maintenant que vous êtes dirigés par une de ces faibles créatures qu'elles aiment tellement, elles désireront s'allier avec vous ?

— Et les gobelins ? Comment comptez-vous vous y prendre avec eux ? En avez-vous la moindre idée ?

— Je ferai ce que Vlad a fait. J'enverrai les loups-garous les traquer dans la forêt la nuit.

— Vous enverrez les loups ? Tiens donc ! C'est d'autant plus facile que vous n'avez vous-même jamais combattu un gobelin… Quelle lâcheté !

— Je n'ai peut-être jamais combattu de gobelin, mais j'ai bel et bien combattu un vampire. Faut-il que je vous rappelle l'issue de ce combat ?

Des murmures indignés s'élevèrent. Le cercle se resserra autour d'eux. Les loups-garous grondèrent. Leurs crocs luisant de salive.

La leçon était-elle suffisante ? En tout cas, le jeune vampire choisit de s'incliner et rentra dans les rangs de la foule. Les conversations reprirent doucement. *Crise évitée*, pensa Aden. Mais il ne se sentit pas soulagé pour autant. Combien de temps cette trêve durerait-elle ?

10

Ce matin-là, Riley ne vint pas chercher Mary Ann pour l'emmener au lycée.

Avait-il déjà été mis au courant des événements de la veille au soir ? Etait-il en colère contre elle ?

Avait-il été blessé au manoir des vampires ?

Mon estomac…

Quand Mary Ann comprit qu'il ne se montrerait pas ce matin-là, Penny était déjà partie. Ce qui lui laissait seulement deux options : se rendre au lycée à pied, rater la première heure de cours et être considérée comme absente, ou bien demander à son père de l'emmener en voiture et s'en tirer avec un mot de retard. Dans les deux cas, une vraie torture pour Mary Ann.

Elle aimait avoir le temps. Quand elle n'était pas en avance de dix minutes, elle trouvait qu'elle était en retard. Mais la perspective d'une discussion avec son père… pitié ! Il lui demanderait où elle en était avec Riley — il ne pourrait pas s'en empêcher. Et elle ne saurait pas quoi lui répondre. Pas aujourd'hui, vu la situation. Du coup, il se sentirait obligé de parler de sexualité, de protection et d'IST. Encore. Elle serait morte de honte. Ce qui la mettrait définitivement en retard, si on y réfléchissait.

En désespoir de cause, elle opta pour la marche à pied. Son père ne tenta pas de l'en dissuader, mais il lui fourra une pomme entre les mains au moment où elle allait passer la porte. Comme elle n'avait toujours pas faim, elle se débarrassa du fruit dès qu'elle fut hors de vue. Cela pourrait toujours servir de nourriture à un animal ou aux insectes, et c'était surtout préférable à l'idée de vomir à la moindre bouchée.

Si elle ne retrouvait pas son appétit rapidement, elle allait finir par avoir un problème.

Avec un soupir inquiet, elle se mit en route. Elle resta sur la route principale, ce qui réduirait son trajet d'une bonne dizaine de minutes. Depuis qu'elle avait rencontré Riley, elle avait cessé de prendre cet itinéraire.

Riley, où es-tu ? Est-ce que tu es sain et sauf ? Comment Aden s'était-il tiré de la soirée de présentation aux vampires ? Avait-il été agressé ? Mary Ann trouvait intolérable qu'on l'ait tenue à l'écart. La prochaine fois, elle… Elle quoi ? s'interrogea-t-elle sèchement. Exigerait qu'ils l'emmènent sous peine de ne plus leur adresser la parole ? Rentrerait pleurer toute seule dans sa chambre ?

Quand elle arriva devant le lycée, le parking était bondé, mais il n'y avait personne devant les bâtiments ni dans le hall. Cela voulait dire que la deuxième sonnerie avait retenti depuis un moment déjà. Elle s'avança vers les portes, puis s'arrêta. Fronça les sourcils, perplexe. Quelque chose de tiède et doux s'insinuait en elle, remplissant son nez, sa bouche, son estomac.

Délicieux. Elle ferma les yeux pour mieux savourer cet instant. Quel besoin avait-on de manger quand on ressentait *ceci* ? Chaque inspiration la rendait plus forte, plus grande, plus heureuse. Puis elle se souvint de ce qui avait provoqué cette sensation la nuit précédente, et elle fut envahie d'effroi.

La sorcière était toute proche.

Mary Ann avala sa salive et se retourna d'un bloc, les poings levés comme le lui avait appris Aden. Elle scruta les alentours. Le soleil brillait, ces crétins de merles chantaient dans les arbres.

Devant elle s'étendait la pelouse jaunissante, où s'élevait un unique chêne. Elle avait dû se tromper. Elle avait dû croire que…

La sorcière surgit de derrière le tronc de l'arbre. Elles se défièrent du regard. Dans sa poitrine, le cœur de Mary Ann battait à tout rompre. Ce matin-là, la sorcière était habillée d'un T-shirt rouge uni et d'un jean. Ses cheveux blonds tombaient librement sur ses épaules et dégringolaient jusqu'à sa taille en une cascade de boucles. Sa peau délicatement hâlée semblait absorber la lumière radieuse du matin.

— Je t'attendais.

Toute musicale qu'elle soit, la voix tremblait de colère.

Tout l'instinct de Mary Ann lui recommandait de fuir. La dernière fois qu'elle avait parlé avec cette femme, elle y avait gagné un sortilège de mort. Pourtant, elle ne bougea pas d'un pouce. Elle voulait poser des questions à une sorcière, non ? Eh bien, maintenant, elle le pouvait. Sans même avoir recours au kidnapping.

— Pourquoi ?

— Oh non, pas de ça. Tu n'es pas en position de demander des réponses. Moi si. Pourquoi m'espionnais-tu hier soir ?

Mary Ann se redressa et bomba le torse. C'était le moment de se montrer brave — quel que soit le prix que ça lui coûte.

— Tu m'as lancé un sortilège de mort. Pourquoi ne t'espionnerais-je pas ?

Une lueur d'admiration passa dans le regard de la sorcière.

— D'accord.

— Et je veux que tu répondes à mes questions, poursuivit Mary Ann. Tu as ordonné à mon ami d'assister à votre assemblée, et pourtant tu ne lui as jamais dit quand et où elle se tiendrait. Dis-le-moi, et je lui transmettrai l'information.

S'il te plaît, s'il te plaît, s'il te plaît.

— Je ne possède pas l'information que tu cherches, répondit la sorcière.

Elle resta immobile, ne fit pas le moindre pas en avant ; pourtant, soudain, elle se trouva beaucoup plus près de Mary Ann.

Celle-ci se redressa de plus belle.

— Tu mens.

— Ah oui ?

La sorcière mentait forcément, non ?

— Tu veux donc que nous mourions ?

— Peut-être bien.

— Mais pourquoi ? insista Mary Ann.

— Tu as pour amis un vampire, un loup-garou, qui sont tous deux des ennemis de ma race, ainsi qu'un garçon qui nous attire vers lui avec une force que nous n'avons jamais ressentie auparavant. Pour paraphraser ta question, pourquoi ne souhaiterais-je pas ta mort ?

Mary Ann serra les dents. La sorcière retournait sa propre stratégie contre elle. C'était le moment de s'essayer à une autre approche.

Elle s'efforça d'adopter un ton plus calme et une expression plus neutre.

— Comment t'appelles-tu ?

— Marie.

La réponse, et sa simplicité, désarçonnèrent Mary Ann.

— Eh bien, Marie, sache que nous allons faire tout notre possible pour rester en vie.

— C'est aussi mon cas, répliqua Marie.

Penchant la tête, elle étudia Mary Ann avec encore plus d'attention, avant de reprendre :

— Tu sais ce que tu es, Mary Ann Grey ?

Ainsi, elle connaissait son nom ? Pourtant, Mary Ann était certaine de ne pas le lui avoir donné. Inquiétant. Pourtant, elle ne put s'empêcher de rire :

— Moi ? Je suis une humaine moyenne.

— Oh non. Tu es autre chose. Je sens que tu te nourris de moi.

Les yeux de Mary Ann s'écarquillèrent en une expression horrifiée :

— Je me nourris de toi ? Tu plaisantes ? Je ne suis pas un vampire.

— Je n'ai pas dit ça. Mais tu es bel et bien en train d'essayer de drainer mon énergie. Et je ne vais pas me laisser faire, ajouta Marie d'une voix de plus en plus dure.

Drainer son énergie ? Ah, d'accord. Cela devait signifier « bloquer ses pouvoirs » en langage des sorcières.

— Je ne bloque pas les pouvoirs naturels, donc tu devrais être capable de…

— Fais-tu exprès de ne pas comprendre ? Je ne t'ai pas parlé de bloquer. Tu aspires mon énergie vitale comme un vortex. Tu essaies de tout me prendre, pour ne laisser de moi qu'une coquille vide.

— Bien sûr que non !

— Continue à me mentir, et je te jette un sort de vérité ! siffla la sorcière. Tu deviendras incapable de mentir sur quoi que ce soit. Pour toujours.

Le pouvait-elle vraiment ? Mary Ann ressentit une vague d'émotions mêlées : la fureur, la colère, l'impuissance. Mais cette vague s'accompagna d'un nouveau flot de puissance, qui la remplit et l'apaisa.

— Je ne mens pas. Je ne suis pas en train de pomper ton énergie.

— Alors, c'est peut-être que tu n'as pas encore réalisé ce que tu es, répliqua Marie.

Elle plissa les yeux et la considéra avec suspicion, puis elle fit volte-face et repartit vers la forêt. Quel étrange comportement ! A présent, elle semblait plus pâle, comme si son hâle avait disparu.

— Si tu reviens en ville, je considérerai que c'est pour que nous en finissions une bonne fois pour toutes, lança-t-elle en s'éloignant.

Un combat final ? Pourquoi pas ?

— Et tu auras raison, rétorqua-t-elle malgré tout ce que lui dictait son bon sens.

Tais-toi ! Tais-toi avant qu'elle attaque !

Mais Mary Ann s'y refusait. Elle refusait d'être le maillon faible de son groupe.

Marie disparut entre les troncs. Mary Ann fit demi-tour et se précipita vers le lycée. Elle y serait en sécurité. Mais qu'avait voulu dire Marie par : « Tu ne sais pas ce que tu es » ?

Riley le saurait peut-être. Il s'était débrouillé pour que leurs emplois du temps correspondent ; donc, s'il venait en cours, elle pourrait parler avec lui.

La sonnerie de la deuxième heure retentit soudain.

Les portes s'ouvrirent et les élèves envahirent les couloirs. La plupart se dirigèrent vers leur casier. Mary Ann dut se frayer un chemin dans la foule. Super. Elle avait carrément manqué la première heure, et elle avait une interro le lendemain. Si M. Klien était bien venu au lycée, après la fête de la veille, il avait programmé une révision générale pendant la première heure. Et sans cette révision, Mary Ann allait rater son partiel.

Elle n'avait aucune facilité en ce qui concernait le travail scolaire. Certes, elle n'avait que des A, mais chacun d'eux lui coûtait des efforts terribles. Et ces dernières semaines, elle n'avait pas travaillé. Elle avait consacré son attention à autre chose — comme, par exemple, rester en vie. Au dernier test, elle avait un B. Son premier. Et la dernière interro surprise ? Un D, carrément. Encore une première, dont elle se serait volontiers passée.

Elle n'avait encore rien dit à son père. Quand elle le ferait, il allait piquer une crise. Si elle le faisait, évidemment. Elle n'arrêtait pas de se dire que c'était mieux pour lui de ne pas être au courant. Il avait déjà assez de problèmes. Et puis, il suffirait qu'elle ait une supernote à la prochaine interro, et sa moyenne générale n'en pâtirait pas.

Oh, allez. Qui croyait-elle abuser ? Pendant que ses camarades de classe entraient en cours, elle finit par s'avouer la vérité. Elle n'avait rien dit à son père pour éviter un sermon, voire une punition. Tiens, peut-être que Marie lui avait vraiment lancé un sortilège de vérité ? En tout cas, elle n'arrivait plus à se mentir à elle-même.

— Salut, Mary Ann !

C'était son amie Brittany Buchanan, dont la longue chevelure rousse suscitait l'envie de toutes les filles du lycée (à l'exception de sa sœur jumelle Brianna, qui avait les cheveux de la même couleur, mais encore plus longs). Avec un large sourire, elle arrivait vers Mary Ann en trottinant, une feuille de papier à la main.

— Ça tombe bien que je te trouve. Riley m'avait demandé de prendre le cours de chimie pour toi. Voilà mes notes.

— Riley est ici ? demanda Mary Ann en prenant la feuille.

— Oui, répondit la rousse avec un soupir rêveur. J'ai failli m'évanouir quand il m'a parlé. Il a une voix tellement grave…

Quel soulagement ! Si Riley était au lycée, c'est que tout allait bien.

— Où est-il ?

Et pourquoi n'était-ce pas lui qui lui donnait ces notes ? Pourquoi n'était-il pas venu la chercher ce matin ?

— Ça, je ne sais pas. Mais, euh… est-ce que vous sortez ensemble ? Parce que sinon…, fit Brittany en se mordant les lèvres d'un air plein d'envie.

— Oui, on sort ensemble.

Bas les pattes !

En tout cas, elle l'espérait. Après ce qui s'était passé la nuit précédente, peut-être avait-il changé d'avis. Elle s'était montrée si sûre d'elle, si stupide. Avait-elle tout gâché ? A présent, les sorcières osaient même s'aventurer au lycée.

— Merci pour les notes. A charge de revanche.

— De rien, vraiment. Mais si tu veux me rendre service en retour… Si jamais Riley a un frère, tu pourrais peut-être me le présenter ? proposa Brittany sans cesser de se mordiller les lèvres.

— Il en a deux. Si tu veux, je lui demanderai s'ils sont libres.

Les deux frères de Riley, se souvint Mary Ann, étaient frappés de malédiction. Dès qu'ils étaient attirés par quelqu'un, cette personne les trouvait très laids. En revanche, celles qui leur étaient indifférentes les trouvaient magnifiques.

— Merci ! s'exclama Brittany avec un large sourire, avant de s'éloigner.

Mary Ann se précipita sur son casier, où elle fourra son sac et récupéra son livre et son classeur. Les couloirs étaient presque déserts à présent, et la fin de l'interclasse allait sonner d'une seconde à l'autre.

Voilà ce qui arrive quand on bavarde ! Sans compter qu'il lui fallait encore se bouger jusqu'à l'autre bout du lycée.

Elle partit dans les couloirs, quasiment au pas de course. Soudain, comme elle tournait à droite, une porte s'ouvrit à la volée devant elle. Elle tenta tant bien que mal de contourner l'obstacle, mais un bras jaillit de l'ouverture ; une main puissante se referma sur son poignet et l'entraîna dans une pièce obscure. La porte se referma sur elle et son agresseur.

Elle laissa tomber son classeur. *Zut !* Elle aurait pu s'en servir comme d'une arme. *Fais quelque chose, vite !* Luttant contre la panique, tremblante, Mary Ann frappa, lançant à toute volée la paume de sa main contre le nez de son agresseur, comme Aden le lui avait appris.

Il hurla.

Elle se figea. Elle connaissait ce son. Son cœur se mit à battre à se rompre.

— Riley ?

— Je crois que tu viens de me casser le nez, répondit celui-ci.

Il y avait un certain amusement dans sa voix, mais il ne dura pas longtemps. Il ralluma la lumière, chassant l'obscurité ; son visage affichait une expression effrayante. Ses yeux étaient plissés, ses lèvres retroussées et ses dents découvertes — sans compter le sang qui coulait de son nez.

— Je suis désolée, mais… tu m'as fait tellement peur !

La sonnerie retentit, et elle retint un juron.

— Ne sois pas désolée, grogna-t-il. Sois fière de toi. Et pardon de t'avoir effrayée.

Malgré ses excuses, sa voix était aussi agressive que son expression. Elle regarda ailleurs, le temps de se ressaisir et de se calmer. Ils se trouvaient dans un local d'entretien. Une odeur de désinfectant saturait l'air ; diverses fournitures de nettoyage étaient alignées sur les étagères.

Respirer à fond. Voilà. Peu à peu, ses tremblements s'estompèrent et son pouls reprit une allure normale.

— Pourquoi es-tu furieux ? demanda-t-elle sans oser le regarder.

— Je ne le suis pas.

Elle passa nerveusement la langue sur ses lèvres. Quelqu'un avait besoin d'un sortilège de vérité, et ce n'était pas elle.

— Où étais-tu, ce matin ? Je t'ai attendu.

Attendu si longtemps… Sa voix était vraiment suppliante. Pourvu qu'il ne s'en soit pas rendu compte !

— Après la réception chez les vampires, il m'a fallu raccompagner Aden au ranch. Comme il a rencontré une certaine opposition de la part de ses nouveaux sujets, je craignais que quelqu'un le suive et tente de s'en prendre à lui. Du coup, j'ai décidé de camper devant sa fenêtre toute la nuit et ce matin.

Effarée, elle porta une main à sa gorge et jeta un regard anxieux à Riley.

— Et c'est arrivé ? Quelqu'un s'en est pris à lui ?

— Non.

— Donc, il va bien ?

— Il va bien, sauf qu'il est fatigué. Il voit toujours le fantôme de la fée, qui l'empêche de dormir.

Fatigué et importuné par un fantôme, c'était toujours mieux que blessé à mort.

— Et où est-il maintenant ?

— Ici.

— Avec Victoria, acheva-t-elle.

C'était une affirmation, pas une question, dans la mesure où ils étaient toujours ensemble.

— Non. Victoria n'est pas venue au lycée ce matin.

— Pourquoi ? Elle est blessée ?

Et pourquoi Riley n'était-il pas avec elle ? En général, il la suivait comme son ombre ; sa priorité était de la protéger.

Un sentiment de jalousie s'empara de Mary Ann, immédiatement suivi d'un sentiment de culpabilité. La relation entre eux n'aurait pas dû l'inquiéter. Elle était princesse, il était son garde du corps. Si Victoria était blessée, Riley serait puni. Peut-être exécuté.

Encore que les choses avaient sans doute changé depuis qu'Aden était roi.

— Elle est saine et sauve, affirma Riley. Les membres du Conseil souhaitent simplement qu'elle se tienne à l'écart d'Aden afin que celui-ci puisse courtiser d'autres filles.

Pardon ?

— Et elle est d'accord avec ça ?

Le coin des lèvres de Riley frémit légèrement.

— Il faudra que tu le lui demandes.

— Mais si Aden est roi, comment se fait-il que les membres du Conseil puissent lui dicter la conduite de Victoria ? Il ne les laissera pas faire…

— Aden est un nouveau venu. Personne ne sait comment le traiter. Alors, les vampires s'en remettent aux conseillers, qui pour l'instant soutiennent Aden, et nous voulons que ça continue ; aussi nous nous rangeons à leur avis. S'opposer à eux sèmerait le trouble chez les vampires, ce qui pourrait être dangereux pour Aden.

Tout de même. Savoir que votre amoureux voit d'autres filles… et ne rien pouvoir dire ? Un vrai supplice ! Si

Riley s'avisait de faire ça… Mary Ann serra les poings à s'en blesser les paumes.

— Tu aurais quand même pu m'appeler. Me dire que tu ne venais pas me chercher.

Il passa une main nerveuse dans ses cheveux. Toute trace d'amusement l'avait quitté ; la colère, au contraire, s'affichait de nouveau sur ses traits.

— Non, je n'aurais pas pu. J'aurais eu envie de crier contre toi.

— Mais c'est exactement ce que tu es en train de faire !

Et sans aucune bonne raison, elle le savait.

— C'est vrai, concéda-t-il.

La colère résonnait toujours dans sa voix, mais quelque chose d'autre y était apparu, une note basse et sensuelle. Ses yeux n'étaient plus qu'une fente verte ; il passa un doigt le long du nez de Mary Ann.

— Mais maintenant, je veux t'embrasser, murmura-t-il.

Oh oui ! elle ne demandait que cela…

— D'abord, je veux que tu me dises pourquoi tu aurais crié.

De toute évidence, on lui avait rapporté ce qu'elle avait fait la veille au soir, mais elle voulait l'entendre de sa propre bouche.

— Et ensuite, je ne peux pas t'embrasser, continua-t-elle en s'écartant de lui jusqu'à se coller à la porte.

Plus elle était proche de lui, plus son odeur enivrante lui montait à la tête, et plus elle pouvait sentir la chaleur animale qui irradiait de son corps. Oui, plus elle était proche de lui, plus elle voulait s'approcher encore.

— Je dois aller en cours, conclut-elle.

— Désolé, mais ça ne va pas être possible. On est en train de discuter.

Holà ! La menace contenue dans ces mots flotta un instant dans l'air.

— Riley, je ne peux pas me permettre de mettre mes études entre parenthèses. D'accord, je peux peut-être rater la géométrie, mais les cours d'après ? Pas question. Tu sais que l'espagnol est ma plus mauvaise matière, et que j'ai vraiment besoin de travailler.

— Je te donnerai des cours particuliers plus tard. *De acuerdo ?*

C'est ça, oui. Comme s'ils allaient s'occuper de leurs livres de classe une fois qu'ils se retrouveraient seuls dans sa chambre.

— *No.*

La seule autre phrase d'espagnol dont elle se souvenait à cet instant précis était *No hay tenedor limpio, tenemos que lavar unos.* « Il n'y a plus de fourchettes propres, il faut qu'on en lave. »

Ce qui n'était pas une réplique très appropriée dans ce cas.

— Ecoute, tu n'iras pas en classe avant que nous ayons discuté de deux ou trois petites choses. En particulier le fait que tu sois allée en ville hier soir, fit-il, mâchoires serrées.

On y était. L'aveu. Elle avala péniblement sa salive.

— Oui.

— Toute seule.

— Oui. Comment tu l'as su ?

— Mes frères. Ils t'ont suivie.

Les deux loups qui avaient filé la voiture de Penny. Bien sûr. Elle aurait dû s'en douter.

— Ils ont dit que tu avais rencontré une sorcière. Dis-moi, Mary Ann, qu'est-ce qui te pousse à te mettre en danger comme ça ?

— Est-ce que tes frères t'ont dit aussi que je suis restée dans la voiture ? Est-ce qu'ils t'ont raconté que Penny et moi nous sommes enfuies avant que Marie ne nous rattrape ?

Les narines de Riley frémirent sous l'effet de la colère.

— Parce que tu connais son nom, maintenant ?

Ouille.

— Tu lui as parlé.

Ce n'était pas une question.

— Oui, avoua-t-elle d'une petite voix.

Il abattit ses mains sur le mur, juste derrière sa tête. Ses bras formaient une cage dont elle ne pouvait sortir. Il avait déjà fait ce mouvement la veille, sur le chemin du lycée, et elle avait adoré ça. Il faut dire qu'alors, il l'avait embrassée. Aujourd'hui, il avait plutôt l'air de songer à l'étrangler. Etrangement, elle aimait toujours ça. Elle aurait pu, en se mettant sur la pointe des pieds, poser un baiser sur ses lèvres à lui.

— Une sorcière n'a pas besoin d'être près de toi pour te jeter un sort, Mary Ann.

Peut-être que Riley devinait à quoi elle était en train de penser, mais, franchement, il n'en donnait aucun signe.

— Il suffit qu'elle puisse te voir. Tu t'es mise en danger rien qu'en sortant de chez toi. Tu te souviens de ce que je t'ai dit au sujet des sortilèges ?

— Oui.

— Redis-le.

Un frisson lui courut le long de l'échine. Elle récita :

— Quand un sort est lancé, il acquiert une vie propre, jusqu'à ce qu'il se soit accompli. Il n'y a aucun moyen pour le rompre. Jamais. Même la sorcière qui l'a lancé n'y peut rien.

Tout le temps qu'elle avait parlé, les yeux de Riley étaient restés rivés à ses lèvres. Son corps n'était plus que tension. Il planta de nouveau son regard dans celui de Mary Ann.

— C'est ça, approuva-t-il d'une voix rauque. Et qu'est-ce qui se passerait si un autre sortilège de mort était lancé sur toi ?

— Je mourrais deux fois ? dit-elle d'une voix étranglée.

— Exactement, Einstein. C'est bien ce qui arriverait. Et les deux fois seraient aussi horribles l'une que l'autre.

Elle n'avait jamais vu Riley aussi tendu, aussi sérieux, mais elle avait la ferme intention de lui tenir tête comme elle avait tenu tête à Marie. L'enjeu était beaucoup trop important.

— Tu sais quoi ? dit-elle en posant ses mains à plat sur la poitrine de Riley.

Elle constata que son cœur battait aussi vite que le sien.

— Je prends le risque. Je fais partie de cette équipe, et je veux apporter mon aide. En quoi le fait que je sois en danger est-il plus important que le fait que tu le sois, toi ?

Riley la serra d'encore plus près.

— Je guéris.

— Moi aussi !

— Pas de la mort.

Parce que les loups-garous, eux, pouvaient revenir à la vie ?

Sûrement pas.

Un instant. Lui était bel et bien revenu à la vie. Elle se souvint de la nuit où il lui avait exposé le sortilège qui pesait sur ses frères. Riley avait été frappé par le même sort — paraître repoussant aux yeux de ceux qu'il aimait — et il s'en était sorti. Il s'en était sorti en mourant. Ce qui tenait lieu de médecine chez les loups-garous l'avait ramené à la vie. Peut-être que la science moderne pouvait faire de même pour elle, alors ?

Elle se sentit pleine d'assurance, à cette pensée.

Quoi que… non, en fait, penser à la mort la remplissait de terreur. Sa propre mort, comme celle de Riley. Elle ne voulait pas le perdre. Elle avait besoin de lui.

Elle passa les bras autour du cou de Riley et adopta un ton plus conciliant.

— Je ne veux pas qu'on se dispute à ce sujet, Riley. Je suis allée en ville, d'accord, mais je n'ai pas à me sentir désolée. Marie y sera de nouveau ce soir. Je sais même où exactement.

Marie l'avait menacée et lui avait ordonné de ne pas revenir. Ce qui signifiait qu'il lui faudrait vérifier que Mary Ann lui ait obéi, et donc se rendre elle-même au même endroit que la veille.

— Nous pouvons la capturer, conclut-elle.

— Non, c'est impossible. Elle se tiendra sur ses gardes, maintenant. Ce serait aller au-devant d'une embuscade.

Mary Ann secoua la tête en signe de dénégation, refusant de se taire.

— Elle pense qu'elle m'a suffisamment intimidée pour me tenir à distance.

Elle lui raconta une partie de leur conversation, en omettant l'accusation de la sorcière sur le fait que Mary Ann se nourrissait d'elle. Elle ne comprenait toujours pas ce que cela signifiait, et elle n'en dirait rien à personne tant qu'elle n'aurait pas d'autres informations. Et même si, au début, elle avait pensé parler à Riley des paroles de Marie concernant « ce qu'elle était », elle choisit de les passer sous silence. Ce n'était pas le bon moment.

— Elle ne s'y attendra pas, acheva-t-elle.

— C'est toi qui le dis, répondit-il, son étreinte s'accentuant encore.

— Je le dis, et je le maintiens. Même si, comme tu le crois, elle s'attend à nous voir, nous aurons tout de même l'avantage du nombre. Nous nous tiendrons sur nos gardes pour éviter une embuscade. De toute façon, on verra ça ce soir. Et, Riley, n'espère pas me laisser de côté cette fois-ci.

— Je ferai ce que j'ai à faire, Mary Ann.

Enfin, elle se haussa sur la pointe des pieds et l'embrassa. Il ne répondit pas à son baiser, mais elle tenta de ne pas s'en formaliser.

— Moi aussi, je ferai ce que j'ai à faire. Et devine quoi ? J'ai changé d'avis. Je vais bel et bien assister à mon cours de géométrie.

Sur ce, elle tourna les talons et ouvrit la porte. Il la laissa partir sans protester, et elle s'en fut dans le couloir, sans se retourner.

11

« Quelle sale journée ! » pensa Aden en revenant du lycée aux côtés de Shannon.

A leur gauche, les voitures roulaient en sifflant ; à leur droite se dressaient les arbres. Ils avaient choisi ce jour-là de passer par la route plutôt que par la forêt. Riley avait tellement insisté à ce sujet qu'ils avaient fini par céder.

Aujourd'hui, Aden avait été trop fatigué pour pouvoir écouter les profs. Il n'avait pas la moindre idée des sujets abordés en cours. Malgré ses efforts, à aucun moment il n'avait pu se concentrer : les âmes, à peine sorties de leur sommeil chimique, s'étaient mises à babiller à tort et à travers. Elles n'avaient pas cessé de lui demander comment s'était passée la soirée avec les vampires, mais il n'avait pas trouvé un instant de calme pour leur répondre.

Cela ne les avait pas empêchées de poser et reposer la question — en ce moment même, elles la posaient encore — au point de lui donner envie de se cogner la tête contre les murs. Ce n'était donc sans doute pas plus mal que Riley et Mary Ann, au déjeuner, ne lui aient pas adressé la parole. En fait, au déjeuner, Mary Ann n'avait adressé la parole à personne. Elle était restée assise devant son assiette intacte, fixant avec agacement tous ceux qui passaient près d'elle. Aden aurait voulu lui demander ce qui n'allait pas, mais se lancer dans une conversation à ce moment-là lui avait paru une tâche insurmontable.

Et il fallait voir la tête de Mary Ann quand Riley avait annoncé qu'il allait raccompagner Aden plutôt qu'elle ! On aurait dit qu'elle brûlait d'envie de lui jeter quelque chose au visage. Heureusement, Aden avait fermement refusé l'offre du garde. L'avoir comme ami à ses côtés était un plaisir, d'accord, mais il n'avait pas besoin de baby-sitter.

Riley avait cédé — plutôt facilement, d'ailleurs, à la surprise d'Aden. Il faut dire qu'ainsi, il était libre de partir avec Mary Ann. Il n'y avait plus qu'à souhaiter qu'elle et lui résolvent leurs problèmes de couple avant minuit, heure à laquelle le petit groupe était censé se retrouver pour une expédition en ville destinée à trouver et kidnapper une sorcière.

Cette idée choquait encore Aden. Kidnapper quelqu'un, vraiment ?

Mais encore une fois, il n'avait pas pu en discuter avec les autres. Pas seulement à cause du babillage des âmes, mais aussi parce qu'ils ne se trouvaient pas à l'abri des oreilles indiscrètes. Et les cours finis, il avait dû se dépêcher de se mettre en route : Dan l'attendait au ranch pour l'emmener à sa consultation en urgence avec le Dr Hennessy.

— Ça craint, murmura-t-il.

Shannon lui jeta un coup d'œil en travers.

— Qu... qu'est-ce qui craint ? s'enquit-il.

Mais la question ricocha dans son crâne, perdue au milieu du bruit que faisaient les esprits. Il fallut un long moment à Aden pour la comprendre.

— Mon rendez-vous chez le psy. Je ne veux pas y aller.

Si cet enfoiré essaie encore de te droguer, je me tire une balle ! grogna Caleb.

Super-idée ! répliqua sèchement Julian. *Je ne sais pas si je te l'ai déjà dit, mais j'ai toujours rêvé de voir une âme sans corps se servir d'un flingue.*

Avec ou sans corps, on risque tous d'avoir envie de se tuer après la séance d'aujourd'hui, conclut sombrement Elijah.

— Tu es au courant de quelque chose ? l'interrogea Aden.

Les prédictions d'Elijah se réalisaient toujours. Les événements qu'il annonçait se produisaient. En général, il prédisait surtout la mort ; mais, ces derniers temps, il s'était mis à voir de plus en plus de choses. De choses effrayantes. Comme les rivières de sang.

— Au c… courant de quoi ? demanda Shannon.

Cette fois, Aden comprit sa question du premier coup ; les conversations des âmes s'étaient faites plus ordonnées, et son esprit plus clair.

— Pardon, s'excusa-t-il, le rouge aux joues. Tu sais, ç'a été une journée de chien, avec Mary Ann qui faisait la tête, Riley et son humeur massacrante, et maintenant une séance chez le psy…

— Je comprends, fit Shannon. Au fait, qu… qu'est-ce qui s'est passé hier soir ? Je ne t'avais jamais v… vu dans un tel état.

Aden aurait aimé pouvoir tout dire à Shannon. Il voulait lui faire confiance, vraiment ; mais il ne pouvait prévoir la réaction de son ami quand il apprendrait l'existence des vampires, loups-garous et autres fantômes. Aussi était-il condamné à se taire pour l'instant. Car si Shannon en parlait à Dan, celui-ci croirait qu'Aden était fou — encore plus fou qu'il ne le pensait — et le renverrait en centre de détention ou dans une clinique psychiatrique. Pour qu'on « l'aide ».

Il mentit donc.

— C'est le stress, dit-il.

Au fond, c'était la vérité.

— J… je vois ce que tu veux dire. Des fois, la vie, c'est v… vraiment dur.

— Tu as des problèmes dont tu voudrais qu'on parle en particulier ?

Il savait que les autres adolescents se moquaient souvent du bégaiement de Shannon, ce que le jeune homme supportait très mal.

— Et s… si je te disais que j… je…, commença Shannon.

Il se frottait la nuque, visiblement très mal à l'aise ; son bégaiement empirait, ce qui signifiait que ses émotions menaçaient de le déborder.

— M… mes parents ont vite c… compris que j'étais d… différent, reprit-il.

Il s'interrompit derechef, baissa la tête et retomba dans le mutisme.

— Vas-y, lança Aden.

Il saisit son compagnon par le bras et l'entraîna sous le couvert des arbres, laissant la civilisation derrière eux. D'accord, il avait dit à Riley qu'ils s'en tiendraient à la route principale, mais il ne se sentait pas coupable.

Quand un ami avait besoin de vous, il fallait être là, un point c'est tout.

— Tu peux tout me dire, Shannon. Tu peux me faire confiance, crois-moi.

Lui-même, tout au long de sa vie, avait été considéré comme « différent ». Parce qu'il entendait des voix, parlait à des gens qui étaient censés ne pas être là. Et plus récemment, parce qu'il attirait des créatures tout droit sorties des contes de fées. Ou des pires cauchemars.

— Oui, mais je ne suis p… pas différent de la même façon que toi.

Il dut réaliser ce que ses paroles avaient d'insultant, car une expression horrifiée se peignit sur ses traits.

— P… pardon, j… je ne voulais p… pas dire que… Excuse-moi.

Il poussa un soupir désespéré.

— Et p… puis zut. J… je ne l'ai jamais dit à personne. Qu… quoique, ce n'est p… pas tout à fait vrai, je…

Soudain, un garçon qu'Aden ne connaissait pas surgit de derrière un tronc d'arbre. La conversation s'arrêta net.

Un autre garçon inconnu sortit à son tour de derrière un arbre et se rangea aux côtés du premier. Tous deux semblaient détendus. Apparemment, ils n'étaient pas armés. Le premier avait des cheveux blonds, presque blancs, la peau pâle et des yeux bleu très clair ; la chevelure de l'autre, en revanche, présentait des mèches brunes et or, teintes que l'on retrouvait dans ses yeux. Ils étaient grands — plus grands qu'Aden et son mètre quatre-vingts —, avec des muscles fins, et portaient des T-shirts et des pantalons de toile.

Oh non. Pas encore une bagarre, grommela Caleb.

Aden glissa la main en direction de ses dagues.

— Riley nous envoie, Majesté, le salua le premier d'une voix rauque et profonde. Nous sommes ses frères aînés. Vous avez de la chance de ne pas rencontrer ses cadets. Je suis Nathan.

— Et moi Maxwell, annonça l'autre avec un petit salut.

Merci, mon Dieu, soupira Julian, soulagé, *des loups-garous.*

Une nouvelle fois, le visage de Shannon prit une expression horrifiée. Cette fois, néanmoins, selon Aden, c'était à la pensée qu'il avait failli révéler son secret en présence d'inconnus.

— Enchanté, fit Aden.

Shannon lui lança un regard étonné.

— M... Majesté ?

— Juste un surnom, murmura-t-il à son adresse.

Aux deux garçons, il intima :

— Je préfère qu'on m'appelle Aden.

Ils opinèrent et quittèrent leur posture détendue pour se mettre pratiquement au garde-à-vous.

— Pour quelle raison êtes-vous ici ?

Encore du baby-sitting ?

D'un geste, Maxwell les invita à poursuivre leur chemin.

— Oh, nous surveillons juste les alentours. Au cas où vous ne vous en teniez pas au chemin que vous avez promis de suivre.

Aden refusait de se sentir coupable de ne pas avoir tenu sa promesse ; néanmoins, il entraîna Shannon avec lui en direction de la route principale. Il n'allait pas protester, pas maintenant. Mais Riley allait entendre parler du pays sous peu.

J'aurais préféré que Riley nous envoie une fille, comme garde du corps, dit Caleb.

Il y a des choses plus importantes dans la vie que les filles, l'admonesta Elijah.

Cite-m'en une ?

Il y eut un silence.

Tu vois ! s'esclaffa Caleb.

La liste est si longue que je me suis perdu dans mes pensées, grommela le médium.

Ben voyons, renchérit Julian, dont le rire se mêla à celui de Caleb.

— Les gars, s'il vous plaît…

Shannon jeta de nouveau un regard en coin à Aden, et celui-ci désigna leur escorte d'un geste, comme s'il s'était adressé à eux.

Pardon, s'excusa Caleb. *C'est ma faute. C'est juste que Victoria me manque.*

Elle manquait aussi à Aden. Elle et son monstre, quoi qu'elle entende par là. Il n'avait toujours pas toutes les informations. Elle avait pris l'exemple de la possession démoniaque, mais ça ne l'avançait pas beaucoup. Se transformait-elle physiquement en monstre, ou bien se comportait-elle seulement comme une bête ? Dans les deux cas, il pouvait imaginer qu'elle ait honte de lui en parler.

Ne se rendait-elle pas compte qu'il l'aimait, et l'aimerait quoi qu'il arrive ? Ne savait-elle pas que, quelle que soit sa situation, il n'y avait personne au monde qui puisse mieux la comprendre que lui, et réciproquement, et que cela montrait à quel point ils étaient faits l'un pour l'autre ?

Hors de question qu'il sorte avec ces autres filles. Que Victoria soit d'accord ou pas, peu importait : cela n'arriverait pas.

Leurs nouveaux compagnons de route n'ajoutèrent pas un mot, même quand ils furent en vue du ranch. Ils se contentèrent alors de repartir vers la forêt et de disparaître. Mais Aden n'eut pas le temps, comme il l'aurait souhaité, de redemander à Shannon de lui parler : Ryder et Seth se trouvaient là, fumant une cigarette.

Quand Shannon les vit, il s'arrêta net. Son visage s'empourpra légèrement. Aden le regarda mieux : oui, Shannon avait rougi. Mais pourquoi ?

Il s'avança vers les deux pensionnaires du ranch.

— Vous n'êtes pas à l'intérieur, à cette heure-ci ?

D'habitude, c'était le moment des corvées de ménage et de rangement.

— M. Thomas ne s'est toujours pas montré aujourd'hui, expliqua Seth avec un haussement d'épaules.

Il porta le mégot à ses lèvres et inspira une bouffée, tournant son poignet vers l'extérieur de manière à ce qu'Aden voie bien le serpent tatoué à cet endroit.

— On a fini les corvées plus tôt, et maintenant on se repose.

Ils se reposaient… en fumant en cachette. Si Dan les trouvait avec une « sucette à cancer », comme il les appelait, il serait furieux.

— T'en veux ? demanda Ryder en tendant la cigarette dans la direction d'Aden.

— Non, merci.

Shannon fit un pas dans leur direction, mais n'entra pas dans le demi-cercle qu'ils formaient.

— Où… où est Dan ?

Ryder eut l'air gêné ; fixant le bout de ses chaussures, il rendit le mégot à Seth et se passa une main dans les cheveux.

— Il a dû aller voir ses vaches ou un truc comme ça. Il a dit qu'il revenait tout de suite.

Pour Aden, ça pouvait être un coup de chance : si Dan tardait un peu, il n'aurait peut-être pas le temps de l'emmener chez le Dr Hennessy.

C'est ça, rêve…

Shannon désigna la cigarette :

— Alors il vaut p… peut-être mieux que vous éteigniez ça.

Ryder releva vivement la tête, les yeux plissés dans une expression de défi.

— Tu n'as qu'à m'y obliger, si tu veux.

— M… merci de me le demander, mais je passe. Moi, ça m… m'est égal, répondit Shannon.

Pourtant, ses poings s'étaient serrés, nota Aden — et ce détail le frappa, comme s'il avait une importance vraiment fondamentale. Qu'est-ce qui lui donnait cette impression ?

— D… de toute façon, tu s… sens déjà le cendrier froid, acheva son ami.

La tension entre lui et Ryder était palpable. Etrange. D'habitude, ces deux-là s'entendaient bien. Visiblement, quelque chose avait changé, mais quoi ?

— Et, euh… Est-ce que vous savez ce que Dan a

l'intention de faire, à propos de M. Thomas ? lança Aden pour détendre l'atmosphère.

Il préférait ne pas s'appesantir sur le sentiment de malaise qui venait de naître en lui.

Sur un ton évasif, Seth répondit :

— Dan a essayé d'appeler chez lui, mais c'est quelqu'un d'autre qui a répondu. Une certaine Mme Brendal, je crois. Elle a dit qu'elle était la sœur de M. Thomas et qu'il avait disparu. Elle a aussi dit qu'elle viendrait ici pour en parler. J'espère qu'elle est mignonne…

Aden se sentit envahi de remords. De remords et de crainte. Mlle Brendal… Elle se prétendait être la sœur de M. Thomas, ce qui, pour autant qu'elle dise la vérité, signifiait qu'elle était une fée. Et que, par conséquent, un nouvel ennemi des vampires allait bientôt débarquer au ranch pour poser des questions. Aden allait-il être de nouveau forcé de tuer quelqu'un ? Et une femme cette fois ? Cette pensée le fit frissonner d'horreur. *Par pitié, non !*

Soudain, on entendit crisser le gravier de l'allée. Levant la tête, Aden vit surgir le pick-up de Dan devant le portail du ranch. Il sentit le cœur lui manquer. Et voilà, il avait eu tort d'espérer.

Seth s'empressa de jeter sa cigarette et d'écraser le mégot sous son talon. Ryder sortit de sa poche un petit spray de déodorant et aspergea tout le monde. Shannon se mit à tousser et lui lança un regard furieux, mais il ne protesta pas.

— Il faut que j'y aille, fit Aden, et il partit en direction de l'allée, luttant contre son appréhension.

Une fois qu'il fut à bonne distance, et certain que le

vent ne porterait pas sa voix jusqu'aux autres, il s'adressa à Elijah dans un murmure :

— Elijah, est-ce que tu vois comment va se passer la séance de psy ?

Il y eut un silence.

Aden se raidit, incertain.

Toi, tu vas sans doute t'en sortir, finit par annoncer le médium d'une voix lugubre. *Quant à nous, c'est une autre histoire.*

— Parle-moi des voix, Aden.

— Je n'entends plus de voix, docteur Hennessy.

— Tu mens, Aden, et je n'aime pas les menteurs. Parle-moi des voix, répéta-t-il en détachant soigneusement les syllabes.

— Je n'entends plus de voix, docteur Hennessy.

Cela faisait plus d'une heure que leur conversation tournait en rond. Aden était fatigué. Allongé sur le divan confortable du psychiatre, dans la pénombre, il luttait contre l'assoupissement en tentant de fixer le plafond immaculé. Mais ses paupières étaient lourdes, si lourdes qu'il peinait à les maintenir ouvertes. La musique qui jouait doucement en fond sonore ne l'aidait pas. Le Dr Hennessy se tenait derrière lui. De temps à autre, il classait des papiers, mais même ce bruit avait tendance à bercer Aden.

Raaaasoir, bâilla Caleb.

Nul, approuva Julian.

Reste sur tes gardes, s'il te plaît, lança Elijah. Mais même sa voix semblait fatiguée. *Ce type ne me dit rien qui vaille.*

Eh, je suis toujours sur mes gardes, rétorqua Caleb.

Cette fois, ce fut à Julian de bâiller.

Tu es un menteur, et le Dr Hennessy est lourd. Sacré mélange…

Il avait raison, songea Aden.

— Et comme tu le sais, j'ai lu les comptes rendus de tes précédents psychothérapeutes…

Oh, super. Il avait perdu le fil de la discussion.

— Et alors ?

— Et alors, quand tu étais plus jeune, tu as dit à plusieurs de mes collègues que ces voix étaient des âmes prisonnières dans ta tête, et que ces âmes possédaient des pouvoirs particuliers.

— J'ai menti, affirma Aden.

Faire confiance au Dr Hennessy, lui avouer la vérité ? Pas question. Tout ce qu'il y gagnerait, c'était une nouvelle ordonnance et encore plus de séances de ce genre.

— J'ai menti. Les pouvoirs magiques, ça n'existe pas.

— Donc, tu admets qu'il y a des esprits dans ta tête, c'est ça ? Sauf qu'ils n'ont pas les pouvoirs que tu prétendais.

— Non, je n'ai pas dit ça, répondit Aden, au comble de l'agacement.

— Alors, es-tu en train de me dire que l'une des âmes a perdu le pouvoir de voyager dans le temps ?

Aden se raidit. Eve avait eu ce pouvoir, oui ; elle l'avait parfois envoyé à des versions plus jeunes de lui-même. Dans ces cas-là, un seul mot de travers pouvait changer l'avenir. Il lui était arrivé de revenir à lui dans une réalité différente de celle qu'il avait quittée.

Maintenant qu'Eve avait disparu, Aden se pensait

incapable de voyager dans le temps. De toute façon, cela l'effrayait trop. Les répercussions étaient trop grandes, et sa vie actuelle lui convenait trop bien. Enfin, la plupart de sa vie actuelle.

— Aden ? le relança le psychiatre.

— Le voyage dans le temps est une légende, se contenta-t-il de répondre.

— Comme l'est le fait de pouvoir prophétiser la mort des gens ?

— Oui, articula-t-il. Vous tenez vraiment à ce que nous continuions à parler de ça, docteur ?

— Oh, je te demande pardon, Aden. Je t'ai peut-être donné l'impression que tu pouvais décider de quoi nous parlons et me poser des questions. En fait, ce n'est pas le cas. Je te pose des questions, tu réponds, un point c'est tout.

Aden serra les poings. Il avait connu pas mal de psys, tout au long de ces années, mais celui-ci était de loin le pire. Quelle arrogance ! Il avait trouvé son diplôme dans une pochette-surprise ou quoi ?

— J'ai encore mieux à vous proposer, docteur. Je peux me taire complètement.

A sa grande suprise, Hennessy acquiesça, comme si c'était ce qu'il attendait depuis le début.

— Ça me va très bien, Aden. Mieux vaut le silence que les mensonges.

Ça restait à voir.

Les minutes s'écoulèrent sans qu'aucune parole ne soit prononcée. Les paupières d'Aden devenaient de plus en plus lourdes. Sa vision se brouillait ; le blanc du plafond envahissait tout son horizon. Il cligna des yeux plusieurs fois, rapidement, pour dissiper sa somnolence, mais rien n'y fit. La musique de fond était toujours aussi douce. Il crut reconnaître le thème de « Fais dodo, Colas mon p'tit frère ». Drôle de choix, pour des patients adultes ou adolescents ! Mais peu à peu, même les voix se turent et s'abandonnèrent.

— Tu es épuisé, Aden.

— Oui, s'entendit-il répondre, flottant dans une mer obscure.

Obscure ? Oui, pensa-t-il. Il flottait dans les ténèbres. Tout le blanc avait disparu. Bon. Ses paupières devaient être fermées, donc. Il tenta de les rouvrir, mais elles pesaient des tonnes.

— Tu es détendu.

— Oui.

Et c'était vrai. Il était perdu, il flottait librement dans l'espace, sans attache, sans souci, sans secrets ni problèmes. Il était juste... libre.

Le Dr Hennessy lui posa une autre question, mais il ne comprit pas les mots. Tout se mélangeait dans sa tête. Etrangement, néanmoins, il répondit — sans savoir toutefois ce qu'il était en train de dire. De plus en plus bizarre. Et pourtant, il s'en fichait. Il se sentait en paix.

Je suis au paradis, pensa-t-il. Toute cette obscurité. Tout ce calme, cette paix. Il avait envie de poser ses valises, de rester ici toute sa vie. Voilà. Peut-être que Victoria pourrait le rejoindre ? Le kif absolu — rien qu'eux, portés par le courant, détendus...

Victoria.

Il se raidit. C'était une attache. Un lien qui le retenait — et qu'il aimait. L'image de son amoureuse sembla ouvrir une brèche, allumer une lumière dans le vide qui l'entourait. Il sentit sa conscience s'éveiller. Où était-elle ? Que faisait-elle en ce moment ? Quand allait-il la revoir ? Ce soir ? Oh, oui. Ils devaient se retrouver, non ? Mais que se passerait-il si elle ne se montrait pas, comme aujourd'hui au lycée ?

De nouveau, il prit conscience qu'il était en train de parler, mais les mots qu'il prononçait lui restaient obscurs.

Il devait quitter les ténèbres. Victoria ne pouvait pas le rejoindre ici. Il n'y avait pas de porte — juste la petite brèche qu'il avait aperçue un peu plus tôt. *Un instant.* S'il n'y avait pas de porte, comment s'était-il retrouvé là ? Et comment était-il censé en partir ?

Une légère impression de panique s'empara de lui ; avec elle, la brèche s'élargit, et la mer obscure commença à être envahie de blanc. Encore une attache. Une attache que, cette fois, il détestait, mais dont il ne voulait pas se débarrasser. *Il y a un problème.* Quelque chose n'allait pas bien.

Aden ?

La voix l'appelait, rebondissait autour de lui. Il aurait dû la reconnaître, comprit-il, et la panique l'envahit de plus belle. Qui était-ce ? Entre la question et sa réponse, il y avait un abîme infranchissable.

Aden.

La voix l'appelait, insistante. Peut-être que… Elijah ?

Aden !

Oui, exactement. C'était Elijah. Mais qu'est-ce qu'il faisait là ? Comment l'avait-il retrouvé ?

ADEN !

— Qu'y a-t-il ? s'entendit-il souffler.

Sa voix, à peine un murmure, ricocha à travers son propre crâne, déclencha une tempête, un hurlement. Il eut l'impression qu'elle cognait directement dans son cerveau, l'électrisait.

Aden, réveille-toi ! Je crois qu'il t'a hypnotisé.

— Quoi ?

Brusquement, il ouvrit les yeux ; c'était comme si ses paupières s'étaient déchirées d'un coup. Il tenta de fixer son regard et redressa la tête. Le Dr Hennessy était assis à côté du divan ; Aden vit qu'il avait posé une main sur ses genoux, et que, de l'autre, il tenait un Dictaphone avec lequel il l'enregistrait...

A cet instant précis, le psy semblait... différent. Sous son apparence humaine, on apercevait quelque chose de doux, de scintillant. Quelque chose de... beau. Peut-être des cheveux plus longs, plus épais. Clairs comme la neige. Peut-être des yeux noisette pétillants au lieu du regard morne et absent qu'il affichait toujours. Et des lèvres pleines et charnues.

Beurk ! Non, il n'était pas attiré par son psy !

Instinctivement, Aden lança son pied, et le médecin le reçut en pleine poitrine. Il tomba de sa chaise avec un bruit sourd. Nom d'un chien !

— Mais qu'est-ce qui vous prend ? lança-t-il.

Le Dr Hennessy se remit debout avec toute la dignité qu'il put trouver. Il tenait toujours à la main le petit enregistreur, qu'il fourra prestement dans sa poche. Il remonta ses lunettes sur son nez avant d'épousseter ses vêtements.

— Je pense que ça suffira pour cette séance. M. Reeves vous attend dans l'entrée.

Une bile acide envahit la gorge d'Aden. *Qu'est-ce que j'ai dit ? Qu'est-ce que je lui ai révélé ?* Il fallait qu'il lui reprenne cet enregistreur. Oh oui, en voilà une bonne idée ! Sa liste des choses à faire s'allongeait de jour en jour.

Le Dr Hennessy avait peut-être perçu les pensées d'Aden, car il se dirigea précipitamment vers son bureau et appuya sur le bouton de l'Interphone.

— Oui ? s'enquit une voix féminine.

— Dites à M. Reeves qu'Aden et moi en avons terminé, je vous prie. Il peut venir chercher le patient.

Bien joué. Aden plissa les yeux, puis se rassit. Il ne pouvait pas agir maintenant. Pas sans provoquer un scandale. Mais il reviendrait, c'était certain. Et il récupérerait cet enregistreur. A n'importe quel prix.

12

De retour au ranch, Aden avala un sandwich. Puis un deuxième. Puis une dizaine d'autres. Un peu plus tard, il prit une douche pendant laquelle le fantôme de M. Thomas ne le quitta pas une seconde, lui hurlant aux oreilles. Aden fit de son mieux pour ne pas y prêter attention. Il s'était placé juste sous le pommeau de douche, les bras en l'air, et le jet chaud le frappait en plein visage. Mieux valait ne pas réfléchir à l'idée que c'était la première fois qu'il prenait une douche à deux et que c'était avec un homme.

— Je sens une odeur sur toi. L'odeur de ma sœur, déclara le fantôme. Où es-tu allé te fourrer ?

Ainsi donc, au téléphone, Mme Brendal n'avait pas menti. Thomas avait bien une sœur, et elle le recherchait.

— Parle-moi d'elle, Faé. Qui est-elle ?

Etait-elle du genre à attaquer d'abord et à poser les questions après ? L'avait-elle espionné sans qu'il s'en rende compte ? A l'exception du prince, aucune fée ne l'avait approché. Cela, il en était certain.

— Cela ne te regarde pas ! Tu m'entends ? Ne t'avise pas de toucher un seul cheveu de sa tête, sinon…

— Je t'entends. Je voudrais juste te faire remarquer

que tu risques d'avoir quelques difficultés à mettre tes menaces à exécution. Vu que tu es mort.

Ce n'était sans doute pas malin de se lancer dans une conversation avec le Faé, mais Aden espérait qu'il finirait par accepter son sort et se calmer.

— Si tu veux le savoir, je n'ai pas l'intention de faire le moindre mal à ta sœur.

Le silence qui suivit fut pesant. Comme toujours, il ne dura pas.

— Je veux m'en aller ! reprit Thomas. Pourquoi est-ce que je ne peux pas m'en aller d'ici ?

— Pour quitter ce monde, il faut que tu accomplisses ce que tu n'as pas pu faire quand tu étais en vie, l'informa Aden en se retournant.

Cela, il en était certain : c'était ainsi qu'il avait perdu Eve, la douce âme au caractère maternel.

Thomas croisa les bras et lança, l'air farouche :

— Ma dernière volonté était de te tuer, Aden.

— Eh bien, il faut croire qu'on n'a pas fini de se voir, vu que tu es incapable de tenir une arme.

Il tourna le bouton du robinet. Le jet de la douche faiblit, puis se tarit. Sur ce, Aden sortit de la cabine et s'empara d'une serviette de bain. Thomas continuait de gémir, mais il parvint sans peine à en faire abstraction — cette fois, sans recourir au moindre médicament. Car pas question de respecter les ordres de Dan. Sur le chemin du retour, ce dernier lui avait demandé de continuer à prendre ses nouvelles pilules, et ceci seulement afin d'éviter que se reproduise une crise comme celle de la veille. Il l'avait même accompagné dans sa chambre, veillant à ce qu'il mette bien le comprimé blanc dans sa bouche et l'avale. Bien entendu, Aden s'était empressé de recracher le cachet. Il tenait trop à être en possession de tous ses moyens pour entendre ses voix.

Pas comme chez le Dr Hennessy. Qu'est-ce qu'il lui avait fait, celui-là ? Aden avait failli parler à Dan de la séance d'hypnose forcée. Mais à quoi bon, puisque le tuteur se déclarait fervent partisan de la politique des petites pilules…

L'esprit préoccupé, il acheva de s'essuyer et se ceignit les reins avec sa serviette de bain, avant de sortir dans le couloir pour regagner sa chambre. Celle-ci était vide. Où se trouvait Shannon ? Aden tendit l'oreille. On entendait des rumeurs de conversation, les éclats de voix d'une dispute mais, comme les portes étaient toutes fermées, on ne pouvait dire qui parlait avec qui. Cela dit, à cette heure de la soirée, les pensionnaires du ranch restaient plutôt avec leur coturne. Donc, Shannon n'était probablement pas en visite.

Avec un soupir fatigué, Aden enfila son jean et son T-shirt habituels.

— Tu sors encore ? grogna Thomas.

Décidément, ce fantôme ne tenait pas en place ; il faisait les cent pas dans la chambre, réclamant constamment son attention.

— Où vas-tu ? Je t'interdis de me laisser !

Tu n'aurais pas une tenue plus sexy ? demanda Caleb. *On va voir Victoria…*

Fiche-lui la paix, intervint Elijah. *Il a des choses plus importantes à penser. Vraiment. Cela fait des jours qu'on n'a pas parlé des parents d'Aden. Nous étions censés nous mettre à leur recherche. Quand commençons-nous ? Si on les trouvait, on résoudrait peut-être pas mal de problèmes.*

Ses parents. Cela faisait des jours qu'il s'ingéniait à ne pas penser à eux, et voilà qu'Elijah remettait le sujet sur la table. Cela lui faisait le même effet que s'il l'avait poussé sous les roues d'un bus.

Les parents d'Aden l'avaient abandonné alors qu'il n'était qu'un nourrisson, et n'avaient plus jamais donné signe de vie. D'accord, il les détestait pour cela ; toutefois, il fallait absolument qu'il ait une conversation avec eux, et le plus vite possible. Peut-être avaient-ils des explications à lui fournir sur sa situation — des informations sur un membre de la famille qui aurait eu les mêmes caractéristiques que lui, par exemple.

Plus encore, cette confrontation lui permettrait sans doute d'en apprendre davantage sur Elijah, Caleb et Julian. Qui ils avaient été, quel avait été leur dernier vœu… Sachant cela, il pourrait se libérer d'eux. Les libérer. A condition qu'ils en aient envie, bien sûr.

Il lui tarde qu'on lui débarrasse le plancher ou quoi ? demanda Julian à Elijah. *Et à toi ?*

Voilà. C'était exactement la conversation qu'Aden redoutait. Les réponses l'effrayaient trop.

Oui. Non. Je ne sais pas. J'aimerais juste savoir qui j'étais. Peut-être que je connaissais les parents d'Aden, comme Eve. Peut-être que j'ai eu une vie géniale. Ou pas. Simplement, ce serait bien de le savoir. Et même si nous n'apprenons pas grand-chose, plus nous en saurons sur les pouvoirs d'Aden, mieux nous pourrons l'aider à se sortir de l'ornière dans laquelle il est en ce moment.

Moi, en tout cas, j'ai faim, intervint Caleb

Aden comprit que l'âme ne faisait diversion que parce qu'il avait peur des réponses qu'ils pourraient trouver.

Rends-moi service, Aden : tu veux bien vérifier si Mme Reeves a laissé des sandwichs dans la cuisine ?

— Dans une minute, répliqua Aden en enfilant ses bottes.

Entre-temps, Thomas n'avait pas désarmé.

— Je t'ai posé une question, dit-il soudain, furieux. Où vas-tu ? J'exige que tu me répondes !

— Ou bien quoi ? Tu essaieras de me frapper ? répliqua sèchement Aden.

A cet instant, la porte grinça, et Shannon fit son entrée dans la chambre. Il s'arrêta un instant, détailla Aden de la tête aux pieds.

— T'es trop sexy ! dit-il.

A peine ces mots prononcés, il piqua du nez, embarrassé comme il l'avait été un peu plus tôt dans la forêt.

— J… je ne voulais p… pas dire que…

— C'est bon ! s'esclaffa Aden, j'ai compris, ne t'inquiète pas.

Thomas se tint coi ; de toute évidence, il était tout ouïe, à présent.

— Je suis c… content de te trouver là, continua Shannon.

Il ferma la porte derrière lui puis s'appuya contre le mur de lambris, la tête en arrière, les yeux clos, manifestement inquiet.

— Quelque chose qui ne va pas ? demanda Aden.

Les paupières de Shannon s'ouvrirent lentement. Une lueur d'appréhension brillait dans ses yeux verts.

— I… Il faut que je te dise qu… quelque chose. Je

veux que tu le s… saches, parce c'est trop difficile à g… à garder.

— Je comprends, répondit Aden.

Les secrets vous dévorent de l'intérieur, il était bien placé pour le savoir. Lui-même se sentait en ce moment comme un gruyère… Il s'assit sur le bureau et croisa les bras, prêt à écouter. Il n'était pas le seul, songea-t-il en se rappelant que le fantôme n'en perdait pas une. Mais tant pis.

— Tu peux tout me dire, Shannon, poursuivit-il. Je ne te jugerai pas. De toute façon, je ne suis pas en position de le faire. Je suis Aden le dingue, tu sais…

— Tu n'es pas d… dingue.

— Merci.

Shannon poussa un soupir à fendre l'âme.

— On est c… coturnes, et si tu découvres ça tout seul, t… tu seras fou de rage contre moi.

Dis donc, ç'a l'air plutôt méchant, grogna Caleb. *Tu ne crois pas qu'il est en train de nous dire qu'il a dragué ta Victoria ?*

Mais non. Rien d'aussi grave, à mon avis. Il est plutôt sur le point d'avouer qu'il a tué son dernier coloc, fit Julian.

— Alors, quoi ? lança Aden.

Il fut surpris par sa propre impatience. Il n'avait pas eu l'intention de crier, mais à la seule idée que Shannon et Victoria aient pu se rapprocher, il…

— Je s… suis gay, murmura Shannon d'une voix où se mêlaient honte, remords et culpabilité. Homo.

Homo. Aden ne cilla pas. C'était ça, le secret de Shannon ? Seulement ça ? Non, sérieux ?

— O.K. Pas de problème.

Shannon écarquilla ses yeux verts.

— O… O.K. ?

— Ben oui.

— Mais tu… tu ne m'as pas écouté ? Je suis gay. Une folle, si tu préfères.

Aden roula des yeux.

— Ça, je ne sais pas. Moi-même, je ne suis pas sûr de ma santé mentale, alors de là à te traiter de fou…

— J'ai dit folle, pas fou, rétorqua Shannon. T… tu as très bien compris ce que je voulais dire.

— D'accord, mais… c'est trop tôt pour en plaisanter ?

Pour toute réponse, Shannon eut une moue boudeuse.

— Allez, quoi, Shannon, s'il te plaît ! Tu es homo, j'ai pigé. Ce n'est pas une maladie. Moi, ça me va. Aucun problème.

— M… mais enfin, on p… partage notre chambre !

— Et alors ? Tu as peur que je te fasse des avances ?

L'ombre d'un sourire naquit sur les lèvres de son ami ; d'un seul coup, il parut débarrassé d'un poids.

— Non, mais c'est v… vrai ? Ça ne te pose aucun p… problème ?

— Je te le jure.

— Merci.

— Je suis le seul à être au courant ? s'enquit Aden. Tu veux que je garde le secret ?

— R… Ryder est au courant.

La scène dans la forêt. Shannon tout embarrassé. Ryder incapable de le regarder dans les yeux… D'accord. Il comprenait, à présent.

Shannon se tut, et fit mine de s'absorber dans la contemplation de ses chaussures ; puis il poussa un nouveau long soupir et commença à se cogner doucement la tête contre le mur.

— J… J'ai cru qu'il était… comme moi, mais non. Je me suis t… trompé.

Et, visiblement, ce constat le rendait très malheureux. Il avait dû espérer beaucoup.

— C'est parce que tu es homo que tes parents t'ont mis à la porte ?

Shannon acquiesça.

— En partie, oui. Ils a… avaient entendu parler du ranch et de Dan, alors ils l'ont a… appelé. A ce moment-là, je f… faisais des conneries. Je p… piquais dans les magasins, je buvais, ce genre de t… trucs. J'avais le choix entre v… venir ici et finir à la rue. Je suis venu ici.

— Bon choix.

Le visage de Shannon s'éclaira enfin d'un sourire.

— Je crois aussi.

Au même moment, on frappa à la fenêtre. Thomas feula comme un chat en colère. Shannon se raidit et Aden se retourna. Derrière la vitre se tenait une vampire blonde. La sœur de Victoria, la fille au chewing-gum.

Franchement, ce n'était pas le moment pour une apparition. Aden s'empressa d'aller ouvrir la fenêtre. L'air frais de la nuit pénétra dans la chambre.

— Qu'est-ce que tu veux, Stephanie ?

Elle forma une bulle de chewing-gum entre ses jolies lèvres. Sa peau pâle semblait refléter au centuple la lueur de la lune.

Thomas poussa un cri de rage.

— Encore un vampire de l'engeance de Vlad ! hurla-t-il. Elle doit mourir !

A ces mots, il se précipita vers elle, avec l'intention évidente de la frapper. Mais, exactement comme Aden en avait fait l'expérience, il ne fit que se heurter à un mur invisible. Prenant conscience de son impuissance, il se mit à marteler la muraille de ses poings.

— Il est arrivé malheur à Victoria ? demanda Aden à la princesse.

— Physiquement, elle va très bien. En revanche, moralement… Figure-toi que je fais partie des jeunes filles que tu vas devoir courtiser. Forcément, ça la touche.

Sale nouvelle.

— Emmène-moi auprès d'elle. Immédiatement.

— On se calme, cow-boy. Elle n'est pas morte.

D'accord, mais ça ne suffisait pas.

— Je t'ordonne de m'emmener auprès d'elle. Je suis ton roi. Et, pour ta gouverne, il est hors de question que je te courtise.

— Parce qu'il n'y a que Vic qui compte pour toi. Ouais, ça va, j'ai pigé.

Stephanie ricana. Puis, confortablement appuyée au rebord de la fenêtre, elle se pencha vers lui et murmura d'une voix sereine :

— *Moi*, j'ai pigé. Mais les autres ? Vic est dingue de toi ; elle ne supporte pas l'idée que des filles de sa connaissance cherchent à te séduire. Surtout des filles capables de te mordre, de boire ton sang et de te transformer en esclave. Du coup, c'est moi qui viens. On m'a choisie, et je n'ai pas protesté.

Elle leva les bras et tourna sur elle-même, donnant

à Aden l'occasion d'admirer son top rouge vif et une jupe si mini qu'elle en était presque indécente.

— Et me voilà telle que tu me vois ! Tu sais quoi ? Tu es un petit veinard. Ma sœur Lauren et moi, nous étions déjà promises à d'autres. Seulement voilà, avec la mort de Vlad, toutes les alliances sont bouleversées ; du coup, tu as ta chance avec moi. Et, tant que j'y pense, tu es certain de vouloir m'ordonner de t'emmener voir Victoria ? Parce que je t'avertis : si je t'obéis, ô mon grand roi, on me punira, et je serai rayée de la liste des prétendantes. Or, il vaut mieux pour tout le monde que ce ne soit pas le cas.

Aden sentit son estomac se tordre.

— Donc, les cinq filles ont été choisies ?

— Oui. Laisse-moi t'expliquer. Le Conseil n'était pas du tout chaud pour que les autres filles de Vlad entrent en lice. Seulement voilà, toutes les jeunes filles renâclent à te rencontrer. Les pères ne pourront en forcer que certaines, mais combien ? Quatre, peut-être, si j'en crois les conseillers. Je sais, c'est dur pour ton ego. Mais, bon, vu que tu es humain et tout ça, on peut les comprendre. Du coup, je me suis portée volontaire…

» Un dernier truc : je connais toutes les célibataires de ta liste. Et tu veux que je te dise ? En fait, j'ai menti. Tu n'es pas un veinard du tout.

Stephanie se mit à rire — un rire très musical. Voilà exactement le genre de notes cristallines qu'il aurait voulu faire naître de la gorge de Victoria. Au moins une fois.

Il réussirait ! Bientôt ! songea-t-il avec une pointe de tristesse.

Puis il se sentit envahi de remords. Pourquoi voulait-il façonner sa princesse ? Victoria était parfaite comme elle était. Intelligente, dévouée. Elle l'acceptait, le comprenait, lui et son passé. Sans le juger, avec empathie. Alors, il devait apprendre à se contenter de ses sourires — ses sourires si beaux qu'il aurait tout fait pour en obtenir un seul. Car chaque fois qu'elle lui souriait, il se sentait heureux et fier, il se sentait vivant. Et si elle n'était pas aussi heureuse qu'elle le méritait, il en était largement responsable.

Pourtant, paradoxalement, il avait envie de la rendre jalouse. C'était indigne, de lui comme d'elle. Seulement, il préférait imaginer Victoria inquiète qu'indifférente comme elle l'avait été au manoir des vampires. Quel épouvantable souvenir...

Stephanie l'arracha à ses pensées.

— Est-ce que tu vas enfin m'inviter à entrer ? s'enquit-elle avec agacement.

— Je vais plutôt te rejoindre, répondit Aden.

Il jeta un coup d'œil par-dessus son épaule. Shannon n'avait pas bougé : il se tenait toujours près de la porte, l'air intrigué par ce qu'il voyait et entendait. Quant à Thomas, il n'avait pas cessé de tambouriner sur le mur invisible.

Dans deux heures, il avait rendez-vous dans la forêt avec Riley, Victoria et Mary Ann. Deux heures, cela risquait d'être long. Autant les passer avec Stephanie, même si cela le mettait très mal à l'aise.

— Shannon..., commença-t-il.

Mais son ami l'interrompit avant qu'il ait pu terminer sa phrase.

— C'est bon, j'ai l'habitude. Vas-y, je te couvre.

— Merci.

Sur ce, Aden entreprit de glisser ses lames dans la cachette spéciale aménagée dans ses bottes, comme il en avait maintenant l'habitude.

— N'oublie pas ta bague, lui rappela Stephanie.

L'anneau de Vlad. C'est vrai. Il récupéra l'opale dans le tiroir où il l'avait dissimulée à son retour du manoir des vampires, glissa la bague à son doigt et escalada la fenêtre pour sortir. Nom d'un chien, qu'il faisait froid — son souffle formait des nuages dans l'air de la nuit.

Côte à côte, ils partirent en direction de la forêt.

Ils en atteignaient l'orée quand Stephanie l'arrêta.

— Il y a des gobelins et des loups, là dehors, murmura-t-elle en posant la main sur son bras pour le retenir.

Elle avait à peine prononcé ces mots qu'un hurlement fendit l'air. Un hurlement suivi d'un cri strident, aigu — un son qui n'était assurément pas humain.

Aden se raidit.

— Et maintenant, que fait-on ? demanda-t-il.

— Maintenant, tu vas me sortir le grand jeu. Romantique et tout. On va rester assis ici, sous les étoiles. Tu sais quoi ? On va me demander de rendre compte ; alors tu as intérêt à te montrer convaincant. Et fais attention où tu mets les pieds, ajouta-t-elle avec un sourire en lui montrant quelque chose à ses pieds.

Une couverture ? Une couverture noire, douce comme du velours, étendue à même le sol. D'accord. Elle était sérieuse quand elle parlait du « grand jeu romantique ». Avec un soupir, Aden se laissa tomber au sol et s'étendit de tout son long, contemplant le ciel, où les étoiles brillaient comme de petits clous de diamants.

Stephanie s'allongea à côté de lui.

— Alors, on parle de quoi ? demanda-t-elle.

Je parie qu'elle est chaude, dit Caleb.

Toi, tu vas nous attirer des ennuis, l'admonesta Elijah.

— De Victoria.

Elle ne cacha pas son mépris.

— Ben voyons. Super. Et qu'est-ce que tu veux savoir, s'il te plaît ?

— Eh bien, d'abord... Ça te gêne que j'aie choisi ta sœur ?

— Pourquoi ça ? Ça ne me pose pas de problème. Tu es mignon.

Un compliment ? Quelle surprise !

— Peut-être, mais votre autre sœur ne m'aime pas.

— Là, tu as raison. Elle te déteste carrément.

Il ne put retenir un sourire.

— C'est sympa de me ménager, dis donc. Merci.

— Avec plaisir.

Le froid gagnait ses mains. Il les glissa sous sa tête pour les réchauffer.

— Tu es... différente, dit-il. Pas comme les autres.

— Je sais. C'est génial, non ?

Puis elle lui donna un petit coup d'épaule amical. Il émanait d'elle une chaleur agréable, enveloppante.

Aden sourit de plus belle.

— Victoria m'a raconté que, quand tu étais plus jeune, tu faisais le mur tout le temps.

— Vrai. A la moindre occasion.

— Tu ne craignais pas ton père ?

— Bien sûr que si. Comme tout le monde. Pour lui, la punition était la seule méthode d'éducation possible. Son but dans la vie, c'était de nous entraîner, pour que nous devenions des membres de l'armée invincible qu'il avait toujours rêvé de diriger, à l'époque où il était encore un humain. Du coup, Lauren était sa préférée. C'est une guerrière dans l'âme. Du coup, il se consacrait exclusivement à elle. Moi... ça ne m'intéressait pas vraiment. Pas motivée, comme on dit. Si bien qu'il s'est détourné de moi, il ne m'a même pas donné de garde du corps loup-garou, et il m'a laissée avec ma mère. Pour lui faire plaisir à elle, pas à moi. Pour la rendre heureuse. Les femmes étaient sa seule faiblesse, tu sais. Il ne l'aurait jamais avoué, bien sûr. Il détestait toutes les formes de faiblesse.

Aden était tout ouïe. Stephanie parlait de son père comme s'il n'avait pas vraiment compté pour elle, comme si, en l'abandonnant, il lui avait rendu service...

— Et Victoria ?

— Quoi, *Victoria* ?

— Il ne l'a pas laissée vivre avec toi ?

— Victoria et moi, nous n'avons pas la même mère. Vlad se moquait que la mère de Victoria soit heureuse ou non. Alors, non, il ne les a pas laissées ensemble.

Stephanie s'allongea sur le flanc, posa la joue dans ses mains jointes, sans quitter Aden des yeux.

— Il aurait voulu qu'elle devienne comme Lauren. Quand elle riait, elle recevait une punition. Quand elle le contredisait, même chose. Punition, punition, punition.

Rien d'étonnant, dès lors, à ce que Victoria soit toujours

si sérieuse aujourd'hui. A ce qu'elle ait tellement de mal à se détendre. Dieu merci, Vlad était mort.

Vlad était mort… Cette pensée le mit mal à l'aise, comme chaque fois qu'il était question de Vlad devant lui. Et comme chaque fois, il sentit se hérisser le duvet sur sa nuque. Pourquoi donc ? Pourquoi cette réaction ?

— Et toi, Aden, quels sont tes projets pour mon peuple ? demanda à son tour Stephanie.

— J'ai l'intention de vous trouver un roi, avoua Aden sans prendre de gants.

Les yeux de Stephanie s'écarquillèrent de stupéfaction.

— Tu ne veux pas être notre roi ?

— Non.

— Alors, ça ! Bon sang ! Qui refuserait de diriger les meilleurs vampires du monde ?

— Moi.

Elle forma une nouvelle bulle de chewing-gum.

— Sage décision, commenta-t-elle. En tout cas, je crois. Je veux dire, tu n'es qu'un humain, après tout. Cependant, si tu tiens bon jusqu'à ton couronnement, j'aurais quelques suggestions à te faire pour occuper ton règne.

Quand la cérémonie était-elle censée se dérouler ?

— Dans douze jours, mon grand. Dans douze longues, longues journées.

Quelles longues journées ? Le temps filait si vite qu'Aden avait un mal de chien à suivre tous les événements. Une fois qu'il se serait occupé des sorcières, il lui resterait… en gros une semaine pour se trouver un remplaçant. Etait-ce jouable ? Il l'espérait.

— Et pendant ces douze journées, reprit Stephanie,

c'est toi le chef, ta parole fait loi. Alors, tu écoutes mes suggestions ou non ?

— Vas-y.

— D'abord, je suggère de supprimer les robes noires. Quand j'ai enlevé la mienne, tu n'as pas piqué de crise. Tu n'as pas fait de remarque non plus sur ma tenue d'aujourd'hui. Et je t'en suis reconnaissante. Il faut à mon peuple des couleurs ! Plein, plein de couleurs ! Ça nous fera du bien. Personne n'ose abandonner le noir par crainte des sanctions.

— Couleur pour tout le monde. C'est noté.

Victoria adorait secrètement le rose, il le savait.

Stephanie battit des mains.

— Génial ! Je passerai le mot dès que je rentrerai. Maintenant, deuxième suggestion…

Elle n'eut pas le temps de la formuler : un nouveau cri suraigu, plus proche d'eux que celui qu'ils avaient entendu quelques instants plus tôt, perça le calme de la nuit.

Aden se redressa, bientôt imité par Stephanie.

— Euh… on devrait peut-être installer notre couverture un peu plus près du ranch ?

Encore un cri, tout proche cette fois. Ils sautèrent sur leurs pieds. Aden prit la précaution de dégainer ses dagues.

Et soudain, à quelques mètres d'eux, les fourrés se mirent à s'agiter. Aden s'interposa comme un bouclier entre Stephanie et la végétation. Dans les secondes qui suivirent, une silhouette minuscule, difforme, surgit d'un buisson et se rua sur lui, comme attiré par un aimant. Et ce n'était pas humain !

— Un gobelin ! s'exclama Stephanie.

La créature contrefaite arrivait à peu près au genou d'Aden. Elle avait les oreilles pointues, la peau jaune, des yeux comme des boules de feu rougeoyantes. Le plus effrayant, c'étaient ses dents, qui semblaient aussi affûtées que des sabres. Le gobelin était habillé, mais ses vêtements en loques laissaient entrevoir un grand trou dans sa poitrine là où aurait dû se trouver son cœur.

Super. Mieux qu'un gobelin, un gobelin mort.

Julian venait encore de réveiller un cadavre…

— Julian…, soupira Aden.

Les excuses de l'âme le confirmèrent dans son intuition.

Désolé, Aden, dit-il en soupirant.

Il allait donc devoir se battre.

Pour avoir lutté des dizaines et des dizaines de fois contre des morts-vivants, Aden savait que le seul moyen de les achever était de leur couper la tête. Seulement voilà, il n'avait encore jamais combattu de non-humain. Est-ce que la décapitation les anéantissait comme les zombies ? Il n'allait plus tarder à le savoir.

Lorsque la créature fut à sa portée, il fendit l'air avec sa lame, visant la gorge ; mais, vif comme l'éclair, le gobelin plongea et lui planta les crocs dans la rotule.

Aden hurla. Une douleur fulgurante lui envahit instantanément la jambe et irradia dans tout son corps. Heureusement, l'adrénaline dont il était gonflé à bloc éteignit l'incendie ; il parvint à rester stable sur ses pieds et frappa d'un coup de poing la créature à la tempe. Elle lâcha prise… mais elle avait emporté au passage un morceau de chair et un bout de tissu.

Elle retomba lourdement sur le sol. Immobile. Mâchant

le lambeau de chair sanguinolent avec une expression de plaisir extatique. Mais cet air béat céda vite la place à une nouvelle grimace d'envie insatiable. Aussitôt, Aden frappa des deux mains, utilisant ses dagues comme des lames de ciseaux. Mais le gobelin, toujours aussi vif, avait déjà roulé sur lui-même, esquivant le coup pour se mettre hors de portée.

Attrape-le ! l'encouragea Julian.

Tu peux le faire, dit Caleb. *Enfin… je crois.*

Doucement, ajouta Elijah. *Si tu peux le coincer…*

Déjà, le gobelin bondissait de nouveau droit sur lui. Aden l'évita en pivotant sur lui-même ; la créature s'écrasa sur le sol avant de sauter de nouveau sur ses pieds. Sans attendre, Aden se jeta dans sa direction, brandissant ses dagues. Ce coup-là, il allait réussir ! Rien ne l'en empêcherait !

Rien, vraiment ?

Un loup au pelage sombre venait de surgir du couvert des arbres. Clac ! Le piège de sa mâchoire se referma sur le gobelin. Incroyablement tenace, celui-ci ne désarma pas pour autant : il griffait, mordait, gesticulait, minuscule boule de haine et de rage, insensible à la douleur. C'était toujours le cas avec les cadavres : ils ne renonçaient pas. Peut-être ne ressentaient-ils rien, tout simplement.

A présent, le loup broyait la face du gobelin. On entendait la chair se consumer, et un long jet de sang noir se répandit sur le sol.

— Ce n'est pas ça qui va l'arrêter ! cria Aden en courant vers le loup.

Le pelage collé de sueur, la gueule festonnée de sang

coagulé, un œil tuméfié, le loup l'arrêta d'un regard furieux. Puis il grogna en guise d'avertissement :

Dégage de là !

Le timbre était dur, autoritaire, et se répercuta dans le crâne d'Aden. Un timbre qu'il ne reconnaissait pas.

— Retiens-le, ordonna-t-il pourtant.

Avant de frapper sans se soucier que le loup puisse se retourner contre lui.

Dans le mille ! Enfin !

Détachée du corps, la tête du gobelin roula sur le sol. Le reste du cadavre fut secoué de soubresauts pendant quelques secondes... avant de s'immobiliser totalement.

Haletant, Aden laissa retomber son bras.

— Bien joué, messieurs ! s'exclama Stephanie en enjambant le petit cadavre. Pendant un moment, j'ai bien cru qu'on allait tous y passer.

Le loup-garou posa sur Aden un regard bleu intense.

C'était Nathan, bien sûr. Le frère de Riley.

Il y eut un silence.

La princesse vampire pâlit et secoua vigoureusement la tête.

— Non.

Le loup gronda.

Elle recula d'un pas, puis de deux.

— Mais je suis censée être ici ! s'écria-t-elle. Les conseillers m'ont dit de...

Encore un silence. Encore un grondement. La princesse laissa exploser sa colère mais capitula :

— C'est bon, d'accord !

Et sur ces mots, elle s'évanouit dans la nature.

Euh... que venait-il de se passer, au juste ?

Nathan reporta son regard sur Aden. Il avait l'air furieux.

J'ai tué cette chose, mais l'instant d'après, il est revenu à la vie. Comment est-ce possible ?

Encore une voix qui lui parlait directement dans sa tête, et venait s'ajouter au vacarme habituel qui régnait déjà là-dedans ! Mais ce n'était pas le moment de se plaindre…

— C'est moi, expliqua-t-il. Je réveille les morts. Enfin, seulement quand je suis près d'eux, s'empressa-t-il de préciser. Du coup, si j'étais toi, je me dépêcherais de vérifier qu'il ne reste pas de cadavres de gobelins dans la forêt.

Nathan inclina la tête.

Merci d'avoir protégé la princesse.

Ces remerciements, toutefois, semblaient formulés à contrecœur.

— C'était mon devoir. Que lui as-tu dit pour qu'elle parte aussi soudainement ?

Car, forcément, le loup avait dû dire quelque chose.

Tu découvriras bientôt, Majesté, répondit le loup en esquivant la question, *que les loups-garous sont les créatures les plus redoutées dans notre monde. Même par leurs alliés. Maintenant, s'il te plaît, tu peux t'éloigner un peu ? Juste au cas où.*

L'instant d'après, Nathan avait bondi hors de vue.

— Il a raison, affirma Riley. Nos griffes produisent de la *je-la-nune*, la même substance que celle que contient ton anneau. C'est pour cela que les vampires font bien attention à ne pas nous mettre en colère. C'est aussi pour cette raison que nous évitons le plus possible de combattre les autres créatures avec nos griffes. J'ai dit « le plus possible », ce qui ne veut pas dire que nous y réussissons chaque fois. Néanmoins, nous faisons de notre mieux pour qu'ils ne puissent pas s'emparer de notre poison.

Aden se tourna. Riley, Victoria et Mary Ann s'étaient rapprochés. Leurs visages affichaient des expressions inquiètes : Riley semblait réfléchir à ce qui les attendait, Mary Ann lutter contre sa peur, et Victoria... Semblait-elle vraiment s'inquiéter pour lui ?

— Et pourtant, reprit-il, vous êtes à leur service.

— Oui, approuva Riley, qui s'en tint là et changea de sujet. Bon, on y va, maintenant ?

Sans laisser Aden protester, il donna le signal du départ.

— Assez traîné. On a du pain sur la planche. Et il n'est plus question de kidnapper une sorcière. Lauren en a déjà attrapé une.

13

Victoria les téléporta tous à l'endroit où était détenue la sorcière. Elle commença par Mary Ann, qui aurait pourtant préféré rester où elle était plutôt que, selon ses termes, « être ballottée à travers l'espace comme une poupée de chiffons ». Ce fut ensuite le tour de Riley. Mais quand vint celui d'Aden, et qu'elle lui tendit la main, il esquiva.

— Je veux d'abord qu'on parle, exigea-t-il.

Parler ? D'abord, tu l'embrasses, ensuite tu parles ! lui ordonna aussitôt Caleb.

Ça va, laisse-le souffler un peu, rétorqua Elijah.

Aden l'aurait bien remercié de prendre son parti, mais le médium ajouta immédiatement :

La priorité, c'est qu'il lui parle du Dr Hennessy.

Sûrement pas ! C'était le meilleur moyen pour casser l'ambiance, et ils avaient d'autres sujets à aborder dans l'immédiat. D'ordre sentimental.

— Nous ne sommes pas en sécurité ici, lui fit remarquer Victoria.

Derrière eux, sous le couvert des arbres, un loup hurla. Nathan.

Cherchait-il à les informer qu'ils étaient à l'abri ? Qu'il n'y avait pas de cadavre à proximité ? Il espérait que oui. Mais, si le hurlement avait au contraire pour but de le prévenir que d'autres morts allaient se réveiller... qu'il devait fuir... eh bien, tant pis. Il se sentait prêt à tout affronter en échange de cette conversation avec sa princesse.

— Ça ira, lui affirma-t-il.

Mais elle insista, et lui tendit de nouveau la main.

— Nous ne devons pas nous attarder, je te dis.

Je suis du côté de Caleb. Embrasse-la, intervint Julian.

Aden croisa obstinément les bras et s'appuya contre un tronc. Aussi anodin qu'il soit, le mouvement provoqua une douleur fulgurante dans son genou. Pour avoir été mordu des dizaines de fois par des cadavres, il savait à quoi s'attendre, hélas, et ce n'était que le début de ses souffrances. D'accord, ce cadavre-là était celui d'un minuscule gobelin, cependant, d'où qu'elle provienne, la salive des morts produisait toujours les mêmes effets. C'était un poison. Et, en ce moment, le poison était en train de se répandre.

Demain, il en viendrait à souhaiter être mort.

Une fois de plus.

Il faillit en rire. Aurait-il un jour la paix ?

Victoria l'arracha à ses pensées morbides.

— Aden ! lança-t-elle sur un ton impérieux. Allons-y !

— Je te dis que nous avons le temps. Les autres vont interroger la sorcière et ils n'ont pas besoin de nous pour ça.

Elle plissa les yeux et redressa la tête, visiblement agacée.

— Soit. Parlons. Tiens, je vais commencer.

A son tour, elle croisa les bras. Le clair de lune l'illuminait doucement, comme un baiser sur sa peau parfaite. De son regard bleu électrique, elle fixa Aden, et ses jolies lèvres dessinèrent une moue provocatrice. Dans cette attitude, elle était tout simplement sublime, belle et rebelle à la fois. Rien d'étonnant à ce que les âmes ne pensent qu'à lui donner un baiser.

— Raconte-moi ton rendez-vous avec ma sœur.

Aïe. Il aurait dû s'y attendre.

— Rendez-vous, c'est un bien grand mot. Nous avons parlé des éventuels changements concernant ton peuple. Comme de remplacer le noir par le rose. Et nous avons parlé de toi.

Ou plus exactement, ils en auraient longuement parlé si le gobelin n'avait pas déboulé.

— Nous avons parlé du fait que… je t'aime.

Voilà. C'était dit. Il avait prononcé les mots irréversibles. S'il y avait un moment pour passer aux aveux, n'était-ce pas celui qu'ils étaient en train de vivre ? Et puis, Aden ne voulait pas, au fond, que Victoria continue de se tourmenter et de douter des sentiments qu'il avait pour elle.

— Tu es courageuse et attentionnée. Tu me vois comme un égal, pas comme une gêne. Je me sens tout simplement bien quand je suis avec toi. Mieux avec moi-même et mieux avec le monde.

Elle le regarda, stupéfaite :

— Tu m'aimes ?

— Oui. Oui, oui, oui, je t'aime, répéta-t-il. Et je ne m'attends pas à ce que tu me dises que c'est réciproque. Je ne veux t'obliger à rien, et je comprendrais très bien que, de ton côté, tu n'en sois pas encore là.

Oui, il le comprendrait — ce qui ne signifiait pas que ce ne serait pas douloureux.

L'expression de Victoria s'adoucit ; elle baissa les yeux et fit mine de s'absorber dans la contemplation de ses mains. Ses joues rosirent. Etait-elle gênée, ou bien avait-elle bu du sang tout récemment ? Et dans ce cas, où l'avait-elle trouvé ? Ou plutôt, à la gorge de qui ?

De nouveau, la jalousie désormais familière lui étreignit le cœur. « Il faut pourtant que tu l'acceptes, se dit-il. C'est une vampire, et elle ne peut pas survivre autrement ! »

— Je… je t'aime aussi, Aden.

Dieu merci. Toute trace de jalousie l'abandonna aussitôt. Elle l'aimait. Vraiment.

— Dis-le-moi encore.

Personne auparavant ne l'avait aimé. Personne.

— Je t'aime aussi. Je t'aime tellement. Tu es fort et loyal, et tu me comprends si bien… Je crois que tu me comprends mieux que je ne me comprends moi-même. Alors oui, je t'aime.

Il ne se lasserait jamais de ces mots.

— Et c'est parce que je t'aime si fort, poursuivit-elle, que je dois te prévenir que les prétendantes ne se contenteront pas de « discuter ». Ou plutôt, ce sont les pères qui attendront davantage, d'elle et de toi. Tu devras leur faire la cour. Tu ne peux pas y échapper. Cela devra ressembler à un véritable rendez-vous galant.

— Je peux refuser de les voir.

Elle l'aimait, il l'aimait, il ne voulait pas d'autre reine qu'elle. C'était aussi simple que ça.

— N'y songe pas. Je te l'ai déjà dit, cela causerait de trop grandes violences.

— Je m'en fous. A mes yeux, tu comptes plus que tout au monde.

Elle le regarda et, il lut de l'espoir dans ses prunelles. Mais bien vite elle se ressaisit et devint indéchiffrable.

— C'est toi qui comptes plus que tout au monde : tu es le souverain de mon peuple.

Etait-ce là ce que lui avait inculqué son père ? Que seul le roi importait ? Si Vlad n'était déjà mort, Aden l'aurait étranglé de ses propres mains. Agacé, il rétorqua :

— Je n'ai pas beaucoup de temps devant moi ; alors, je ne veux pas le perdre en dispute.

Victoria passa la langue sur ses dents parfaites et terriblement pointues.

— Nous sommes donc enfin d'accord : il ne faut pas s'attarder ic…

— Je ne parle pas de ce soir, coupa Aden. Je veux dire que je n'ai pas beaucoup de temps *à vivre.*

A ces mots, sa princesse se figea aussitôt. Evidemment, elle connaissait la prédiction d'Elijah ; elle savait qu'Aden ne vivrait plus très longtemps.

— Alors, poursuivit-il, je ne suis pas si important que ça. D'ici peu ton peuple aura besoin d'un nouveau roi.

Il en trouverait un. Riley, peut-être ? Si les vampires avaient accepté qu'un humain règne, alors pourquoi pas le représentant d'une race à laquelle ils obéissaient déjà ?… Aden hocha la tête, séduit par l'idée. C'était un plan parfait.

Sauf que… oui, bizarrement, une fois de plus, la

perspective d'abandonner la couronne venait de faire naître en lui de la colère. Ce qui n'avait aucun sens.

Il se calma et se força à se concentrer sur la situation immédiate. Aucune distraction n'était permise, sinon, il risquait de tout gâcher.

— Comme je te le dis, je ne veux pas gaspiller le temps qu'il me reste en me disputant avec toi. Et je ne veux pas non plus que tu me tiennes à l'écart de ce que tu sais et penses pour des raisons que je ne comprends pas.

Victoria se tenait immobile, silencieuse, le dévisageant comme si elle cherchait… Quoi, au juste ? Mystère. Enfin, elle soupira.

— Que veux-tu donc savoir ? Je vais tout te dire, tout t'expliquer.

— Quels sont tes véritables sentiments ? Qu'éprouves-tu à l'idée que je rencontre les autres prétendantes ?

Caleb se mit à rire.

Oh là, mon gars, on dirait une nana quand tu parles comme ça. Partager ses sentiments et tout… Trop nul !

Cours de drague, première année, rétorqua Julian. *Parle comme une fille, tu te feras les filles. Tu ne sais même pas ça ? Moi qui te prenais pour un expert…*

Victoria laissa retomber ses bras.

— Eh bien, cela me rend… furieuse.

Contre lui ?

— Tu n'en as pas l'air. Ni ton attitude ni ta voix ne te trahissent.

Elle releva la tête, comme face à un défi.

— Stephanie dit que je verrouille mes sentiments.

— Alors, exprime-les. Laisse-les sortir ! Tu verras, tu te sentiras mieux après.

C'était bien lui qui employait ces mots ? Il avait avalé un de ses psys ou quoi ?

Victoria secoua la tête. Ses cheveux noirs fouettèrent ses épaules.

— Trop dangereux.

— Dangereux pour quoi ?

— Pour toi.

— Mets-moi à l'épreuve. As-tu peur du monstre qui est en toi ?

Elle s'écarta de lui, l'air anxieux.

— Eh bien quoi ? s'écria Aden. Tu crains que ce monstre me fasse du mal si tu te laisses aller à tes sentiments ? C'est ça ?

— Non. Mes tatouages me gardent, répondit sa princesse sur un ton qui manquait pourtant de conviction. Cependant, nous ne tentons jamais le diable, avec nos bêtes. Aucun d'entre nous.

— Tous les vampires ont donc une bête en eux ?

— Oui.

— Et il est arrivé que certains en perdent le contrôle ?

— Oui. C'est… terrible. Les conséquences sont… Il n'y a pas de mot pour décrire les horreurs qui s'ensuivent.

Au moins un mystère levé : Victoria avait beau nier, elle redoutait bel et bien les pouvoirs du monstre et ce qu'il risquait de leur faire.

— Parle-moi de ces bêtes, reprit Aden. Dis-moi pourquoi tu les crains tant, et pourquoi je devrais les craindre aussi.

De nouveau cette expression butée, de défi.

— Tu es vraiment sûr de vouloir le savoir ?

Est-ce qu'elle s'imaginait qu'il la repousserait quand elle lui aurait tout dit ? Fille de peu de foi… Il n'y avait qu'une façon de lui montrer qu'elle avait tort.

— Oui, j'en suis sûr.

— Soit. Voilà. Contrairement aux loups, nous ne nous transformons pas, nous ne sommes pas des changeformes, commença-t-elle d'une voix blanche, mais le monstre peut sortir de nous. C'est une entité à part entière. Plus il reste à l'extérieur de nous, plus son corps s'incarne, devient solide, réel. Et plus son corps devient réel, plus les liens qui le rattachent à nous s'amenuisent. Ils finissent même par disparaître.

— Et c'est mal ? De vous débarrasser du monstre, ça ne vous aiderait pas ?

— Nous aider ?

Elle eut un rire inquiétant, sans la moindre trace de joie.

— Pas du tout. Une fois qu'il a pris corps, le monstre gagne en force ; alors, il se retourne contre nous, et nous devenons la proie de ce qui était jusque-là notre part la plus sombre. Il prend sa revanche, après avoir été tenu enfermé… Plus personne n'est en sécurité… Et une autre chose que tu dois savoir, c'est que depuis que je t'ai rencontré, ma bête cogne dans ma tête. De plus en plus fort chaque fois que nous sommes ensemble. Elle veut sortir.

C'était bon à savoir. Et terrifiant, aussi. Mais rien, pas même la peur, n'empêcherait Aden de désirer tout connaître de Victoria ni de lui prouver qu'il acceptait tout d'elle — même si ça voulait dire se comporter en Prince pour tuer son dragon.

— Est-ce que la bête te parle ? demanda-t-il.

— En général, elle se tient tranquille. Elle n'utilise pas les mots. Pas comme toi et moi, en tout cas. En revanche, je l'entends parfois rugir. Et quand j'ai faim, je sens sa soif de sang à elle. C'est devenu très fort, ces derniers temps.

Comment, historiquement, la bête était-elle entrée dans les vampires ? Celle de Victoria était sans doute née avec elle, puisque la princesse était le fruit de deux vampires. Mais pour les autres ? Pour ces humains transformés en vampires par du sang impur, comme Vlad et certains de ses courtisans ? Cette métamorphose primordiale ne s'était jamais répétée, au cours des siècles suivants…

Les bêtes étaient-elles à l'origine de la transformation ?

— Tu ne dis plus rien. Je t'ai effrayé ? s'enquit Victoria d'un ton glacé.

— Pas vraiment.

Simplement, il se sentait encore plus proche d'elle, maintenant. Ainsi, elle aussi savait donc ce que c'était que d'avoir une tempête dans la tête ? Elle connaissait la peur de perdre le contrôle. Comme lui.

Alors, il fallait qu'ils se lancent, songea-t-il.

Allait-il vraiment le faire ?

Oui. Elle l'avait aidé à s'accepter lui-même. Il allait lui rendre la pareille. Maintenant.

— Est-ce que je suis ton roi ? demanda-t-il sévèrement.

C'était la première fois qu'il usait d'autorité avec Victoria, et elle le regarda avec surprise.

Caleb poussa un cri d'excitation.

Ooh, vas-y, j'adore ça !

Fais attention, son monstre va te dévorer. Elijah, tu as des tuyaux à ce sujet ?

Désolé, rien là-dessus.

— Oui. Bien sûr que tu l'es, répondit Victoria, soudain perplexe.

— Tu dois donc faire tout ce que je te commande ?

A ces mots, elle devina manifestement où il voulait en venir et grinça des dents, l'air furieux.

— Oui.

— Eh bien, ton roi t'ordonne de montrer tes sentiments. Tout de suite.

D'abord, elle ne réagit pas. Puis elle dit :

— Tu regretteras d'avoir donné cet ordre.

Et là, sans plus de formes, elle se mit à hurler. A hurler si fort et si longtemps qu'Aden crut que ses oreilles allaient en saigner ; pourtant, il s'efforça de ne rien laisser transparaître de son effarement. Afin de ne pas décourager sa princesse.

Quand enfin elle s'arrêta, pantelante, les yeux exorbités, elle scruta les alentours avant de se diriger vers un gros rocher rond qu'elle souleva comme s'il ne pesait pas davantage qu'une plume. L'instant d'après, la pierre fendait les airs pour venir se ficher dans un tronc d'arbre. L'arbre lui-même se fendit en deux ; les hautes branches tombèrent au sol dans un craquement sinistre.

Aden n'intervint pas, mais, comment dire ? peut-être n'avait-il pas eu une si bonne idée, tout compte fait... Car vu le boucan, quelqu'un, sans doute Dan, ne tarderait pas à rappliquer avec un fusil à la main. Et il serait bien embarrassé d'avoir à s'expliquer.

Nom d'un chien, dit Julian, *quelle puissance !*

Tu sais à quoi je pense ? A un truc du genre « fuite éperdue à travers la forêt », renchérit Caleb. *Histoire de, je ne sais pas, sauver notre peau ?*

Elijah restait silencieux. Aussi silencieux qu'Aden.

Quant à Victoria, qui n'était plus qu'un masque de colère, elle se tourna vers un nouvel arbre tout proche et frappa du poing, tout en énumérant ses craintes.

— Je ne peux pas te sauver de la mort, s'écria-t-elle en assenant un nouveau coup dans l'arbre. Tu vas mourir. Tu vas me quitter. Ces filles… elles sont toutes belles et intelligentes, est-ce que tu ne vas pas les préférer à moi ? Tu dis que tu m'aimes, mais tu ne les as pas encore vues. Elles pourraient te charmer. Ou bien te faire du mal. Je les tuerais, tu sais. Je les tuerais de mes mains. Tu m'appartiens.

— Tu as raison, je t'appartiens. Et rien ne me fera changer. Je me fiche que les autres soient charmantes, qu'elles se conduisent comme des humaines. Je t'aime, toi.

Soit elle ne l'entendit pas, soit elle ne le crut pas. En tout cas, ses coups contre l'arbre redoublèrent, jusqu'à ce que, comme le précédent, celui-ci s'effondre. Alors, seulement, Victoria regarda Aden. Ses yeux brillaient.

Aden, mon pote, écoute-moi. Fuis. S'il te plaît.

C'était la première fois que Caleb le suppliait.

Imagine qu'elle s'en prenne à tes… trucs de garçon avec autant de rage ? Notre morceau de corps préféré risque d'y passer !

Victoria haleta de plus belle ; l'air entrait et sortait

de sa bouche à grand bruit, comme s'il lui brûlait les poumons. Lentement, elle s'avança vers lui, menaçante. Malgré le contact avec l'écorce, ses mains ne saignaient pas, n'étaient ni écorchées ni même rougies. Elle gronda d'une voix qu'il ne reconnut pas. Comme si deux êtres parlaient en même temps — l'une de sa voix habituelle, et l'autre sur un ton rauque, enragé et puissant. Sa bête ?

Un frisson glacé traversa Aden, mais il réussit à se maîtriser. Après tout, il avait voulu cela, l'avait ordonné. A lui maintenant d'en assumer les conséquences.

Si sa princesse s'apprêtait à le couper en deux, comme elle l'avait fait avec ces arbres, il la laisserait faire. Il ne rendrait pas les coups.

— Tu n'aurais pas dû demander ça, Aden.

Elle approchait, toujours aussi menaçante. Un pas, un autre. Encore un autre.

Et soudain... Quelque chose s'éleva au-dessus de ses épaules. Quelque chose de monstrueux. Aden ouvrit grand les yeux. Etait-ce... Etait-il possible que... ? Oui, c'était vrai ! Cela était en train de se produire. Il avala sa salive et regarda, fasciné, le spectacle qui s'offrait à lui. Dans le dos de Victoria se dessinait la forme étincelante d'une paire d'ailes, et au-dessus de sa tête rugissait un mufle aux naseaux démesurés, couvert d'écailles noires où brillaient une paire d'yeux qu'il reverrait sans doute dans ses cauchemars pendant le reste de sa vie. Ces yeux-là lançaient des éclairs de feu, un feu jaune orangé menaçant et mortel.

Toutes griffes dehors, le démon tendit une main vers Aden. Paradoxalement, le geste n'était pas menaçant. On aurait dit... Une prière ? Un appel à l'aide ? Impossible !

Et pourtant. Quand Victoria fut toute proche de lui, alors qu'il s'était préparé à ce qu'elle lui arrache la tête, il la vit lui prendre la main et l'attirer tout contre elle, dans la chaleur de son corps. L'étreinte fut si intense qu'elle lui coupa le souffle. Il eut l'impression que ses pieds quittaient le sol et le monde autour de lui se mit à tournoyer.

Que se passait-il ? Son esprit cherchait à toute allure des explications rationnelles…

Soudain, une voiture se matérialisa autour de lui. Il était au volant, Victoria dans le siège passager. Elle haletait encore, et la créature, qui n'avait pas quitté son perchoir, sur ses épaules, ne cessait d'agiter sa main griffue vers lui.

La créature allait-elle prendre corps, à présent, comme l'avait annoncé sa princesse ? Et dans ce cas, que risquait-il de se produire ?

— Je crois que tes tatouages ont baissé la garde, murmura Aden tandis que ses âmes hurlaient de terreur dans sa tête.

A ces mots, sans répondre, Victoria enleva son chemisier et se dénuda jusqu'à la taille. Aden en resta bouche bée. Nom d'un chien. Juste au-dessus de son cœur, il découvrit deux petits tourbillons rouge et noir, tatoués. Une vision inoubliable.

Caleb s'évanouit.

Elijah et Julian eurent un hoquet de stupeur.

— Non, mes tatouages sont toujours là, répliqua Victoria de son étrange voix dédoublée. Maintenant, embrasse-moi, ordonna-t-elle.

Elle se glissa jusqu'à Aden et se jucha sur ses genoux,

coincée entre le volant et lui. Ce qui laissait peu de place. Puis pressa les genoux contre les hanches d'Aden, et caressa ses cheveux à pleines mains. Il sentit ses ongles crisser sur son cuir chevelu. L'instant d'après, elle écrasa ses lèvres sur les siennes, et sa langue, qu'il attendait de tout son cœur, envahit enfin sa bouche.

Elle était douce et brûlante. Il passa ses bras autour d'elle, lui caressa le dos. Elle était si chaude, presque incandescente… Il n'aspirait plus qu'à se brûler à son contact.

Et le baiser dura, dura jusqu'à ce qu'Aden ait l'impression d'être comblé de Victoria. Jusqu'à ce que le goût de sa bouche — elle sentait la cerise — devienne le centre de son univers. Jusqu'à ce qu'ils se mettent tous deux à gémir et ronronner.

Les vitres de la voiture étaient totalement embuées. Par bonheur, Elijah et Julian se tenaient cois et se gardaient, pour une fois, de tout « précieux » avis sur la façon de rendre l'expérience encore plus délectable, ou d'expliquer qu'il fallait s'y prendre comme ci ou comme ça. Sans doute étaient-ils aussi délicieusement surpris et perdus que lui.

Bientôt, la bouche de Victoria quitta la sienne pour aller se promener dans son cou. Sa langue s'attarda là où battait une veine, et la lécha.

— Tu as soif de moi ? parvint-il à demander.

Il ouvrit les yeux : la bête semblait avoir disparu.

— Non.

A ces mots, de nouveau, des pulsions de jalousie s'éveillèrent en lui.

— De qui as-tu bu le sang ?

— De personne. Il existe… du sang… déshydraté.

Aden se détendit. Victoria était si prévenante. Elle savait combien il détestait l'idée que ses lèvres adorées — ces lèvres pleines, magnifiques, ces lèvres qui lui donnaient tant de plaisir — se posent sur un autre.

— Cela ne doit pas valoir le goût du sang frais.

— C'en est très loin, en effet, confirma-t-elle de sa voix rauque.

— Bois-moi, alors. *S'il te plaît.*

— Non. Je veux pouvoir continuer de penser que tu es avec moi parce que tu m'aimes, pas parce que j'ai fait de toi mon esclave.

Comment l'en blâmer ? Etre désiré pour ce que l'on est, pas pour ce que l'on pourrait être, était une chose rare et merveilleuse. Il l'avait appris à ses dépens : tout au long de son enfance et de son adolescence, on l'avait rejeté pour ses différences, sans jamais tenir compte de la personne à part entière qu'il était.

— Encore des baisers, réclama Victoria.

Il n'allait certainement pas refuser. Leurs lèvres se rencontrèrent de nouveau et, de nouveau, il se perdit en elle pendant que ses mains exploraient son corps. Des baisers, des caresses auxquels répondait sa princesse. C'était certainement ça, le paradis.

Malgré tout, ils s'interrompirent. A bout de souffle, les lèvres humides et scintillantes, Victoria mit fin à leur baiser.

— J… je suis calme à présent, dit-elle. La bête est rentrée en moi, je le sens. Nous devrions nous arrêter.

— Tu m'as embrassée pour pouvoir te calmer ? demanda-t-il.

Elle acquiesça timidement.

Aden laissa retomber sa tête sur l'appuie-tête de son siège. Les yeux levés, il contempla Victoria. Il sentait son cœur battre dans tout son corps. Il avait l'impression que son sang était entré en fusion, qu'il mettait ses organes en ébullition, et que ses poumons s'étaient consumés sous la chaleur torride de leur étreinte. Une part de lui envisagea de se mettre en colère ; l'autre part, toutefois, était ravie de ce qui venait d'arriver. Finalement, il choisit d'en plaisanter.

— Eh bien, je crois qu'il faut que tu exprimes tes sentiments plus souvent, dit-il pour détendre l'atmosphère.

Un petit rire s'échappa des lèvres de Victoria, et elle s'empressa de mettre une main devant sa bouche, comme si rire d'un sujet aussi grave lui semblait inconvenant.

Quel bonheur de l'entendre rire ! Aden sentit sa poitrine se gonfler de fierté. Il avait réussi ! Il l'avait fait rire, comme il le désirait. Voilà ce qu'il voulait recommencer, autant que de l'embrasser.

— Pourquoi nous as-tu téléportés ici ? demanda-t-il en désignant d'un geste de la main la voiture qui les entourait.

— J'avais envie d'un peu d'intimité.

— Tu es maligne.

Il prit son visage entre ses mains.

— Ne me cache plus jamais tes sentiments, d'accord ? Je crois que nous venons de démontrer que je peux m'occuper de ta bête.

— D'accord.

Elle joua avec le T-shirt d'Aden. De quoi lui faire tambouriner le cœur.

— Mais rien n'a changé, tu sais, ajouta-t-elle, tu vas tout de même devoir recevoir les prétendantes pour maintenir la paix ; ce qui risque de déclencher de nouveau ma colère.

— Ne m'en promets pas trop : je pourrais bien devenir accro à ton genre de colère.

De nouveau, un rire cristallin s'éleva.

— Tu ne peux pas être sérieux !

— Je le suis, crois-moi.

En fait, il semblait à Aden que, d'une certaine façon, la bête de Victoria l'avait apprécié, lui, et qu'elle avait voulu le caresser, ou bien qu'il la caresse. Même si c'était une idée assez dingue.

— Ecoute-moi bien, continua-t-il. Tu as ma parole. Rien n'arrivera avec ces filles. Tu es la seule que je désire.

Elle passa un doigt brûlant sur l'arête de son nez.

— Haden Stone, comment peut-il exister un garçon aussi extraordinaire que toi ?

Comme il aimait entendre son véritable prénom dans la bouche de Victoria…

— C'est toi qui es extraordinaire. Maintenant, rhabille-toi, et rejoignons Riley. Il doit s'inquiéter à ton sujet.

Elle roula des yeux amusés et se glissa sur le siège passager, où elle entreprit de remettre son chemisier.

— C'est plutôt à ton sujet qu'il s'inquiète, maintenant.

Ne plus sentir son poids et sa chaleur, tout comme cesser de la voir à moitié nue, le fit gémir de dépit. Il lui fallut toute sa concentration pour continuer à parler.

— Riley a besoin qu'on lui botte les fesses, et s'il s'occupe mal de toi, j'interviendrai moi-même.

— Arrête. Je sais très bien que tu l'aimes beaucoup.

A cet instant, Caleb se réveilla.

Qu'est-ce qui s'est passé ? Qu'est-ce que j'ai manqué ?

Mon pote, tu as tout simplement manqué le nirvana. Le pays des merveilles des filles, répondit Julian d'une voix encore émerveillée. *J'aurais voulu que ça ne s'arrête jamais, jamais.*

Caled gémit.

Aden sentit de nouveau une bouffée de jalousie.

— Les gars, s'il vous plaît. Elle est à moi.

— Ce sont les âmes ? s'enquit Victoria dans un sourire.

Il opina.

— J'ai beaucoup réfléchi, reprit-elle en se tapotant le menton d'un ongle court et vernis d'argent — non, du même métal que sa bague d'opale.

C'est ce qui lui permettait, le cas échéant, de tremper un doigt dans la *je-la-nune* sans se blesser.

— Les tatouages permettent d'empêcher ma bête de sortir. Alors, si nous te faisions tatouer avec des barrières semblables ? Peut-être que ça calmerait les âmes ?

Une proposition tentante, de prime abord. Avoir Victoria pour lui seul, pouvoir l'embrasser de nouveau sans la moindre interférence aussi souvent qu'il le voudrait… Aden était preneur. Sauf que les âmes se mirent à protester sur-le-champ.

— Non, merci, dit-il. Elles ne sont pas d'accord et je ne veux pas les blesser.

Ses hôtes se calmèrent.

Peut-être que c'est le moment de changer de copine, proposa Elijah, tout de même piqué au vif.

Victoria, de nouveau, se tapota le menton.

— Alors peut-être que nous te tatouerons pour te

protéger des sorcières ? suggéra-t-elle cette fois. Nous ne pouvons pas contrer tous leurs sorts — la surface de la peau n'y suffirait pas — mais on peut dessiner des protections pour les sortilèges les plus dangereux et les plus courants. On pourrait pratiquer de la même manière sur Mary Ann aussi. Evidemment, on ne peut protéger personne d'un sort qui a déjà été lancé, mais après la réunion avec les sorcières, quand la menace du sortilège de mort aura été levée, nous tatouerons Mary Ann pour éviter qu'on lui jette le même à l'avenir. D'ici là, ce serait bien qu'elle porte les signes les plus courants pour se protéger des autres sortilèges.

Aden réfléchit. S'il rentrait au ranch couvert de tatouages, Dan allait piquer une crise. Quant au père de Mary Ann, il succomberait probablement d'une crise cardiaque.

— Nous allons y penser, conclut-il seulement. Et toi, pourquoi ne portes-tu pas de signes de protection contre les sorts ? Et Riley ?

Il lui prit la main.

— Certains vampires le font par précaution. Cependant, nous ne fréquentons pas suffisamment les sorcières pour que ce soit une absolue nécessité. La plupart du temps, nos races s'évitent l'une l'autre. Quant aux loups, on ne peut pas les tatouer. L'encre ne résiste pas à la transformation. En revanche, on peut tatouer leur forme humaine. C'est ce qu'on fera pour Riley.

— Ce que je ne comprends pas, déclara Aden en embrassant le poignet de Victoria, c'est pourquoi Riley ne prend pas la tête du clan des vampires. Il ferait un excellent roi.

Et… voilà. De nouveau, ce frisson de colère qui naissait en lui, incontrôlable, chaque fois qu'il évoquait le couronnement d'un autre roi que lui. Sérieux, c'était quoi, son problème ?

— Les loups se montrent plus loyaux que toutes les autres races, poursuivit-il. Le besoin de protéger est inscrit au plus profond de leurs gènes. Or, mener un clan, c'est juste une autre forme de protection, n'est-ce pas ? Mais nous en parlerons plus tard, d'accord ?

Pour l'heure, il avait surtout envie de reprendre sa princesse dans ses bras, sur ses genoux. De recommencer à l'embrasser.

Il lutta contre lui-même.

— Cette sorcière, dit-il, elle doit probablement lui donner du fil à retordre…

Victoria acquiesça et, l'instant d'après, le monde disparut autour de lui.

Une maison forestière abandonnée, une sorte de cabane, à des kilomètres de la ville. A des kilomètres de tout. A l'intérieur, rien que des loups, un vampire et des armes. Et, évidemment, une sorcière ligotée sur une chaise, un bandeau sur les yeux, au milieu de la pièce dépourvue de tout autre meuble. Mary Ann l'avait remarqué dès en entrant : la sorcière n'était pas Marie ; celle-ci portait les cheveux plus courts et plus sombres. Devait-elle s'en réjouir ?

Riley avait commencé son interrogatoire sans attendre. Grosso modo, il se déroulait comme ceci :

Riley : Où la réunion entre Aden et ton peuple est-elle censée avoir lieu ?

La sorcière : Va te faire voir.

Riley : Plus tard, peut-être. Alors, cette réunion ?

La sorcière : Tu vas mourir.

Riley : Ça m'est déjà arrivé une fois, merci. Maintenant, tu parles ou je t'enlève un morceau de ton corps.

La sorcière : Tu n'as qu'à essayer un doigt.

Riley : J'y viendrai. Ah non, attends. Je commencerai peut-être par une de tes mains.

La sorcière : Ecoute, chien galeux, les aînées seront là d'un jour à l'autre. Elles avaient l'intention de vous contacter. Mais après ce que vous venez de faire… N'y comptez pas. L'invitation se perdra dans le courrier, j'en suis sûre.

A ces mots, un sentiment de frustration envahit la pièce. Mary Ann, surtout, se sentit particulièrement coupable. L'enlèvement de la sorcière, c'était son idée, et il résultait plus de mal que de bien.

Le même échange se répéta trois fois de suite, en vain.

— Laisse-moi essayer, proposa finalement Lauren en se plaçant derrière la sorcière.

Elle lui posa les mains sur les épaules. Ses crocs avaient poussé, et la faim dans ses yeux brillait avec tant de violence que Mary Ann elle-même se sentit en danger. Personne n'aurait dû être affamé à ce point. Devant un tel spectacle, elle éprouva l'envie de laisser faire la vampire… mais se souvint juste à temps des paroles que Victoria avait prononcées la veille — seulement la veille, même s'il lui semblait qu'une éternité s'était déroulée depuis. *Le sang de sorcière, pour un vampire, était comme une drogue.* Une fois que Lauren aurait commencé à boire au cou de leur prisonnière, c'en serait fini. Sans compter que Victoria, quand elle arriverait — à propos, où était-elle ? que faisait-elle ? —, se joindrait sans doute au festin.

— Je vais juste l'érafler, assura Lauren. Je n'en prendrai qu'une goutte. Je te jure qu'elle va se mettre à parler.

— Non ! hurla Riley.

C'est alors qu'apparurent Victoria et Aden. Tous deux avaient le visage rougi, les lèvres enflées et brillantes.

Ah. Ils s'étaient embrassés.

Pas comme Riley et elle, pensa tristement Mary Ann. Depuis leur dispute, ils ne s'étaient pratiquement pas adressé la parole. En fait, ils ne s'étaient même pas regardés. Ici, Riley n'avait même d'yeux que pour Lauren. Aussi Mary Ann se mettait-elle à craindre que le loup-garou n'apprécie la distance qui s'était instaurée entre elle et lui. Quelle pensée affreuse... Lauren était si forte, sûre d'elle, elle était bardée d'armes en tous genres et avait l'air de savoir s'en servir, elle était farouche et courageuse et fiable et tout à fait capable de prendre soin d'elle-même. « *Tout le contraire de moi* », songea Mary Ann. Alors, avait-elle d'ores et déjà perdu Riley ?

Dans son cœur, la colère, l'impuissance et le chagrin se mélangèrent, l'envahissant tout entière. Mais, paradoxalement, elle sentait la caresse d'une brise tiède et douce. Cela voletait autour d'elle. A chaque inspiration, le souffle léger pénétrait ses poumons, se glissait dans ses veines, et venait apaiser son âme. Comme la veille en ville. Ou encore ce matin, avec Marie. Elle accueillit la sensation avec gratitude. C'était si bon. Dans sa bouche, fondait un bonbon sucré qui crépitait sur sa langue.

De son côté, Rilay avait obligé Lauren à s'écarter de la sorcière, et il entreprit d'expliquer à Aden et Victoria ce qui s'était passé.

— Pourquoi n'utiliserais-tu pas sur elle les pouvoirs de ta voix ? suggéra Aden à sa princesse. Tu sais, ta voix magique. Silence, Caleb ! ajouta-t-il soudain. Elle garde sa chemise.

Qui était ?… Ah oui, l'une des âmes. Mais qui cette âme voulait-elle donc faire se déshabiller ?

— La voix de commandement n'a pas de prise sur les sorcières, répliqua Victoria. Leur magie les protège.

Elle vint rejoindre Aden, comme si elle ne supportait pas de se trouver séparée de lui.

La magie, oui. « Voilà ce que je sens », comprit Mary Ann. Un sentiment de puissance. Un sentiment qui lui faisait tourner la tête. Elle ferma les yeux et le savoura pleinement. S'enivra de cette chaleur, de cette douceur qui la consumait. En fait, elle n'avait pas besoin de Riley, pensa-t-elle alors. Rien que de ça. C'était tout ce qu'elle pouvait souhaiter : ça la nourrissait, ça la rendait heureuse ; ça ne changeait pas d'avis à tout bout de champ.

Comment elle absorbait cette magie ? Mystère… et d'ailleurs qu'importait ? Elle s'en moquait complètement. Tant que ça continuait, rien d'autre n'avait plus d'importance.

— Très bien, soupira Aden. Je vais poser la question, mais ensuite, il va falloir que tu te calmes.

Parlait-il encore à Victoria, ou s'adressait-il à une des âmes ?

— As-tu connu un type appelé Caleb ? demanda-t-il à la sorcière.

— Pourquoi, je devrais ? répondit cette dernière avec désinvolture.

— As-tu connu un type qui pouvait posséder d'autres corps ? Quelqu'un qui serait mort il y a un peu plus de seize ans ?

Il y eut une pause, chargée de tension.

— Qui es-tu ? lança la sorcière. Le garçon qui nous appelle ? Ne le nie pas, je sens ton pouvoir. Qu'est-ce que tu veux savoir à propos du possesseur de corps ?

Aden afficha alors de l'excitation et de la nervosité.

— Donc, tu l'as connu ?

— Je n'ai pas dit ça, répliqua la sorcière. Maintenant, dis-moi ce que je veux savoir.

— D'abord, mettons quelques petites choses au point. Je ne vous « appelle » pas. C'est un accident. Je n'ai jamais eu l'intention de…

Avant qu'il ait pu finir sa phrase, la sorcière s'était mise à gronder ; et son grondement était bien plus inquiétant que ceux des loups-garous…

— C'est toi qui es en train de te nourrir de ma magie en ce moment ? s'écria-t-elle, furieuse. Dis-le-moi ! J'exige de le savoir ! Et j'exige que tu cesses immédiatement, ou bien, dès que je serai libre, je te jetterai un sort d'écorchement. Tu m'entends ? Arrête !

Tous, dans la pièce, s'immobilisèrent ; on entendit un hoquet d'horreur.

— Quelqu'un se nourrit de ta magie ? s'enquit Lauren

avec angoisse. Allons, personne n'aurait cette audace. Et il n'y a pas de Draineur par ici. Nous l'aurions d'ores et déjà tué.

Draineur ? Tuer ?

Se nourrir de magie, c'était le mot qu'avait utilisé Marie. Se nourrir, pas « bloquer ». Absorber. Comme un aspirateur.

Mary Ann se mordit la lèvre. *Pas moi. Ça ne peut pas être moi.* Pourtant... cette chaleur, cette douceur ? Cette magie qui l'inondait, la dévorait de l'intérieur. *Si c'est moi, ils vont chercher à me tuer ? Mais pourquoi ?*

Sous le choc, elle se mit à trembler et voulut battre en retraite ; mais elle se heurta à un mur. Un mur de muscles. Affolée, elle se tourna... et se retrouva nez à nez avec Riley.

A quel moment s'était-il déplacé ? L'instant d'avant, il se tenait au côté de Lauren, et elle ne l'avait pas vu la quitter... En tout cas, à présent, il la regardait sévèrement, et même avec colère. Une énorme colère. Quel grief avait-il contre elle ? Pensait-il qu'elle était un... un Draineur ? Une de ces... ces... choses que les vampires tuaient et que les sorcières détestaient. Impossible qu'elle soit cela ! N'empêche. Le regard d'acier de Riley ne la lâchait pas. Jamais il ne l'avait regardée de cette façon ; c'était une expression qu'il réservait à ses ennemis.

— Victoria, lança Riley d'une voix pressante, essaie de raisonner la sorcière. Mary Ann et moi, nous avons besoin d'une petite pause.

Elle n'eut pas le loisir de piper mot. Il lui saisit le poignet et l'entraîna au-dehors.

14

Un air glacial aux parfums d'humus et d'aiguilles de pins enveloppa Mary Ann, dissipant les effets délicieux de la chaleur et du pouvoir magique. La lune voilée et discrète remplaça la lumière de la lampe. Lorsque Riley lâcha ses mains et lui fit face, elle resserra son blouson autour d'elle. Il avait l'air exaspéré ; ses yeux verts brillaient dangereusement.

— Qu'est-ce qui se passe ? demanda-t-elle.

Et soudain il fut tout proche, presque joue contre joue. Elle sentait son souffle sur son visage.

— Je te regardais, Mary Ann. J'ai vu ton visage. On aurait dit que tu buvais du petit-lait, lança-t-il sur un ton accusateur.

Il ne posa pas la question qu'elle attendait — « Tu te nourrissais de sa magie ? » —, pourtant, ce fut comme s'il avait prononcé les mots.

Elle avala sa salive, s'efforçant de garder son calme.

— Et alors ?

— Alors, cela fait quelques jours que tu ne manges rien. Absolument rien.

— Comment sais-tu ce que je fais ou ne fais pas ? Tu n'étais pas là.

D'abord déstabilisé, Riley retrouva vite un ton dur :

— Je peux sentir la nourriture, Mary Ann. Les pores de la peau humaine en laissent passer l'odeur. Et je sais que tu n'as rien pris depuis plusieurs jours.

Il se tut, comme pour attendre qu'elle nie. Elle n'en fit rien.

— Au début, j'ai cru que tu étais trop nerveuse, que tu perdais l'appétit à force de penser au sortilège de mort. Parce que, oui, je peux sentir la peur, aussi. Puis j'ai été furieux contre toi quand tu es partie en ville, et j'ai oublié de t'interroger au sujet de ce que tu mangeais. Mais, maintenant, je te le demande : pourquoi est-ce que tu ne manges plus ?

— Parce que… parce que je n'ai pas faim.

C'était la vérité.

— Comme toi, reprit-elle, j'ai d'abord cru que c'était l'angoisse. Je le crois encore. Je veux dire, je ne suis pas… Impossible que je sois…

Tais-toi, idiote !

— Et d'ailleurs, en quoi serait-il si terrible d'être un Draineur ? Ça n'est pas plus grave que d'être un bloqueur, si ?

Il la considéra, stupéfait. Ignora sa question et se concentra sur le sujet qui le préoccupait.

— Quand as-tu mangé pour la dernière fois ?

— Je… Peut-être le jour où les sorcières nous ont lancé le sortilège. Je ne sais plus.

Elle chuchotait, à présent, tiraillée entre la honte et la culpabilité. « Tu n'as rien à te reprocher », se dit-elle pour se rassurer. Non, elle n'avait rien fait de mal.

Riley s'écarta d'elle comme s'il ne voulait plus la toucher.

— Tu as bu de l'eau ?

— Non.

— Les humains ne peuvent pas vivre très longtemps sans eau, Mary Ann.

— J'ai bien l'intention d'en avaler un grand verre dès que je serai chez moi.

— Est-ce que tu te sens faible ?

Le froid la faisait frissonner — ou bien était-ce l'angoisse ? Elle secoua la tête, ses cheveux balayèrent son visage :

— Non. Mais en quoi est-ce significatif ? s'empressa-t-elle d'ajouter pour ne pas conforter Riley dans ses déductions. Je carbure à l'adrénaline, c'est tout.

— L'adrénaline ne peut pas chasser la faim aussi longtemps.

— Il y a des gens qui jeûnent pendant plusieurs jours sans que cela leur pose de problème majeur.

— Tu as commencé un jeûne ?

Il ne s'arrêterait donc jamais de poser des questions ?

— N… non, mais ça ne veut rien dire.

De nouveau, les yeux de Riley s'étrécirent.

— Et tu aimes te trouver à côté de la sorcière, n'est-ce pas ? Tu te sens bien, en sécurité ?

— O… oui, bredouilla-t-elle sans rien pouvoir y faire. J'ai fait quelque chose de mal ? Je veux dire, je n'ai rien fait de mal, justement. Je n'ai aucun problème qui…

— Si, tu as un problème, rétorqua-t-il. Tu t'es nourrie de magie. Ce qui veut dire que tu es bien un Draineur.

La voix de Riley tremblait d'horreur ; Mary Ann éprouva une nausée.

— Je te le redemande, dit-elle, en quoi est-ce si terrible d'être un D... Draineur ?

— Inconsciente ! Selon la loi des vampires — nom d'un chien, selon toutes les lois de l'outre-monde ! —, je suis censé tuer tout Draineur que je vois. Nous sommes tous censés le faire.

Mary Ann recula. Riley, la tuer ? Non, jamais. Impossible. Ils s'aimaient !

— Tu ne peux pas tuer comme ça, de sang-froid ! Et pour quelles raisons faut-il tuer les D... Draineurs ? Tu n'es même pas certain que j'en sois un.

Les yeux de Riley lancèrent des flammes.

— Il y avait un Draineur dans la pièce, Mary Ann. Les sorcières sont toujours celles qui les sentent en premier, parce que leur survie en dépend. Elles doivent les éliminer, sans quoi ils pourraient dévorer toute leur énergie. Or, ni Victoria ni Lauren ne peuvent être des Draineurs. Soit, elles raffolent du sang de sorcières, comme tous les vampires — mais il y a un gouffre entre boire le sang d'une créature et se nourrir de son énergie ! Sans compter que je les connais depuis longtemps, et que je les aurais démasquées depuis longtemps. Ce qui ne nous laisse qu'Aden. Sauf que je l'ai vu manger un sandwich il y a peu, ce qui l'écarte de notre liste. Les Draineurs ne supportent pas la nourriture réelle. Reste donc... Mary Ann, dis-moi.

Loin. Il lui fallait soudain se tenir loin de lui. Tout ce dégoût, cette haine, qui émanait de lui... Elle recula encore, les jambes flageolantes, mais pas pour fuir, ni pour braver la menace qui planait sur elle. En s'écartant de Riley, elle cherchait simplement à s'arracher à son odeur animale et épicée, à l'emprise qu'il avait sur elle.

Il se trompait sur son compte, il se trompait forcément !

— Qu'est-ce exactement qu'un Draineur ? demanda-t-elle, enfin sans bégayer, cette fois.

Voilà. Ils allaient en parler ensemble, elle le raisonnerait et l'amènerait à comprendre qu'elle n'avait pas changé. En rien.

Riley se mit à marcher de long en large.

— Je viens de te l'expliquer, non ? C'est un être qui vit de l'énergie des autres créatures.

Cela ne semblait pas si monstrueux.

— Sans cette énergie, ils dépérissent et meurent. Seulement, en l'absorbant, ils tuent la créature dont ils se nourrissent. Pis, leur appétit ne fait que s'accroître.

Mary Ann frissonna d'horreur. Quoi ? Elle allait tuer des gens ? Non. Non, oh non… Soudain, pourtant, l'évidence la frappa, implacable : sa mère. Sa propre mère, morte au moment où elle la mettait au monde, parce que Mary Ann lui avait volé toute son énergie. Mon Dieu. Drainé. Elle l'avait su bien avant que Riley ne mette un mot sur la chose. Non seulement elle était un Draineur, mais elle l'était depuis sa naissance ?

— Bientôt, la magie ne te suffira plus, poursuivit le loup-garou. Il te faudra prendre le pouvoir des vampires, qui ne seront plus capables de se nourrir.

Elle entendait ses pas marteler le sol, comme si son corps devenait de plus en plus pesant.

— Ensuite, très vite, tu pomperas l'énergie des loups-garous, qui perdront leur capacité à changer de forme.

Enfin, tu prendras celle des humains, puis celle de la nature. Alors, tu détruiras toutes les choses vivantes.

— Je ne ferai jamais une chose pareille ! s'exclama-t-elle.

Mais une chape d'angoisse lui tomba sur les épaules. Après tout, elle avait tué sa propre mère. Elle était capable de tout. *Arrête !* s'ordonna-t-elle. *Ne te raconte pas d'histoires horribles ! A l'époque, tu consommais de la nourriture, de la vraie nourriture. Or, Riley dit que les Draineurs ne vivent que d'énergie.*

— Il est impossible que je sois un Draineur. Il doit y avoir une autre explication.

Riley continuait de faire les cent pas. Il lui lança un regard menaçant :

— Que tu le veuilles ou non, ça t'arrivera, et de plus en plus souvent. Les Draineurs ne peuvent pas s'en empêcher sans quoi, comme je te l'ai dit, ils s'étiolent et meurent.

Ainsi, elle était une sorte de parasite ? Une tueuse ? Une sorte de sangsue qui absorbait l'énergie des êtres vivants, les vidait de toute leur substance ? La bouche sèche, le cœur battant, elle tenta encore de protester.

— Tu te trompes. Ma mère, je ne l'ai pas... Je mangeais normalement, à l'époque...

L'expression de Riley s'adoucit un peu.

— En effet, ta mère n'est pas morte par ta faute. J'ignore la cause de son affaiblissement, après ta naissance... Ton pouvoir de Draineur s'est sans doute éveillé lors de ton premier contact avec l'outre-monde.

— Faux ! rétorqua-t-elle en secouant vigoureusement la tête. Je suis entrée en contact avec l'outre-monde en sortant avec Tucker, qui est en partie démon. Or, je n'ai pas pompé son énergie ; je lui ai même fait du bien !

C'était bien une preuve qu'elle n'était pas un Draineur, non ?

Riley se tut un instant, se massant la nuque d'un air embarrassé.

— Oui, mais c'est à ce moment que tu as rencontré Aden. Et à vous deux, vous nous avez appelés ici. C'est alors que les sorcières t'ont lancé un sort, et que tu as eu ton premier échantillon de magie.

Il avait raison, de toute évidence.

— Et quand bien même ! Quelle importance que je sois un Draineur ?

N'envisage même pas d'en être un. Même si toutes les apparences jouent contre toi !

Riley se pencha et ramassa un petit caillou rond qu'il lança au loin. On l'entendit ricocher entre les branches des arbres, puis retomber avec un petit bruit.

— Lauren et toi, reprit Mary Ann, vous avez dit que vous tuiez les Draineurs.

— Oui. Ça fait partie de nos devoirs, confirma-t-il gravement.

Cette idée la fit vaciller. Portant les mains à sa gorge comme pour se protéger, elle demanda :

— Tu me tuerais, moi ?

Il fit volte-face comme un fauve en colère, et vint la prendre par les épaules pour planter les yeux dans les siens.

— Non. Et je ne laisserai personne porter la main sur toi. Nom d'un chien, Mary Ann ! Je ne comprends même pas que tu puisses me croire capable de ça !

D'accord, d'accord. Il avait raison. Elle respira mieux.

— Je te demande pardon, Riley. Tout cela est si nouveau pour moi… Et puis, nous nous sommes éloignés l'un de l'autre, ces derniers temps, non ?

La colère sembla le quitter.

— Si, tu as raison.

De la bouche de Riley, cet aveu qui confirmait sa propre impression la frappa en plein cœur.

— Alors, tu veux… me quitter ? Je veux dire, je ne sais même pas si nous sommes vraiment ensemble, mais…

Peut-être avait-il joué avec elle ? Quelle affreuse nausée cette pensée provoquait en elle…

— Oui, on était ensemble, dit-il d'une voix dure.

Il avait utilisé le passé. Mary Ann sentit son sang se glacer.

— Et ce n'est plus le cas ?

Cette petite voix suppliante, c'était vraiment la sienne ?

— On est ensemble, Mary Ann.

Riley contempla les étoiles :

— On traverse juste une mauvaise passe.

On est ensemble. Oui, c'était bon. Si bon. Elle éprouva un immense soulagement. Jusqu'à ce que Riley ajoute :

— En tout cas, j'en ai l'impression.

De nouveau, elle se sentit vidée d'espoir, d'énergie. Comme les créatures qu'elle drainait prétendument. Quelle amère ironie !

Riley grimpa les marches du porche puis s'assit. Là, il posa les coudes sur ses genoux.

— Si tu es vraiment un Draineur, expliqua-t-il, tu vas tuer tous ceux que j'aime. Tu pourrais même me tuer, moi…

Une vague de panique envahit Mary Ann.

— Je ne te ferais jamais de mal, Riley. Jamais !

— Pas intentionnellement, mais…

Il enfouit la tête dans ses mains.

— Bon sang ! Je n'arrive pas à croire que ceci arrive.

— Tu dois te tromper. Tout va si vite.

Elle avait rencontré Aden, et son monde en avait été bouleversé sur-le-champ. Puis elle avait découvert que Tucker l'avait trompée avec Penny, et tout s'était écroulé autour d'elle. Avant qu'elle n'apprenne la vérité au sujet de sa mère, et que, dans ce domaine aussi, sa vie soit changée du tout au tout. Enfin, elle avait rencontré Riley…

Riley eut un rire sans joie.

— Oui. C'est comme ça, Mary Ann. Le monde change à toute vitesse.

— Existe-t-il un moyen de revenir en arrière ? De changer ce que je suis, si je suis bien un Draineur ? murmura-t-elle d'une voix étranglée.

— Non.

Riley était catégorique. Pourtant, elle insista.

— Tu as déjà essayé ?

— Oui.

— Et que s'est-il passé ?

— Les Draineurs sont morts.

— Explique-moi ça.

— Nous avons fait des expériences.

Jetant un coup d'œil par-dessus son épaule, Riley soupira :

— Ce n'est pas le moment d'aborder le sujet.

Sauf que Mary Ann refusait que la conversation se termine sur une note lugubre et désespérée.

— Je ne suis pas encore prête à retourner à l'intérieur.

Et à faire comme si de rien n'était. Pas avec les larmes qui lui brûlaient les yeux, pas avec ces frissons d'horreur qui la secouaient. Une fois de retour chez elle, elle mangerait quelque chose. Elle se remplirait le ventre. Cela prouverait son innocence.

— Franchement, nous n'avons aucune certitude me concernant, acheva-t-elle.

— Tu as raison, admit Riley.

Mais il manquait de conviction.

— Moi non plus, je n'ai pas envie de rentrer dans cette cabane, ajouta-t-il. Parlons d'autre chose, alors. Je vais te poser la même question qu'à Aden : pourquoi l'as-tu choisi, lui, pour t'apprendre à te battre ? Pourquoi ne m'as-tu pas demandé à moi ?

Cette question ? Maintenant ? Soit. Mary Ann s'y raccrocha comme à une bouée de sauvetage, plutôt que de s'étonner. Après tout, c'était une question presque rassurante tant elle était banale et connectée à la réalité. Elle prouvait au moins que Riley était encore un peu jaloux… Mary Ann aurait pu mentir, se protéger, mais elle préféra répondre franchement.

— J'ai choisi Aden par sécurité. Si tu avais été mon instructeur, je n'aurais pas écouté la leçon : j'aurais eu trop envie de te toucher, j'aurais voulu que tu m'embrasses. Je n'aurais pas pu me concentrer.

Le soulagement de Riley fut palpable.

— Alors, d'accord. Tu as fait le bon choix, dit-il dans un demi-sourire.

Un si beau sourire… Cela faisait une *éternité* qu'il ne l'en avait pas gratifiée. Pourtant, ce sourire la perturba aussi car il lui rappela quelque chose qu'elle mourait d'envie de lui demander.

— Dis-moi…

— Quoi ?

Attention, es-tu sûre que c'est ce que tu veux ? Tu peux être certaine que c'en sera fini de la trêve entre vous, si tu parles…

Mais oui, elle le devait ; il fallait qu'elle sache.

— Qui est Lauren pour toi ?

Le sourire disparut, et Riley se rembrunit.

— Quel est le sens profond de ta question ?

— Je veux la vérité.

Oh, je t'en prie, détrompe-moi.

— Lauren et moi, nous étions ensemble.

Mary Ann s'en était doutée, mais l'aveu n'en était pas moins douloureux à entendre. Si elle était vraiment un Draineur, comment allait-elle pouvoir rivaliser avec une superbe vampire ?

— Et quand avez-vous rompu ?

S'il te plaît, réponds : « Il y a des années »…

— Epargnons-nous ça, Mary Ann.

— Dis-le-moi.

Il soupira.

— Peu après que je suis arrivé ici, à Crossroads. De toute façon, nous n'avions pas le droit de nous aimer. Vlad l'avait déjà promise.

— Donc, je suis le lot de consolation ?

— Mary Ann… Quand je suis arrivé ici, tu sortais avec Tucker. C'est à moi de te demander de quoi je t'ai servi !

Il n'avait pas tort. Elle le rejoignit et s'assit à côté de lui.

— Pourquoi avez-vous rompu ?

— Tu veux vraiment le savoir ?

Au fond, elle ne s'était jamais sentie si proche de la mort qu'en ce moment, avec tous ses rêves et ses espoirs réduits en cendres autour d'elle…

— Oui.

— Je n'aimais pas la savoir en danger, et elle adorait courir au-devant des risques.

C'était exactement ce qu'elle-même avait fait en se rendant en ville la veille au soir. Sauf qu'elle, elle était humaine, sa peau ne la protégeait pas de tout ; le simple fait de traverser la rue pouvait la mettre en danger.

— Est-ce que tu l'aimes toujours ? demanda-t-elle doucement.

— Non.

La réponse n'avait-elle pas fusé trop vite pour être honnête ? Qu'elle détestait douter ! Et elle détestait Lauren, même si elle n'avait rien à lui reprocher ! *Et moi, m'aimes-tu ?* aurait-elle voulu demander. Mais elle n'osa pas ; la réponse aurait pu l'achever. Car Riley répondrait « oui » et, pourtant, elle entendrait « mais… »

— Riley, reprit-elle, tu ne peux pas, à toi seul, chasser le danger de la vie des êtres que tu aimes. Il faut que tu acceptes qu'on t'aide. C'est la seule façon de réussir.

— Je le sais. Mais ça ne me fait pas plaisir pour autant. Promets-moi de ne parler à personne de cette histoire de Draineur. A personne, tu m'entends ? Ni à Aden ni à Victoria. Pas avant que j'aie trouvé un moyen de changer ça… s'il y en a un.

Une autre *expérience* ?

— Jure.

Mary Ann se releva, incapable de demeurer calmement assise. Puis elle se décida.

— Je jure de ne rien dire. Seulement… quelqu'un est déjà au courant.

Riley bondit sur ses pieds et vint se camper devant elle, les mains sur ses épaules. Il affichait une expression terrible.

— Qui ?

Autant le lui dire. Autant ne pas aggraver les choses.

— La sorcière. Marie. Celle que j'ai croisée en ville. Celle qui est… apparue ce matin au lycée. Elle m'a dit qu'elle sentait que je me nourrissais d'elle.

— Et tu ne le dis que maintenant ? Enfin, Mary Ann ! Je l'aurais traquée, je l'aurais retrouvée !

Pour lui faire quoi ?

— J'ignorais de quoi elle parlait, à ce moment-là.

— Elle aurait pu te tuer ! D'ailleurs, je voudrais comprendre pourquoi elle ne l'a pas fait…

Un ange passa. Puis…

— Tu vas devoir apprendre à tenir sa langue, Mary Ann.

C'était dit sans aucune tendresse.

— Je croyais que tu aimais bien ma langue ?

Cette fois, Riley eut un petit rire, un rire qui réchauffa Mary Ann.

— Oui, je l'aime…

C'était si bon d'entendre ces mots. Elle se sentit tellement soulagée. Riley l'enlaça tendrement.

— Tu sais de quoi j'ai envie ? murmura-t-il.

Elle leva les yeux vers lui.

— Dis-moi.

— De passer une soirée avec toi. Simplement. Sans combat, sans chasse, sans énigmes à résoudre. Juste toi et moi. Pour apprendre à nous connaître.

— Moi aussi, j'adorerais ça, avoua-t-elle d'une voix tremblante.

— Dès que nous nous serons occupés des sorcières, c'est ce que nous ferons.

Mais sa voix mourut à la fin de sa phrase, comme s'il ne pensait pas cela possible. Comme si l'un d'eux risquait de mourir avant.

Se rendait-il seulement compte qu'en doutant de leur avenir, il était d'ailleurs déjà en train de la tuer à petit feu ? Il la laissait croire au bonheur… puis détruisait ses espoirs à la seconde. De toute façon, comment auraient-ils pu rêver ? Il avait encore un devoir à remplir vis-à-vis d'Aden :

— Quand nous en aurons fini avec les sorcières, rétorqua-t-elle, il nous faudra d'abord nous mettre à la recherche des parents d'Aden.

— Seulement quand il aura lui-même déjà rencontré les vampires, promulgué des lois, pris des mesures contre les rebelles…

— Vu la lourdeur de sa tâche, il va peut-être devoir abandonner le lycée, remarqua-t-elle.

— J'espère que non. Les choses devraient tout de même se calmer sous peu.

— Tu veux dire que nous pourrons peut-être nous offrir cette fameuse soirée… ?

Riley n'eut pas le loisir de répondre. Derrière eux, la porte grinça, et il desserra son étreinte pour se tourner. Victoria et Aden sortaient de la cabane, affichant tous les deux des mines défaites. Aden avait même l'air malade. Sa peau avait pris une teinte verdâtre et ses yeux étaient cernés. De plus, il boitait, traînant la patte comme si plier le genou lui était trop douloureux. Son jean était déchiré et taché de sang.

— Tu n'as pas l'air bien, déclara Mary Ann.

— Je survivrai, répondit-il.

— Je lui ai fait la même remarque et il m'a fait la même réponse, répliqua Victoria.

Aden sourit, ce qui éclaira son visage las.

— Je suis juste fatigué.

— Tu seras chez toi sous peu, je te le jure, Majesté. Alors, la sorcière a-t-elle dit quelque chose ?

— Rien. Puisque c'est ainsi, nous allons la laisser ici pour cette nuit, attachée sur sa chaise, expliqua Victoria. Peut-être que l'ennui lui déliera la langue.

Hélas, les heures étaient comptées : la semaine que les sorcières avaient accordée à Aden afin qu'il vienne assister à leur assemblée touchait presque à sa fin.

— Qu'allons-nous faire, à présent ?

— Révéler que nous détenons une sorcière, répondit Riley, l'air sombre. Si ses sœurs veulent la revoir, elles tiendront leur réunion et nous en communiqueront l'endroit et l'heure.

— Elles nous jetteront des sorts ! objecta Victoria.

— C'est déjà fait, de toute façon. Donc, révélons l'information. Et pour cette nuit, ou du moins ce qu'il en reste, que chacun rentre chez soi et se repose.

Le regard de Riley, aussi lugubre que le ton de sa voix, croisa celui de Mary Ann.

— La vraie bataille va bientôt commencer.

15

Pendant un long moment, Tucker resta dans l'ombre, à l'abri de l'illusion d'arbres, d'oiseaux de nuit et de ténèbres qu'il avait créée. Par chance, aucun des occupants de la cabane ne l'avait repéré. Alors il avait observé. Espionné.

Il avait pour ordre de suivre Aden, ce qui lui avait été facile, car il avait le pouvoir de sentir où celui-ci allait se rendre. De ce point de vue, il avait donc accompli sa mission.

Sauf que Mary Ann se trouvait souvent avec Aden. C'était un enchantement pour Tucker, mais aussi une frustration. En effet, quand ces deux-là étaient ensemble, il perdait son pouvoir de lancer des illusions, et devait se chercher de vraies cachettes. Dans le même temps, son état d'esprit se mettait à changer ; il s'interrogeait : que faisait-il là, à pourchasser ceux qu'il aurait dû défendre et à épier leurs secrets ? Il aurait pu — voulu ! — protéger ceux qui avaient sauvé sa misérable vie ; il se détestait de les trahir ainsi !

Se jurant de ne plus recommencer, il partait.

Et là… là, immanquablement, il entendait de nouveau la voix de Vlad.

De plus en plus forte.

L'Empaleur lui ordonnait de reprendre son observation. Sous influence, Tucker ne pouvait qu'obéir et retourner vers Aden. Si Mary Ann ne se trouvait plus sur place pour le neutraliser, il éprouvait alors l'irrésistible nécessité de plaire à son roi et, tapi dans l'ombre, il se remettait à guetter et à espionner, avec le désir de s'en prendre à Aden, de le blesser, de lui faire mal, qui grandissait en lui.

Dieu merci, ce n'était pas le cas cette nuit.

Cette nuit, Mary Ann était sous le porche, en compagnie de l'autre garçon, Riley. Tucker était donc en mesure de créer des illusions. Sachant Aden à l'intérieur, il aurait pu se faufiler dans la cabane, sans que personne le remarque… Pourtant, il était resté dehors. Rien que pour Mary Ann. Déterminé à la protéger de la colère de Riley.

En les épiant, il s'était rendu compte qu'il était content qu'elle ait de nouveau un amoureux. Elle méritait d'être heureuse. Elle était la lumière, alors que lui-même était l'obscurité ; elle était aussi pure qu'il était pourri. Il n'avait jamais été celui dont elle avait besoin, mais ils pouvaient peut-être demeurer amis ?

Et pourquoi Penny ne ressemblait-elle pas davantage à Mary Ann ?

Penny… Parfois, quand il était près de Mary Ann, quand il était calme, il se réjouissait qu'elle soit enceinte de lui. La plupart du temps, néanmoins, il niait toute forme de responsabilité dans cette situation. Et, de toute façon, Penny s'en sortirait mieux sans lui. Contrairement à Mary Ann, elle ne lui donnait pas l'impression d'être quelqu'un de bien, elle ne le rassurait pas. Il ferait un père lamentable.

Oui, en l'absence de Mary Ann, il n'avait que des pensées négatives et violentes. Il se sentait l'envie de faire du mal à ses proches. A Penny, et sans doute au bébé.

Le garçon. Suis le garçon.

L'ordre de Vlad résonna dans son crâne, et Tucker grinça des dents, furieux et impuissant. Comment l'Empaleur réussissait-il toujours à savoir ce qu'il faisait ? Comment avait-il pris sur lui un si terrible ascendant ?

Déçu, enragé, redoutant ce qui allait arriver, Tucker se raidit et, incapable de désobéir, prit la direction du sud, vers le ranch D & M où vivait Aden. Quelque chose l'attirait dans cette direction. C'est là que la princesse vampire, Victoria, avait emmené Aden quand tous deux s'étaient évaporés sous ses yeux.

Néanmoins, jusqu'ici, il n'y avait pas grand-chose de neuf à raconter au roi. Aden avait été malade, Aden était allé au lycée, Aden était retourné au manoir des vampires où on l'avait accueilli avec les honneurs…

Dépité, Vlad était hors de lui. A tel point que Tucker avait craint pour sa propre vie. Car, en même temps que l'ancien souverain des vampires s'était laissé aller à sa colère, Tucker avait senti des mains invisibles se refermer autour de son cou et l'étrangler. Pourtant, en fin de compte, le vampire avait relâché son étreinte et l'avait laissé partir, le mandatant pour une nouvelle mission d'espionnage.

Que cherchait Vlad ? se demandait Tucker. Dans quel

but se servait-il de lui ? Pourquoi ne revenait-il pas dès maintenant réclamer son trône ?

Et à toi, qu'est-ce que ça peut te faire ? Quelle importance ?

La réponse lui apparaissait clairement à mesure qu'il mettait de la distance entre Mary Ann et lui : rien, ça ne lui faisait rien ; il s'en fichait. Il allait juste faire ce qu'on lui demandait.

Le poison du gobelin ravageait le corps d'Aden, son sang était devenu de la lave en fusion, brûlant ses organes, crevant sa peau. Tout en lui n'était que souffrance ; régulièrement, il se relevait pour vomir une épaisse bile noirâtre. Heureusement qu'il avait convaincu Victoria de le laisser seul ! Bien entendu, elle avait protesté, mais il avait joué le vieux numéro du sourire qui prétend « Tout va bien pour moi », et elle l'avait cru.

« Déjà vu, déjà fait », trouva-t-il la force de se dire — encore que son corps n'avait jamais réagi si fortement. De toute évidence, la bave de gobelin mort était plus corrosive que celle des morts-vivants ordinaires. Elle affectait même les âmes, qui gémissaient dans sa tête, quand elles ne hurlaient pas, et tenaient des propos incohérents.

Sauf Elijah. *La mort !* hurlait le médium. *Du sang, tellement de sang ! Elle va mourir. Nous ne devons pas la laisser mourir.*

— Qui ?

La question lui brûlait la gorge.

Lui aussi meurt. Tant de morts…

— Qui meurt ? répéta Aden avec véhémence.

Elijah pousuivit sa litanie comme s'il n'entendait pas la question. C'était peut-être le cas, d'ailleurs ; ou bien il n'avait pas la réponse.

Non ! Non ! Ils meurent tous. La guerre, c'est la guerre ! Nous devons empêcher la guerre !

De quelle guerre parlait-il ? S'il s'agissait d'une prédiction…

Et pendant tout ce temps, le fantôme de Thomas se tenait à côté d'Aden, marchant de long en large sans cesser de se plaindre. Il voulait partir, gémissait-il, sa famille le cherchait, elle allait apprendre ce qui s'était passé ; alors, Aden ferait connaissance avec la vraie souffrance, et bla, bla, bla…

— A… Aden, mon pote, ça va ou quoi ?

Dans le vacarme de sa tête, distinguer les sons du monde réel restait très compliqué, mais Aden y parvenait de mieux en mieux. Quelqu'un se trouvait avec lui dans sa chambre, il en était sûr. Il réussit à entrouvrir ses paupières, qui pesaient des tonnes, et vit, à travers une brume épaisse, le visage de Shannon penché sur lui.

— J… je peux t'apporter quelque chose ? demanda le garçon en posant la main sur le front d'Aden.

Shannon l'avait à peine touché qu'une véritable décharge électrique secoua Aden dans tout le corps, et lui fit perdre contact avec la réalité. En un éclair, sa conscience passa de sa tête à celle de son ami, et il vit le monde à travers les yeux de Shannon. Flippant. Bizarre. L'instant d'avant, il était allongé sur son lit, et voilà que, soudain, il se retrouvait debout.

La douleur, néanmoins, ne l'avait pas quitté. Son

estomac se révolta : la position debout ne lui convenait pas. Il se plia en deux et vomit. Encore une fois. Heureusement, quelqu'un avait eu la bonne idée de laisser une bassine de fer-blanc dans les parages. Dan, sans doute… Aden se rappelait vaguement que le directeur du ranch était venu le voir une ou deux fois au cours des dernières heures.

— De-hors, parvint-il à articuler à l'intention de Caleb.

Il voulait sortir du corps de Shannon. Mais, pour toute réponse, un nouveau gémissement s'éleva. Que se passait-il ? En général, Caleb contrôlait la situation. C'était lui qui décidait quel corps posséder et comment ; parfois, même, Aden pouvait diriger la manœuvre. Si Caleb refusait de prendre possession de quelqu'un, Aden pouvait l'y contraindre, à condition de se concentrer suffisamment. Cette fois-ci, pourtant, aucun des deux ne contrôlait la situation.

Impossible de sortir ; quelque chose l'entravait, le retenait prisonnier à l'intérieur de l'esprit de Shannon. Malgré toutes ses tentatives, il demeurait incapable de bouger. Harassé, les jambes flageolantes, le corps parcouru d'élancements douloureux, il finit par capituler et se laissa tomber sur le lit. Avec un peu de chance, Shannon ne se souviendrait pas de cette incursion dans son esprit ; dans le cas contraire, Aden aurait entendu les pensées de son ami.

Bon sang, qu'allait-il lui arriver, à présent ?

Il resta longtemps étalé sur le lit à se tordre de douleur. Combien de temps ? Le temps s'allongeait, perdait toute limite.

Jusqu'à ce que, soudain, les choses sérieuses commencent.

Car Aden perdit cette fois le contact avec la réalité de Shannon. En tout cas, il le crut. Mais quand il rouvrit les yeux, il se trouvait dans le corps d'un petit garçon. Shannon, comprit-il en voyant la peau sombre de son bras, plus jeune. Même s'il n'avait pas remarqué les différences physiques qui accompagnaient ce rajeunissement, il aurait su. Au fond de lui, tout au fond, il sentait la différence. Il venait de voyager dans le temps — et de remonter dans le passé de Shannon.

Cela n'aurait pas dû être possible, pas sans Eve et encore moins dans le passé d'un autre. Jusque-là, Aden n'avait jamais voyagé que dans sa propre enfance. A présent, il sentait et voyait ce que Shannon avait ressenti. Au moins, la douleur physique due au poison avait-elle disparu, et les âmes se tenaient-elles tranquilles au lieu de gémir.

Il était assis sur une balançoire, oscillant d'avant en arrière, ses petits pieds chaussés de sandales, ses menottes agrippées aux chaînes métalliques. Le soleil brillait fièrement — il n'avait que lui pour ami.

— Salut, Sh… Shannon, lança un autre enfant d'une voix moqueuse, tout près de lui.

Des gosses s'étaient regroupés autour de lui, riant ouvertement. D'instinct, Aden sut qu'ils se trouvaient tous dans la cour de l'école, en récréation.

Autour de lui, il y avait un toboggan, un manège et une cage à poules, mais les autres enfants n'y jetaient pas un regard. Seul Shannon les intéressait.

— Ma mère dit que, si tu es bizarre, c'est parce que ton père est noir et ta mère est blanche, lança le plus grand des enfants en lui jetant un caillou.

La pierre atteignit Shannon en plein ventre. Comme une piqûre douloureuse. Il ne leva pas les yeux. « Ignore-les, et ils te laisseront tranquille », c'était ce que lui répétait sa mère sans arrêt. Mais c'était faux. Ils ne s'arrêtaient jamais. Pas avant que Mme Snodgrass ne s'aperçoive de leur manège et ne leur crie dessus ; mais, en ce moment, elle était en train de s'occuper de Karen Fisher, qui avait de l'herbe dans les cheveux. Aucune chance de ce côté, donc — il aurait fallu un miracle.

Un autre caillou frappa Shannon à la jambe cette fois. La douleur fut vive, mais il ne réagit pas davantage.

— Hé, le bègue, on t'a déjà dit que t'as un nom de fille ?

D'autres rires ; tout en restant impassible, il eut envie de disparaître sous la terre.

Aden se serait volontiers jeté sur ces sales gamins, sans égard pour leur âge, afin de leur faire mordre la poussière. Et il en avait le pouvoir puisque c'était toujours lui qui contrôlait le corps... Seulement, changer le passé, c'était changer le futur, et pas toujours pour le mieux. Jamais pour le mieux, en fait. Alors il n'intervint pas, et demeura assis sur sa balançoire, dévasté par le ressentiment et le chagrin, agissant ainsi comme il imaginait que Shannon l'aurait fait, et espérant ne pas se tromper sur ce point.

Mais soudain, le décor changea autour de lui. Plus de cour de récréation. Il fut cerné par des murs de brique rouge couverts de graffitis. Dans le lointain, des sirènes de police se mirent à mugir. Un nuage de fumée le fit suffoquer, et il se mit à tousser, agita une main devant son nez pour dissiper l'odeur, avant de découvrir que son autre main tenait une cigarette.

— Alors, tu en penses quoi ?

Devant lui se tenait un jeune garçon, d'environ quatorze ou quinze ans, qui lui aussi fumait. Comme Shannon, il était noir, mais de peau plus sombre, et il avait les yeux marron. Il était mignon, pensait Shannon, même s'il n'était pas vraiment son genre ; ils sortaient ensemble depuis trois semaines. Ce qui rendait Tyler si attirant, c'était qu'il avouait ouvertement aimer les garçons. Et la plupart des gens l'acceptaient. La plupart seulement ; ce n'était pas le cas de son père, et Tyler prenait souvent des coups. Mais il ne se cachait pas pour autant d'être gay, pas plus qu'il ne dissimulait son côté féminin, dont il était même fier ; il portait du gloss sur les lèvres, des T-shirts roses trop moulants, et se peignait les ongles des pieds en rouge.

Shannon, lui, n'avait encore avoué à personne ses propres préférences. Dieu merci, son père n'avait pas le moindre soupçon ; sa mère, en revanche… Oui, elle devait se douter de quelque chose. Aussi évaporée qu'elle soit, elle ne cessait de lui présenter des filles, puis de le harceler de questions. Et comment les trouvait-il ? Et allait-il leur demander de sortir avec lui ?

— Allô, Shannon ? Ici la Terre, lança Tyler en riant. Tu m'écoutes ?

— Euh, pardon ? Tu disais quoi ?

Toute trace d'amusement disparut du visage de son ami.

— Ne fais pas semblant de ne pas comprendre ; je ne vais pas te laisser te défiler ! Ça fait un million de fois que je te le dis : j'en ai marre qu'on se dissimule. Alors, qu'est-ce que tu choisis ?

— Je…, commença Aden, avant de se taire tout net.

Qu'avait répondu Shannon dans cette situation ? Il sentit qu'un flot de panique était en train de le submerger. D'autant que Tyler le pressait de se déterminer.

— Dis quelque chose !

— Je… je…

Et soudain, la réponse n'eut plus d'importance. La scène changea de nouveau ; à présent, il se tenait debout au milieu d'un terrain de basket à ciel ouvert. Autour de lui, une cohorte de garçons en sueur lui tapaient dans le dos et le félicitaient pour le « bon boulot » qu'il venait d'accomplir. A ses pieds, il y avait un adolescent inconscient. Tyler ! Il reconnut son visage, bien qu'il soit tuméfié et plein de sang. Les mains de Shannon lui faisaient mal. Aden les scruta. La peau de ses phalanges était entaillée. Entaillée par des dents. Celles de Tyler.

C'était lui qui avait frappé Tyler ? Mais pourquoi ?

Le remords, la honte, le chagrin et le dégoût de soi l'envahirent.

Puis ses émotions s'éloignèrent de lui comme des feuilles d'arbre dans le vent en même temps qu'un nouveau changement de décor se produisait. Cette fois, il était assis dans un canapé, à l'intérieur d'une maison dont le salon était orné de portraits de lui ainsi que d'un noir plus âgé et d'une femme blanche. Ses parents, bien sûr. Les joues lui brûlaient, il y passa la main. Empourprées et mouillées. De larmes ? Quelqu'un, devant lui, faisait les cent pas en hurlant. Parce qu'il avait frappé Tyler ?

Non, comprit-il au moment où les sentiments et les pensées de Shannon lui apparurent dans toute leur clarté. Pas parce qu'il avait frappé Tyler mais parce que Shannon venait enfin d'avouer la vérité à ses parents. Il était gay. Il se détestait pour ce qu'il avait fait à Tyler. Il aurait voulu revenir en arrière, ne pas avoir traité si mal le garçon qu'il aimait.

Son père ne décolérait pas. C'était mal ! C'était un péché ! Même sa mère s'y mettait, avec ses cris et ses pleurs hystériques, et se lamentait sur la honte qu'il lui faisait. Pourquoi n'était-il pas normal ?

Normal... Aden comprit soudain à quel point Shannon et lui étaient proches. Presque identiques. Toute sa vie, on l'avait lui aussi traité de monstre, d'anormal ; ses parents, tout comme le système, l'avaient abandonné. Personne ne l'avait recueilli. Une honte, un rebut de la société, voilà ce qu'il était pour eux tous.

— Shannon ?

Une voix d'homme l'appelait depuis un long tunnel sombre ; quelqu'un le secouait.

— Toi aussi, tu es malade ?

Brutalement arraché à la scène, Aden ouvrit les yeux — trop de lumière, ses yeux brûlaient, des larmes brouillaient sa vue — pour se retrouver dans sa chambre, toujours allongé sur le lit, la douleur au ventre, avec les âmes qui hurlaient dans sa tête. Dan le regardait, visiblement inquiet.

— Tu es brûlant, soupira-t-il.

Même l'air qu'il déplaçait ajoutait à la souffrance d'Aden.

— D'après ce que je vois, la maladie d'Aden est

contagieuse, conclut le tuteur. Au fait, où est Aden ? Est-ce que je dois appeler un médecin ?

Dan voulait savoir où se trouvait « Aden »… A ces mots, il comprit lentement qu'il était toujours dans le corps de Shannon.

— Ça ira, s'efforça-t-il d'articuler. Aden… va bien. Il est au lycée. Pour moi aussi, ça ira bien. S'il te plaît, tu peux me laisser maintenant ?

Puis il ferma les yeux et se roula en boule.

— D'accord. Repose-toi. Je reviendrai voir comment tu vas, et je t'apporterai du bouillon de Meg.

Meg était son épouse, une femme charmante et douce.

Aden entendit la porte se fermer et les pas de Dan s'éloigner dans le couloir.

Tous ces morts…, gémit de nouveau Elijah.

Par pitié, pas ça, pas de nouveau ! Le médium ajouta quelque chose, mais une autre voix se mêla bientôt à la sienne, réclamant l'attention d'Aden. Une voix de femme.

— Shannon ? disait-elle. Où est Aden ?

Victoria… Il s'efforça d'ouvrir les yeux. A présent, on avait éteint la lumière et tiré les rideaux, et la pièce était plongée dans une pénombre bienvenue. Comme Dan quelques instants plus tôt, Victoria se tenait à la tête du lit et le regardait avec inquiétude. Derrière elle, Thomas espionnait en silence.

Quand elle tendit la main pour la poser sur son front, Aden se recroquevilla.

— Ne me touche pas.

Peinée, elle renonça.

— Pourquoi ? Que se passe-t-il ?

— Je suis Aden. C'est Aden qui te parle. Je suis coincé dans le corps de Shannon.

Si elle le touchait, n'allait-il pas posséder son corps et emmener Shannon avec lui ? Certes, ce n'était pas arrivé avec Dan, mais Aden refusait de prendre le risque avec Victoria, même s'il avait très envie qu'elle le caresse.

Devant son recul, elle eut d'abord une expression surprise, puis une véritable crainte s'afficha sur son visage.

— Je savais que je n'aurais jamais dû te laisser seul. Tu étais malade, et j'aurais dû… Je voulais que tu te reposes, et j'avais peur de t'en empêcher en restant ici. Zut, voilà que je bavarde à tort et à travers ! Pardon, je vais aller chercher Mary Ann. D'accord ? Il faut que je te laisse, mais je reviens tout de suite.

Mary Ann. Oui, bonne idée, puisqu'elle bloquait les pouvoirs magiques.

— D'accord.

Peut-être que sa présence libérerait Aden du corps de Shannon. Peut-être. Dans le cas contraire… Il serait coincé. Pour toujours.

Mary Ann se nicha contre la bouillotte douce et tiède — étrangement grande — au creux de son lit. Elle n'avait jamais dormi aussi bien ni aussi profondément. Sans doute parce qu'elle était épuisée, depuis ce qui lui semblait une éternité, et que son corps réclamait son dû. Ou peut-être parce que c'était son dernier sommeil.

Mais non ! Dans ce cas, elle se serait tournée et retournée toute la nuit, en se demandant si, oui ou non, elle était un Draineur, si Riley allait la rejeter à jamais, si les sorcières allaient se lancer à ses trousses, si, si, si...

Et voilà. Maintenant, elle avait déclenché les questions ! Elle se mit à se tourner et à se retourner. Qu'allait-elle faire ? Comment allait-elle... ?

Stop !

Et puis, qu'est-ce que c'était que cette bouillotte, si grande, et qui demeurait collée à elle-même quand elle s'agitait ? Bizarre. Ce qui était encore plus bizarre, c'est qu'elle n'avait jamais possédé ni bouillotte ni couverture chauffante.

Tout à coup, elle ouvrit les yeux.

Il y avait dans son lit... un grand loup noir.

Mary Ann poussa un petit cri, et son cœur se mit à battre la chamade.

Chut. C'est moi. Tout va bien.

Les mots se répercutèrent dans sa tête ; la voix grave et chaude lui était familière.

— Riley ?

Sans le vouloir, elle avait parlé tout haut. Elle frotta ses yeux gonflés de sommeil et regarda le loup bien en face. La lumière était éteinte et le soleil n'était pas encore tout à fait levé ; les détails restaient donc indistincts.

Le loup était étendu de tout son long à côté d'elle ; son pelage sombre, tout comme ses yeux verts, luisait dans l'obscurité.

C'était bien Riley.

En chair et en os.

Elle devait avoir une drôle d'allure, à cette heure. Vite, elle mit de l'ordre dans ses cheveux — quelques nœuds, rien de méchant — et vérifia sa tenue : un débardeur bleu, un simple caleçon qui lui laissait les jambes nues. Les draps dissimulaient le bas de son corps.

— Qu'est-ce que tu fais ici ? demanda-t-elle.

Il est possible que tu sois un Draineur, répondit Ryler, *et cette sorcière, Marie, se doute de quelque chose. Hors de question que je te laisse dormir seule, dorénavant.*

Donc, il tenait encore à elle. Il envisageait même l'hypothèse qu'elle ne soit pas un Draineur, ce qui, par rapport à leur dernière conversation — où il avait affirmé « Tu finiras par me tuer » — constituait un progrès. Elle sentit un sourire naître sur ses lèvres.

— Alors tu as passé toute la nuit ici ?

Il l'avait protégée.

Absolument. Je suis revenu après avoir ramené Aden et Victoria chez eux.

— J'en suis ravie. Merci.

Avec plaisir.

Leurs yeux se rencontrèrent et, pendant un instant torride, il la regarda comme il la regardait les premiers temps de leur rencontre, avant les sorcières, avant les Draineurs ; il la regarda comme si, pour lui, elle comptait plus que tout au monde. Un véritable rêve…

Son sourire s'élargit, et elle se laissa retomber sur les oreillers, en regrettant un peu de ne pas s'être réveillée plus tôt.

— Maintenant que nous sommes tous les deux éveillés, on peut parler de la nuit dernière. Il y a deux ou trois choses que nous avons dites qui…

Impossible d'achever la phrase. La porte de la chambre venait de s'ouvrir à la volée :

— Mary Ann, tu as un problème ?

Son père fit irruption dans la pièce, furieux. May Ann se redressa brusquement, se sentant prise en faute avec sa « bouillote ».

— Papa ! Mais qu'est-ce qui te prend ? s'écria-t-elle.

— Tu as crié le nom d'un garçon, et j'ai cru que...

A cet instant, son regard tomba sur le loup et il s'arrêta net, l'air terrifié. Il était encore vêtu de son pyjama de flanelle ; sans doute avait-il sauté de son lit.

— Mary Ann, ma chérie, reprit-il aussi calmement qu'il put, tu vas faire exactement ce que je dis. Lève-toi. Lentement. Pas de geste brusque, d'accord ? Tu vas venir jusqu'ici tout doucement, d'accord ? Vas-y, mon trésor.

— Papa, ce... chien est inoffensif, affirma alors Mary Ann, je te le jure.

Ça, c'était le plus gros mensonge du monde. Pourtant, pour confirmer ses dires, le « chien » se mit à lui lécher la main. Immédiatement, elle éprouva un frisson et ses joues devinrent brûlantes. Pourvu que son père ne se rende compte de rien...

— Comment peux-tu savoir si ce bâtard est dangereux ou pas ? objecta ce dernier.

Lui qui avait toujours été terrifié par les animaux et qui les détestait...

— Allez, éloigne-toi de lui, viens me rejoindre. Je ne veux pas te faire peur, mais cette bête pourrait te défigurer d'un seul coup de dents, mon trésor.

A ces mots, elle sentit Riley se raidir.

— Je sais. Enfin, non, ça ne risque pas, bredouilla-t-elle. C'est mon... toutou à moi. Mon animal de compagnie, quoi.

S'il te plaît, Riley, ne te vexe pas, le supplia-t-elle. Hélas, il ne pouvait pas entendre ses pensées.

— Ça fait quelques semaines que je l'ai adopté.

Son père ouvrit des yeux ébahis.

— Et je ne m'en serais pas rendu compte ?

— Je t'assure.

Elle passa un bras autour du cou de Riley et enfouit le visage dans son pelage.

— Qu'est-ce que tu racontes ! s'obstina son père. Tu me l'aurais dit. Je l'aurais su.

« Pauvre papa. Il y a tellement de choses que tu ne sais pas… », aurait-elle pu répondre. Au lieu de quoi, elle dit :

— Comme je sais que tu as une vraie phobie des animaux, j'ai préféré le cacher. Mais, tu vois, il est dressé. Il se tient très bien, je te le jure.

— Cette chose pourrait te dévorer comme un rien, Mary Ann. Je veux qu'il s'en aille. Immédiatement.

— S'il te plaît, papa ! Je t'en prie, laisse-moi le garder, implora-t-elle en se forçant à pleurer.

Est-ce qu'elle en faisait trop ? Peut-être. Mais il fallait qu'elle obtienne un oui. Ainsi, Riley pourrait aller et venir librement chez elle. Plus besoin de se cacher. Franchement, elle aurait même dû y penser avant !

— Je me sens mieux grâce à lui. Tu sais, depuis que… Depuis ce qui s'est passé entre nous.

Bon, rappeler à son père leur dispute était un coup bas, mais c'était la seule chance qui lui restait.

Enfin, le visage de son père s'adoucit :

— Mais il n'a peut-être pas tous ses vaccins…, dit-il, désarmé.

Mary Ann avait gagné. Elle en aurait ri, chanté et dansé !

— Je l'emmènerai moi-même chez le vétérinaire.

Son père prit le temps de la réflexion, se pinça l'arête du nez, puis poussa un long soupir.

— Et tu l'as appelé… Riley ?

Oups.

— Oui.

— Tu donnes à ton chien le nom de ton petit ami ?

— Euh… oui.

— Et pourquoi ça ?

Il devait être en train de trouver des tas de sous-entendus psychologiques à la situation.

— Ça m'a semblé… approprié, parce qu'ils sont tous les deux très protecteurs.

Ce qui, au moins, était vrai.

— Et Riley est au courant ? s'enquit doucement son père.

— Oui. Même qu'il aime bien cette idée. Il se sent flatté.

— Ce qui me prouve bien que c'est un type bizarre, et que tu ferais mieux de ne pas traîner avec lui.

— Est-ce que c'est ton opinion *professionnelle* ? demanda Mary Ann d'un ton narquois.

Silence. Puis, de nouveau :

— Je n'arrive pas à y croire. Un cabot dans notre maison depuis des semaines, et je n'ai rien vu… Soit, tu peux le garder. Mais je t'avertis : s'il pisse sur les tapis, je le mets dehors.

— Entendu, conclut Mary Ann en se pinçant les lèvres pour ne pas sourire.

Son père tourna les talons. Il s'apprêtait à sortir de la chambre quand il lança :

— Et s'il te montre les crocs, même une seule fois, c'est la porte aussi. Il a l'air dangereux.

Et je le suis ! s'exclama Riley dans la tête de Mary Ann.

Quant à elle, elle s'ordonna de ne pas rire.

— Dis-moi, reprit son père depuis le pas de la porte. Où abrites-tu ton monstre, quand tu es au lycée ?

Ton monstre. Sympa.

— Il reste dehors.

— Mary Ann, tu sais que ça risque d'amener des puces dans la maison ?

Ne ris pas. Ne ris pas. Ne ris pas.

— Il est propre, papa, je te le promets. Mais si je trouve la moindre bestiole, je ferai ce qu'il faut.

Mmm… Soudain, tu m'intéresses, lui chuchota Riley.

— Et, merci, papa, acheva-t-elle. Merci pour tout.

— Mouais.

Enfin, la porte se referma et Mary Ann demeura seule avec Riley. Enfin, elle put rire tout à son aise. Et surtout, enfin, elle put câliner son… Comment avait dit son père, déjà ? Ah oui, *son cabot*.

16

Pisser sur les tapis, grogna Riley. *Ben voyons.*

Mary Ann riait aux larmes. Après toutes ces heures passées à redouter ce qui pouvait arriver, c'était étrange de trouver le temps de rire. Et tellement bon.

Des puces ? Un bâtard ? poursuivit le loup. *Il changera peut-être d'avis quand j'aurai planté mes crocs dans ses mollets.*

— Ce n'est pas le moment, vraiment, déclara-t-elle. Sinon, il te mettra dehors.

Riley gronda mais se laissa pourtant aller, tout contre elle.

Mais enfin, mon pelage est soyeux, non ?

— Mais oui, Riley. Très soyeux.

Il soupira.

Rendors-toi. Tu auras besoin d'être aussi reposée que possible.

Allongée contre lui, à le caresser, à l'entendre presque ronronner de plaisir, elle se sentit tellement en sécurité, tellement au chaud ! Comme cette sensation lui avait manqué ! Et savoir que Riley serait là à son réveil était encore plus délectable. Totalement détendue, elle oublia tout, se laissa aller à la béatitude et finit par s'assoupir.

Et, le matin venu, quand elle rouvrit les yeux, Riley était effectivement toujours à côté d'elle. Elle bâilla, se frotta les yeux pour s'assurer qu'elle ne rêvait pas ;

mais non, il était bien là. Elle saisit son portable sur la table de nuit pour regarder l'heure. Déjà ? Il ne lui restait qu'un quart d'heure avant de devoir se lever pour aller au lycée. Elle aurait voulu disposer d'une heure, même de beaucoup plus, du temps nécessaire pour parler avec Riley…

Tant pis. Elle n'y pouvait rien. Alors autant savourer chaque seconde de ce quart d'heure, comme s'il était le dernier.

Dans la lumière crue du petit matin, néanmoins, Mary Ann sentit ses inquiétudes revenir à la charge — les images de la nuit précédentes, les pensées, les paroles prononcées… *Nous sommes ensemble.* Voilà ce qu'avait dit Riley. *Du moins, je le crois. Un jour, tu tueras tous ceux que j'aime. Tu finiras par me tuer moi.* Des paroles qui menaçaient de gâcher le peu de temps qu'il lui restait à passer dans la chaleur du lit et près de Riley.

Alors, vraiment, si elle était bien le Draineur qu'il la suspectait d'être, un jour elle s'en prendrait à lui ? Elle le tuerait, lui qui lui avait donné la vie, qui l'avait sauvée du monde qu'elle s'était créé, où elle se croyait vivante, mais où, au fond, elle ne faisait que suivre un parcours programmé ? Comment serait-elle capable d'un tel acte ?

Eh bien, si, pour éviter ce désastre, il lui fallait le quitter, lui et tous les gens qu'elle aimait, elle le ferait. Mais — un énorme mais —, d'ici là, elle ferait tout ce qui était en son pouvoir pour prouver qu'elle n'était pas un Draineur, ou pour redevenir simplement Mary Ann.

Tu as faim ? demanda Riley.

Evidemment, il l'espérait. Sa voix s'insinua en elle,

aussi chaude et douce que son corps. Elle se posa la question à son tour. Son estomac était vide, mais il ne la taraudait pas.

— Non, confessa-t-elle tout en mourant d'envie de prétendre le contraire.

Riley sauta hors du lit et se glissa dans la salle de bains pour y recouvrer sa forme humaine et s'habiller avec les vêtements qu'il avait cachés. Ce n'était pas la première fois qu'il venait dans sa chambre, et Mary Ann espérait bien que ce ne serait pas la dernière. Tant qu'elle était seule, elle se précipita sur le bouton de la porte et la verrouilla, puis se rassit sur le lit en attendant que Riley libère la salle de bains.

Elle n'eut pas à patienter longtemps. La porte s'ouvrit au bout de quelques minutes, et il apparut. Il ne portait en tout et pour tout que son jean et, en le voyant, Mary Ann fut éblouie. Il était hâlé, mince et musclé… N'importe quelle fille aurait rêvé de l'avoir pour elle ! D'autant qu'il émanait de lui un côté mauvais garçon qui le rendait irrésistible.

Et il est à moi, pensa-t-elle fièrement.

Peut-être. Pour l'instant.

Elle redressa la tête. Non, elle n'allait pas se laisser aller aux idées noires.

— Donne-moi une minute, dit-elle en se levant à son tour pour occuper la salle de bains.

Rapidement, elle se brossa les dents et les cheveux et considéra son reflet dans la glace. Mon Dieu… Bien qu'elle ait dormi d'un sommeil paisible, ses yeux étaient cernés et ses joues semblaient s'être creusées. « Si seulement j'étais belle comme Victoria, ou comme Lauren », songea-t-elle, navrée. Ce n'était pas la première fois que cette idée la traversait, mais la comparaison avec Lauren la faisait tout particulièrement souffrir. Lauren, dont Riley avait été si proche, et qui venait à peine de rompre avec lui. Lauren, dont les baisers étaient peut-être bien meilleurs, qui savait se battre comme une guerrière, et qui respirait la confiance en soi.

Et qui, surtout, ne finirait pas par tuer Riley et tous les êtres qu'elle aimait.

Accablée, comme dégoûtée d'elle-même, Mary Ann quitta la salle de bains. Dans la chambre, Riley s'était de nouveau étendu sur le lit, et elle s'allongea à côté de lui, la tête nichée au creux de son épaule. Sa peau était aussi chaude que sa fourrure. « Il est à moi », se répéta-t-elle, le cœur battant. « Il n'est pas à Lauren ; ni à personne d'autre. » Hélas, elle ne réussissait pas à s'en convaincre.

Le doute la rongeait, la détruisait à petit feu. Plus elle passait de temps avec Riley, plus ses sentiments devenaient forts et profonds, plus la perspective de devoir le quitter un jour se révélait insupportable. Dire qu'elle devrait pourtant s'y résoudre, s'il n'y avait pas d'autre moyen de le protéger…

Mais, dans ce cas, elle n'hésiterait pas.

— Tu fais une drôle de tête. Quelque chose ne va pas ? demanda Riley.

Il attira Mary Ann dans ses bras et lui caressa tendrement le visage. C'était doux, apaisant.

— Je réfléchis, c'est tout, répondit-elle.

— A quoi ?

— Je me demande si je suis bel et bien un Draineur. Quand pourrons-nous en être certains, et comment ?

Riley soupira et ignora la question.

— Ecoute, je n'aurais pas dû hausser le ton et m'en prendre à toi, la nuit dernière. Seulement, j'étais mort de trouille, et j'avais peur pour ma famille. Mais, d'une certaine façon, tu fais partie de ma famille, et je suis désolé. Je n'aurais pas dû te traiter de cette façon.

— Ne t'excuse pas, ce n'est pas nécessaire.

Même si elle adorait entendre ces mots dans sa bouche.

— Il se passe quelque chose de grave, de dangereux, et c'est normal que tu réagisses, Riley. Si mon père était en danger, je réagirais de la même façon.

— N'empêche, répondit-il en déposant sur sa joue un baiser plein de tendresse. Hier soir, j'ai détesté devoir te laisser seule. Je crois que j'ai dû finir par pousser Victoria et Aden dans leur chambre, tellement j'étais inquiet pour toi. D'ailleurs, je dormirai ici jusqu'à ce que les sorcières ne soient plus un danger pour toi.

Quel amour.

— D'accord. Tant que tu ne pisses pas sur le tapis.

Il fit mine de grogner.

— Très drôle.

— En général, reprit Mary Ann qu'une pensée venait de troubler, tu te caches quand mon père arrive. Pourquoi est-ce que tu ne l'as pas fait, cette fois ?

— Je *voulais* qu'il me voie. Je veux pouvoir aller et venir librement dans la maison sans risquer de prendre un coup de fusil.

— Malin.

— Génial, tu veux dire…

Elle réprima un sourire.

— Mais revenons à ce qui me tracasse. Tu n'as pas répondu à mes questions. Quand serons-nous certains que je suis un Draineur ?

— Et si on laissait les Draineurs tranquilles, pour le moment ? Je préférerais qu'on les oublie.

— Impossible. Pas quand cela risque de te mettre en danger. Réponds-moi, s'il te plaît.

Riley soupira, et Mary Ann sentit son souffle sur ses cheveux.

— Si tu es un Draineur, se résolut-il à expliquer, tout ce que tu mangeras va te rendre malade ; ton corps refusera toute forme de nourriture ordinaire et tu vas commencer à rechercher la proximité des sorcières et des autres créatures magiques. Avant même de les voir, tu sauras les reconnaître et tu sauras quels sont leurs pouvoirs.

« Oh, mon ventre qui se tord de nouveau… » Cela n'augurait rien de bon, songea Mary Ann. Sans compter qu'elle avait déjà commencé à ressentir de loin la présence des créatures : en ville, elle avait « deviné » Marie avant qu'elle n'entre dans son champ de vision. Et, hélas, elle aurait donné cher pour éprouver de nouveau cette impression de puissance addictive comme une véritable drogue.

La drogue — Riley lui-même avait utilisé la comparaison.

— Si quelque chose comme ça t'arrive, il faudra me le dire.

Elle allait faire mieux que le lui dire : le lui montrer.

Sitôt la décision prise, elle se leva et se dirigea vers son bureau.

— Je veux en avoir le cœur net, dit-elle.

D'accord, elle aurait pu attendre d'être seule pour se livrer à cette expérience, mais, à ses yeux, Riley devait savoir lui aussi. Alors, les mains tremblantes, elle attrapa une barre de céréales dans le tiroir, là où elle rangeait également quelques fruits secs et des bonbons. Puis elle déchira l'emballage et, face à Riley qui ne cherchait même pas à dissimuler son anxiété, elle mordit dans la barre.

D'habitude, elle adorait le chocolat ; mais, aujourd'hui, tout ce qu'elle sentait dans la bouche, c'était un goût de cendres et un spasme immédiat de son estomac, comme s'il allait se révolter. Décidée à pousser plus loin, elle avala la bouchée ; on aurait dit un morceau de charbon. Là, ainsi que Riley l'avait prédit, une nausée puissante, brûlante, insoutenable monta en elle. Un jet de bile âcre envahit sa bouche.

Vite, elle se précipita dans la salle de bains.

Quand elle se fut débarrassée de ce qu'elle avait ingéré, elle se brossa les dents, interminablement, dans l'espoir de calmer ses muqueuses, que continuait de brûler la nourriture. Et pendant tout ce temps, elle n'avait pas cessé de trembler.

— Ça va mieux ? demanda Riley.

— Oui.

— Tu sais, c'est peut-être l'anxiété.

— Oui, c'est possible.

Mais elle savait, maintenant ; et il savait aussi. Seulement, ils refusaient tous deux de regarder en face la cruelle vérité, ils auraient même voulu la nier de toutes leurs forces.

Impossible. Plus maintenant. Elle était différente. Elle avait changé. Elle était un Draineur.

Hébétée, elle revint s'installer sur le lit à côté de Riley. Elle allait devoir le quitter, alors ? Etait-ce la dernière fois qu'ils pouvaient être proches, ensemble ?

— Je suis sûr que c'est à cause de l'anxiété, répéta Riley pour les rassurer tous deux.

Il tenta même une explication :

— C'est ce qu'on appelle une prédiction auto-réalisée. Je t'ai prédit que tu risquais d'être malade, et tu l'as été juste parce que je l'ai dit.

Sa voix manquait curieusement de chaleur. Jusque-là, Mary Ann avait été la rêveuse, dans leur couple, et Riley, le pragmatique. On aurait dit que les rôles s'inversaient…

— Riley…, murmura-t-elle.

Mais il l'interrompit comme s'il avait deviné où elle voulait en venir.

— Non, non, fin de la conversation, on peut changer de sujet.

Il l'embrassa, puis poursuivit.

— Tu sais, hier… quand je t'ai dit que je ne savais pas si nous étions encore ensemble ? C'était stupide de ma part. J'étais sous le choc. Je m'en veux. Mary Ann, non seulement je veux être avec toi, mais je refuse que tu sois avec qui que ce soit d'autre. Tu es à moi, et je ne partage pas.

Mary Ann ferma les yeux. Comme ces mots étaient

doux à son oreille ! Dans d'autres circonstances, elle aurait bondi de bonheur, flotté sur un nuage…

— Riley, je ne sais pas si…

Riley roula sur elle et pesa de tout son poids. C'était loin d'être désagréable. Elle aimait cela.

— Tu es en train d'essayer de me quitter, c'est ça ?

— Oui.

Etait-ce bien elle qui venait de prononcer des mots qui lui brisaient le cœur ? Comment avait-elle pu ? Riley était tout pour elle…

Justement, songea-t-elle. Parce qu'il comptait plus que tout au monde, elle n'avait pas le droit de mettre sa vie en danger, par égoïsme, pour le garder près d'elle.

— Ecoute, je reconnais que la situation est difficile, mais pas au point de nous séparer !

Des larmes brûlantes envahirent les yeux de Mary Ann.

— Oh, si…

Arrête. Tais-toi. Ne fais pas ça ! lui criait son cœur.

— Nous deux… c'est fini.

Peut-être y avait-il une solution, une issue ; elle allait chercher, se livrer à des expériences, et elle finirait par trouver. Mais jusque-là, elle devait renoncer à Riley, cesser de s'accrocher à lui et à son amour, de profiter de sa présence, de s'appuyer sur lui, de l'attendre et d'avoir besoin de lui.

Riley la regarda plus durement.

— Dans ce cas, tu ne verras plus d'obstacles à ce que je te donne moi-même des leçons d'autodéfense ?

A ce qu'il pose les mains sur elle ? A lui résister ? Alors qu'elle cherchait à le protéger d'elle.

— C'est le contraire de ce que j'essaie de faire, rétorqua-t-elle.

— Précise-moi ça.

Elle n'en eut pas le loisir. La voix de son père venait de s'élever du rez-de-chaussée pour l'inciter à descendre déjeuner.

— Mary Ann ? Tu es levée ?

— Oui, lança-t-elle.

— Petit déjeuner dans vingt minutes.

Elle se dégagea de l'étreinte de Riley et se leva.

— Je crois qu'il vaudrait mieux que tu partes, dit-elle en fuyant son regard. Il faut que je me prépare.

— Soit. Mais je reviendrai. Je t'accompagnerai jusqu'au lycée. A moins que tu aies l'intention de sécher les cours et de partir traquer la sorcière ?

Il ajouta plus sérieusement :

— Plus nous aurons fait de prisonnières, plus nous serons forts pour négocier.

Autrement dit, il sollicitait son aide ; jusque-là, il avait toujours préféré la laisser en retrait, pour sa sécurité, disait-il.

— Je ne peux pas, répondit-elle, pourtant très émue. J'ai une interro de chimie, et il vaut mieux que j'y sois.

Une excellente moyenne générale n'avait guère d'importance dans l'au-delà mais, malgré elle, Mary Ann tenait à faire comme si elle vivait une semaine normale.

— D'accord. Je vais…

Riley ne put achever. Victoria venait de se matérialiser au beau milieu de la chambre, prenant Mary Ann au dépourvu, qui porta la main à son cœur. La princesse vampire était plus pâle qu'à l'ordinaire, elle avait les traits tirés et semblait très inquiète.

— Il faut que tu viennes avec moi, expliqua-t-elle à Mary Ann d'un ton qui ne souffrait aucune négociation. Aden est pris au piège dans le corps de Shannon. Il ne peut pas en sortir.

Mary Ann sentit son cœur battre plus vite. Elle avait déjà vu Aden posséder une enveloppe corporelle, et chaque fois le processus la bouleversait.

— Je m'habille et je te rejoins au ranch.

— Non. Ça prendrait trop de temps. Il faut que je te téléporte tout de suite.

— Soit. Mais avant, il faut que mon père me voie et qu'il soit convaincu que je me rends bien au lycée.

Tant pis pour l'interro de chimie…

— On se retrouve devant le portail de l'allée.

— Je t'accompagne, déclara Riley, déjà prêt à bondir.

Mais Victoria secoua la tête, et se montra inflexible.

— Non, tu ne peux pas. Tu empêches Mary Ann d'utiliser son pouvoir de neutralisation. Il faut que tu te tiennes à l'écart.

Il s'obstina :

— Je l'accompagne au moins jusqu'au porche.

Cette fois, Victoria acquiesça en hâte, avant de disparaître de nouveau.

Sans plus un mot, Mary Ann s'empressa de prendre un sweater et un pantalon dans son armoire, d'entrer dans la salle de bains pour les enfiler, puis de préparer son sac de classe. Entre-temps, Riley avait repris sa forme animale.

Ensemble, ils dévalèrent l'escalier et pénétrèrent dans

la cuisine où flottait une odeur d'œufs au bacon. Rien qui fasse saliver Mary Ann, mais rien qui lui retourne l'estomac non plus. Une nouvelle encourageante.

— Coucou, papa.

Son père se retourna et, en voyant Riley, afficha une expression de dégoût mêlée de méfiance. Il avait dû mal dormir car ses yeux étaient cernés.

— Seigneur, fit-il, je ne m'étais pas rendu compte à quel point cette bête est énorme.

Mary Ann esquiva.

— Pardon, papa, mais je n'ai pas le temps de prendre de petit déjeuner ce matin, dit-elle. Je veux arriver en avance au lycée pour pouvoir bûcher mon exam de chimie.

Inquiet, son père fronça les sourcils :

— Dis donc, je me trompe ou tu touches à peine à la nourriture, en ce moment ? Je l'ai bien remarqué, tu sais ? Au moins, prends un morceau de bacon.

Pas envie de discuter… Elle saisit le morceau de bacon qu'il lui tendait.

— Tu veux que je te conduise ?

— Non, pas la peine. Ça me fera du bien de marcher. Ça m'oxygénera le cerveau.

Est-ce qu'elle ne se la jouait pas un peu trop désinvolte ?

— Bonne chance, ma chérie.

— Merci. Je t'aime.

Sur ces mots, elle sortit et dévala l'allée en compagnie de Riley qui courait à côté d'elle. Curieusement, dans un flash, elle eut la certitude que Tucker courait avec eux. Mais Riley ne sembla rien remarquer — et comme Riley remarquait toujours tout, Mary Ann chassa son impression. De toute façon, même si Tucker était là, sur ses talons, même s'il la suivait, elle n'avait pas le temps de s'arrêter pour lui demander des comptes : Aden avait besoin d'elle, rien d'autre ne comptait.

17

Deux voix appelaient Aden. Deux voix féminines. Deux voix inquiètes. Celle de Mary Ann et celle de Victoria. Voilà, l'instant d'avant, il était au milieu des rêves et des souvenirs de Shannon, à regarder défiler un passé aussi solitaire et douloureux que le sien ; et, soudain, maintenant, il se trouvait à côté de Mary Ann, qui lui tenait la main dans la sienne.

— Essaie quelque chose d'autre.

— Tu as une idée ? J'ai tout essayé ! J'ai crié, je l'ai secoué, je l'ai même giflé.

— Il est à l'intérieur de ce corps, bon sang ! FAIS-LE SORTIR !

— Mais comment veux-tu que je m'y prenne ? En lui fouillant le thorax ?

— Pourquoi pas ?

— Tu es vraiment dingue ! Je me demande comment Aden te supporte...

Mary Ann haletait, le visage perlé de sueur, et ses yeux trahissaient sa fatigue et sa peur.

— Tu as vu ça ? demanda-t-elle, abasourdie, à Victoria. Tu l'as vu, oui ou non ? Je n'y crois pas. Ce que je viens de faire, tu l'as vu ?

— Qu'est-ce qui s'est passé ? demanda Aden d'une voix rauque.

Nom d'un chien, qu'il avait mal ! On aurait dit que chaque parcelle de son corps avait été méthodiquement rouée de coups. Avant d'être écrasée par un camion.

Victoria s'approcha de lui, l'air tout aussi ébahie.

— Ça va. Ça va aller, maintenant.

Mais qui voulait-elle convaincre ?

— Qu'est-ce qui s'est passé ? répéta-t-il.

— Elle... elle a fouillé dans ta poitrine. Elle t'a arraché de là. Au début, tu étais comme un genre de fantôme, pas vraiment solide, et puis tu t'es matérialisé. Je... je n'ai jamais rien vu de semblable.

Et comme dommages collatéraux ? Voyons voir... Sa rotule le lançait plus encore que le reste de son corps, et il tremblait, mais les effets du poison étaient en train de se dissiper — plus de nausée, pas de paralysie. Un immense soulagement. Et là-haut ? Eh bien, là-haut, ni Elijah ni Caleb ni Julian ne gémissaient plus, ils n'échangeaient pas non plus de propos incohérents. Ils étaient calmes. Présents, sans aucun doute, mais calmes, comme épuisés par ce qu'ils venaient de vivre, eux aussi, et aspirant au repos.

Thomas s'incrustait — en dépit de la présence de Mary Ann. Aden distinguait sa silhouette presque transparente, assise devant le bureau, bras croisés. Il arborait une expression butée, mais ne réussissait pas à dissimuler l'intérêt qui brillait dans son œil : il observait, et analysait tous les détails.

Fait étrange : Riley était absent du tableau. Mary Ann aurait donc dû neutraliser tous ses pouvoirs, y compris celui de voir les fantômes. Pourquoi n'était-ce pas le cas ?

A côté de lui, Shannon se redressa progressivement ; il passa la main sur ses yeux, regarda autour de lui, hésitant sur le sens à donner à ce qu'il voyait.

— Qu... qu'est-ce qui s'est passé ? J'étais d... debout devant toi, non ? C... comment je me suis retrouvé sur le lit ?

Clairement, il n'avait pas le souvenir qu'Aden soit entré dans sa tête. Tant mieux !

— Tu t'es évanoui, lui répondit-il.

— Ev... évanoui ? Ben, pourquoi ?

Shannon regarda l'horloge :

— 9 heures et quart ? s'écria-t-il, incrédule. Mais ce n'est pas p... possible. Je voulais me l... lever à 6 heures et demie. Je devrais être au lycée ! Zut, je suis en r... retard. Dan va être f... furieux, et...

— Il croit que tu es malade, objecta Aden qui avait gardé la mémoire de sa visite et des propos qu'ils avaient échangés. De fait, tu l'as été. Un petit peu.

Shannon s'apaisa. Puis il considéra les deux filles d'un air perplexe.

— Qu'est-ce que vous f... faites ici, vous autres ? Vous êtes arrivées quand ? C'est v... vraiment trop bizarre. C'est la première fois que je m... m'évanouis.

C'est alors que Victoria voulut faire usage de sa voix vaudoue — puissante, dure et comme amplifiée.

— Shannon..., commença-t-elle.

Aden lui saisit aussitôt le poignet.

— Ne fais pas ça, dit-il vivement.

Ne lui ôte pas une fois de plus le contrôle de sa vie, aurait-il pu ajouter. *C'est l'histoire de toute son existence, et c'est humiliant.*

Victoria eut une moue d'étonnement, mais obtempéra.

— Tu te sens d'attaque pour aller au lycée ? demanda Aden.

— Oui. Je v... vais bien, assura Shannon. A part ce blanc dans mon emploi du temps.

— Tu peux encore être à l'heure, si tu veux.

— T... tu y vas, toi ?

Aden secoua la tête.

— Plus tard, déclara-t-il évasivement. Je ne me sens pas encore tout à fait assez bien.

A ce rythme, il n'allait pas faire des progrès scolaires bien rapides...

— Je vois le genre, répliqua Shannon, dubitatif. J'espère qu'un j... jour, tu me feras assez confiance pour me p... parler de tes secrets. A plus !

Et, sans laisser à Aden le temps de répondre, il attrapa ses affaires et quitta la pièce d'une démarche qui manquait encore d'assurance. La porte du bâtiment claqua lourdement derrière lui.

Aden considéra les vêtements qu'il portait — un sweater et un caleçon. Son genou était encore couvert de sang séché, sa peau déchiquetée avait pris une teinte grisâtre. Sympa !

— Dites, les filles, vous pouvez rester dans le coin pendant que je me douche ?

— Bien sûr, répondit Victoria.

— Pas de problème, confirma Mary Ann, qui ne cessait de regarder ses mains dans la lumière. Mais est-ce que tu peux d'abord nous raconter un peu ce qui t'est arrivé ? Vite fait, en gros, histoire qu'on patiente un peu avant de te cuisiner pour de bon ?

— J'ai… j'ai voyagé dans le passé de Shannon.

Il sortit quelques affaires — un simple T-shirt gris et un jean.

— Comme savait le faire Eve ?

— Exactement. J'imagine que son pouvoir est resté avec moi, d'une façon ou d'une autre. Qui sait, elle me l'a peut-être donné volontairement ? Un cadeau d'adieu au cas où j'aurais besoin de rétablir une situation passée.

— A moins qu'à force de voyager dans le temps, ton corps ait simplement appris à le faire, suggéra Mary Ann. Tu as déjà entendu parler de mémoire corporelle ? Si tu répètes un même mouvement un très grand nombre de fois, il se crée un souvenir à long terme de cette tâche particulière, et bientôt tu peux l'accomplir sans aucun effort conscient.

Cela paraissait logique — pour autant que, ces derniers temps, quoi que ce soit puisse être logique.

— Tu sais que tu es géniale, Mary Ann ?

— Je sais, oui, répondit-elle avec un sourire.

Sur ce, Aden entra dans la salle de bains, où il se dépêcha de se doucher et de s'habiller. Entre-temps, Riley les avait rejoints. Il était maintenant assis sur le lit avec une raideur qui trahissait son malaise. Mary Ann, elle, s'était installée le plus loin possible de lui, à l'autre bout de la pièce ; le dos appuyé contre l'armoire, elle l'ignorait. De toute évidence, ils traînaient leur dispute de la veille… A cause de cette histoire de leçons ? En tout cas, Aden ne voyait aucun autre motif de fâcherie entre eux. Riley avait dû piquer une crise. Quel gamin…

Quant à Victoria, elle avait retrouvé une contenance et s'était assise devant le bureau. Thomas s'était déplacé et occupait l'angle de la fenêtre. Il avait repris sa consistance et son éclat habituels.

— Ah, te revoilà. Regarde ce que j'ai trouvé ! s'écria Victoria en lui tendant une feuille de papier. C'est un mot de Dan, pour toi. Ne t'inquiète pas, il n'a pas vu que nous étions là. Je m'en suis assurée.

Aden prit la note et se mit à lire.

Aden,

Tu as une autre séance avec le Dr Hennessy ce soir. Désolé de te prévenir si tard, il ne m'a averti que ce matin. Comme je te croyais malade, je lui ai d'abord dit que ce n'était pas possible. Mais ensuite, j'ai croisé Shannon, qui allait mieux et qui partait pour le lycée. Il m'a dit que toi aussi tu allais mieux, et que tu étais déjà en cours. Du coup, j'ai rappelé le psy. Je suis content que tu sois rétabli. Je compte sur toi pour les corvées après l'école. Autre chose : j'ai engagé une nouvelle répétitrice ; elle vient dîner ce soir pour vous rencontrer tous. Pas de problème pour toi, ça se passera après ta séance de thérapie. D'accord, elle ne sera pas ton tuteur, mais j'aimerais que tu la rencontres et que nous l'accueillions ensemble.

Dan.

Un peu plus de Dr Hennessy ? Super ! Et un nouveau tuteur… Aden jeta un coup d'œil à Thomas. La prochaine répétitrice serait-elle une fée, comme lui ? Serait-elle l'ange annonciateur de la mort que Thomas avait promis ? Il verrait bien ce soir, après tout.

— Alors, maintenant, raconte les détails, demanda Mary Ann. Tous les détails !

Aden froissa le papier et le jeta dans la corbeille.

— Eh bien…, commença-t-il, il était une fois un gobelin qui m'a bouffé le genou, et…

Il ne leur cacha rien, à l'exception de ce qu'il avait appris du passé de Shannon ; on ne dévoilait pas la vie d'un autre sans son accord. Quant à Thomas, il pouvait toujours écouter si cela lui chantait : il n'apprendrait rien qui puisse lui servir.

A la fin de son récit, Riley s'inclina devant lui :

— Pardon de ne pas avoir été là pour te protéger, mon roi, déclara-t-il. Tu as souffert par ma faute.

Déjà, je ne suis pas ton roi, brûla de protester Aden. Au lieu de quoi :

— Je suis le seul responsable.

Riley ne désarma pas pour autant de sa raideur.

— Merci de m'accorder ton pardon, Majesté. Je peux te jurer que rien de tel ne se reproduira.

Quel ton glacé et formel ! C'était exapérant. Aden leva les yeux au ciel :

— T'es lourd, Riley…

Victoria vint se lover contre lui. Elle posa la tête sur son épaule et il sentit la chaleur de son corps se communiquer au sien.

— Tu as été blessé trop souvent, ces derniers temps, dit-elle doucement. C'est normal qu'Elijah s'imagine que tu vas mourir bientôt.

A ces mots, Riley afficha une expression atterrée, et Victoria comprit qu'elle avait trop parlé.

— On dirait bien que j'ai encore une histoire pas drôle à raconter, soupira Aden.

Et il se mit à expliquer la prédiction d'Elijah : d'ici peu, il serait poignardé en plein cœur dans une rue sombre.

Malgré ses efforts, il ne put dissimuler sa peur.

— Et toi, Mary Ann, tu étais au courant et tu ne m'as rien dit ? Merci de partager, ma chérie ! lança Riley, vibrant de sarcasme.

— Je ne l'ai appris que très récemment. Et puis, nous étions si préoccupés par ailleurs…, rétorqua-t-elle tout aussi vivement. Mais j'avais l'intention de t'en parler.

Le loup-garou accepta l'explication d'un hochement de tête très sec, avant d'affirmer à Aden :

— Tu ne cours aucun danger tant que tu restes sous ma protection.

Aden ne répondit. Inutile de préciser maintenant à Riley que, tout loup-garou qu'il était, il demeurerait impuissant. Pas de faux espoirs possibles. Mais le temps fatal n'était pas encore venu de lui révéler qu'il n'y aurait pas d'issue. Mary Ann l'avait bien dit : c'était une vraie semaine d'enfer, il fallait d'abord que les choses se calment. Aden décida donc de changer de sujet.

— Alors, quels sont nos plans ?

Il alla s'asseoir sur lit, et fit venir Victoria sur ses genoux. Sa présence adoucissait l'épreuve qu'il venait de subir et il ne réussissait pas à la lâcher. Elle non plus, d'ailleurs, par bonheur, ne pouvait se détacher de lui. Elle se blottit dans ses bras comme s'ils avaient été seuls au monde.

— On va au lycée, déclara Riley, visiblement sous

le coup de l'émotion. Mes frères sont en train de faire savoir à toutes les créatures surnaturelles de la ville que nous détenons une sorcière en otage. Ce qui veut dire que le feu d'artifice est pour bientôt. Ce soir, sans doute. Donc, aujourd'hui est un jour idéal pour que vous rattrapiez vos cours. Demain, vous risquez d'être trop… las.

D'accord. La guerre allait éclater. Super. Et encore mieux, ils ne pouvaient qu'attendre, espérer et, peut-être, prier.

De toute la journée, l'impression que des sorcières tapies dans l'ombre le guettaient pour lui sauter dessus ne quitta pas Aden. Des sorcières, ou n'importe quelles autres créatures. Un gnome enragé, peut-être, ou un vampire en colère. Ou bien encore un Faé déterminé à lui couper la tête.

Néanmoins, il arriva au lycée sans encombre, juste pour le déjeuner. Il mangea, assista aux trois cours de l'après-midi, et hop, c'était fini. On rentre. Rien d'anormal ne s'était produit. A vrai dire, il était presque déçu par ce calme absolu. Toujours pas de combat, alors qu'il ne restait que deux jours avant que le sortilège de mort des sorcières s'abatte sur ses amis. Deux jours… Ce n'était pas le moment de se reposer ! Il devait agir.

Victoria le raccompagna sur le chemin du retour, et le laissa devant le ranch. Il demeura muet, perdu dans ses pensées. Une fois dans sa chambre, il découvrit une nouvelle note de Dan, qui lui disait de penser aux corvées et à sa séance de thérapie. Comme s'il avait pu oublier !... Il se dirigea vers les écuries pour nettoyer les stalles et nourrir les bêtes. Comme il aimait les chevaux ! Dommage qu'il n'ait pas pu passer plus de temps avec eux cette semaine, ni profité des promenades qu'autorisait Dan aux pensionnaires quand il voulait les récompenser.

Ses âmes, elles aussi, adoraient les chevaux ; pendant qu'Aden travaillait, elles se réjouirent d'être en leur compagnie. C'était plutôt étrange, oui, de s'affairer à des choses banales, de se comporter normalement, comme les autres garçons qui travaillaient à proximité. RJ le rouquin, ce trouillard de Seth. Shannon, Ryder, Terry et Brian. RJ aurait dix-huit ans la semaine prochaine, et Terry peu de temps après. Aden les avait entendus parler de prendre un appartement ensemble. Dan leur avait proposé de rester plutôt au ranch, le temps de finir leurs études, mais les deux garçons paraissaient bien décidés, une fois le bac en poche, à partir pour être « libres ».

« Libre », quel sens cela avait-il, être « libre » ? Pendant longtemps, Aden avait associé la liberté à la solitude : être libre, c'était être délivré de ses âmes, faire ce qu'il voulait et au diable les conséquences ! Mais maintenant qu'il avait des amis, qu'il avait Victoria, et que tout ce qu'il faisait les affectait, il considérait les conséquences de ses actes.

Surtout, il avait évolué et compris que, lorsqu'on aime, on n'est jamais complètement libre, mais que la vie sans amour ne vaut pas d'être vécue.

La liberté ? C'était surfait. Il préférait avoir Victoria,

Mary Ann et Riley, et même ses âmes, comme compagnons, plutôt que d'être seul à décider pour lui-même.

Alors comment vas-tu les sauver de la malédiction des sorcières ?

La pensée le frappa, une pensée qui était bien à lui, car les âmes, pour l'instant, parlaient aux chevaux comme des enfants gazouillent — et peut-être les chevaux les comprenaient-elles, car ils étaient plus paisibles que d'habitude malgré l'agitation des garçons dans l'écurie.

Aden aurait voulu faire taire ses pensées. Hélas, c'était impossible. Il poussa un long soupir. Il le savait : les sorts, une fois lancés, prenaient une vie propre. Ainsi, même en menaçant la sorcière qu'ils avaient capturée, il ne pourrait pas agir contre le sortilège lancé à ses amis.

Bon sang ! N'aurait-il pas été plus simple de la relâcher en signe de bonne volonté ? D'accord, Riley allait encore piquer une crise mais, au bout du compte, il ferait ce que lui dirait son roi. Le roi des vampires !

Aden secoua la tête. Non, il n'était pas le roi, il ne voulait pas l'être.

A présent, les garçons avaient terminé de nettoyer l'écurie. Ils se dirigèrent vers le dortoir pour se doucher, changer de vêtements et se préparer à dîner avec la nouvelle répétitrice. Seth fut le dernier à sortir.

— Yo, Aden, tu viens ou quoi ? lança-t-il.

Marrant comme les choses avaient changé. Il y a quelques semaines à peine, ce type le traitait encore comme un pestiféré.

— Dans une minute.

Il n'y avait qu'une douche, et il devrait attendre. Alors, autant attendre ici. Et puis, au fond, il aimait assez l'idée d'arriver à sa séance de thérapie en puant le crottin.

Cependant, Seth se campa sur le seuil :

— Je peux te poser une question, Aden ?

— Vas-y.

— J'ai entendu Shannon dire à Ryder qu'il y avait des tas de filles qui venaient dans ta chambre à toute heure du jour et de la nuit.

Ah, d'accord. C'était ce qui l'intéressait. Ça aurait pu être plus embarrassant.

— En fait, il n'y a que deux filles, mais c'est vrai.

Seth manifesta son intérêt par une drôle de grimace.

— Et… les deux sont à toi ?

— Non, une seule. Mais l'autre est prise aussi.

Et Riley t'écorchera vif si tu t'approches d'elle.

— Ah oui ? fit Seth, l'air dépité. Eh bien… tu crois que tu pourrais en inviter d'autres et, je ne sais pas, nous les présenter ?

Aden faillit éclater de rire.

— Peut-être la semaine prochaine.

— Vrai ?

— Vrai. Je connais une certaine Stephanie. Super mignonne. En plus, elle a quatre amies ; je ne les ai pas rencontrées, mais ça se pourrait qu'elles vous plaisent.

Eh bien voilà ! Chouette façon de se débarrasser des prétendantes dont il ne voulait pas : les jeter dans les bras des garçons du ranch…

— Ce serait vraiment super ! s'écria Seth avec un sourire radieux.

Et, guilleret, il quitta les lieux.

— Enfin seuls ! Ce n'est pas trop tôt.

Aden se retourna en un éclair. La voix venait de s'élever derrière lui. Une voix féminine. Un cheval hennit. Au fond de l'écurie se tenait une jeune fille qu'il ne connaissait pas. Débardeur rouge vif, jean noir moulant. La tenue standard des filles du lycée de Crossroads. Mais la fille la portait différemment, comme si elle était… mal à l'aise ; comme si cette tenue était déplacée, inhabituelle.

Il continua à la détailler. Elle avait des cheveux mi-longs, châtains, et des yeux couleur noisette, légèrement bridés. Sa peau était pâle et son sourire n'exprimait aucune joie véritable. Un sourire de prédatrice, qui dissimulait mal deux dents acérées.

Dis-moi qu'elle est notre prochain rendez-vous, dit Caleb, qui daignait enfin s'adresser à lui.

Sérieux ? Aden retint un grognement de colère. Cette fille devait avoir au bas mot dix ans de plus que Victoria ! C'était évidemment peu perceptible, du fait du très lent vieillissement des vampires. Moins vulnérables à l'âge que les humains, ils supportaient cependant de moins en moins bien les rayons du soleil au fil des années, et ne pouvaient plus, alors, y exposer leur peau sans risquer de se brûler. Victoria n'avait « que » quatre-vingts ans (cette idée amusait toujours Aden, et il s'était même permis une fois de se moquer d'elle en l'appelant *Mamie*) et pouvait encore se promener en plein jour.

— Je vois que tu regardes ma tenue. Stephanie m'a dit que les couleurs étaient maintenant autorisées, et que tu préférais ça au noir. Qu'est-ce que tu en penses ?

La nouvelle venue ouvrit les bras, se laissant admirer sans quitter Aden des yeux.

— Tu es superbe.

Et, vraiment, elle était très belle. Mais pas son genre pour autant.

— Comment t'appelles-tu ?

— Draven.

Un nom étrange, joli.

— Je suis Aden. Aden Stone.

— Je sais. Nous nous sommes rencontrés, tu te souviens ?

Elle s'avança vers lui — flotta, était le terme exact, tant ses mouvements étaient gracieux. Les chevaux renâclèrent quand elle passa devant eux, mais elle ne leur prêta aucune attention.

Ses lèvres rouge vif formèrent une moue charmante.

— J'étais là le soir où tu as été présenté à mes… à nos frères. Tu m'as dit que tu étais ravi de faire ma connaissance.

Aucun souvenir. Il mentit.

— Bien sûr, je me souviens.

Comment aurait-il pu, avec tous ces noms, tous ces visages ? Personne en particulier n'avait retenu son attention et il avait dit les mêmes mots à tous.

Dis-lui qu'elle est canon et qu'on ne peut pas oublier une jolie poupée comme elle, lui souffla Caleb.

Hé ! On ne court pas après les filles, lui rappela Julian. *On a déjà une petite amie.*

En fait, c'est moi qui en ai une, pensa Aden, mais les âmes ne pouvaient pas l'entendre.

— Je suis ici parce qu'un roi a besoin d'une reine, et

tu ne fais pas exception à la règle, déclara la princesse. Je vais être honnête avec toi : jusqu'ici, l'idée de me lier à un humain me répugnait, mais à te voir, je me dis que ce pourrait être une très bonne chose, finalement.

Sa voix s'était faite rauque et précipitée, et elle fixait le cou d'Aden, là où apparaissait des veines.

— J'aime beaucoup la façon dont ton cœur bat… C'est très sexy, ajouta-t-elle.

Des mots qui l'auraient fait vibrer, dans la bouche de Victoria ; mais, formulés par Draven, c'était très différent.

Gros veinard, susurra Caleb. *Elle est canon et elle te veut.*

La vampire tendit la main et lui caressa la joue du bout des doigts. Une caresse brûlante.

— Tu vas vite te rendre compte que, toi et moi, nous allons bien mieux ensemble que Victoria et toi, ajouta-t-elle en se penchant pour humer son odeur longuement. Parce que moi, je ferai tout ce que tu voudras. *Absolument tout.*

Il n'était pas idiot. Il savait très bien ce qu'elle voulait dire. Et les âmes aussi.

Je la veux ! hurla Caleb.

Et tu veux aussi qu'on meure prématurément ? grogna Elijah. *Elle est assoiffée de pouvoir ! Elle va nous bouffer.*

Encore mieux !

Julian intervint et tança Caleb :

Dis donc, toi, tu étais obsédé dans la vraie vie ou quoi ? Nous avons Victoria ; pas besoin que quelqu'un vienne gâcher ça. Rappelle-toi ce que Victoria a fait aux arbres, dans la forêt ; si on succombe à cette fille, Victoria nous fera subir le même sort.

Nous ? Comment ça, « nous » ? Combien de fois faudrait-il répéter aux âmes que Victoria n'était à personne d'autre que lui ! En attendant, il devait répondre à Draven.

— Je suis sensible à ta proposition, commença-t-il, vraiment mal à l'aise. Mais, comment dire ? Je ne suis pas en mesure d'accepter.

Je te déteste, marmonna Caleb.

Tu devrais plutôt le remercier, soupira Elijah.

Draven plissa les yeux. Puis, avec un battement de cils éloquent, elle déclara :

— Soit. Si jamais tu changes d'avis… mon offre n'est pas limitée dans le temps. Et pour l'instant, qu'allons-nous faire, tous les deux, puisque je suis là ?

Elle était toute proche de lui, et il sentait son souffle brûlant sur son visage.

— Je sais que les humains aiment aller au restaurant. On pourrait dîner ensemble ?

Elle ne cessait de regarder la veine qui battait au cou d'Aden et elle se mit à rire :

— Ou bien, je pourrais manger, moi…

— Je préfère ne pas être le plat principal. Ni le dessert non plus, ajouta-t-il précipitamment avant qu'elle le lui propose.

Elle haussa gracieusement les épaules.

— Alors essayons simplement de mieux nous connaître, murmura-t-elle d'une voix câline. Après tout, on m'a envoyée dans ce but.

Elle y va vraiment avec ses gros sabots, pesta Elijah, ouvertement dégoûté. *Tout ce qu'elle veut, c'est devenir reine. Si tu l'épouses, elle te réduira en morceaux en deux temps trois mouvements.*

— Oui, je m'en doute un peu, chuchota Aden.

Cela dit, il n'allait épouser personne, pas même Victoria, pas encore. Pas à seize ans, nom d'un chien.

— Tu te doutes de quoi ? demanda Draven, perplexe.

Perplexe, *évidemment*. Tout le monde l'était quand il parlait à ses âmes.

— Ecoute, dit-il en s'éloignant d'elle pour se mettre à l'abri de ses avances, on pourrait s'asseoir ici, dans le foin de cette stalle, et parler des lois que tu aimerais changer. Ce serait notre rendez-vous.

Facile, non ? Innocent.

A ces mots, elle grimaça si fort qu'il crut l'entendre grincer des dents.

— S'asseoir dans un box et parler politique ? Trop romantique !

— Je n'ai jamais promis d'être romantique.

Par pitié, qu'on en finisse ! Est-ce que Victoria savait seulement que Draven était là ? Si c'était le cas, contenait-elle ses sentiments ?

— Avec Stephanie, reprit Draven, très contrariée, tu as regardé les étoiles. Quand elle a fait son compte rendu devant le Conseil, elle a loué les vertus de ce passe-temps. Alors maintenant, moi aussi, je veux que tu me montres les étoiles !

— Mais… il fait encore trop clair. Si tu veux regarder les étoiles, il te faut revenir ce soir, répliqua-t-il tout en sachant qu'il serait absent.

D'abord, la session chez le psy, puis le dîner ; ensuite,

il partirait à la chasse en ville avec ses nombreux compagnons.

— Entre-temps, ajouta-t-il, je t'interdis de boire le sang des humains qui se trouvent ici. C'est un ordre. Un ordre de… ton roi.

Tu commences à prendre au sérieux ton rôle de souverain ? demanda Elijah.

Pas le choix. Il avait fait ce qu'il devait faire.

Draven inclina la tête en signe de consentement, mais toute son expression montrait qu'elle n'acceptait qu'à contrecœur.

— Je ne m'en prendrai pas à tes amis, Majesté. Tu as ma parole.

— Merci.

— Seulement, je ne peux pas revenir te voir ce soir : notre demeure est surveillée en permanence. Nous nous relayons tous pour monter la garde. Ce soir, je suis de quart, de minuit à 6 heures du matin. A moins que tu ne me relèves de mes obligations…

De nouveau, elle tendit la main et, cette fois, caressa l'épaule d'Aden. L'instant d'après, sans qu'il l'ait vue bouger, elle était tout contre lui.

Il dut faire un effort pour éviter le contact.

— Ce serait injuste envers les autres, objecta-t-il à la suggestion de la vampire.

Un prétexte sans aucun rapport avec l'équité.

Draven laissa retomber sa main, exaspérée.

— Très bien, fit-elle. Il nous faut donc remettre notre rendez-vous.

Pas du tout. Plutôt mourir.

Elle tourna les talons et s'éloigna de sa démarche aérienne à travers l'écurie.

Et quand elle eut disparu, Aden se retrouva seul, écrasé par le sentiment qu'une catastrophe imminente se préparait.

18

Quelques heures plus tôt…

Pour Mary Ann, la journée avait filé comme le vent. Les cours, les interros, les copains ? A peine si elle les avait remarqués. Riley, lui, l'avait obstinément ignorée, bien qu'ils aient le même emploi du temps. Cela, elle l'avait remarqué. Mais ce n'était pas son souci principal pour autant.

Il ne restait que deux jours avant l'échéance de la malédiction des sorcières. Mais était-ce un risque véritable, ou une simple menace en l'air ? Impossible de le savoir. Physiquement, elle se sentait plutôt bien. Pourtant, elle n'avait jamais connu une telle inquiétude, un tel désespoir. Et si, et si, et si ? Ces mots se bousculaient sans cesse dans son crâne, comme un refrain lancinant. *Et si,* dans deux soirs, elle allait se coucher pour ne plus jamais se réveiller ? *Et si* son cœur arrêtait tout simplement de battre ? *Et si* une voiture lui fonçait dessus ?

Tout ça parce qu'ils ne savaient toujours pas quand se déroulerait la réunion des sorcières. Autant s'imaginer convoquer elle-même toutes les sorcières de la région pour une assemblée, et…

Minute !

Son esprit s'emballa. Peut-être qu'elle pouvait bel et bien le faire. Il lui suffirait d'utiliser son… aptitude à sentir la magie pour trouver les sorcières. Ce serait facile. Ensuite, elle n'aurait plus qu'à les forcer à se rendre toutes au même endroit. *Et si* ça marchait ?

Enfin un « et si » qu'elle aimait !

D'accord, mais est-ce que ça compterait, d'organiser elle-même une assemblée de sorcières ? Ou bien, tout ce qu'elle y gagnerait, ce serait de mettre hors d'elles quelques femmes très puissantes ?

Quoi qu'il en soit, ça valait la peine d'essayer. De toute façon, elles étaient déjà en colère, n'est-ce pas ? Donc, question suivante : par où commencer ? Aden serait occupé la plus grande partie de la soirée. Il avait, se souvint-elle, un rendez-vous avec son psychiatre et un dîner au ranch D & M. Mais Riley et Victoria, et même Lauren, pouvaient l'aider à mettre son projet à exécution. Au départ, ils avaient prévu de se retrouver le soir même ; mais pour peu qu'elle se mette au travail dans son coin, elle pourrait débusquer les sorcières. Ensuite, elle n'aurait plus qu'à appeler ses compagnons pour qu'ils l'aident à les regrouper.

Sauf que Victoria et Lauren risquaient de se demander comment elle avait pu repérer si facilement les sorcières. Or, Riley lui avait formellement interdit de parler de son nouveau pouvoir.

Tant pis pour Victoria et Lauren. Mary Ann ne pourrait compter que sur Riley. Elle sentit son cœur se serrer. *Ne pleure pas.* Ils pouvaient être amis. Travailler ensemble pour sauver des vies. La prochaine fois qu'elle le verrait, elle le lui dirait. Elle le lui crierait même, s'il le fallait.

Il avait demandé à ses deux frères — le loup blanc comme la neige et celui au pelage doré, ceux qui les avaient suivies, Penny et elle, cette fameuse nuit — de l'escorter quand elle rentrerait du lycée. Après avoir donné cet ordre, il avait disparu, elle ne savait où. Elle avait interrogé ses frères, mais ceux-ci avaient fait mine de l'ignorer et s'étaient contentés de la suivre à distance.

A présent, elle arrivait chez elle. Elle se précipita dans la maison et se barricada avant que les deux autres ne manifestent l'intention d'entrer. Son père supportait déjà à peine Riley ; quelle crise il aurait piquée si elle lui avait ramené deux autres « chiens » ! D'ailleurs, elle ne les connaissait pas. Et ils n'avaient pas du tout donné l'impression de vouloir la connaître. Ce n'était pas faute d'efforts ! Une fois Riley disparu, sur le chemin, elle avait tenté d'engager la conversation :

— Vous avez quel âge ?

Aucune réponse.

— Vous avez les mêmes parents que Riley ?

Idem.

— Le sortilège de mort qui pèse sur lui, ça vous inquiète ?

Toujours rien.

Alors, elle avait fini par renoncer. Elle avait rompu avec leur frère — *je t'en prie, ne pleure pas* — et, bien entendu, ils la détestaient pour ça et refusaient de lui adresser la parole.

Lasse et triste, elle poussa un long soupir. Son père était encore au travail, et le silence régnait sur la maison.

Mary Ann monta l'escalier en courant puis fila se réfugier dans sa chambre. Les couleurs vives l'accueillirent, recréant cette impression familière d'arc-en-ciel qui l'avait si souvent réconfortée ; aujourd'hui, cependant, cela ne marchait pas vraiment.

Et, soudain, la sonnerie du téléphone fixe résonna dans la maison. Penny, affichait l'écran.

— Allô ?

— Coucou, toi. Dis donc, tu as disparu comme l'éclair ! Je n'ai pas eu le temps de te parler.

— Je suis désolée. Je dois…

Quoi, d'ailleurs ? Révéler la vérité à Penny, lui dire quel genre de texto elle s'apprêtait à envoyer juste avant que le téléphone ne l'interrompe ? Hors de question.

— On ne se voit presque plus, ces derniers jours. Sauf quand tu fais le mur, en fait. C'est d'ailleurs pour ça que je t'appelle.

Penny jubilait, et Mary Ann devina très vite la raison de son appel.

— Je ne peux pas sortir ce soir, affirma-t-elle.

Menteuse. Comme elle se détestait de devoir maquiller la vérité ! Elle qui plaçait au-dessus de tout l'honnêteté entre amis. Seulement, elle refusait d'impliquer Penny dans la traque de cette nuit.

— Il faut que je me couche tôt, je suis claquée, reprit-elle.

Ce qui était vrai, d'ailleurs. Elle aurait tellement eu besoin de repos.

— Bon. C'est bête. Parce que je me suis laissé dire qu'il allait y avoir une certaine bande de jeunes en ville, cette nuit.

Mary Ann grogna.

— Sois prudente.

— Les trucs marrants sont toujours un peu dangereux, rétorqua Penny.

— Alors, tu vas y aller ?

— Non. Pas sans toi. A cause du bébé… Oh, tu ne devineras jamais ! Je crois que j'ai vu Tucker, ce matin.

Mary Ann dressa l'oreille.

— Moi aussi, je pense. Hier. Sauf que je n'en étais pas sûre.

— Je vois ce que tu veux dire. Quand je suis rentrée du lycée, j'ai eu l'impression qu'il se cachait entre les arbres. Mais tu crois qu'il serait venu me parler ? Même pas. Quel salaud ! Et il est reparti si vite que je me suis même demandé si je n'avais pas eu la berlue.

Mais qu'est-ce qu'il avait, Tucker, à épier ainsi tout le monde ? Lui qui avait juré, le jour où ils l'avaient sauvé des griffes des vampires, de bien se tenir !

— Ecoute, Penny… Fais attention à toi, d'accord ?

— Bien sûr que oui. Je t'aime, Marie-Contre-Tous.

— Moi aussi, je t'aime, Penn.

Mary Ann raccrocha. Du coin de l'œil, elle avisa alors la barre chocolatée dans laquelle elle avait mordu le matin. Pas plus que lors de cette expérience, la friandise ne la fit saliver ; mais, presque machinalement, elle l'approcha de ses narines et la huma. Sans effet. Pas le moindre signe de faim. Ni d'appétit. Ni même de gourmandise.

Elle n'avait absolument rien avalé depuis presque une semaine.

La gorge serrée, elle posa la barre chocolatée et prit

son téléphone portable, comme elle en avait eu l'intention avant l'appel de Penny. Les doigts tremblants, elle composa un texto pour Riley. Il n'utilisait pas beaucoup son portable, mais tant pis. S'il ratait ce message, il n'aurait à s'en prendre qu'à lui-même.

Dans deux heures, je pars chasser les sorcières. Tu viens ou tu ne viens pas, comme tu le sens. De toute façon, je sors avec les autres.

A son père, elle laisserait un petit mot de justification : *Je bûche avec des copains, je rentre plus tard.*

Est-ce qu'elle allait vraiment partir traquer les sorcières ?

Oui. Elle allait le faire. Et bien que ses doigts n'aient pas cessé de trembler, elle appuya sur la touche « Envoi ».

Une fois de plus, Aden était étendu sur le divan du Dr Hennessy. Lumière tamisée, musique douce en fond sonore. Le psychiatre attendait. Il voulait des réponses.

— As-tu pris tes médicaments, aujourd'hui ?

— Oui.

Mensonge.

— Alors, pourquoi tes pupilles ne sont-elles pas dilatées ?

— Je ne sais pas. J'ai pas fait d'études de médecine.

Bien envoyé ! s'exclama Caleb, hilare.

Julian se mit à rire.

Fais attention, le prévint Elijah. *Il faut jouer fin.*

— Est-ce que tu aimes tes âmes, Aden ? Est-ce pour cette raison que tu refuses mon aide ?

Son aide ? Incroyable ! Pour une fois, Aden choisit la franchise.

— En fait, docteur Hennessy, c'est vous que je n'aime pas.

— Je vois.

Autrement dit : *Je m'en moque.*

— Qu'est-ce que vous m'avez fait, la dernière fois que je suis venu ?

— Rien d'inhabituel. Je t'ai parlé. Je t'ai écouté.

C'est ça, oui.

— Et vous avez l'intention de recommencer ce soir ?

— Bien entendu. M. Reeves est enchanté de tes progrès. Il dit que tu t'entends maintenant très bien avec les autres garçons du ranch, que tu fais bien ton travail scolaire, et que même tes professeurs sont impressionnés. Mais… il dit aussi que tu continues à parler tout seul, et nous savons toi et moi quelle en est la raison, Aden. Je me trompe ?

Malgré la musique sirupeuse qui menaçait de l'endormir, Aden se rebella.

— Je ne sais pas, docteur.

— J'ai déjà rencontré des gens comme toi, tu sais.

— Des dingues, vous voulez dire ?

— Non. Des… Quel est le mot que tu as utilisé ? Des aimants.

Cette fois, Aden faillit se dresser sur son séant. Carrément. Il n'avait jamais dit au Dr Hennessy qu'il se considérait comme une sorte d'aimant à surnaturel. Il ne l'avait pas dit !

Oui, mais il l'avait pensé.

Il l'avait avoué à Mary Ann et aux autres.

Allons, aucun d'entre eux n'aurait rapporté quoi que

ce soit à ce psychiatre. Donc, celui-ci lui avait extorqué la confession sans qu'il en ait conscience. Avec l'hypnose.

Qu'avait-il appris d'autre ?

Calme-toi. Collecte le plus d'informations possibles.

— Alors, Aden ? Tu ne trouves rien à me dire ? Aucun nouveau mensonge ? Ça ne te ressemble pas beaucoup.

— Vous avez dit que vous en aviez rencontré d'autres ?

— Oui.

— Qui ? Quand ? Quels étaient leurs pouvoirs ?

Le Dr Hennessy le menait peut-être en bateau, mais il préférait creuser. Car les mensonges contenaient souvent leur part de vérité… et il était toujours temps d'aller vérifier.

Vas-y. Continue de le faire parler, l'encouragea Elijah.

Seulement, au lieu de lui répondre, le psychiatre lui posa une nouvelle question :

— Que sais-tu de tes parents, Aden ?

Pas grand-chose. Qu'ils avaient été les voisins des parents de Mary Ann pendant un certain temps. Que leurs mères respectives avaient été enceintes en même temps, que Mary Ann et lui étaient nés le même jour, dans la même clinique. Il savait aussi que la mère de Mary Ann était morte juste après son accouchement et que, sans qu'il sache comment, il avait recueilli son âme dans sa tête — la sienne et celle de quelques autres personnes, qui étaient probablement mortes au même moment à l'hôpital.

— Je ne sais rien, finit-il par répondre.

Le Dr Hennessy poussa un soupir de déception.

— Peut-être qu'un jour, tu finiras par me faire confiance.

Les âmes poussèrent un gémissement en chœur.

C'est ça. Bien sûr, oui.

— Et les autres aimants, docteur, ils vous ont fait confiance ?

Encore une fois, le Dr Hennessy fit mine de ne pas avoir entendu la question.

— Aden, à présent, tu vas chasser tes soucis et te détendre.

Subtil. En d'autres termes, plus question de parler. C'était donc bien le moment d'agir, même si Aden n'avait pas appris grand-chose au final. Il se redressa et posa ses pieds sur le sol, prêt à se lever.

— Rallonge-toi, Aden.

— Une seconde, docteur.

Caleb, prépare-toi, annonça-t-il dans sa tête, espérant que, pour une fois, l'âme parviendrait à l'entendre malgré tous les bruits parasites. Puis il se rapprocha du psychiatre au point de le toucher et le saisit par le poignet. Sa peau était froide, et ses yeux — un véritable arc-en ciel, de si près, et c'était comme si un masque d'une grande beauté apparaissait sous ce visage sans expression — s'écarquillèrent.

Caleb ne perdit pas une seconde.

Aden gémit de douleur ; son corps perdit sa substance et se métamorphosa en une fine brume qui pénétra à l'intérieur du Dr Hennessy, envahissant son corps et son esprit. Une intense sensation qui lui paraissait chaque fois tout aussi incroyable.

— Merci, dit Aden avec la voix nasale du Dr Hennessy.

Avec plaisir, répondit Caleb en se rengorgeant.

Voyons, dans quel genre de corps se trouvait-il ? Il

l'examina. Froid. Vide. Littéralement affamé ! Et, sous le froid et le vide, une impression de puissance, de pouvoir surnaturel, aussi étincelant que ce masque étrange qu'Aden avait entrevu à travers le visage du psychiatre.

Le Dr Hennessy n'était pas humain.

Qu'était-il vraiment ?

On s'en occupera plus tard, suggéra Caleb.

Aden jeta un coup d'œil à l'horloge murale. Il restait trente-trois minutes avant la fin de la session. Au travail ! D'abord, fouiller dans les dossiers ; malheureusement, peu d'entre eux se trouvaient dans le bureau, et rien ne le concernait. En revanche, les notes manuscrites du Dr Hennessy pouvaient se révéler intéressantes.

Plus qu'humain, mais sans pouvoirs, lut-il.

Complètement humain, mais pourrait être utile.

Plus chaud que la plupart. Pourquoi ?

Liés.

« Liés. » Que signifiait ce dernier mot ? Et ces remarques ? Aden tenta alors de forcer les classeurs métalliques verrouillés pour y récupérer d'autres dossiers. En vain. Il se mit donc à la recherche d'une clé.

Le bureau était propre et bien rangé. En dehors de quelques feuillets sans importance, il ne trouva qu'un presse-papier, des élastiques et des stylos. Pas de photos, pas de notes personnelles. Dans les tiroirs, pas d'alcool ni de nourriture. Et, bien entendu, pas de clé. La bibliothèque, peut-être ? A sa grande surprise, il y découvrit un tiroir caché. Il parvint à l'ouvrir et se trouva devant…

Un nécessaire complet de tatouage ? Tout y était, des

gants aux pistolets encreurs. Incroyable ! Il prit bien soin de tout remettre en place afin que le Dr Hennessy ne se rende compte de rien.

Il faut absolument ouvrir les classeurs métalliques, intervint soudain Julian. *Ce Dictaphone de poche qu'il t'a collé sous le nez l'autre fois s'y trouve sans doute.*

— Je m'en doute, oui. Elijah, tu as une idée ?

Désolé. C'est le vide total.

Malgré la frustration qu'il sentait grandir, Aden renonça. Il alla choir dans le fauteuil. S'il lui était impossible d'accéder aux dossiers et à l'enregistreur, peut-être pouvait-il tout de même trouver les informations qu'il cherchait en voyageant dans le passé du Dr Hennessy ? Après tout, il avait conservé ce pouvoir.

Il lui suffisait de visualiser une scène, comme Eve lorsqu'elle l'emportait avec elle. Ça pouvait ne pas marcher ; avec Shannon, les choses s'étaient faites sans qu'il contrôle rien, comme s'il était tiré par une chaîne invisible, et rien ne garantissait qu'il réussisse aujourd'hui. N'empêche. Il allait essayer.

— Tenez-vous prêts, les gars. Je vais essayer de remonter à notre dernière séance, pour la voir avec les yeux de Hennessy.

Elijah grogna.

Je n'aime pas ça.

Tu peux le faire, mec ! l'encouragea Caleb.

Julian soupira.

On n'a plus qu'à prier.

Aden ferma les yeux, fit le vide dans son esprit… expira doucement… doucement… Il tenta de remonter le fil de ses souvenirs, de faire venir dans son esprit les images de sa dernière consultation. Il était allongé sur le divan, regardant le plafond, le Dr Hennessy assis dans le fauteuil, derrière lui.

Bientôt, une sensation de vertige s'empara de lui, et son cœur se mit à palpiter. Il poursuivit l'expérience. Imagina qu'il entendait de nouveau la musique douce — cette musique qui, oui, passait encore en ce moment même... Puis le plafond était devenu flou, et les ténèbres l'avaient englouti. Sa peau se mit à le piquer et à le cuire ; son vertige s'accrut, s'empara de lui tout entier — et soudain, voilà qu'il tomba, tomba à la renverse dans un précipice sans fond, battant des bras dans une tentative désespérée de se raccrocher à quelque chose. Voilà ! Il était en train d'y arriver ! Il remontait le temps ! Et il contrôlait son voyage.

Quand il sentit qu'il se stabilisait enfin, que le vertige se dissipait, il ouvrit les paupières avec précaution.

Autour de lui, il n'y avait rien — rien que cette neige électrique qui bombarde les écrans de télé. Rien, il n'y avait rien autour de lui, ni cabinet, ni bureau, ni canapé. Pourtant, en toute logique, il aurait au moins dû se voir lui-même allongé sur le divan !

Que faire ? Il ferma les yeux et secoua la tête avant de les rouvrir. Toujours rien. La neige, encore. Comme s'il était la télévision débranchée.

Qu'est-ce qui se passe ? demanda Julian, qui semblait terrifié.

C'est comme quand Mary Ann opère, je ne vois plus rien ! fit Caleb d'une voix tremblante.

J'ai un très mauvais pressentiment, compléta Elijah gravement. *Quelque chose ne va pas.*

— Je sais, répondit Aden.

Mais quoi ? La réponse lui échappait. Il serra les poings. Il lui était impossible de se raccrocher à une autre image que celle de leur dernière session, puisqu'il ne savait rien de la vie du Dr Hennessy, et n'avait trouvé sur son bureau aucune photo qui aurait pu l'aider, dont il aurait pu se servir comme d'un guide.

Ne sachant comment se sortir de l'impasse, il décida de revenir au présent, et se concentra de toute sa volonté. Les ténèbres s'éclaircirent, et bientôt il distingua de nouveau le cabinet. Il voyait toujours à travers les yeux du Dr Hennessy et rien n'avait changé : il était encore au bureau, devant la liasse de papiers inutiles.

Pour récupérer de son voyage manqué, il resta assis un long moment, regardant défiler les minutes sur l'horloge. Et quand l'heure de fin de la séance arriva, il fit se lever le corps du Dr Hennessy, le dirigea vers sa chaise à côté du divan et l'assit là. Puis il se retira du corps, reprit sa forme solide et s'allongea. Là, il attendit, anxieux.

Il y eut un silence.

Tout ce que saurait Hennessy, au sortir de cette expérience, c'est que le temps avait passé ; mais ce qu'il avait fait pendant toutes ces minutes, il l'ignorerait toujours.

— C'est l'heure, finit par murmurer Aden.

— Eh bien, nous avons bien avancé, aujourd'hui, déclara le médecin, aussi froidement qu'à l'accoutumée.

Il se leva dans un froissement de tissu. Aden entendit ses pas sur le tapis. Puis, soudain, il fut devant lui, ou plutôt penché sur lui, les poings sur les hanches.

— Mais avant que tu partes, je vais te donner un

avertissement : si jamais tu essaies encore d'envahir mon esprit et mon corps, même une seule fois, j'arracherai les âmes de ta tête une par une. Nous nous comprenons bien ?

Ni Aden ni les âmes n'eurent le temps de paniquer. Car, soudain, leur monde devint noir, infiniment noir, et ils tombèrent de nouveau dans le précipice.

19

En plein cœur des bois, sous un soleil pâle qui déclinait rapidement, cernée par les longues silhouettes des arbres qu'un vent froid agitait, Mary Ann se sentait comme plongée dans un bain d'adrénaline pure. Riley et ses frères formaient autour d'elle un triangle parfait. Ils étaient arrivés, exactement au terme des deux heures que Mary Ann leur avait laissées dans son texto. Ensuite, ils l'avaient accompagnée ici. Loin de la civilisation. Loin de tout.

Deux heures. Pendant ces deux heures, elle avait fouillé les alentours à la recherche de Draineurs, de pouvoirs magiques ou de tout autre phénomène paranormal. Deux heures, et autant de temps perdu. Car elle n'avait rien appris.

Mais, si tout se passait bien, cela allait changer. Parce que, maintenant, les loups étaient avec elle.

Certes, pour l'instant, ils ne se montraient ni très bavards ni très coopératifs. Ils se contentaient de marcher à ses côtés en silence.

Elle les observa à la dérobée, cherchant leurs points faibles. Mais il n'y avait qu'un mot pour les décrire : *parfaits*. Nathan avait la peau et les cheveux intégralement blancs, avec des yeux d'un bleu si pâle qu'il paraissait surnaturel. Comme Riley, il était élancé, souple et musclé, avec cette expression qui le révélait capable de tout, même de tuer. Quant à Maxwell, il ressemblait trait pour trait à Nathan, mais dans une version blonde et moins pâle.

Des guerriers, indéniablement. Sans doute entraînés à avaler du verre pilé au petit déjeuner, et à dévorer quiconque se mettrait en travers de leur chemin. Riley avait-il informé ses frères de ce que Mary Ann était, ou plutôt, craignait d'être ? Probablement pas. Lui-même avait encore beaucoup de mal à envisager le pire.

— Alors, quand commençons-nous la chasse ? demanda-t-elle comme ils demeuraient immobiles et la fixaient.

— Chasser ?

Enfin, l'un des frères avait articulé un mot ! C'était Nathan, et sa voix était si basse et rauque qu'elle donnait des frissons.

— Non, poursuivit Riley. Nous sommes là pour t'apprendre à te battre. La chasse attendra.

— Lui apprendre à se battre…, soupira Nathan. Est-ce que je peux redire que je trouve ça complètement stupide ?

— C'est une humaine, ajouta Maxwell pour soutenir son frère. Elle est fragile comme du verre.

— Faites ce que je vous dis, leur ordonna alors Riley.

Sa voix était déterminée, dure. S'il lui avait jeté des ordres sur ce ton, Mary Ann se serait rebellée. D'un autre côté, cette fermeté implacable le rendait plus sexy que jamais. Elle s'accordait avec les marques de combat qu'on voyait sur ses bras, témoignages d'une lutte récente contre on ne savait trop quelle créature furieuse et griffue.

Rien que d'y penser, elle trembla. Elle aurait tant voulu se jeter dans ses bras, se serrer contre lui et rester là pour toujours, à savourer sa force.

Ne pleure pas.

— Ry, reprit Nathan, agacé. Tu sais comment tu es. Si on l'effleure, tu vas hurler. Juste parce que c'est ta petite amie…

— Je sais me tenir, répliqua Riley. Simplement, évitez les morsures et les coups de griffes.

Sa *petite amie*. Et il n'avait pas protesté. Et elle n'allait pas le faire non plus.

— Tu as raison, Riley, lui dit-elle alors, savoir se battre est important. Seulement, pour l'instant, ce n'est pas ma priorité…

— Si, objecta Riley sans même la regarder. Rien n'est plus important.

Il se campa devant ses frères et poursuivit :

— Vous devez lui apprendre à se défendre contre les loups-garous et les vampires. Vous avez deux heures pour lui montrer tout ce que vous pouvez. Ensuite, nous nous mettrons en chasse, elle et moi.

Donc, il voulait lui apprendre à combattre loups-garous et vampires avant même de l'aider à lutter contre le sortilège de mort. Parce qu'il avait la conviction que ces races-là seraient très vite au courant qu'elle était un Draineur, et qu'ils essaieraient alors de la tuer ? Qu'ils ne feraient pas de quartiers ?

Oui, c'était exactement cela : Riley voulait qu'elle soit prête, capable de se défendre.

Mais il risquait d'être puni pour l'avoir préparée ! Même morte, elle allait encore lui nuire, le mettre en danger ?

Une vague de panique la submergea. Les larmes qu'elle retenait depuis des heures menacèrent de déborder, et elle se reprocha d'avoir entraîné jusqu'ici Riley et ses frères. Pourtant, elle avait fait ce qu'elle avait à faire — de même qu'elle avait pris la bonne décision en s'éloignant de lui pour ne pas le mettre en danger. Riley était si généreux avec elle qu'il méritait bien mieux que ce qu'elle pouvait lui donner.

Maxwell capitula.

— D'accord, on va l'instruire.

Nathan lui emboîta le pas, sans plus d'enthousiasme.

— Et t… toi, demanda-t-elle à Riley. Tu vas m'instruire ?

Elle avait bégayé. Quelle honte ! Et maintenant, elle rougissait.

Toujours sans lui accorder un regard, Riley lui fit comprendre que, non, il ne l'instruirait pas. Elle se souvint alors de ce qu'elle lui avait dit : pour lui apprendre à se battre, il faudrait qu'il la touche, et, s'il la touchait, elle aurait envie de l'embrasser, pas de se battre avec lui. S'en souvenait-il, lui ? Aurait-il aimé qu'elle pose ses lèvres sur les siennes ?

Mon Dieu, elle avait tellement envie qu'il ait envie d'elle ! De le garder pour toujours.

Ne pleure pas !

Combien de fois devrait-elle s'ordonner ça ?

— Allez-y ! dit-il.

Et il fit un pas en arrière pour se désolidariser du groupe. Adossé à un arbre, il croisa les bras, l'air sombre.

Maxwell lui lança un avertissement :

— Tu n'interviens pas, on est bien d'accord ?

Nathan eut une moue de dédain.

— Comme s'il allait t'obéir !

D'un hochement de tête, Mary Ann leur signala qu'elle était prête. Aussitôt, les deux frères se tournèrent vers elle. Oups. Des regards sacrément intenses. Sur elle. Sur elle seule. Ils se mirent à tourner autour d'elle ; l'un se mit en face, tandis que l'autre passait dans son dos. Pourquoi avait-elle décidé de faire ça, déjà ?

— Prête, gamine ?

— Tu vas te mettre à pleurer comme un bébé dès qu'on te fera un peu bobo.

Ils la provoquaient. D'abord, elle se hérissa, puis elle se rappela ce que lui avait enseigné Aden : lors d'un combat, on peut être vaincu par ses propres émotions ; elles vous distraient de votre but, vous déconcentrent, vous rendent idiot. Il faut savoir les tenir à distance, faire tout ce qui est nécessaire pour rester en vie.

Je ne ressens rien. Juste de la nervosité. Forte de cette autosuggestion, elle bomba le torse et fit face, s'efforçant de ne rien laisser paraître de ses sentiments.

— Vous serez les premiers à pleurer ! s'exclama-t-elle.

Ce défi suscita un éclair de surprise dans les yeux des loups. De surprise, voire de moquerie.

— Elle a du cran, dit Nathan cependant. Voyons combien de temps ça va nous prendre pour lui rabattre le caquet.

Sur ce, en un bond, ils furent sur elle et la renversèrent comme une vulgaire poupée, la clouant au sol et la tenant en respect de leurs babines retroussées sur leurs dents maintenant longues et pointues. Ils avaient agi si vite qu'elle ne les avait même pas vus faire. S'ils l'avaient voulu, ils lui auraient arraché le visage d'un seul coup de mâchoires.

Lentement, ils se redressèrent, sans la quitter du regard ni relâcher la menace.

— C'est pas gagné, grommela Nathan avant de lui tendre la main pour l'aider à se remettre debout.

Elle se redressa, mais ses genoux étaient si flageolants qu'elle était peu assurée sur ses jambes et qu'elle faillit retomber aussitôt.

— Les vampires et les loups-garous sont beaucoup plus rapides que les humains. Tu n'imagines même pas à quel point, expliqua Maxwell. Pour nous, tu es terriblement lente.

— Je crois que j'avais compris, merci.

Les deux frères pouffèrent.

— Les vampires en veulent à ton sang. Ils ne sont pas obligés de viser le cou chaque fois, mais c'est quand même ce qu'ils préfèrent. D'abord, dans cette position, c'est beaucoup plus difficile pour les humains de les repousser ; ensuite, viser les veines du cou permet d'affaiblir leur victime beaucoup plus vite.

— Bon, si je résume, pour eux, on est du bétail ?

— Sauf que les humains tuent le bétail. Les vampires se contentent de boire le sang. Quand ils ont terminé, leur victime vit encore.

Puis, avec une expression de dégoût, Nathan ajouta :

— Enfin, la plupart du temps.

La plupart du temps… Car il y avait des exceptions à cette règle ; Mary Ann elle-même, dégoûtée, en avait été témoin. Sous ses yeux, un groupe de vampires avait torturé et mis à mort Ozzie, un garçon du ranch. Après l'avoir attaché sur une table, ils avaient bu son sang jusqu'à la dernière goutte puis l'avaient laissé mourir. Tucker aussi avait bien failli connaître cette triste fin.

Les loups lisaient-ils dans ses pensées, ou son expression l'avait-elle trahie ? Toujours est-il que Maxwell lança :

— On a entendu parler de ce qui s'est passé à la fête. Il y a de bons et de mauvais vampires comme il y a de bons et de mauvais humains. Idem pour les loups-garous.

— Puisqu'on en parle, ajouta Nathan, les loups-garous ne se nourrissent pas de chair humaine. Donc, si un loup t'attaque, c'est qu'il veut te tuer, pas te manger. Et avec ses griffes, il peut t'anéantir en quelques secondes. Ton objectif, si tu te bats contre un changeforme, ce sera d'éviter de te faire déchiqueter.

— Je m'en doutais un peu, répliqua Mary Ann en levant les yeux au ciel. Dis-moi plutôt comment m'y prendre ?

— On va te montrer ça. Essaie juste de suivre.

Pendant les deux heures qui suivirent — ces deux heures que leur avait accordées Riley —, les loups se consacrèrent entièrement à l'instruction de Mary Ann. Ils la jetèrent au sol ou dans les arbres, parfois si violemment qu'elle en eut la respiration coupée ou crut s'être brisé le poignet et la cheville. Mais rien de tout cela ne la fit renoncer. Obstinément, elle les relança.

Si bien qu'elle apprit beaucoup. Principalement, qu'il

était inutile de vouloir se cacher. L'odorat des loups-garous, vingt fois plus sensible que celui des humains, et leur ouïe, quarante fois plus fine, leur permettraient de la repérer où qu'elle soit. Elle apprit aussi qu'il ne serait pas judicieux de s'enfuir : ils adoreraient la voir courir, devenir un gibier, une proie, un vrai défi qui les exciterait et augmenterait leur désir de la tuer.

En cas de confrontation, elle devrait donc d'abord garder à l'esprit qu'une meute formait un clan très hiérarchisé. Chaque meute, sur un territoire donné, avait son meneur. Toujours. Un meneur incontesté qui contrôlait et commandait aux autres, donnait le signal de l'action. C'était lui, qu'il fallait neutraliser en premier — pour triompher de toute la horde.

Sauf si, bien entendu, le meneur ordonnait à tous les autres de se jeter sur elle.

Les signes d'une attaque imminente ? Le poil se hérissait, tandis que les fauves découvraient leurs crocs et grognaient.

Chaque fois que Maxwell et Nathan firent une démonstration de ce comportement, sous leur forme humaine comme sous leur forme animale, Mary Ann sentit sa peur monter d'un cran. Or, les loups pouvaient renifler cette peur, qui aiguisait encore leur faim et leur agressivité. Pour mettre de son côté toutes les chances de survivre, il faudrait donc apprendre à maîtriser sa peur.

Cela, Aden le lui avait déjà dit. Mais comment faire ? C'était une chose d'afficher l'impassibilité ; et une autre, bien plus difficile, de calmer volontairement les battements de son cœur.

Dieu merci, les loups avaient quelques points de vulnérabilité. Mary Ann apprit que le nez, ou la truffe, sous la forme animale, étaient particulièrement sensibles ; bien plus encore que chez les humains. Si elle réussissait à les frapper là, elle gagnerait ainsi de précieuses secondes pour trouver une arme — un bâton, une pierre, tout ce qui lui tomberait sous la main.

En revanche, si les loups réussissaient à la faire tomber, elle devait empoigner leur tête et tordre violemment leur cou pour éviter qu'ils ne lui déchiquettent la gorge. De la même façon, leur enfoncer un poing dans la gueule pouvait se révéler efficace : occupés à se débarrasser de sa main, ils ne pourraient pas s'attaquer à sa gorge.

Si elle se trouvait à proximité d'une étendue d'eau, elle devait y plonger. Les loups n'aimaient pas se battre en milieu aquatique. Ils le pouvaient, mais préféraient l'éviter. Avec un peu de chance, ils pouvaient même décider d'abandonner, et de laisser leur proie sur place pour partir à la recherche d'un gibier plus facile.

Fin de la leçon. Mary Ann était couverte de sueur et de poussière. Et, oui, elle saignait. Heureusement, dans l'obscurité, cela se voyait peu. Comme le leur avait ordonné Riley, les garçons ne l'avaient ni mordue ni égratignée ; l'écorce des arbres et les rochers, en revanche, avaient fait leur œuvre. A plusieurs reprises, du coin de l'œil, elle avait vu Riley quitter l'arbre où il s'appuyait et se diriger droit sur leur trio d'un air menaçant ; mais, chaque fois, il s'était contenu et avait regagné son poste d'observation.

Bonne nouvelle, tout de même : Maxwell et Nathan étaient aussi sales et suants qu'elle.

— Beau boulot, petite humaine ! lança Nathan, qui accompagna ses félicitations d'une bourrade entre les épaules à la faire tomber sur les genoux.

Il la rattrapa à temps et, tout sourire, l'aida à retrouver son équilibre.

— Tu veux que je te dise ? J'étais persuadé que tu crierais grâce au bout de cinq minutes.

Et sur ces mots, les deux frères disparurent. Il ne resta d'eux que leurs vêtements, abandonnés derrière un arbre, et le bruissement de leur passage dans les fourrés tandis qu'ils s'éloignaient sous leur forme de loup. On les entendit hurler. Puis Mary Ann se retrouva tout à fait seule avec Riley.

— On se retrouve en ville dans une heure, annonça Riley.

Un nouveau hurlement. Les loups approuvaient-ils de loin ?

— Allez, on ne s'attarde pas, poursuivit Riley en s'adressant cette fois clairement à Mary Ann. Parce que les gobelins seront bientôt de sortie.

Sitôt dit, sitôt fait, ils coururent vers la voiture que Riley avait dissimulée à l'orée de la forêt. Une fois à bord, ils s'empressèrent de démarrer. Mary Ann sentait son cœur battre si fort dans ses oreilles qu'il en couvrait le grondement du moteur. L'effort physique, mais surtout l'émotion d'être assise à côté de Riley sans pouvoir le toucher lui causaient une extraordinaire nervosité.

Ne pleure pas !

Elle se résolut à poser la question que, juste avant la leçon, elle avait remise à plus tard :

— Est-ce que tes frères savent, pour moi ?

— Non. Et nous ne leur en parlerons pas.

Une réponse à laquelle elle s'était attendue.

— Et si je vous mène droit à une sorcière ? Ils vont se douter de quelque chose ?

Riley secoua la tête.

— Je dirai que c'est grâce à moi. Alors ne t'inquiète pas. Et pour l'heure, on va au manoir des vampires.

— J'aimerais passer chez moi pour me doucher et me changer.

Histoire de ne plus ressembler à une sauvage des bois.

— Pour quoi faire ? rétorqua Riley. Tu vas te salir de nouveau.

— Au manoir ?

— Non, en ville. Ce sera notre étape suivante. Pour chasser, puisque tu ne me laisses pas le choix. Et de toute façon, tu ne peux pas rentrer chez toi.

Pas faux. Son père lui poserait des questions auxquelles elle n'était pas prête à répondre. Il s'imaginerait des choses... des choses qu'elle ne voulait pas qu'il s'imagine. *Qu'est-ce que tu faisais ? Où étais-tu ? Mais tu es blessée ! Quelqu'un t'a fait du mal ! Est-ce qu'on t'a... forcée à quelque chose ?* Et il appellerait la police, évidemment. Non, merci.

— Dis-moi ce que nous allons faire au manoir.

— Je veux t'emmener voir Victoria. Pour qu'elle te donne un peu de son sang.

Pardon ?

— Sûrement pas. Il est hors de question que je boive le sang de qui que ce soit.

— Ça te donnera des forces ! Et tes blessures guériront plus vite.

Mary Ann se carra dans son siège.

— Mais ça m'obligera à voir le monde à travers ses yeux ! Et, franchement, j'ai déjà assez de problèmes quand je le regarde avec les miens !

— L'effet ne durera que quelques heures.

— Ça m'est égal. Mes blessures ne sont pas assez graves pour justifier ton plan.

Riley serra le volant à en faire blanchir les jointures de ses doigts. Un détail, pour un observateur moins attentif qu'elle, et pourtant un révélateur.

— Cela pourrait aussi ralentir le développement de tes nouveaux pouvoirs.

— Tu en es certain ? Imagine que ça l'accélère, au contraire ? Comme l'a fait le sortilège des sorcières ? Imagine aussi que je ne sois pas un Draineur ?

Riley ne trouva aucun argument à opposer.

— Bon, comme tu voudras, conclut-il.

La voiture venait de quitter les fourrés et de s'engager sur un chemin de terre ; Riley fit demi-tour et partit dans la direction opposée.

— Pas de sang, donc.

— Merci.

— Garde tes remerciements. Tu repousses mon aide parce que tu veux m'éloigner de toi…

— Tu te trompes. Tu te trompes complètement. Je refuse simplement de te faire du mal, Riley.

— Je ne veux pas te faire de mal non plus.

Il lui prit la main ; leurs doigts se mêlèrent. La peau de Riley était chaude, sa paume, calleuse.

— Ecoute, dit-il, voilà comment je vois les choses. Il nous reste deux jours. Deux jours avant que le sortilège de mort ne prenne effet. Et je ne veux pas que nous passions ces deux jours à nous ignorer.

— Moi non plus, je ne veux pas, confessa-t-elle.

Il porta sa main à ses lèvres, l'embrassa au creux du poignet — un baiser doux et tiède — et la goûta du bout de la langue.

— Je veux être à tes côtés pour affronter ce qui nous attend, Mary Ann. Après, si tu le souhaites toujours, tu pourras m'abandonner. Mais dis-toi bien que je me battrai pour te garder.

Mary Ann ferma les yeux. Deux jours, deux jours de plus avec Riley, à jouir de sa présence au lieu de pleurer leur bonheur perdu… Il lui aurait été impossible de résister à une si douce perspective. Même s'il lui était déjà insoutenable d'imaginer qu'elle allait devoir affronter une deuxième scène de rupture quand l'heure serait venue.

— D'accord, murmura-t-elle. Restons ensemble encore deux jours. Je veux être avec toi.

Le simple fait de prononcer ces mots la libéra d'un poids. De son côté, Riley laissa échapper un soupir de soulagement, puis ajouta dans un sourire :

— A présent, j'ai le droit de tuer mes frères pour ce qu'ils t'ont fait subir pendant la leçon.

Elle partit d'un grand éclat de rire.

— Absolument pas ! C'est toi qui leur as demandé de m'entraîner.

— Je leur avais aussi demandé de te ménager.

— Je ne vois pas comment ils m'auraient instruite, s'ils m'avaient traitée comme une poupée de porcelaine !

— Soit, grommela-t-il. N'empêche que j'ai le droit de ne pas apprécier.

Quel amour…

Aux anges, Mary Ann se perdit dans la contemplation du paysage. La lune s'était levée et jetait une lueur dorée sur la forêt ; la poussière et les particules en suspension dans l'air reflétaient cette lumière et créaient une sorte de halo étincelant. Quand la forêt s'éclaircit et laissa place à des bâtiments, ceux-ci renvoyèrent à leur tour cette étrange et superbe luminosité… une sorte d'aura. Etait-ce ainsi que Riley voyait la lumière autour des humains ? Puis, comme ils entraient en ville, Mary Ann remarqua les détritus qui jonchaient le sol — et au même moment, le halo disparut.

Riley coupa le moteur entre une station d'essence et une laverie automatique, dans une ruelle sombre où le véhicule passait inaperçu. Les trottoirs étaient déserts et les magasins vides, comme si tout le monde était rentré chez soi très tôt. Pour préparer la fête dont Penny lui avait parlé ?

— Si tu sens une sorcière…, dit alors Riley en regardant Mary Ann droit dans les yeux.

— Je te le dis immédiatement. C'est promis.

Il la remercia d'un hochement de tête puis descendit et vint lui ouvrir la portière. Et dire qu'elle envisageait d'abandonner un garçon si prévenant, si adorable… Etait-elle stupide ? Non. Elle voulait juste qu'il vive.

Au-dehors, l'air s'était rafraîchi et même refroidi.

Riley enveloppa Mary Ann d'un de ses bras solides, et la maintint serrée contre lui. Puis ils commencèrent leur exploration. Curieusement, la présence de Riley semblait la tenir à l'abri de la magie, car elle n'en sentait pas la moindre trace. En revanche, plus ils avançaient, plus elle se sentait faible. Son corps s'était mis à trembler. Que se passait-il ?

— Tu as froid ?

— Non. Pourtant, je frissonne.

Elle éprouvait aussi une douloureuse sensation de vide au niveau du ventre. De la faim ? Elle n'osa pas y croire. Pourtant, cela y ressemblait à s'y méprendre. Son estomac criait famine.

— Riley, s'écria-t-elle, je crois que j'ai faim. J'ai très faim, même !

Loin de partager son enthousiasme comme elle s'y attendait, le loup la considéra d'un œil inquisiteur :

— Tu as faim… de nourriture ?

— Oui !

Pour s'en convaincre, elle se représenta mentalement l'image d'une part de pizza, sa pizza préférée, celle dont la croûte contenait du fromage fondu.

Là, la sensation devint beaucoup plus douloureuse.

Mary Ann pensa alors très fort à un plat de bœuf lo mein, le dernier plat qu'elle avait partagé avec son père.

La douleur se fit fulgurante.

Ne laisse pas tomber, continue !

Elle essaya de se représenter une soupe de vermicelle, ce potage que lui donnait sa mère quand elle était malade, et la sensation devint insoutenable.

Alors, elle se mit à penser à de la magie. De la magie

qui la remplissait, se répandait dans tout son corps comme un flot délicieux de chaleur et de puissance, qui l'enveloppait de sérénité, de force… Et la douleur dans son estomac cessa.

Immédiatement. Balayant tous ses espoirs. L'obligeant à comprendre, physiquement, au plus profond d'elle-même, qu'elle était devenue ce qu'elle redoutait d'être. Un Draineur. Une tueuse.

— Non, avoua-t-elle alors dans un souffle, désespérée, je n'ai pas faim de nourriture.

Riley resserra son étreinte et l'embrassa sur le front. *Je t'aime toujours,* disait ce geste. Et ils se remirent en marche, sans un mot, s'efforçant de ne pas se laisser aller à l'angoisse.

Comme Mary Ann s'en était rendu compte auparavant, les magasins étaient fermés, y compris le marchand de tacos qui pourtant restait ouvert vingt-quatre heures sur vingt-quatre, même pendant les fêtes.

— C'est bizarre, ce calme.

— Plutôt, oui. Tu sens quelque chose ?

— Pas encore.

Pas la moindre sensation de magie, et son appétit, pourtant, ne cessait de grandir de seconde en seconde. Elle en voulait, elle en avait tellement besoin…

Quelques instants plus tard, les frères de Riley — sous leur apparence humaine, et tout habillés — les rejoignirent.

— Pas mal de voitures s'acheminent par ici, annonça Nathan. Elles seront bientôt arrivées.

— Les participants sont des jeunes. Aucun adulte, précisa Maxwell.

Effectivement, peu après, on entendit des crissements de pneus et des claquements de portières. Aux éclats de voix, on devinait que les passagers étaient bien des adolescents, venus dans la ferme intention de faire la fête : le bruit de bouteilles de bière entrechoquées retentit bientôt, suivi par le son d'une radio, volume poussé à fond, puis de rires, de cris, de sifflets et de conversations.

Mais tous ces participants étaient humains.

Au grand désespoir de Mary Ann, une heure, puis deux passèrent sans qu'elle et ses loups ne croisent la moindre créature surnaturelle. Au lieu de cela, ils ne virent que des êtres bien ordinaires engagés dans des séances improvisées de danse, de flirt, des accrochages, une bagarre, tout cela dans une atmosphère d'ivresse et de joie fiévreuse autour d'un feu allumé en plein centre-ville.

La police resta invisible, et les rares adultes présents semblaient beaucoup plus décidés à se joindre aux festivités qu'à empêcher les débordements.

Si Penny apprenait que Mary Ann s'était rendue en ville sans elle, elle lui en voudrait à mort, non ? Peut-être, mais il n'y avait rien à y faire.

A mesure que le temps passait, Mary Ann était toujours plus obsédée par son ventre. Elle se sentait faiblir, elle tremblait. Peut-être que venir ici n'avait pas été une si bonne idée, après tout ? Elle allait demander à Riley de la raccompagner.

Mais au moment où elle s'apprêtait à le faire, Brittany Buchannan surgit au coin d'une rue, l'aperçut, et fonça dans sa direction. Dieu merci, elle paraissait sobre ; vu son propre état, Mary Ann n'aurait pas eu la patience de parlementer avec une ivrogne au débit hésitant et pâteux.

— On peut parler ? demanda la jeune fille d'un ton nerveux.

Sans attendre de réponse, elle tira Mary Ann par la manche pour l'éloigner de Riley.

Celui-ci, pourtant, ne lâcha pas prise avant que Mary Ann ne lui signifie du regard que tout allait bien. Pour le rassurer, elle dut même murmurer :

— Ne t'inquiète pas. Je saurai quoi faire si elle m'agace trop.

Riley eut un petit sourire amusé.

— Qu'est-ce qui t'arrive ? demanda Mary Ann une fois qu'elle fut seule avec Brittany.

Celle-ci l'entraîna un peu plus loin encore, de l'autre côté du feu de joie, à l'écart des danseurs.

— Et à toi ? rétorqua Brittany. Où es-tu allée te traîner ? Tu t'es roulée dans la boue ou quoi ?

Elle esquissa un sourire pour atténuer la dureté de ses paroles, avant d'ajouter :

— Remarque, je vois bien avec qui… Mais bon, ce n'est pas le sujet. Voilà de quoi je veux te parler : dis-moi qui est le beau gosse, et surtout s'il est libre.

Un coup de foudre.

— Lequel ?

— Celui qui ressemble à un flocon de neige.

— C'est Nathan, le frère de Riley.

Loin des bras protecteurs de celui-ci, Mary Ann sentit que ses tremblements la reprenaient.

— Pour ce que j'en sais, dit-elle, il est libre.

Brittany écarquilla les yeux.

— C'est vrai ? Oh, s'il te plaît, présente-le-moi ! Tu me l'avais promis, tu te souviens ? s'exclama-t-elle en sautillant sur place d'excitation. Fais-le ou, juré, je meurs sur place.

— Viens avec moi, soupira Mary Ann.

Elle la ramena vers le trio des loups-garous et fit les présentations. C'est à peine si Nathan jeta un regard à Britt. Maxwell, en revanche, lui serra la main avec chaleur. Il lui sourit, et ce sourire de mauvais garçon aurait fait dû faire fondre la jeune fille sur place. Pourtant, Brittany l'ignora complètement. Elle n'avait d'yeux que pour Nathan, qui, lui, se montrait d'une insupportable grossièreté. Pas un mot. Rien que de la froideur et du dédain.

— Dis donc, tu sais que tu es limite un enfoiré, toi ? lui glissa Maxwell à l'oreille.

— Limite, seulement ? D'habitude, je fais mieux, rétorqua Nathan avec arrogance.

Mary Ann l'aurait volontiers giflé. Sans doute Riley devina-t-il ses intentions car il lui saisit le poignet.

Dépitée, Brittany abandonna la partie.

— Merci de m'avoir présentée, Mary Ann, lança-t-elle tristement, mais je vois bien que ça ne donnera rien.

Sur ce, elle tourna les talons et s'en alla rejoindre son groupe d'amis. Quant à Maxwell, il décocha un coup de poing dans l'épaule de son frère, lequel lui fit un doigt d'honneur, avant que chacun des deux ne parte dans une direction opposée. Amusé, Riley attira de nouveau Mary Ann contre lui et l'enlaça. Comme elle aimait sa chaleur… La faim qui la taraudait sembla décliner un peu. Quelques instants, elle fut de nouveau en mesure de savourer son bonheur. Dorénavant, elle le savait, ils n'auraient plus que de rares moments de grâce.

— Ton frère s'est bien mal comporté, déclara-t-elle doucement.

— Le sort, murmura Riley. Tu te souviens ? Quand l'un de mes frères est attiré par une fille, celle-ci le voit sous un jour très laid. Mais quand il ne ressent rien pour elle, alors elle le voit comme il est vraiment.

Donc… Maxwell avait été attiré par Brittany, mais pas Nathan ? Pour les êtres de sexe mâle, la seule façon de rompre le sortilège était de mourir et d'être ressuscités in extremis. Sauf que, pour les loups-garous, comme pour les humains, l'opération ne réussissait pas systématiquement. Alors… prendre le risque de mourir pour se donner la chance d'aimer et d'être aimé ? Non. Le bénéfice était immense, mais les garanties trop réduites pour se lancer sans hésitation dans un tel pari.

— Et d'ailleurs, Nathan ne s'assemble pas avec des humaines. Jamais, reprit Riley. Voilà d'ailleurs pourquoi toutes les filles qui sont ici le regardent comme s'il était une friandise succulente. Elles veulent quelque chose qu'instinctivement, elles savent ne pas pouvoir obtenir.

— Mais il y en a aussi qui regardent Maxwell de cette façon, fit remarquer Mary Ann, poussée par sa sympathie pour le loup-garou blond. Et d'autres qui te regardent, toi…

— Celles qui regardent Max le voient sous son vrai jour parce qu'elles ne sont pas son genre. Et je n'ai remarqué personne qui me regardait, à part toi.

S'ils s'étaient trouvés seuls et à l'abri des indiscrets,

Mary Ann lui aurait montré à quel point il était désirable et parfait. Elle l'aurait embrassé, se serait délectée du goût de ses lèvres. Ç'aurait été la meilleure façon de le convaincre de son pouvoir de séduction…

— Les sorcières ne viendront pas ce soir, dit-elle finalement en revenant au but de leur présence à cette fête.

Ils avaient une mission, après tout.

Riley soupira.

— Non. Elles savaient que nous serions là.

— Pourquoi n'ont-elles pas choisi de se battre avec nous, ici et ce soir ?

— Je ne sais pas. Peut-être qu'elles ont une idée derrière la tête. Peut-être qu'elles sont à la recherche de leur amie.

A ces mots, Mary Ann se raidit. Que se passerait-il si, elle et ses amis, ils perdaient ce qui constituait leur seule monnaie d'échange ? Rien de bon.

— Ne t'inquiète pas, elles ne la trouveront pas, assura Riley. Elles ne sont pas d'aussi fins pisteurs que les loups-garous.

Mary Ann se détendit. *Tu ne peux rien faire de plus ici. Pour une fois, amuse-toi. Avant qu'il soit trop tard.* Elle se tourna vers Riley, se dressa sur la pointe des pieds et déposa sur ses lèvres un baiser doux et tendre… Un baiser qui appelait beaucoup plus.

Il la serra dans ses bras ; sa respiration était devenue irrégulière, presque haletante.

— Trouvons un coin à nous, murmura-t-il d'une voix rauque.

— Oh, oui, répondit-elle. Vite.

20

— … il a dit que tu risquais de rester un petit moment dans les vapes, à cause des médicaments, mais ça m'inquiète quand même un peu. Comment tu te sens ?

Dan était à l'autre bout d'un tunnel, un tunnel long et sombre, où sa voix se répercutait. Loin, si loin… Mais peu à peu, elle tira Aden de sa torpeur. Il cligna des yeux à plusieurs reprises, cherchant à reprendre ses esprits. Il lui fallut un moment pour comprendre qu'il se trouvait dans la fourgonnette de Dan. Les rues commerçantes de la ville défilaient par la vitre ; on aurait dit qu'une fête avait lieu.

— Aden ?

— Ouais…

— Est-ce que tu vas bien ?

— Pas de problème.

Aden se frotta les tempes, puis les yeux. Comment s'était-il retrouvé dans le minibus ? Il n'avait pas le souvenir d'y être monté. La dernière chose dont il se souvenait, d'ailleurs, c'était d'être entré dans le cabinet du Dr Hennessy en fin d'après-midi. Le soleil, bien que bas, brillait, et l'air était vif. Ensuite, il… Etrange. Impossible de se rappeler ce qu'il avait fait. Tout ce qu'il savait, c'est qu'à présent la lune était haute dans le ciel.

De quoi avaient-ils parlé, avec le psychiatre ? Combien de temps s'était-il écoulé ?

De plus en plus étrange. Il n'arrivait pas à s'en souvenir non plus.

Dan avait parlé de médicaments. Est-ce que le Dr Hennessy l'avait drogué à son insu ?

— Hé-ho, murmura Aden dans un souffle, vous êtes là, les gars ?

Présent.

Au rapport.

Ici.

Pas de médicaments, donc. Si le Dr Hennessy lui en avait donné sans qu'il le sache, ses esprits n'auraient pas été capables de lui répondre. Se souvenaient-ils de ce qui s'était passé, eux ? Il aurait voulu le leur demander, mais c'était pour l'instant impossible. Pas en présence de Dan.

— Mais... on vient de partir du cabinet du Dr Hennessy, c'est ça ?

— Exactement. Tu étais plutôt dans le cirage, et j'ai attendu le plus longtemps possible avant de te ramener. J'avais peur que tu n'ailles pas si bien que ça et que tu aies encore besoin de soins médicaux.

La voix de Dan était empreinte de sympathie. De toute évidence, il compatissait — même s'il pensait sans doute qu'Aden était en train de régresser dans sa thérapie.

— Mais nous devons dîner avec la nouvelle tutrice, et nous sommes déjà presque en retard, donc j'ai fini par te faire monter dans le camion, et en route.

Tout ça n'avait aucun sens. Une image, une seule,

lui revint : il était assis dans son fauteuil, terrifié mais bien décidé à faire quelque chose. Quoi ?… Après cela, il ne voyait plus rien.

— Tu sais, si tu as besoin de te reposer demain, reprit Dan, je comprendrais que tu n'ailles pas au lycée.

— Non, ça ira, merci.

En tout cas, il l'espérait. Entre-temps, il avait encore quelques sorcières à chasser…

— Est-ce que le Dr Hennessy a dit quelque chose d'autre ?

— Simplement qu'il était désolé que tu aies une réaction aussi violente à ta thérapie. Ah, et aussi que tu ne prenais sans doute pas tes médicaments comme tu le devrais. Est-ce que c'est vrai, Aden ?

Celui-ci détestait mentir à Dan. Pourtant, il s'y trouvait bien souvent contraint. Mais pour cette fois, décida-t-il, il dirait la vérité.

— Oui. Je ne les prends pas.

— Mais pourquoi ? Tu n'as pas envie de guérir ? D'aller mieux ?

De façon surprenante, il n'y avait pas trace de colère dans la voix de Dan.

— Je ne suis pas fou, Dan. Je n'ai pas besoin d'aller mieux.

Dan se renfrogna. A trente ans passés, il avait des cheveux blonds et des yeux noisette — ces mêmes yeux qui d'habitude regardaient Aden avec tendresse et bienveillance. En ce moment, néanmoins, et de façon bien compréhensible, c'était la colère qui y dominait.

— Aden… Tu continues à parler tout seul. Je ne crois pas que tu ailles mieux, non. Il va falloir que tu fasses encore des efforts si tu veux un jour pouvoir arrêter les médicaments. Si tu veux que je t'aide.

Comme si Dan allait l'aider… Au plus profond de lui-même, Aden refusait d'y croire. Tout au long de sa vie, on l'avait rejeté et trahi ; et ces expériences s'étaient gravées au plus profond de lui, le rendant bien souvent incapable d'accorder sa confiance à quiconque. Mais après tout, il allait bien voir !

— Tu veux savoir pourquoi je ne prends pas mes médicaments ? D'accord, très bien. Les cachets que le Dr Hennessy me donne m'endorment. Ils m'abrutissent. Quand je les prends, je deviens incapable de penser clairement. Et même de penser tout court, le plus souvent. Ils me rendent à moitié idiot et, crois-moi, j'ai bien assez de problèmes comme ça sans avoir à y rajouter des mauvaises décisions ou des mots qui ne veulent rien dire. Tu crois qu'on ne se moque pas suffisamment de moi comme ça ? Tu sais qu'il y en a qui ne se privent pas de me traiter de débile ?

Un silence s'installa dans la voiture. Les secondes s'égrenèrent, jusqu'à ce qu'enfin Dan réponde :

— Bon, d'accord. Je parlerai au Dr Hennessy qu'il te trouve un autre traitement.

Comment ? Dan acceptait son explication, acceptait de l'aider comme ça, sans discuter ? C'était… c'était impossible. Incroyable, en tout cas. Aden décida de pousser le bouchon un peu plus loin :

— Dan… Je n'aime pas le Dr Hennessy. Il me fait peur. Je préférerais que tu ne parles pas de moi avec lui. Pas du tout.

Dan le regarda d'un œil interrogateur.

— Comment ça, il te fait peur ?

— Je ne sais pas. C'est juste… la façon dont il me regarde.

Dan se raidit, aux aguets.

— Aden, est-ce que le Dr Hennessy t'a touché ? Est-ce qu'il a déjà eu un comportement inapproprié envers toi ?

— Non, répondit Aden, et il vit les épaules de Dan se détendre.

C'est alors qu'il se souvint de la façon dont le psychiatre s'était tenu au-dessus de lui, brandissant son enregistreur, et il ajouta :

— Enfin… d'une certaine façon, si. Oh, je ne sais plus vraiment. C'est juste que je ne me sens pas en sécurité avec lui.

— Je n'aime pas ça. Pas ça du tout, répliqua Dan. Je ne vais pas tolérer ça. Hors de question. Je parlerai à l'assistante sociale qui s'occupe de toi, et nous allons te trouver un autre médecin. Mais je vais être honnête avec toi : ça ne sera pas facile. Crossroads est une petite ville, et nous n'avons pas beaucoup d'autres solutions. En fait, j'ai déjà consulté la liste des psychiatres, et le seul qui reste, si je me souviens bien, c'est un certain Dr Morris Gray.

Le père de Mary Ann. L'estomac d'Aden se serra même si, il le savait, Dan cherchait vraiment à lui venir en aide. Mais le Dr Gray avait été le psychiatre d'Aden quelques années plus tôt. Ils s'en souvenaient tous les deux, comme ils se souvenaient que le médecin avait jeté Aden hors de son cabinet quand celui-ci avait affirmé avoir la capacité de voyager dans le temps — c'est-à-dire exactement ce que prétendait la mère de

Mary Ann. A l'époque, Gray avait cru qu'Aden avait volé son journal et réutilisé l'histoire de sa femme ; cela l'avait rendu furieux.

Le Dr Gray n'avait toujours pas changé d'avis. Il refusait d'admettre la vérité : sa femme n'était pas folle, et à l'époque il lui avait administré tous ces médicaments pour rien. Elle était morte parce que personne ne l'avait écoutée ni n'était venu à son secours. Et donc, il existait entre Gray et Aden une inimitié insurmontable.

— Ça ne marchera pas avec lui non plus, affirma Aden avec un mouvement de dépit.

— A vrai dire, ça n'a aucune importance. Le Dr Gray a déjà refusé de te prendre comme patient. Il est déjà complet.

C'est ça, oui…

— Est-ce que nous ne pourrions pas trouver quelqu'un dans une autre ville ? A Tri City ?

— Ça fait une bonne demi-heure de route, à l'aller et au retour… Nous n'avons pas vraiment le temps pour un tel trajet, tu comprends ? Mais écoute, je te promets que je vais y réfléchir. On trouvera une solution. Je veux que tu te sentes bien, d'accord ?

— D'accord.

D'accord ? Le mot était faible. Aden n'aurait jamais osé en attendre autant. Son responsable légal se comportait comme… un adulte responsable. Il tenait à lui, prenait soin de lui, et il le montrait. Finalement, cette journée qui avait si mal commencé prenait un tour inespéré.

Quand ils parvinrent enfin au ranch, Aden bondit hors du minibus.

— Il faut que je me douche avant de venir à table, lança-t-il.

Ayant obtenu l'approbation de Dan, il se précipita dans sa chambre.

Les dortoirs étaient vides : les pensionnaires du ranch se trouvaient déjà dans le bâtiment principal. Aden s'enferma dans les douches. Il était ravi de sa discussion avec Dan, ravi de son soutien inattendu, et ravi, par-dessus tout, à l'idée de ne plus jamais revoir le Dr Hennessy.

Il ouvrit le robinet de l'évier jusqu'à ce que la vapeur jaillisse et entreprit de se laver les mains.

— Les mecs ? chuchota-t-il à l'attention des âmes.

L'un après l'autre, ils répondirent à son appel.

— Est-ce que vous vous souvenez de ce qui s'est passé dans le cabinet d'Hennessy ?

Non, répondit Caleb. *J'ai un grand trou noir. Je suis sûr que ça ruine complètement mon sex-appeal, d'ailleurs.*

Fiche-nous la paix, avec ton sex-appeal, rétorqua Julian. *Moi, c'est toute la journée qui a disparu de mes souvenirs.*

J'ai l'impression que quelqu'un a effacé ma mémoire, se plaignit Elijah, *et ça ne me dit rien qui vaille.*

Mais alors, que s'était-il passé pendant les quelques minutes où ils s'étaient tous trouvés dans l'esprit d'Hennessy ?

Au moment où la question se formait, ce fut comme si on nettoyait son esprit, comme une vitre qu'on aurait soudain essuyée. Il se retrouva devant le miroir, contemplant son reflet en se demandant ce qu'il avait fait durant les cinq minutes précédentes. Rien ne lui vint. Quant à l'heure qui venait de s'écouler… Rien non plus. Il avait de l'eau sur les mains, oui, mais il n'arrivait pas à se souvenir d'être entré dans la salle de bains ni d'avoir ouvert le robinet…

Son expression, dans le miroir, était de plus en plus perplexe.

— Mais qu'est-ce qu'on fait ici, les gars ?

Ben, on se décrasse…, répondit Caleb — et, au ton de sa voix, il aurait tout aussi bien pu ajouter « *crétin* ». *On doit rencontrer notre nouvelle répétitrice.*

— Ah oui, c'est vrai, reconnut Aden.

Il secoua la tête pour dissiper le sentiment de malaise qui s'était emparé de lui.

— Bon, allons-y, alors, qu'on n'en parle plus…

Une fois encore, Tucker se trouvait dans la crypte souterraine, blotti contre un mur de pierre couvert de poussière, cerné de ténèbres glacées et humides qui le plongeaient dans un sentiment de panique à peine surmontable. Il tremblait de tous ses membres, non pas parce qu'il était faible — il était plus fort, physiquement, que lors de sa précédente visite —, mais parce qu'il sentait dans l'atmosphère une menace tangible, une menace aussi réelle que si de longs doigts crochus s'étaient promenés sur sa gorge ; une menace épaisse comme le sang, âcre comme la fumée.

Qu'est-ce qui l'attendait, tapi dans l'obscurité ? Rien de bon, il en était certain. Mais pourquoi ? Il avait fait tout ce qu'on lui avait demandé de faire. Il avait suivi Aden, l'avait espionné sans relâche. D'accord, il s'était peut-être laissé distraire une fois ou deux ; il avait préféré suivre Mary Ann pour s'assurer qu'elle était en sécurité, qu'il ne lui arrivait rien de mal, mais il était toujours revenu à Aden. Toujours.

— Je ne suis pas content de toi, jeune homme.

La voix s'était élevée juste derrière lui ; dans les ténèbres, il ne distinguait pas celui qui parlait. Les mots avaient été prononcés avec douceur, mais ils ébranlèrent Tucker bien plus que s'ils avaient été hurlés dans son oreille.

— Je… je suis désolé. Je fais de mon mieux. Je vous en supplie, ne me punissez pas.

De toutes ses forces, il aurait voulu se lever et s'enfuir ; mais il ne le pouvait pas. Quelque chose le retenait. Il devait obéir à cet homme, à ce roi déchu. Il en ressentait le besoin au plus profond de lui, un besoin vital comme celui de respirer ou de boire. Et, pour l'instant, son maître lui commandait de rester là.

— Te punir ? J'y songerai. Tu fais peut-être de ton mieux, mais ce n'est pas assez.

Tucker ne put se retenir de rétorquer :

— Mais… de votre côté, vous ne faites rien !

Puis il se raidit, dans l'attente d'un retour de bâton. Mais l'autre se contenta de répondre :

— Je guéris, pauvre fou ! Je ne peux pas me montrer à mon peuple sous cet aspect.

— Bien entendu, maître.

— Mais je me pose des questions, et je veux que tu m'apportes des réponses. Comment l'humain, cet Aden, parvient-il à commander mon peuple ? Pourquoi le suivent-ils ? Comment se fait-il qu'il soit toujours en vie ?

A mesure qu'il posait ces questions, sa voix se faisait de plus en plus tranchante.

— Je dois… je ne sais pas si…

Mais, quoi qu'il en dise, Tucker savait. Avec tout ce qu'il avait vu, il connaissait une réponse qui expliquait bien des choses. La seule réponse possible.

— Dis-moi !

Cette fois, Vlad avait hurlé, et Tucker comprit qu'il s'était trompé quand il avait cru que la douceur du vampire était plus effrayante que sa colère. Rien n'était plus terrifiant que le hurlement de rage qui venait de s'élever ; on aurait dit que sa fureur prenait une forme tangible, s'élevait comme une lame de fond pour se transformer en un feu insoutenable et dévorant. Tucker se blottit contre le mur. Il aurait voulu fuir, oui, et il aurait également voulu ne pas dire ce qu'il allait révéler ; mais l'instinct de conservation l'emporta, et il finit par avouer :

— Les loups-garous le protègent.

— Les loups…

Un silence s'installa, un silence long et dense, terrifiant. Tucker sentit ses tripes se nouer. Enfin, à son grand soulagement, Vlad reprit la parole :

— Continue à observer le garçon. J'ai beaucoup à réfléchir…

Il ne lui demandait pas de le tuer ; pourtant, Tucker sentit la panique l'envahir, jusqu'à le rendre malade. Car l'ordre viendrait, et il viendrait bientôt. De cela, il en était sûr.

Ce dîner était nul. Complètement.

Oh, les plats étaient bons — Meg Reeves était une

très bonne cuisinière — et Aden ne refusait jamais un bon rôti avec des pommes de terre. Et cette pièce, la véritable « salle à manger » du ranch, était vraiment très sympa. Quand il s'y trouvait, Aden avait, plus que n'importe où ailleurs, l'impression de faire partie d'une famille. C'était sans doute dû à la longue table de bois que Dan avait fabriquée lui-même, au papier peint aux motifs fleuris — des cerises et des charrettes, rien que ça ! — et à la vitrine où trônait le service en porcelaine de Meg. Tout cela ressemblait à une maison, à un foyer.

Mais la nouvelle « répétitrice »... Aden haussa les épaules. A cause d'un frisson ? Car cette nouvelle venue n'était pas seulement « terriblement sexy » ; elle était pire : c'était une fée. Une vraie, hélas. Thomas avait vu juste : sa famille s'était mise à sa recherche. La tutrice n'était autre que Mlle Brendal, sa propre sœur.

Aden avait réalisé au premier coup d'œil à quel point la situation était dangereuse, mais il n'avait pas pu s'échapper. Quitter la table aurait paru trop suspect, aussi était-il resté assis ; il avait entrepris de manger son repas tout en tâchant de se comporter aussi normalement que possible. Aussi normalement que les autres.

Les autres... Ils étaient tous là, autour de lui. Shannon et Ryder, bien trop calmes, qui étaient assis en vis-à-vis mais prenaient bien soin de ne pas échanger le moindre regard. Seth qui, affalé sur sa chaise, un bras passé par-dessus le dossier, regardait Mlle Brendal avec des yeux qui disaient *Viens ici, mignonne.* Et RJ, Terry et Brien, qui contemplaient la jeune femme avec des yeux ronds. C'était tout juste s'ils ne bavaient pas. Aux deux extrémités de la table, Dan et sa jolie épouse,

Meg, semblaient eux aussi sous le charme de la Faé. Ils étaient suspendus à ses lèvres comme si elle était la personne la plus importante au monde.

Même les âmes étaient en transe devant elle. Elles en étaient à se lancer dans des tirades poétiques sur ses yeux et sur son corps. Et le pire, c'est qu'Aden les aurait bien imitées…

Mlle Brendal était assise en face de lui. Et oui, c'était indéniable, elle était magnifique. Sans doute l'être le plus parfait, physiquement, qu'il ait jamais vu. Elle avait de grands yeux marron lumineux qui semblaient familiers à Aden, et de longs cheveux blonds ondulés. Il n'en avait jamais vu de semblables. En tout cas, il ne s'en souvenait pas. Sa peau… sa peau était radieuse, dorée comme si elle avait avalé le soleil. Et elle sentait le jasmin et le chèvrefeuille.

Il aimait plus que tout le jasmin et le chèvrefeuille. Il aimait Mlle Brendal.

Il serra les poings. Comment pouvait-il se sentir aussi attiré par elle, comment pouvait-il avoir ainsi envie de la protéger, de se prosterner devant elle, de poser son front contre ses pieds, juste pour la toucher, pour être près d'elle, pour la caresser, l'embrasser, faire d'elle sa reine, tout en sachant qu'elle était dangereuse ! Dangereuse pour Victoria et pour lui-même. Une fée ! Une ennemie ! A la seconde où elle apprendrait ce qui était arrivé à Thomas, elle se vengerait.

Thomas qui, justement, s'agitait derrière elle, et ne cessait de réclamer justice. Il essayait désespérément d'attirer l'attention de sa sœur. De toutes ses forces de fantôme, il s'égosillait, donnait des coups de pied dans la table ou les chaises ; il tirait les cheveux et la robe de Mlle Brendal. Mais rien ne marchait.

En arrière-plan de ce charmant tableau, il y avait Victoria. Elle était arrivée un peu plus tôt au ranch avec l'intention d'attendre Aden dans sa chambre pendant le dîner. Elle voulait lui parler, même s'il ignorait à quel sujet. Mais quand elle avait aperçu Mlle Brendal, les ennuis avaient commencé. Les vampires et les Faé, en effet, se vouaient une haine aussi réciproque qu'inextinguible ; leur réflexe habituel était de s'entretuer au premier regard. Et Aden avait le douteux privilège d'être le roi des vampires, ce qui les mettait tous les trois dans une situation périlleuse. En ce moment même, Victoria faisait les cent pas devant la maison, derrière la fenêtre qui faisait face à Aden. Lui seul pouvait la voir, car elle se fondait dans la nuit ; mais cela ne le consolait guère, car il avait l'impression que la situation allait sous peu tourner à la catastrophe.

— J'espère qu'il vous reste une petite place pour le dessert ? demanda Meg.

C'était une femme menue, avec des traits délicats et des cheveux dont la couleur hésitait entre le brun et le blond.

— Quand c'est toi qui cuisines, je suis toujours prêt pour un dessert, répondit Dan avec un sourire chaleureux.

Ils s'aimaient tellement ! Chaque fois qu'il les voyait, Aden sentait son cœur se serrer dans sa poitrine.

— C'est prêt dans une minute, affirma Meg, toujours souriante, avant de disparaître en cuisine.

— Aden, tu passes ton temps à regarder par-dessus mon épaule, fit remarquer Mlle Brendal.

Sa voix était douce et mélodieuse. On aurait dit qu'elle chantait.

— Est-ce que tu peux me dire pourquoi ? poursuivit-elle en se tournant vers la fenêtre.

Zut ! Il n'avait pas eu conscience qu'on pouvait repérer son manège. Par bonheur, Victoria, qui les épiait, fut assez rapide pour se dissimuler à son regard in extremis. Aden se força à regarder la tablée. Tous les yeux étaient braqués sur lui. Il en rougit tout en s'en félicitant : au moins, tant qu'il monopoliserait l'attention, personne ne chercherait à comprendre ce qu'il se passait de si fascinant derrière la fenêtre.

— Et alors ? C'est un crime, de regarder derrière vous ?

Il y eut un silence. Aden avait-il surpris la fée par son arrogance ?

— Je préfère quand mes élèves me regardent dans les yeux.

Oh, sans blague ?

— Je ne fais pas partie de vos élèves.

— Mais tu pourrais, non ?

Elle se pencha en avant et lui tendit la main par-dessus la table.

A grand-peine, il parvint à se contrôler et à lui refuser sa main.

— Je suis très bien au lycée de Crossroads.

— Cela fait combien de temps que tu y es élève ? Un mois ?

— Oui.

— Donc, tu n'as pas beaucoup côtoyé M. Thomas ?

Celui-ci se tenait à côté d'elle, lui répétant d'une voix implorante :

— Je suis là. Regarde-moi. S'il te plaît, regarde-moi...

Il y avait tant de douleur dans sa voix ! Aden toussa pour dissiper l'émotion qui lui nouait la gorge.

— Aden, fit Dan. Réponds à Mlle Brendal, s'il te plaît.

— C'est vrai. Je n'ai pas passé beaucoup de temps avec lui.

La culpabilité devait se lire en lettres de feu sur son visage. Parce que la réponse complète était : *juste la demi-heure qu'il m'a fallu pour le tuer.*

C'était nécessaire, affirma Elijah, à la grande surprise d'Aden. D'habitude, les âmes n'entendaient pas ses pensées. A moins qu'Elijah ne les ait devinées ? Non, finit-il par comprendre. Le sujet de la conversation rendait ses pensées évidentes.

C'est vrai, confirma Caleb. *On devine ce que tu penses, parce qu'on est de vrais caïds. Tu sais quoi ? Dieu a peut-être fait le monde en six jours, mais nous on est tellement balèzes qu'on l'aurait fait en cinq.*

Tu trouves vraiment que c'est un sujet de plaisanterie ? demanda Julian d'un ton sévère.

Parce que tu crois que je plaisante ?

Aden détestait les entendre se disputer, mais c'était tout de même préférable à la poésie...

Meg revint de la cuisine, portant un grand plateau où s'empilaient de magnifiques brownies. Elle le présenta à Dan et à Mlle Brendal pour qu'ils se servent, puis le déposa au milieu de la table pour les garçons, qui se ruèrent dessus comme des chiens sur un os à moelle.

— Maintenant que nous sommes à l'aise, j'aimerais

vous poser des questions un peu plus personnelles, dit Mlle Brendal. Je veux être certaine que mon enseignement convient à vos besoins. Par exemple, je voudrais savoir ce que chacun de vous pensait de M. Thomas.

— C'est que… nous n'avons pas vraiment eu le temps de le connaître, répondit Seth.

Sa réponse ne sembla pas désarçonner Mlle Brendal.

— Alors, dites-moi ce que, selon vous, il a pu lui arriver.

— S'il a disparu, pourquoi n'en parlez-vous pas à la police ? demanda Ryder.

Il y eut un moment de flottement, un étrange silence, pendant lequel toute la méfiance que les garçons auraient pu encore ressentir sembla se dissiper. Jusqu'à ce que la dernière miette de brownie ait été avalée, les pensionnaires du ranch D & M, ainsi que Dan et Meg, se mirent à réfléchir sur ce qui avait pu se passer. Quelqu'un suggéra un enlèvement dû aux extraterrestres ; un autre fit remarquer que le précepteur avait peut-être choisi de prendre un nouveau départ ; on mentionna un accident de voiture, et même — Aden frémit — un assassinat.

— Aden. Dis-lui que je suis là.

Pour la première fois depuis que Mlle Brendal était entrée dans la pièce, Thomas s'adressait à lui sans animosité. Il le fixait droit dans les yeux, sans ciller.

— S'il te plaît, Aden.

Il faillit céder. Le ton de voix sur lequel il avait prononcé ces mots… Pourtant, mentalement, il dut répondre : *Je ne peux pas.*

— Tu me dois bien ça, pourtant ! s'écria Thomas, avec de nouveau un accent de colère.

Aden secoua la tête.

Mais Thomas revint à la charge.

— Elle est peut-être capable de me sauver.

Pour que tu puisses tuer ma fiancée ? Non. Pas maintenant. Peut-être, quand ils se seraient occupés des sorcières, et seulement si Thomas jurait de renoncer à sa vengeance contre la famille royale. Jusque-là, il n'y aurait aucun accord, décida Aden en détournant le regard, mettant ainsi un terme à leur échange. Thomas se remit à gémir et à hurler, marchant de long en large dans la pièce.

— Aden ? lança Dan pour attirer son attention. Tu es d'accord pour rendre ce service à Mlle Brendal, oui ou non ?

— Ce service ?

Que voulait-elle ? Sa tête sur un plateau d'argent ? Son cœur dans une boîte en carton, avec un ruban autour ? Elle avait tellement charmé les autres convives, pensa Aden, qu'ils se feraient un plaisir de les lui offrir…

Il regarda les autres garçons. Tous le dévisageaient avec envie, à l'exception de Shannon et Ryder. Un peu plus tôt, ils s'étaient donné bien du mal pour ne pas échanger le moindre regard, et voilà qu'à présent ils étaient engagés dans une espèce de concours pour savoir qui fixerait l'autre avec le plus de rage et de ressentiment. Leur visage était livide, leur expression indéchiffrable.

Aden jeta un coup d'œil par la fenêtre, mais Victoria ne s'y trouvait plus.

— Bien sûr, finit-il par dire malgré la sueur froide qui lui coulait dans le dos. Je serai ravi de… lui rendre ce service.

— Parfait, approuva Dan avant de se lever de table.

Tout le monde à l'exception d'Aden l'imita. Les garçons lancèrent un dernier regard d'envie en direction de Mlle Brendal ; Seth tenta même de lui envoyer une œillade assassine. Puis, d'un pas traînant, ils quittèrent le bâtiment principal pour retourner dans leur dortoir. Dan rejoignit Meg et passa un bras autour d'elle. Tous deux regardaient Aden avec l'air d'attendre quelque chose.

Et… il était censé faire quoi ?

— Eh bien, allons-y, proposa Mlle Brendal de sa voix musicale.

— Euh… oui, bien sûr.

Il aurait peut-être mieux fait de décliner ce « service » ?

Elle contourna la table et se dirigea vers la porte d'entrée. Aden, lui, resta sur place pendant quelques secondes, scrutant la nuit à travers la fenêtre de la salle à manger. Victoria y réapparut un instant, posant sa main sur la vitre. Il lui sembla aussi que quelqu'un, sans doute une femme, se tenait à ses côtés.

Une autre prétendante ? Sans doute…

Fantastique.

— Tu veux un blouson ? lui demanda Dan, ce qui l'obligea à s'arracher à ses réflexions.

Il se leva.

— Non, ça ira, je te remercie, répondit-il.

Il rejoignit Brendal, qui lui tint la porte d'entrée ouverte. Le fait de savoir qu'elle pouvait l'attaquer d'un instant à l'autre atténuait un peu la fascination inexplicable qu'il éprouvait envers elle.

Thomas fit mine de les suivre à l'extérieur, mais le fantôme s'évanouit dans la nuit dès l'instant où il franchit le seuil. Sans qu'Aden sache pourquoi, il n'était visible — et audible — que dans le ranch et le dortoir, jamais en dehors.

Un air froid et humide enveloppa Aden. Il frissonna. *J'aurais peut-être mieux fait d'accepter ce blouson…* La lune était en partie cachée par des nuages, et il n'y avait aucune étoile. Les insectes étaient étrangement silencieux.

— Nous commencerons le tour du ranch par la prairie du fond, dit-elle.

Le tour du ranch, donc. Oui, il pouvait faire ça.

— Je ne vois pas trop ce qu'il y a d'intéressant à aller voir un pré, des étables et du bétail à cette heure-ci, mais c'est comme vous voulez. Suivez-moi, s'il vous plaît

Désirait-elle simplement se retrouver seule avec lui ? Il fit une rapide prière mentale pour que Victoria ne décide pas de les suivre.

Dix dollars qu'elle va essayer de nous choper dans le pré. Et pas dans le sens où je voudrais ! lança Caleb.

Tu n'as pas dix dollars, rétorqua Julian.

Et alors ? Aden paiera à ma place.

— Si j'avais vraiment eu l'intention de visiter le ranch, dit Mlle Brendal en avançant, j'aurais demandé à un autre garçon.

— Je m'en doutais, oui.

Victoria lui avait expliqué que les Faé étaient assoiffés de pouvoir. Ils aimaient les humains, oui, du moins tant que ceux-ci se montraient dociles et ne révélaient aucun don particulier. Ce qui n'était pas le cas d'Aden. L'avait-elle senti ? Ou avait-elle compris qui il était et ce qu'il avait fait ?

Non. Elle devait simplement sentir l'attirance qu'il exerçait sur les créatures surnaturelles. Sans la présence de Mary Ann à ses côtés, celles-ci la ressentaient toujours. Certaines d'entre elles avaient décrit Aden comme « un phare dans la nuit », d'autres comme « une chaîne à leur cou ». Et depuis qu'il avait possédé le corps de Thomas, Aden savait à quel point les fées étaient froides à l'intérieur. Mortellement froides. Pourtant, quand Thomas avait affronté Riley, il avait absorbé sa chaleur. Une chaleur délicieuse. Etait-ce la raison pour laquelle les Faé avaient tellement besoin de pouvoir magique ? Le pouvoir, c'était la chaleur ?

— Tu t'en doutais, et pourtant tu as accepté de m'accompagner ?

— Je ne suis pas un lâche.

Mlle Brendal et lui avaient atteint le fond du pré, délimité par une clôture de bois qui empêchait les animaux de s'éloigner. En dépit de l'obscurité, Aden n'avait aucune difficulté à voir autour de lui ; en effet, Brendal s'étais mise à briller, littéralement. Nom d'un chien ! On aurait vraiment dit qu'elle avait avalé un soleil !

— Tu sais ce que je suis, Aden ? demanda-t-elle d'une voix dénuée de toute trace d'émotion.

Elle se rapprocha de lui. Elle portait une robe qui semblait flotter autour d'elle — une robe blanche et ample, du genre de celles que les filles portent à la plage par-dessus leur maillot de bain.

— Tu n'as pas fait de commentaires sur le fait que je brille dans la nuit.

Devait-il mentir ? Mais *pourquoi ne pas lui dire la vérité* ? Sur ce point, en tout cas. Plus que n'importe qui, il savait à quel point il est difficile de démêler le faux du vrai lorsqu'ils sont habilement mélangés.

— Oui, je le sais, admit-il.

Il se percha sur un des poteaux de la clôture, s'efforçant d'adopter une posture détendue, comme s'il s'agissait d'une conversation banale. Il espérait que cette attitude, plutôt que l'aveu de sa peur, la déstabiliserait.

Est-ce que Victoria était dans les parages ? Il ne la voyait pas.

Brendal hocha la tête d'un air satisfait.

— Parfait. Donc, on peut se passer des politesses habituelles. Le dernier rapport de mon frère dit que tu es la raison pour laquelle nous sommes ici, et que c'est toi qui nous as convoqués dans ce monde. Alors, nous voici. Pourquoi ? Qu'est-ce que tu nous veux ?

Fais attention ! l'avertirent les âmes à l'unisson.

— Je ne vous ai pas convoqués. Je ne vous veux pas ici, répondit-il. Si je vous ai appelés, c'était involontairement. Par accident.

Elle leva un de ses sourcils parfaits dans une expression d'étonnement.

— Par accident ? Mais cet accident a fait venir bien d'autres créatures. Nos ennemis en particulier. Les ennemis de l'ensemble de l'humanité.

— Oui.

Il aurait pu signaler que les vampires n'étaient pas des ennemis de l'humanité. D'accord, ils se nourrissaient du sang des humains, mais après tout, les humains se nourrissaient des animaux, non ? Quelle était la différence ? Et non, il ne se prenait pas pour un animal. Il s'agissait simplement du cycle de la vie, de la chaîne alimentaire.

— Tu comptais déclencher une guerre ? Cela fait des siècles que nous ne nous sommes pas retrouvés en présence les uns des autres. Et la dernière fois que c'est arrivé, notre nombre a considérablement diminué. Le nombre de toutes les espèces a diminué.

— Je vous le jure, je ne cherche pas à déclencher un conflit entre vous. Surtout pas ici. Mais je ne peux rien changer à ce que je suis ni aux pouvoirs dont je suis doté. Et vous non plus.

Elle pencha la tête sur le côté et le dévisagea avec une attention accrue. Son regard qui ne cillait pas — tout comme sa voix demeurait dénuée d'émotion — était familier à Aden. Il lui rappelait...

Le Dr Hennessy. Une idée répugnante se fit jour dans son esprit : et si le psychiatre était lui aussi un Faé ?

— Quels sont tes pouvoirs, exactement ? demanda Mlle Brendal.

Il joua à celui qui n'y accordait aucune importance.

— J'attire les créatures, comme vous l'avez dit. Et pas par mon physique avantageux.

— C'est tout ?

— Oui.

— Ah. Alors, tu dois mourir, conclut-elle simplement.

L'appel que nous entendons ne s'éteindra que quand tu seras mort.

Aden ne sauta pas du poteau sur lequel il était assis, ne fit pas mine de s'enfuir. D'une part, il ignorait ce dont la fée était capable ; d'autre part, il ne voulait pas qu'elle sache qu'elle lui faisait peur, et qu'en ce moment même, dans son esprit, se rejouait la scène où il mourrait, poignardé en plein cœur.

Il fanfaronna :

— Tu ne vas pas me tuer.

Etait-ce du courage ou de la stupidité ? En tout cas, il était loin d'être aussi sûr de lui qu'il voulait le paraître. Mais la réponse de la fée le surprit :

— Tu as raison, je ne te tuerai pas. Tu vas juste me dire où est mon frère. Où est-il, Aden ? Et ne me mens pas. Je vis depuis longtemps, si longtemps que tu ne peux même pas l'imaginer. Je sais très bien quand mes humains me mentent.

Ses humains ?

Oh-oh, fit Caleb, *on entre en territoire dangereux…*

Fais attention à ce que tu dis, conseilla Elijah. *Tes prochains mots seront très importants.*

Parce qu'ils risquaient d'être les derniers ? A vrai dire, Mlle Brendal avait le pouvoir de le téléporter en ville et de lui planter un poignard en plein cœur, ce qui correspondrait à la vision qu'avait Elijah de la façon dont il mourrait.

D'accord, mais… elle est vachement canon, non ? poursuivit Caleb.

Personnellement, je préfère les brunes, répondit Julian.

Aden faillit hurler. *Pas maintenant, nom d'un chien !* Il

avait besoin de toute sa concentration, et il ne devait pas prendre en compte ses émotions.

— Aden ? reprit Mlle Brendal. Mon frère ne serait pas parti sans prévenir les siens, sans me laisser un message. Et pourtant, je n'ai eu aucune nouvelle de lui, ce qui veut dire qu'il lui est arrivé quelque chose. Aussi, je te le redemande. Où est-il ?

La vérité était là, remontant peu à peu vers sa bouche ; il allait la laisser sortir, tout révéler. Il n'avait qu'à parler. Elle saurait tout, et lui se sentirait mieux.

D'où lui venaient ces pensées ? Etaient-elles vraiment les siennes ? D'une certaine façon, oui. Ce sentiment de culpabilité… Mais d'un autre côté, elles lui paraissaient étrangères. Elles avaient une douceur qui lui rappelait la voix musicale de la Fée, la musique dans sa tête…

— Dis-le-moi, redit-elle dans un souffle.

Ses yeux étaient fascinants ; des couleurs y tournoyaient, étranges, nouvelles, qui s'allumaient, s'éteignaient, clignotaient… on aurait pu se perdre dans ces yeux-là.

Comme dans ceux de Victoria.

Victoria.

Aden retrouva sa lucidité et s'arracha au sort dont l'enveloppait la fée ; ce faisant, il se rendit compte qu'il était descendu du piquet de la clôture et s'était rapproché de Mlle Brendal. Il avait les mains sur ses épaules et jouait. Bon sang… Il avait bel et bien failli l'embrasser.

Vivement, il retira ses mains et recula. Brendal le dévisagea, furieuse.

— Ecoutez, je ne sais pas où se trouve votre frère. Il était ici, et puis il a disparu. Je n'en sais pas plus.

— Tu mens, répliqua-t-elle.

Il n'y avait néanmoins toujours aucune trace d'émotion dans sa voix.

Ce qui ne la rendait pas moins dangereuse, tout au contraire.

— Aden ?

C'était Dan. Ouf !

— Il est temps que tu te mettes à tes devoirs. Mademoiselle Brendal, je suis sûr que vous comprenez à quel point ses études sont importantes. Je vous remercie d'être venue nous rencontrer. Nous nous reverrons demain matin ?

Non, pas Dan, rectifia Aden. Victoria. Ou plutôt, Victoria qui a utilisé sa Voix pour influencer Dan, et l'envoyer à la rescousse d'Aden.

La fée acquiesça ; son regard était fixe, sa voix, glacée.

— Nous en reparlerons, Aden, murmura-t-elle. Je te le promets.

Aden était en train de préparer un sac de vêtements. Pendant ce temps, Victoria et Stephanie — c'était elle, la vampire qui lui avait tenu compagnie à l'extérieur — influençaient les autres garçons, ainsi que Meg et Dan, pour les convaincre qu'Aden était bel et bien dans son lit au ranch et qu'ils le verraient le lendemain partir pour le lycée.

En fait, il allait passer le reste de la nuit au manoir des vampires.

Quand les deux sœurs le rejoignirent, il était prêt. Sac au dos, il les attendait devant le dortoir. Dans sa tête, les âmes, euphoriques, discutaient du tour récent qu'avaient pris les événements.

— Franchement, avoua Stephanie en riant, je n'aurais jamais cru voir le jour où Victoria désobéirait au règlement. Ça se fête, vraiment !

— Quel règlement ? demanda Aden en tendant la main à Victoria.

Elle la saisit et la serra dans la sienne. Comme d'habitude, sa peau était chaude ; il sentit cette délicieuse chaleur remonter le long de son bras et irradier dans tout son corps.

— Je ne suis pas censée être là quand tu rencontres les autres prétendantes. Je devrais être confinée dans ma chambre.

Stephanie rit de nouveau.

— Tu imagines combien j'ai été surprise quand elle est venue me trouver pour lui servir de renfort ? Elle voulait être ici au cas où la fée s'en prendrait à toi. Mais bon, il vaut mieux moi que Lauren, non ? Elle, elle aurait attaqué d'abord et posé les questions ensuite.

Elle s'interrompit un moment avant de reprendre sur un ton plus taquin :

— Bon, je vois qu'on n'a plus besoin de moi ici, donc je vais vous quitter. J'ai un peu faim, et j'ai entendu dire qu'il y avait une fête en ville.

Aden lui rendit son geste d'adieu.

— Est-ce qu'au manoir, les vampires ne vont pas sentir mon sang ? demanda-t-il ensuite à Victoria. Est-ce que je ne vais pas les attirer ?

Il ne tenait pas à se mettre dans une situation délicate.

— Il y a d'autres humains, là-bas. Ton odeur se

mélangera avec la leur. Pour ce qui est de l'attirance, je ne sais pas. Riley et Mary Ann sont là-bas ; elle neutralisera peut-être ton influence ?

Sauf que la présence de Riley annulait en général l'influence de Mary Ann…

— Ça vaut la peine d'essayer.

Il s'était déjà rendu deux fois au manoir, mais sans jamais entrer dans la chambre de Victoria. Pourtant, il avait envie de la découvrir. Très envie, même. Et si ça devait lui attirer des problèmes, tant pis. D'autant qu'il était le roi, et qu'il lui suffirait de…

Minute. *Il était le roi.* C'était l'idée qui lui était venue, sans la moindre réserve, sans le moindre doute. Lui qui avait clamé qu'il trouverait un remplaçant dès que possible !

— Tu es prêt ? demanda Victoria en lâchant sa main pour l'enlacer par la taille.

C'était si bon, de la sentir contre lui… Il en oublia tout.

— Oui.

Elle passa une langue gourmande sur ses lèvres, les yeux braqués sur la veine qui palpitait à la base du cou d'Aden.

— Et que dirais-tu d'un baiser, avant ? J'étais venue pour ça, tu sais. Tout à l'heure. Pour t'embrasser.

On dirait bien que c'est le plus beau jour de ma vie, dit Caleb.

— Avec plaisir.

Aden fit taire Caleb et posa ses lèvres sur celles de Victoria. Sa bouche s'ouvrit. Il y glissa la langue. C'était chaud, électrique, comme si leur baiser était une source d'énergie qui dynamisait chaque cellule de son corps.

— Continue, murmura-t-elle.

Leur étreinte se resserra encore. Elle était si douce, si tendre… Pendant qu'il l'embrassait, elle soupirait et cela le rendait fou. Il sentait son sang battre dans ses veines, un sang chaud et impétueux ; il lui semblait qu'il brûlait à petit feu pour devenir un nouvel être.

Un être qui avait le pouvoir de voler, pensa-t-il. Car il se sentait si léger qu'il avait l'impression que ses pieds quittaient le sol. Mais Victoria avait la main dans ses cheveux, et ses ongles s'enfonçaient doucement dans la peau de son crâne — oh, comme il aimait ça, comme il avait envie qu'elle continue ! — et semblaient le retenir.

— Je veux sucer ton sang, murmura-t-elle.

Sa voix était rauque et troublée, comme si elle devenait folle à son tour. Folle de lui.

Il n'hésita pas un instant.

— Fais-le.

Il adorait qu'elle le morde. Cela voulait-il dire qu'il était devenu un esclave de sang, un accro à la morsure de vampire ? Peut-être. Et alors ? Il s'en moquait. Il aimait cette fille. Pour elle, il était prêt à n'importe quoi.

— Je ne devrais pas.

— Fais-le. S'il te plaît.

Elle embrassa sa joue, son menton, son cou, sa langue suivant un chemin qui menait à sa jugulaire. Oui. Il avait rêvé de cela, avant même de rencontrer Victoria. Etre avec elle, donner, recevoir. S'embrasser à perdre haleine, dans une étreinte.

— Tu en es certain ?

— J'en suis sûr. Vas-y.

Elle plongea ses dents acérées dans sa veine. Il ne

ressentit aucune douleur. Sa bouche, ou sa langue, ou ses dents, quelque chose secrétait une drogue, un produit chimique, qui insensibilisait sa peau avant de se répandre partout dans son corps comme une caresse. *Oui ! Oh oui !*

Entrouvrant les yeux, il se rendit compte qu'il n'était plus à l'extérieur, devant le dortoir du ranch, mais à l'intérieur d'une pièce. Quatre murs blancs l'entouraient. D'ailleurs, tout était blanc dans la pièce : l'immense lit à baldaquin était recouvert de draps blancs ; sur la commode, un vase contenait des roses blanches dont la fragrance embaumait la pièce. Il n'y avait pas d'autres meubles, simplement un ordinateur et une console de jeux, mais la poussière qui s'y accumulait semblait indiquer qu'aucun d'eux n'avait jamais servi.

— C'est si bon, murmura-t-elle. Si…

Et soudain, elle s'arracha à lui et recula, haletante.

— … dangereux.

Une goutte de sang glissa lentement le long du cou d'Aden. Il le sentit couler, tiède, mais ne l'essuya pas.

— Mais j'aime ça, lui rappela-t-il.

Sa propre voix lui parut étrangement rauque.

Victoria s'essuya la bouche.

— Moi aussi. Beaucoup trop. La prochaine fois que je te le demande, refuse.

— Je ne pourrai jamais.

Comme il prononçait ces mots, une sensation de léthargie s'empara de lui. La perte de sang, additionnée à toutes ces nuits sans sommeil, à la tension, à l'inquiétude, aux combats, à l'effet de ce baiser et de la drogue que la vampire avait instillée dans son sang — tout se mêla à cet instant et ses genoux se dérobèrent.

Victoria le saisit avant qu'il ne s'effondre ; elle l'aida à se coucher.

— Dors, dit-elle alors qu'il avait déjà les yeux fermés. Je vais prendre soin de toi.

Aden la croyait. Alors, il lui obéit, et sombra dans le sommeil.

21

Je suis au lit avec Riley. Et pas sous sa forme de loup-garou.

Incroyable. Dément. Excitant. Oui, il était humain, et ils étaient de nouveau ensemble. Pour l'instant. Et dans moins de deux jours, ils seraient peut-être morts. Mais, en attendant, ils pouvaient savourer le moment en toute innocence. Ils étaient tout habillés et ne s'embrassaient pas. Ils étaient simplement serrés l'un contre l'autre ; elle avait posé sa tête sur la poitrine de Riley, et elle écoutait battre son cœur pendant qu'il lui caressait les cheveux. Et ils parlaient. Ou, en tout cas, ils avaient parlé.

A présent, ils se taisaient. La chambre de Riley se trouvait juste à côté de celle de Victoria, et un peu plus tôt ils avaient entendu rentrer la vampire. Avec Aden. Il y avait eu une rapide conversation à mi-voix, puis un silence révélateur. Un silence qui, peu à peu, s'était propagé à leur propre chambre, un silence porteur de tension.

Une tension érotique. La conscience de leur situation.

Mary Ann faisait de son mieux pour ne pas penser à ce qui se passait dans la chambre d'à côté, ainsi qu'à ce qui pouvait se passer dans cette chambre-ci. Elle observa en détails les quartiers privés de Riley.

C'était un endroit entièrement consacré à la détente et au confort. Une console de jeux, un ordinateur, des fauteuils confortables, un canapé bas. La seule chose qui distinguait cette pièce de la chambre d'un riche humain qui n'aurait pensé qu'à se distraire était la collection d'armes. Des couteaux de toutes les formes et de toutes les tailles étaient accrochés à un mur. De toute évidence, Riley prenait ses fonctions de protecteur très au sérieux.

— Depuis combien de temps es-tu le garde du corps de Victoria ? demanda-t-elle.

— Depuis qu'elle est née.

— Ça fait beaucoup…

— Dans notre monde, pas tant que ça.

Effectivement.

— Et avant ça, qu'est-ce que tu faisais ?

— Mon apprentissage, essentiellement. Quand on confie une charge à un loup, il la garde jusqu'à la mort. Donc, nous ne recevons qu'une seule mission pour toute notre vie. Victoria est ma mission.

— Est-ce que vos deux vies sont liées ?

Le souffle de Riley soulevait les petites boucles de cheveux sur le front de Mary Ann.

— Pas de façon magique, non. Si elle meurt, cela voudra dire que j'ai échoué, c'est-à-dire que je mériterai de mourir à mon tour.

— Les autres iraient jusqu'à te tuer ?

Les mains de Riley quittèrent les cheveux de Mary Ann pour caresser son épaule dans un geste rassurant.

— Oui, répondit-il. Il faut que tu comprennes : plus

personne ne me ferait confiance, et je vivrais dans la honte. Crois-moi, la mort est bien préférable à cela.

La caresse sur son épaule parvenait presque à lui faire oublier l'horreur de ces mots. Presque.

— Mais tu es plus fort que les vampires ! Avec ce liquide que tu as dans tes crocs, tu peux les tuer, non ? Je t'ai entendu le dire à Aden.

— Cela ne change rien au fait d'être déshonoré.

Elle agrippa le T-shirt de Riley, froissant le tissu dans son poing ; pour rien au monde elle n'aurait voulu le lâcher.

— Et tu n'as jamais pensé à quitter les vampires ?

— Non. Nous ne sommes pas leurs esclaves. Nous ne sommes même pas leurs serviteurs. Mais c'est Vlad qui nous a créés, et ceux de son peuple ont longtemps été nos maîtres. Comment pourrions-nous ne pas leur rendre la grâce qu'ils nous ont faite ?

La loyauté, voilà ce qui le dominait. Une loyauté poussée à l'extrême, c'était exactement ce qu'avait dit Victoria.

— Mais tu protèges les vampires, d'accord ? Or, Aden n'en est pas un, et pourtant, tu le suis. Qu'est-ce que tu ferais si les vampires se retournaient contre lui ?

Sa question fut suivie d'un long silence de réflexion. Puis :

— Cela fait des siècles que je vois des gens vivre et mourir. Je connais le chaos qui résulte de l'absence de meneur et de règles. C'est Vlad qui a créé nos lois. Le plus fort remporte la couronne, c'est ainsi. Voilà comment Dmitri a pris la place de Vlad. Ensuite, Aden a montré qu'il était plus fort que Dmitri. Ce qui veut dire que, quelles que soient ses origines, Aden est à même d'être le chef des vampires et des loups-garous. Donc, je le défendrai toujours, tout comme je défendrai Victoria.

Jusqu'à la mort, pensa-t-elle. Avait-il montré autant de loyauté envers ses autres amoureuses ? Et pourquoi se sentait-elle soudain l'envie de réduire ces filles-là en charpie, de ses propres mains ? En général, la violence n'était pas son moyen d'expression privilégié ; c'était même le contraire, et de loin.

— Tu as eu beaucoup de filles ?

Il ne sembla pas s'offusquer du soudain changement de conversation.

— Un certain nombre.

— Genre, tu n'arrives plus à compter ?

Il soupira d'un air désolé, comme si elle venait de lui demander si son jean ne lui faisait pas de trop grosses fesses.

— Tu sais que je suis né il y a très, très longtemps, oui ?

— Oui.

N'empêche qu'elle voulait savoir combien de filles avaient déjà gagné son cœur. Sans cela, elle ne cesserait jamais de se poser la question ; elle aurait l'impression d'être toujours au centre d'une scène, dans un concours de beauté imaginaire où toutes les anciennes amours de Riley l'auraient montrée du doigt en se moquant d'elle. Elle n'arrivait pas à se départir de ce sentiment, tout en sachant à quel point il était stupide. D'autant plus que tous deux seraient peut-être morts deux jours plus tard…

— Tu peux me donner un ordre d'idée ?

La main de Riley s'immobilisa.

— Je croyais qu'on ne se disputerait pas.

— On ne se dispute pas.

— Mais si je te réponds, ça va arriver.

D'accord. Donc, même grosso modo, il n'arrivait pas à compter ses conquêtes. Aïe.

— Est-ce que tu as déjà été amoureux ?

— Non.

« Jamais ? Même pas de moi ? » aurait-elle voulu demander. Mais elle n'osa pas.

— Tes relations avec ces filles... Elles ont duré combien de temps, en moyenne ?

— Il y en a eu des longues et de moins longues, répondit-il prudemment.

Donc, certaines avaient été de simples passades...

— Et qui a rompu, chaque fois ? Toi, ou elles ?

Riley grimaça :

— Tes questions me tuent, tu sais ?

Non, c'était elle-même qu'elle tuait à petit feu. Mais peut-être (peut-être seulement !) agissait-elle de la sorte, lui extorquant ces réponses, pour qu'il soit plus facile — quand le moment serait venu — de le quitter. Si elle parvenait à se voir comme une parmi des centaines d'autres, sans plus d'importance que les autres, une amoureuse de passage, elle pourrait s'arracher à lui. Cela la blesserait au plus profond, la détruirait, sans doute ; mais finalement, elle en guérirait, n'est-ce pas ? Le désir de le retrouver s'effacerait, de même que l'espoir de construire quelque chose. Et ainsi, Riley serait en sécurité.

— Réponds-moi, s'il te plaît.

Elle tenait toujours le T-shirt de Riley dans son poing serré.

De nouveau, il poussa un soupir.

— La plupart du temps, c'est moi qui ai rompu.

— Je vois. Et pourquoi ?

— Pour différentes raisons.

Des raisons du genre… il s'était lassé d'elles ?

— Je sais que tu as aimé Lauren, et la première fois que nous nous sommes vus tu m'as dit aussi qu'il y avait eu une sorcière dans ta vie. C'est elle qui vous a lancé un sortilège, à tes frères et toi. Tu m'as raconté que tu étais mort peu après.

— Attends. Je ne suis pas mort juste après qu'elle m'a lancé le sort. En fait, ça s'est passé un certain nombre d'années après. On m'a poignardé dans le ventre, et je me suis vidé de mon sang. Victoria m'a donné du sien, ce qui m'a ramené à la vie. Ensuite, j'ai vécu longtemps sans aimer aucune fille puisque le sortilège éloignait de moi celles qui me plaisaient. Une fois ce sortilège levé, les filles ont recommencé à me remarquer, et là, j'ai eu une période, disons, un peu agitée du point de vue sentimental.

— Riley… Tu es en train de me dire que tu t'es transformé en consommateur ?

Il éclata de rire.

— On peut le dire comme ça ! Est-ce que je te déçois, Mary Ann ?

Il était comme il était, et elle l'aimait comme ça. En revanche, elle sentait bien que les réponses de Riley ne l'aidaient pas du tout à se détacher de lui, contrairement à ce qu'elle avait escompté.

— Ces filles, tu as couché avec elles ?

Elle sentit tous les muscles de son corps se raidir, et son pouls s'accélérer.

— Avec quelques-unes.

— Avec Lauren ?

— Je préfère ne pas parler de ça, dit-il avec embarras. Exactement comme je ne parlerais à personne de ce qui se passe entre toi et moi.

Autrement dit : il avait bien couché avec Lauren. Mary Ann en éprouva aussi un sentiment de jalousie et d'impuissance si vif qu'elle faillit pleurer. Lauren était d'une beauté parfaite, et forte. Alors qu'elle, elle, elle était… quoi ? Imparfaite à tous points de vue. Et dangereuse pour Riley, de surcroît, dont elle menaçait la sécurité et la vie.

— Je suis la première humaine ?

— Oui.

L'attrait de la nouveauté…

— Je sais ce que tu penses, dit-il.

Riley s'allongea sur Mary Ann, l'écrasant de tout son poids comme elle aimait ça.

— Ton aura est d'une couleur très triste, très déprimée, Mary Ann. Tu penses que tu comptes moins pour moi que les autres. Que d'une façon ou d'une autre, tu vaux moins qu'elles.

— Tu ne me vois pas telle que je suis.

— Nous en avons déjà parlé. Je vois ta beauté…

Délicatement, il déposa un baiser sur le lobe de son oreille. Elle frissonna.

— La beauté, ça ne dure pas.

— Je vois ton intelligence.

Un autre baiser. Sur le menton, cette fois.

— Ça ne compte pas. Il pourrait m'arriver de perdre la tête.

— Je vois ton courage.

Un autre baiser, puis deux, juste sous la bouche.

Un frisson. Et un autre.

— Il y a beaucoup de filles courageuses.

— Je vois… des yeux qui posent sur le monde un regard que j'adore, un regard à la fois innocent et plein d'espoir. Et ces yeux, quand ils me regardent, moi, deviennent à la fois tendres et sexy, et quelque chose de terriblement excitant se mêle à l'innocence. Ça me fait beaucoup d'effet.

Il l'embrassa doucement sur les lèvres, sa langue ne faisant que l'effleurer.

— Et toi, qu'est-ce que tu vois en moi ?

Ces mots étaient si délicieux — comme une drogue, aussi indispensables que l'air qu'elle respirait. Rien ne comptait davantage que les entendre.

Riley plongea ses yeux dans les siens ; ses mains lui encadraient tendrement le visage. Il attendait.

Mary Ann retint sous souffle ; puis, enfin, elle répondit :

— Je vois le garçon le plus beau du monde.

A son tour, elle inclina la tête pour l'embrasser ; juste sur la ligne de la mâchoire.

Il eut un petit sourire malin :

— Quelqu'un de très intelligent m'a dit il y a peu que la beauté, ça ne dure pas.

Tiens donc. Il voulait renverser les rôles ? Pourquoi pas. Elle retint un sourire.

— Je vois le garçon le plus drôle que j'aie jamais rencontré.

Elle l'embrassa sur le menton.

— L'humour, c'est subjectif.

— Je vois de la force.

Elle l'embrassa juste sous la lèvre.

— Un seul coup au bon endroit, et je ne suis plus rien.

— Je vois… un garçon qui affronterait cent fois mes ennemis, et mourrait mille fois plutôt que de supporter qu'on touche un seul de mes cheveux.

Et c'était vrai.

— Je vois un garçon qui exauce mes désirs avant même que je les connaisse, et qui le fait par pur plaisir.

Tout aussi vrai.

Elle déposa un tendre baiser sur ses lèvres.

Tout à l'heure, Riley n'avait qu'effleuré sa bouche ; Mary Ann, elle, prit son temps. Elle l'embrassa jusqu'à ce qu'il entrouvre ses lèvres. Alors elle écarta les siennes, et leurs langues se rencontrèrent, se goûtèrent, s'explorèrent. Elle sentait son corps peser contre le sien ; c'était même très agréable de l'avoir si proche. Elle était libre de promener ses mains tout le long de son dos, de caresser ses muscles puissants.

Bientôt, ils enlevèrent chemisier et T-shirt et se retrouvèrent peau contre peau. Mary Ann n'avait jamais rien connu d'aussi doux. Elle sentait le goût de Riley dans sa bouche, presque dans ses veines, et la chaleur qu'il lui communiquait, mélange de force et de douceur, la rendait tout simplement folle.

Elle avait l'impression d'avaler le souffle du loup-garou, tout comme il avalait le sien. Petit à petit, il devenait difficile de ne pas vouloir plus. De se contenter de le caresser. D'autant que Riley semblait se délecter de ce qu'elle lui faisait, de tous ses gestes, de toutes ces tentatives maladroites.

Leurs soupirs se mêlaient. Les doigts de Riley se mirent à jouer à la lisière de son jean, sur son ventre, et elle sentit qu'elle se cambrait comme pour aller à la rencontre de cette sensation délicieuse.

Mais soudain, il se crispa et le ton changea.

— Il faut qu'on s'arrête ça, déclara-t-il d'une voix rauque.

De nouveau ! Déjà, la première fois, il s'était interrompu.

— Pourquoi ? demanda Mary Ann, frustrée.

— Tu es vierge.

— Et alors ?

— Je ne veux pas que tu le fasses parce que tu as peur de mourir bientôt.

— Détrompe-toi, ce n'est pas ça.

Pourtant, si, c'était bel et bien une de ses raisons ; mais il y en avait d'autres : elle l'aimait et elle voulait être avec lui.

— Mary Ann..., reprit gravement Riley. Encore ce matin même, tu ne voulais plus me voir.

— C'était pour te sauver.

Il pressa son front contre le sien. Tous deux tremblaient.

— Mais ce soir, tu me tues. Tu n'as pas idée.

Il sourit puis ajouta sérieusement :

— Tu choisiras ta première fois par amour, et seulement par amour.

— C'est comme ça que ça s'est passé pour toi ?

— Non, et c'est justement pourquoi je sais à quel point c'est important.

Il roula sur le côté, mais ne s'écarta pas de Mary Ann. Puis, il l'attira contre lui, et de nouveau elle posa la tête sur sa poitrine. Son cœur battait à un rythme effréné, ce qui était bon signe ; il la désirait. Qu'il ait été capable de ne pas tirer avantage de la situation la rendait encore plus amoureuse de lui, malgré le dépit brûlant qu'elle éprouvait.

— Je veux être sûr, reprit-il de sa voix rauque. De moi, de nous. Je ne veux pas regretter ce que nous aurons fait ; ni que tu te dises un jour : « J'aurais voulu que les choses se passent autrement. » Nos peurs, les circonstances ne doivent pas jouer.

Il voulait le meilleur pour eux deux. Mais si ce moment de sérénité ne venait jamais ? Désolée, Mary Ann soupira et posa un baiser sur le torse de Riley.

— Merci, lui murmura-t-elle.

— J'aimerais bien te dire « avec plaisir », mais franchement, c'est tout le contraire.

Elle se mit à rire.

— Tu ne peux t'en prendre qu'à toi-même. C'est ta faute, pas la mienne.

— Si on dormait un peu ?

Il la serra encore contre lui.

— D'accord ?

— D'accord.

— Parfait. Parce que, demain, on a du pain sur la planche.

Surtout ne pas penser au lendemain — dernier jour avant que le sortilège ne s'abatte sur eux.

Mais impossible de trouver le sommeil. Son corps était endolori et lui réclamait elle ne savait quoi. Au bout de quelques heures, elle sentit son estomac se tordre en crampes insoutenables. La sensation ressemblait à celle qu'elle avait éprouvée en ville, mais elle était démultipliée.

Faim… J'ai faim.

A côté d'elle, Riley s'inquiéta de l'entendre s'agiter et gémir :

— Tu te sens mal, Mary Ann ?

Lui non plus ne s'était sans doute pas endormi, car il ne réussissait jamais à se détendre vraiment ; il s'était contenté de rester étendu et d'offrir à Mary Ann tout le confort et la sécurité dont elle avait besoin.

— Je… je ne sais pas, répondit-elle.

Mensonge. Elle n'avait même plus la force de relever la tête pour le regarder. Soudain, un nouveau tremblement la secoua.

— Je ne peux plus bouger. Et j'ai mal.

La panique l'envahit.

— Riley, je ne peux plus bouger ! Je suis paralysée.

— Garde ton calme. Je peux t'aider.

— Je suis en train de mourir ? C'est ce qui m'arrive, déjà ?

Riley quitta le lit, s'habilla en hâte avant d'aider Mary Ann à faire de même.

Tellement… faim ! Elle pensait qu'elle aurait bénéficié de plus de temps. *Faim…* Elle laissa échapper un gémissement.

— Riley !

— Calme-toi. Respire, détends-toi. Je vais prendre

soin de toi. Je vais arranger ça, assura-t-il en l'aidant à se mettre debout.

Il alla frapper plusieurs coups secs à la porte de Victoria.

Qu'était-il en train de faire ? Oh, elle s'en fichait un peu. Elle gémit de nouveau. *FAIM !*

Riley frappa de nouveau ; cette fois, Victoria ouvrit, furieuse.

— Tu es la centième personne qui frappe à ma porte. Je sais ce qu'il y a : tu sens Aden, et eux aussi. J'espère que tu es prêt à le défendre ? En tout cas, quoi qu'il arrive, ce sera pour demain. Demain, pas cette nuit. Il doit dormir. En fait, je l'ai obligé à dormir, expliqua-t-elle.

Elle feula comme un chat en colère :

— Alors, quoi que tu dises, Riley, il est hors de question que je le renvoie chez lui.

— Et je ne te le demande pas. En fait, je suis même heureux de voir que tu te bats. Sauf qu'il ne s'agit pas de toi, espèce de sale gamine. Je veux que tu nous emmènes à la cabane.

C'était là qu'ils avaient enfermé la sorcière. A ces mots, Mary Ann comprit quelle était l'intention de Riley : il voulait la nourrir. Elle faillit protester, mais l'envie de se sentir mieux était la plus forte. Elle ne s'était jamais sentie aussi faible ni aussi impuissante.

— Tous les quatre ? demanda Victoria.

— Non, seulement Mary Ann et moi. Tu nous laisses à la cabane et tu reviens nous chercher dans une heure. Pendant cette heure, il faudra que tu ailles chez Mary Ann et que tu fasses croire à son père qu'elle y est, et qu'il la verra demain. Sinon, il va s'inquiéter.

— Qu'est-ce que tu veux aller faire là-bas ? demanda-t-elle de nouveau en jetant un regard suspicieux en direction de Mary Ann.

Une Mary Ann morte de faim et terrifiée…

— Fais-moi confiance sans discuter, répondit Riley. Comme je l'ai si souvent fait avec toi.

Victoria hocha la tête.

— Je commence par qui ?

— Par moi. Tu devras faire attention à Mary Ann. Elle est… malade.

Une seconde plus tard, ils disparurent tous les deux sous les yeux de Mary Ann. Elle resta là, incapable de bouger ou d'agir, clouée au lit. Sa tête lui faisait mal, maintenant.

Puis Victoria réapparut et la saisit par la main ; le lit disparut, et Mary Ann se sentit flotter, tournoyer dans le vide, avant de s'arrêter, puis de tournoyer encore. Enfin, elle sentit la terre ferme sous ses pieds.

— Qu'est-ce qui lui arrive ? demanda Victoria avec inquiétude.

— Je te l'ai dit. Elle est malade.

— Et tu crois pouvoir convaincre la sorcière de la guérir ? Je peux t'assurer que…

— Merci de ton aide. Maintenant, retourne auprès d'Aden, lui ordonna Riley en prenant Mary Ann dans ses bras. S'il te plaît, ajouta-t-il. Va-t'en. Maintenant. Je suis sérieux.

Mary Ann se sentait toujours horriblement légère ; mais, cette fois, il la tenait, comme une ancre qui la rattachait à la terre. Riley, Riley… tellement fort, tellement beau !

Victoria renâcla, mais finit par obtempérer et disparut.

— Qui vient là ? demanda alors une voix familière.

La sorcière.

Ce fut immédiat ; une sensation de chaleur et de puissance se répandit dans le corps de Mary Ann, apaisant aussitôt sa faim et sa douleur. Avec un soupir de délectation, elle s'abandonna, se régénérant comme si elle buvait à une source. Oui, oui. C'était exactement ce dont elle avait besoin ; les forces lui revenaient, son corps se réveillait.

— Un Draineur ! s'écria la sorcière. Va-t'en ! Laisse-moi tranquille !

— Eh bien, murmura alors Riley, s'il nous restait quelques doutes, voilà qui les dissipe tout à fait, Mary Ann.

22

Aden se réveilla l'esprit plus clair — ce qui ne lui était pas arrivé depuis longtemps — mais un peu irrité. Il était dans la demeure des vampires ; il se souvenait qu'on l'avait amené ici de force, qu'il avait embrassé Victoria, qu'il l'avait laissée se nourrir de son sang. Cependant, à présent, il se retrouvait seul dans son grand lit ; sans Victoria.

Bon côté des choses, ses mains ne tremblaient pas, et le besoin viscéral qu'elle le morde s'était calmé. Il n'était donc pas devenu son esclave de sang.

Assis dans le lit, il regarda autour de lui. La chambre était immaculée comme dans son souvenir. Pas étonnant que Victoria ait choisi ce décor blanc, face à un père qui associait les vampires à la seule couleur noire. Puisque les couleurs vives étaient interdites, elle avait biaisé.

Ce n'était qu'un geste modeste de rébellion, mais très révélateur : au plus profond d'elle-même, Victoria refusait sa filiation. Ici, dans l'intimité de sa chambre à coucher, elle se laissait aller à être elle-même, et non la fille de son père.

Un coup d'œil à sa tenue apprit à Aden qu'il était resté en jean et en T-shirt, mais qu'on lui avait enlevé ses bottes, ses chaussettes et ses poignards. Victoria ?

Avait-elle passé ses mains sur son corps ? Dommage qu'il n'ait pas été conscient, alors.

Moi, elle me fait peur, cette chambre, fit Caleb.

— Pourquoi ?

Parce qu'il n'y a pas de filles nues dedans.

Aden se mit à rire. Typique de Caleb.

Moi, je l'aime bien, répliqua Julian. *S'il y avait tes affaires dans le dressing, on se sentirait presque plus chez nous qu'au ranch.*

— Pourquoi est-ce que tu dis ça ? demanda Aden en regardant du côté de la penderie en question, dont la porte était entrouverte.

On ne distinguait cependant pas ce qu'elle contenait. Sans doute une série de robes noires.

J'ai l'impression de me retrouver dans un livre pas encore écrit, expliqua Julian. *Comme si, ici, nous n'étions que des pages blanches.*

Ce qui veut dire que nous pouvons écrire l'histoire que nous voulons, dit Elijah. *Et de toute façon, tu ne vois pas ce à quoi ressemblera cette chambre dans l'avenir. Moi, je le vois. Toutes ces couleurs, si belles…*

Cette idée fit naître un sourire ravi sur le visage d'Aden.

— Est-ce que je serai là pour voir ça ?

Elijah ne répondit pas.

Aden prit cela pour une réponse négative. Adieu la bonne humeur. Comment avait-il pu oublier, même l'espace d'une seconde, qu'il allait bientôt mourir ?

Je ne veux pas mourir, pensa-t-il. Au début, il avait, d'une certaine façon, accepté le présage de son décès comme un fait acquis. Puis, pour épargner cette souffrance à

Thomas, il s'était laissé poignarder en plein cœur à sa place. La douleur avait été si atroce que, à présent, Aden concevait les idées les plus folles. Pour la première fois, il se demandait comment modifier son avenir.

— Elijah, est-ce que tu as réussi à savoir où doit se tenir l'assemblée de sorcières ? demanda-t-il, revenant au travail qui l'attendait.

Non.

— Caleb, on dirait bien que toi, tu les apprécies. Tu es le seul, d'ailleurs. Est-ce que par hasard tu aurais une idée ?

J'aimerais vraiment, mon pote, mais rien du tout.

Il ne restait qu'un jour : l'ultimatum expirait demain. Mais il n'avait pas avancé d'un pouce dans ses recherches. Six jours s'étaient écoulés, et il n'avait rien appris. D'accord, il lui avait fallu du temps pour vaincre le poison de gobelin qui l'avait infecté, pour être présenté aux vampires, et… pour mourir. Deux fois. Mais il s'agissait de la vie de ses amis, et il n'avait aucune excuse : il aurait dû obtenir des résultats.

Aden en était là de ses réflexions quand, soudain, la porte s'ouvrit. La silhouette de Victoria s'encadra. La princesse était vêtue de rose et de bleue. Des rubans verts se mêlaient à ses cheveux, qui cascadaient librement jusqu'à ses hanches.

Il en restait muet. Jamais elle ne lui avait paru aussi humaine. Ni aussi sexy.

— Je t'ai préparé un petit déjeuner, lui dit-elle avec un sourire tandis qu'elle s'approchait de lui.

Elle portait dans ses mains un plateau chargé, et elle dut refermer la porte avec son pied. Sa voix trahissait une certaine inquiétude, comme si elle n'était pas sûre d'elle-même.

— C'est la première fois que je cuisine, mais l'un des esclaves humains a bien voulu m'aider. J'espère que tu apprécieras le résultat.

Aden sentit sa poitrine se serrer.

— Merci beaucoup. Je suis sûr que je vais adorer.

Et si ce n'était pas le cas, elle ne le saurait jamais.

Toujours souriante, Victoria parvint jusqu'au lit ; déposant le plateau sur les genoux d'Aden, elle s'assit au bord.

— Sans te presser, on t'attend en bas. Je n'ai pas réussi à passer ta présence sous silence — tout le monde t'a senti. Puisque tu es là, les membres du Conseil voudraient que tu diriges leur réunion de ce matin.

L'odeur des pancakes, des saucisses et du sirop lui chatouillait les narines.

— Je n'ai pas le temps de tenir un Conseil.

Même s'il n'avait pas spécialement prévu d'aller au lycée à la place. D'ailleurs, n'était-ce pas le week-end ? Il ne savait plus. Qu'importait, d'ailleurs ; il devait prioritairement faire parler la sorcière qu'ils retenaient prisonnière. Le temps était compté et aucune alternative ne se présentait.

— Ça ne prendra qu'une heure, et il vaudrait mieux que tu y sois. Ils m'ont pardonné d'avoir enfreint les règles et d'être venue te voir. C'est dire s'ils ont besoin de te parler ! Si tu te défiles, ils te suivront à la trace, ou même te traqueront ; en revanche, accède à leur demande, et tu partiras d'ici sans incident.

— Et qu'est-ce qu'ils attendent de moi ?

Il mordit dans un pancake. Il était trop salé, et pas assez cuit, mais il parvint à se retenir de grimacer. Il mâcha consciencieusement et avala chaque bouchée.

— C'est bon ? demanda Victoria, hésitante et fébrile.

Aden mentit.

— Délicieux !

Elle sourit à son tour ; on aurait dit une fleur qui s'épanouissait.

— Et ma tenue ? demanda-t-elle en se levant et en tournant sur elle-même. J'ai tout emprunté à Stephanie.

— Tu es à tomber.

Et c'était vrai.

Elle s'assit sur le lit, radieuse, et se blottit contre Aden, douce et chaude à la fois…

— Tu es nerveuse ? Au sujet de la réunion, je veux dire ?

Il ne parlait plus du Conseil, mais de l'assemblée des sorcières, et Victoria le comprit sans peine. Elle hocha la tête.

— Riley vient de me dire qu'il est allé en ville l'autre soir, et qu'il n'y a vu aucune sorcière. Pas une seule. Si elles ont quitté Crossroads, ça veut dire qu'elles nous ont abandonnés ici, et que nous allons mourir.

Aden se mordit la lèvre et essaya de se souvenir du moment où, avec Victoria, Riley et Mary Ann, il s'était trouvé encerclé par les sorcières dans la forêt.

L'une d'elles avait dit : « Nous tiendrons une réunion dans une semaine, quand nos aînées seront arrivées. Tu assisteras à cette réunion, humain. Si tu ne viens pas, tous ceux qui se trouvent dans ce cercle mourront. Ne doute pas de mes paroles. »

— Je suis le seul à devoir me rendre à leur réunion, reprit Aden après avoir avalé une bouchée d'omelette trop baveuse. Mais les sorcières attendaient que leurs anciennes soient là. La sorcière que nous avons capturée nous a dit que ce serait le cas d'un jour à l'autre. Peut-être qu'elles sont déjà là, donc.

Ses yeux s'écarquillèrent quand une pensée la frappa :

— Peut-être... peut-être que nous n'avons pas besoin de les chercher ; peut-être qu'elles vont me trouver, moi !

— C'est ce que j'espère, même si je suis prêt à les tuer toutes de mes mains si elles touchent à un seul de tes cheveux. Seulement, nous ne pouvons pas nous contenter de cet espoir. Parce que si nous nous trompons...

... Tous ceux qu'il aimait mourraient. Son enthousiasme tomba. Au fond, que pouvait-il faire ? Comment trouver l'information qu'il cherchait ?

Pendant qu'il essuyait son assiette avec le dernier morceau de pancake — prenant bien soin de faire croire qu'il se régalait —, les âmes proposèrent quelques idées.

Celle qui revenait le plus, sous une forme ou une autre, était de posséder le corps de la sorcière, de se rendre en ville et d'attendre jusqu'à ce qu'une de ses semblables apparaisse, quitte, s'il n'en venait pas tout de suite, à se mettre à crier pour attirer leur attention. Pas mal, comme idée, même si elle pouvait se solder par l'arrestation pure et simple d'Aden par la police municipale pour troubles à l'ordre public ou quelque chose dans ce goût-là.

Mais cette idée de posséder la sorcière... oui, ça pourrait marcher.

— Voilà ce que nous allons faire, dit-il d'une voix

résolue. Quand j'en aurai fini avec les membres du Conseil, il faudra que tu m'emmènes voir la sorcière. J'emprunterai son corps et j'essaierai de remonter dans son passé, en particulier dans les dernières semaines, voire ces derniers jours ; comme ça, je verrai si elle a parlé de nous avec d'autres.

Les grands yeux bleu électrique de Victoria s'illuminèrent :

— C'est génial !

— Merci…

Pourvu qu'il ne rencontre pas que de la neige, comme dans le cerveau du psychiatre qui se faisait passer pour un humain…

Minute. Pardon ? De la neige ? Est-ce qu'il s'était trouvé dans la peau du Dr Hennessy ?

— Avant que tu affrontes les sorcières, nous devons te tatouer des protections sur la peau, le prévint Victoria, l'arrachant du coup à ses pensées. Et peut-être que j'en profiterai pour en mettre de nouvelles sur la mienne. Je crois que je te l'ai déjà dit, ma bête demande de plus en plus à sortir, en ce moment. Depuis que nous nous sommes embrassés dans la voiture…

La vampire frissonna à ce souvenir.

— Elle hurle dans ma tête, j'ai de plus en plus de mal à le supporter. J'ai peur, tu sais. Que se passera-t-il si elle sort ? Si elle se solidifie ? Que se passera-t-il si elle t'attaque ? J'ai l'impression que c'est ce qu'elle veut faire.

— Non, je ne crois pas, répondit Aden. Qu'elle veuille m'attaquer, je veux dire.

Il ne pouvait pas en être certain avant de se trouver en face de la créature. Pourtant, il se souvenait comment cette chose, dans la voiture, avait tendu ses griffes vers lui : on aurait dit que c'était pour le caresser, non pour s'en prendre à lui.

— Tu sais quoi ? acheva-t-il. On se souciera de ça plus tard, d'accord ?

— Tu as raison. Je vais t'emmener à la réunion du Conseil. Pendant que tu y seras, j'irai chercher le nécessaire à tatouer pour tes protections.

Aden et les Conseillers étaient assis dans une pièce noire. Murs noirs, table métallique noire, chaises noires, plafond en coupole noir d'où descendait un chandelier incrusté de pierres noires. La seule décoration dans toute la pièce était constituée des motifs qu'il avait déjà repérés : les protections magiques, qui recouvraient toutes les surfaces planes de la pièce.

Tous les yeux étaient rivés sur lui, et certains étaient en particulier fixés sur l'artère qui palpitait à la base de son cou. Il vit même des vampires se passer la langue sur les lèvres. Qui sait s'ils n'allaient pas interrompre la réunion pour une petite collation ?…

Trop mal à l'aise, chantonna Caleb.

Et si… tu faisais quelque chose, Aden ? le pria Julian.

Elijah, lui, soupirait.

Je veux qu'on s'en aille. Je n'aime pas ça du tout.

Aden toussota.

Plusieurs des vampires présents semblèrent se réveiller d'une transe.

— Nous avons plusieurs affaires importantes à traiter aujourd'hui, dit l'un d'eux.

Lequel ? Aden avait du mal à ne pas les confondre les uns avec les autres, et même au prix de sa vie il n'aurait pas pu se souvenir de leur nom.

— Premier point à l'ordre du jour, continua le porte-parole, plusieurs défis ont été lancés.

— Des défis ? reprit Aden.

Cette question déclencha une conversation générale, comme s'il n'était pas là.

— Quelques-uns de nos meilleurs éléments souhaitent vous affronter en duel pour le contrôle de la couronne.

— La seule chose qui me surprenne, c'est que personne ne lui ait tranché la gorge pendant son sommeil.

— Ils ont l'impression qu'ils n'ont pas besoin d'employer la ruse, parce qu'il est bien trop faible pour les affronter. Bien sûr, il leur prouvera le contraire.

— Un homme assez fort pour tuer le meurtrier de Vlad mérite notre respect. Mais à mon avis, si personne ne s'en est pris à lui en traître, c'est surtout parce que certains préfèrent que toute notre congrégation soit témoin de la défaite du nouveau roi. C'est de la témérité, selon moi, et ils méritent bien ce qui va leur arriver.

— N'oubliez pas les loups. Nos élites n'ont pas osé agir de façon déshonorable afin de ne pas fâcher les loups-garous.

Aden se décida à intervenir.

— Je suis là, vous avez remarqué ? Du coup, j'aimerais autant que vous vous adressiez directement à moi au lieu de faire comme si j'étais transparent.

Un peu honteux, ils acquiescèrent ; alors, il ajouta :

— Je vous remercie. Maintenant, j'aimerais répondre à vos inquiétudes.

— Vous savez que nous sommes de votre côté, Majesté.

— Et je vous en suis reconnaissant. S'il vous plaît, dites à mes détracteurs que je relève leurs défis, et que je les affronterai en combat singulier. Mais plus tard. Fixons la date à… dans deux semaines, par exemple.

A ce moment-là, il l'espérait, il se serait occupé des sorcières et aurait trouvé un remplaçant ; les prétendants n'auraient qu'à se battre entre eux.

Mais cette idée le remplit de colère. Un remplaçant ? Certainement pas !

Il s'efforça d'ignorer cette émotion, devenue familière mais qui demeurait inexplicable, et de penser à autre chose.

Mais qu'est-ce que tu racontes ? Qu'est-ce que tu fais ? interrogea Elijah.

Caleb, lui, eut un hoquet de surprise.

Tu ne vas quand même pas te battre vraiment avec eux ?

— C'est parfait, reprit l'un des conseillers. A aucun moment nous n'avons douté que vous prendriez vos responsabilités au sérieux.

Tous les membres du conseil hochèrent la tête en signe d'approbation, et l'un d'eux donna un coup de marteau — un marteau noir, bien entendu — sur la table.

— Sujet suivant !

— L'usage des couleurs, répondit un autre avec une expression de dégoût évident. Nous avons reçu des plaintes.

— Pourquoi avez-vous permis l'utilisation de couleurs si… humaines ? Loin de moi l'idée de contester votre jugement, mais nous avons des traditions.

Tous les regards convergèrent vers Aden. Des regards sérieux au point d'être comiques.

— C'est-à-dire que… je suis humain, voyez-vous, leur rappela-t-il.

Il y eut un murmure général qui signifiait : « Comme si nous pouvions l'oublier ! »

— Nous pourrions peut-être envisager de limiter l'usage des couleurs à l'intérieur des chambres individuelles…, suggéra un conseiller.

— Ainsi qu'aux vêtements, compléta Aden, qui avait gardé à l'esprit l'image de Victoria dans son haut rose.

Il y eut des soupirs puis quelques hochements de tête.

— Nous sommes d'accord, conclut celui qui tenait le marteau, avant de l'abattre sur la table.

Puis il annonça :

— Point suivant : les prétendantes.

Il y eut un nouveau murmure général, mais cette fois Aden ne parvint pas à en saisir le sens. Victoria n'avait pas menti. Vu le rythme auquel les conseillers traitaient les sujets à l'ordre du jour, cette réunion ne durerait pas plus d'une heure.

C'est alors qu'il entendit les mots « votre promise ». Il se raidit.

— Vous n'avez pas laissé leurs chances à toutes les prétendantes, Majesté, et cependant vous avez passé la nuit dans la chambre de la princesse Victoria.

— Il n'y a aucune raison pour que je laisse leur chance aux autres, protesta Aden, leur rappelant la position qu'il avait toujours défendue. Je sais ce que je veux. Qui je veux. J'ai toujours été clair avec vous.

— Pourquoi tout simplement ne pas les épouser

toutes ? proposa l'un des conseillers. Vlad avait beaucoup d'épouses !

Il n'a pas tort, ce type, intervint Caleb. *Aden, tu devrais réfléchir à…*

J'ai envie de te frapper, murmura Julian.

Les gars, intervint Elijah, *si on laissait Aden répondre ?*

Facile ! Primo, Aden ne voulait personne d'autre que Victoria ; deuxio, la princesse deviendrait folle s'il acceptait la suggestion du Conseil. D'accord, il aurait été flatté de la savoir jalouse — mais tout en lui se révoltait à l'idée de la faire souffrir volontairement.

— Je ne suis pas Vlad, finit-il par déclarer. Je ne désire qu'une seule femme.

Tu gâches tout, toi ! rouspéta Caleb.

— Et de toute façon, Victoria et moi n'allons pas nous marier.

« Pas encore », pensa-t-il, avant de terminer :

— Nous sommes trop jeunes.

Un nouveau murmure s'éleva. Cette fois, il distingua sans peine les paroles des conseillers.

Têtu. Buté. Des qualificatifs peu flatteurs. Mais encore respectueux.

Il devait donc respecter en retour ses conseillers.

— D'autre part, pour ne rien vous cacher, il ne m'est pas possible de recevoir des princesses vampires au ranch dans lequel je vis. Mes amis découvriraient la vérité — et ce n'est pas ce que vous voulez, n'est-ce pas ? Vous faites beaucoup d'efforts pour dissimuler votre existence.

— Nous pouvons tuer vos amis.

— Je vous l'interdis ! s'écria-t-il immédiatement, toute

notion de respect oubliée. Il n'y aura pas de meurtre. Ceci n'est pas négociable.

Soupirs.

— Majesté, entendez alors notre marché : vous verrez les demoiselles que nous avons choisies pour vous, au moins une fois, mais vous les verrez ici, dans l'enceinte du manoir. Cela convient-il ?

— Avec tous les défis qu'on m'a lancés, fit remarquer Aden pour gagner du temps, je risque de ne pas pouvoir honorer ces rendez-vous !

— C'est vrai, reconnut un conseiller.

— Néanmoins, Majesté, nous devons offrir à votre peuple l'espoir d'une future alliance, rappela un autre.

Aden passa une main sur son visage. Il mourait d'envie de s'opposer radicalement aux conseillers sur ce sujet, de ne faire aucun compromis. Mais plus vite il en aurait terminé avec cette réunion, plus vite il pourrait aller trouver la sorcière et explorer son cerveau. Il fallait donc transiger.

— Accordé, fit-il. Je rencontrerai ces filles ici. Une par une.

Boum ! Le marteau s'abattit.

Point suivant.

Il fut question d'une dispute qui opposait deux vampires sur la propriété d'un esclave de sang ; Aden dut décider lequel des deux était dans son droit. Ensuite, ils traitèrent le cas d'un vampire qui souhaitait retourner en Roumanie, et Aden dut décider si on pouvait accéder à sa requête. Ils parlèrent de la négociation d'un traité de paix avec une autre faction de vampires, qui était menée par une certaine Bloody Mary. Aden avait déjà vu ce nom dans ses livres d'histoire, et il se demandait s'il s'agissait de la même personne. Ce n'était pas impossible, mais il n'osa pas poser la question de peur de révéler son ignorance.

Pour mener cette négociation, Aden était censé se rendre en Angleterre. Apparemment, Marie la Sanglante et son clan avaient eux aussi senti le pouvoir d'attraction d'Aden, même si, pour une raison inconnue, ils n'avaient pas fait le déplacement jusqu'en Oklahoma pour le retrouver. Toutefois, ils étaient curieux de savoir qui il était — suffisamment, en tout cas, pour avoir contacté le Conseil de Vlad afin de lui demander des informations.

— C'est peut-être un piège, remarqua un des conseillers.

— Ou une ruse pour prendre le contrôle de notre peuple.

D'accord. Donc, en plus d'être ennemis avec plus ou moins toutes les autres espèces, les vampires se battaient également entre eux. Génial.

— Nous protégerons notre roi. Ou plutôt, les loups-garous le feront. Ils le soutiennent totalement.

Un certain mécontentement perçait dans ces paroles.

— Vous plaisantez ? Nous-mêmes, nous sommes à peine capables de nous retenir de le mordre ; comment Bloody Mary y parviendrait-elle ? C'est une bête sauvage.

— Messieurs, lança Aden, interrompant leurs débats, je vais au lycée. Il m'est impossible d'abandonner mes cours ; je dois les suivre jusqu'aux vacances d'été. Je vous propose d'ajourner la discussion sur un voyage en Angleterre.

— Si, vous pouvez quitter le lycée, suggéra un

conseiller. Nous avons des tuteurs qui pourront se charger de votre éducation.

— C'est non, désolé.

Même eux ne le dissuaderaient pas de continuer ses études au lycée de Crossroads. De toute façon, comment comptaient-ils se débrouiller pour qu'il s'absente le temps d'un déplacement à l'étranger, alors même que quitter le ranch pour se rendre au manoir des vampires constituait déjà un challenge ? Quant aux tuteurs… il en avait rencontré pas mal, ces derniers temps, et il fallait voir le résultat !

— Ce sera cet été ou rien.

Et s'il se décidait à y aller, ce serait avec Victoria et Riley.

Ou sans Riley ? Même pour un petit laps de temps, Mary Ann n'aimerait pas l'idée qu'on lui emprunte son amoureux, et Aden n'avait pas l'intention de la rendre malheureuse.

Il y eut d'autres murmures mais tous les conseillers finirent par hocher la tête en signe d'approbation.

Point suivant. De nombreux esclaves de sang avaient disparu. Personne ne savait où ils étaient. Leurs propriétaires étaient en colère et affamés ; ils demandaient de nouveaux esclaves. Pour les obtenir, ils avaient besoin de la permission d'Aden.

— Jusqu'à nouvel ordre, ils ont le droit de se nourrir, mais pas de tuer. De boire du sang humain, mais pas de faire de nouveaux esclaves.

Grâce à Victoria, il savait que si un vampire ne mordait un humain qu'à une ou deux reprises, celui-ci non seulement restait en vie, mais ne devenait pas accro à la morsure de vampire. C'était ce qui s'était passé pour Aden. En revanche, dépasser cette limite était difficile.

Malgré leur dépit, les conseilleurs décidèrent de passer au point suivant. Il s'agissait de parler de l'attraction surnaturelle qu'exerçait Aden, et qu'ils appelaient son « chant ». Plus ils parlaient de cette attirance, plus les regards se dirigeaient vers le cou d'Aden. Pour y rester. Il fallait, disaient-ils, qu'il cesse de chanter. De chanter. Qu'il cesse.

De chanter. Qu'il cesse. Les vampires répétaient ces mots en boucle, comme une incantation dans laquelle ils se seraient figés. Une sorte de transe.

— Je n'y peux rien. Je ne sais pas comment arrêter, répondit-il nerveusement.

Au même moment, dans sa tête, LE médium se mit à murmurer des phrases où les mots « sang » et « mort » revenaient fréquemment. Sa litanie avait quelque chose de familier pour Aden. Il l'avait déjà entendue auparavant, mais où et quand ?

— L'attraction devient plus forte quand on reste longtemps près de lui, non ? demanda quelqu'un.

— Oui. Ou alors, c'est parce que nous sommes affamés.

— Quel goût pensez-vous qu'il a ?

— Le goût du paradis.

Puis le silence se fit ; un silence total et glacé. La réunion était-elle terminée ? Aden observa ceux qui l'entouraient ; tous le transperçaient du regard…

Soudain, le silence fut brisé par le bruit que faisaient les vampires en se passant la langue sur les lèvres et en reniflant. Certains conseillers avaient les ongles plantés dans la table, comme pour se contenir et se refréner.

Ils voulaient le dévorer ! Ils luttaient contre leur désir !

Qu'était-il censé faire ? Bondir sur ses pieds et s'enfuir ? Mieux valait, sans doute, rester ici, digne et serein, à attendre qu'ils aient repris le contrôle d'eux-mêmes. En espérant qu'ils y parviennent. A moins d'appeler Victoria ? Non. Elle risquerait alors de se trouver en danger. Et, de toute façon, il était le souverain ; il devait apprendre à tenir tête à ces gens qu'il dirigeait, désormais.

Encore cette pensée ? Alors qu'il ne serait jamais vraiment leur roi !…

Lentement, paisiblement, Aden se mit debout. Sans jamais le quitter du regard, les conseillers firent de même. *Ne montre pas que tu as peur.*

— J'ai beaucoup à faire, leur dit-il alors avec maîtrise. Je dois vous laisser.

Aucune réponse.

Il passa derrière sa chaise en prenant soin de ne pas tourner le dos aux vampires, et entreprit de s'éloigner d'eux. Un pas. Deux pas. Doucement, sans précipitation. En feignant le détachement. Mais face à ces prédateurs, il était une proie ; et quand ils virent qu'il battait en retraite, ils perdirent tout contrôle.

Poussant un cri perçant, le conseiller le plus proche se rua sur lui ; c'était le signal qu'attendaient tous les autres pour l'imiter. Toutes dents dehors, ils se jetèrent sur lui.

23

Par pur réflexe, Aden se retrouva avec ses dagues à la main avant même que le premier vampire ne l'ait atteint. Toutefois, brandir un couteau devant un vampire, c'était un peu comme monter sur un ring de boxe avec une plume à la place des gants. Inutile. Il se fendit, et la dague entra en contact avec la poitrine de son agresseur. Le métal se tordit. Oui, complètement inutile.

Son assaillant lui saisit les poignets. Les deux dagues volèrent au loin et tombèrent sur le sol avec un tintement. Des crocs brûlants se plantèrent dans son épaule. Un autre vampire s'était téléporté juste derrière lui, et d'autres dents se plantèrent à la base de son cou. Son cœur se mit à battre la chamade, et l'adrénaline qui l'envahit lui donna suffisamment de force pour se libérer de ses agresseurs et les jeter au sol. Mais pour tout assaillant qu'il éliminait, deux surgissaient à sa place. Bientôt, ils furent tous sur lui, tentant de le jeter au sol ; leurs dents étaient aiguisées comme des sabres. A l'inverse de ce qui se passait avec Victoria, il n'éprouvait aucun plaisir à ces morsures, simplement de la douleur, une douleur intolérable.

Il aurait dû s'y attendre et voir venir l'attaque, mais

en toute honnêteté il avait eu d'autres soucis en tête, et il s'était relâché. Après tout, il était leur roi, nom d'un chien ! Ils n'avaient pas le droit de le traiter de la sorte. D'ailleurs, il s'était déjà trouvé dans cette pièce sans que personne ne l'agresse.

Les vampires se pressaient sur lui, leurs mains tentaient de l'atteindre. On aurait dit des requins qui ont senti l'odeur du sang : ils mordaient dans le vide et secouaient la tête comme pour lui arracher des morceaux de chair. Finalement, ils parvinrent à l'attraper aux jambes et lui faire perdre l'équilibre. Il s'écroula de toute sa hauteur sur le sol dur et froid ; le choc lui coupa la respiration et sa tête se mit à tourner.

Bats-toi ! gronda Elijah.

— C'est ce que je fais ! Mais je ne vois pas comment je vais pouvoir m'en sortir.

D'un coup de pied, il se débarrassa d'un assaillant.

Tu as l'anneau. Sers-t'en !

L'anneau. Bonne idée. Il réussit à extirper sa main de la gueule d'un des conseillers ; la bague étincela dans la lumière. Du pouce, il fit glisser la pierre de son support avant d'effectuer un large mouvement circulaire du bras qui envoya du liquide dans toutes les directions.

Il entendit de la chair qui crépitait sous l'effet du poison. Les vampires hurlèrent, et lâchèrent prise pour porter les mains à leur visage brûlé. Tant bien que mal, Aden se remit debout. Couvert de sueur, les poumons en feu, il se dirigea vers les portes aussi vite qu'il le put.

C'est à ce moment qu'il vit les bêtes…

Celles contre lesquelles les vampires se faisaient tatouer des protections.

Elles s'élevaient, toutes, s'échappant des vampires, simples silhouettes suffisamment épaisses pour qu'il puisse distinguer leurs ailes déployées, leurs yeux rouges flamboyants et leurs gueules d'où coulaient... quoi ? Du poison, de l'acide ?

Les bêtes le repérèrent et, comme l'avait fait celle de Victoria, elles tendirent les mains vers lui, comme si elles brûlaient de le toucher. Il aurait dû avoir peur, en tout cas davantage, mais ces yeux perçants, d'une certaine façon, l'apaisaient... Oui, ils l'apaisaient. Peut-être parce qu'ils ne projetaient aucune menace. On aurait dit les yeux de chiots, certes monstrueux et démoniaques, qui le suppliaient. Vraiment bizarre.

Arrête ton délire, réveille-toi ! grogna Julian.

Sérieux, mec, continua Caleb en cognant contre son crâne, *c'est pas le moment de rester là.*

Cours ! ordonna Elijah.

Trop tard. Son hésitation allait lui coûter très cher. Malgré leurs blessures sanguinolentes, comme insensibles à la souffrance, les vampires commençaient à se remettre sur pied, les yeux braqués sur lui. Et voilà déjà qu'ils avançaient vers lui, tous crocs dehors, salivant d'avance à l'idée de goûter son sang. Il voulut brandir le poing pour qu'agisse l'anneau, mais il avait épuisé jusqu'à la dernière goutte de *je-la-nune.* Pis, son bras tremblait sous l'effet des nombreuses morsures qu'il avait subies, et son geste ne fit que projeter l'odeur de sang dans la direction de ses agresseurs.

Les vampires fermèrent les yeux, comme en extase, et savourèrent les effluves ; mais bientôt, cela ne leur suffit plus, et ils en voulurent davantage. Ils émirent de nouveaux feulements d'excitation. L'instant d'après, l'un d'eux se jeta sur Aden, entraînant les autres à sa suite.

Le cœur d'Aden se mit à cogner dans sa poitrine. A présent, des dents acérées se plantaient de nouveau dans sa chair. Il se jeta de toutes ses forces dans la bataille, se défendit à coups de pieds, de poings, et même de dents, mais rien ne pouvait venir à bout de la peau des vampires, et aucun assaut n'était assez puissant pour les écarter de lui.

C'est le moment d'utiliser les coups bas ! l'encouragea Caleb.

Et il avait raison, oui. Sans hésitation, Aden plongea alors les doigts dans la plaie béante d'un vampire et tira. Hurlement. Le monstre le lâcha et fit un bond en arrière. Il y eut aussi un rugissement. Ou plutôt plusieurs. Qui se répercutaient sur les murs. Et soudain, les vampires, tous ensemble, s'écartèrent d'Aden. Comme s'ils n'y pouvaient rien. Des grognements, des cris, des claquements de dents, des hurlements d'épouvante se firent encore entendre pour constituer quelque chose qui ressemblait à la bande-son d'un film d'horreur.

Mais que se passait-il, brusquement ?

Aden se redressa avec l'intention de s'enfuir mais le spectacle qu'il vit alors le figea sur place : les bêtes s'étaient solidifiées, matérialisées !

En une fraction de seconde !

Pourtant, Victoria lui avait dit que cela leur prenait du temps…

Leurs écailles irisées, leurs crocs semblables à des sabres d'ivoire, tout en elles dégageait une odeur de soufre, de pourriture, et les extrémités de leurs ailes semblaient aussi dures et acérées que des poignards. Ces poignards-là pouvaient-ils percer la peau des vampires ? Peut-être pas. En revanche, les bêtes avaient le pouvoir de maintenir les vampires dans leur gueule, et de briser ainsi quelques os ou de faire éclater les organes.

Le vacarme avait dû attirer l'attention car, à cet instant, les grandes portes à double battant s'ouvrirent à la volée, et d'autres vampires firent irruption dans la salle du Conseil. Quand ils virent ce qui s'y déroulait, une expression horrifiée décomposa leurs visages.

— Les bêtes !

— Que faire ?

— Ceci ne s'est jamais produit par le passé !

Aden ordonna la fin du combat.

Immédiatement, toutes les bêtes se tournèrent vers lui. Elles lâchèrent les vampires, dont les corps retombèrent lourdement sur le sol. Ils ne se relevèrent pas, recroquevillés qu'ils étaient, tout gémissants. Une des bêtes rugit, et les nouveaux arrivés reculèrent, se pressant contre le mur. Seul Aden fit front.

Même quand l'une des bêtes s'approcha de lui.

Puis ce fut au tour de Victoria d'entrer en scène. Elle déboula, criant le nom d'Aden et le cherchant d'un regard affolé. Celui-ci, tenant tête à la créature qui le défiait, fit signe à la princesse de ne pas s'approcher. Surtout, qu'elle ne s'interpose pas ! Surtout, qu'elle ne tente pas d'affronter la bête pour le protéger ! Mais, bien entendu, Victoria ignora son avertissement et se précipita pour se blottir contre lui.

Un concert de rugissement s'éleva.

Victoria s'efforça d'éloigner Aden ; au moins, de

le placer de telle sorte qu'elle puisse le téléporter, et murmura :

— Elles vont te tuer. Il faut partir.

— Ecarte-toi de moi, Victoria, s'il te plaît.

— Non ! s'exclama-t-elle sans cesser de le tirer en arrière.

Les rugissements redoublèrent.

— Aden, je t'en prie !

Une terreur absolue perçait dans la voix de la princesse.

— Ecarte-toi de moi, je te dis. Maintenant ! Elles ne me feront aucun mal.

En tout cas, c'était ce qu'il espérait...

— Elles me protègent, précisa-t-il.

Là aussi, il s'agissait davantage d'un souhait que d'une réelle certitude.

Il y eut un moment de silence, puis Victoria obéit. Aden sentit que la chaleur de la jeune fille l'abandonnait. Sans ajouter un mot, malgré sa faiblesse et malgré la douleur causée par les blessures, il se porta au-devant de la créature la plus proche, qui battit des ailes et rugit furieusement. Les autres se rapprochèrent également, certaines par les côtés, d'autres par-derrière, si bien qu'il fut bientôt encerclé par un mur menaçant.

Qu'est-ce que tu es en train de faire ? demanda Julian.

Fuis ! supplia Caleb.

Je... je ne vois rien, constata Elijah. *Je ne sais pas ce que tu devrais faire, je ne vois plus le futur. Et je n'aime pas ça, pas ça du tout.*

Aden continua pourtant d'avancer.

— Ai-je raison ? murmura-t-il doucement à l'intention des monstres ailés. Me protégez-vous ?

Silence. Pouvaient-ils seulement le comprendre ?

La créature la plus proche, juste devant Aden, replia ses ailes monstrueuses. Puis elle s'agenouilla, et vint placer son mufle à quelques centimètres du visage d'Aden. Son souffle humide et sulfureux faisait palpiter ses larges et profonds naseaux. De son museau dégoulinant, hérissé de dents acérées, elle effleura le bras d'Aden.

De quoi le pétrifier de terreur.

Jusqu'à ce qu'il constate que la bête ne cherchait pas à le mordre.

— Tu veux un câlin, c'est ça ?

Silence, cette fois aussi. Hardiment, Aden tendit la main. Malgré son intuition positive, il tremblait. Il chercha de ses doigts l'oreille de la créature et se mit à la caresser. Et, là, alors qu'il se demandait s'il n'allait pas tout simplement se faire arracher un membre, il n'entendit ni claquement de dents ni cri : il ne récolta qu'un ronronnement de satisfaction.

Un ronronnement…

Pas à pas, les autres bêtes s'approchèrent. Leurs griffes claquèrent sur le parquet de la salle. Elles s'allongèrent en groupe aux pieds d'Aden, et quêtèrent à leur tour leur lot de caresses.

— Incroyable…, murmura-t-il.

Je n'en reviens pas, moi non plus.

C'était Julian, confondu.

D'accord, mais avoue qu'on est trop forts !

Ça, évidemment, c'était Caleb, fanfaron comme à son habitude.

Je ne m'attendais vraiment pas à ça.

Elijah, stupéfait.

Pourquoi réussissait-il à apaiser ces créatures ? Qu'est-ce qui pouvait bien les attirer, chez lui, au point qu'elles le protègent des vampires qui, pourtant, les hébergeaient dans leurs propres corps ? Cela passait l'entendement d'un humain.

La seule explication qui se présentait à Aden, c'était que les bêtes aimaient son « chant » — ce chant dont parlaient les vampires et qui avait attiré à Crossroads, comme un aimant irrésistible, toutes sortes de créatures : les vampires bien sûr, mais aussi les sorcières, les fées et les gobelins. Sauf que, jusque-là, toutes les espèces rencontrées détestaient le chant. Les sorcières n'avaient-elles pas convoqué leur assemblée pour cette raison précise ? Thomas et Brendal n'étaient-ils pas venus au ranch pour la même raison : se protéger de cette attirance maléfique ?

— Aden ?

Victoria tentait de nouveau de se rapprocher.

Aussitôt, quelques-unes des bêtes feulèrent et montrèrent les crocs.

— Chut…, dit Aden à leur intention. C'est une amie.

Et si son ordre allait déclencher une tempête de protestation, voire pire ? Mais non… Au contraire, il obtint en retour un concert de miaulements implorants. Un museau lui souleva le bras pour quêter d'autres caresses.

— Viens, Victoria, dit-il alors sans plus de peur. Approche-toi de nous lentement.

Il entendit ses pas étouffés. Les créatures manifestèrent de nouveau leur méfiance — écailles hérissées, feulements, posture d'attaque.

— Arrêtez, ordonna Aden. Et toi, Victoria, ne bouge plus.

Plus de pas ; plus de grognements.

— Avance. Juste un pas.

Elle obéit ; nouveaux grognements.

— Stop.

Aden soupira. Il fallait remettre à plus tard cette tentative d'apprivoiser les bêtes en présence de Victoria. Visiblement, ces monstres n'étaient pas encore prêts à accepter qui que ce soit d'autre qu'Aden, qui lui-même n'était pas certain de pouvoir les retenir si elles s'en prenaient à Victoria.

— Comment dois-je faire pour qu'ils retournent à l'intérieur de leur vampire ? demanda-t-il à celle-ci.

— Maintenant qu'ils sont incarnés, répliqua-t-elle d'une voix tremblante, ils n'ont plus besoin de le faire.

Est-ce cependant possible ?

— Cela s'est déjà produit. Une seule fois, à ce que je sais. En général, quand la bête atteint ce point, c'est que celui qui l'abritait est déjà mort.

— Est-ce que les conseillers… ?

— Non. Ils sont en vie, répondit Victoria à la question inachevée d'Aden. Ils souffrent et certains d'entre eux ont les os brisés, mais ils sont vivants. Ils guériront.

Aden planta son regard dans celui de la bête la plus proche de lui.

— Je veux que tu retournes là d'où tu viens, dit-il.

Impossible de les laisser en liberté. Elles risquaient de terroriser les gens. De les dévorer, aussi.

Pour toute réponse, il n'eut qu'un grognement moqueur.

Cela lui redonna du courage. Au moins, pensa-t-il, les monstres entendaient son langage.

— Je veux que tu y retournes, répéta-t-il d'un ton plus ferme.

Cette fois, la bête secoua la tête.

— Je te suis reconnaissant pour ton aide. Néanmoins, ces hommes m'aident aussi. S'ils ne sont pas là, je ne peux pas entrer dans ce manoir. Retournez en eux, sinon je vais devoir partir pour toujours. Et alors, c'en sera fini de la possibilité, pour moi, de négocier en votre faveur... pour obtenir que vous ayez le droit de quitter leur corps de temps en temps, afin de venir me voir.

Quel coup de poker ! Est-ce que ces créatures tenaient vraiment à lui ? Il ne pouvait pas en être certain. Etait-il important pour elles de passer du temps avec lui ? De cela non plus, il n'était pas certain. Seulement, c'était l'unique monnaie d'échange dont il disposait.

Pendant un long moment, les bêtes le fixèrent d'un regard perçant. Leur mufle palpitait, et elles étaient visiblement en colère ; mais au moins, elles ne l'attaquaient pas. Enfin, en soufflant de dépit, elles se levèrent l'une après l'autre. Leurs couleurs s'effacèrent peu à peu, et l'odeur de soufre s'évanouit. Au bout de quelques instants, elles redevinrent de simples silhouettes fantomatiques.

Etonnant.

Ces formes flottèrent en direction des vampires qui se tordaient toujours de douleur sur le sol ; puis elles disparurent à l'intérieur, comme si elles avaient été avalées ou aspirées.

Stupéfiant.

La seconde suivante, Victoria se précipitait dans ses

bras ; il l'étreignit de toutes ses forces. Autour d'eux, les vampires étaient pâles comme la mort. Tout en murmurant entre eux, ils regardaient Aden avec une expression où se mêlaient l'admiration, l'horreur et l'incrédulité.

— Comment avez-vous fait ça ? finit par demander l'un d'eux.

Je me pose la même question, fit Elijah.

— Je n'ai jamais rien vu de semblable, ajouta un autre vampire.

— Les bêtes vous écoutaient. Vous les avez apprivoisées.

Le dompteur de monstres ! s'exclama Caleb avec un cri de joie. *Voilà le nouveau surnom qu'on devrait nous donner.*

Un vampire à la silhouette imposante et aux cheveux roux s'avança d'un pas, la tête inclinée ; il fit même une révérence à Aden.

— Je ne sais pas, Majesté, si on vous a informé de mon défi ; quoi qu'il en soit, je le retire humblement.

Un deuxième vampire s'empressa de l'imiter, suivi d'un autre, et encore d'un autre.

— Bien. C'est très bien, répondit Aden qui ne savait que dire. Victoria et moi allons vous laisser.

— Comme il vous plaira, Majesté. Qu'il en soit fait selon vos désirs.

Aden prit Victoria par la main et se laissa guider hors de la salle du Conseil. Ils empruntèrent l'escalier pour remonter dans la chambre de la jeune fille. Au passage, il remarqua qu'on avait orné la rampe de rubans verts et roses. De toute évidence, son ordre était pris très au sérieux…

Riley et Mary Ann les attendaient à l'étage et les accompagnèrent dans la chambre de Victoria où ils s'assirent sur le lit.

Aden ferma la porte derrière eux. Ils étaient à présent tous les quatre en sécurité.

— C'était incroyable ! lança Victoria. Comment as-tu fait ça ?

— Fait quoi ? demanda Riley.

Victoria lui raconta la scène par le menu. Au fur et à mesure qu'elle donnait les détails, le visage du loup-garou pâlissait. Pour finir, il bondit sur ses pieds avec une expression tourmentée :

— J'aurais dû être là. Je suis désolé que tu aies été attaqué, désolé de n'avoir rien fait. Je…

— Pas de problème, assura Aden. Je contrôlais la situation.

Enfin, à peu près.

— Tu vas bien ? demanda Mary Ann. On dirait que tu sors d'un ring de boxe. Un ring où tu aurais joué avec des couteaux.

Victoria l'étudia.

— Mary Ann a raison. Tes vêtements sont déchirés, on t'a mordu partout et tu… tu sens tellement bon !

Sa voix se fit plus rauque, tout empreinte de désir :

— Tu veux que je te donne un peu de mon sang pour que tu guérisses plus vite ?

Non. Car, alors, il verrait le monde à travers les yeux de sa princesse. Ce phénomène ne le dérangeait pas, dans l'absolu, il aimait même plutôt en faire l'expérience — sauf, bien sûr, quand il s'était agi des yeux de Dmitri ;

mais compte tenu de ce qu'il avait à faire dans les deux jours à venir, il voulait conserver ses propres moyens.

— Est-ce que tu as trouvé tout l'équipement de tatouage ?

S'arrachant péniblement à sa fascination pour le sang qui coulait des blessures d'Aden, Victoria désigna sa coiffeuse, où étaient disposés un certain nombre de tubes, de flacons et d'aiguilles.

— Si ça ne te gêne pas, lui dit-elle en retrouvant sa retenue habituelle, c'est Riley qui s'occupera de te tatouer. Cela risque d'être douloureux, et je ne supporte pas l'idée de te faire mal.

Ils échangèrent un sourire et Aden s'assit sur la chaise, devant la coiffeuse.

— Ça me va.

— Est-ce que vous allez me trouver méchant si je dis que ça fait un bout de temps que j'attends ça ? s'enquit Riley en plaisantant.

Il examina le matériel avant d'ajouter :

— Combien de protections voudrais-tu ?

— Combien m'en faut-il ?

— Autant que tu peux en supporter. Si j'étais à ta place, je choisirais de m'en couvrir le corps. Mais ce sont des tatouages permanents, tu le sais. Pour les vampires, c'est différent : les tatouages s'effacent à mesure que la peau se reconstitue et on utilise de la *je-la-nune* ; dans le cas d'un humain, le tatouage est indélébile, et se fait sans *je-la-nune* sur toi.

— Est-ce que l'encre a des propriétés magiques ? demanda Aden.

— Non. Ce sont les symboles que nous dessinons

qui sont des sorts en eux-mêmes. Ou plus exactement des contre-sorts. On ne distingue que des lignes entrecroisées, mais ces lignes sont en réalité des mots.

— Quoi qu'il en soit, choisis bien ; parce qu'une fois que tu auras décidé, tu ne t'en débarrasseras jamais.

Aden examina les choix qu'il avait.

— Le temps nous est compté. Deux heures. Combien de tatouages peux-tu me faire en deux heures ?

— Six. Je peux en dessiner six.

— En si peu de temps ?

— Voilà plus ou moins un siècle que je fais ça. Je suis très doué. Alors, contre quoi veux-tu être protégé ? Le contrôle de l'esprit ? La laideur ? La douleur ? La mort ? Les sorcières donnent dans tous les registres : impuissance, amour, haine, rage… Ah, et il nous faudra aussi une protection qui maintienne tes autres tatouages. Pour que personne ne puisse… Bon, laisse tomber, ce n'est pas le plus important pour le moment. Simplement, ça veut dire que tu ne peux choisir que cinq tatouages.

— Minute. Ça t'embêterait de revenir à la partie où tu disais : « Ce n'est pas le plus important pour le moment » ?

Riley poussa un soupir.

— Les protections peuvent être rendues caduques si on les referme avec plus d'encre. Alors leur efficacité est annulée.

Aden fronça les sourcils, perplexe. Pourquoi quelqu'un voudrait-il annuler ses protections ?

— Existe-t-il un tatouage qui me maintiendrait en vie pour toujours ?

— Oui et non. C'est une protection un peu spéciale,

et nous n'avons pas vraiment le temps d'en parler maintenant. En revanche, je peux te tatouer un symbole qui te protégera d'un sortilège de mort.

Aden le comprit, les mots de Riley étaient chargés d'une bonne dose de reproche : il aurait pu sauver la vie de ses amies s'il avait pensé à leur tatouer un tel signe avant leur rencontre avec les sorcières.

— Et tu ne pourrais pas dessiner ce signe sur Mary Ann et Victoria maintenant ?

— Non. Enfin, je pourrais leur faire le tatouage, mais il s'effacerait dès que j'en aurais fini. Comme le sort a déjà été lancé, une protection serait inefficace.

Dommage.

— Alors, d'accord. Je te donne une heure pour me tatouer, ce qui fait trois protections. Ensuite, je veux que tu t'occupes de Mary Ann et que tu la protèges contre de nouveaux sorts.

— Me faire tatouer ? Je ne crois pas, non, répliqua Mary Ann. Mon père me tuera.

Personne ne se risqua à lui faire remarquer l'évidence, à savoir que son père ne pourrait rien contre elle si elle était déjà morte…

Riley acquiesça aux paroles d'Aden. Mary Ann devait être protégée ; il s'en occuperait donc, point final. Ce serait une inquiétude de moins pour tout le groupe. Quand elle comprendrait cela, elle accepterait les tatouages, Aden en était certain.

Riley brandit un appareil qui ressemblait à un pistolet argenté.

— Donc, en plus de la protection des tatouages,

quelles autres protections choisis-tu, Majesté ? Tu as deux possibilités.

— Comme tu l'as dit, une protection contre les sortilèges de mort.

Pas de doute là-dessus. Et il aurait aimé se protéger contre la haine. Que se passerait-il si on lui lançait un sort qui lui fasse croire qu'il haïssait ses amis ? Et si on lui lançait un sort de rage qui déchaîne contre eux sa violence ? De nombreuses idées similaires lui vinrent à l'esprit, mais il finit par répondre :

— Je veux que tu protèges mon esprit.

— Parfait. On va commencer par là. Jusqu'ici, les sorcières ont essayé de t'avoir vivant. Si elles parviennent à te capturer, elles essaieront de savoir ce que tu as en tête. Avec le tatouage, ce sera impossible. Allez, enlève ta chemise.

Avant d'obtempérer, Aden jeta un rapide coup d'œil en direction de Victoria. Oui, elle le regardait. Riley saisit son appareil, se pencha sur son torse et se mit au travail.

Aden ressentit une brûlure, une brûlure qui ne cessa pas, mais qui restait pourtant tolérable. En fait, il en souffrait si peu qu'il aurait pu s'assoupir. Ce qu'il fit. Il ferma les yeux et laissa son esprit vagabonder... jusqu'à ce qu'il entende Riley qui jurait.

Il cligna des yeux pour revenir à la réalité, et reprit peu à peu conscience du picotement sur sa peau et de l'odeur de brûlé qui régnait dans la pièce. Il baissa les yeux. Surprise... Il y avait bel et bien un tatouage dessiné sur sa poitrine, mais sa surface étincelait étrangement ; et les couleurs s'évanouissaient très vite, dans un nuage de vapeur.

— Tu es déjà sous l'influence d'un sort, annonça Riley avec gravité. Nom d'un chien, pourquoi est-ce que tu ne m'as pas prévenu ?

— Parce que personne ne m'a ensorcelé. Comment aurais-je oublié un truc pareil ?

— Pourtant, quand on voit comment ta peau réagit… La seule autre explication serait que quelqu'un t'ait tatoué une protection contre le fait que je te tatoue.

— Je crois que je me souviendrais de ça aussi.

Cependant, tout au fond de sa mémoire, ces mots éveillèrent une sensation insidieuse. Des souvenirs de vide, d'obscurité.

De neige électrique.

— Mes souvenirs me trahissent, dit-il alors sombrement. Tout à l'heure, j'ai pensé que j'avais rencontré de la neige dans la tête du Dr Hennessy… pourtant, je ne me souviens pas du tout d'être entré dans son esprit.

Contrarié, Riley reposa son matériel.

— Enlève tes vêtements. Tous.

— Pourquoi ça ?

Enlever sa chemise, c'était une chose, mais se mettre entièrement nu…

— Tu m'as très bien entendu. A poil, maintenant. Il faut que je vérifie que tu ne portes pas déjà de tatouage de protection.

On ne va quand même pas offrir un strip-tease gratuit à tout le monde ! protesta Julian.

Ben quoi ? C'est pas bien méchant, de se montrer un peu, glissa Caleb.

— Je crois quand même que j'aurais remarqué…

Riley l'interrompit d'un air sévère.

— Rien de moins sûr.

Aden ne s'avoua pas vaincu.

— Mais les filles ?

— Elles tourneront le dos. Allez, arrête de râler. Tu n'as rien que je n'aie déjà vu, gros bébé.

Les filles se retournèrent ostensiblement. Alors, soupirant et rougissant, il se déshabilla. Riley entreprit de l'examiner sous toutes les coutures.

— Ben non, finit-il par conclure, pas d'autres protections.

— Tu as inspecté vraiment partout ? demanda Victoria.

Evoquait-elle son intimité ? Aden sentit ses joues s'empourprer.

— Oui, j'ai regardé là où tu penses, répondit Riley. Cela dit, il y a d'autres endroits que je dois vérifier.

Et il l'examina derrière les oreilles, et sur le cuir chevelu. Sans plus de résultat.

Alors, d'une bourrade, il fit rasseoir Aden sur sa chaise, avant de s'asseoir à son tour et de lui saisir un pied, puis l'autre, afin d'en ausculter la plante.

Bingo !

A en juger par l'expression de Riley — on aurait dit qu'il contemplait l'explication des mystères de l'univers — Aden comprit qu'il avait trouvé une réponse.

— Comment ça se peut ? s'exclama Aden. Même si on m'a tatoué pendant que j'étais inconscient, j'aurais senti la douleur par la suite, non ? En marchant, ou quelque chose comme ça ?

C'était de la simple logique.

— Non. Tu as reçu deux protections, la première étant destinée à t'empêcher de ressentir de la douleur dans les pieds. Une fois que tu as été réveillé, il était impossible que tu sentes quoi que ce soit.

Il y avait vraiment des tatouages pour tout et n'importe quoi !

— D'accord pour les pieds douloureux, mais à quoi sert l'autre tatouage, alors ?

— Il t'empêche d'être protégé contre les manipulations mentales. Ce qui veut dire que celui qui t'a tatoué voulait que ton esprit soit malléable. Il voulait te contrôler. Et il l'a sans doute fait, d'ailleurs. Dans la mesure où tu as des trous de mémoire sur ce qui s'est passé chez ton psy, il y a de fortes chances que ce soit lui qui ait effectué ce tatouage.

Cette révélation frappa Aden de plein fouet. C'était incroyable… incroyable et rageant ! Hennessy !

— Pourquoi aurait-il fait ça ? Que voulait-il obtenir de moi ?

— Nous lui rendrons visite demain, et nous le lui demanderons, répondit Riley.

Il n'ajouta pas « si nous sommes toujours en vie », mais Aden et les filles surent qu'il le pensait. Ils le pensaient tous les quatre.

— Pour l'instant, voilà ce que je vais faire : je vais refermer le tatouage de manipulation pour annuler le sort. Ensuite, je recommencerai le tatouage anti-manipulation. Et après, je t'en dessinerai un autre, qui empêche qu'on touche à tes protections. Mais fais attention : rares sont ceux qui acceptent ce tatouage. En effet, il va rendre permanent ceux que tu portes déjà, ainsi que ceux qu'on pourra ajouter plus tard. Il ne sera plus possible de les refermer comme je vais le faire avec celui du Dr Hennessy. Ce qui veut dire que si quelqu'un te tatouait sans ton consentement... Quoi qu'il en soit, vu les circonstances, je pense que le jeu en vaut la chandelle.

Sous le choc, Aden se sentait aussi secoué de colère. Les deux sensations antagonistes s'affrontaient dans son crâne, dans un chaos indescriptible ; les âmes, perdues elles aussi, ne cessaient de poser des questions, d'exiger qu'il les rassure.

— Et tu auras encore du temps pour la protection contre les sortilèges de mort ?

— J'en dégagerai, rassure-toi. De toute façon, il y a quelque chose que je ne toucherai pas : c'est ton tatouage contre les douleurs des pieds. Parce que tu vas en avoir besoin...

Sur ces mots, Riley se remit au travail.

24

Tucker avait des nouvelles. Des nouvelles, qui, il le savait, mettraient Vlad en rage, mais qu'il lui annoncerait quoi qu'il en soit. Il le devait. Il en ressentait le besoin impérieux, au fond de lui, dans son sang même.

Pourquoi fais-tu cela ? Arrête, lui criait son cerveau.

Mais en réalité, cela lui était impossible. Le besoin était trop fort. Il se déplaçait comme une ombre dans le parc du manoir des vampires. Il dépassa une rangée de bonsaïs, contourna un buisson de roses noires. Au milieu du parc se dressait un genre de sculpture en béton : un vaste motif qui lui rappelait les *crop circles,* ces cercles qui apparaissent parfois dans les champs de céréales et dont l'origine comme la signification demeuraient inconnues — du moins, c'était ce qu'il en avait vu à la télévision. De ces lignes entrelacées émanait une pulsation étrange, électrique, et il avait remarqué que les oiseaux et les insectes ne s'en approchaient pas. Ils semblaient même le fuir. *Exactement comme je voudrais le faire.*

Comme si souvent ces dernières semaines, il se tint au milieu du cercle de béton, sans être remarqué par les quelques vampires qui, autour de lui, arrachaient de mauvaises herbes ou bêchaient les parterres. Tout ce qu'ils devaient voir, c'était le soleil couchant aux reflets dorés — parce que c'était l'image qu'il projetait pour eux.

Peut-être, toutefois, le sentaient-ils, car ils se redressèrent soudain et se mirent à renifler l'air environnant.

Vite. Tucker introduisit ses pieds dans deux fentes creusées dans le béton. Quand ses talons arrivèrent en butée, les cercles autour de lui se mirent à bouger. Ils tournoyèrent, s'imbriquant les uns dans les autres, formant un nouveau motif ; pendant ce temps, Tucker ne cessait de projeter des images de soleil couchant, brillant, plus brillant encore… les vampires à ses côtés finirent par détourner le regard.

Le centre du motif dans lequel il se tenait se mit à descendre lentement, très lentement. Personne ne verrait le trou qu'il laissait derrière lui, il s'en assurerait. L'espace d'un instant, le soleil illumina le gouffre béant qui s'ouvrait sous ses pieds, et il vit ce qui l'attendait.

Des corps sans vie jonchaient le sol. De fait, quand la plate-forme de métal et de béton sur laquelle il se tenait arriva au bout de sa course, elle écrasa l'un de ces corps. Il entendit les os craquer et se briser cependant qu'une odeur abominable se répandait autour de lui. Une odeur cuivrée, comme si du sang avait giclé dans tous les sens, et putride, comme s'il provenait de cadavres en décomposition.

Il eut un haut-le-cœur. Etait-ce le sort qui l'attendait ?

Sans doute. Mais cela ne l'empêcha pas d'avancer d'un pas. Libérée de son poids, la plate-forme repartit vers le haut, et remonta jusqu'à retrouver sa place initiale, rebouchant le cercle par lequel passait la lumière. Les ténèbres enveloppèrent Tucker, des ténèbres impénétrables. Il se souvint que, lorsqu'il voudrait ressortir, il lui suffirait d'appuyer ses mains contre les encoches gravées dans le mur, et le cercle se rouvrirait. Mais jusque-là…

— A qui appartiennent ces corps ? demanda-t-il dans un murmure.

Vlad, qui ne dormait jamais, entendit sa question.

— Ce ne sont que de vulgaires esclaves, qui ne me servent plus à rien maintenant. Tu disposeras de leur corps.

Sa voix était plus forte, beaucoup moins hésitante qu'au cours de leurs précédentes rencontres.

— Leur simple vue offense mon regard, compléta l'Empaleur.

— Bien entendu.

Tucker ne songea même pas à refuser.

— Et tu m'en feras venir d'autres.

— Oui.

Comment était-il censé s'y prendre ? *Tu trouveras un moyen. Tu veux plaire à cet homme. Tu dois absolument lui plaire.*

— A présent, pourquoi es-tu ici ? Je ne t'ai pas convoqué.

Ne fais pas ça. Dans sa tête, il y avait une autre personnalité qui luttait, qui rêvait d'une vie meilleure, plus douce ; une personnalité qui pensait que les choses auraient pu être différentes, qui voulait oublier que la nuit précédente, il avait terrifié sans le moindre remords une innocente famille, en leur faisant croire que des milliers d'araignées leur marchaient sur le corps…

Il en avait ri. Cela avait toujours été son tour préféré.

— Eh bien ?

— Je… j'ai des nouvelles.

Il raconta à Vlad ce qu'il avait vu à l'intérieur du manoir. Il avait utilisé son pouvoir d'illusions pour se dissimuler à la vue de tous, et il avait assisté à la scène où les vampires avaient attaqué Aden. Il avait vu les monstres s'extirper de leur corps et protéger le jeune humain, et il avait vu celui-ci les caresser et les câliner avant de leur ordonner de retourner dans leur hôte. Ce qu'ils avaient fait.

— Comment se fait-il qu'il ne soit pas mort avant ? Avant que les bêtes sortent ? demanda Vlad.

Comme toujours, le calme apparent de sa voix terrifiait Tucker.

Celui-ci avala sa salive.

— Il leur a jeté un liquide au visage pour se défendre.

Il y eut un bruit d'étoffe froissée dans le silence.

— Du liquide ? Qui était dans une bague ?

Cette fois, Vlad ne feignait plus le calme : sa voix trahissait toute sa fureur.

— O… oui.

— Et comment a-t-il pu gagner la loyauté des bêtes ?

— Je ne sais pas. Personne ne le sait.

Avant même que Tucker ait pu terminer sa phrase, Vlad s'était mis à hurler. Sans doute s'était-il saisi de blocs de gravats qu'il jetait contre les murs, car Tucker entendit le fracas de la pierre contre la pierre et sentit la terre trembler sous ses pieds. Il eut l'impression que le monde s'effondrait autour de lui.

Il plaqua les mains sur ses oreilles, mais il était trop

tard. Il sentit le sang chaud et poisseux qui se répandait entre ses doigts : le hurlement suraigu du souverain déchu venait de lui crever les tympans. Une douleur insoutenable explosa dans sa tête et se répandit dans tout son corps.

Pour une fois, le désir de s'enfuir fut plus fort que le besoin de complaire à Vlad. Titubant sur ses jambes, il se dirigea vers le mur, cherchant les encoches à tâtons. Mais une main puissante s'abattit sur son épaule, l'empêchant de bouger et l'immobilisant sur place.

« Peut-être qu'il s'agit de mon dernier jour sur Terre », songea Mary Ann avant de se reprocher cette pensée morbide.

Maintenant qu'elle s'était nourrie du pouvoir de la sorcière, elle se sentait mieux, plus forte que jamais. Non, hors de question qu'elle meure comme ça, sans rien faire. Elle trouverait un moyen. Du moins, c'est ce qu'elle espérait. Pourtant, elle se sentait coupable en repensant à la façon dont la sorcière avait crié et l'avait maudite avant de se taire et de sombrer dans l'inconscience.

Comment ai-je pu lui faire ça ?

Et comment oserait-elle retourner à la cabane ? Pourtant, il le faudrait bien, dès que Riley aurait fini de la tatouer. Aden avait l'intention de posséder l'esprit de la sorcière pour tenter de voyager dans son passé. Peut-être… peut-être que Mary Ann pourrait rester à l'extérieur pendant que l'opération se déroulerait. De cette façon, elle ne recommencerait pas à drainer la magie de cette pauvre créature.

Oui. Oui, voilà. C'est exactement ce qu'elle ferait. Elle venait de le décider. Victoria penserait sans doute qu'elle se montrait lâche, qu'elle avait peur d'affronter une créature si puissante malgré les protections qu'elle venait de se faire tatouer ; qu'importe ?

Les tatouages. Aïe. Mary Ann fronça les sourcils, contrariée. Contrairement à Aden, elle avait refusé d'être tatouée sur la poitrine. Elle refusait l'idée de les voir tous les jours, d'avoir à se souvenir qu'ils étaient indélébiles et qu'ils feraient partie d'elle pour toujours.

Du coup, elle avait ôté sa chemise — en rougissant, bien sûr, comme une folle, et plutôt contente de porter un joli soutien-gorge, même si Riley l'avait déjà vu la nuit précédente — et s'était tournée, lui offrant son dos. Et bon sang, comme ça faisait mal ! On aurait dit qu'on lui versait du feu directement dans le sang.

— C'est terminé, finit par annoncer Riley.

Il avait l'air content de lui.

Elle se remit debout, attrapa sa chemise et marcha jusqu'à la grande psyché qui trônait au coin de la chambre. En se contorsionnant, elle parvint à les voir : deux tatouages à la beauté complexe. Le premier la protégeait, comme Aden, des manipulations mentales ; l'autre la mettrait à l'abri des blessures mortelles. Au moins d'un point de vue physique.

Celle-ci ne serait d'aucune aide si, par exemple, son cœur s'arrêtait soudain sous l'effet du sortilège de mort ; mais Riley avait insisté pour qu'elle choisisse ce tatouage-là, et elle avait suivi son conseil. Le symbole ne s'était pas effacé, il n'avait pas été impossible à tracer ; donc, de toute évidence, ce n'était pas de façon physique — comme un coup de poignard par exemple — qu'agirait le sortilège censé la tuer.

Malheureusement, selon toute apparence, les tatouages représentant des protections aussi puissantes et fondamentales se devaient d'être beaucoup plus grands, et celui-ci recouvrait son dos d'une épaule à l'autre. Sûr que son père en ferait une crise cardiaque. Après l'avoir étranglée, évidemment.

Elle enfila sa chemise en la faisant glisser par-dessus sa tête. Elle grimaça comme le tissu effleurait sa peau encore sensible.

— Tu es prête ? lui demanda Victoria en lui tendant la main.

Elle acquiesça et saisit la main. Une seconde plus tard, la vampire l'avait téléportée juste devant la cabane. Victoria disparut sans un mot, et réapparut quelques secondes plus tard en tenant Aden par la main. Elle répéta son manège avec Riley. Question téléportation, elle s'était sacrément améliorée.

— Au travail ! lança Aden avec un empressement communicatif.

Ils gravirent tous les marches, à l'exception de Mary Ann qui annonça :

— Je reste dehors.

Ils s'arrêtèrent et la considérèrent d'un air surpris.

Mary Ann ne regarda qu'Aden. Etait-ce la dernière fois qu'elle le voyait ? *Il faut que tu arrêtes de parler comme ça.* Il était vraiment beau. Des cheveux bicolores, des lèvres au dessin parfait et sans doute très douces, des yeux changeants, parfois bleus, verts, gris ou bruns ombrés de longs cils. Chaque couleur représentait un des esprits qui l'habitaient, ainsi que celui appartenant en propre à Aden ; et quand les quatre teintes se mêlaient, ses prunelles devenaient d'un noir profond. Il était aussi grand que Riley, et tout aussi musclé. Si ce dernier avait le charme indéniable des mauvais garçons, Aden, lui, possédait une beauté parfaite de top model.

— Pourquoi ne nous accompagnes-tu pas ? Quelque chose qui ne va pas ? lui lança-t-il, inquiet.

Elle l'aimait comme un frère, et il allait lui manquer terriblement quand elle quitterait la bande.

— Je crois juste que c'est mieux, dit-elle.

Au même moment, Riley déclara :

— En fait, elle ne se sent pas très bien.

Ils échangèrent un sourire sans joie. La nuit précédente, désormais certain qu'elle était bel et bien un Draineur, Riley s'était enfermé dans un profond mutisme. Pendant que Mary Ann absorbait le pouvoir de la sorcière, il l'avait tenue dans ses bras, patientant jusqu'à ce qu'elle recouvre ses forces. Plus tard, il l'avait rejointe dans son lit. Toujours sans prononcer la moindre parole. Elle aussi était restée muette.

Ni l'un ni l'autre n'avait réussi à fermer l'œil. Ils étaient simplement demeurés enlacés, sans jamais perdre de vue que leur temps ensemble leur était compté.

Mary Ann reporta son attention sur Aden avec frustration, et gravit la première marche pour taper dans sa main et lui souhaiter bonne chance :

— Fais attention à toi.

Il retint la main de Mary Ann dans sa paume et serra doucement ses doigts.

— Je fais toujours attention.

Victoria, quant à elle, demeurait perplexe.

— Je ne comprends pas, Mary Ann, dit-elle, tu allais bien il y a une seconde encore. Est-ce que… tu as peur ? Il n'y a pas de quoi, tu sais. Tu es protégée, maintenant.

— Pas contre tout.

Victoria n'ajouta rien ; elle se contenta de secouer la tête. Mais son expression fut éloquente : lâche, pensait-elle en cet instant. Tant pis. Tout valait mieux que la vérité ; car si par malheur Victoria apprenait la vraie nature de Mary Ann, et sa véritable motivation, elle essaierait de la tuer sur-le-champ.

Tant de menaces mortelles pesaient sur elle ! Alors, non, elle n'était pas lâche ! Elle ne fuyait pas, ne hurlait pas de terreur. Cela montrait bien tout le chemin qu'elle avait parcouru.

Victoria et Aden tournèrent les talons et pénétrèrent dans la cabane. Riley resta avec elle quelques secondes de plus.

— Tout ira bien, assura-t-elle.

— Je sais.

C'était la première fois, aujourd'hui, qu'il lui adressait la parole, et entendre le son de sa voix la soulagea.

— Est-ce que tu es nerveuse pour demain ? poursuivit-il.

Elle choisit de ne pas lui mentir.

— Oui. Pourtant, j'ai l'impression que ce n'est pas réel. Tu comprends ce que je veux dire ? Je vais bien, là, maintenant. Alors comment est-ce que je pourrais mourir demain ?

— Je sais, répéta-t-il. Je regrette simplement que nous n'ayons pas… été ensemble cette nuit.

Elle éprouvait le même regret. En fait, elle regrettait tant de choses ! De n'avoir pas passé plus de temps avec son père ; de ne pas lui avoir pardonné plus tôt ses mensonges et ses secrets. S'il la perdait, elle, sa fille, il serait dévasté ; jamais il ne s'en remettrait. Il vivrait seul, alors, sans plus personne sur Terre pour s'occuper de lui. Et il se reprocherait jusqu'à la fin de ses jours de n'avoir pas su protéger sa petite Mary Ann.

Alors, impossible de l'abandonner !

— J'ai essayé de faire ce qui était juste, reprit Riley en l'arrachant à ses pensées. Ce qui était le mieux pour toi.

— Je sais, dit-elle à son tour.

Puis, dans un soupir, elle ajouta :

— Plutôt dingues, ces dernières semaines, non ?

— Plutôt, oui.

— Je suis désolée, vraiment. C'est moi qui t'ai mis dans cette situation.

D'abord, en rencontrant Aden — puis le loup-garou avec qui elle avait fini par passer tout son temps libre, tissant ainsi des liens de plus en plus étroits qui devaient changer le cours de leurs vies.

— Ne sois pas désolée. Jamais. S'il y a une chose que je ne regrette pas, c'est de t'avoir rencontrée.

Pour être honnête, elle pensait comme lui : Riley était l'une des meilleures choses qui lui soit arrivée. Alors, quelle que soit l'issue de la situation, elle ne regretterait jamais de l'avoir rencontré non plus.

Elle en était là de ses pensées quand elle entendit la sorcière jurer. C'était plutôt positif : cela signifiait, au moins, qu'elle n'avait pas été entièrement vidée de son énergie.

Riley soupira.

— Il vaudrait mieux que j'entre là-dedans, dit-il avec inquiétude.

— D'accord. Je t'attends ici.

Il se pencha pour déposer sur ses lèvres un baiser plein de tendresse, puis il pénétra dans la cabane, laissant Mary Ann seule. Alors, elle commença à éprouver la même anxiété que celle qu'elle avait lue dans les yeux du loup-garou. Elle s'assit au pied de l'escalier, les coudes posés sur les genoux, le menton entre les mains. Nerveuse.

Le soleil brillait, jetant des reflets orangés et dorés à travers les branchages ; pour la première fois depuis des jours, l'air était presque doux. On aurait dit que…

Soudain, elle se figea. Quelque part, tout près, elle venait d'entendre un bruit — on remuait des feuilles mortes, on marchait. Elle scruta les alentours ; très vite, une silhouette familière se matérialisa devant elle. Un garçon. Un footballeur.

Tucker ? C'était bien Tucker ?

Il la salua d'un timide geste de la main.

Aussitôt, Mary Ann sentit son cœur battre à se rompre, et elle se leva vivement, mais les mots lui manquèrent. Pourvu qu'il ne s'enfuie pas ! songea-t-elle tout en se portant à sa rencontre. En approchant, elle distingua mieux son visage. Il était pâle, si pâle qu'on pouvait voir des veines bleues se dessiner sous sa peau livide. Lui qui avait toujours été hâlé. A présent, son visage s'était étrangement creusé, comme s'il avait perdu beaucoup de poids. Ses cheveux blonds, sales et emmêlés, lui collaient au front ; et il nageait dans ses vêtements froissés, couverts de taches, déchirés par endroits, qui lui faisaient comme des haillons.

Mais le pire était à venir. Une fois près de lui, Mary Ann vit qu'il portait des cicatrices. Reconnaissables entre mille. Des traces de morsure.

Les vampires…

Bizarrement, il n'y avait pas de croûtes. Juste de petites traces roses, alors que ces morsures avaient été infligées quelques jours auparavant seulement.

Une minute ! Sur le cou de Tucker, il y avait deux morsures beaucoup plus récentes ; elles saignaient même encore un peu.

— Tucker, dit-elle, comment as-tu fait pour nous trouver ? Et qu'est-ce que tu fais ici ? Tu devrais être à l'hôpital en ce moment.

— Non, non, je suis venu te prévenir !

A ces mots, il la saisit par le poignet et l'entraîna avec lui dans la forêt, assez loin pour que les arbres leur dissimulent la cabane. Puis il s'arrêta, se retourna brusquement vers elle, prêt à lui parler… puis il se ravisa. Et un sourire étira ses lèvres.

— C'est si doux… quelle paix ! J'avais oublié à quel point c'était bon de te sentir près de moi.

Mary Ann le secoua par les épaules.

— Tucker ? Qu'est-ce qui se passe ? De quoi est-ce que tu veux me prévenir ?

— Laisse-moi… juste une minute, répondit-il en gardant les yeux fermés. S'il te plaît. Je croyais que nous ne nous retrouverions plus jamais seuls tous les deux. Mais tu es là, et je suis là. Et c'est encore meilleur que dans mes souvenirs.

Son visage reflétait une telle béatitude que Mary Ann eut pitié. Elle demeura donc immobile et silencieuse, comme il l'espérait, malgré la peur et la curiosité qui l'agitaient. Une minute passa, puis une autre, et une autre encore. Une éternité.

Enfin, Tucker ouvrit les yeux. Dans le même temps, la sérénité laissa place à l'inquiétude dans ses prunelles.

— Je ne devrais pas être là, dit-il. Il va peut-être me punir.

Il eut un rire bref et sans joie, avant d'ajouter :

— Peut-être ? Non. Sans l'ombre d'un doute.

— De qui parles-tu, Tucker ?

Il passa la langue sur ses lèvres desséchées.

— Puisque j'ai pris le risque de venir jusqu'ici, autant aller au bout, non ? C'est…

A cet instant précis, un rayon de soleil illumina son visage, révélant les cernes qui soulignaient ses yeux ; on aurait dit un mort-vivant.

— Vlad l'Empaleur, confessa-t-il dans un murmure d'agonie.

— Vlad ? répéta Mary Ann, incrédule. Il est mort !

Tucker secoua la tête.

— Il est vivant, et bien vivant. Il m'a appelé pendant que j'étais à l'hôpital.

— Comment s'y est-il pris ?

— Dans ma tête. Il m'a ordonné de le rejoindre. Je n'ai pas pu lui résister. Il est sous terre, dans une crypte, dans le parc du manoir des vampires.

Comme Mary Ann allait l'interrompre, il s'empressa d'ajouter :

— Ecoute-moi… Il a exigé que j'espionne Aden, que je lui rapporte tous ses faits et gestes. Et… je l'ai fait. J'ai obéi. Et je continuerai à le faire. Il est furieux, Mary Ann. Toute sa colère est dirigée contre Aden, qui lui a pris son trône.

Le regard de Tucker s'assombrit.

— Je ne sais pas ce que Vlad lui fera, et je ne sais pas ce qu'il va m'ordonner de faire, mais je veux que tu saches que je le ferai. Je ne pourrai pas me maîtriser.

Face à cet aveu aux conséquences incommensurables et effrayantes, Mary Ann se sentit encore plus fragile.

— Il faut que tu expliques aux autres ce que tu viens de me révéler. Ils sauront…

Elle n'eut pas le loisir d'achever. Effrayé dès le premier mot, Tucker avait reculé.

— Je ne veux pas m'approcher d'eux ! Pas s'ils peuvent me voir, en tout cas.

— Tucker, je t'en prie. Ils ne te feront aucun mal. Je ne le permettrai pas. Il faut que tu avoues tout ce que Vlad t'a dit, tout ce qu'il t'a demandé de faire, et tout ce que tu lui as raconté.

Une nouvelle fois, Tucker refusa :

— Tu ne comprends pas. Quand je suis avec toi, je me sens bien. Normal. Heureux. Je peux me contrôler.

Mais dès que je suis avec d'autres… je fais de mauvaises choses.

— Je serai à tes côtés. Je ne te quitterai pas d'une semelle, je te le jure.

— Aucune importance. Ça ne marche pas quand tu es avec eux.

— Tucker. Je t'en prie.

— Je suis désolé, Mary Ann. Vraiment désolé. Mais te voilà prévenue, maintenant.

25

Aden se tenait debout devant la sorcière. Elle n'avait pas changé de chaise, juste déplacé celle sur laquelle elle était assise pour se réfugier au coin de la pièce, tout en hurlant quelque chose au sujet d'un Draineur. Elle portait un bandeau sur les yeux, d'une couleur différente de celle qu'il lui avait vu la dernière fois. Etait-elle parvenue à détruire le précédent ? Sinon, pour quelle autre raison le lui aurait-on changé ?

La façon dont elle était ligotée aussi avait changé. Avait-elle tenté de s'enfuir, avait-elle failli y parvenir ?

Elle était plus pâle que la veille ; sa peau était... pratiquement jaune. Ses joues étaient creusées. Ses cheveux avaient changé d'aspect : ils paraissaient cassants et secs comme de la paille. Ils avaient perdu leur brillance. L'impression de puissance qu'elle dégageait précédemment semblait à présent bien ténue.

Les loups-garous l'avaient surveillée, soignée et nourrie, bien sûr. Mais elle devait tout de même se sentir mal à l'aise. Très mal à l'aise, en fait. Aden s'en voulait beaucoup. Il n'aimait pas l'idée qu'elle souffre, que l'immobilité forcée l'endolorisse ; il n'aimait pas l'idée qu'elle ait peur, qu'elle craigne pour sa vie. Mais il aimait encore moins que ses amis soient en danger de mort par la faute de cette sorcière et de ses semblables.

— Je ne suis pas venu te faire du mal, dit-il doucement. Je ne vais pas drainer quoi que ce soit.

La sorcière haletait.

— Tu es le Chanteur. Celui qui nous appelle.

Même sa voix était différente. Plus faible, plus rauque.

— C'est moi, oui.

Si seulement il avait pu charmer les sorcières avec autant de facilité qu'il avait charmé les bêtes assoiffées de sang des vampires… Alors, rien de tout cela n'aurait été nécessaire.

— Mais dis-moi : quel est ce Draineur dont tu parles ? De quoi te viderait-il ?

N'engage pas la discussion avec elle, lui conseilla Elijah. *Fais ton boulot, c'est tout.*

— De ton sang ? insista-t-il néanmoins.

Bravo, continue à faire ce que je dis, lança sèchement le médium dans sa tête.

La sorcière le regarda droit dans les yeux :

— Comme si tu ne savais pas qu'un de vous est capable de…

Au même moment, Riley entra dans la pièce et referma la porte bruyamment. Abruptement, il lança :

— Silence, sorcière. Nous t'avons laissé l'occasion de nous donner les informations que tu as, et tu l'as laissée passer. Maintenant, ne t'en prends qu'à toi-même pour ce qui t'arrive.

Depuis qu'Aden était entré dans la cabane, Caleb était agité. On aurait dit que voir la sorcière affaiblie et malmenée lui était insupportable. Mais quand il entendit les paroles de Riley, il se mit vraiment en colère.

Laisse-la parler ! Elle veut dire quelque chose, et elle en a le droit. Aden, mon pote, tu ne peux pas la laisser comme ça. Il faut que tu la sauves.

Dis donc, ça va pas bien, toi ? l'interrompit Julian. *Sauver la sorcière ?*

Regarde-la, reprit l'autre. *Elle est malade. Elle souffre. Elle a besoin d'aide. D'accord, c'est moi qui ai suggéré qu'on la kidnappe, mais franchement, quand je la vois dans cet état, je veux bien qu'on arrête tout.*

— Nous allons la sauver, murmura Aden. Tout à l'heure. Allez, au travail.

Il leva la tête et regarda Victoria, juste en face de lui.

— Tu es prête ?

Elle acquiesça malgré sa nervosité.

— Tu vas sauver qui, Aden ? lança la sorcière. Moi ? Sache que rien ne vous sauvera toi et tes amis. Pas après tout ce que vous m'avez fait.

Aden ! Tu ne supporterais pas l'idée qu'on traite ta fiancée vampire de cette façon. Que dirais-tu si c'était elle qui était assise en face de toi ? s'écria Caleb, qui n'était visiblement pas près de capituler. *Laisse partir la sorcière. Maintenant. S'il te plaît.*

Mais pourquoi est-ce que tu te préoccupes autant de cette sorcière ? demanda Elijah. *Et de toutes les sorcières en général ? Depuis que nous les avons rencontrées, lorsqu'elles ont lancé leur sortilège de mort, tu te montres aussi attiré par elles qu'elles le sont par Aden.*

Je ne sais pas, répondit Caleb d'une voix plaintive. *Tout ce que je sais, c'est que je ne veux pas qu'on leur fasse de mal.*

A ces mots, Aden fut conforté dans son soupçon : par le passé, Caleb avait certainement été lié aux sorcières ; ceci expliquait d'ailleurs que la sorcière ait frémi en entendant parler d'un être capable de posséder les corps.

— On peut peut-être chercher la réponse, admit-il.

Après tout, il avait besoin de la coopération de Caleb pour mener son plan à bien. Et il avait bel et bien fait la promesse de découvrir qui avaient été les esprits du temps où ils n'étaient pas encore coincés dans son cerveau. Il avait juré de les aider à exaucer leur dernière volonté, ce qui leur permettrait d'aller de l'avant et de se libérer de lui — même si, il le savait, il avait, d'une certaine façon, envie de les garder avec lui, de ne pas prendre le risque qu'ils lui manquent.

— Quand nous serons à l'intérieur, nous enquêterons sur toi, promit-il à Caleb.

— A l'intérieur ? rugit la sorcière en tentant désespérément de se défaire de ses liens. Qu'est-ce que tu envisages de faire ? Qu'est-ce que tu oses t'imaginer ? Si tu me fais du mal, mes sœurs te retrouveront. Elles te traqueront jusqu'au bout du monde pour ça. Et elles te lanceront un sortilège de souffrance suprême. Elles te maudiront, Aden, et elles maudiront tous les tiens. Tu m'entends ?

De toutes ses forces, elle s'agitait sur sa chaise qui crissait sur le parquet de bois.

— Je te l'ai déjà dit, fit Aden, je n'ai pas l'intention de te faire de mal.

A vrai dire, elle lui avait déjà lancé tellement de malédictions au cours des derniers jours que cette ultime menace tombait un peu à plat.

Euh... je ne suis pas vraiment sûr que ce soit inoffensif pour elle, intervint Caleb. *Que se passera-t-il si nous changeons son passé ? Si ce changement la détruit ?*

— Nous ferons attention, c'est promis, mais nous n'avons pas le choix. Le délai approche, tu t'en souviens ? Il n'y a pas d'autre façon de nous en sortir.

Il y eut un silence, puis Caleb répondit, à contrecœur : *D'accord. On le fait. Mais ne lui fais aucun mal, c'est bien d'accord ?*

Aden se sentit vexé. Il ne voulait faire de mal à personne. En dehors des combats où il avait défendu sa vie, il n'avait jamais blessé quiconque volontairement.

— Comme si j'en avais l'intention. Tu me connais mieux que ça, non ?

— Qui te connaît ? Et mieux que quoi ? rétorqua la sorcière sur un ton furieux.

Il était temps de passer à l'acte. Il s'approcha d'elle et lui enleva le bandeau qui lui masquait les yeux. La lumière du jour qui entrait dans la pièce la fit cligner des yeux ; elle éternua et se mordit la lèvre, cherchant visiblement à reprendre le contrôle d'elle-même.

— Détends-toi, ordonna Aden en lui prenant le menton et en l'obligeant à le regarder.

Au moment où leurs yeux se rencontrèrent, Caleb entra en action : Aden disparut ; il se glissa dans le corps de la sorcière. Tiens... aucune douleur ? Pas même le plus petit sentiment d'inconfort ? Peut-être qu'après toutes les aventures qu'il avait traversées, son seuil de douleur s'était élevé. Ou bien peut-être Caleb s'y prenait-il mieux pour opérer ces transferts. A moins qu'il n'ait tout fait pour éviter la douleur, sachant que, du fait du lien qu'il venait d'établir entre Aden et la sorcière, celle-ci souffrirait en écho.

Voilà. Aden y était. Il voyait à travers les yeux de la sorcière.

Il évalua la situation. Ses chevilles et ses poignets étaient tout endoloris. Ses muscles étaient raidis.

— Libère-moi, ordonna-t-il à Riley.

Décidément, c'était toujours aussi étrange de s'entendre parler avec la voix de quelqu'un d'autre…

Riley s'approcha de lui, inquiet ; néanmoins, il sortit ses griffes et coupa net les liens, qui tombèrent au sol. Aden se massa les poignets pendant que Riley lui libérait les chevilles, puis il se leva. Ses jambes étaient si faibles qu'il faillit s'effondrer. Mais quelques pas permirent à la circulation sanguine de se rétablir peu à peu.

Jamais la sorcière ne saurait que ces gestes avaient eu lieu ; elle se sentirait juste mieux quand elle reviendrait à elle.

Tout en marchant, il laissa son esprit vagabonder dans les souvenirs de la sorcière. Le monde autour de lui disparut peu à peu. Pas comme avec le Dr Hennessy. Il ne voyait pas que de la neige. Il voyait… Hé ! Encore cette idée ! La neige. Oui, de toute évidence, il avait certainement tenté d'entrer dans l'esprit du Dr Hennessy, sinon comment expliquer ces étranges et fréquents flash-back ? Question : combien de temps y était-il resté ? Pourquoi ne parvenait-il pas à s'en souvenir ? *Ce n'est pas le moment de penser à ça.*

Il se concentra de nouveau sur les souvenirs de la sorcière. Les choses ne se passaient pas non plus comme avec l'esprit de Shannon ; Aden n'entrait pas dans une scène de son passé. Pour l'heure, il voyait… quoi ? des… des boîtes ? Oui, une centaine de boîtes, flottant sur une mer blanche, toutes ornées d'une impressionnante ferrure d'argent.

Perplexe, il tendit la main ; au moment où ses doigts entrèrent en contact avec la boîte, il fut secoué par une décharge électrique.

— Ho ! Qu'est-ce qui se passe ? Qu'est-ce qui provoque cette réaction ?

Des protections, répondit Caleb, plus sûr de lui qu'à l'accoutumée. *Elle a ses propres tatouages. Ses souvenirs sont dans les boîtes, et les boîtes sont protégées contre les intrusions.*

— Comment le sais-tu ?

Aucune idée. Je le sais, c'est tout.

Quoi qu'il en soit, il fallait regarder à l'intérieur de ces boîtes. Sachant que chaque tatouage ne pouvait servir de protection que contre un seul type de danger, il s'agissait maintenant de déterminer quels tatouages portaient la sorcière et comment chacun d'eux protégeait ses souvenirs. Et il n'y avait qu'une façon d'en avoir le cœur net.

Aden chercha donc Riley du regard ; celui-ci était adossé à la porte.

— J'ai besoin que tu sortes.

Le loup refusa.

— Ce serait…, commença-t-il.

— … la seule chose à faire, acheva Aden. Je dois inspecter son corps pour trouver les protections, et je parierais qu'elle n'aimerait pas trop qu'un garçon assiste à ça.

Quoi ? s'exclama Caleb. *Tu ne vas quand même pas la déshabiller ?*

Lui qui était pourtant le premier à se réjouir, dans ce genre de situation...

— Je vais m'efforcer de garder les vêtements, assura Aden.

Riley revint à la charge :

— Si je sors, argua-t-il, je ne serai pas en mesure de te protéger.

— Pas grave. Dehors, répliqua Aden, accompagnant son ordre d'un geste impérieux.

— Soit. Mais je te préviens : si jamais la sorcière prend conscience de ce que tu fais et s'en prend à ton esprit, il ne faudra pas m'en tenir pour responsable.

Sur ce, et tout en renâclant, le changeforme disparut.

— Si ça devait arriver, lui lança Aden avant que la porte ne claque, tu n'aurais aucun moyen de l'empêcher, de toute façon ! Victoria, tu peux m'aider ? Je veux que tu examines attentivement ce corps.

Elle s'avança vers lui de sa démarche gracieuse, puis se mit au travail. Au début, ses mouvements étaient vifs et précis, mais peu à peu elle s'attarda sur certains endroits. Oui, elle s'attardait, de plus en plus, songea Aden, qui avait fermé les yeux.

— Je n'ai jamais regardé une sorcière d'aussi près, finit-elle par dire d'une voix rauque. En général, je les évite autant que je peux. Et je ne sais pas pourquoi. Parce que ton odeur...

— Est désagréable ? demanda Aden.

— Ce n'est pas ça, répondit Victoria. J'ai fini.

Pourtant, elle le tenait toujours fermement par le bras, l'empêchant de bouger. Son étreinte s'accentua même.

— Non, bien au contraire. Elle est bonne. Délicieuse, en fait, conclut-elle de ce ton qu'avaient eu les conseillers… avant de se jeter sur lui pour lui ouvrir les veines.

Alerte rouge ! lança soudain Elijah.

— Je sais, répondit Aden.

Il ouvrit les yeux et s'arracha à l'étreinte de la princesse — avant de se précipiter à l'autre bout de la pièce. Comme elle faisait mine de le suivre, il l'arrêta d'un geste.

— Reste où tu es.

Elle avait le regard chaviré et ses incisives pointaient. Elle le supplia :

— Juste un peu. Pour goûter. Tu verras, je serai douce. Tu vas aimer ça.

— Riley ! appela-t-il.

Le loup-garou n'avait pas dû aller bien loin, car l'instant d'après il fit irruption dans la pièce.

— Tu as décidé que tu avais besoin de moi, finalement ?

— Je crois que nous avons un problème.

Victoria s'était ramassée sur elle-même, comme prête à bondir.

Aussitôt, Riley saisit la vampire, l'immobilisant. Elle se mit à lutter pour lui échapper.

— Tout doux. Du calme, Victoria. Ressaisis-toi. Il y a des poches de sang frais à côté, précisa-t-il à l'intention d'Aden. Je vais lui en donner un peu et elle ira mieux. On revient dans un instant.

Entraînant Victoria avec lui, il sortit.

Quelques minutes s'écoulèrent, qui laissèrent le temps à Aden de se remettre et de réfléchir. D'un côté, il était beaucoup trop tôt pour qu'il sorte du corps de la sorcière, juste dans le but d'échapper à Victoria. De l'autre… de l'autre, il avait été moins une qu'il soit vidé de son sang par la princesse. Or, il était hors de question de la laisser boire à la gorge d'une sorcière, au risque qu'elle ne devienne ainsi une droguée. Les sorcières possédaient un charme et un sang hautement addictifs, Aden l'avait appris.

Bientôt, Riley et Victoria reparurent dans la cabane, Victoria, apparemment calmée. Riley ferma la porte et se tint immobile dans l'entrée ; la vampire, quant à elle, prit bien soin de rester à distance d'Aden. Ses joues étaient encore rosies d'excitation.

— Pardon pour ce qui vient de se passer, fit-elle tout bas.

— Ne t'inquiète pas, la rassura Aden, heureux de la retrouver. Est-ce que tu peux me parler des tatouages que tu as vus ?

Victoria hocha la tête.

— Oui. Ses protections sont minuscules. A les regarder, on pourrait penser qu'elles sont inefficaces, mais quand tu passes la main dessus, tu sens toute la puissance qu'elles dégagent…

— Combien en porte-t-elle ?

— Neuf. Il y en a deux qui sont purement esthétiques. Sans doute pour la protéger des sorts de laideur. Une est destinée à protéger l'ensemble de ses tatouages, ce qui fait qu'on ne peut ni les modifier, ni les changer, ni les retourner.

Maligne, la sorcière. Pourtant, Riley lui avait signalé que bien peu de créatures osaient se faire tatouer ce motif particulier.

— Il y en a une qui la protège des blessures physiques et une autre des blessures psychiques. C'est sans doute celle-là même qui t'empêche d'avancer. Elle porte aussi un tatouage qui l'ancre dans ce monde, ce qui fait qu'une fée, par exemple, ne pourrait pas l'entraîner dans une autre dimension. Les trois autres la protègent du venin de gobelin, des mensonges des séducteurs et de la tentation de révéler des secrets. Ce qui veut dire qu'elle n'aurait jamais pu nous avouer ce qu'elle savait, même si elle l'avait voulu.

— Incroyable ! Voilà pourquoi nous n'avons pas réussi à lui soutirer la moindre information ! s'exclama Riley, fou de rage. Dire que je n'ai pas pensé à vérifier ses tatouages !

— Pour ta défense, nous avions beaucoup d'autres choses à penser.

— Et en général, on préfère éviter la compagnie des sorcières, renchérit Victoria. Nous ne les fréquentons jamais de notre plein gré. Nous ne pouvions pas nous douter qu'elles portent aussi des protections.

— Faisons le point : elle ne peut pas révéler de secrets, et son esprit est protégé contre les atteintes extérieures. Je n'ai aucunement l'intention de la blesser, mais cela, elle ne peut pas le savoir. Même si elle n'est pas consciente que je suis à l'intérieur d'elle, il est fort probable que son esprit me reconnaît comme un élément étranger, et me considère donc comme une menace.

— Est-ce que tu peux te cacher d'elle ? demanda Riley.

— Je ne sais pas, mais ça vaut la peine d'essayer.

Si elle était consciente, en effet, mais ne se rendait pas compte de la présence d'Aden dans sa tête, elle relâcherait peut-être son attention, ce qui permettrait d'ouvrir discrètement les boîtes contenant ses souvenirs.

— Bon. Rattache-moi, alors.

Je n'aime pas ça, gémit Caleb.

Aden non plus, mais il n'avait guère le choix.

Il se laissa retomber sur la chaise, tendit ses bras dans son dos et joignit les poignets. Il fallut moins d'une minute à Riley pour le ligoter de nouveau. Voilà. La position était toujours aussi inconfortable. Pauvre créature.

Tu me jures qu'ensuite tu la libéreras ? demanda Caleb d'une voix tremblante.

— Oui.

Ensuite, il n'aurait plus besoin d'elle.

— Oui quoi ? s'enquit Riley.

Avant de secouer la tête et de conclure :

— C'est bon, j'ai compris, ce n'est pas à moi que tu parlais.

Le loup-garou apprenait peu à peu…

— Bande-moi les yeux. Et cette fois, c'est bien à toi que je parle.

Riley obtempéra et, soudain, Aden fut plongé dans l'obscurité.

— Je vais essayer de me cacher au fond de son cerveau. Il y a de fortes chances pour qu'elle ne remarque pas ma présence, dans ce cas. Vous, vous allez essayer de lui parler, pour détourner son attention. Même si elle ne vous répond pas, relancez-la. Essayez de l'amener à parler du sortilège de mort.

Car même si elle ne pouvait pas révéler les secrets qu'elle connaissait, il allait très vite savoir si elle y pensait quand quelqu'un lui parlait. Et si, le cas échéant, il parvenait à les entendre.

— Maintenant, j'ai besoin que vous restiez calmes, conclut-il. Et, non, Riley, je ne te parle pas. Pas plus qu'à toi, Victoria. S'il vous plaît ?

L'important, c'était que la sorcière n'entende pas les conversations des âmes.

D'accord, soupira Elijah.

Bien sûr, dit Julian.

Oui, ça va, grommela Caleb. *Mais c'est juste parce que je veux que tu la relâches ensuite.*

Aden prit une profonde inspiration et retint son souffle… le retint longtemps… puis, lentement, relâcha tout l'air. En même temps, il se dissimula dans un recoin obscur du cerveau de la sorcière. Il aurait pu tenter de se loger tout au fond, en douceur ; cependant, en prenant conscience de ce qui l'entourait, elle aurait peut-être eu le temps de remarquer quelque chose d'anormal. En agissant comme il le faisait, d'un seul élan, il augmentait ses chances.

L'instant d'avant, il était au milieu de son esprit ; soudain, il n'y était plus.

— Qu'est-ce que tu entends par « tu me connais mieux que ça ? » demanda la sorcière comme si leur conversation ne s'était jamais interrompue.

Parfait. Elle ne se souvenait de rien.

— Ça suffit, lança Riley sèchement. Dis-nous ton nom.

Tu te contredis, sale loup-garou, pensa-t-elle, et Aden retint une exclamation de joie. Il pouvait entendre les pensées de la sorcière ! Et celle-ci ne se rendait visiblement pas compte de sa présence !

— Tu viens de me demander de me taire, lança-t-elle à Riley, tu ne sais pas ce que tu veux…

Celui-ci entreprit de la noyer sous un flot de paroles. Aden en profita pour se concentrer sur les pensées dont elle était traversée. *Bla, bla, bla,* pensait-elle. *Où est parti le Chanteur ? Je ne sens plus son appel. S'il est parti… Nom d'un chien, il faut que je sorte d'ici et que je l'emmène avec moi ! Les filles vont être furieuses. Je n'en reviens pas de m'être laissé coincer. Crétines de vampires ! Elles vont se moquer de moi pendant des siècles. Mes tatouages me protègent peut-être des blessures physiques, mais je ne suis pas à l'abri de mourir de honte !*

« D'accord, pensa Aden. Rien d'intéressant ici. »

Il concentra son attention sur la mer qui lui faisait face. Les boîtes avaient disparu ; à présent, les souvenirs qu'elles avaient contenus flottaient librement sur les flots. Il y en avait un très grand nombre. Chacun d'eux ressemblait à un petit écran de télévision. Lequel choisir en priorité ? S'il ne prenait pas le bon, il risquait de perdre des heures à consulter des souvenirs qui lui seraient totalement inutiles. Toutefois, cela valait toujours mieux, supposa-t-il, que de rester assis sans rien faire.

Il parcourut donc du regard tous les écrans qui se trouvaient à portée de vue — jusqu'à ce qu'il tombe sur l'image de cette sorcière blonde rencontrée une semaine plus tôt dans la forêt, qui attirait tellement

Caleb, et qui avait prononcé le sortilège de mort contre ses compagnons.

Quand il la vit, Aden tendit la main vers l'écran, sans réfléchir. A peine ses doigts touchèrent-ils l'écran qu'un vertige lui monta à la tête ; l'instant suivant, il était happé par un tourbillon d'une violence surprenante. A croire qu'il était ballotté comme une coquille de noix sur la mer démontée.

Il perdit tout contrôle. La sensation était juste supportable. Dieu merci, elle cessa au moment où il allait craquer. Son corps ne bougea plus.

Yeux clos, il secoua la tête pour chasser le vertige.

— Dis, ça va ? lui demanda une voix féminine — une voix qui lui était familière.

Au fond de son cerveau, Caleb émit un gémissement étouffé.

— Du calme. Repose-toi.

Doucement, tout doucement, il ouvrit les yeux. La sorcière blonde était devant lui, pâle, magnifique. Ses longs cheveux ondulés lui encadraient le visage et descendaient jusqu'à sa taille. Sa peau était sans défaut ; ses yeux étaient d'un bleu profond et ses lèvres avaient la délicatesse d'un fruit. On lui donnait environ vingt ans.

Elle était vêtue de la même robe que celle qu'elle portait dans la forêt. Aden aussi, d'ailleurs — ou plutôt, la sorcière à l'intérieur de laquelle il s'était projeté. Toutes deux, elles se trouvaient devant un bâtiment de briques blanches qui ressemblait à une chapelle et dont le toit pointu semblait s'élever jusqu'au ciel. Des buissons de rose encadraient l'entrée, formée de vastes fenêtres panoramiques. L'air était doux et humide, embaumé de senteurs de l'été.

— Eh bien ?

Aden retarda le moment de répondre pour envisager la solution la plus adaptée à la situation. Il ne voulait pas changer le passé par sa réponse — car cela aurait pu compromettre le futur — ni ne pouvait demeurer silencieux comme il l'avait fait quand il s'était retrouvé dans la tête de Shannon. Celui-ci avait donné l'habitude à son entourage de ne pas piper mot, à cause de bégaiement ; mais ce n'était pas le cas de la sorcière dans laquelle se trouvait maintenant Aden, laquelle avait largement fait la preuve de sa repartie.

Finalement, il biaisa.

— De quoi parlions-nous ? demanda-t-il avec cette voix féminine.

La blonde leva les yeux au ciel.

— Ecoute, je sais que tu as peur d'être punie. Tu as parlé à l'humain de tes pouvoirs, et il nous faut fuir avant que la chasse aux sorcières ne commence. Mais en attendant…

Zut… Ce n'était pas le bon souvenir. Aden ferma les yeux et s'imagina de retour dans l'esprit de la sorcière.

De nouveau, il y eut le tourbillon, et il se sentit projeté dans toutes les directions ; mais, bien vite, il se retrouva dans le coin de l'esprit de la sorcière, en sécurité, avec de petits écrans qui flottaient devant ses yeux.

Ouf. Il commençait à devenir bon à ce jeu.

Mais est-ce que ce type va la fermer, oui on non ? Voilà ce que la sorcière était pensait en ce moment même.

Comme Aden le lui avait demandé, Riley tenait un

grand discours sur le bien et le mal, la vie et la mort ; il racontait que, la seule chose qui lui importait, c'était de protéger ses amis, et que, pour ce faire, il devait absolument amener Aden à la réunion des sorcières, ce qui lui serait impossible tant qu'il ne saurait pas où celle-ci allait se dérouler. Sa voix était rauque ; depuis combien de temps parlait-il ainsi ?

Une nouvelle fois, Aden fit abstraction de la voix du loup-garou pour scruter les écrans de télévision jusqu'à ce qu'il voie de nouveau la sorcière blonde. Là, encore, il tendit la main.

26

La scène dans laquelle il se retrouva différait totalement de la précédente. La nuit était tombée, et il se tenait dans un cercle, entouré de sorcières vêtues de robes rouges. Une pluie fine et insidieuse s'abattait sur eux tous, et Aden se sentait trempé jusqu'aux os. La lune était haute et l'air de la nuit glaçait son haleine. Sa peau le piquait, et les fins cheveux à la base de sa nuque se dressaient. Cependant, il n'avait pas froid. Au centre du cercle, un feu de bois prodiguait une chaleur réparatrice.

Il regarda autour de lui.

La sorcière blonde lui faisait face. Elle prononça quelques mots dans un langage qu'il ne comprit pas. Au même moment, les femmes qui l'entouraient le prirent par les mains ; il se laissa faire, mais avec réticence, luttant pour ne pas se dégager.

Entre-temps, toute l'assistance, lui mis à part, s'était mis à murmurer dans cette langue étrange, répétant en chœur les mêmes formules. Il écouta attentivement. Les sorcières lançaient certainement un sort —, mais dans quel but ?

Caleb se mit à son tour à prononcer les mots. *Je*

crois... Je crois qu'elles demandent une protection contre les forces du mal.

Cette fois, Aden en était sûr : Caleb était en rapport avec le monde des sorcières.

— Quelqu'un nous empêche de mettre notre pouvoir en œuvre ! s'exclama soudain la sorcière blonde.

Elle scruta les visages du cercle et finit par rencontrer celui d'Aden.

— Jennifer, demanda-t-elle, pourquoi ne chantes-tu pas ?

Jennifer... Enfin, il apprenait le nom de la sorcière dans la peau de laquelle il se trouvait ! Jennifer. C'était tellement... humain.

Au lieu de répondre, il se retira vivement du souvenir et revint se dissimuler dans l'esprit de la sorcière. Il ne sentit presque rien. Se retrouva à contempler les écrans de télévision qui flottaient doucement d'avant en arrière.

L'impair qu'il venait de commettre avait-il changé le futur d'une façon ou d'une autre ? Pour le savoir, il regarda les environs. Riley était en train de se servir un verre d'eau et Victoria parlait de son désir de sauver les humains. Ouf ! Rien n'avait vraiment changé.

Mais quelle heure était-il ? Comme la pièce ne présentait aucune fenêtre, Aden ne pouvait pas le deviner à la qualité de la lumière du jour. En conséquence, il décida de faire une ou deux nouvelles tentatives, puis d'arrêter, quel que soit le résultat.

Choisis bien, l'avertit Elijah.

Ce dernier percevait-il quelque chose ? La crainte perçait dans sa voix ; de plus, sachant qu'il courait le risque d'être entendu par Jennifer, il n'aurait pas pris la parole sans une bonne raison pour cela.

Et Caleb, quel était son avis ? Aden aurait bien aimé le lui demander, mais il se retint. Trop risqué. Les écrans défilaient autour de lui, innombrables. Sur certains, il apercevait Jennifer petite fille ; sur d'autres, il la voyait avec un garçon, visiblement son amoureux ; sur d'autres encore, elle pleurait.

Puis il vit une chose totalement inattendue : le Dr Hennessy.

Il retint son souffle. Vivement, il tendit la main et toucha l'écran. L'instant d'après, il était projeté dans ce souvenir. Quelques secondes de vertige, puis il se trouva dans la forêt qu'il traversait tous les jours pour aller au lycée. Mais, différence notable, la sorcière blonde et le Dr Hennessy marchaient à côté de lui.

C'était la nuit, de nouveau. Une nuit froide et claire. Au loin, on entendit des hurlements de loups. Une horde.

La sorcière blonde se raidit.

— N'ayez pas peur des loups, dit le Dr Hennessy. Ils ne peuvent ni nous voir ni nous sentir.

Et pourquoi donc ? Etait-ce un enchantement ? Quelle sorte de pouvoir Hennessy possédait-il donc ?

— Qu'est-ce que vous faites ici ? demanda la sorcière blonde au psychiatre.

Elle est si belle, dit Caleb. *Et nous nous aimons, je crois. Aden, il faut qu'on lui parle. S'il te plaît.*

Chut ! ordonna Aden en pensée, sans être certain que l'âme puisse l'entendre. *Tu veux vraiment que nous alertions Jennifer de notre présence ?*

Ce n'est pas le moment de discuter, Caleb, renchérit Elijah, qui entendait peut-être les pensées d'Aden.

Avec vous, ce n'est jamais le bon moment.

— Ce que je fais ici ? reprit le Dr Hennessy d'une voix différente, plus féminine. Mais la même chose que vous, j'en suis certain. Toi aussi, Marie, tu as senti cette explosion de pouvoir magique. Et l'appel qui a suivi.

Marie. Encore un nouveau nom. Cette conversation devait avoir eu lieu quand les sorcières venaient juste d'arriver en Oklahoma, alors qu'elles ne savaient pas encore qu'Aden était la source de cet « appel ».

— Oui, dit Marie, nous l'avons senti. Et tu prétends que vous ne l'avez pas causé ? Que vous n'avez pas cherché à nous attirer dans un piège ?

— C'est exactement ce que je dis, oui. Nous sommes alliés, d'accord ? A moins que vous ne cherchiez vous-même à nous piéger ? J'ai bien l'impression qu'il y a de la magie noire là-dessous.

— Tu sais très bien que les sorcières ne se mêlent pas de magie noire.

— Dans ce cas, nous sommes toujours alliés.

La tension retomba. Puis Marie reprit :

— Très bien. D'un autre côté, je suppose que tu n'as pas provoqué cette rencontre uniquement pour t'assurer que nos deux peuples étaient toujours en bons termes. Au fait, est-ce que tu pourrais quitter ce masque ? Tu es vraiment hideuse, et j'ai du mal à te regarder.

Le Dr Hennessy s'interposa.

— C'est un subterfuge nécessaire.

— Avec les humains, sans doute, mais pas avec nous. Je t'en prie.

— Soit.

Une lumière blanche sembla alors s'allumer sous la peau du médecin ; elle devint de plus en plus intense, avant d'exploser dans une gerbe d'étincelles. Quand celle-ci se dissipa, Aden en resta bouche bée : devant lui se tenait… Mlle Brendal.

Ainsi, Hennessy et Brendal ne faisaient qu'une seule et même personne ?

Est-ce que j'ai bien vu ce que je viens de voir ? demanda Caleb.

Je ne m'en serais jamais douté, souffla Elijah.

Je… je…

Julian ne parvint même pas à articuler ses pensées.

Alors pourquoi Brendal était-elle venue au ranch sous sa propre apparence, après avoir pris celle du Dr Hennessy ? Etait-ce parce que Dan avait parlé de trouver un nouveau psychiatre ? Sans doute pas, puisque l'invitation à dîner avait été lancée avant que la décision ne soit prise. C'était… c'était vraiment bizarre. Il — elle ! — était un Faé. Une Faé. Une fée, quoi.

— C'est mieux comme ça, dit Marie. Merci.

Brendal chassa d'un geste ces remerciements. Puis elle dévisagea Aden avec une expression agacée.

— D'accord, je suis belle, mais ce n'est pas une raison pour me fixer avec des yeux de merlan frit.

Confus, Aden s'excusa. Il portait des sandalettes, et il vit que l'ourlet de sa robe cachait des ongles de pieds peints en vert fluo.

Marie lui secoua l'épaule et il releva la tête. Elle le regardait d'un air courroucé, qui semblait dire : « Mais qu'est-ce qu'il t'arrive ? »

— Revenons à cet appel ; qu'avez-vous l'intention de faire ? demanda Brendal.

— Dis-nous d'abord quel est ton propre plan.

Brendal haussa les épaules avec dédain.

— Nous devons d'abord identifier la source du Chant. Est-ce un humain ? Un artefact créé par les humains ? Quelque chose qui vient d'être déterré ?

Tout en continuant de marcher d'un pas assuré, elle ferma les yeux et inspira profondément.

— Quoi que ce soit, nous en sommes très proches. Je peux le sentir plus fortement que jamais.

A ces mots, Aden sentit la tension monter en lui.

— Moi aussi, confirma Marie.

— Et moi aussi, s'empressa-t-il de répéter en écho, pour donner le change. Quand nous aurons trouvé la source de ce Chant, que ferons-nous du Chanteur ?

— Eh bien, nous nous en débarrasserons, répondit la fée.

— Ne ferions-nous pas mieux de le garder ? suggéra Marie.

Brendal lui lança un regard surpris.

— Et pourquoi ?

A ce moment de la discussion, Aden perçut un bruit dans les buissons, sur sa gauche ; des pas, une course. Soudain, du cœur des fourrés, jaillit une tribu de gobelins. Leurs courtes jambes fouettèrent le sol à une vitesse inimaginable. Des sourires diaboliques fendaient leur face, et ils étaient tout barbouillés de sang. A croire qu'ils se livraient à un jeu ! Derrière eux, deux loups ; à leurs trousses. Qui s'élancèrent et les clouèrent au sol, face la première. Une seconde plus tard, des cris suraigus retentirent, en même temps que des claquements de crocs et des grognements.

Puis le silence.

Comme l'avait promis Brendal, ni les gobelins ni les loups n'avaient remarqué leur présence.

Aden, lui, contemplait la scène, horrifié. Pourquoi tant de violence ? Certes, les loups agissaient pour le bien de tous, et notamment pour protéger les humains, mais…

Et Brendal et Marie qui continuaient d'avancer sans paraître concernées le moins du monde. Quand elles réalisèrent qu'Aden était resté en arrière, cloué de stupeur par la scène, elles ne dissimulèrent pas leur irritation, et Marie lui fit signe de les rejoindre. Alors, vite, il revint à leur hauteur, et reprit la marche avec elles.

— C'est une chance rare qui s'offre à nous, reprit Marie comme si leur conversation n'avait jamais été interrompue. Si c'est bien un humain qui nous appelle, et non pas un objet ou un artefact — et je crois que c'est le cas, dans la mesure où la source de l'appel semble se déplacer de façon régulière selon les moments de la journée —, c'est une grande chance pour nous. Nous pourrions nous servir de ce pouvoir prodigieux qu'il détient, un pouvoir suffisamment puissant pour aimanter autant de peuples. Car nous n'avons pas été les seules à être appelées ; c'est aussi le cas des vampires et de leurs alliés à fourrure.

» Voyez-vous, dit-elle, poursuivant son raisonnement, si nous capturons ce Chanteur, nous pourrons peut-être utiliser son étrange pouvoir à mener nos ennemis dans un piège. Ainsi débarrassées des vampires et des loups-garous, nous autres sorcières n'aurions plus jamais peur de finir comme banque du sang ou comme armoire à pharmacie ; tandis que vous, les fées, aurez enfin éliminé ces tiques géantes de vampires qui s'accrochent à vos humains.

Des tiques géantes ? Aden sentit ses poings se crisper. Victoria n'était pas une tique.

— Aucune de nos deux espèces n'est connue pour son sens du partage, Marie. Tu le sais comme moi, répondit Brendal. Alors comment pourrions-nous partager cet humain ? Si bien entendu il s'agit vraiment d'un humain.

— Nous pourrions mettre au point un genre de garde alternée. Je crois que tout vaut mieux que détruire une source de pouvoir aussi puissante, qu'il s'agisse d'un homme ou d'un objet.

Très bien. Ainsi, Marie ne voulait pas détruire Aden. C'était bon à savoir, et cela pouvait lui servir.

— Sauf si cette source de pouvoir peut être utilisée contre nous, fit remarquer la fée.

Marie soupira.

— Tu as raison.

— Quoi qu'il en soit, nous n'avons qu'à continuer à le chercher, proposa Brendal. Et nous ferons le point quand nous l'aurons trouvé. En attendant, nous nous tiendrions informées de nos progrès, n'est-ce pas ?

— D'accord, répondit Marie.

Il y eut un silence. Une expectative, plutôt. Puis Brendal jeta un coup d'œil en direction d'Aden.

— Ton apprentie est plutôt silencieuse, non ? Alors quoi, gamine, tu n'as rien dans la tête ? Aucune idée ?

Une fois de plus, Aden se retira précipitamment du

souvenir. Comme il ne trouvait aucune réponse à donner à la fée, et ne voulait pas courir le risque d'altérer le futur, il se hâta donc de s'imaginer à l'abri dans la tête de Jennifer. Mais quand il s'y retrouva, ce fut pour se rendre compte que, cette fois, les écrans de télévision ne flottaient plus librement sur la mer : ils étaient de nouveau enfermés dans des boîtes.

Pourquoi ? S'était-il trahi ? Ou avait-il bel et bien altéré le futur ?

En soupirant, il sortit de son coin sombre.

Qui est là ? demanda immédiatement Jennifer.

Sans répondre, Aden tendit un bras, puis l'autre, pour sortir de son corps. Membre après membre, il s'en extirpa péniblement, et se retrouva debout devant elle, hors d'haleine et tremblant. Les jambes lui manquèrent et il dut s'agenouiller. Posséder quelqu'un l'affaiblissait toujours un peu, mais jamais aussi fort. Sans doute était-il resté trop longtemps dans le corps de la sorcière.

Qu'est-ce que tu m'as fait ? cria Jennifer. C'est à cause de toi, toutes ces absences, hein ? Je viens juste d'en avoir une. Réponds-moi !

Des « absences ». Voilà comment elle avait ressenti son intrusion. Il avait donc bel et bien changé le futur en visitant le passé. D'où les conséquentes présentes. Voilà pourquoi la sorcière était inquiète et se demandait ce qu'il lui avait fait.

Elle est en vie et en bonne santé, dit Caleb. *Beau boulot, équipe Aden !*

— Quel soulagement !

C'était Victoria qui venait de le rejoindre. Il sentait son souffle et, comme d'habitude, la chaleur régénératrice du corps de la princesse se transmit au sien. Elle le prit dans ses bras.

— Nous avons cru que tu ne reviendrais jamais !

— Combien de temps est-ce que j'ai passé là-dedans ?

— Presque six heures.

Tant que ça ? Aden fut stupéfait. Le soleil était en train de se coucher. Il leur restait très peu de temps.

— Aide-moi à me mettre debout, ordonna-t-il précipitamment.

Elle se redressa et le prit par le bras. Décidément, malgré son apparente fragilité, elle était d'une très grande force. Elle le soutint par la taille pendant qu'ils quittaient la pièce, abandonnant sur sa chaise la sorcière qui n'en finissait pas de hurler de rage. Ils passèrent dans le couloir, puis dans la pièce adjacente. Personne n'occupait plus le canapé et la chaise.

— Où est Riley ? s'enquit Aden.

— Lui et Mary Ann sont allés chercher de quoi manger, répondit Victoria.

Ils s'assirent.

— As-tu appris quelque chose, Aden ?

— Rien qui soit en rapport avec l'assemblée des sorcières.

De déception, Victoria soupira. Le dépit se peignit sur son visage.

— Et quoi d'autre, alors ?

— Que je suis dans une situation encore plus délicate que ce que je croyais. Non seulement le Dr Hennessy m'a hypnotisé et tatoué pour me manipuler mentalement, mais je me suis rendu compte que, en réalité, il est une femme. Une fée, plus précisément. Sympa, non ?

Et elle travaille main dans la main avec les sorcières ; toutes ensemble, elles projettent de se servir de moi pour attirer les vampires et les loups-garous dans un piège afin d'éliminer les deux espèces d'un seul coup.

— C'est très présomptueux. Deux espèces…

— Je me demande pourquoi elles ne m'ont pas enlevé depuis… Les sorcières et les fées savent que je suis le Chanteur, et elles ont eu plusieurs opportunités.

— Peut-être y renoncent-elles parce que tu es protégé par les vampires et les loups-garous ?

— Peut-être, effectivement.

— Quoi qu'il en soit, qu'allons-nous faire, concernant la réunion ?

J'ai une idée d'enfer ! lança alors Caleb. *La meilleure que tu aies jamais entendue, sans me vanter !*

Elijah grogna. *Je sais ce que tu vas dire. Ne l'écoute pas, Aden.*

Là, je suis franchement inquiet, dit Julian d'une voix blanche.

Caleb exposa les grandes lignes de son plan. Une fois qu'il en eut terminé, ce fut au tour d'Aden de grogner. Bien entendu, parce qu'il aimait les sorcières et pensait davantage avec ses hormones qu'avec sa tête, Caleb trouvait son idée géniale. Ce qui n'était pas le cas. Pourtant, faute de meilleure alternative pour libérer ses amis du sortilège de mort, Aden songea à s'y rallier.

— O.K., je vais me rendre, déclara-t-il.

Caleb l'encouragea moralement.

Je te l'avais dit, c'est la meilleure solution !

Victoria sursauta de surprise et s'opposa immédiatement.

— C'est dangereux et insensé ! C'est...

— ... la seule solution. Je suis le seul qui doive assister à la réunion. Si nous faisons semblant de libérer Jennifer, nous pourrons...

— Qui est Jennifer ? coupa Victoria avec une pointe de colère dans la voix.

— Notre délicieuse otage, répondit-il en désignant la porte d'un coup de menton. Selon toute vraisemblance, si nous la libérons, elle va essayer de me capturer, moi, et de me livrer à ses amies. Du coup, je serai avec elles. Elles me poseront des questions. On peut considérer ça comme une assemblée, d'accord ?

Pensive, Victoria se mordilla la lèvre, avant d'objecter :

— Elles peuvent décider de te détruire, quels que soient ton pouvoir et tes origines.

C'était un risque qu'Aden était prêt à courir. Pour elle. Pour les autres. Il se pencha vers elle et lui prit le menton entre ses mains. Comme toujours, sa peau était chaude et douce, si douce.

— Nous n'avons plus le temps de chercher une alternative.

Et mon idée est carrément géniale, mais bon, pas la peine d'en rajouter, susurra Caleb.

Sous l'influence d'Aden, Victoria se détendit et soupira :

— D'accord, mais l'idée que tu risques ta vie m'est insupportable. Je vais me débrouiller pour qu'elle me capture aussi, comme ça...

Il secoua la tête.

— Tu sais très bien que les vampires et les sorcières forment un cocktail explosif. Je suis désolé de te dire ça, mais je crois qu'elles s'empareront plus facilement de moi si tu n'es pas là. Et il nous faut agir avant que Riley ne revienne.

En effet, le loup-garou se montrait si protecteur envers son roi qu'il exigerait sans aucun doute de l'accompagner. Si tant est que, au départ, il accepte qu'Aden se lance dans pareille aventure.

Mais plus encore, Aden gardait à la mémoire la conversation dont il venait d'être le témoin. Les sorcières et les fées voulaient détruire les vampires et les loups-garous. Hors de question qu'il laisse Victoria et Riley devenir leurs premières victimes.

— Tu es le roi, dit Victoria en s'agrippant à lui, aussi je n'ai pas le droit de chercher à te dissuader de suivre ton idée, mais il faut que…

— Non, je ne suis pas ton roi, répondit-il. Je suis le garçon qui t'aime.

— Et je veux que ce garçon reste en vie.

Sa voix était devenue tellement suppliante qu'Aden se sentit faiblir.

— Je vais mourir sous peu, nous le savons tous les deux.

Il saisit les mains de Victoria, crispées sur les revers de sa chemise, et les glissa sous le tissu, pour les poser juste sur les blessures de son torse. Dans la vision d'Elijah, il y avait des cicatrices à cet endroit. Les blessures étaient déjà bien refermées, et elles auraient bientôt l'aspect qu'il avait vu. Alors, il mourrait.

Toutefois, il n'avait pas peur. En tout cas, il refusait de laisser voir sa peur à Victoria. Tout ce qu'il voulait lui montrer, c'était sa volonté de faire ce qui était en son pouvoir pour sauver ses amis.

— Il y a une différence entre savoir que tu vas bientôt mourir et te jeter dans la gueule du loup, fit remarquer la princesse.

— Ecoute... Pour l'instant, ces blessures sont à peine refermées, elles n'ont pas l'aspect de cicatrices. Pas encore. Ceci signifie qu'il me reste un peu de temps. Ce ne sont pas les sorcières qui me tueront.

C'était un mensonge. Elles pouvaient le garder prisonnier pendant des semaines, voire des mois — en tout cas assez de temps pour que les blessures se referment complètement et ne laissent que des traces — puis le tuer.

Victoria soupira à ces mots ; elle venait de rendre les armes et acceptait son projet.

— Si tu dois faire ça, dit-elle alors, il te faut davantage de protections. Je l'exige. Et ce n'est pas négociable.

— Tu as raison de ne pas vouloir négocier, mon amour. Parce qu'il n'y a rien à discuter : nous ne me tatouerons pas ; nous n'avons pas de temps pour cela.

— Tu veux dire, s'exclama-t-elle, révoltée, que je suis censée te laisser partir avec la sorcière et ne rien faire, à part prier pour que tout se passe bien ?

C'était exactement cela...

— Est-ce que tu voudras bien t'assurer que personne au ranch ne remarque mon absence ?

Le visage de Victoria s'assombrit encore, mais elle hocha la tête.

— Merci, ma princesse. Oh, et au cas où tu l'aurais oublié : je t'aime.

Et il l'embrassa, se délectant du goût de sa bouche comme si c'était la dernière fois.

Ce qui était peut-être le cas.

Elle enfouit les mains dans sa chevelure et approfondit leur baiser, qui devint intense. Etait-ce un goût de sang, qu'il sentait à présent ? Avait-il accidentellement écorché sa langue sur les dents de sa princesse vampire ? Quoi qu'il en soit, même cela ne refroidissait pas ses ardeurs. Au contraire, ils restèrent longuement ainsi, dans les bras l'un de l'autre, s'embrassant à perdre haleine pendant que les âmes faisaient silence.

Le bruit d'une porte qu'on ouvre finit cependant par les interrompre. Dans la pièce, des pas résonnèrent…

Les deux frères de Riley ! Ils se tenaient devant eux, narquois. Un peu confus, Aden se sépara de Victoria, tout aussi gênée que lui. Il sauta sur ses pieds, s'aperçut que ses jambes étaient encore faibles, mais parvint à contrôler leur tremblement. Victoria se leva à son tour, remettant un peu d'ordre dans sa tenue.

— Salut, lança-t-elle avec autant de désinvolture qu'elle le put.

— Franchement, Nathan, qui aurait pu parier qu'on verrait un jour notre Victoria rouler une pelle à un garçon ? lança Maxwell.

Celui-ci se mit à rire.

— Ce n'était pas une pelle. Ça tenait plutôt du décapage intensif.

Aden sentit ses joues s'enflammer.

— C'est bon, laissez tomber, dit-il.

Puis, enlaçant Victoria pour une dernière étreinte, il lui murmura à l'oreille :

— Détourne leur attention, et je m'enfuirai avec Jennifer.

Elle l'embrassa sur la tempe avant de reculer d'un pas, tout en gardant les mains sur lui. Lorsqu'elle fut à côté des deux frères de Riley, qui souriaient toujours comme des imbéciles, elle dit à Maxwell :

— Prends ma main.

— Pourquoi ? Tu veux recommencer l'opération roulage de patins ? Je suis ton homme, poupée.

Et, en riant, il saisit sa main tendue.

Instantanément, tous deux disparurent. Maxwell demeura planté là, stupéfait, à regarder autour de lui. Puis Victoria réapparut, seule, et saisit le bras du garçon avant qu'il ait pu dire un mot. Nouvelle disparition.

Maintenant ! ordonna Caleb alors qu'Aden était seul dans la pièce. *Il faut agir maintenant.*

Aden, commença Elijah, *peut-être qu'on devrait prendre le temps de réfléchir à tout ça ?…*

— Ce n'est plus le moment de penser. Du temps, on n'en a plus. Je le fais, point barre.

Redressant la tête, il se posta devant la porte de la pièce où la sorcière était enfermée ; puis il prit une profonde inspiration et tourna la poignée.

27

Mary Ann regardait Riley. Un Riley fou de rage, presque écumant, qui faisait les cent pas devant elle. Elle se trouvait de nouveau dans la chambre du loup-garou, au manoir, assise sur son lit — auquel elle ne pouvait songer sans l'associer à un moment de douceur et de tendresse. La porte était close et l'on entendait des pas dans le couloir. Personne n'oserait entrer, en ce moment, même si elle se mettait à hurler — ce qu'elle ne ferait pas, bien entendu. Mais, à vrai dire, elle aurait préféré ne pas être seule avec Riley, pour une fois, car la colère qui l'animait le rendait un peu effrayant.

— Aide-moi à récapituler, fit-il d'une voix soudain étrangement mesurée mais incrédule. Tucker était dans les bois, devant la cabane. Tu l'as vu. Il t'a fait signe. Et toi… toi, tu y es allée. Vraiment ?

— C'est ça.

— Tu lui as parlé.

— Oui.

— C'est-à-dire que tu t'es retrouvée à portée de sa main. Et qu'il aurait pu te toucher.

— Il ne me ferait pas de mal, jamais. Pas physiquement, en tout cas, s'empressa-t-elle d'ajouter avant que Riley ne lui rappelle toute l'angoisse que lui avait inspirée Tucker et toutes les larmes qu'elle avait versées sur lui.

— Tu ne sais pas de quoi il est capable, Mary Ann. C'est un démon.

— Une moitié de démon, corrigea-t-elle.

Elle aurait pu ajouter : et le père du bébé de sa meilleure amie. S'il se décidait à aider Penny et à entrer dans la vie de l'enfant, alors il ferait également partie de la vie de Mary Ann, puisqu'elle avait bien l'intention d'être là pour son amie. Autant que Riley le sache dès maintenant, que ce soit bien clair pour lui, et qu'il s'y fasse.

— Il est toujours calme quand il est près de moi. Et tu le sais.

— Et *ensuite*, poursuivit Riley, poursuivant son raisonnement comme si elle n'était pas intervenue, tu as attendu plusieurs heures pour me raconter tout ça.

— Encore une fois, oui.

Elle avait laissé à Tucker du temps pour s'enfuir. Riley était un loup-garou, c'est-à-dire un expert de la traque, et il aurait pu le retrouver sans difficulté. Alors, ils se seraient battus.

Sauf que, franchement, il n'y avait plus de temps à perdre en bagarres.

Aussi, quand elle avait été certaine qu'un laps de temps assez long s'était écoulé, elle avait inventé une excuse, pour Victoria, et avait entraîné Riley dehors, où elle lui avait tout avoué. Et au lieu de lui être reconnaissant des informations qu'elle daignait lui donner, il l'avait traînée ici pour la tancer à loisir.

— Je me demande bien pourquoi j'essaie de te protéger

en permanence, alors que tout ce que tu sais faire, c'est te mettre en danger ! s'exclama-t-il sans décolérer.

— Parce que tu m'aimes bien, non ?

C'était vrai — au moins tant qu'ils n'en auraient pas terminé avec les sorcières. Après cela, ils auraient de vrais problèmes à régler. Ou pas, d'ailleurs. Comme de se quitter.

A cette pensée, Mary Ann sentit une boule se former dans sa gorge.

Riley cessa de marcher de long en large et poussa un profond soupir, comme si la colère l'abandonnait tout à coup.

— Tu as raison. Je t'aime bien. Même si, à certains moments, comme maintenant, je me demande bien pourquoi. Allez, dis-moi encore ce que Tucker a raconté au sujet de Vlad.

Cela, c'était facile.

— Il a dit que l'Empaleur est en vie et bien portant, qu'il habite une crypte, derrière ce manoir. Il a dit que l'Empaleur lui a ordonné de nous épier et de lui rapporter nos faits et gestes. Et que ce fou est furieux à l'idée que quelqu'un d'autre commande son peuple.

— Il est totalement impossible qu'il ait survécu à un empoisonnement de tout son corps par la *je-la-nune*. Personne n'aurait pu y survivre !

— Qu'en sais-tu ?

— J'en ai vu d'autres mourir de cette façon.

Cette lueur dans ses yeux verts, était-ce… de la culpabilité ? Avait-il lui-même tué des créatures avec la *je-la-nune* ? Mary Ann aurait dû en être révoltée… Le fait qu'elle n'éprouve rien de tel prouvait à quel point elle avait désormais accepté les règles de l'outre-monde.

— Peut-être Vlad a-t-il guéri. Tu m'as dit toi-même qu'il était le plus fort d'entre vous tous et que son peuple fondait l'espoir qu'il revienne à la vie. C'est vrai, souviens-toi. C'est même la raison pour laquelle Aden n'a pas été officiellement couronné.

Perplexe, Riley se mit à réfléchir à haute voix :

— Si Vlad était vivant, il serait venu nous trouver. A moins qu'il ne soit vraiment trop faible ?… Non. Il n'aurait pas envoyé un gosse, pour nous espionner. Et puis, rappelle-toi : en plus d'être brûlé, Vlad a reçu un pieu en plein cœur. Affaibli, à ce point, je ne vois pas comment il a pu se remettre.

Il marqua une pause avant d'ajouter :

— Bon sang ! J'ai peine à croire que j'évoque le sujet avec une humaine. Vlad a tué pour moins que ça.

— Mais ce n'est plus lui qui règne. Et je suis certaine que votre nouveau chef te recommanderait de me confier ce que je veux savoir. Alors, je reviens à ce que tu disais : Vlad serait mort d'une blessure causée par un pieu, planté en plein cœur. La peau des vampires n'est pourtant pas facile à transpercer…

Riley hésita.

— Tu m'as entendu dire à Aden que, quand on voulait tatouer des protections sur les vampires, on devait d'abord préparer les aiguilles avec un peu de *je-la-nune,* oui ? C'est ce qui permet à l'encre de pénétrer. C'est la même chose lorsque tu veux empaler quelqu'un : tu trempes ta lame dans la *je-la-nune,* et tu transperces le cœur. Le poison fait fondre la peau et infecte l'organe.

— Même chez un être particulièrement résistant ?

De nouveau, Riley se tut, l'air pensif, anxieux. Finalement, il soupira et tendit la main vers Mary Ann :

— Il n'y a qu'une seule façon de vérifier.

Quoi ? Pas question !

— Ne compte pas que je t'accompagne ! s'écria-t-elle.

— Impossible que tu t'en dispenses. Il faut que nous allions inspecter la crypte ensemble.

Les yeux de Mary Ann s'écarquillèrent.

— Je te rappelle que, selon tes propres termes, je ne suis pas censée me mettre en danger…

— J'ai besoin d'un partenaire, et tu es tout à fait capable de jouer ce rôle. Allez, on y va, lui ordonna-t-il en l'invitant de nouveau du geste. Ensuite, on retournera à la cabane et on verra si Aden en a fini avec le corps de la sorcière et s'il a appris quelque chose.

Et si ce n'était pas le cas ? Mary Ann se retint de poser la question. Le temps s'écoulait sans que la moindre solution soit en vue ; elle ne savait plus comment repousser la panique qui la gagnait. Alors, tout compte fait, pourquoi ne pas agir, plutôt que subir, et rendre visite à Vlad — ce cher Empaleur, dont le passe-temps préféré avait consisté, à une certaine époque, à collectionner les têtes humaines pour les empaler sur des piques comme des olives sur un cure-dents ?

Malgré les frissons qui la traversaient, elle s'obligea à saisir la main de Riley. Pourquoi, au juste, tenait-il tant à ce qu'elle vienne avec lui ? Il voulait un partenaire, lui avait-il, mais était-ce la véritable raison, ou bien une simple flatterie, maladroite, de la part d'un garçon aux instincts protecteurs ? Ou encore, Riley cherchait-il à lui prouver que Tucker avait menti en affirmant que Vlad vivait toujours ?

Elle n'eut pas le temps de réfléchir davantage. Riley l'enveloppa délicatement d'un manteau, et lui dit :

— Reste derrière moi, quoi qu'il arrive, et fais ce que je te demande. D'accord ?

— D'accord. Je ne suis pas irresponsable, tu sais.

— On discutera de cela plus tard.

Ils gagnèrent le couloir. Passer de la chambre de Riley au gigantesque hall noir du manoir était choquant, mais Mary Ann s'accoutuma vite. Les murs tendus de noir, les boiseries sombres, les scènes sanglantes des tapisseries et les motifs mystérieux des protections — tout contribuait à créer une atmosphère lugubre.

— Est-ce que tu crois que Tucker a l'intention de nous tendre un piège ?

Au moment même où elle posait la question, la réponse vint d'elle-même. Si Riley avait cru cela possible, il aurait refusé de l'emmener avec lui. Sauf, bien entendu, s'il voulait faire la démonstration des mauvaises intentions de Tucker.

— Laisse tomber, dit-elle. En fait, pas la peine de répondre. Contente-toi de m'écouter. JE VEUX VIVRE. Je veux sortir de cette aventure. Je refuse de faire quoi que ce soit qui me mette en danger sauf si c'est absolument nécessaire.

— Très bien. Moi aussi, je veux que tu t'en sortes vivante.

Au coin du couloir, devant eux, apparurent soudain deux vampires. Deux filles. Deux beautés. Elles ralentirent le pas et laissèrent traîner sur Riley des regards appuyés. Très appuyés ; elles le dévoraient des yeux ! Au lycée, cela arrivait aussi tout le temps avec les humaines. Riley était tout simplement trop beau pour être vrai.

Il les salua. Elles durent croire qu'il les invitait à bavarder car elles se ruèrent littéralement sur lui, sans le moindre regard pour Mary Ann.

— Salut, Riley, lança la plus brune des deux d'une voix un peu trop familière.

L'autre, une rousse, ne dit pas un mot, mais battit des paupières en minaudant.

Je ne suis ni jalouse, ni en colère. Vraiment pas, se répéta Mary Ann. De toute façon, sa relation avec Riley était mourante. Pourtant, en ce moment même, elle rêvait de planter un pieu dans de la *je-la-nune.*

— Nous sommes pressés, les filles.

La brune leur barra le passage.

— Pas si vite, mon loup. J'ai un sujet important à discuter avec toi.

— *Draven,* soupira Riley, pas maintenant, s'il te plaît.

Draven. Plutôt mauvais genre, comme nom. Et qui allait comme un gant à celle qui le portait. Traits délicats, presque angéliques, mais yeux pervers. Une sorte d'intelligence froide et calculatrice.

— Ça ne prendra qu'une seconde, insista-t-elle. Et franchement, c'est toi qui perds du temps, maintenant. Tu m'écoutes ?

Il acquiesça avec raideur, et Mary Ann sentit qu'il serrait plus fort sa main.

— De quoi veux-tu me parler ?

Elle redressa le menton, hautaine et sûre d'elle :

— Comme tu le sais, je fais partie des prétendantes qui ont été choisies pour séduire le nouveau roi.

Riley acquiesça de nouveau, avec plus d'inquiétude.

— En revanche, ce que tu ignores sans doute, c'est que j'ai lancé un défi.

— Tu veux devenir notre souveraine à la place d'Aden, c'est ça ? demanda Riley dans un grand rire moqueur. Alors, bonne chance ! Maintenant, si tu veux bien nous laisser passer…

— Détrompe-toi, reprit-elle avec un sourire où ne perçait pas la moindre trace d'humour. J'ai présenté mon défi devant le Conseil. Je défie Victoria pour les droits qu'elle a sur Haden Stone.

Fureur et stupeur se peignirent sur les traits de Riley.

— Tout le monde a le droit de lancer des défis, reprit Draven, plus méprisante que jamais. Et tu connais la règle : si l'opposant ne relève pas le défi, alors celui qui l'a lancé est déclaré vainqueur et emporte ce qu'il demandait.

— En tant que protecteur de la princesse, gronda Riley, je me sens concerné par ce défi ; et je l'accepte. C'est moi qui me battrai contre toi, dès que…

Draven éclata de rire.

— Allons ! Notre loi exige que *Victoria* elle-même relève mon défi ; c'est donc elle qui se battra avec moi. Et toi, tout protecteur que tu sois, tu n'as pas le droit d'intervenir.

Riley serra les dents. Une veine palpita sur sa tempe. Draven ignorait-elle qu'elle s'avançait là dans une zone dangereuse ? En tout cas, elle ne semblait pas s'en soucier le moins du monde.

— Aden changera cette loi, affirma le loup-garou.

— Il est possible qu'il le fasse. Mais ce sera après que mon défi aura été relevé. Faute de quoi tout le monde saura que j'ai réclamé un duel et que Victoria s'est défilée. Ce qui veut dire qu'Aden m'appartiendra et que Victoria sera condamnée par tout notre peuple.

Condamnée ? Quel sens cela pouvait-il avoir, chez les vampires ? Mary Ann aurait voulu poser la question, mais elle tint sa langue. Parce que l'étiquette n'avait peut-être pas prévu comment exiger d'une garce qu'elle s'explique. Et parce que Riley, dont les colères pouvaient être terribles, exsudait littéralement la rage.

— Je lui transmettrai ta demande, siffla-t-il entre ses dents. Et elle acceptera. Le duel aura lieu dans le courant de la semaine prochaine.

Pour la première fois, Draven parut dépitée.

— Je veux qu'il se déroule aujourd'hui même.

— Non. Tu devras attendre la semaine prochaine. Si tu refuses, tu seras considérée comme ayant retiré ton défi. Le roi seul peut choisir la date du duel, et il voudra être présent. Cela, j'en suis tout à fait sûr. Or, il n'est pas disponible avant la semaine prochaine.

— Très bien. J'accepte ces conditions.

Draven affichait une satisfaction égale à la colère de Riley. Elle lança un regard plein de morgue à Mary Ann, puis lança :

— A très bientôt !

Sur ce, les deux vampires s'éloignèrent d'un pas léger, bavardant et riant sous cape, comme si ce qui venait de se passer était un événement sans conséquence et non la mise en place d'une bombe à retardement.

— Est-ce que Victoria est une bonne combattante ? demanda Mary Ann à Riley quand ils se furent remis en route.

— Oui. Je l'ai formée moi-même.

— Et Draven ?

— Aussi. Malheureusement. Elle aussi, c'est moi qui l'ai formée.

— Et laquelle des deux est la meilleure ?

Riley se crispa ; Mary Ann en tira la conclusion qui s'imposait : Draven était la meilleure.

Elle sentit son estomac chavirer.

— Que se passera-t-il si Draven l'emporte ? Qu'arrivera-t-il à Aden ? Et à Victoria ?

— Ce ne sera pas un combat à mort. Elles se battront seulement jusqu'à la capitulation de l'une d'elles. Et la gagnante remportera Aden. Il lui appartiendra.

— Appartenir ? Mais il est roi !

— Il est aussi humain ; c'est le paradoxe dont joue Draven. Nos lois considèrent les humains comme des esclaves de sang. On peut échanger et posséder ces esclaves. Aden pourra annuler cette loi, évidemment, mais Draven a raison : il est impossible d'agir avant que le défi de Draven soit relevé. Dans le cas contraire, Victoria donnerait l'impression d'être une faible.

— Du coup, elle serait condamnée, si j'ai bien compris. C'est-à-dire ?

— Tout le monde verra en elle un défi facile. On se mettra à la provoquer pour s'approprier tout ce qu'elle peut posséder. Eternellement. En tout cas, jusqu'à ce qu'elle soit obligée de quitter le groupe et de vivre à l'écart.

— Et si Draven perd ? Sera-t-elle, elle aussi, pénalisée et affaiblie ?

— Sa vie appartiendra à Victoria. Elle sera sa propriété. C'est bien pourquoi on assiste rarement à ce genre de défi : il n'y a pas grand monde pour prendre de tels risques.

Donc, Draven était certaine de son succès.

— A présent, dépêchons-nous, ordonna Riley. Nous avons une tâche à accomplir.

Et ils dévalèrent le grand escalier à révolution.

Sur leur chemin, ils croisèrent d'autres vampires, eux aussi par groupes de deux ou trois ; tous n'avaient qu'un seul sujet de conversation aux lèvres : Aden et la façon dont il avait dompté les bêtes. Ils étaient visiblement abasourdis et effrayés. Heureusement, toutefois, plus personne n'arrêta Riley pour lui parler.

Dehors, depuis le matin, l'air s'était refroidi ; une brume glaciale était tombée qui trempa aussitôt les cheveux de Mary Ann. Dieu merci, la générosité de Riley, qui lui avait fourni un manteau, la protégeait du pire. Riley, quant à lui, semblait indifférent au temps qu'il faisait. Il ne portait pas de veste, juste un T-shirt à manches courtes, et ne frissonnait pas pour autant.

Dans le parc du manoir, on ne voyait ni vampires ni loups-garous. Faisait-il trop froid, trop humide pour eux ? Etaient-ils occupés à autre chose ? D'ailleurs, que faisaient-ils, en général, pendant la journée ?

Peut-être qu'elle ne le saurait jamais.

Tu te souviens ? Il vaut mieux éviter d'avoir ce genre de pensées.

Mary Ann soupira. Décidément, l'idée de passer son

dernier jour sur cette Terre — peut-être — à explorer une crypte, pour y chercher un souverain vampire dont on ne savait s'il était vivant ou mort, ne la réjouissait pas. Pas plus que de traquer des sorcières. Elle aurait préféré, et de loin, se retrouver de nouveau seule dans un lit avec Riley. Ou encore rentrer chez elle, revoir son père et le serrer très fort dans ses bras. Victoria avait bien convaincu celui-ci qu'il avait vu sa fille au cours des dernières heures, mais c'était une illusion ; et il manquait terriblement à Mary Ann. Alors, si Aden ne progressait pas, de son côté, avec la sorcière, elle rentrerait chez elle. C'était ce qu'elle ferait.

— Tu ne vas pas mourir demain, dit Riley comme s'il avait lu dans ses pensées.

— Comment est-ce que tu... ? Oh, laisse tomber.

Pas ses pensées — son aura.

Il venait de s'arrêter au centre d'un cercle de béton. Il plaça ses pieds dans... des encoches creusées à même le sol ? Oui, c'était bien ça. Puis il attira Mary Ann tout contre lui, dans sa chaleur communicative et douce, au creux de ses bras puissants.

Là, soudain, le sol commença à bouger sous leurs pieds.

— N'aie pas peur, je te tiens, dit-il doucement. Dans quelques secondes, nous allons nous mettre à tourner et à descendre. Accroche-toi à moi.

Effrayée, elle se rappela les tourniquets et les toboggans de son enfance.

— Doucement, je te le promets.

Effectivement, ils se mirent à tourner sur eux-mêmes, lentement, et à descendre, lentement, dans le vaste gouffre qui se révéla lorsque la plateforme de béton — ou de métal ? elle n'aurait su le dire — changea de position. Plus ils descendaient, plus l'odeur de moisissure et de... Elle fronça le nez pour renifler... De vieilles pièces de métal envahissaient l'air autour d'eux.

— Cette odeur... J'aurais parié... Incroyable. Ça sent la mort. Le cadavre humain, précisa Riley.

Et il conclut gravement :

— Des morts très récents.

Avec une grande délicatesse, mais très rapidement, il fit passer Mary Ann derrière lui ; elle eut pourtant le temps d'apercevoir les griffes qui venaient de surgir au bout de ses doigts. Il se préparait à l'attaque.

— Il est trop tard pour te faire remonter, Mary Ann. Alors quand nous atteindrons le sol, je vais te pousser de côté, contre un mur. Ce sera l'obscurité totale ; tu ne verras rien. Donc, tu ne dois pas bouger, d'accord ? Ne te déplace pas.

— Mais toi, tu peux y voir ? demanda-t-elle d'une voix affolée.

— Oui.

Dès que la plate-forme toucha le sol, secouant Mary Ann, les fondations de la crypte tremblèrent et les ténèbres dont avait parlé Riley tombèrent instantanément. Mary Ann sentit les mains puissantes du garçon se refermer sur sa taille, puis la repousser jusqu'à ce que son dos rencontre une surface dure et froide. Ensuite, le contact rassurant des mains s'évanouit, et elle se retrouva seule, dans le noir.

Elle entendit des gouttes d'eau, des pas, puis Riley qui jurait à mi-voix. Si Vlad était en vie, oserait-il s'attaquer à l'un des loups-garous les plus en vue ? Tucker l'attendait-il dans l'obscurité, et aurait-il le cran de s'en prendre à lui ? Tucker avait toujours eu un tempérament violent et la retenue dont il faisait preuve à l'égard de Mary Ann ne s'appliquait sans doute pas à Riley.

A présent, des bruits de pierres ; et une nouvelle salve de jurons proférés par Riley.

— Il est parti, pesta le loup-garou. Vlad est parti. A moins que quelqu'un ait enlevé son cadavre — et, crois-moi, personne ici ne s'y risquerait —, il est sorti par ses propres moyens. Donc, comme te l'a dit Tucker, il compte probablement s'en prendre à Aden.

28

Pendant qu'il conduisait Jennifer à travers la forêt, Aden se préparait mentalement à la suite. Il tentait surtout de se rassurer. *Ça va marcher. Tes amis seront sauvés. Tu vas t'en tirer vivant.*

Les yeux toujours bandés, les mains ligotées dans le dos, la sorcière ne cessait de demander ce qu'il était en train de faire. Jusque-là, il avait ignoré ses questions ; mais, à présent, ils se trouvaient suffisamment loin de la cabane pour ne pas être entendus, même par un loup à l'ouïe hypersensible.

— Ce que je fais ? répondit-il alors sans cesser de marcher. Je te libère.

— Je ne te crois pas !

A la seconde, elle trébucha contre une racine et ne dut qu'à Aden, qui la tenait fermement, de ne pas choir face contre terre.

— Si tu voulais vraiment me libérer, tu couperais la corde. Tu ne risques rien, tu sais. Votre Draineur a absorbé la plus grande partie de mes pouvoirs, et je suis quasiment impuissante.

— Tu as déjà mentionné ce Draineur, mais comme je te l'ai dit, je ne sais pas de quoi tu parles.

Elle eut un rire sans joie.

— C'est ça, oui. Détache-moi, c'est tout ce que je te demande. Nous nous en irons chacun de notre côté et nous ferons semblant de croire que rien de tout cela n'est arrivé.

Allons, donc. Elle n'oublierait jamais. Aden non plus, d'ailleurs.

C'est maintenant ou jamais, lança Caleb avec détermination.

Il a raison. C'est ici, affirma Elijah d'un ton soudain solennel. *Quelque chose va se produire ici, je le sens.*

Aden s'arrêta donc. Jennifer ne s'en rendit pas compte et le percuta ; une nouvelle fois, il la retint juste avant qu'elle ne tombe. Puis, pendant un instant, il resta là, immobile, à percevoir le désespoir qui avait gagné la sorcière. S'il agissait comme il en avait l'intention, elle serait libre.

Mais elle n'aurait qu'une envie : se venger de ceux qui l'avaient enlevée et séquestrée. Elle l'emmènerait peut-être directement dans la gueule du loup.

Et il ne pourrait pas revenir en arrière.

Tu n'as pas l'intention de revenir en arrière, de toute façon !

S'armant de courage pour affronter le pouvoir magique de la sorcière, il lui ôta son bandeau puis passa derrière elle et trancha ses liens. Instantanément, elle se tourna vers lui, comme une furie. Il se mit en garde, s'attendant à un sort, ou à un coup. A quelque chose… Mais rien ne vint. Elle se contenta de reculer de quelques pas, clignant des yeux, toute perplexe.

Qu'allait-il faire si elle s'enfuyait ? Si elle se mettait à courir sans l'emporter avec lui ?

— Pourquoi as-tu fait ça ? demanda-t-elle. Tu ne

crois tout de même pas qu'une bonne action de ta part va me pousser à parler ? Que je vais tout te dire sur l'assemblée des sorcières ? Si ? Eh bien, écoute-moi : il n'y aura pas d'assemblée. Pas maintenant que vous avez osé me séquestrer et je ne sais quoi d'autre. C'est comme si tes amis étaient déjà morts, humain ! Bel et bien morts !

Elle lançait les mots comme des couteaux, en direction d'Aden.

Ne l'écoute pas, dit Elijah.

— Tu crois qu'ils vont s'en sortir ?

— Tu ne m'as pas entendue ou quoi ? Je viens juste de te dire le contraire, lança la sorcière.

Je ne veux pas te mentir, Aden, alors ne me pose pas cette question. Tout ce que tu as besoin de savoir, c'est qu'elle va t'emmener avec elle. Ça, je peux te le promettre.

— Mais il faut que je te le demande : est-ce qu'ils vont s'en sortir ?

Jennifer s'emporta.

— Est-ce que tu vas arrêter de poser cette question ?

Ignore ce que dit Elijah et demande pardon à la sorcière, l'exhorta Caleb. *Si tu es gentil avec elle, elle fera tout pour qu'il y ait une réunion. J'en suis certain.*

C'est lui que tu ne dois pas écouter, Ad, dit Julian. *Il est bien trop impliqué avec les sorcières. Il n'est pas objectif.*

Tais-toi ! hurla Caleb.

C'était la première fois qu'Aden entendait autant de colère dans sa voix.

Je sais de quoi je parle.

Cet enchevêtrement d'avis, de suggestions et de suppliques mettait Aden à bout de nerfs.

— Contente-toi de me dire ce que tu sais, Elijah ! s'exclama-t-il.

— Elijah ? Mais qui est Elijah ? demanda Jennifer.

Aden soupira.

Tu te souviens, quand nous étions au conseil des vampires, et que je t'ai parlé de sang et de mort ? Quand j'ai dit ces mots, je ne parlais pas de l'agression que t'ont fait subir les conseillers. Je parlais de ce qui va se passer avec les sorcières. Et tes amis, je les ai vus étendus sur le sol. Tous les trois. Mary Ann, Victoria et Riley, tous les trois couverts de sang.

— Non, supplia Aden. Non, dis-moi que c'est faux.

Je ne te l'ai pas dit à ce moment-là parce que, comme Caleb, tu n'es pas objectif. Tu aurais voulu changer les choses, et ça n'aurait fait qu'aggraver ta situation.

— Mais ça m'est égal, ce qui m'arrive ! Tout ce qui compte, c'est eux, seulement eux !

Jennifer parla de nouveau, mais il ne comprit pas ses paroles ; il était bien trop concentré sur ce que disait Elijah.

Je sais. Mais toi, tu es tout ce qui compte pour moi. Depuis toujours.

Oui, oui ! C'est bien, dit alors Caleb, dont la voix débordait de joie.

Tu veux qu'ils meurent tous, c'est ça ? hurla Julian.

Non ! Regarde !

Aden parvint à s'extraire mentalement de cette horrible conversation — il se sentait désorienté, il tremblait de tous ses membres, son souffle était court et son cœur battait à tout rompre — pour prendre soudain conscience qu'il se trouvait entouré de sorcières. Cela lui fit l'effet d'un choc. Il se retourna, cherchant une issue, mais elles formaient un cercle autour de lui, qui l'emprisonnait. Elles étaient vêtues de leur robe de cérémonie et se tenaient par la main. Elles avancèrent d'un pas, resserrant leur ronde autour d'Aden. Jennifer était là ; un sourire ironique fendait son visage.

Elijah gémit.

— Eh bien, Chanteur, voilà que nous nous retrouvons ! Tu pensais que nous ne parviendrions pas à te débusquer ?

Il reconnut la sorcière blonde, celle qu'il avait également croisée dans les souvenirs de Jennifer. Marie. Elle poursuivit :

— Nous attendions seulement que vous vous décidiez à libérer votre otage de la cabane. Il y avait trop de protections pour que nous puissions nous en approcher suffisamment.

— Bonjour, sorcière, fit Aden avec tout le calme dont il était capable. Alors, comment as-tu fait pour nous trouver ?

— Grâce à la magie, évidemment, répondit Marie sur un ton suffisant. Au cours des derniers mois, notre amie Jennifer s'est comportée bizarrement, d'une façon qui ne lui ressemblait pas. Et chaque fois que je lui ai demandé ce qui venait de se passer, elle n'en avait pas le moindre souvenir. Elle avait des « absences », vois-tu, et nous nous sommes rendu compte que cela se produisait souvent quand nous n'étions pas là pour la protéger. Alors nous avons invoqué un sortilège qui permettait de remonter à la source de ces absences, et nous l'avons dissimulé sur elle sous la forme d'un tatouage.

Il devait s'agir d'un des tatouages que Victoria avait décrits comme « purement esthétique. »

— Vous êtes malignes, commenta-t-il laconiquement.

— Oui, n'est-ce pas ? Et maintenant que j'ai satisfait ta curiosité, à ton tour de répondre à une question.

Il acquiesça simplement. Ce n'était pas le moment de jouer les durs.

Caleb, dans sa tête, semblait aux anges. Il ronronnait presque.

Sa voix… sa voix est si douce !

— A qui étais-tu en train de parler, il y a quelques instants ?

Pour une fois, il n'avait aucune raison de cacher la vérité à ce sujet.

— Je parlais aux trois âmes dans ma tête.

Une expression de confusion se peignit sur le visage de Marie.

— Il y a des gens qui vivent dans ta tête ?

Voilà ! Il tenait sa chance !

— Demande-moi ce que tu veux. Je suis prêt à te répondre devant tout le monde.

S'il ne se trompait pas, cela équivaudrait à une assemblée de sorcières, ce qui voudrait dire que ses amis…

Mais la sorcière se mit à rire.

— Je vois très bien où tu veux en venir. Tu te dis que cela constituerait notre assemblée. Mais j'ai bien peur que non, Chanteur. Pour qu'il y ait une véritable assemblée, il faut que nous l'ayons convoquée. Et comme te l'a dit Jennifer, nous ne tiendrons pas de réunion. Plus maintenant. Tes actes nous ont révélé de quel côté tu te situais, et nous ne te ferons pas ce plaisir.

— Vous allez convoquer cette réunion ! hurla Aden en s'efforçant d'avancer.

Sauf que ses jambes ne lui répondaient plus, comme si ses pieds avaient été collés au sol. « Fichue magie », pesta-t-il intérieurement.

Les yeux pleins de colère, Jennifer intervint dans la conversation :

— Nous aurions mieux fait de tuer immédiatement tes compagnons au lieu de leur jeter un sort, mais nous avons pensé que leur laisser la vie nous permettrait de te contrôler. Il y avait un défaut dans notre raisonnement, un défaut que je ne vois que maintenant : un de tes amis est un Draineur, et les Draineurs doivent être éliminés dès qu'on les repère. Tu as aussi pour ami un loup-garou, et les loups-garous protègent nos pires ennemis ; et tu as également pour amie une vampire, et ce sont les vampires nos pires ennemis. Tous les trois méritent donc de mourir.

— Combien de fois devrai-je le répéter ? Je ne connais aucun Draineur. A vrai dire, je ne sais même pas ce qu'est un Draineur, à moins que vous ne parliez d'un vampire qui suce ses victimes jusqu'à la dernière goutte de son sang. Mais ce n'est pas ce qui s'est produit, si ? Donc, je ne connais pas de Draineur, point final.

Il aurait tout de même dû demander davantage de détails à Victoria sur ce point ; à présent, c'était trop tard, et il s'en voulait.

— Ni le loup-garou ni la princesse vampire ne vous veulent de mal, poursuivit-il. Ils ne s'en sont jamais pris à vous, et ils n'ont pas l'intention de commencer maintenant. Jennifer, dis-le-leur ! On ne t'a pas utilisée comme nourriture.

— Ça suffit ! coupa Marie. D'accord, ils n'ont pas bu son sang. Pas cette fois. N'empêche que, pour ces engeances, nous restons de la drogue, et on ne peut pas faire confiance à des drogués. A présent, silence, humain ! Mes sœurs, je vous propose que nous nous rendions dans un lieu plus… discret.

Aussitôt, l'air fut envahi de leur chant. Aden tenta de discuter avec elles, de les raisonner, mais elles ignorèrent ses tentatives. Bientôt, cela n'eut plus aucune importance : devant ses yeux, le monde se mit à tournoyer, à danser sur un rythme inédit. Lui-même se sentit attiré dans la danse, aspiré en l'air, manipulé comme une marionnette ; les couleurs tourbillonnèrent autour de lui de plus en plus vite avant de s'assombrir, de se dissoudre dans une mer de ténèbres qui le submergeait, l'aveuglait, le brûlait et l'envoyait bouler dans toutes les directions comme s'il avait été pris dans le tambour d'une machine à laver. Dans sa tête, les âmes hurlaient, et leurs clameurs incessantes assourdissaient Aden.

Puis, soudain, il s'arrêta. Les âmes se turent.

Au milieu des ténèbres, de minuscules taches grises apparurent ; bientôt, les couleurs revinrent à leur tour. Ses pieds étaient toujours en contact avec le sol, mais tout le paysage autour de lui avait changé. Il se trouvait à l'intérieur… d'une caverne ? Les murs étaient un mélange de terre, d'argile et de pierre ocre. Quelque part, tout proche, il entendait le bruit d'une cascade, l'eau qui courait et se fracassait sur des rochers ; l'air autour de lui était humide et froid.

Les sorcières, qui faisaient toujours cercle autour de lui, se lâchèrent les mains et se perchèrent sur des promontoires rocheux un peu partout dans la grotte, à l'exception de Marie. Celle-ci resta au même niveau qu'Aden et s'approcha de lui. Un nuage de parfum accompagnait ses mouvements et faisait gémir Caleb de plaisir.

Sans un mot, Marie saisit les mains d'Aden et les lui tint au-dessus de la tête. Il faillit lui faire lâcher prise et dégainer ses poignards, mais il se retint ; s'il voulait que les sorcières coopèrent, il devait éviter de les irriter.

— Qu'est-ce que tu fais ? s'enquit-il avec inquiétude.

— Je prends quelques précautions.

Comme elle parlait, il sentit quelque chose de tiède et de doux qui lui enveloppait les poignets. Surpris, il regarda en l'air. Une longue liane de lierre était descendue du plafond pour venir lui entraver les mains. Il tenta de s'en libérer, mais sans succès ; il redoubla d'efforts. Pourtant, rien n'y fit : le lierre tint bon.

— Nous tirons nos pouvoirs de notre Mère la Nature, expliqua Marie. Tu as bien de la chance de porter des protections, sans quoi nous te ferions souffrir bien davantage.

Alors, elle savait ? Marie se mit à rire :

— Oh oui, je sais que tu es protégé. Et je sais même exactement contre quoi, sans avoir besoin de voir tes tatouages. Toutes les sorcières le peuvent. Nous ressentons la puissance des protections.

Elle recula de quelques pas et, comme les autres, se jucha sur un rocher.

— Quels sont tes plans ? demanda Aden. Qu'est-ce que tu comptes faire de moi ?

— Ça, ce sont tes actions qui vont en décider.

— Allez. Aide-moi un peu. De quelles actions parles-tu ? Qu'est-ce que vous attendez de moi ?

Il les dévisagea toutes les unes après les autres, jusqu'à ce que son regard s'arrête sur la seule qui n'était pas assise sur un rocher, la seule aussi à porter une robe noire. Alors, celle-ci s'approcha, sortant de l'ombre dans laquelle elle s'était tenue jusque-là.

C'était une autre jeune femme blonde — mais ce n'était pas une sorcière.

Son visage était l'incarnation même de la beauté. Elle avait un teint de miel, une peau parfaite qui semblait briller dans l'obscurité, et ses yeux noirs d'ébène lançaient des étincelles. Le simple fait de la regarder donnait à Aden l'envie de se livrer à elle, de lui appartenir, de faire exactement ce qu'elle souhaiterait. Une envie à laquelle, malgré tout le pouvoir qu'elle dégageait, il se garderait bien de céder.

— Bonjour, Aden, dit Brendal d'une voix pleine de douceur.

Jusque-là, il ne l'avait pas remarquée dans le cercle des sorcières. Ce qui signifiait qu'elle l'avait attendu ici, dans la caverne. Prête à bondir sur lui.

— Docteur Hennessy, dit-il entre ses dents serrées, en guise de salut. J'aimerais vous dire que je suis surpris, mais je préfère ne pas vous mentir. Je sais à quel point vous détestez ça.

Il vit ses pupilles étinceler de colère.

— Ainsi, tu savais que je ne suis pas celle que je prétends être. Comment cela se peut-il ?

— Pourquoi ne pas envahir ma tête et répondre vous-même à la question ?

Elle passa la langue sur ses dents parfaites, cherchant visiblement une explication.

— C'est vrai, j'ai regardé dans ton esprit, mais tout ce que j'y ai trouvé, c'est un océan de bruits. Des voix, des voix et encore des voix, toutes empilées les unes par-dessus les autres, qui parlaient de n'importe quoi, de futilités sans le moindre intérêt pour moi. Je n'y ai pas trouvé ce que je cherchais : des traces de mon frère Thomas. Où est-il, Aden ? Tu le sais, j'en suis certaine.

C'est ta chance, souffla Elijah. *Négocie.*

Attends un peu, l'interrompit Caleb. *Négocier pour obtenir quoi ?*

Aden avait sa petite idée.

— Si tu parviens à convaincre les sorcières d'appeler une assemblée, lança-t-il à la fée, alors je te dirai ce que tu veux savoir.

Brendal consulta du regard l'ensemble des sorcières. L'une après l'autre, elles secouèrent la tête.

— Aden, reprit la fée, sans plus aucune douceur, si je me mets en colère, cela ira très mal pour toi. Vraiment très mal.

— Ah oui ? Et que va-t-il se passer ? demanda-t-il du ton de celui qui s'en fiche. Vous allez vous transformer en monstre vert ?

Elle eut un sifflement rageur.

— Je me doutais que tu te montrerais retors. Mais tu me sous-estimes. Je vais te laisser ici un moment. Ne te réjouis pas trop vite, car je serai de retour bientôt. Et avec tes amis, si tu veux tout savoir.

Cette fois, c'était une réelle menace. S'il s'était écouté, Aden aurait hurlé son dépit et lutté de toutes ses forces pour se dégager de ses liens. Mais il n'en fit rien. Dans un combat, montrer ses émotions, c'était déjà admettre qu'on avait perdu. N'était-ce pas ce qu'il avait enseigné lui-même à Mary Ann ? Or, le combat qui s'annonçait serait probablement le plus important de sa vie ; il devait donc essayer de mettre tous les avantages de son côté. Qu'il laisse éclater sa colère maintenant, qu'il investisse ses forces dans une bataille perdue d'avance, et il perdrait les maigres possibilités de négociation qu'il lui restait.

— As-tu quelque chose d'autre à me dire ? demanda Brendal.

— Oui. Bonne chance.

— Très bien.

Sans le quitter du regard, elle recula, les yeux brûlant de haine. Puis elle disparut, purement et simplement.

Sans doute avait-elle rejoint l'autre dimension, celle de la réalité. Et cela, pour capturer ses amis, voire les torturer. *Ils sont assez forts pour se protéger,* se dit-il pour essayer de se rassurer.

Laisse-moi parler, le supplia Caleb. *S'il te plaît, laisse-moi m'adresser aux sorcières avec ta bouche. Je peux t'aider.*

Oh, non ! Aden avait la possibilité de laisser les âmes prendre le contrôle de son corps. C'était impossible, néanmoins, s'il ne leur en donnait pas la permission, ce qu'il n'avait fait qu'une fois, avec Eve, afin qu'elle passe son « dernier jour sur Terre », si l'on pouvait dire, auprès de sa fille. Mais pour ce qui était de Caleb… il était trop impliqué avec les sorcières. Il risquait de sacrifier Victoria, Mary Ann et Riley aux intérêts de celles-ci. Et, cela, Aden ne pouvait le permettre.

— Convoquez la réunion, poursuivit-il en ignorant la demande de Caleb, et je répondrai à toutes vos questions. C'est ma condition. Si vous ne le faites pas, je ne vous dirai pas un mot.

Aden, s'il te plaît, insista Caleb.

— Je suis désolé, répondit Aden.

C'était vrai. Il détestait devoir refuser à Caleb une chose dont il avait tellement envie. Il détestait aussi que Caleb le supplie.

Concentre-toi, Aden, l'exhorta Julian.

Oui. Il s'efforça de faire le vide dans son esprit. Les sorcières avaient ôté leur capuche et le regardaient avec des expressions curieuses.

— Il y a des âmes prisonnières dans ta tête, remarqua Marie.

Il avait déjà avoué ceci un peu plus tôt. Le nier ne servait plus à rien maintenant.

— Et la dernière fois que nous nous sommes vus, tu m'as demandé si j'avais connu quelqu'un qui pouvait posséder les corps. Quelqu'un qui était mort il y a seize ans de ça. Est-ce que ce Possesseur fait partie des âmes qui vivent dans ton cerveau ?

Aden ! Dis-le-lui ! Elle m'a peut-être connu quand j'étais en vie. Elle pourrait nous donner des informations sur mon passé !

Aden sentit le remords l'envahir. Pourtant, il choisit

de ne pas en tenir compte. Il devait résister, quoi qu'il lui en coûte.

— Je vous l'ai déjà dit. Convoquez votre assemblée, et je répondrai.

Elle lui adressa un sourire sans joie.

— Franchement, je ne cherche pas tant que ça à le savoir.

Qu… quoi ?

La surprise et l'indignation venaient de faire bégayer Caleb.

Marie contempla Aden d'un air songeur, en se tapotant le menton de l'index :

— Je suis prête à parier que nous aurions le pouvoir d'extraire ces âmes et de les faire s'incarner dans des corps bien à elles. Ainsi, celui dont je parle, le Possesseur, pourrait répondre lui-même à ces questions.

Aden fit de son mieux pour masquer la panique qui s'emparait de lui.

— Mais ces corps, où les trouveriez-vous ?

— A chaque seconde, des gens meurent. Il suffirait de ranimer un cadavre frais avec une des âmes, et…

— Comment y parviendriez-vous ? Ce sont les corps qui sont morts, pas les âmes. L'âme a juste changé d'enveloppe, objecta Aden, certain de son affaire. En revanche, ranimer un corps, ce n'est pas la même chose que le soigner. Une nouvelle âme ne pourrait pas redonner vie à un corps abandonné par la vie.

Du moins, pensa Aden, cela semblait logique.

— La magie peut beaucoup, répondit Marie, laconique.

Oui ! rugit Caleb. *Oui, laisse-la essayer !*

Non ! s'exclamèrent Julian et Elijah à l'unisson.

Ça semble facile, à l'entendre, mais ce ne le sera pas, poursuivit ce dernier. *Il y aura un problème, je t'assure.*

Caleb grogna de frustration.

— Puisque tu peux sentir mes protections, dit Aden, tu sais que tu ne peux pas manipuler mon esprit. Et donc, tu ne peux manipuler ni les âmes ni ce qu'elles pensent.

En tout cas, il le supposait…

Brendal haussa un sourcil dans une expression parfaitement dédaigneuse :

— Je n'ai pas besoin de ta coopération. Il suffit que lui, le Possesseur, m'aide.

A ces mots, Aden pria de toutes ses forces pour qu'elle bluffe. Il *fallait* qu'elle bluffe. Mal à l'aise, il sentit que le sang s'était déjà retiré de ses bras ; ses mains étaient glacées, ses épaules l'élançaient douloureusement.

— Si tu es capable d'un tel exploit, poursuivit-il cependant, alors pourquoi ne l'as-tu pas accompli ? Pourquoi restes-tu assise ici au lieu de le faire maintenant ?

La sorcière perdit un peu de sa superbe.

— Il y a des choses plus importantes pour nous en ce moment.

Voilà. Elle avait bluffé. D'ailleurs, elle biaisa.

— Ton CV devient de plus en plus impressionnant, dit-elle.

Un entretien d'embauche ? Elle voulait jouer ? Très bien. Il allait jouer sur son terrain.

— De quoi parles-tu ?

— Tu étais roi des vampires, et te voilà chasseur de bêtes !

Tiens... elle en avait entendu parler.

— Je ne les ai pas chassées.

— D'accord, tu les as simplement domptées. Tu es un dompteur de monstres.

C'était également le surnom que Caleb lui avait attribué.

— Comment as-tu réussi cet exploit ? poursuivit la sorcière. Dis-le-moi.

Pour qu'elle s'y emploie à son tour ? Sûrement pas. Comme elle, Aden biaisa :

— Convoquez l'assemblée des sorcières, et je vous révélerai tout ce que je sais.

Sa réponse serait alors : « Je n'en sais rien. » Parce que c'était la vérité. Ce que Brendal n'avait nul besoin le savoir.

Jennifer intervint :

— Tu veux sauver tes amis ? Très bien. Renonce à tes droits sur le titre de roi des vampires, et fais-nous allégeance par un pacte de sang. Jure-nous que tu resteras à notre service et que tu nous aideras.

Fais-le ! lui intima Caleb.

Non, répétèrent Elijah et Julian à l'unisson.

Servir et aider les sorcières signifiait changer de camp, s'en prendre aux vampires ; de cela, Aden était certain, tout son corps le lui hurlait. Sinon, sans doute aurait-il accepté.

— Désolé, répondit-il.

— En refusant, tu nous prouves que tu ne te préoccupes pas autant de tes amis que nous le pensions, Aden Stone..., conclut Marie. Ils sont donc condamnés à mourir.

— Mais si je vous prêtais allégeance, me jureriez-vous en retour, par un pacte de sang, de ne plus jamais vous en prendre aux vampires ou aux loups-garous ?

— Non. Bien sûr que non. Aucune d'entre nous ne prêterait un tel serment.

Et elles se mirent à rire de concert, comme si la suggestion d'Aden était parfaitement ridicule. Jennifer riait plus fort que toutes les autres.

— Aden, si tu n'es pas avec nous, tu es contre nous ; dans ce cas, tu ne sortiras pas vivant de cette caverne.

Voilà. Elles étaient ouvertement décidées à le tuer, comme les fées. S'il parvenait à attendrir un peu Jennifer, pourrait-il reprendre la main ? Peut-être.

— Cette âme, commença-t-il, celle qui pouvait posséder les corps, qu'était-elle pour vous ?

Caleb ne pipa mot, et ce calme résonna de façon étrange dans la tête d'Aden. L'âme attendait.

Marie haussa les épaules, comme pour signifier qu'elle s'en moquait ; mais dans ses yeux se lisait de la vulnérabilité.

— Il était… tout et rien, répondit-elle de façon évasive.

Puis elle haussa le ton :

— Et maintenant, nous allons te laisser. Nous sommes dans une impasse, et tu as besoin de réfléchir. Réfléchis au fait que j'aurais pu — et dû, sans doute — tuer ton amie Mary Ann il y a quelques jours, ce que je n'ai pas fait. Je l'ai laissée partir. Pour toi. Depuis, je ne cesse de regretter mon geste miséricordieux. Alors, plus tu nous résistes, moins je me sens conciliante.

— Conciliante, vous n'avez jamais eu l'intention de l'être, répliqua Aden. S'il vous plaît, convoquez cette assemblée.

Sa voix était devenue presque implorante, car la panique le gagnait.

Toutes les sorcières se levèrent.

— Toi et tes amis m'avez laissée attachée, cracha Jennifer, et nous allons te faire subir le même sort ! Peut-être l'isolement te déliera-t-il un peu la langue.

— Je vous ordonne de rester ! Je vous ordonne de convoquer la réunion des sorcières !

L'ordre résonna en vain. L'une après l'autre, en silence, les sorcières quittèrent la caverne. Jennifer ne quitta pas Aden des yeux. Quant à Marie, qui s'était avancée jusqu'à l'orée de la grotte sans plus lui accorder un regard, elle balança par-dessus son épaule :

— Quand sonneront les douze coups de minuit, tes amis mourront. Je le déplore, vraiment. La guerre est la guerre ; il y a toujours des dommages collatéraux. Mais si tu veux les sauver, dans le temps qui te reste, tu sais ce que tu dois faire.

Sur ces mots, elle quitta les lieux.

Resté seul, Aden laissa enfin libre cours à son cri. Il hurla pour exiger des sorcières qu'elles convoquent leur assemblée ; il hurla pour les supplier, encore et encore, même quand il comprit qu'il était seul, même lorsqu'il n'entendit plus que l'écho triste et ironique de sa propre voix qui rebondissait sur les parois de la caverne. Il hurla jusqu'à en perdre la voix, jusqu'à ce que la gorge lui brûle. Il hurla sans cesser de se débattre et de lutter contre l'entrave du lierre, jusqu'à ce que le sang se mette à couler le long de ses poignets.

Mais le lierre ne rompit pas ; et les sorcières ne revinrent jamais.

29

Un autre appel. Impérieux, irrésistible.

Tucker tenta de ne pas y répondre. Il y mit toutes ses forces. Mais la voix de Vlad l'appelait — « *Viens à moi !* » — et ses pieds se mirent à bouger d'eux-mêmes, l'entraînant malgré tous ses efforts vers la source de la voix.

Il se tenait sur le toit de la maison familiale ; il avança… et sauta dans le vide. Quand il toucha le sol, l'impact lui secoua tout le corps. Il venait de passer un long moment à observer son petit frère de six ans qui jouait dans le jardin. En grande discussion avec un ami imaginaire, l'enfant au nez rougi et aux vêtements trempés agitait les mains dans le froid glacial.

A deux reprises, Tucker avait failli le héler, lui révéler sa présence ; chaque fois, il s'était ravisé, restant caché, certain qu'Ethan était bien mieux sans lui.

Mais maintenant qu'il s'éloignait de la maison, Tucker éprouvait une impression de grand vide au niveau du cœur. Il ne reviendrait plus, jamais. Il venait de le décider. Ethan représentait tout ce qu'il y avait de bon, de pur et d'intact dans son existence ; or, à cet enfant qui avait devant lui un avenir brillant, Tucker n'avait apporté que de la souffrance.

C'était le moment de faire table rase du passé.

La douleur lui transperça le cœur. Faisant de son mieux pour l'ignorer, Tucker traversa en courant le quartier où vivait sa famille et s'éloigna en direction de la ville. Là, il eut l'impression que tous ses amis — ou plutôt ceux qui avaient été ses amis, et ses connaissances — s'étaient donné rendez-vous. Et, visiblement, c'était la fiesta. Depuis les voitures, les jeunes balançaient leurs bouteilles vides contre les murs des immeubles ; sur les trottoirs, d'autres dansaient au son d'une musique qu'ils étaient les seuls à entendre. Circulant de groupe en groupe, une belle femme se mêlait à eux. Une femme avec de longs cheveux blonds et une peau si pâle et si parfaite qu'elle semblait étinceler.

Elle s'arrêtait de temps à autre devant un des fêtards, le regardait dans les yeux et lui adressait la parole. En général, son interlocuteur faisait non de la tête. Alors, elle ajoutait quelque chose et l'adolescent baissait les yeux, visiblement vaincu, pour se mettre à nettoyer la rue autour de lui. La femme s'éloignait et recommençait son manège un peu plus loin.

La nuit était tombée depuis longtemps. Tucker savait que le mythe selon lequel les vampires fuient la lumière du jour était en partie infondé puisque Victoria pouvait l'affronter sans en souffrir. Mais qu'en était-il pour Vlad ? Risquait-il de tomber en cendres s'il voyait le soleil ? Tucker osait l'espérer.

Viens à moi !

La voix était toute proche maintenant. La panique submergea Tucker. La joie, aussi. Vlad n'était plus dans sa crypte ! Il était ici, quelque part en ville ! Il se cachait.

Tucker dépassa le coin de la laverie automatique, d'où lui semblait provenir la voix. D'abord, il ne vit rien, sinon une pile de grands cartons entassés contre un mur. Pourtant, Vlad était là, il le savait — il savait *toujours* où se trouvait le vampire. Il s'approcha donc des cartons et se pencha pour les soulever.

Vlad était bel et bien là, qui l'attendait. Il portait toujours d'affreuses traces de brûlures mais la peau, rose, souple, avait commencé à se reconstituer. Contre lui, sur ses genoux, il tenait le cadavre d'un humain. Et du sang dégoulinait de son menton.

— La prochaine fois que tu me fais attendre, c'est toi qui me serviras de repas, annonça le souverain déchu d'une voix dangereusement froide. M'as-tu bien compris ?

Tucker fut parcouru d'un long frisson glacé, et son regard s'attarda sur le cadavre. La gorge présentait une blessure béante, une déchirure — comme s'il avait été attaqué par un animal sauvage. Une horrible façon de mourir. Car les morsures de Vlad étaient atroces ; Tucker en savait quelque chose, lui que l'Empaleur avait récemment mordu pour se nourrir, à titre d'avertissement.

Il se recroquevilla sur lui-même ; il lui semblait que, sur son corps, les blessures à peine refermées se mettaient à palpiter au rythme de son cœur.

— Oui, j'ai compris.

— Revenons à nos affaires. Qu'as-tu appris de nouveau ?

— Les sorcières ont pris Aden.

Tucker les avait vues au moment où elles avaient fondu sur le garçon et l'avaient emporté avec elles. Il aurait pu se porter à sa rescousse. Peut-être. Il en avait senti l'intention, tout au moins. Un peu. Pourtant, il avait retenu l'illusion derrière laquelle il se dissimulait. Son besoin de servir Vlad, d'obéir à ses ordres et de lui plaire, était bien trop fort, même à ce moment crucial.

Un son étrange, pareil à un caquètement, s'éleva soudain. C'était le vampire qui riait. Son rire mourut dans une quinte de toux qui le fit se plier en deux. Quand il se calma, il se redressa et regarda Tucker en dévoilant ses canines effilées, encore rouges de sang.

— Retourne auprès d'elles, mais reste caché. Il ne faut pas qu'elles sachent que tu les espionnes.

Parlait-il des sorcières ?

— Et comment vais-je faire pour les trouver ? Elles ont disparu.

— Tu peux sentir l'appel d'Aden, non ? Nous en sommes tous capables.

Vlad avait raison, hélas. D'ailleurs, Tucker se souvenait parfaitement de ce qu'il avait éprouvé, la première fois qu'il s'était trouvé en présence d'Aden. Une attirance si forte qu'elle l'avait bouleversé. Soudain, lui qui avait toujours été attiré par les filles, il s'était demandé ce qui lui arrivait. D'autant que cette attirance, loin de le calmer comme la présence de Mary Ann, attisait en lui des pulsions violentes. L'envie de faire mal, de devenir plus mauvais encore qu'il ne l'était déjà.

— Très bien. Et maintenant, voici qu'approche ta tâche la plus importante. Tu vas tuer Aden. Tu lui planteras un couteau en plein cœur, comme le font les sorcières pour les sacrifices.

— Je… je ne peux pas.

— Tu le peux. Ecoute-moi attentivement. Je vais tout t'expliquer...

Mary Ann avait peur. Terriblement peur. Selon toute vraisemblance, Aden avait enlevé la sorcière ; une sorcière qu'ils avaient eux-mêmes kidnappée ! Personne ne savait où ils étaient partis ensemble. Mais ce n'était pas tout. Victoria avait raconté à Riley ce qui venait de se produire, prenant soin de se téléporter immédiatement après, sans laisser au loup-garou le temps de réagir. Et sans dire si Vlad l'Empaleur était toujours en vie. Où la princesse avait-elle disparu ? Etait-elle partie à la rescousse d'Aden ?

Bon sang ! Comment allait-elle réagir en apprenant la nouvelle ? Mary Ann, qui n'avait jamais rencontré Vlad, était encore sous le choc de son incroyable résurrection. Après avoir appris la vérité, elle et Riley avaient fouillé la crypte de fond en comble, sans trouver aucune trace du roi des vampires. Une mauvaise nouvelle pour Riley ; son nouveau souverain — si tant est qu'Aden soit encore roi — et la princesse sous sa protection étaient tous deux en danger, et, une fois de plus, il n'était pas auprès d'eux. Seul point positif, ses frères — qui eux aussi ressentaient l'attraction qui émanait d'Aden, au moins tant que Mary Ann ne se trouvait pas dans les parages — s'étaient lancés sur la piste des disparus.

Que faire du temps qui lui restait ? s'était demandé Mary Ann. Elle avait envisagé de partir à la recherche de Victoria, mais y avait rapidement renoncé : elle ne savait même pas quelle piste remonter. Il ne lui était pas possible de retourner seule au manoir des vampires. Patrouiller en voiture, alors ? Non, aucune chance que ce soit utile.

Alors elle était tout simplement rentrée chez elle. Une heure plus tôt, Riley l'avait conduite et laissée devant le perron, après lui avoir donné un baiser — rapide, superficiel, distrait. Depuis, elle demeurait auprès de son père. Elle en profitait pour le câliner comme elle y avait tant aspiré. Pour lui dire à quel point elle l'aimait. Cela l'avait fait rire, et il s'était mis à plaisanter avec elle, comme avant. Oui, toute cette tendresse la renvoyait soudain à l'époque où elle ne savait encore rien de sa mère, la véritable. De toute évidence, la voix de Victoria avait rempli son office car son père ne lui posait aucune question sur l'endroit où elle était allée.

Néanmoins, la nervosité de Mary Ann croissait à chaque minute. Aden était-il sain et sauf ? Et Riley et Victoria ? Etait-ce le dernier soir de sa propre vie ?

— Te revoilà dans les nuages, lui lança son père avec un sourire patient.

Assis à la table de la cuisine, ils jouaient aux cartes. Elle reporta son attention sur le jeu, saisit la carte sur le dessus de sa pile et la retourna. Huit de cœur. Son père venait de jouer un trois de carreaux. Elle ramassa le pli et le rangea sous sa pile.

— Est-ce que tu as envie de me parler de ce que tu as dans la tête ? demanda son père. Tu sembles absente…

— Tout va bien, je te remercie.

Un mensonge, bien entendu. Comme elle détestait tromper son père ! Mais comment faire autrement, vu la situation ? Elle ne se sentait pas d'humeur à se battre contre le rationalisme obtus d'un père qui refusait de croire à l'existence du surnaturel, quand bien même il en aurait eu les preuves sous le nez. Pas plus qu'à polémiquer sur la nécessité de faire une thérapie, ce qu'il ne manquerait pas de lui proposer si elle se risquait à lui parler de ses aventures dans l'outre-monde.

Hélas, il insista.

— Des problèmes avec Riley ?

Riley, son Riley à elle. Son amoureux. Le garçon qu'elle aimait. Jusqu'à quand ? Bientôt, elle renoncerait à lui pour toujours.

A cette pensée, elle sentit son cœur sombrer.

— Papa… Quand tu ne peux faire que du mal à la personne que tu aimes, comment dois-tu agir ?

Il posa sur elle un regard intense puis, avec un soupir, carra ses coudes sur la table, le menton dans les mains.

— Je n'avais pas compris que, Riley et toi, vous en étiez déjà à vous dire « je t'aime ».

Elle sentit ses joues s'empourprer.

— Non. Nous n'en sommes pas encore là.

— Dans ce cas, mon trésor, pourquoi t'imagines-tu qu'il peut te faire du mal en t'aimant ?

C'était demandé avec douceur. Mal à l'aise, Mary Ann se rencogna dans son fauteuil. Comment dire à son père qu'il avait mal compris ? Que c'était *elle* qui risquait de faire du mal à Riley ? Il n'allait pas la croire…

— Que répondrais-tu à un patient, s'il te posait la même question ?

Un sourire flotta sur les lèvres de son père

— Petite maligne, tu me renvoies ma question. C'est moi qui t'ai appris ça, n'est-ce pas ? Donc, que dirais-je à une patiente, même si celle-ci refusait de me donner tous les détails ?

Mary Ann opina.

— Eh bien, je lui dirais de se poser une autre question au moins aussi importante : l'autre risque-t-il de la blesser ? Son cœur, son corps sont-ils en danger ?

La réponse était évidente : oui. Autrement dit, Mary Ann avait eu raison de rompre avec Riley ; en revanche, elle avait eu tort de revenir sur sa décision. Mais qu'importait ? Elle était incapable de regretter ses décisions tant la nuit qu'elle avait passée avec Riley lui avait laissé des souvenirs merveilleux. A présent, elle pouvait bien mourir. Heureuse.

Enfin presque.

Mourir. Elle chassa péniblement la boule d'angoisse que faisait naître cette perspective.

— Si la réponse est oui, poursuivit son père, je conseille à mes patientes de mettre un terme à la relation.

Il se pencha, lui prit la main et acheva :

— Toujours. Et immédiatement. Dis-moi… Ai-je besoin d'aller chercher mon fusil à pompe ? Ce garçon, qu'est-ce qu'il t'a fait ?

Mary Ann rit tristement.

— Papa, tu détestes les armes, et tu n'as pas de fusil à pompe. De toute façon, Riley ne m'a pas blessée ; cela ne lui viendrait même pas à l'idée. Il se montre très protecteur, au contraire.

C'est de moi qu'il faut le protéger.

— Mais alors, où est le problème ? Tu peux m'en parler. Tu peux me parler de tout.

Elle rit de nouveau, un rire forcé.

— Tu peux dire ça à tes patients, mais avec moi, ce n'est pas tout à fait vrai !

Car elle était sa fille, pas sa patiente. Alors, non, elle ne pouvait pas tout lui dire.

— Ecoute, reprit-elle pour détourner l'attention du sujet, je me pose une autre question : s'il ne te restait qu'un jour à vivre, un seul, que choisirais-tu de faire ?

— Pourquoi me demandes-tu ça ? Tu envisages de m'assassiner ?

Elle leva les yeux au ciel :

— Sois sérieux, papa !

— Je t'ai rarement connue d'humeur si sombre… Mais bon, si tu insistes, je vais te répondre.

Il lâcha sa main et se mit à réfléchir.

— Alors, d'abord, je te mettrais à l'abri du besoin, pour être certain que tu ne manques jamais de rien ; puis je te consacrerais tout le temps qui me reste.

Mary Ann sentit des larmes brûlantes lui monter aux yeux.

— Et je veux ajouter quelque chose. Parce que je ne veux plus avoir de secrets pour toi. J'ai bien retenu ma leçon…

A ces mots, Mary Ann se figea ; une vague de panique la submergea et son cœur s'affola.

— Que… que veux-tu me dire ?

— Eh bien… J'ai rencontré quelqu'un, avoua-t-il.

Mary Ann écarquilla les yeux, stupéfaite :

— Une femme ? C'est vrai ? Mais qui ? Quand ? Où ? Raconte-moi tout !

Son père se mit à rire.

— Ça fait beaucoup de questions à la fois… Je l'ai

rencontrée hier soir, en faisant des courses. Je… eh bien, je l'ai invitée à sortir.

— Papa ! Tu as osé !

— Je sais, ça fait des années que je n'ai pas invité une femme. Je n'ai pas pu résister ; elle est tellement… jolie… et intelligente !

Mary Ann hésita. Que ressentait-elle exactement ? Voyons… elle était contente pour son père. Il méritait d'être heureux. Tout particulièrement si elle devait… si elle… Non. Ne pas penser à ça.

— C'est génial. Donne-moi des détails ! Elle est comment ? Où est-ce que tu vas l'emmener dîner, et est-ce que…

La sonnette de la porte d'entrée l'interrompit. Mary Ann bondit, et son père en fit autant. Il eut un sourire penaud.

— Nous reprendrons cette conversation plus tard. Je vais ouvrir.

Il repoussa sa chaise et se dirigea vers la porte d'entrée. Pendant ce temps, Mary Ann rassembla les cartes. Incroyable ! Son père avait un rendez-vous galant ! D'accord, cela avait bien dû lui arriver une ou deux fois au cours des dernières années, mais sans jamais rien donner de sérieux ; en tout cas, elle ne l'avait jamais vu aussi enthousiaste ! Lui qui se montrait souvent distant, voire détaché, il en était brusquement… humain.

Quelques secondes plus tard, elle entendit une voix de femme et un rire. Le rire de son père. Comme c'était doux à entendre !

— Mary Ann ? lança-t-il depuis l'entrée. Tu peux venir ici, s'il te plaît ?

Les mains enfoncées dans les poches de son jean, elle sortit de la cuisine et gagna le salon — ce salon que sa mère avait décoré de toutes les couleurs de l'arc-en-ciel. Là, elle trouva son père, le visage fendu d'un sourire ravi — *trop* ravi ? —, et en grande conversation avec une jeune femme blonde. Vêtue d'un chemisier de soie et d'une jupe droite blanche, elle était tout simplement magnifique. Sa peau était parfaite ; elle avait des traits d'une délicatesse exquise, adorable.

Pouvait-il s'agir de la mystérieuse jeune femme du supermarché ?

Mary Ann toussota pour signaler sa présence.

Son père tourna la tête vers elle. Son visage radieux exprimait la joie et l'excitation, au point que Mary Ann en fut un peu gênée.

— Mary Ann, dit-il, voici la jeune femme dont j'étais en train de te parler.

La blonde lui fit un signe de tête, mais ne la regarda pas ; elle ne quittait pas son père des yeux, lui caressant doucement la joue du bout de ses doigts fins, comme si elle grattait un chaton derrière l'oreille pour le faire ronronner.

— Mary Ann, murmura-t-elle, les yeux toujours rivés à son père, j'ai déjà tant entendu parler de toi !

En une simple et unique conversation, qui plus est au supermarché ?

— Enchantée de vous rencontrer, répondit Mary Ann.

Alors, et seulement alors, l'inconnue se détourna de son père et fit face à Mary Ann.

Qui fut pétrifiée d'horreur.

Car elle venait de reconnaître ces yeux… bruns, immenses, étincelants. Ces yeux inhumains.

Cette femme était une fée.

Un hurlement lui échappa :

— Eloignez-vous de mon père !

— Mary Ann !

De toute évidence choqué, son père venait de s'interposer. La fée ne le laissa pas poursuivre.

— Sois gentil, mon chéri, va dans ta chambre, lui dit-elle, et, quoi que tu entendes, restes-y.

Docilement, il disparut dans l'escalier, sans plus adresser un mot ni un regard à sa fille.

Effondrée, Mary Ann crut que son cœur allait exploser. Devait-elle s'enfuir ? Devait-elle rester pour protéger son père de cette créature maléfique ? Jamais auparavant elle n'avait eu à traiter avec une fée. Des Faé, elle ne savait que ce que Riley et Victoria lui avaient dit.

Elle récapitula… A la différence des vampires, les fées n'étaient pas capables de contrôler les humains à la seule force de leur voix ; en revanche, elles exerçaient sur eux une immense fascination, du fait de leur beauté, et, devant elles, ils abdiquaient de toute volonté, obéissant soudain comme des enfants ou de petits chiots. Les Faé adoraient le pouvoir et ne supportaient pas qu'on en ait plus qu'eux. A l'intérieur, ils étaient froids, froids comme la mort, et ils n'aspiraient qu'à la chaleur offerte par la puissance de la magie.

En dépit de tout, les Faé se considéraient comme les protecteurs de l'humanité.

La fée brisa le silence.

— Ce serait une mauvaise idée d'appeler ton petit copain le loup-garou, lança-t-elle avec mépris. En ce moment, ses congénères sont occupés à se battre avec une troupe de gobelins. Je m'en suis assurée personnellement. Tu ne ferais que les distraire dans leur combat. Et tu ne voudrais pas être responsable d'un carnage, n'est-ce pas ?

— Je n'avais pas l'intention de crier, répliqua Mary Ann.

Elle n'était pas lâche. Faible, peut-être, mais pas lâche.

— Qu'êtes-vous venue faire ? reprit-elle. Qui êtes-vous ? Que voulez-vous à mon père ?

La fée sourit — un sourire sans joie, un sourire glacial.

— Je m'appelle Brendal. Et je pensais que la raison de ma visite était évidente. Je suis venue te chercher.

— Pourquoi ?

— Les réponses viendront plus tard.

— Est-ce que vous avez séduit mon père pour pouvoir m'approcher ?

— Bien entendu. Nous faisons ce qui est nécessaire, toujours.

C'était dit avec le plus parfait cynisme. Quelle garce ! La colère envahit Mary Ann à l'idée que son père avait été leurré.

— Allons-y, maintenant, fit Brendal impérieusement.

Mary Ann redressa le menton dans une attitude de défi. Qui l'obligeait à obéir ? Personne. Rien.

Rien… Cela signifiait-il qu'elle était en mesure de résister à l'influence de la fée ? Qu'elle parvenait à neutraliser ses pouvoirs ? Peut-être, mais pas totalement, puisque son père, lui, était sous influence. *Souviens-toi de ce qu'a dit Victoria. Ta capacité de neutralisation est mise en échec par les dons naturels.*

Comme Mary Ann ne bougeait pas d'un pouce, la fée la regarda d'un œil noir.

— Tu veux des réponses, oui on non ? Suis-moi, j'ai besoin de toi. Tu repousses les créatures que ton ami Aden attire. Tu annihiles les pouvoirs qu'il aiguise. Ce qui veut dire que tu es toi aussi une arme, même si tu n'as rien.

— Il va falloir vous montrer plus convaincante.

— Il les attire à lui, et tu les achèves.

— Qui ? Qui donc suis-je censée achever ?

— Les ennemis, évidemment.

Pour les fées, les ennemis, c'était les vampires et les loups-garous.

— Et voilà pourquoi vous êtes venue ? Vous imaginez que je vais vous aider ?

— Pas moi, non, répondit Brendal.

Elle se déplaça, creusant la distance entre Mary Ann et elle. Puis elle se mit à jouer avec la collection de bibelots disposées sur un meuble.

— Mais ton ami Aden, tu veux l'aider, non ?

Aussitôt, l'angoisse gagna Mary Ann.

— Que voulez-vous dire ?

— Les sorcières le tiennent, et elles ne sont pas contentes. Eh oui… je suis tout à fait au courant de la réunion qui est censée se tenir, ainsi que de ta mort prochaine. Peu importe… Aden t'aime, et il refuse de donner aux sorcières ce qu'elles exigent de lui tant qu'elles n'ont pas convoqué leur assemblée. Il veut te sauver la vie, rien ne compte davantage à ses yeux. Et il refuse aussi de me donner ce que je veux.

Ne montre rien. Ne réagis pas. Ne lui donne aucun signe.

— Et que voulez-vous ?

— Savoir ce qui est arrivé à mon frère. Je suis prête à tout pour connaître la vérité. Tout, tu m'entends ? Y compris à trahir mes alliées.

Mary Ann avait-elle bien entendu ? Brendal venait-elle de lui dire qu'en échange d'informations sur son frère, elle était prête à trahir les sorcières ? C'est-à-dire à sauver Aden ?

— C'est pour cette raison que tu dois venir avec moi, jeune fille.

Et accorder sa confiance à cette créature sur de simples paroles ? Impossible.

— Je reste ici.

Brendal plissa les yeux ; son visage exprimait le calme même. Et pourtant :

— Si je dis à ton père de se donner la mort, il le fera. Sans poser de question, et avec joie. Et si tu crois que ta capacité à neutraliser mes pouvoirs va m'en empêcher, tu te trompes ; car il me suffit d'appeler mes sœurs à la rescousse et elles me débarrasseront de toi.

Un instant, Mary Ann songea à se jeter sur la fée, telle une furie, toutes griffes et dents dehors. Qui était cette créature, pour oser ainsi menacer son père ! Elle ne laisserait personne s'en prendre à lui ! Mais à l'idée que Brendal mette à exécution sa menace et appelle en effet d'autres fées à la rescousse, elle se contint. En duel, elle avait ses chances ; contre plusieurs adversaires, rien n'était moins sûr…

— Et qu'attendez-vous de moi exactement ? Comment pensez-vous que je puisse vous aider ?

La fée afficha sa frustration ; c'était la première fois qu'elle exprimait un sentiment.

— Je te l'ai dit. Tu vas venir avec moi. Tu vas affaiblir les sorcières, ce qui me permettra d'enlever le garçon.

— Et c'est tout ?

— Oui.

Savait-elle que Mary Ann était capable de drainer tout le pouvoir des sorcières, ou pensait-elle qu'elle ne ferait que neutraliser leur magie ?

— Et pour Aden ?

— Dès qu'il m'aura dit ce que je veux savoir, je le relâcherai.

Ou bien elle tenterait de le tuer. Mary Ann connaissait la réponse à la question que la fée se posait ; cette réponse la rendrait folle de rage : son frère était mort, et il était mort par la faute d'Aden.

— Vous le relâcherez ? C'est promis ? Vous le relâcherez quoi qu'il arrive ?

La fée acquiesça.

— Quoi qu'il arrive.

— Puis-je faire confiance à votre parole ?

— Je ne vois pas quel autre choix tu as.

Comme elle aurait aimé que Riley soit là ! Il aurait pu la conseiller, lui dire si les fées tenaient ou non leurs promesses.

— Et pour l'assemblée des sorcières ?

A ces mots, la frustration de la fée disparut et céda au triomphe.

— Je ne peux pas les forcer à appeler au rassemblement.

Au moins se montrait-elle honnête sur ce point.

— C'est bon, conclut alors Mary Ann. Je vais vous aider.

Et ce qui se passerait ensuite…

30

Le sang dans sa bouche. Quand ils s'étaient embrassés, sur le divan. Ce n'était pas son propre sang qu'il avait senti, mais celui de Victoria. Aden s'en rendait compte à présent. Accidentellement — ou pas ? —, elle l'avait laissé en avaler quelques gouttes. Et cela avait suffi. A présent, il se trouvait dans la tête de sa princesse, il entendait ses pensées, voyait le monde à travers ses yeux ; et il éprouvait sa souffrance.

Car elle souffrait. Beaucoup. Sa poitrine brûlait, juste au-dessus du cœur, comme si la peau avait été arrachée à cet endroit.

Face à Riley, elle dévisageait le loup dans l'obscurité des bois ; autour d'eux, les loups-garous et les gobelins se livraient une lutte sans merci. Dans l'air nocturne, on entendait des grognements, des ordres brefs et des cris d'agonie.

— … on l'a trouvé, disait-elle. Il est dans une caverne, dans un autre Etat.

Riley essuya le sang qui maculait son front.

— Je sais. Nous le sentons aussi. Le seul problème, c'est que nous ne pouvons pas quitter la forêt avant de nous être débarrassés de cette bande de gobelins. Sans cela, ils pourraient s'en prendre aux humains.

— Soit. Mais j'ai besoin que quelques-uns de tes hommes me rejoignent à la grotte, après qu'ils seront retournés au manoir pour rassembler autant de guerriers vampires qu'ils pourront en trouver.

Riley secoua la tête.

— Tu auras tous les loups et les vampires que tu veux, mais il est hors de question que tu entres seule dans cette caverne, tu m'entends ?

Ce qu'il était têtu… Comme d'habitude.

— Je peux aller beaucoup plus vite que toi et que les autres.

Sur ces mots, elle s'empara du gobelin en fuite qui passait juste à sa portée, le souleva à hauteur de ses lèvres et planta les crocs dans son cou. En une seconde, il fut vidé de son sang et la princesse laissa retomber le corps sans vie au sol. Elle grimaça ; le sang de gobelin avait un affreux goût de bile.

— Vous ne feriez que me ralentir. Ce qui mettrait Aden en danger… plus encore que maintenant.

Riley la fixa droit dans les yeux.

— Tu sais ce qui va se passer, Victoria. Tu vas être distraite par les sorcières. Tu risques de faire plus de mal que de bien, vu la situation.

Non. Bien sûr que non. Aden était sa priorité numéro un.

— Tu te trompes. Je suis rassasiée, maintenant, comme tu as pu t'en apercevoir ; je n'aurai donc pas faim. Ce qui signifie que cette conversation est une perte de temps. Reste une seule chose à dire : ne fais entrer ni les loups-garous ni les vampires dans la grotte tant que je me trouve à l'intérieur. Ils risqueraient de tout gâcher. Tu m'as comprise ? Ils ne devront engager la bataille avec les sorcières qu'une fois que celles-ci seront dehors.

Riley s'étonna, soupçonneux.

— Pourquoi dis-tu ça ? Que veux-tu dire par « ils risqueraient de tout gâcher » ? Tu as un plan, c'est ça ? Lequel ?

Je vais simplement faire le nécessaire. C'était une pensée : Victoria ne prononça pas ces mots à haute voix.

— Ecoute, reprit Riley, ton père…

… est mort.

— A plus tard, Riley, lança alors Victoria en se haussant sur la pointe de pieds pour déposer un rapide baiser sur la joue de son garde du corps.

Et, avant que le changeforme ait pu l'en empêcher, elle se téléporta. Ses pieds quittèrent le sol, le vent se mit à souffler autour d'elle, et elle commença à tournoyer… tournoyer… tournoyer encore, au milieu de ténèbres de plus en plus épaisses, de bruits de plus en plus distants…

Lorsqu'elle arriva à destination, une lumière aveuglante chassa instantanément les ténèbres. Dans le silence, on entendait une respiration saccadée. Aden lui-même ! Il se voyait !

— Aden ?

La voix de Victoria lui parvint, tout contre son oreille.

— Aden, réveille-toi.

Quelque chose lui piqua le visage, une fois, une deuxième ; simultanément, il voyait l'image de la jeune vampire en train de le gifler pour le réanimer. Progressivement, il trouva la force d'ouvrir les yeux.

Autour de lui, la grotte semblait embrumée, embuée. Il battit des paupières jusqu'à ce que son image disparaisse pour faire place à celle de Victoria.

Elle était là. Avec lui.

— Sauve-toi, parvint-il à articuler. Maintenant !

Si les sorcières la trouvaient ici…

— Chut…

La princesse commença de s'attaquer au lierre qui retenait Aden prisonnier, afin de le libérer. Hélas, chaque fois qu'elle coupait une liane, un rameau, ils repoussaient immédiatement.

— Ont-elles enfin convoqué leur assemblée ? s'exclama Victoria, exaspérée.

— Non, confessa Aden, que son impuissance rendait honteux. Quelle heure est-il ?

— Presque minuit. Le compte à rebours a commencé.

Victoria n'abandonnait pas : elle ne cessait de tirer sur le lierre et de le déchiqueter avec ses ongles devenus durs comme des griffes.

— Ces garces nous ont mis des bâtons dans les roues, ou plutôt jeté des gobelins entre les pattes ; sans quoi nous serions arrivés plus tôt.

— Laisse-moi ici, et débrouille-toi pour faire revenir les sorcières. C'est le seul moyen.

— Hors de question. Si je ne réussis pas à te libérer, je risque de… je vais…

Mourir, acheva-t-il pour elle.

— Tu resterais coincé, murmura-t-elle sans cesser de couper le lierre. Je ne peux pas te laisser comme ça.

Mais lui, il devait sauver Victoria ; l'échec n'était pas permis.

— Sais-tu où se trouvent les sorcières, maintenant ? demanda-t-il.

Qu'est-ce que tu prépares ? s'enquit Caleb, qui n'avait pas pris la parole depuis une éternité.

Aden l'ignora délibérément. Pour tout ce qui touchait aux sorcières, Caleb n'était pas objectif.

Au lieu de répondre, Victoria s'empara du lierre et le trancha net, avec ses dents, juste au niveau des racines. Alors seulement Aden put se dégager. Ses bras tout engourdis retombèrent lourdement le long de son corps.

— Les sorcières ? répéta Aden tandis que Victoria se lavait la bouche des brins de liane qui lui restaient sur la langue.

Tu n'envisages pas de leur faire du mal, si ? s'inquiéta Caleb.

Et si c'est le cas, qu'est-ce que ça peut bien te faire ? rétorqua Julian d'une voix irritée. *Entre elles et nous, qui choisirais-tu ?*

Les gars, il faut qu'on…, commença Elijah avant d'être brusquement interrompu.

Les sorcières étaient revenues.

— Décidément, tu ne peux plus te passer de moi, Princesse, déclara Jennifer d'une voix moqueuse. Je suis touchée, vraiment.

— Oui, c'est gentil de te joindre à nous, renchérit Marie. Du coup, plus besoin de t'envoyer un carton d'invitation pour les festivités de cette nuit.

A ces mots, Victoria fit volte-face et s'interposa entre Aden et les sorcières, pour le protéger. Mais il l'écarta avec douceur. Les sorcières le voulaient vivant — elles avaient moins de scrupules en ce qui concernait Victoria.

— Est-ce que tu t'imagines, espèce de tique, que nous n'avons pas eu vent de ton arrivée au moment exact où tu as posé le pied dans cette grotte ? lança Marie à la princesse.

L'une après l'autre, les sorcières réapparurent alors dans la grotte, et s'assirent sur les rochers et promontoires qu'elles avaient occupés précédemment. Elles portaient toujours leur robe rouge de cérémonie.

— A présent, nous allons avoir le plaisir de te voir mourir, sale suceuse de sang, et nous nous réjouirons ensemble à l'idée que nous avons désormais un ennemi en moins.

— Non ! objecta Aden, en dépit de la sueur glaciale qui lui coulait dans le dos. Vous allez convoquer l'assemblée tout de suite !

Marie haussa les sourcils.

— D'accord, je vais le faire. Mais dès que tu auras prononcé un serment de loyauté en notre faveur.

— Cela reviendrait à remplacer une condamnation à mort par une autre. C'est non.

De nouveau, elle sembla accepter l'objection.

— Comme tu voudras. C'est toi qui choisis ton destin. Tu es responsable de ce qui t'arrive, Haden Stone. J'aurais préféré que les choses aillent moins loin, mais… Puisque tu refuses de nous aider, tu mourras en même temps que tes amis. Mes sœurs ?

Les sorcières se prirent par la main, refermant leur cercle maléfique.

Derrière lui, Aden sentit le corps de Victoria entrer en tension.

— A mon signal, laisse-toi tomber par terre, lui souffla-t-elle à l'oreille. Je vais m'occuper des sorcières.

Non ! hurla Caleb.

C'est la seule solution, lui dit Elijah. *Julian te l'a déjà dit : c'est les sorcières ou nous.*

Nous ! Nous ! Tant pis si on y passe, il ne faut pas toucher aux sorcières !

Aden les écarta de ses pensées. Il ne lui avait fallu qu'une seconde pour comprendre le plan de Victoria. Et il se sentait au bord de la nausée. La douleur dans sa poitrine… Oui, c'était ça, elle avait refermé son tatouage de protection. Elle s'apprêtait à libérer sa bête, et à laisser celle-ci tuer les sorcières afin de le protéger, lui. Mais en agissant ainsi, elle anéantissait la dernière chance de parvenir à convoquer l'assemblée des sorcières.

Victoria était donc prête à mourir — mais elle ne le ferait pas sans entraîner avec elle les créatures qui menaçaient Aden et le reste de son peuple.

Il fallait qu'il l'en empêche. Il devait la sauver. A quoi bon vivre si elle n'était pas à ses côtés ?

Il n'eut pas le temps d'agir ; une voix paisible s'éleva de derrière le cercle des sorcières :

— Arrêtez…

L'ordre venait de Brendal.

A son tour, elle pénétra ; Mary Ann la talonnait, visiblement effrayée. Aden retint un juron : Mary Ann aussi, maintenant ! Juste au moment où la bête de

Victoria s'apprêtait à s'échapper ! Victoria dut partager ses pensées car elle gémit de frustration.

— Eh bien, ça, c'est parfait, déclara Marie sur un ton goguenard. Il ne nous manque plus que le loup ! Je suis d'ailleurs certaine qu'il est en chemin. Où qu'elle aille, il suit celle-ci partout, conclut-elle en désignant Mary Ann.

Son calme, son apparente sagesse tranchaient avec le contenu cynique de son discours.

— Je viens de dehors, et je n'ai vu aucune trace de loup, fit remarquer Brendal.

— Ils ne vont pas tarder. Il nous faut rester vigilantes. En attendant, emmène l'humaine à l'extérieur.

Marie désigna la sortie de la grotte. Curieusement, sa main s'était mise à trembler ; elle regarda celle-ci avec une expression de curiosité et d'inquiétude mêlées.

— Emmène-la loin d'ici. Maintenant !

— J'ai l'impression que… quelqu'un me…, se plaignit alors une autre sorcière en se frottant la poitrine, comme si elle éprouvait une vive douleur.

— Mes pouvoirs ! s'exclama une autre. On dirait que…

— Un Draineur ! crièrent alors les sorcières à l'unisson, avec horreur.

Aden ne put s'empêcher de frissonner. Seules Marie et Jennifer ne semblaient pas surprises.

— Brendal ! Sors-la d'ici et tiens-la à l'écart jusqu'à ce que le sortilège prenne effet, lança vivement la première.

Au même moment, l'écho du hurlement d'un loup se répercuta dans la grotte, et la sorcière se raidit.

— Je vous l'avais dit. Les loups-garous arrivent.

— Je crois que je vais la garder ici, à l'intérieur, annonça alors Marie.

— Pardon ? Mais qu'est-ce que tu racontes ?

Et soudain, Victoria se mit à hurler :

— Cours, Mary Ann, cours !

C'était le signal… La bête de Victoria bondit en rugissant au-dessus de sa tête. Aussitôt, Aden se laissa tomber sur le sol ; au même moment, Caleb poussait un cri de colère et de peur.

Mary Ann sursauta de terreur ; pourtant, elle obéit à Victoria et se mit à courir. Hélas, Brendal la rattrapa et la saisit par son vêtement. Mary Ann se retourna comme un chat en colère ; dans un mouvement parfaitement maîtrisé, elle écrasa la paume de sa main sur le nez de la fée. Celle-ci hurla, lâcha Mary Ann pour porter ses mains à son visage. Son sang coulait abondamment.

Mary Ann en profita pour fuir à toutes jambes. Elle disparut dans le boyau qui menait à la sortie de la grotte. Aden regarda autour de lui : paniquées, horrifiées, les sorcières tentaient elles aussi de quitter le piège de la caverne. Mais la bête de Victoria était plus rapide qu'aucune d'elles. Elle leur barra l'issue, et, toutes griffes et dents dehors, ouvrant grand sa gueule dégouttant de bave, elle poussa un rugissement terrifiant. Ses crocs claquèrent ; les sorcières reculèrent, paniquées. Mais la bête s'en prit à elles à coups d'ailes et de queue. Le monstre faisait preuve d'une force prodigieuse : il projetait les sorcières de part et d'autre de la caverne, contre les parois de pierre, dans de grandes explosions de terre et de poussière.

La plupart des sorcières portaient probablement des tatouages de protection contre les blessures, car aucune trace ne lésait leur peau, même lorsque la bête y plantait ses crocs effilés comme des rasoirs. Néanmoins, elles hurlaient de douleur et sentaient manifestement dans leur chair les tortures que leur infligeait la bête. Quant à celles qui n'étaient pas protégées, elles saignaient abondamment.

Aden bondit sur ses pieds. Victoria, tremblante, tenta de s'accrocher à son bras, comme pour s'empêcher de courir. D'une voix blanche, enfiévrée, elle ne cessait de murmurer :

— Ça a l'air si bon… J'en veux une gorgée, juste une gorgée…

— Ne les tue pas, lança Aden à la bête. J'ai besoin d'elles vivantes.

Je t'en prie ! supplia Caleb à son tour.

De grands yeux sombres se fixèrent sur Aden. Il en émanait quelque chose en rapport avec la faim, sans doute, mais surtout avec la colère : la bête était furieuse qu'il ait eu à subir de mauvais traitements… Il lui semblait entendre ses pensées — *les sorcières constituent une menace pour toi, Aden, et, en tant que telles, elles doivent être détruites.*

Il insista pourtant.

— S'il te plaît…

Cette fois, la bête consentit. Elle l'avait compris.

— Merci.

A présent, il lui fallait s'occuper de sa fiancée vampire. La bête avait certes passé plus d'un siècle dans la poitrine de Victoria, mais, maintenant, cette dernière n'avait plus aucun contrôle sur elle. Peut-être même la princesse constituait-elle un danger pour le monstre. Or, Aden ne voulait pas courir de risque. Il mit donc Victoria à l'abri derrière lui.

Ses yeux de vampire étaient illuminés, injectés de sang ; elle fixait le vide, loin derrière Aden. Elle passait sans cesse sa langue sur ses lèvres, comme pour se régaler par avance du goût du sang des sorcières. Que devait-il faire ? Lui offrir son propre sang, en espérant que cela l'apaiserait ? Mais cela ne risquait-il pas, au contraire, de la rendre encore plus assoiffée de sa drogue ?

— Victoria ? fit-il en la prenant fermement par les épaules. J'ai besoin que tu restes ici, dans la grotte. Ne bouge pas, tu m'entends ?

Elle ne répondit rien ; ne détacha pas son regard de la scène qui se déroulait derrière lui. Du sang qui se répandait.

Alors Aden l'embrassa. Un baiser profond, peut-être trop rapide mais il parvint tout de même à attirer l'attention de la princesse. Elle le regarda enfin, clignant des yeux comme si elle se réveillait d'un mauvais rêve.

— Aden ?

— Reste ici, lui ordonna-t-il. C'est compris ?

Sur ce, il avança, évitant une première sorcière, puis une deuxième. Quelqu'un le saisit par le bras et le tira violemment sur le côté, et il faillit tomber. Pourtant, il parvint à se libérer. S'accroupissant, il scruta les alentours. Où était donc Marie ? Ah, là-bas…

Totalement terrifiée, la sorcière tentait de guider ses

sœurs à couvert. Elle s'approchait d'Aden, de plus en plus… encore un peu et…

Vivement, il bondit sur elle et la fit tomber ; profitant de son poids, il la tint par les épaules et la cloua au sol.

Fais attention à elle ! plaida Caleb.

La sorcière luttait de toutes ses forces, mais Aden tint bon.

— Convoque l'assemblée, ordonna-t-il.

— Non !

L'expression de panique quitta le visage de la sorcière.

— Ecoute-moi bien, Haden Stone, lui lança-t-elle en lui saisissant le menton, pour qu'il la regarde droit dans les yeux. Tu m'aimes. Tu veux m'obéir. Oh oui, tu m'aimes. Tu m'aimes si fort…

Oui, dit Caleb, *oui !*

Un sort, elle était en train de lui lancer un sort ; la puissance de sa magie irradiait de son corps et enserrait Aden comme les anneaux d'un serpent. Dans son cœur, il éprouva en effet le désir profond de la vénérer et de répondre à tous ses désirs. Comment réussissait-elle à le manipuler ainsi ? N'était-il pas protégé ? Peut-être, en fait, ne ressentait-il pas un désir propre, mais le désir de Caleb ? Ou peut-être le sentiment amoureux ne relevait-il pas de la manipulation ? Ce sentiment ne venait pas de l'esprit mais du cœur ; si bien que la sorcière pouvait lui faire éprouver ce qu'elle voulait ?

A cet instant, quelqu'un lui empoigna la tête et tenta de l'obliger à détacher son regard de celui de Marie. Il devait s'agir de Victoria, pensa-t-il. Oui, il reconnaissait la chaleur qui émanait de ses mains. Pourtant, il résista. Dans sa tête, Caleb murmurait que Marie avait raison, et que tout irait bien pourvu qu'il lui obéisse, pourvu qu'il agisse selon sa volonté.

— Aden !

La voix familière, cette voix tant aimée, lui parvint enfin ; alors seulement, il se rappela qu'il devait faire quelque chose. Quelque chose qui concernait ses amis. Ses amis ! Oui, c'était bien ça. Il devait les sauver.

Mentalement, il obligea Caleb à se taire, et soudain le besoin de plaire à Marie disparut. Il la regarda de nouveau, l'air intraitable :

— Convoque l'assemblée. Convoque-la maintenant, et la bête m'obéira.

— *Entends-moi. Entends ma voix.*

Dans les yeux de Marie, apparut une spirale. Comme appelé par ce regard, Caleb revint à la surface de l'esprit d'Aden, toujours en transe ; il se remit à supplier Aden d'obéir à la sorcière, d'oublier son propre dessein.

— *Tu m'aimes. Tu veux me…*

Marie ne put terminer : la bête venait de la saisir par le bras et, d'un grand moulinet de la tête, de la faire voler à travers la caverne.

Dans un grand hurlement, la sorcière s'écrasa au sol ; Aden ne l'avait pas quittée des yeux. *L'aimer… lui obéir…*

— Aden ! lança Victoria en le secouant vigoureusement, Aden, écoute-moi. Ecoute ce que je te dis. Il faut que tu te battes. Il faut que tu luttes.

A l'autre bout de la grotte, Marie avait déjà repris ses esprits. Elle se redressait sur ses jambes encore chancelantes, les yeux toujours fixés sur Aden. Puis elle leva les bras dans un geste d'incantation.

— Tu m'aimes. Tu vas m'obéir.

Aimer. Obéir, répéta Caleb.

Victoria se tourna vers sa bête :

— Va, elle lui fait du mal ! lui dit-elle.

Alors, aussitôt, le monstre bondit et referma les mâchoires sur la sorcière, avant de la projeter pour la deuxième fois contre la paroi de la grotte. Hélas, cette fois encore, la sorcière survécut, se remit debout et se prépara à formuler son sortilège jusqu'au bout…

Mary Ann déboucha dans le froid clair de lune. Elle l'avait vu. Dans la caverne. Elle avait vu… un dragon. Un dragon, vrai de vrai. Sans doute qu'elle n'aurait pas dû courir, songea-t-elle, mais la peur l'avait emporté. Elle avait obéi à l'ordre de Victoria sans la moindre hésitation.

Seulement, était-elle davantage en sécurité dehors ? Rien n'était moins sûr ; car, devant la grotte, se déroulait maintenant un autre combat sans merci.

Quand Mary Ann, sur les pas de Brendal, était passée pour la première fois dans le canyon rocheux qui menait à la grotte, tout était calme et tranquille. A présent, une horde de vampires, flanqués de quelques loups-garous, étaient aux prises avec une impressionnante légion de fées. Il s'agissait d'une véritable armée, pour qui tous les coups étaient permis. Certes, les Faé ne disposaient pas de *je-la-nune,* mais ils étaient armés d'épées qui transperçaient les fourrures et les chairs ; ils visaient en particulier les parties vulnérables des vampires, les yeux, les oreilles et la bouche. Du sang giclait en tous sens.

Riley combattait, Mary Ann en était sûre ; il avait dû suivre Victoria. Mais où se trouvait-il ? Pourquoi ne le voyait-elle pas ? S'il était blessé, elle ne…

Elle entendit un hurlement suraigu juste derrière elle, et soudain un poids s'abattit sur elle et l'abattit sur le sol. Dans sa chute, elle parvint à se retourner suffisamment pour distinguer son assaillant. C'était Brendal, qui l'avait visiblement suivie depuis l'intérieur de la grotte. Lorsqu'elle heurta le sol brutalement, cette pensée lui échappa en même temps qu'elle perdit le souffle.

— Je ne vais pas te laisser partir, gronda la fée à son oreille, avant de la saisir par le col de la chemise et de la remettre debout sans ménagement. J'ai besoin de toi pour obliger Aden à me révéler ce qu'il sait de mon frère.

Minuit ne tarderait plus à sonner. A cette heure, le vainqueur de la bataille — et le perdant, bien entendu — serait connu. Ce serait l'un ou l'autre. Si Mary Ann mourait, la fée ne saurait jamais ce qui était arrivé à son frère. Alors, Mary Ann l'admettait, si elle avait été, comme la fée, en situation de retrouver un membre disparu de sa famille, elle aurait été, sans nul doute, aussi déterminée que Brendal et aussi décidée qu'elle à obtenir des réponses par tous les moyens possibles.

— Votre frère… votre frère est mort, lui révéla-t-elle d'une voix douce.

Sous le choc, Brendal exprima tour à tour la surprise, l'incrédulité et la rage. Puis elle secoua la tête.

— Je ne te crois pas.

— Je dis la vérité. Je suis désolée.

La fée la regarda, pleine de méfiance.

— Où est le corps ?

— Je l'ignore.

— Qui le sait ?

— Demandez à votre armée d'épargner les loups-garous.

— Qui peut me dire où se trouve le corps ? insista l'autre.

Elle empoigna Mary Ann par les épaules et se mit à la secouer comme un pantin, et à lui détacher la tête du corps.

— Qui ? Dis-le-moi ! L'humain ? Le loup-garou ? La vampire ?

Mary Ann demeura muette. Elle avait fait un aveu à la fée, mais tout lui révéler reviendrait à condamner ses amis à mort.

— Tu refuses de me le dire ? Même au prix de ta propre vie ?

Brendal passa la main dans le dos de sa robe et en sortit un couteau étincelant ; elle le brandit puis le pointa contre la gorge de Mary Ann. Cela lui fit l'effet d'une piqûre puis une brûlure. Oh, pas de quoi la tuer, mais assez pour la faire souffrir.

Bats-toi. Tu sais comment faire.

Hélas, la lame s'enfonçait encore.

Mary Ann n'osa pas réagir ; une sueur glacée lui coula le long du corps. Elle était plus forte que jamais, d'accord, et avait même acquis une certaine expérience du combat ; cependant, elle ignorait complètement comment se tirer de cette situation-là.

Le salut lui vint de manière inattendue. Il y eut d'abord un grognement ; puis, dans un éclair, le mouvement d'une forme noire. L'instant d'après, Brendal gisait au sol, quelques pas plus loin.

Riley… Riley, sous sa forme de loup-garou, maintenait la fée au sol.

Pourtant, il sembla vite en difficulté ; pourquoi ses mouvements étaient-ils si lents ? Pourquoi devenaient-ils de plus en plus imprécis ? Quelque chose, quelqu'un, était-il en train de drainer son énergie ? La fée usait-elle d'un moyen connu d'elle seule pour l'affaiblir ? *C'est moi, le Draineur,* pensa sombrement Mary Ann, *si quelqu'un doit être affaibli, c'est donc plutôt la fée.* Remplie d'une détermination nouvelle, elle se remit debout tant bien que mal et s'approcha en titubant des deux combattants. Riley dut sentir sa présence toute proche car il tourna la tête et poussa un rugissement menaçant. Quand il s'aperçut à qui il avait affaire, il s'en désintéressa et reporta son attention sur Brendal, pour l'écraser de tout son poids.

Mary Ann s'accroupit alors près de la fée ; elle posa la main sur son cou, exactement là où battait une veine. Jusque-là, elle n'avait pas eu besoin d'en passer par le toucher pour une fée ni une sorcière ; le drainage avait échappé à son contrôle, dicté uniquement par la faim intense qu'elle éprouvait. Cette fois, les choses étaient différentes. Peut-être faudrait-il même recourir à la force.

Elle ferma les yeux et fit le vide dans son esprit. Ou tout au moins, elle s'y efforça…

Mais une pensée parasite vint la troubler. Si elle faisait ce qu'elle s'apprêtait à faire, tout le monde saurait qui elle était. Son secret serait révélé au grand jour. Ce qui reviendrait à la condamner à mort. Cela dit, elle l'était déjà, n'est-ce pas ? Sauf que ses juges seraient encore plus nombreux ; maintenant, en plus des sorcières, les loups-garous et les vampires voudraient la détruire.

Une autre pensée lui vint. Si elle ne le faisait pas, Riley risquait gros.

Et de toute façon, il y avait peu de chances qu'elle soit encore vivante demain. Alors, au fond, qu'avait-elle à perdre ?

Et puis, soudain, une seule pensée l'obséda.

J'ai faim. Terriblement faim.

Elle patienta ; la chaleur de la magie restait obstinément hors de portée, loin à l'intérieur de la fée.

Je meurs de faim. J'ai besoin de cette énergie.

Rien. Etait-il encore trop tôt pour que son pouvoir se soit étendu aux fées, ainsi que le lui avait expliqué Riley ? Ne pouvait-elle, pour l'instant, se nourrir que de l'énergie des sorcières ?

Non. Elle allait se surpasser ! Elle pouvait le faire et il le fallait. Elle se concentra donc, entièrement absorbée par la fée, la main posée sur la peau si douce de Brendal, une peau sous laquelle tambourinait le pouls. C'était un rythme, une chanson. Mary Ann écouta, entendit bientôt la chanson dans sa tête, et la laisser courir dans son propre sang.

Et là, sous sa paume, elle sentit Brendal se contracter

et se tordre. Mary Ann absorba aussi ce mouvement. La chaleur, la chaleur dont elle avait tellement envie suivit bien vite, pénétrant dans son corps. C'était une sensation extraordinaire, délicieuse. Comme se trouver au chaud dans un chalet, devant un feu, alors que dehors, la neige se déchaînait.

Peu à peu, toutefois, le rythme de la chanson ralentit, et Mary Ann s'inquiéta. Elle n'avait pas fini d'écouter ! Elle voulait en entendre davantage ! Mais… la mélodie n'était plus aussi belle. Elle avait perdu de son charme, il lui manquait quelque chose. Ensuite, même la chaleur disparut. Que faire ? Il lui en fallait d'autre, elle en avait besoin.

Ça suffit. Mary Ann, arrête, sans quoi tu vas la tuer. Je sais que tu ne veux pas la tuer.

La voix de Riley — dans la tête de Mary Ann, elle résonna comme un cri. Cela seulement lui donna la force d'ôter la main du cou de Brendal et de s'arracher à ce qu'elle faisait. Elle battit des paupières, ouvrit les yeux. Brendal ne bougeait plus, allongée, apparemment inconsciente, et respirait à peine ; néanmoins, elle était miraculeusement en vie.

J'ai réussi ! songea Mary Ann. *J'ai drainé la fée !*

Est-ce que tu peux drainer les autres aussi ? s'enquit Riley par télépathie. *Pas complètement, mais juste assez pour les affaiblir ?*

Toute tremblante, elle fouilla du regard les alentours. La bataille faisait toujours rage. Cependant, les loups-garous faiblissaient. Les Faé, au contraire, semblaient gagner en force. Mary Ann éprouva alors une joie dont elle eut honte : non, elle n'était pas fière de pouvoir apporter son aide dans la bataille ; en revanche, elle se réjouissait à l'idée d'entendre de nouveau la chanson merveilleuse, de sentir encore un peu de cette divine chaleur.

— Je vais essayer, répondit-elle.

31

Victoria donna un long baiser à Aden. Soudain, il la sentit tout contre lui, dans ses bras, juste comme il aimait la tenir ; le contact doux et chaud de ses lèvres lui mit le feu aux reins et, instantanément, Caleb cessa sa litanie tandis que l'emprise de la fée se dissipait aussi. Il aurait voulu murmurer un « merci » à l'oreille de sa princesse — mais voilà que, déjà, elle s'arrachait à lui et bondissait sur Marie. La princesse et la sorcière roulèrent au sol dans un corps-à-corps furieux.

Pendant qu'elles luttaient, Aden retourna auprès de la bête de Victoria qui, postée dans le boyau de la grotte, barrait aux sorcières l'accès vers l'extérieur. Il tendit la main, pour la caresser. Cette bête avait besoin de recevoir un nom. Mais lequel ? Gobeur, peut-être ? Oui, Gobeur… Donc, Gobeur reniflait bruyamment par les naseaux ; la violence environnante le rendait visiblement très nerveux.

— Es-tu capable d'obliger les sorcières à s'aligner le long du mur ? demanda Aden.

Il y eut un instant figé, un instant de silence où aucun des témoins de la scène ne bougea ; tous se taisaient, dans l'expectative de ce qui allait se produire. Finalement, le monstre inclina la tête et saisit les sorcières, l'une après l'autre, ou parfois par groupe, et les lança en direction du mur d'un coup de mufle. Certaines, qui étaient encore conscientes, tentèrent de résister, les grognements menaçants eurent raison de leur rébellion et elles se rangèrent d'elles-mêmes.

Bientôt, ne resta que Marie.

Toujours au centre de la caverne, elle continuait de lutter contre Victoria dans un combat acharné qui n'avait diminué ni en intensité ni en violence. Les coups d'ongles succédaient aux coups de dents, les coups de poings aux coups de pieds.

— Pas elle, ordonna Aden quand Gobeur fit mine de s'approcher de Marie. Pas tant que tu risques de blesser la princesse.

Gobeur grogna et inclina la tête. Sa langue rouge et humide pendait ; il battait de la queue, quêtant des câlins. Mais, à présent qu'il s'était assuré de sa docilité et que les sorcières étaient neutralisées, Aden avait plus urgent à faire. Il retourna sur ses pas, là où Victoria et Marie s'empoignaient férocement. Un combat à mort, sans pitié.

Et comment devait-on s'y prendre, au juste, pour séparer une sorcière et une vampire déchaînées ? Surtout quand Calen vous soûlait de paroles et explorait tous les moyens pour vous distraire ?

— Victoria ! Assez ! Ecarte-toi d'elle.

La vampire mit un temps à réagir ; malgré tout, elle rompit le corps-à-corps. Mais, même réfugiée contre la paroi de la caverne, elle se retenait de repartir à l'assaut. Marie n'avait pas renoncé et défiait Aden.

— Tes heures sont comptées, humain, lança-t-elle pour le provoquer.

Il leva la tête bravement.

— Ce qui veut dire que les tiennes le sont aussi, sorcière ! Parce que, si je meurs, je t'emporterai avec moi dans la tombe.

— Tu pourras toujours essayer, oui.

— Et j'y parviendrai.

— Ah vraiment ?

Narquoise, elle agita la main : à son doigt, brillait une bague qui ressemblait fort à celle de Victoria.

Aden comprit aussitôt ce qui allait se produire. Vite, il plongea. Tant pis si le liquide le brûlait ; au moins aurait-il évité qu'il n'atteigne Victoria ! Hélas, Marie avait été la plus rapide. Le poison frappa la princesse à la joue. Son visage, son cou, son bras et tout son côté droit furent touchés. Elle tomba à genoux, hurlant de douleur, tandis que la *je-la-nune* commençait son redoutable travail d'érosion de la peau, des vêtements.

Faisant aussitôt volte-face, Aden se jeta sur Marie. Il parvint à l'immobiliser en la clouant au sol de tout son poids, bras en croix. La rage le submergeait ! Il aurait pu rouer de coups la sorcière ! Mais il se contint : on ne frappait pas une fille, fût-elle une sorcière et une garce.

— Attrape-moi celle-là, lança-t-il à Gobeur entre ses dents serrées.

Le monstre s'approcha, saisit Marie dans sa gueule et, comme il l'avait fait pour les autres sorcières, la balança contre la paroi rocheuse. Quand elle heurta la pierre, on entendit s'échapper un gémissement pénible.

— Retiens-la au sol, maintenant.

En un bond, la bête obéit, utilisant ses crocs. Sous l'étau, la sorcière se débattait de toutes ses forces.

— Laisse-moi partir ! criait-elle.

Aden ignora sa requête. Il s'élança vers Victoria dont le corps tremblant lui parut bien faible. Alors, il entoura sa princesse de ses bras, lui présenta son poignet et l'invita à y mordre — ce qu'elle fit avec avidité.

— Convoque l'assemblée ! ordonna-t-il à la sorcière, maintenant que Victoria était secourue.

— Aie le courage de venir me le demander ici !

— Pour que tu essaies de me subjuguer par un de tes sorts ? Jamais plus !

Fais ce qu'elle te dit, le supplia Caleb. *Il faut faire ce qu'elle ordonne.*

Caleb, s'il te plaît ! le sermonna Julian. *Laisse Aden tranquille. Cette fille est bien trop dangereuse.*

Non ! C'est faux, elle ne l'est pas !

Julian ne lui répondit que par un juron.

Il est sous le charme, exliqua Elijah. *Exactement comme Aden tout à l'heure. Sauf que Caleb n'en est toujours pas sorti. Tant qu'il est dans cet état, nous n'obtiendrons rien de lui.*

Les frissons de Victoria s'espacèrent. Ses yeux s'étaient fermés. Elle respirait péniblement mais du moins était-elle sauve et ne criait-elle plus, même si la douleur tendait encore ses muscles. Aden sentit sa morsure se faire moins profonde, moins urgente. Il lui caressa les cheveux, écartant de son visage ses mèches collées de sueur. Puis un frisson le secoua à son tour ; la tête lui tournait. Trop de violence.

— Si tu n'obéis pas, Marie, reprit-il, je lâche la bête contre toi. Et peu importe que tes tatouages te protègent de la mort : car, si elle t'avale, tu vivras éternellement dans le cloaque de son ventre, rongée par les acides. Tu souffriras tellement que tu appelleras la mort de tes vœux, pour qu'elle vienne te délivrer.

— Ça m'est égal, tu m'entends ? Je m'en fiche. Tu as raison : j'ai le pouvoir de rassembler le conseil des sorcières. Pas besoin d'attendre l'accord des aînées. Mais tes amis méritent de mourir, et c'est exactement ce qui va leur arriver ! A minuit exactement. Ils sont dangereux. Ils sont le Mal. Ils mourront, je te le jure !

De toute évidence, elle ne capitulerait pas. Si elle disait juste, ses compagnons allaient mourir d'ici à quelques minutes. Il n'avait plus qu'un moyen pour la contraindre.

Avec délicatesse, il allongea Victoria sur le sol ; puis il vint rejoindre la bête.

— Continue à la tenir en respect, lui ordonna-t-il en lui flattant le flanc.

Qu'est-ce que tu fais ? gémit Caleb. *Je t'en supplie. Nous l'aimons !*

— Caleb, il n'y a qu'une seule façon pour que tout cela se termine bien.

Si c'était possible…

La posséder ?

— Oui.

Ainsi, il pourrait la contraindre à convoquer l'assemblée.

— Pendant que je serai dedans, j'examinerai ses souvenirs pour voir si tu t'y trouves. Ça te va ?

Tu ne la forceras pas à faire quelque chose qui pourrait lui nuire ?

— Tout à l'heure, j'aurais pu la frapper ; ce que je n'ai pas fait. Alors tu peux me faire confiance.

D'accord. Je suis prêt.

— Arrête ! hurla aussitôt Marie en se débattant de plus belle. Arrête-toi ! Ne t'approche pas de moi !

— Moi qui croyais pourtant que tu n'attendais que ça ! répliqua Aden en s'agenouillant près d'elle.

Il lui saisit le poignet et ferma les yeux pour éviter qu'elle ne l'ensorcelle. Mais, au moment où il se transformait en brume pour s'introduire dans l'esprit de la sorcière, il s'aperçut que quelque chose l'empêchait d'entrer — une sorte de barrière le tenait à distance.

Une protection.

Raté ! Il se solidifia de nouveau.

— On dirait qu'il va falloir la faire souffrir, conclut-il dans un soupir. Désolé, Caleb, c'est la seule façon de la sauver.

Non ! Laisse-la tranquille !

Aden resta sourd à ces suppliques et entreprit de fouiller les sorcières que Gobeur tenait toujours sous sa garde pour leur confisquer leurs bagues. Bientôt, il en eut quatre.

— Dis-moi quel tatouage je dois effacer, dit-il à Marie en revenant vers elle, ou bien je les détruirai tous, je te le jure. Et ce sera douloureux, Marie. Très douloureux.

Aden…

En voyant les bagues, au creux de la paume d'Aden, la sorcière se figea, paniquée. Paniquée, oui ; car elle venait de comprendre qu'Aden allait mettre sa menace à exécution. Pas de gaieté de cœur, mais il s'y préparait. Pour sauver ses amis.

— Non, dit-elle. Je ne… je ne peux pas. C'est impossible. Essaie de me comprendre.

— Je n'ai pas le temps de comprendre.

Avec fermeté, il tordit alors le bras de la sorcière pour mettre en évidence le tatouage qu'elle portait au poignet ; il y versa quelques gouttes de *je-la-nune.* La sorcière hurla, s'arc-bouta sous l'effet de la douleur. Une odeur de chair brûlée s'éleva. De nouveau, Aden tenta de pénétrer dans son esprit ; hélas, de nouveau, il se heurta à la barrière.

— Je te donne une chance supplémentaire, Marie : dis-moi tout. Si tu te tais, j'efface tous tes tatouages les uns après les autres sans te laisser le moindre répit.

— Si… si je convoque l'assemblée des sorcières, tu jures que tu nous laisseras toutes partir ? Saines et sauves ?

— Oui. Et toi, jure de ne pas nous lancer de sorts pour te venger.

— Je le jure. Personne ne devra nous suivre quand nous quitterons cette caverne.

— Personne, je le jure.

Au terme de cet échange, Marie parut s'effondrer intérieurement ; des larmes brillaient dans ses yeux. Etait-elle juste en train de gagner du temps pour leur faire atteindre le point de non-retour ? Ou bien allait-elle vraiment, enfin, accéder à la requête d'Aden et les sauver tous ? Nerveux, fébrile, même, Aden la pressa d'agir :

— Fais-le maintenant, ou je commence à verser le poison, gronda-t-il du ton de la sommation.

Puis il lui saisit le bras qu'il n'avait pas encore touché, prêt à brûler un autre tatouage.

La sorcière ferma les yeux.

— Je… convoque… cette assemblée.

Aden se tendit de tout son être, dans l'expectative.

Quelques secondes.

Rien ne se produisait.

Combien de temps était-il raisonnable d'attendre ?

— C'est ça ? siffla-t-il entre ses dents. C'est tout ce que tu dois faire ? Tout ce que tu as à dire ?

— Oui.

— Mes amis sont sauvés ?

— Mais oui, puisque je te le dis !

Aden sentit ses jambes lui manquer. Dieu merci ! Ses amis étaient sauvés. Enfin ! Ils étaient libérés du sortilège de mort qui les menaçait. Pendant une éternité, il demeura comme abattu par la joie et le soulagement. Les émotions le traversaient comme autant de frissons, l'une après l'autre, selon un cycle étrange ; il se sentait à la fois excité et terrifié par le sentiment de sa victoire mêlé à la pensée qu'il avait été si près de tout perdre. La nausée soulevait son estomac, la tête lui tournait.

Mais, après tout, ce n'était qu'un combat de plus, une victoire de plus. Avec ce petit goût extraordinaire en plus — ses amis étaient sains et saufs. *Sains et saufs.*

— Tu peux la laisser partir, maintenant, dit-il à Gobeur qui lui obéit immédiatement. Occupe-toi de la princesse pendant que j'organise la sortie des sorcières !

La bête s'éloigna de son pas lourd ; elle se planta au-dessus de Victoria et gronda de tous ses crocs pour dissuader les sorcières d'essayer seulement d'approcher.

— Vous autres, lança Aden, débrouillez-vous pour porter celles qui ne peuvent pas marcher et suivez-moi.

Ces créatures avaient bel et bien failli détruire tout ce qu'il aimait au monde. Le ressentiment lui taraudait les tripes. Les laissant se mettre en branle, sans plus jeter un regard en arrière, il se dirigea lui-même vers l'entrée de la grotte d'un pas encore mal assuré. Sur ses talons, il entendait des pas et gémissements. Les sorcières se traînaient vers la sortie…

Il avança longtemps dans le boyau rocheux qui serpentait vers l'air libre.

Et là, alors qu'il passait la gueule béante de la grotte, ce qu'il vit le stupéfia.

Des corps inanimés jonchaient le sol.

Des corps de fées.

Encerclés par des loups-garous et des vampires, qui attendaient tous les ordres de Riley. Sous sa forme animale, celui-ci se tenait devant Mary Ann, tous crocs dehors. On aurait dit qu'il… la protégeait. Oui, il la protégeait de son propre peuple.

Mary Ann, quant à elle, était livide. Elle souffrait, se tordait, pliée en deux.

— Aden ! lança-t-elle en gémissant quand elle l'aperçut.

Comme il apparaissait dans la lumière du dehors, tous les yeux se tournèrent vers lui. Aussitôt, les vampires s'agenouillèrent ; quant aux sorcières qui le suivaient, elles reculèrent, frappées d'horreur.

— Laissez passer les sorcières. Ne les regardez pas. Ne les touchez pas. N'essayez pas de les suivre. Laissez-les passer, tout simplement.

Hésitantes, les sorcières s'avancèrent, l'une derrière

l'autre, se soutenant les unes les autres. Les vampires s'écartèrent pour leur laisser un passage. Personne ne tenta de les retenir.

— Riley, raccompagne Mary Ann chez elle, ordonna alors Aden.

De toute évidence, elle était malade et avait besoin de repos.

— Majesté, lança un vampire couvert de sang, c'est un Draineur. Elle doit être éliminée.

— Je ne veux pas savoir ce qu'elle est. Personne n'a le droit de la toucher ni de la suivre, elle non plus. Riley, fais ce que je t'ai dit : ramène-la chez elle. Immédiatement.

Le garde du corps passa derrière Mary Ann, lui posa la main sur l'épaule et la poussa doucement en avant. Une fois encore, comme ils l'avaient fait pour les sorcières, les loups-garous et les vampires ouvrirent un passage, même si, cette fois, leur réticence était manifeste.

Quelle obéissance aveugle... En un éclair, Aden venait de comprendre ce que c'est qu'être roi. Et qui était son peuple. Quelle idée juste, belle, vraie ! Par sa victoire, il avait gagné son titre. En domptant les bêtes, il avait gagné davantage encore. Oui, il était bel et bien le souverain de cet outre-monde, et plus jamais, désormais, il ne rejetterait cette évidence.

— Les autres... Vous restez ici. Vous ne bougez pas.

De nouveau, il s'enfonça dans la caverne pour y rejoindre sa princesse et le monstre ; ni l'un ni l'autre n'avait bougé mais Victoria semblait moins mal en point.

— Comment te sens-tu ?

Il s'agenouilla devant elle et lui prit le menton.

Délicatement, il jugea la gravité de ses blessures ; des blessures qui cicatrisaient déjà.

— Mieux, admit-elle.

Elle le regardait de ses grands yeux bleus, inquiète.

— Et toi ?

— Tout va bien.

A ces mots, elle le prit dans ses bras pour le couvrir de baisers rapides et doux. Cette nuit, tant de choses auraient pu tourner au désastre ; il aurait pu perdre littéralement tous ceux qu'il aimait.

Tout allait bien, oui. Merveilleusement bien.

Pour le monstre, l'heure était donc venue de retourner à l'intérieur de Victoria ; la bête renâcla puis finit par obtempérer. Dehors, les vampires et les loups-garous les attendaient toujours. Ainsi, ses ordres avaient été suivis. Fidèlement.

— Je suis le roi, dit-il à Victoria qui accueillit cet aveu avec un sourire heureux. Rentrez chez vous, ajouta-t-il à l'adresse de la foule qui lui faisait face. Reposez-vous. Je suis fier de vous tous.

— C'est toi que je vais emmener à la maison, maintenant, lui murmura Victoria au moment de le téléporter, alors que le paysage se brouillait autour d'eux.

A présent, ils étaient de nouveau dans la chambre d'Aden, au ranch D & M. Shannon ronflait doucement. Aden s'approcha de lui, pour voir si tout allait bien, tandis qu'une vision de l'avenir germait dans son esprit. Il avait encore beaucoup à faire, ici, pour les autres garçons, avant de partir régner et d'aller vivre avec Victoria au manoir des vampires. Pour les garçons, et pour Dan. Afin d'assurer leur bien-être et surtout leur sécurité.

Et Thomas ? Où pouvait bien être le Faé ?

— Rentre chez toi, Victoria, dit-il en déposant doucement un baiser sur ses lèvres. Toi aussi tu as besoin de repos. Demain, nous sortons en amoureux.

— C'est un ordre de mon roi ? demanda-t-elle dans un sourire.

— Plutôt le souhait du garçon qui t'aime.

— Alors j'accepte.

— Pars, Mary Ann, lança Riley tout en fourrant les affaires qu'il trouvait dans un sac de voyage.

Au fur et à mesure qu'il s'en emparait, Mary Ann les ressortait du sac. Mais Riley ne désarmait pas.

— Tu dois fuir cet endroit ; et je viens avec toi.

— C'est impossible. Je refuse de laisser mon père tout seul. Et toi, tu ne viens nulle part avec moi.

— Si tu restes ici, les autres s'en prendront à lui pour t'atteindre. Maintenant, tout le monde sait ce que tu es. Aden peut interdire aux loups-garous et aux vampires de te toucher, mais il n'a aucune autorité sur les sorcières ou les fées. Et vu ce que tu leur as fait cette nuit, elles vont se montrer sans merci.

Il avait raison, Mary Ann le savait bien, hélas. Mais cela ne rendait pas les choses moins difficiles.

— Comment veux-tu que j'abandonne mon propre père !

— Laisse-lui une lettre, répondit Riley sur le ton de

l'urgence. Fais-lui tes adieux. C'est la seule manière de le sauver.

Le sauver. Ces mots suffirent à décider Mary Ann. Les yeux pleins de larmes, elle se résolut alors à laisser Riley emballer ses vêtements, et alla dans le bureau pour écrire. Dans la lettre, elle allait dire à son père qu'elle l'aimait, qu'elle devait s'éloigner de lui pendant un certain temps, et qu'elle le contacterait dès qu'elle le pourrait.

Sûr qu'il se sentirait désemparé. Qu'il se ferait des reproches. Vraiment, elle se détestait déjà de lui infliger une telle épreuve.

— Tout est prêt, déclara Riley.

— Mon père… il est toujours confiné dans sa chambre. La fée le lui a ordonné, quoi qu'il se passe et quoi qu'il entende. Je crois qu'il n'en a pas bougé de toute la nuit.

Lorsqu'elle était allée le voir, il n'avait même paru ni l'entendre ni la remarquer ; il était simplement assis, là, sur son lit, les yeux hagards.

— J'appellerai Victoria, affirma Riley, et elle s'occupera de le délivrer de l'ordre de la fée. Partons immédiatement !

— Et Aden ? Personne d'autre que nous ne sait que Vlad est toujours en vie. Qu'arrivera-t-il quand la nouvelle se répandra ? Il faut que tu restes auprès de lui pour le protéger. A moins que tu aies cessé d'être loyal envers lui ?

Il plissa les yeux ; elle lut la tension dans son regard. Elle le connaissait si bien, maintenant…

— Non, je n'ai pas cessé d'être loyal à Aden. Et tout le monde le restera, crois-moi ; car Aden a déjà prouvé qu'il est un bien meilleur souverain que Vlad, et surtout plus puissant puisqu'il a su dompter les bêtes. Pourquoi notre peuple se tournerait-il vers Vlad, ce bourreau, à présent que nous avons Aden ? Nous préférerons affronter la colère de l'Empaleur que celle d'un garçon capable d'apprivoiser des monstres. Maintenant, allons-nous-en.

Déchirée, Mary Ann se décida et fit face. Elle devait dire au revoir à son père, à présent ; et une autre épreuve l'attendait aussi.

— Je pars seule, murmura-t-elle, je te l'ai dit.

Riley s'échauffa.

— Hors de question. N'y pense même pas ! s'écria-t-il en jetant le sac de voyage en travers sur son épaule. On part ensemble.

— Je pars seule, ou bien je ne vais nulle part.

Il était tout simplement impossible qu'elle laisse Riley tout abandonner pour elle. D'autant plus que ce geste vaudrait sans doute au loup d'être tué. Par elle, si elle ne réussissait pas à contrôler sa nature de Draineur ; ou bien par les loups eux-mêmes, parce que Riley l'avait déjà protégée une fois terminé le combat contre les fées. On ne lui pardonnerait pas de recommencer, de trahir deux fois sa race en épousant la cause de Mary Ann ; et cela bien que Mary Ann ait contribué à la victoire. D'ailleurs, les loups avaient grogné et montré les crocs comme si Riley était lui-même l'ennemi, et seule l'intervention d'Aden les avait retenus de bondir.

Tandis que si elle partait seule…

Si elle partait seule, Riley retournerait vers les siens et

ceux-ci le pardonneraient, l'accueilleraient de nouveau dans leur cercle.

— Où iras-tu ? lança Riley. Tu penses vraiment pouvoir t'en tirer seule ?

Elle n'avait pas de réponse à cette question ; et de toute façon, elle l'aurait gardée pour elle.

— C'est mon secret.

Comme Riley s'apprêtait à répliquer, elle s'empressa d'ajouter :

— C'est préférable pour nous deux.

Les larmes lui montaient aux yeux. *C'est la meilleure solution, souviens-toi.*

Riley finit par capituler.

— C'est bon, dit-il. Pars. Va-t'en sans moi.

Une grande tension l'habitait.

Mary Ann avait la gorge serrée. Elle prit le sac, sur lequel Riley serrait encore ses poings.

— Je suppose que c'est maintenant qu'on se dit au revoir…

Avant que les larmes la submergent, Mary Ann prit ses jambes à son cou et dévala l'escalier. Mais une fois devant la porte, elle se ravisa : elle ne pouvait pas mettre un terme à leur histoire d'une façon aussi brutale.

Elle retourna sur ses pas en hâte ; Riley affichait un air buté et maussade. Elle passa une main derrière son cou et l'attira à elle pour un baiser qu'elle aurait voulu rapide, vif. Mais sentir le goût de ses lèvres, la puissance qui se dégageait de son corps musclé lui donna la fièvre. Elle laissa le temps s'étirer, comme si cette étreinte pouvait ne jamais cesser…

Voilà. C'était leur dernier baiser. Elle le garderait pour toujours dans sa mémoire.

Elle aurait bien besoin de ce souvenir pour la soutenir, à l'avenir.

Dehors, le soleil brillait. Mary Ann jeta son sac sur la banquette de la voiture que Riley avait volée la veille. Le souvenir lui revint de leur trajet du retour, lui au volant, parcourant à vive allure les routes qui menaient du Texas à l'Oklahoma. Puis elle démarra.

Pendant des heures, elle conduisit, toujours tout droit.

Et pas un instant elle ne cessa de pleurer.

Aden préférait ne rien révéler de ses plans à Dan ni aux garçons. C'était le matin, et ils prenaient leur petit déjeuner en commun. La conversation roulait sur Mlle Brendal, dont la disparition récente, aussi subite et inexpliquée que celle de M. Thomas, troublait les esprits. En réaction, Dan avait décidé qu'il se passerait dorénavant de tuteurs et qu'il allait essayer d'inscrire tous les garçons au lycée de Crossroads, comme Aden et Shannon.

La nouvelle, bien entendu, avait fait l'effet d'une petite bombe.

Aden ne disait rien ; il nageait dans la joie tout en rangeant ses livres dans son sac de classe. Shannon et les autres pensionnaires du ranch finirent même par lui faire des remarques sur sa bonne humeur évidente. Dans sa tête, les âmes bavardaient — Caleb imaginait des plans pour retrouver les sorcières, Julian s'ingéniait à lui démontrer les points faibles de chacune de ses idées, cependant qu'Elijah essayait de comprendre pourquoi il entrevoyait un futur plus chaotique que jamais…

Oui, Aden était heureux. Mais que dire à ses camarades ? Il ne savait comment s'y prendre. Pour l'instant, néanmoins, cela n'avait guère d'importance. Après tout ce qui était arrivé au cours des dernières semaines, il tenait à profiter de la journée, tout simplement. Et de la soirée, en particulier — son premier vrai rendez-vous en bonne et due forme avec Victoria. Il sourit à cette idée. Il piaffait d'impatience, et la journée allait lui paraître bien longue…

De fait, les cours se déroulèrent avec une insupportable lenteur ; chaque leçon ressemblait à une véritable torture. Et cela, malgré le fait qu'Aden était enfin libre — libéré du sortilège des sorcières et de ses funestes conséquences.

Aujourd'hui, Victoria était absente, tout comme Mary Ann et Riley. Les uns comme les autres avaient bien mérité un temps de repos. Lui aussi aurait aimé se reposer, d'ailleurs, mais il se sentait trop redevable à Dan pour sécher davantage les cours.

Enfin, la dernière sonnerie de la journée retentit ! Une fois rentré au ranch, Aden s'efforça d'accomplir le plus rapidement possible les corvées qui lui incombaient, même si la fatigue le ralentissait. Les tâches expédiées, il se doucha, passa ses vêtements préférés — un jean et un T-shirt noir —, au moment même où la lune apparaissait dans le ciel sombre. Il aurait voulu acheter des fleurs à Victoria… sauf que, sans argent, il n'aurait que son cœur à lui offrir. Une fois de plus.

Il n'avait pas de voiture non plus, et le règlement du

ranch interdisait les rendez-vous avec des filles. Selon Dan, les filles empêchaient les garçons de se concentrer et de travailler sérieusement, ce qui amenait toujours des problèmes. Victoria userait donc de son pouvoir pour venir le chercher et convaincre tout le monde que, pourtant, il restait bien sagement au ranch ce soir.

Et mon Dieu qu'elle était belle ! En dépit de ses blessures.

Elle arriva dans un haut bleu moulant et une mini-minijupe d'un bleu un peu plus pâle. Porter des couleurs lui allait à ravir : ce n'était plus une princesse vampire, mais un véritable ange de grâce et de beauté. Ses longs cheveux noirs invitaient à la douceur et à la caresse, et Aden ne rêvait que de s'isoler avec sa princesse pour enfouir les mains dans cette somptueuse chevelure.

Ils passèrent par la fenêtre, puis s'éloignèrent du ranch, main dans la main.

— Tu aimes ? demanda Victoria en tournant sur elle-même pour faire admirer sa tenue. Je les ai empruntés à Stephanie, évidemment. En parlant de ma famille… Je dois te dire que mes sœurs ont fini par décider que tu étais, je cite, « un gars pas si mal au fond ». En particulier depuis que tu as dompté leur bête, que tu t'es montré plus rusé que les sorcières et que tu as anéanti les fées…

— Pour ce qui est de ta tenue, je n'aime pas : j'adore ! Et pour tes sœurs, tu pourras leur dire que je les trouve pas mal non plus.

Ils échangèrent un sourire. Cela leur arrivait de plus en plus souvent, ces derniers temps, songea-t-il avec fierté. Le côté sombre, trop sérieux de Victoria s'effaçait peu à peu.

— Alors… on fait quoi ? demanda-t-elle. Ça me fait drôle de ne pas avoir de malédiction à vaincre ni de gobelins à affronter…

— Je vois ce que tu veux dire.

Ce soir, ils n'étaient que deux jeunes gens tout à fait ordinaires. Sortir et s'amuser devaient être leur seule préoccupation.

— Est-ce que tu as envie qu'on aille en ville ? Enfin, une autre ville que celle-ci, je veux dire. Une ville où personne ne nous connaît. Peut-être qu'on pourrait aller se faire un cinéma ?

Qu'est-ce que les filles aimaient faire le soir ? Aden se rendit soudain compte qu'il n'avait décidément aucune expérience en la matière !

— Ce serait génial, oui !

Elle lui reprit la main. L'instant d'après, le monde se mettait à tourner autour d'eux, le vent se levait et le paysage s'effaçait… avant que tout redevienne normal en même temps que ses pieds touchaient le sol, et que ses yeux s'ouvraient sur des murs d'immeuble.

Il se mit à rire :

— Tu deviens de plus en plus forte à ce jeu !

— N'est-ce pas ?

Génial comme son enthousiasme et sa joie sonnaient *humains*…

Aden regarda autour de lui. Ils se trouvaient dans une allée sombre, au coin de laquelle il distingua l'animation d'une rue, ainsi que les éclairages d'un carrefour où se croisaient de nombreuses voitures.

— Où sommes-nous ?

— A Tulsa. Pas très loin de chez nous, mais pas trop près non plus.

— Parfait.

Sauf que, soudain, Elijah vint jouer les trouble-fête.

Aden ! Rentre à la maison. Tout de suite.

— Tout ira bien, fit Aden pour le rassurer.

— Je sais que tout ira bien ! répliqua Victoria qui n'avait pas compris qu'il s'adressait à une âme. Dis-moi, qu'est-ce que tu penserais si, au lieu d'un ciné, nous allions danser ?

— Je trouverais ça… tout à fait possible, et même très intéressant.

Etait-il bon danseur ? Mystère. C'était sa première fois. Mais pour elle, pour sa princesse, il s'y essaierait, ne serait-ce que parce que cela lui donnerait l'occasion de la tenir dans ses bras. Une perspective des plus réjouissantes.

Aden, je t'en prie !

Une nuit, pensa-t-il. C'était tout ce qu'il voulait. Une soirée tranquille, avec elle.

— Demain, répondit-il à Elijah.

— Les âmes ? demanda alors Victoria.

— Oui.

— Ce sera notre prochain projet. Nous allons nous occuper d'elles.

Dans sa main, la main de Victoria était brûlante. Ils remontèrent l'allée en direction de la rue où ils comptaient se mêler à la foule.

— J'ai du mal à croire que c'est réel, murmura Victoria. Tout ça me semble presque… frivole.

— Je crois qu'en ce moment, nous avons grand besoin de frivolité !

Compris, Elijah ? J'en ai besoin !

— Tu as totalement raison. Dis donc, tu sais quoi ? s'écria-t-elle soudain avec son bel enthousiasme tout neuf.

Sans attendre de réponse, elle lui lâcha la main et se planta devant lui :

— J'ai appris une blague humaine !

— Non, sérieux ? répondit-il en lui remettant une mèche de cheveux en place. Tu me la racontes ?

Au même moment, à la périphérie de son champ de vision, il perçut un mouvement. Sur sa droite. Perplexe, il tenta de mieux la distinguer. Avait-il vraiment vu, dans cette ruelle déserte, cette poubelle bouger et se déplacer vers eux ?

Non, c'était impossible. De toute évidence, à force d'affronter des dangers de toute part, il était devenu un peu paranoïaque

Devant son expression inquiète, Victoria s'interrompit et regarda dans la même direction que lui.

— Qu'est-ce qui se passe ?

Aden. Aden, fuis. Immédiatement.

Trop tard. En un éclair, comme surgi de nulle part, Tucker venait de bondir ; son visage était baigné de larmes.

— Mais qu'est-ce que… ?

La foule et les voitures disparurent, ainsi que Victoria, et Aden se retrouva seul.

Cette ruelle déserte, il ne la connaissait que trop bien, songea-t-il alors, soudain conscient de la scène qu'il était en train de vivre. Il l'avait parcourue dans d'innombrables visions.

Cette ruelle, il avait toujours redouté de s'y retrouver. Il aurait voulu ne jamais la connaître.

Il se mit en garde, prêt à se battre ; Tucker s'avança encore.

— Je suis désolé, vraiment désolé, tu sais, répétait celui-ci en sanglotant. Il m'a dit que je te trouverais ici. Pourquoi es-tu venu, pourquoi ?

Avant même que Tucker ait fini de parler, avant même qu'Aden soit passé à l'attaque, la douleur explosa dans sa poitrine. Une douleur familière, à la fois attendue et redoutée : celle que provoquait une lame en perçant la peau, avant de s'insinuer entre les os, de déchirer les muscles, les chairs et… les organes. C'était comme si chaque battement de son cœur se précipitait à la rencontre de la blessure, l'ouvrant encore plus.

Son cœur. Son cœur qui battait, son cœur qui contenait la vie. Son cœur qui allait sombrer et mourir.

Tucker avait accompli sa mission, et la prédiction. Il s'enfuit. Ses pas résonnèrent dans le silence de la ruelle.

Aden baissa les yeux sur sa poitrine. Planté, le couteau était rouge de sang — la couleur de la fontaine qui jaillissait du cœur d'Aden. Quelque part, Victoria hurlait son nom. Où était-elle ? Il ne réussissait pas à distinguer sa silhouette. Il était seul. Il allait mourir seul.

Pas un jour. Il n'avait pas eu un jour de paix. Même Dieu avait eu droit à son septième jour.

Mais pourquoi pensait-il à ça, à ce moment précis ? C'était étrange…

— Cela… valait la peine, dit-il dans un souffle en priant pour que Victoria, où qu'elle soit, puisse l'entendre.

Oui, l'avoir rencontrée, la connaître et l'aimer valait toutes les souffrances, toutes les morts. Si ç'avait été à refaire, il n'aurait rien changé ; il avait passé avec elle des instants merveilleux.

La ruelle déserte sembla se mettre à scintiller, puis elle disparut peu à peu ; et Aden se retrouva dans la rue passante qu'il venait de quitter.

Elijah gémissait. Caleb et Julian hurlaient. Ils ne pouvaient accepter ce qui venait d'arriver.

Alors, en fait, il n'était pas vraiment seul. Les âmes étaient avec lui. Ils avaient commencé leur vie ensemble, ils allaient la terminer ensemble. Oh, mon Dieu. C'était la fin. The End. Et comme ce mot résonnait dans sa tête, Aden se rendit compte qu'il n'était pas prêt. Pas encore. Pourtant, la douleur l'emportait ; il tombait, tombait… un rideau noir le recouvrait…

Bientôt, il cessa de penser.

Est-ce que quelqu'un tentait de le réanimer avec des électrodes directement branchées sur son cerveau ? Soudain, tout le corps d'Aden fut pris d'un spasme et s'arqua dans une souffrance intolérable. Dieu merci, le rideau noir s'abattit de nouveau, et il fut emporté au loin… jusqu'à ce que le choc électrique l'aiguillonne de nouveau et le rappelle à la conscience. Et le processus se répéta, encore et encore…

— … le sauver.

C'était la voix de Victoria, une voix aux accents suppliants.

— Il faut que vous le sauviez.

— Sa blessure est bien trop grave, répondit une autre voix, une voix qu'il ne reconnut pas. Et nous lui avons transfusé tout le sang que vous pouviez donner sans vous mettre vous-même en danger. Si nous continuons, vous risquez de mourir tous les deux.

— Mais c'est notre roi ! s'écria-t-elle. Nous ne pouvons pas le laisser mourir !

Je suis là, je t'entends, aurait-il voulu dire, mais sa bouche refusait de lui obéir. Les âmes…, pensa-t-il. Elles étaient toujours dans sa tête : il les entendait pleurer et gémir. Aucune ne semblait capable d'articuler. Que se passait-il ? Etait-ce la fin pour tous ?

— Essayez de le retourner, lança Victoria dans l'urgence. Videz-le complètement de son sang, et donnez-lui ce qui reste du mien.

L'autre poussa un cri d'effroi.

— Nous avons déjà tenté cette expérience par le passé, Princesse. Sans succès, vous le savez. Depuis Vlad, aucune transformation n'a réussi. Le plus souvent, le donneur lui-même est mort au cours de l'opération.

— Ça m'est égal.

— Souvent…

— Ça aussi, je le sais ! Faites ce que je vous dis, c'est tout. C'est le seul moyen, et il faut le tenter. Il le faut, répéta-t-elle, des sanglots dans la voix.

Non ! Ne mets pas ta vie en danger, Victoria ! Tout sauf ça… Pourquoi ses lèvres demeuraient-elles muettes ?

— Très bien, reprit docilement l'interlocuteur de Victoria. Je vous laisse disposer de lui. Mais sachez ceci, Princesse : dès que notre peuple aura vent de sa condition, dès qu'on saura à quel point il est faible — et nous n'allons pas pouvoir garder ce secret bien longtemps —, des prétendants chercheront à s'en prendre à lui pour obtenir la couronne. Il y aura des luttes. Aden a prouvé de nombreuses fois qu'il était un roi valeureux et très capable, je le sais ; quoi qu'il en soit, ceux qui rêvent de pouvoir ne se laisseront pas dissuader. Ses opposants voudront profiter de sa faiblesse pour frapper.

— Il faudra d'abord qu'ils le trouvent. Et quand il sera rétabli, *et je vous jure que ça arrivera*, tous ceux qui auront osé le défier seront châtiés.

Des coups, brefs et pressés, résonnèrent à la porte. On entendit des pas, puis une exclamation de surprise.

— Riley ?

— Qu'est-ce qui lui est arrivé ? s'exclama le loup, terrifié, en découvrant le corps inerte d'Aden.

— Ne t'approche pas ! Ne le touche pas. Je vais essayer de le transformer. Contente-toi de surveiller tout le monde. Moi, je l'emporte avec moi.

— Le transformer ? L'emporter avec toi ? Mais, Victoria, c'est impossible !

— C'est possible, et je vais te le prouver. Recule !

Il y eut une pause.

— D'accord, d'accord. Je recule. Avant, j'ai quelque chose à te dire. Plusieurs, en fait. Mary Ann s'est enfuie. Je l'ai suivie pour m'assurer qu'elle était en sécurité, et je ne suis revenu ici que pour te mettre au courant. Il faut que j'aille la retrouver avant qu'elle ne décide de changer de cachette, sans quoi je risque de perdre sa trace. Alors, écoute-moi : Draven t'a lancé un défi qui concerne tes droits sur Aden. Ton père est en vie et il…

— Un défi ? Non ! Pas maintenant ! Et qu'est-ce que tu veux dire par « ton père est en vie » ? Si c'était vrai, il s'en prendrait à Aden, il… *Oh, non !* Je ne le laisserai pas faire !

Puis il y eut le silence. Le silence, et le sentiment de flotter dans le vide. Les ténèbres. Brusquement, Aden eut l'impression qu'on lui tranchait le cou. Pourtant, alors, enfin, il parvint à ouvrir la bouche.

Pour hurler.

Il tenta désespérément de bouger, de s'arracher à cette sensation ; mais bien vite, il dut renoncer. Il n'avait plus aucune force.

De nouveau, le voile noir. Cette douceur miséricordieuse qui le recouvrait, le protégeait. Qui s'en allait.

… froid, il avait si froid…

C'était comme une couverture. Une saleté de couverture qui n'arrêtait pas de glisser. Il la remit en place.

… chaud, il avait si chaud…

Il repoussa la couverture… C'était mieux. Mais cela ne dura pas longtemps.

FROID. SI FROID.

Il la saisit de nouveau, la ramena sur lui.

CHAUD. TROP CHAUD.

Cette fois, il la repoussa aussi fort qu'il put, à coups de poing et de pieds. Enfin, il en fut débarrassé.

MAL. SI MAL…

MAL. TROP MAL.

Le temps était un océan sans fin. Un changement perpétuel. Aden se laissait emporter, ballotté par ses vagues. Il coulait, luttait, revenait à la surface, coulait, dérivait… froid, il avait si froid… et il se demandait… chaud, trop chaud… s'il parviendrait un jour à retrouver le chemin de sa maison. Chez lui. Chez lui ? C'était où, chez lui ? La réponse à cette question lui échappait. Trop de bruits. Trop de discussions, incohérentes, ennuyeuses. La douleur était revenue. Mais pas la couverture. Dieu merci, pas la couverture.

Puis, en un clin d'œil, l'océan disparut. Il vit une caverne et il se vit lui-même. Livide, moribond, respirant à peine, des ruisseaux de sueur coulant de son front et entraînant avec eux le sang qui maculait son corps et ses vêtements ; et il vit Victoria, livide et moribonde comme lui, allongée à ses côtés. Elle se tordait de douleur et gémissait ; il pouvait entendre toutes ses pensées, toutes les pensées qui l'avaient traversé au long de sa vie ; il les entendait si fort qu'il lui était impossible de les comprendre, de se les approprier, et elles étaient si nombreuses, oui, si nombreuses, les pensées, dans sa tête, les siennes, celles de Victoria, celles des âmes, et leurs douleurs aussi se mélangeaient, toutes leurs souffrances, un amas informe, si gigantesque qu'il ne pouvait se contenir nulle part, et quelque chose, quelque chose devait céder, il le fallait, sans quoi ce serait lui qui serait brisé, qui exploserait en milliers d'éclats pour l'éternité.

De nouveau, il voulut la couverture.

Puis il y eut le silence. Un grand calme. Mais rien de

tout cela ne dura. Au loin, il entendit un rugissement. Non, pas au loin. Fort, de plus en plus fort... près, de plus en plus... si près ! *A l'intérieur* de lui ! Oui, le rugissement provenait de son propre corps, le remplissait ; on aurait dit qu'il allait ressortir par les pores de sa peau. Mais, au moins, le chaos des conversations avait cessé dans sa tête. Chaud. Il avait plus chaud qu'avant. Il brûlait. Il sentait les cloques se former, il se voyait se consumer et se réduire en cendres — et puis se reconstituer, plus dur, plus lourd, et de plus en plus chaud.

— Aden...

Où était passé le froid ? Il voulait avoir froid.

— Aden, je t'en prie.

La voix lui parvenait à peine ; le rugissement la recouvrait.

— Ouvre les yeux.

Sa bouche était sèche, comme tapissée de coton ; ses gencives et sa langue étaient gonflées, ses lèvres tuméfiées. Il avait l'impression que tout son corps, ses muscles et ses os, venaient de passer sous une moissonneuse-batteuse.

— Aden !

Ses paupières s'ouvrirent d'elles-mêmes. Il haletait, couvert de sueur. Le visage blafard de Victoria était penché au-dessus de lui. Ses yeux cernés affichaient une expression de souffrance ; elle avait les mains plaquées sur ses oreilles et se tordait.

S'agissait-il d'un rêve ? Ou bien était-il déjà mort ? au paradis ? Voire. Il ne serait jamais entré, au paradis. Et pendant ce temps, il continuait d'entendre le rugissement terrible, tout comme il continuait à éprouver une brûlure à l'intérieur de lui, en plus de la douleur et de la fatigue.

— Aden…

Il se redressa brusquement. Un vertige le prit, puis se dissipa. La douleur s'accrut.

— Il y a un problème ! s'exclama-t-il. Je suis bizarre.

Les mots qu'il prononçait étaient étrangement maladroits, comme s'ils devaient franchir des dents qu'il ne reconnaissait pas, qui n'étaient pas les siennes. Des… crocs ? Qu'est-ce que cela signifiait ? Quelque chose d'anormal était arrivé, et de mauvais — mais quoi ?

Et soudain, il comprit : pour lui sauver la vie, Victoria lui avait donné son sang au point de le transformer en vampire. La conversation dont il gardait un vague souvenir devait être celle de la princesse avec, sans doute, un chirurgien des transformations.

Il voulut poser la question ; Victoria le devança :

— Les âmes, dit-elle. Elles sont passées en moi ! Elles parlent. Elles parlent sans arrêt ! Est-ce qu'elles vont se taire ? Et je crois que tu… que tu as ma bête en toi.

Puis, comme si elle avait consacré ses toutes dernières forces à lui faire cette révélation, elle s'écroula, évanouie, entre ses bras.

Hagard, Aden la tint serrée tout contre lui. Son cerveau ne s'était sans doute pas remis en route ; ses pensées ne cessaient de se dissoudre, de tourbillonner comme des fragments épars. La fatigue l'abrutissait. Avec précaution, il s'allongea à même le sol, tout en tenant Victoria toujours dans ses bras.

Ils étaient en vie ! Cela, au moins, était clair pour lui. Quoi qu'il leur soit arrivé, ils étaient tous les deux vivants. Le reste… le reste pouvait attendre. Et quels que soient les changements qu'ils avaient subis, quels que soient les défis qui les attendaient, ils en triompheraient. De cela, il était certain aussi. Ils avaient vaincu les sorcières et le sortilège de mort. Tous les pièges de la terre pouvaient bien les guetter, ils s'en sortiraient. Parce qu'ils étaient ensemble, parce qu'ils pouvaient compter l'un sur l'autre.

Rien n'était plus précieux.

— Ne me laisse pas, supplia Victoria.

— Bien sûr que non, murmura-t-il. Je suis avec toi pour toujours.

Du moins, il l'espérait.

Composé et édité par les

éditions HARLEQUIN

Achevé d'imprimer en Allemagne
par GGP Media GmbH, Pößneck
en août 2011

Dépôt légal en septembre 2011